ELIA BARCELÓ

Die Stimmen der Vergangenheit

Manchmal ist es an der Zeit, sein altes Leben zurückzulassen und Neues zu entdecken. Das denkt sich auch die Literaturforscherin Katia Steiner, als sie einen ungwöhnlichen Auftrag annimmt. Sie soll sich in Rom um den Nachlass des Wissenschaftlers José María Valcárcel kümmern. Allerdings ahnt sie da noch nichts von der völlig unbekannten Welt, die sie in den Tagebüchern des Gelehrten entdecken wird. Dort liest sie von Gemälden, die der Schlüssel zu einer längst vergangenen Zeit sind, und von einem ominösen Bund, dem »Club der Dreizehn«. Und sie liest von einer Liebe, die nicht sein durfte und dennoch gelebt wurde.

Katia will unbedingt mehr erfahren, aber bald schon geschehen mysteriöse Dinge: Ein enger Vertrauter Valcárcels verschwindet spurlos, und manch anderer scheint zu allem bereit, um Valcárcels Tagebücher in seinen Besitz zu bringen …

»›Die Stimmen der Vergangenheit‹ ist ein Roman von ungewöhnlicher Originalität, voller spannender und überraschender Wendungen. Elia Barceló hat eines dieser Bücher geschrieben, die den literarischen Zeitgeist absolut treffen, indem sie kriminalistische, historische und phantastische Elemente miteinander verbindet.«

EL CULTURAL

Elia Barceló, 1957 in Elda bei Alicante geboren, lebt seit vielen Jahren in Innsbruck, wo sie an der Universität spanische Literatur unterrichtet. Sie ist mit einem Österreicher verheiratet und hat zwei Kinder. Über ihre Romane »Das Geheimnis des Goldschmieds« und »Das Rätsel der Masken«, beide im Piper Verlag erschienen, schrieb die deutsche Presse: »Sie versteht es, ihre Leser zu verzaubern«, was ihr auch mit »Die Stimmen der Vergangenheit« erneut gelingt.

Elia Barceló

Die Stimmen der Vergangenheit

Roman

Aus dem Spanischen
von Stefanie Gerhold

Piper
München Zürich

Mehr über unsere Autoren und Bücher:
www.piper.de

Die spanische Originalausgabe erschien 2002 unter dem Titel
»El vuelo del hipogrifo« bei Ediciones Lengua de Trapo in Madrid.

Die Übersetzung dieses Werkes wurde gefördert mit
Mitteln der *Dirección General del Libro,*
Archivos y Bibliotecas del Ministerio de Cultura de España.

Von Elia Barceló liegen im Piper Verlag vor:
Das Geheimnis des Goldschmieds
Das Rätsel der Masken

FSC
Mix
Produktgruppe aus vorbildlich
bewirtschafteten Wäldern und
anderen kontrollierten Herkünften

Zert.-Nr. GFA-COC-1262
www.fsc.org
© 1996 Forest Stewardship Council

ISBN 978-3-492-05072-2

Umschlaggestaltung: Büro Jorge Schmidt, München
Umschlagabbildungen:
Anna Moller / Getty Images (Frauenporträt) und
plainpicture / Narratives (Hintergrund)
Satz: Satz für Satz. Barbara Reischmann, Leutkirch
Druck und Bindung: Pustet, Regensburg
Printed in Germany

Für Klaus, für die fünfundzwanzig Jahre unseres magischen Flugs über Terra incognita, auf dem Rücken unseres eigenen Hippogryphen.

Über zwei Jahre hinweg haben vier in die Fantasie vernarrte Autoren, unter ihnen ich, Hunderte von E-Mails ausgetauscht und sich im Sommer getroffen, um Umbría, einem Ort, der kein Ort ist, der existiert und doch nicht existiert, Gestalt zu verleihen. Ich danke César Mallorquí, dem großen Freund und Gründer der Umbría-Gruppe, Julián Díez und Armando Boix, meinen geschätzten Umbrianern, die dem Traum, aus dem unser gewähltes Land und auch dieser Roman hervorgegangen sind, Gestalt gegeben haben.

Ebenso will ich allen lieben Freunden in Spanien, Innsbruck und Rom danken, die den Roman gelesen und mir mit ihren Anmerkungen sehr geholfen haben: Wolfram und Gertrut Krömer, Michael Bader, Mario und Ruth Soto-Delgado, Martina Lassacher, Elia Estevan und Concha Barceló.

Epistel an den hoch geschätzten Leser

Da dies vorliegende Werk, geschätzter Leser, zum Zeitvertreib und für die Stunden der Muße bestimmt ist, sollst du nicht fälschlicherweise denken, alles, wovon dies Buch handelt, sei die Wahrheit, denn das meiste ist erdacht und vom beschränkten Wissen unseres armen Verstandes komponiert, und noch einen weiteren Hinweis gibt es, sein Titel, *Patrañuelo* – »Hirngespinste«, leitet sich her von »spinnen«, und eine Geschichte zu spinnen heißt nichts anderes, als lose Ideen so kunstvoll miteinander zu verwirken, dass man sie geradezu für wirklich halten könnte.

Joan de Timoneda
EL PATRAÑUELO
(16. JAHRHUNDERT)

Vorbemerkung

Die in dem Roman auftretenden Figuren sind fiktiv, lediglich die Familie Valcárcel de Luna hat ihr Vorbild in einer berühmten umbrianischen Familie, deren Namen ich nicht nennen möchte. Mitte des neunzehnten Jahrhunderts ließ sie entlang der Nordküste die besten Werften errichten. Ihre letzten Mitglieder starben im Bürgerkrieg. Die Geschehnisse und die Geschichte, die ihnen auf diesen Seiten zugeschrieben werden, streifen die Wirklichkeit nur am Rande. Das meiste ist meine Erfindung.

Alle Schauplätze sind real. Die Handlung ist unwahrscheinlich wie das Leben selbst und könnte gerade deswegen dennoch wahr sein.

E. B.

ERSTER TEIL

ROM

Die Glaubwürdigkeit ist eine Frage des Genres.
E. EISTERER

1

Der italienische Stich

Es war ein typischer Stich aus dem siebzehnten Jahrhundert, dem *seicento*, wie Marianna sagte, eine Schwarz-Weiß-Abbildung eines römischen Triumphbogens, bei der noch die kleinsten Details wie Medaillons, Gesimse, Girlanden, Reliefs und Inschriften liebevoll ausgearbeitet waren. Die beiden Schäfergruppen auf der rechten und linken Seite waren nur Beiwerk neben dem zentralen Motiv: dem Bogen vor einem Himmel, den man sich mit seinen einzelnen Wolken und den dunklen Zypressenlanzen davor in perfektem römischen Blau vorstellen musste.

Er unterschied sich nicht wesentlich von den Hunderten von Stichen, die sie im Lauf der Zeit in Büchern und Antiquariaten gesehen hatte, dennoch übte er auf den Betrachter, vielleicht dank der vom Zeichner gewählten Perspektive, eine erstaunliche Wirkung aus. Beim Betrachten des mächtigen Bauwerks und der daneben so verschwindend kleinen Figuren fiel der Blick vor allem auf das Nichts, auf das Licht in der Öffnung des Bogens, diesen Rest an Luft, an Leere, an Möglichkeiten zwischen der fein ziselierten Massigkeit der beiden Pfeiler. Es sprang einem sofort ins Auge, dass dieser Bogen ein Durchgang war, ein Weg von einer Seite zur anderen, eine Schwelle.

»Italien. *Seicento-settecento.* Römische Schule. Es gibt Tausende in der Art«, hatte Marianna mit einem Blick über ihre Schulter rasch geurteilt und sich gleich wieder ihrer Suche nach weiteren Schätzen in diesem und den noch vor ihnen liegenden Zimmern zugewendet. Schriftstücke waren nicht ihr Spezialgebiet, darum hatte sie Katia angerufen, die zwar auch keine Spezialistin im engeren

Sinn war, aber alte Bücher und Papiere liebte und hoffte, irgendetwas aus dieser Pappschachtel würde sich für ein Forschungsprojekt und ein entsprechendes Stipendium eignen. So hatte sie sich schließlich die letzten fünfzehn Jahre über Wasser gehalten.

Vielleicht hatte sie Glück und es lag ein Tagebuch darin, das sie veröffentlichen könnte, ein interessanter Briefwechsel – immerhin war der kürzlich mit dreiundneunzig Jahren verstorbene Wohnungsbesitzer eine Kapazität der spanischen und italienischen Philologie gewesen –, ein unbekanntes Manuskript. Oder, wünschen darf man sich alles, etwas Außergewöhnliches, erotische Gedichte, Geschichten für Kinder, das Geständnis eines Verbrechens, wer weiß.

Unfug. Der Nachlass, dessen letzter Rest vor ihr in dieser Schachtel lag, hatte bereits zwei Bibliotheken und mehrere Angehörige mehr oder weniger bereichert. Wieso sollte irgendetwas Interessantes übrig sein? Was hier lag, hatte offenbar niemand gewollt und besaß höchstens Erinnerungswert, da man mit den losen vergilbten Blättern mit Namens- und Ortslisten nichts anfangen konnte.

Nur der Stich hatte einen gewissen Wert. Zumindest einen persönlichen, wegen der Faszination, die er auf sie ausübte. Da war diese Öffnung, diese Gewissheit, vor einem Übergang zu stehen, einer Antwort, einer Lösung. Eine Antwort? Auf was für eine Frage überhaupt? Eine Lösung? Für welches Rätsel?

Sie drehte den Stich um, vielleicht auf der Suche nach dieser Frage, dem von dem Künstler aufgegebenen Rätsel. Unten links war mit hartem Bleistift in einer hohen, spitzen Schrift der Titel des Werks gekritzelt: *Questa è la Prima Porta*, kein Datum, keine Ortsangabe.

»Marianna!«

»Waas?« Mariannas Stimme kam aus einem der hinteren Räume.

Katia stand auf und lief mit dem Stich in der Hand den langen, düsteren Gang entlang, hindurch zwischen den Skeletten der raumhohen, leeren Bücherregale, deren Inhalt bereits an seine Bestimmungsorte verfrachtet worden war: Die *Biblioteca Nazionale*, die *Biblioteca Universitaria de La Sapienza* und die Privatbibliotheken zweier Großneffen des Gelehrten.

Marianna saß an einem Tisch vor einer Uhr, die eine von einem

Faun gezogene Kutsche darstellte; sie notierte etwas in ihr Heft, während das durch die beiden hohen Fenster hereinfallende Licht ihre blonden Haare mit einem Heiligenschein umstrahlte, der Botticelli würdig gewesen wäre.

»Gibt's in Rom eine Prima Porta?«

Marianna sah auf.

»Es gibt eine Menge Tore. Also … Porta Pia … nein, warte, jetzt weiß ich's. Prima Porta ist ein kleines Dorf in der Umgebung. Oder ein Friedhof. Es gibt einen Friedhof, der Prima Porta heißt.«

Katia zeigte ihr noch einmal den Stich: »Schau, hier steht, das ist die Prima Porta.«

»Stimmt aber nicht.«

»Ach.«

»Na? Noch kein Glück?«

»Bis jetzt nicht. Aber ich habe auch noch nicht alles durchgesehen. Und du?«

»Ich brauche kein Glück. Ich brauche Geduld.«

Sie lachten, dann kehrte Katia zu ihrer Schachtel mit den Papieren zurück und fühlte, wie die leise Hoffnung, die Mariannas Anruf in ihr geweckt hatte, sich allmählich wie Nebel in der Sonne auflöste. Es war fast zwölf Uhr nachts gewesen, als das Klingeln des Telefons sie aus dem Bett katapultiert hatte. Da man um diese Uhrzeit nur schlechte Nachrichten bekommt, war sie panisch losgestürzt, um den Anruf noch vor dem Anrufbeantworter entgegennehmen zu können, und hatte sich dabei an der schrecklichen Kommode gestoßen, einer Hinterlassenschaft eines in ihrer Erinnerung schon verschwommenen Mitbewohners, der anders als seine WG-Genossen, die sich mit Mitte dreißig noch immer diese alte, heruntergekommene Wohnung teilen mussten, längst ein regelmäßiges Einkommen bezog und sich eine kleine Wohnung in einem Neubau leisten konnte.

»Ohne Garantie«, hatte Marianna ihr gesagt. »Vielleicht magst du vorbeikommen und einen Blick darauf werfen, die Papiere gehören dir, aber, wie gesagt, ich habe keine Ahnung, ob irgendetwas Lohnendes dabei ist.«

Sie hatte irgendetwas von nächstem Tag gemurmelt, war ins Bett zurückgekrochen und hätte die ganze Sache vermutlich vergessen, hätte sie nicht, kurz bevor der mitternächtliche Anruf sie weckte, etwas so Lebendiges und Seltsames geträumt, auf das hin sie gleich in der Früh die Koffer packte. In ihrem Traum fuhr sie mit ihrem Großvater Zug, und obwohl sie genau wusste, dass er tot war, war es das Natürlichste von der Welt, mit ihm zusammen nach Rom in den Urlaub zu fahren. Opa Manuel war wie gewohnt bester Laune, aber diesmal wirkte er besonders froh, als ginge endlich ein lang gehegter Wunsch in Erfüllung. Die Sonne schien durch die Wagenfenster, und die ockerfarbenen und rötlichen Häuser auf dem Land leuchteten wie frisch gewaschen. Ihr ging es gut, sie war ausgeschlafen, fröhlich und glücklich, nach so vielen Jahren wieder mit ihrem Großvater zusammen sein zu können. Auf allen Seiten sah man das Meer, als führe der Zug über eine Brücke auf eine Insel zu, als führen sie in Venedig ein. Dann winkte er sie zur Waggontür, hinter der sich ein Zimmer befand: der Salon eines Herrenhauses, den sie im Traum erkannte. Er blieb auf der Schwelle stehen und ermunterte sie lächelnd, in das Haus einzutreten und die Türen zu öffnen. Sie führten in weitere Zimmer, die ebenso schön wie das erste waren und die sie mit einem Freudenschauder erkannte, als hätte sie ein Stück ihrer Kindheit zurückgewonnen.

Ohne Garantie, hörte sie Mariannas Stimme. Wenn du kommen willst, es gehört alles dir, aber ohne Garantie. Der Großvater lächelte und ermunterte sie mit einer Handbewegung, wie damals, als sie als kleines Mädchen gezögert hatte, von der höchsten Rutsche auf dem Spielplatz hinabzusausen. Wenn du kommen willst …

Klar war sie gekommen. Es war verrückt, so viel Geld für eine Fahrkarte auszugeben, nur um einen Blick auf irgendwelche Papiere zu werfen, trotzdem war sie gekommen. Ihr Großvater hatte es ihr im Traum geraten.

Schlimmstenfalls hätte sie ein paar Tage in Rom, in denen sie bei Pia und Marianna wohnen, sich am goldenen Licht der Ewigen Stadt laben und am Ocker der bröckelnden Fassaden sattsehen konnte. Vielleicht machte sie tatsächlich einen Fund. Sie brauchte dringend ein neues Forschungsvorhaben, da die Finanzierung ihres letzten Projekts gerade auslief. Bis jetzt hatte sie nichts in Aussicht und auch niemanden, auf den sie notfalls zurückgreifen konnte. Ihre Eltern waren vor Jahren bei einem Verkehrsunfall ums Leben gekommen, ihr einziger Bruder, eigentlich ihr Halbbruder, hatte eine höhere Tochter aus Wiener Kreisen geheiratet und schien seit einiger Zeit auf eine lokalpolitische Karriere zu setzen, und Alec war – so wie er gekommen war – von einem Tag auf den anderen einfach aus ihrem Leben verschwunden. Eines Morgens stand sie auf, um in die Bibliothek zu gehen, und auf der Badezimmerkonsole war die rechte Hälfte leer: Übrig war nur eine weiße, glatte, unglaublich lange Fläche, auf der bis gerade eben sein Rasierzeug, sein Aftershave und seine Zahnseide gelegen hatten. Ein gelber Zettel an der Kühlschranktür trug die knappe Nachricht: »Es tut mir leid. Das ist nicht das Leben, das ich wollte. Ich rufe dich an.« Das war vierzehn Monate her, und in der ganzen Zeit hatte sie nur eine Ansichtskarte aus Buenos Aires erhalten: »Ich war mir sicher, so kann das Leben sein.« Zwanzig Jahre Leben für die Literatur, und noch nie hatte sie etwas so Grausames gelesen.

Seitdem, nichts: Projekte, die am Ende doch nicht klappten, vage Versprechungen, Männer, die wieder verschwanden, noch ehe sie konkrete Hoffnungen auf sie setzen konnte.

Mariannas Räuspern riss sie aus ihren Gedanken, bei denen sie durch eine verstaubte Jalousie auf den prächtigen Garten der Villa Albani gestarrt hatte.

»Denkst du nach?«

»Ein kleiner Anfall von Selbstmitleid.«

»Das Übliche? Fast vierzig und noch immer kein fester Freund, kein Gockel, der nach dir kräht?«

Katia wusste erst nicht, ob sie lachen oder wütend sein sollte, doch dann lachte sie: »So ungefähr.«

Sie wollte Marianna schon sagen, sie habe es gut: Sie hatte einen festen Job, der ihr noch dazu gefiel, in einem der wichtigsten *antiquariati* in Rom, am Monatsende ihr Gehalt, eine fabelhafte sonnige Wohnung in der Via Giulia, jemanden, der sie liebte und mit dem Abendessen auf sie wartete.

»Wenn du dich für Frauen entscheiden würdest, hätte es mit dem Leiden ein Ende.«

Kopfschüttelnd ging Katia zurück zu der Schachtel. Auf diese Art Gespräch wollte sie sich gar nicht erst einlassen, bloß nicht wieder mit diesem Thema anfangen, über das sie schon endlos diskutiert hatten, auch schon bevor Marianna Pia kennengelernt hatte.

»Ist dir noch nie aufgefallen, dass es viel mehr attraktive Frauen als Männer gibt? Ich meine nicht nur das Aussehen. Fallen dir aus dem Stand nicht viel mehr klasse Frauen als Männer ein? Frauen, die mutig sind, entschieden, fleißig, herzlich und die noch dazu gut aussehen. Und du wartest immer noch treudoof auf den Märchenprinzen. Hast du denn immer noch nicht begriffen, dass sie alle Frösche, einfach stinknormale Frösche sind? Du kannst sie so viel küssen, wie du willst, sie verwandeln sich in nichts Besseres. Hast du es nicht satt, Frösche mit ins Bett zu nehmen?«

»Bitte, Marianna, hör auf.«

Ihre Bitte musste so niedergeschlagen geklungen haben, dass Marianna mit den Schultern zuckte: »Hören wir auf für heute. Der Strom ist abgestellt, gleich sehen wir sowieso nichts mehr. Morgen ist wieder ein Tag. Lass uns runtergehen, ich lade dich nebenan auf einen Campari ein, dann gehen wir nach Hause, werfen deine Sachen ab und machen uns chic, ich will dich nämlich ins La Pace zum Abendessen ausführen. Pia hat heute eine Sitzung.«

Mit vergnügt blitzenden Augen sah sie von den Papieren auf.

»Ich schwöre dir, ganz ohne Hintergedanken. Du weißt, wie sehr ich Pia liebe, aber ich kann deine Trauermiene einfach nicht mehr mit ansehen. Los, pack zusammen!«

Katia kam sich selbst dumm vor, trotzdem legte sie den Stich und die zugehörigen Papiere in eine gelbe Mappe und steckte alles in ihren Rucksack, um abends im Bett noch zu lesen, auch wenn es eigentlich nicht viel zu lesen gab. Die Schachtel konnte bis zum nächsten Morgen bleiben, wo sie war. Die würde niemand mitnehmen.

Gerührt und dankbar sah sie zu Marianna, die in ihr Jackett schlüpfte und eine Bürste aus der Tasche zog, um sich die blonden Haare zu kämmen. Was für eine gute Freundin sie war. Eigentlich ihre einzige. Marianna bemerkte ihren Blick und warf ihr lächelnd die Bürste zu: »Mal dir wenigstens ein bisschen die Lippen an. Du siehst aus wie ein Schlossgespenst.«

»Ich habe kein Schminkzeug dabei.«

Marianna ging zu ihr – ihre hohen Absätze hallten unheimlich in der leeren, bereits im Schatten liegenden Wohnung –, fasste sie an den Schultern und drückte ihr einen kräftigen Kuss auf die Lippen: »Ich hatte ein bisschen zu viel, meine Süße. So reicht's für uns beide.« Dann ging sie zur Wohnungstür. Mit gesenktem Kopf und dem Rucksack auf den Schultern folgte Katia ihr.

Marianna schloss die mächtige Edelholztür mit dem goldenen Gitter zweimal ab und spazierte, ihr Lederköfferchen schlenkernd, die Marmorstufen hinunter. Katia folgte ihr brav und fühlte sich wie so oft ein bisschen peinlich und fehl am Platz, plump, unpassend mit ihren Jeans und ihren fast vierzig Jahren auf dem Buckel, an denen sie offenbar schwerer zu tragen hatte als an ihrem Rucksack. Sie hätte nicht mit Marianna tauschen wollen, doch manchmal, zu oft, hätte sie gern mehr von dem, was ihre Freundin im Überfluss besaß: ihre Selbstsicherheit, ihre Haltung, ihre stolze, so italienische Schönheit, die in ihrem Parfüm Ausdruck fand, in der Art, wie sie ihre Tasche trug, sich einen Strumpf hochzog, sich die Ohrclips abnahm, um ans Telefon zu gehen, kurz, ihre Weiblichkeit, die sie erstaunlicherweise einer anderen Frau vorbehielt.

Auf der Straße überraschte sie das Licht, da die untergehende Sonne, die längst aus der Gelehrtenwohnung gewichen war, sich wie Honig über die Stadt ergoss und die rötlichen Dächer, die Baumkronen, die Schmuckfirste der kleinen Paläste in diesem vornehmen Viertel aus dem neunzehnten Jahrhundert zum Leuchten brachte. Vor einem Gartentor küsste sich ein blutjunges Paar in äußerst wackligem Gleichgewicht auf einem *motorino*. Sie hatten ihre Helme am Arm hängen und schienen vollkommen versunken in ihrer Leidenschaft, wie abgekapselt von der ruhigen Straße mit den parkenden Autos. Katia gab es einen neidvollen Stich, was ihr zu denken gab, da es ihr in letzter Zeit öfters so ging. Sie hatte selbst viele solcher Augenblicke erlebt, Momente der vollkommenen Hingabe, der Verzauberung mitten auf der Straße, in denen es nichts für einen gibt außer die Arme des anderen, seinen warmen Mund, seinen Atem. Schon viel zu lange hatte sie niemand mehr so begehrt.

Marianna wartete mit geöffneter Wagentür, und sie fand, dass in ihrem Lächeln etwas Grausames lag. In dem Augenblick kam ein junger Mann in Sakko und Trenchcoat auf sie zu und sprach sie an: »Verzeihung, können Sie mir vielleicht sagen, ob ein Herr José María Valcárcel, der verstorbene Professor Valcárcel, hier gewohnt hat? Ich suche schon eine ganze Weile die Adresse, was in diesem Viertel schwierig ist, da die Hausnummern nicht der Reihe nach aufsteigend angeordnet sind.« Sein Italienisch war gut, er sprach nur mit einem leichten Akzent wie ein Spanier oder Grieche.

Marianna antwortete prompt: »In der Hausnummer 13, die runtergekommene Stadtvilla dort an der Ecke, aber es ist niemand zu Hause.«

»Natürlich, das dachte ich mir. Und Sie wissen nicht zufällig, ob jemand den Nachlass seiner Papiere verwaltet?«

Katia wollte schon etwas sagen, aber Marianna legte ihr schnell die Hand auf den Arm.

»Sein gesamter Nachlass, Korrespondenz, Notizen, unveröffentlichte Aufsätze und so weiter, sind Eigentum der Erben. Es liegt bei ihnen, ob sie sie einer Bibliothek, einer Universität oder einem Wissenschaftler anvertrauen. Wir kümmern uns nur um die Kunstgegenstände aus seinem Besitz: Uhren, Spiegel, ein paar Möbelstücke, Sie wissen schon.«

»Auch Bilder?«

Katia hörte aus dieser unschuldigen Frage einen Unterton heraus, der sie aufmerken ließ.

»Professor Valcárcel besaß nur wenige Bilder, und die haben eher persönlichen Wert. Es ist wirklich nichts Besonderes dabei. Aber wenn es Sie interessiert, kommen Sie doch ins Antiquariat, wir haben sie dort.«

Er winkte lächelnd ab: »Nein, danke. Ich bin Philologe. Mich interessieren vor allem die unveröffentlichten Schriften des Professors. Für eine mögliche kritische Ausgabe, verstehen Sie?«

Die beiden nickten, und Katia schmunzelte in sich hinein, dass dieser Mann sich als ein Kollege von ihr herausstellte, als noch so ein armer Schlucker, der sich von den Brosamen fremder Gelehrter ernährte.

»Können Sie mir vielleicht sagen, wie ich mit seinen Erben Kontakt aufnehmen kann? Wissen Sie, ich komme von der *Universidad de Palencia* und habe nicht viel Zeit.«

Marianna griff schon zu ihrer Handtasche, doch dann holte sie aus ihrer Jacketttasche eine goldumrandete Visitenkarte heraus: »Rufen Sie morgen im Antiquariat an, dort wird man Ihnen die Adresse der beiden Neffen des Professors geben.«

Er hatte unterdessen auch ein Kärtchen gezückt und notierte, aufs Autodach gestützt, darauf etwas: »Hier haben Sie meine Adresse in Rom. Ich bin Ihnen für jede Art von Information sehr dankbar, Frau Grimaldi.«

»Ich werde sehen, was sich machen lässt.«

Sie gaben sich die Hand, dann stiegen die beiden Frauen ins Auto. Beim Einbiegen in die Seitenstraße in Richtung Via Nizza sahen sie, wie der Mann mit den Händen in den Taschen vor dem Haus stand und zu den oberen Stockwerken hinaufblickte. Vor dem Gartentor küsste sich noch immer das junge Paar.

»Noch so ein Geier«, murmelte Marianna im Vorbeifahren.

Katia zuckte mit den Schultern: »Was bleibt ihm übrig. Wir müssen alle sehen, wo wir bleiben.«

»Aber du musst doch zugeben, dass wir alle irgendwie Leichenfledderer sind.«

»Ich bitte dich! Wie heißt er eigentlich?«

Marianna zog das Kärtchen aus der Tasche und gab es ihr. Katia las vor: »Fernando Cabrera. Wissenschaftlicher Assistent. Institut für Literaturwissenschaft.«

»Und die Adresse?«, fragte Marianna, die sich darauf konzentrierte, vor der Viale del Muro Torto die Spur zu wechseln.

»Hostal Le Fontane, Via Cavour.«

»Ein Geizkragen.«

»Warum?«

»Weil das garantiert eine elende Absteige ist; in der Gegend gibt es viele billige Pensionen. Dir gefällt dieser Typ doch nicht etwa.«

Katia seufzte. »Nein. Nicht besonders. Ich glaube, es ist einfach ein verfluchter Reflex. Ob er verheiratet ist?«

Sie brachen in Gelächter aus, während die Autos hinter ihnen wild zu hupen begannen, weil die Ampel auf Grün geschaltet hatte.

Die Abendsonne schien in den Salon, gedämpft durch die indigoblauen schweren Vorhänge, die den Raum – das Werk eines postmodernen Innenarchitekten – in eine Unterwassergrotte à la Tausendundeine Nacht verwandelten. Pierluigi Bellochi, *Il Divino*, strich sich den weißen, sorgfältig geschnittenen Bart, der die Strenge seiner allzu schmalen Lippen milderte. Sein Blick schweifte abwesend zu den auf dem Nachttisch ausgebreiteten Tarotkarten, während er sich auf den zarten Raumduft konzentrierte, eine Mischung aus Sandelholz und Jasmin mit einer Spur Weihrauch, welche die Sitzungen mit seinen Kunden erfahrungsgemäß günstig beeinflusste, da man diesen Duft unbewusst mit Mysterium und Geheimnis verband. Und auch er selbst setzte in diesem Moment auf seine stimulierende Wirkung.

Er war schon eine ganze Weile in Gedanken vertieft, denn in den vergangenen Tagen hatte er deutlich gespürt, dass in der Stadt etwas mehr oder weniger Bedeutungsvolles passiert war. Doch weder das Lesen des Teesatzes noch die Konzentration auf die Kristallkugel und auch nicht die Tarotkarten hatten ihm den ersehnten Einblick verschafft. Das war er nicht gewohnt. Eine Antwort gab es immer, und schon gar für jemanden, der so viel Erfahrung mit dem Arkanum hatte wie er. Antworten gab es allerdings nur auf konkrete Fragen, und je konkreter eine Frage, desto erhellender auch die Antwort. Doch in diesem Fall, in dem sein einziger Anhaltspunkt ein vages Gefühl war, konnte er überhaupt keine Frage formulieren, und entsprechend diffus fiel auch die Antwort aus. Wie auf einem mehrmals überdruckten Negativ erkannte er Umrisse, die aber kein lesbares Bild ergaben. Irgendwo hatte sich eine Passage aufgetan, das wusste er, aber er hatte nicht die leiseste Ahnung, wo oder in welche Richtung und wer diese Passage bewachte. Und das ärgerte ihn.

Es klopfte diskret an der Tür zum Empfangszimmer. *Il Divino* schloss für ein paar Sekunden die Augen, und nachdem er sie wieder geöffnet hatte, war sein Blick klar geworden und er sagte mit sonorer Stimme: »Herein, ich heiße Sie willkommen.« Währenddessen sammelte er rasch die Tarot-Karten ein, auf die er noch einen letzten Blick geworfen hatte, und wickelte sie in ein blaues Seidentuch ein.

Ein angedeutetes Räuspern veranlasste ihn, sich zur Tür umzudrehen. Anstelle der *Onorevole* Cinzia Legnano wartete seine Sekretarin Roxanna, die Hände über dem elfenbeinfarbenen Leinenrock gekreuzt, dass *Il Divino* ihr seine Aufmerksamkeit schenkte: »Die *Onorevole* Legnano bedauert, ihren Termin heute nicht wahrnehmen zu können, und fragt an, ob es Ihnen möglich wäre, sie morgen um dieselbe Uhrzeit zu empfangen.«

»Bin ich frei?«

»Ja, *Eccellenza*.«

Mit seiner langen, schmalen Hand strich *Il Divino* sich über die Stirn: »Gut, einverstanden. Aber sagen Sie ihr, sie möge ihre Pläne nicht wieder ändern; es kostet mich jedes Mal eine Stunde mentaler Vorbereitung, um mich mit ihren Schwingungen zu synchronisieren.«

»Ich werde ihr ins Gewissen reden.«

»Gut, Roxanna, Sie können gehen. Ich brauche Sie für heute nicht mehr.«

Die junge Frau verbeugte sich leicht und verließ mit einer offenbar jahrelang eingeübten Zurückhaltung geräuschlos das Zimmer. Er wartete mit den Händen im Schoß still ab, bis er die Eingangstür ins Schloss fallen hörte. Dann lächelte er, ein flüchtiges Lächeln, das er sofort wieder unter Kontrolle brachte, und stand auf. Er reckte die Arme über den Kopf und knöpfte die lange, weiß-goldene Tunika auf, in der er je nach Körperhaltung an einen arabischen Scheik im Exil oder einen Mönch in einem Zeremoniengewand erinnerte. Durch eine hinter der Wandbespannung versteckte Tür ging er ins Nebenzimmer, legte dort die Tunika ab, warf sie über einen Sessel und schenkte sich den ersten Whisky des Tages – ohne Wasser und Eis – ein.

Unter der Arbeitskleidung trug er ein schwarzes Tanztrikot, das seinen noch immer kräftigen, straffen Körper betonte. Er hatte noch nie etwas anfangen können mit dem in Fernsehsendungen verbreiteten Bild des stattlich beleibten Hellsehers, und über die Jahre hatte ihm sein Geschmack, gemessen an der Zahl und sozialen Schicht seiner Kunden, recht gegeben. Er brauchte keine Anzeigen in Herzschmerz-Zeitschriften zu schalten, in irgendwelchen Talkshows in Canale Cinque aufzutreten oder zwei Minuten Werbespot in einem lokalen Radiosender zu bezahlen; mit seinen dreiundfünfzig Jahren konnte er sich den Luxus erlauben, seine Kundschaft auszuwählen und die wichtigsten Politiker und bestbezahlten Show-Sternchen wochenlang warten zu lassen. Nur selten vergab er mit weniger als einer Woche Voranmeldung Termine.

Er war ein seriöser Wahrsager, die Zukunft war sein Beruf, er erforschte dieses riesenhafte Mosaik Hunderter, Tausender sich kreuzender Leben, die in einem fort aufeinander Bezug nahmen und sich gegenseitig beeinflussten und auf diese Weise in diesem Tümpel, der die Existenz war, immer wieder neue, sich fortsetzende Wellen anstießen. Ein anspruchsvoller Beruf, der nirgends gelehrt wurde und für den man besondere Voraussetzungen und einen eisernen Willen brauchte, da man unablässig seine Sinne wie ein hochsensibles Instrument schärfen musste, das ständig nachjustiert werden muss, um die feinsten Schwingungen von überall her aufzufangen: von seinen Kunden mit ihren Nöten, seiner Umgebung, ihm selbst.

Er nahm einen großen Schluck und trat hinaus auf die Terrasse voller blühender Oleander, beinahe aufplatzender Mimosen und knospender Rosen. Unter ihm erstreckte sich das Parioli-Viertel, in einen Nebel aus rosigem Licht gehüllt, der die Umrisse verwischte und den Zypressen eine schwerelose Eleganz schenkte, als wüchsen sie nicht aus Gärten mit Erde sondern schwebten ein paar Zentimeter über dem Boden in einem Traumreich. Links im Hintergrund mutete die Kuppel des Petersdoms wie ein düsteres Trugbild an, das schon bald die schwindende Sonnenscheibe hinter sich verstecken würde.

Er atmete tief den Duft der umliegenden Gärten ein, überlagert von den Ausdünstungen der pulsierenden Stadt, den Abgasen Hunderttausender in der Ferne lärmender Autos, der unzähligen Öfen der *pizzerie* und *tavole calde*, *espressi*, dem unbestimmten Gemisch aus Schweiß, schwerer Verdauung der Millionen Städter, die tagtäglich zu Fuß unterwegs waren, und wieder lächelte er, denn hier fühlte er sich sicher vor den Horden, in seinem Turm im Mittelpunkt der Welt.

In seinen Träumen sah er sich als Gandalf der Graue, der große Magier von Mittelerde, kurz vor dem entscheidenden Schritt zum Übermenschlichen, Gandalf der Weiße, der Große. Doch dafür müsste er dem Geheimnis auf die Spur kommen, das sich zum Greifen nah anfühlte, er müsste die Zeichen deuten können, die seit ein paar Tagen überall in seiner Umgebung wie Warnlämpchen aufleuchteten und ihm bislang nicht den geringsten Hinweis auf ihre Herkunft gaben. Er erkannte nur ihre Reichweite und Intensität, was seine Nerven unerträglich anspannte, denn wenn er jetzt scheiterte und die Passage sich wieder schloss, bekäme er vielleicht nie wieder in seinem Leben eine Chance. Er tappte im Dunkeln, nur geleitet von seinem Instinkt, und das gefiel ihm gar nicht. Der Instinkt war ein Anfang und lieferte ihm einen ersten Anhaltspunkt, aber mehr auch nicht.

Hinter ihm in seinen Privaträumen klingelte das Telefon. Nicht mehr als drei Menschen auf der ganzen Welt kannten die Nummer, und er verschüttete fast den letzten Schluck aus seinem Glas, so eilig hatte er es ranzugehen. Er sammelte sich, atmete tief, ließ es noch zweimal klingen und hob ab: »*Pronto*.«

»Ich habe, wonach Sie mich losgeschickt haben, *Eccellenza*.«

»Wunderbar. Wickeln Sie es in Geschenkpapier, binden Sie eine knallige Schleife drum und schicken Sie es mir sobald wie möglich mit einem Boten.«

»Soll er es persönlich abliefern?«

»Er soll es dem Portier geben; der bringt es mir dann hoch.«

»In Ordnung. Noch etwas?«

»Erst mal nicht. Rufen Sie mich morgen über Roxanna an, unter dem üblichen Namen.«

»Guten Abend, *Eccellenza*.«

Er legte auf, schloss für einen Moment die Augen und gönnte sich über fast eine Minute ein triumphierendes Lächeln, dann schlüpfte er in seinen Trainingsanzug, nahm seine Tasche und ging in den Fitnessclub, um seine täglich vierzig Minuten zu schwimmen. Bei seiner Rückkehr würde ihn etwas Interessantes erwarten.

Die deutsche Sprache unterscheidet, auch wenn der größte Teil der Muttersprachler sich dessen nicht bewusst ist, zwischen der Welt der Dinge einerseits und der Wirklichkeit andererseits: Der Begriff »Realität« *ist vom lateinischen »res« abgeleitet und bezieht sich auf die Dinge, während* »Wirklichkeit« *von »wirken« im Sinn von »auswirken, Wirkung haben« kommt.*

»Der gesunde Menschenverstand sagt uns, dass die Dinge auf der Erde eine recht bescheidene Existenz haben und dass die wahre Wirklichkeit in den Träumen stattfindet«, Baudelaire, Motto zu Les paradis artificiels.

Der Künstler, der sich für die Realität *entscheidet, gibt sich mit der Existenz dieser Realität zufrieden und nimmt sie sich als Modell, das er in seinem Werk so präzise, wie seine Technik es ihm erlaubt, nachzubilden versucht; der hingegen, der sich für die* Wirklichkeit *entscheidet, gebraucht die Welt als Rohstoff, gleich einem Steinbruch, aus dem er das Material herausholt, mit dessen Hilfe er ein Abbild von der Wirklichkeit schafft, das über eine schlichte Kopie hinausgeht und sich vornimmt, Außenwelt und Innenwelt des Künstlers gleichermaßen darzustellen.*

Was ist der bessere Realismus, das gescheiterte Leben eines Minenarbeiters darzustellen oder den Schmerz eines Gespenstes, das sich seinen Liebsten nicht mitteilen kann?

Existiert die Liebe oder bilden wir uns ihre Existenz nur ein, ausgehend von dem, was sie in uns auslöst?

Ist die Wirklichkeit um uns herum die einzige, oder nur die einzige, zu der wir Zugang haben?

Entsteht Wirklichkeit erst durch den Konsens derer, die an ihr teilhaben?

Besitzt der Mensch die Gabe der Fantasie, um die Möglichkeit zu haben, sich zu anderen Realitätsebenen Zugang zu verschaffen? Wirklichkeit oder Selbstbetrug? Sein oder Schein?

Zerstreut ging Professor Duroselle die Karteikarten durch, las hier und dort eines der altmodischen, verschiedenfarbigen, fein linierten Kärtchen und rang dabei nach einer Entscheidung, wie er die Angelegenheit angehen und wen er anrufen sollte. Obwohl ihn derzeit andere Probleme beschäftigten, galt sein Leben solchen Fragen, wie sie auf Hunderten von Kärtchen das Regal hinter seinem Schreibtisch füllten, und wenn er in seiner nun schon fernliegenden Jugend noch angenommen hatte, eine Lösung zu erahnen, eine mögliche, verblüffend einfache Erklärung, die ein für alle Mal die ihn umtreibenden Fragen lösen würde, hatte er im Lauf der Zeit und mit wachsender Erfahrung begriffen, dass es ein zu großes Thema war, als dass er oder irgendjemand anderes eine universal gültige Antwort finden könnte. Als er auf die fünfzig zuging und seine Thesen bescheidener wurden, als seine Prosa die Aggressivität der Achtundsechziger ablegte, die ihn zu Kampfschriften über den Sieg der Fantasie und der Vorstellungskraft über jede andere Realität verleitet hatte, als er sich allmählich der Tatsache fügte, dass die Wirklichkeit nicht mehr, aber vor allem nicht weniger war als das, was ihn tagein, tagaus umgab, als er nicht mehr hoffte, ohne Vorwarnung, im unerwartetsten Moment auf einmal in dieses Dazwischen blicken zu können, den Übergang zwischen dieser und der anderen Wirklichkeit, an deren Existenz er immer geglaubt hatte, da auf einmal erhielt er einen aberwitzigen Anruf, der sein Leben änderte.

Es war Frühling, die Kastanienbäume in Paris standen voller weißer und rosafarbener kegelförmiger Blüten, wie Kerzen auf Weihnachtsbäumen; die Mädchen liefen in kurzen Ärmeln herum und gingen ohne Strümpfe zur Uni, und ihre nun zum Vorschein kommende milchige Winterhaut würde sich nach wenigen Wochen Spazierengehen an der Seine golden färben; die Kollegen trafen sich am frühen Abend in den Bistros, die bereits von den Plastikplanen, diesen notdürftigen Schutzvorkehrungen gegen den Dauerregen des Pariser Winters, befreit waren; die kleinen Antiquariate im Marais räumten Schätze zweifelhafter Herkunft auf die Straße hinaus, um die Touristen anzulocken, und die ganze Luft roch nach Wiederauferstehung nach einem langen Winter. Er war schon ein Jahr von Sandrine getrennt und fand sich allmählich damit ab, dass das Leben auch ohne sie einen, wenn auch bescheidenen Sinn hatte. Er hatte sich vorgenommen, seine Energie mehr ins Unterrichten als in die wissenschaftliche Forschung zu stecken, und hatte sich aus einem Reisebüro einen Stapel bunter Kataloge mitgebracht. Früher wäre ihm nie in den Sinn gekommen, die darin beworbenen Weltgegenden zu bereisen, da seine Ferien immer der Recherchearbeit vorbehalten gewesen waren. Aber das war noch nicht alles: Er hatte sich sogar spontan mit einer fünfzehn Jahre jüngeren Kollegin zum Abendessen verabredet, was ihm das gute Gefühl gab, wieder Mann zu sein, auch wenn er dabei vor sich selbst erschrak.

Ein Lied auf den Lippen, legte er beim Nachhausekommen die Prospekte auf den Kaffeetisch und schenkte sich entgegen seiner Gewohnheiten einen Cognac ein, obwohl es noch nicht sieben Uhr abends war. Doch kaum hatte er es sich in seinem Lieblingssessel im Erker gemütlich gemacht, klingelte das Telefon, ein altmodischer, schwarz glänzender Apparat, dessen durchdringendes Läuten ihn jedes Mal aufschreckte. Kurz erwog er, nicht ranzugehen, doch dann fiel ihm ein, dass es die Kollegin sein konnte, die ihm sagen wollte, dass ihr etwas Unvorhergesehenes dazwischengekommen sei und sie ihr Abendessen verschieben müssten, und so stand er schließlich auf und hob ab. Er wäre sogar erleichtert gewesen.

Die Stimme am anderen Ende der Leitung klang wie von einem anderen Planeten und war mit einem unangenehmen Knistern unterlegt: »Professor Duroselle«, hatte die Stimme gesagt, »vertreten Sie noch immer die Ansicht, dass wir von parallelen Wirklichkeiten umgeben sind?«

Seine Antwort auf diese wundersame Frage kam, ohne dass er überlegte: »Selbstverständlich.«

»Ich habe das Vergnügen, Ihnen mitteilen zu dürfen, dass Sie ausgewählt worden sind, dem Club der Dreizehn beizutreten.«

Er bekam fast einen Lachanfall. Das klang wie ein Jugendbuch, *Die fünf Freunde*, *Die Mumie und die sieben Geheimnisse*, *Drei Fragezeichen*. Doch zum Lachen hatte er keine Zeit. Die Stimme gab ihm eine Adresse auf der Île Saint-Louis an, Uhrzeit, Losungswort.

»Kommen Sie allein. Sprechen Sie mit niemandem darüber. Sie werden es nicht bereuen, Professor. Das ist das, wonach Sie ihr Leben lang gesucht haben.«

Er bekam am ganzen Körper Gänsehaut, als würde ihn eine riesige Hand anfassen.

»Ich werde da sein.«

Bevor er es sich noch anders überlegen würde, rief er sofort die junge Kollegin an. Vielleicht war es nur ein schlechter Scherz, aber er konnte diese Gelegenheit nicht vorbeiziehen lassen. Wie oft kommt es schon vor, dass man sich vom Mysterium berührt fühlt? Sollte man ihn nur einen alten Egoisten nennen. In weniger als einer Stunde war er bestellt, er wusste weder zu wem noch wozu. Doch die Stimme hatte etwas von anderen Wirklichkeiten gesagt. Da musste er hin.

Und jetzt war wieder Frühling, er war fast sechzig, Präsident des Clubs der Dreizehn, der derzeit nur acht Mitglieder zählte und sich mit Problemen herumschlug, weil ein Mitglied eine Dummheit begangen hatte.

Er griff zum Telefon, mittlerweile ein modernes kleines mit Vibrationsalarm – wenigstens war er von diesem Klingeln und dem anschließenden Tuten befreit –, und wartete, sich nervös auf die Lippen klopfend, dass an dem Anschluss in Mailand jemand abhob. Die Stelle in Rom war seit ein paar Tagen nicht besetzt.

Das Wetter war abscheulich: In Regen übergehender Schneeregen, den der schneidende Wind einem in die Anorakkrägen trieb und gegen die Hosenbeine klatschte, während Eis die Haare wie ein Festiger verklebte. Den ganzen Februar war das herrlichste Wetter gewesen, doch jetzt war der Winter ohne Vorwarnung zurückgekehrt, als wollte er Menschen und Pflanzen dafür bestrafen, dass sie so dumm gewesen waren zu glauben, sie hätten das Schlimmste überstanden.

Wolf Altmann und Gabi Mayr taten einen Seufzer der Erleichterung, als sie das Portal der Alten Universität durchschritten und, umringt von Gedenktafeln und Büsten berühmter Männer, in der Eingangshalle standen, denn obwohl die Temperatur unwesentlich höher lag als draußen, herrschte hier wenigstens kein Wind. Schnell durchquerten sie den nächsten Schutzwall: eine automatische Glastür. Sie wurden von einem Schwall Küchengerüche begrüßt, der aus der im Keller des Gebäudes liegenden Studentenmensa heraufzog. Das Gläshäuschen des Portiers war unbesetzt, also nahmen sie die große Marmortreppe in die Beletage, wo die Gänge breiter waren als das Wohnzimmer einer Mittelstandsfamilie. Eines nach dem anderen lasen sie die Türschilder, bis sie das Dekanat der Geisteswissenschaftlichen Fakultät gefunden hatten. Sie klingelten und warteten, dass das Türschloss aufschnappte.

Eine Frau mittleren Alters empfing sie mit einem Lächeln, das man eher als Abwehrwaffe gegen jede Art von Eindringlingen bezeichnen konnte.

»Altmann und Mayr, Kripo Innsbruck. Wir haben um zehn einen Termin mit dem Herrn Dekan.«

Der Dekanatssekretärin fiel die Kinnlade runter. Als sie den Mund wieder geschlossen hatte, drehte sie sich um und drückte eine Taste auf dem Haustelefon.

»Seien Sie so gut und warten Sie einen Moment. Der Herr Dekan ist noch in einer Sitzung.«

Gabi und Wolf wechselten einen Blick, dann zogen sie ihre nassen Anoraks aus und sahen sich um, wo sie sie aufhängen konnten. Endlich bequemte sich eine junge, nicht sehr intelligent wirkende Hilfskraft auf die stumme Aufforderung ihrer Chefin hin, ihnen die nassen Anoraks abzunehmen und an die Personalgarderobe zu hängen. Fünf Minuten vergingen, in denen sie schweigend zusahen, wie die drei Frauen Anrufe annahmen, tippten und ihnen hin und wieder verstohlen einen neugierigen Blick zuwarfen. Endlich ging die Bürotür auf, und vier Krawatten tragende, griesgrämig blickende Männer im mittleren Alter kamen heraus und gingen weg, ohne sich von irgendwem zu verabschieden.

An der Schwelle blieb ein müde aussehender Herr im Anzug zurück und hörte sich die geflüsterten Erläuterungen der Chefsekretärin an. Augenblicklich kam er mit ausgestreckter Hand und gequältem Lächeln auf sie zu: »Es tut mir leid, dass Sie warten mussten. Wir hatten gerade eine dieser … ähm … schwierigen Sitzungen.«

Sie wechselten in das Büro des Dekans, wo ein anderer Herr rasch von einem am Fenster stehenden Sofa aufstand.

»Ich habe mir erlaubt, den Institutsleiter in der vorliegenden Frage dazuzubitten. Ich hoffe, das stört Sie nicht. Erlauben Sie mir, Ihnen Professor Mötz vorzustellen.«

Professor Mötz, etwa fünfzig, groß und etwas wabbelig, sah mit seinen rosigen Wangen und seiner Stirnlocke aus wie ein altes Kind. Der Schrecken war ihm anzusehen.

»Gut«, sagte Altmann und nahm in dem Sessel Platz, den der Dekan ihm gewiesen hatte, »Sie haben das Wort.«

»Wir?«, antwortete Mötz eilig. »Wir haben Ihnen nichts zu sagen.«

Altmanns Blick schwenkte zu dem Dekan.

»Ja, Chefinspektor, sehen Sie, also wir, ich kann nicht anders als meinem Kollegen recht geben, wir haben Ihnen in der Angelegenheit tatsächlich nichts zu sagen.«

»Aber Sie wissen, dass der Sohn von Professor Fink auf das Verschwinden seines Vaters hin Anzeige erstattet hat.«

Beide nickten. Ein paar Sekunden lang sagte niemand etwas.

»Vielleicht war die Entscheidung des jungen Fink etwas übereilt«, sagte der Dekan schließlich.

»Finden Sie?« Gabi Mayrs Stimme war weich, hatte gleichzeitig jedoch etwas Scharfes. »Wie lange sollte Ihrer Meinung nach ein Sohn auf Nachrichten von seinem Vater warten, bis er zur Polizei geht? Finden Sie es übereilt, nach vier Wochen eine Vermisstenanzeige aufzugeben?

Der Dekan wechselte mit Mötz einen nervösen Blick, dann sah Mötz zum Fenster hinaus.

»Sehen Sie, mein Fräulein ...«

»Frau Inspektor.«

»Entschuldigung. Sehen Sie ... ein Universitätsprofessor genießt gewisse Privilegien, Rechte ... eines davon ist, dass er vor niemandem Rechenschaft über seinen Aufenthaltsort ablegen muss. Wir reden hier doch nicht über einen Jugendlichen.«

»Ein Universitätsprofesser kommt also mitten im Semester nicht mehr zu seinen Lehrveranstaltungen, glänzt bei allen seit Langem feststehenden Sitzungen und Verpflichtungen mit Abwesenheit, und kein Mensch fragt sich, was zum Teufel mit ihm los ist und wo er steckt.«

»Ich habe mehrmals persönlich bei Professor Fink zu Hause angerufen, ihn aber nie erreicht«, schaltete Mötz sich ein. Er klang wie ein Junge, der jede Schuld von sich weisen will. »Ich habe bei den Kollegen herumgefragt, keiner wusste etwas, und am Ende habe ich mir gedacht, wahrscheinlich ist er für ein paar Tage weggefahren, um zu recherchieren, nach Rom vielleicht.«

»Warum nach Rom?«

»Weil das Epos des sechzehnten Jahrhunderts sein Forschungsschwerpunkt ist; er nimmt sich häufig ein paar Tage zum Recherchieren in Rom.«

»Und Sie als Vorstand des Instituts muss er darüber nicht informieren?«

Mötz setzte zu einem sarkastischen Lächeln an, kam aber über eine Andeutung nicht hinaus: »Mich informiert hier niemand und am allerwenigsten Fink.«

Der Dekan verzog das Gesicht, als hätte er in eine grüne Zitrone gebissen.

»Irgendwann kommt es sowieso heraus«, fuhr Mötz, an den Dekan gerichtet, fort. »Was soll's. Fink und ich reden seit Jahren nicht mehr miteinander. Wenn er Institutsvorstand ist, mache ich, was ich will, umgekehrt ist es genauso. Das beruht auf Gegenseitigkeit.«

»Herr Mötz«, schaltete der Dekan sich ein, »ich glaube kaum, dass die Polizeibeamten sich bis hierher vorgekämpft haben, nur um sich unsere internen Streitereien anzuhören. Wie können wir Ihnen helfen?«

Altmann zog ein kleines Ringbuch mit schwarzen Deckeln heraus: »Gestern Morgen kam Dr. Johann Fink, der Sohn von Professor Helmut Fink, zu uns, weil er seit vier Wochen nichts mehr von seinem Vater gehört hat. Wie Sie vielleicht wissen, arbeitet Finks Sohn in Hannover und hält vor allem telefonisch und über E-Mail zu seinem Vater Kontakt. Er erzählte, dass sie sich seit dem Tod von Professor Finks Frau fast täglich auf irgendeine Weise austauschen. Der junge Mann bedauert sehr, dass er so weit entfernt von seinem Vater lebt, und bemüht sich, ihn zumindest häufig anzurufen. In letzter Zeit ist er ihm offenbar seltsam vorgekommen, er konnte aber nicht genau sagen, ob sein Vater eher zerstreut oder besorgt auf ihn gewirkt hat, auf jeden Fall, so die Aussage des Sohnes, sei er mit seinem Kopf woanders gewesen. Bei einem Telefonat habe der Professor auf die Frage, ob etwas sei, geantwortet: ›Das weiß ich selbst nicht. Ich nehme an, ich vermisse deine Mutter. Vielleicht nehme ich mir über Ostern ein paar Tage frei.‹ Darum hat der Sohn sich zunächst keine Gedanken gemacht, sondern erst, als er nach einiger Zeit immer noch verschwunden war. Er fragte alle Freunde seines Vaters, doch niemand wusste etwas.«

»Ja«, bestätigte der Dekan, »letzte Woche hat er auch mich angerufen.«

»In Anbetracht der Lage erschien es ihm am vernünftigsten, die Polizei einzuschalten.«

»Damit Sie ihn suchen und ihn in irgendeinem Berghotel mit einer jungen Dohle aufstöbern?«, sagte Mötz in dem Bemühen, den Spaßvogel zu geben.

Die Inspektorin warf dem Dekan einen fragenden Blick zu: »Das ist lächerlich, meine Herren. Professor Fink ist ein grundanständiger Mann, in seinen vierzig Jahren Ehe hat er nie Anlass zu Gerede gegeben.«

»Wir müssen, auch wenn wir ein … galantes Abenteuer natürlich nicht ausschließen können, andere Möglichkeiten in Betracht ziehen«, sagte Altmann.

»Zum Beispiel?« Der Dekan beugte sich ihnen mit fest ineinander verschränkten Händen zu.

»Entführung, zum Beispiel«, sagte Mayr. »Oder Selbstmord. Oder natürlich Mord.«

Der Dekan erhob sich und ging im Zimmer auf und ab: »Aber, ich bitte sie, das ist doch haarsträubend, das ist unmöglich.«

»Herr Dekan, was ist unmöglich?«

»Das alles, das alles ist unmöglich. Fink ist ein Mann, damit will ich sagen, er ist keiner, der sich umbringt. Außerdem, welche Motive hätte er? Der Tod seiner Frau war für ihn natürlich ein sehr harter Schlag, aber das ist über ein Jahr her. Und Entführung, ja, um Himmels willen, wer würde denn einen Literaturprofessor entführen? Warum? Abgesehen davon hätten sie schon längst Kontakt mit seinem Sohn aufgenommen, wegen des Lösegelds, meine ich. Und … ich bitte Sie, nein, das ist schlicht unmöglich.«

»Und was sagen Sie zu Mord?«

Mötz lachte plötzlich los, dass ihm fast die Tränen kamen. Alle sahen sich an.

»Mötz! Um Himmels willen, ich bitte Sie!« Der Dekan war sichtlich verärgert.

Allmählich fand der Universitätsprofessor die Fassung wieder.

»Entschuldigung. Ich kam mir auf einmal vor wie in einer Fernsehserie und dachte, gleich kommt die Frage, ob er Feinde hatte, ob irgendwer Interesse gehabt haben könnte, ihn zu töten.«

»Und?«

»Fragen Sie das im Ernst?«

»Ja.«

Der Dekan wartete starr ab, was Mötz antworten würde. Der drehte in einer großmütigen Geste die Handflächen nach oben und lächelte wieder. »Natürlich nicht, meine Herrschaften. Wo glauben Sie denn, sind wir? Das ist eine Universität. Natürlich gibt es Reibereien und Streit, das zu leugnen wäre schon sehr naiv und außerdem unglaubwürdig, aber wir bringen uns hier doch nicht gegenseitig um. Gut, wir wischen uns gelegentlich eins aus, um zusätzliche Gelder für unsere Forschungsvorhaben oder eine weitere Assistentenstelle zu erhalten, aber wir greifen nicht zu Gift oder Messern.«

Der Dekan war sichtlich erleichtert, als er die Antwort des Romanisten vernahm.

»Ich teile seine Ansicht.«

»Hat jemand von Ihnen Professor Fink in den letzten Wochen gesehen?«

Beide schüttelten den Kopf.

»Ich sowieso nicht«, führte Mötz aus. »Wir haben vollkommen unterschiedliche Arbeitszeiten, jeder von uns hat sein Büro, wir begegnen uns eigentlich nur in den Institutssitzungen, und im April waren wir in keiner zusammen.«

Der Dekan hatte einen bordeauxroten Kalender herausgeholt und ging die Tage und Wochen durch: »Hier. Ich hatte es noch vage im Kopf, wusste aber nicht mehr genau den Tag. Am 26. März hatten wir hier in diesem Raum um Viertel nach neun einen Termin. Er kam nicht. Und ich erinnere mich, dass ich mich sehr wunderte, weil Fink ein ausgesprochen pünktlicher, höflicher Mensch ist. Normalerweise hätte er angerufen, um sich zu entschuldigen, aber das hat er nicht getan. Ich habe es dann vergessen. Bei dem, was ich alles zu tun habe …«

»Warum wollte er zu Ihnen?«

Der Dekan sah völlig ratlos drein: »Keine Ahnung. Er meinte, es sei nur für fünf Minuten, sonst sagte er nichts.«

»Wissen Sie, ob Ihre Sekretärinnen ihn an dem Tag gesehen haben?«

»Das lässt sich gleich herausfinden.« Der Dekan ging zur Tür, streckte den Kopf hinaus und gab die Frage des Chefinspektors an die drei Frauen weiter. Die beiden Jüngeren wussten nichts, die Ältere neigte den Kopf zur Seite, wodurch sie auf einmal Ähnlichkeiten mit einem kleinen Vogel hatte, und sah den Dekan fest an.

»Wenn Sie uns etwas zu sagen haben, Frau Lechner …«

»An dem Tag, als er den Termin bei dem Herrn Dekan hatte, kam der Herr Professor viel früher als gewohnt, es muss kurz nach acht gewesen sein, denn ich goss gerade die Pflanzen und das tue ich immer als Allererstes, alle zwei Tage. Ich sagte ihm, dass der Herr Dekan noch nicht da sei, und, schon im Gehen, bat er mich auf einmal, ich solle ihm den Sitzungssaal des Senats aufschließen.«

»Wozu?«, fragten die beiden Polizeibeamten gleichzeitig.

Frau Lechner machte ein beleidigtes Gesicht. Undenkbar, dass eine Angestellte, und sei es die Chefsekretärin des Dekanats, es wagen würde, einen Universitätsprofessor zu fragen, warum er in einen Raum der Universität wollte: »Das habe ich ihn doch nicht gefragt.«

»Sie haben ihm also aufgeschlossen.«

Sie nickte eifrig: »Ich habe ihm aufgeschlossen, und er hat mich angelächelt, und dann hat er gesagt, dass er auch nicht lange braucht und später vorbeikommen will, um den Herrn Dekan zu sehen.«

»Und er ist dort geblieben?«

»Jawohl … Auf dem Weg zum Mittagessen bin ich an dem Raum vorbeigegangen, ich habe mich versichert, dass niemand drin ist, und abgesperrt. Dann habe ich die Sache vergessen.«

»Und Sie haben sich nicht gewundert, dass Professor Fink nicht zu seinem Termin gekommen ist?«

»Es steht mir nicht zu, mich über irgendetwas zu wundern.«

»Was ist in dem Saal?«, fragte Gabi.

»Wollen Sie ihn sehen? Ich zeige ihn Ihnen gern«, sagte der Dekan. »Frau Lechner, wären Sie so freundlich?«

Sie gingen alle nacheinander hinaus. Die Sekretärin nahm den Schlüssel mit dem getippten Schild von einem kleinen Haken unter der Empfangstheke und führte sie durch einen breiten Gang. Nach fünfzig Metern, vorbei an der Aula, blieb sie vor einer Tür stehen, die genauso groß und weiß war wie alle anderen, steckte den Schlüssel ins Schloss, drehte ihn zweimal um und trat dann zur Seite, um die anderen hineinzulassen.

Es war ein mittelgroßer Saal mit großen, durch Sprossen unterteilten Altbaufenstern, durch die das spärliche Licht des grauen Tages hereinfiel. In dem Raum standen mehrere kleine, zu einem Rechteck zusammengeschobene Tische, ringsum schwarz bezogene Stühle; die Wände schmückten Porträts von ehemaligen Rektoren der Universität, Bilder ganz unterschiedlicher Stilrichtungen von Herren im reiferen Alter, denen die Überzeugung von ihrer eigenen Bedeutung ins Gesicht geschrieben stand. Einer von ihnen trug eine Art orientalisches Kostüm, ein anderer in Hemdsärmeln blickte nach links auf eine Stelle außerhalb des Bildes, alle anderen trugen Talar und Rektorkette.

»Ist das alles?«, fragte die Inspektorin leicht enttäuscht.

Niemand antwortete ihr.

Sie gingen wieder in den Gang hinaus, Frau Lechner schloss die Tür ab, und sie sahen einander etwas ratlos an.

»Professor Mötz, wir würden gern einen Blick in das Büro von Professor Fink werfen.«

»Selbstverständlich. Ich führe Sie hin.«

An der Tür des Dekanats verabschiedeten sie sich vom Dekan und seiner Sekretärin, nahmen ihre Anoraks und verabredeten, in Kontakt zu bleiben. Bevor sie gingen, nahm der Dekan sie kurz beiseite: »Wäre es möglich«, sagte er leise, »dass diese unschöne Angelegenheit mehr oder weniger … unter uns bleibt?«

2

Eine verschwundene Schachtel, ein Hippogryph und eine streunende Katze

Um sich nicht länger schlaflos im Bett zu wälzen, schaltete Katia das Licht an und setzte sich auf. Es war zehn nach drei. Sie hatten auswärts zu Abend gegessen, und anschließend hatte sie noch, wie sie es immer tat, bei Giolitti ein Eis kaufen und es vor dem Pantheon essen wollen, denn dieser Ort war für sie, was für die Pilger der Petersdom ist: das Wahrzeichen Roms. Sie war ein Gewohnheitstier, sie hatte nun einmal dieses verfluchte Bedürfnis, dass alles seine Ordnung, seinen festen Platz haben musste. »*Vaniglia, nocciola, gianduia e panna*«, immer diese Sorten, seit sie zum ersten Mal bei Giolitti gewesen war; danach zum Pantheon und zu später Stunde noch zur Piazza Navona, wenn die Schritte auf den nachtfeuchten Pflastersteinen hallen und nur noch die letzten von Alkohol, wehmütigen Erinnerungen oder Begehren trunkenen Nachteulen durch die Dunkelheit torkeln.

Um fast zwei waren sie herrlich müde und leicht angetrunken zurückgekommen, nachdem Marianna ein paar Meter vor ihrer Haustür noch unbedingt diesen letzten Gin Tonic hatte trinken wollen, und sie wollte nichts anderes mehr als ins Bett fallen. Sie hatte sich im Bad beeilt, um den auf ihren Lidern lastenden süßen Schlaf nicht zu verjagen, und als sie in die mit blauen Margeriten bedruckten Laken schlüpfte, bei deren Lavendelduft sie stets an ihre Mutter dachte, räkelte sie sich wie eine Katze, so behaglich fühlte sie sich. Doch dann war ihre Müdigkeit auf einmal verflogen; trotz Erschöpfung war sie hellwach, und so stand sie leise auf, um ihre in dem nur durch eine Schiebetür abgetrennten Nebenzimmer schlafenden Freundinnen nicht zu wecken, und holte aus ihrem Rucksack die gelbe Mappe mit Valcárcels Papieren. Zurück im Bett, breitete sie die Blätter um sich herum aus. Sofort zwinkerte der Stich ihr zu: Auf geradezu beunruhigende Weise zog dieser Bogen ihren Blick an, als wollte er sie in sich hineinziehen, als wollte er ihr eine andere Welt zeigen.

Endlich gelang es ihr, sich von seiner Anziehungskraft zu lösen, und sie warf einen Blick auf die übrigen Blätter. Zuerst hielt sie es für bedeutungslose Kritzeleien, eine Liste mit Namen, die aussah wie der erste Versuch eines Zeitungslesers bei der Lösung eines Rätsels à la: Der Japaner ist mit der Frau verheiratet, die das graue Auto fährt, der Ingenieur wohnt in dem gelben Haus, und die Frau des Holländers hat einen Pudel.

Auf einem vergilbten Blatt waren in derselben Handschrift, mit der der Stich betitelt war, eine Reihe literarischer Werke in verschiedenen Sprachen aufgelistet. Auf den ersten Blick erkannte sie *Los siete libros de la Diana*, *Gargantua und Pantagruel* und *Erewhon*. Für die anderen hätte sie eine Lupe und besseres Licht gebraucht. Neben einigen der Namen stand von selber Hand in verblasster lila Tinte: »nicht möglich«, was immer das bedeutete.

Ein anderes Blatt enthielt eine ähnliche Liste, in diesem Fall schienen es Titel von Gemälden oder Gedichten zu sein. *Eros und Psyche* konnte sie noch am ehesten entziffern. Dahinter war ein schwarzer Strich; hinter einigen Titeln stand ein Städtename, hinter anderen die Kennzeichnung »priv.«.

Auf allen Blättern standen solche Listen, wenn auch mit wechselnden Kombinationen: Auf einigen waren eine Stadt, ein literarisches Werk und ein Bild einander zugeordnet, auf einigen Autoren und Orte, und auf anderen konnte sie gar nichts entziffern. Was auch immer dahintersteckte, auf jeden Fall hatte man den Eindruck, dass es nichts Fertiges war, dass derjenige, der diese Blätter beschrieben hatte, spielte oder an etwas arbeitete, dass er heimlich etwas herauszufinden, ein Rätsel zu lösen versuchte und dass es mit Literatur oder Malerei zu tun hatte.

Hatte Professor Valcárcel vielleicht zu der Sorte Gelehrten gehört, die sich in exklusiven Zirkeln untereinander Rätsel stellen und einmal im Jahr treffen, um ihre Ergebnisse zu vergleichen? Oder war das der Schlüssel zu einem international geplanten Raub in Museen und Bibliotheken?

Diese Vorstellung erschien ihr dermaßen absurd, dass sie leise lachen musste. Sie müsste über Professor Valcárcel mehr erfahren; tatsächlich hatte sie bis vor einigen Tagen noch nie von ihm gehört, und so war jede Information ein Fortschritt. Gleich am nächsten Tag wollte sie Marianna fragen, und dann gab es ja noch diese Schachtel. Nachdem sie einen ganzen Tag lang ihren Inhalt durchgesehen hatte, hatte sie zwar nicht den Eindruck gewonnen, dass irgendetwas darin zusammenpasste, doch endgültige Gewissheit hatte sie keine. So jedenfalls kam sie nicht weiter. Sie packte alles zusammen, steckte es in den kleinen Rucksack, den sie statt einer Handtasche immer dabei hatte, und legte sich wieder ins Bett, in der Hoffnung einzuschlafen.

Am nächsten Tag, nach dem Frühstück – bei dem ihre italienischen Freundinnen nichts zu sich nahmen außer einem schwarzen Kaffee in der Küche –, fuhren Marianna und Katia bei herrlichstem Wetter und nahezu sommerlicher Temperatur zur Villa Albani. Auf dem Corso Italia stockte wie immer der Verkehr, aber in der kleinen Straße des Gelehrten war es so ruhig, dass sie sogar ganz in der Nähe des Hauses einen Parkplatz fanden. Während Marianna schon vorging, kaufte sich Katia noch in einer Bar ein *cornetto* gegen ihr Magenknurren. Alles strahlte eine belebende Frische aus; die Luft schien sauberer, die Geräusche klarer; die Menschen, denen sie begegnete, hatten einen raschen, entschlossenen Schritt, als hätten sie anders als sie selbst ihre Aufgabe im Leben gefunden.

Froh und voller Tatendrang spurtete sie die Treppen hinauf, immer zwei Stufen auf einmal, denn sie war entschlossen, das Geheimnis dieser Papiere in der Schachtel zu lüften. Marianna hatte die Tür offen gelassen, und Katia pfiff wie immer zur Begrüßung. Als Antwort kam ein Pfiff aus dem hinteren Zimmer, woraufhin sie lächelnd in »ihr Büro« ging und Rucksack und Jacke ablegte. Obwohl das Parkett nicht mehr neu war, glitzerte es wie eine Wasserfläche, und ein leichter Luftzug bewegte die weißen Gardinen; es war ein guter Tag zum Arbeiten.

Stirnrunzelnd ließ Katia den Blick über den Boden des Zimmers wandern. Wo war die Schachtel? Sie hatte sie zum Durchsehen hierhin vors Fenster gestellt, um besseres Licht zu haben. Ob Marianna sie ins andere Zimmer mitgenommen hatte?

Mit flauem Magen ging sie nach hinten. Die Schachtel konnte unmöglich verschwunden sein. Das war schlicht und ergreifend unmöglich.

»Marianna. Hast du die Schachtel?«

»Welche Schachtel?« Marianna untersuchte gerade mit einer Lupe den Boden eines Krugs.

»Die Schachtel, Mensch, meine Schachtel, mit den ganzen Papieren drin.«

Ihre Freundin bemerkte das Drängen in ihrer Stimme und sah auf: »Sie muss da sein, wo wir sie gestern Abend stehen gelassen haben.«

»Aber da ist sie nicht.«

In ihrer energischen Art sprang Marianna auf und stöckelte aufgebracht ins Zimmer; sie sah sich rasch um und ging dann rechts auf die Tür zu, die auf einen schmalen Balkon mit schmiedeeisernem Geländer hinausführte. Eine der Glasscheiben neben dem Griff war von außen eingeschlagen worden.

Sie öffneten die Tür und traten auf den Balkon hinaus, um eine Vorstellung davon zu bekommen, was passiert war. Rechts von ihnen bot eine große Magnolie mit starken Ästen einen vorzüglichen Zugang für einen Dieb, Schwindelfreiheit vorausgesetzt.

»Schau, hier.« Katia zeigte auf den Boden des Balkons.

In dem von den Abgasen schwärzlichen Staub erkannte man ganz deutlich die Spur eines Sportschuhs, der Größe nach eines Herrenschuhs.

»Und was machen wir jetzt?«

Marianna starrte schweigend auf den Fußabdruck.

»Sollen wir die Polizei anrufen?«, fragte Katia zaghaft.

»Großartige Idee! Und die Feuerwehr und den Kindernotruf und den Vatikan gleich auch noch. Denk doch mal nach. Wir rufen an, sagen, dass du, eine Freundin von mir, Ausländerin, die du gar nichts mit der Sache zu tun hast, hier warst und dich mit einem Haufen wertloser Papiere herumgeschlagen hast, die ich weggeworfen hätte, und dass wir heute Morgen bemerkt haben, dass irgendein Idiot, anstatt einen Sèvres-Krug in gutem Zustand oder eine französische Uhr aus dem achtzehnten Jahrhundert mitzunehmen, die berühmte Schachtel entwendet hat, die wir heute Nachmittag sowieso zum Altpapier getragen hätten. Was werden sie tun? Dich zum Kaffee einladen? Das mache lieber ich. Komm!«

»Wohin?«

»Was ich gerade gesagt habe. Einen Kaffee trinken. Und nebenbei will ich noch einen Anruf machen. Ich will diesen Herrn Cabrera fragen, was er eigentlich sucht.«

Katia bemühte sich, mit der Funken sprühenden Marianna Schritt zu halten, bis sie in der Bar standen, wo sie sich eine halbe Stunde zuvor das *cornetto* gekauft hatte.

»Zwei *espressi*.«

»Für mich nicht, wenn ich jetzt einen Kaffee trinke, zerreißt es mir den Magen.«

Die Kassiererin, die über ihr kleines Reich aus Zigarettenschachteln, Dosen voller Bonbons, Kaugummis und anderen Schleckereien herrschte, sah sie mit unverhohlener Belustigung an.

»Einen Espresso und einen Orangensaft.«

Marianna zahlte und gab am Tresen den Bon ab, dann setzte sie sich in eine Ecke und holte ihr Handy raus. Als Katia mit den beiden Getränken zu ihr kam, hatte sie bereits die Nummer des Spaniers gewählt: »Dr. Cabrera? Marianna Grimaldi. Ersparen Sie sich die Höflichkeitsfloskeln. Sie haben etwas, das mir gehört, und ich denke, ich brauche Sie nicht daran zu erinnern, dass Sie in diesem Land Ausländer sind und dass die Polizei etwas dagegen haben könnte, wenn Sie mit gestohlenen Dokumenten ausreisen.«

Katia zuckte innerlich zusammen und blickte empört zu Marianna, die sie überhaupt nicht beachtete.

»Ja, natürlich, Sie haben keine Ahnung, das dachte ich mir schon. Hören Sie, ich will Ihnen einen freundschaftlichen Rat geben: Sie stellen das, was sie gestern aus der Wohnung mitgenommen haben, bei Professor Valcárcel auf die Treppe, und ich vergesse die Angelegenheit, verstanden? Ich habe keine Zeit und auch keine Lust, mit Ihnen zu diskutieren. Guten Tag.«

»Gleich so grob!«, grummelte Katia.

Marianna überging sie und wählte eine weitere Nummer: »Adriana, ich bin's. Sollte dich ein Spanier anrufen und dich um die Adresse der Erben von Valcárcel bitten, sagst du ihm, dass du nicht dazu autorisiert bist und er sich mit mir in Verbindung setzen soll. Du hast es erfasst, meine Hübsche, eine Nervensäge. Ich komme nachher vorbei.«

Sie kippte zwei gehäufte Löffel Zucker in die kleine Tasse, rührte rasch um und stürzte den Kaffee hinunter. Dann wählte sie noch einmal: »Herr Azzaro? Guten Tag, entschuldigen Sie, dass ich Sie so früh am Morgen störe, aber ich war mir nicht sicher, ob ich Sie später noch zu Hause erreichen würde. Ich bin Marianna Grimaldi, die Antiquarin, ja genau. Also ich weiß ja nicht, was Sie und Ihr Bruder mit den unveröffentlichten Schriften Ihres Onkels vorhaben, jedenfalls ist zufällig gerade eine sehr gute Freundin von mir auf Durchreise in Rom, eine österreichische Literaturwissenschaftlerin, sie würde Sie sehr gern kennenlernen. Sicher, sicher, das können Sie nicht so direkt sagen, natürlich. Sie ist Hispanistin, jung, mit einem exzellenten akademischen Ruf. Wir dachten, wenn Sie noch niemand anderen verpflichtet haben, könnte vielleicht sie sich ... aus Wien ...«

Katia dachte, sie höre nicht richtig und begann ihre Freundin nervös am Ärmel zu zupfen.

»Nein, fest an einer Universität ist sie nicht. Sie ist freiberufliche Wissenschaftlerin, aber sie hat gute Kontakte und könnte für die Institution Ihrer Wahl die Ansprechpartnerin sein. Ja, natürlich, sie spricht Italienisch und Spanisch. Englisch? Ja, auch, sicher. Dr. Katia Steiner. Morgen um fünf bei Ihnen im Büro? Vielen herzlichen Dank, Herr Azzaro. Ich bin mir sicher, Sie werden es nicht bereuen. Nein, nein, um Himmels willen, ich muss Ihnen dankbar sein. Ich habe es gern getan. Auf Wiederhören.«

»Verdammt, was machst du da, Marianna?«, explodierte Katia, sobald das Gespräch beendet war.

»Ich mache Pläne für deine Zukunft, und nebenbei versaue ich Cabrera das Geschäft.«

»Und wer hat dir gesagt, das ich mich für Valcárcel und seine Schriften interessiere?«

»Das kommt schon, wenn du dich eingearbeitet hast, es ist nur eine Frage der Zeit. Azzaro sagt, er und sein Bruder überlegen, eine Art Stiftung zu gründen, die den Nachlass ihres Onkels verwalten soll. Wenn du als Erste da bist, kannst du vielleicht die Direktorin der Stiftung Valcárcel werden. Wäre doch nicht schlecht, oder?«

Katia hielt sich die Hände vors Gesicht und schüttelte den Kopf: »Ich weiß nicht, Marianna, du bist ein Bulldozer, du lässt einen überhaupt nicht überlegen oder entscheiden, ich fühle mich überrumpelt, vergewaltigt …«

»Na, na, nicht übertreiben. Mach dir nichts vor, meine Liebe, und verbessere mich, wenn ich falschliege: Dein Berufsleben ist ohne Perspektive, du suchst doch nach etwas Neuem; dein Gefühlsleben ist am Boden, du bist mutterseelenallein und an niemanden gebunden, du hast noch nicht einmal eine Katze. Warum kannst du nicht eine Zeit lang in Rom bleiben und sehen, ob du hier Fuß fasst?«

»Ich weiß nicht, Marianna, das geht mir alles zu schnell. Ich weiß doch nichts über diesen Valcárcel.«

»In der Wohnung hast du eh nichts mehr zu tun, dann gehst du jetzt eben in die *Biblioteca Nazionale* und wirst ein paar Stunden investieren und dich informieren. Damit du morgen bei deinem Gespräch mit dem Architekten Azzaro keine lächerliche Figur machst.«

Katia seufzte und sagte nichts.

»Auf, du Mitteleuropäerin, an die Arbeit. Um sieben sehen wir uns zu Hause, wir sind doch auf Giannis Geburtstag eingeladen.«

»In diese Schwulendisko?«

Marianna grinste. »Es wird dir bestimmt gefallen.«

Eine rasche Umarmung, dann gingen sie auseinander. Katia blieb an der Ecke stehen und blickte Marianna nach, bis diese zwischen den geparkten Autos verschwunden war. Was sie ihr gesagt hatte, stimmte: Sie fühlte sich durch die heißblütigen Entschlüsse ihrer Freundin, ihre verdammte Selbstsicherheit und ihren Eifer, sich um ihr Leben zu kümmern, überfahren. Marianna mochte sie, dessen war sie sich sicher, und sie tat es ihr zuliebe, aber sie war es ziemlich leid, dass alle sich bemüßigt fühlten, ihr bei ihren Entscheidungen zu helfen, als wäre sie zu dumm dazu.

Während sie die Via Savoia in Richtung Stadtzentrum hinaufging, musste sie sich eingestehen, dass ihre eigene Haltung vielleicht dazu reizte, sich einzumischen: ihre sympathische Art, ihr Wunsch zu gefallen, nett zu sein, ihr Sträuben davor, Nein zu sagen, ihre Schwierigkeit, sich gegen das, was ihr nicht gefiel oder nicht passte, zu wehren, ihre Neigung nachzugeben, Konflikte zu vermeiden. Auch in Österreich wurde sie dafür ausgenutzt, aber das war harmlos im Vergleich zu den romanischen Ländern, wo man mit so einer Haltung seine Unterlegenheit und Schutzbedürftigkeit einzugestehen schien; zusammen mit der Selbsteingenommenheit der Südländer führte das zu solchen Szenen wie eben: »Ich weiß, was für dich gut ist«, »lass mich nur machen«, »das erledige ich schon für dich«. Und sie ging gleich in die Bibliothek, opferte einen ganzen Tag für etwas, das sie nicht im Geringsten interessierte. Obwohl, wenn sie recht überlegte, konnte sie das so nicht sagen. Gewisse Dinge an Valcárcel interessierten sie tatsächlich. Wenn der spärliche Inhalt aus dieser Schachtel nur eine Kostprobe dessen sein sollte, was bei Azzaro zu Hause auf sie wartete, dann könnte sie der Sache sogar etwas abgewinnen, und sei es nur als Denksportaufgabe. Und wenn sie dafür in Rom bleiben müsste? Wäre sie bereit, sich in Rom in Mariannas Einflusssphäre zu begeben, um den Nachlass eines Mannes zu verwalten, dessen Denken ihr womöglich überhaupt nichts sagte?

Sie beschloss, auf dem Weg zur Bibliothek beim Postamt vorbeizugehen, um kurz mit Sigrid zu telefonieren und sich nach ein paar Dingen zu erkundigen; immerhin wartete sie voller Bangen schon fast einen Monat auf die Antwort des Verlags, dem sie ihre Erzählungen geschickt hatte. Sie hätten ihr längst antworten müssen, und auch wenn sie eine Absage jetzt gerade am wenigsten verkraften könnte, musste sie Bescheid wissen. Sollte vielleicht doch eine positive Antwort für sie gekommen sein, würde das ihr Selbstwertgefühl enorm steigern, und das konnte sie gut gebrauchen. *Ego boosting* oder so ähnlich sagten die Amerikaner dazu.

Sie spazierte die Via Veneto hinunter bis zum Tritone-Brunnen und fühlte, wie mit jedem Schritt die Spannung von ihr abfiel. Während sie unter dem blauen Himmel die von den großen Gebäuden auf den Gehweg fallenden Schatten durchquerte, fühlte sie sich wie ins *dolce vita* zurückversetzt, als die Via Veneto noch der Inbegriff für die Liebe war, als Marcello Mastroianni und Anita Ekberg im Trevi-Brunnen badeten und auf den Terrassen Negroni tranken, obwohl der Platz jetzt am Vormittag leer und noch nicht erwacht war. Vor dem Tritone-Brunnen schoss eine Gruppe Japaner in atemberaubender Geschwindigkeit Fotos, während der gigantische Reisebus mit laufendem Motor auf sie wartete, als wären sie Mafiabosse.

Sie ging weiter bergab bis zur Piazza le San Silvestro, die gesteckt voll mit Bussen aller möglicher Linien war, und schlug sich durch die stinkenden Abgase vor bis zum Postamt, wobei sie überlegte, ob sie Sigrid vielleicht schon andeuten sollte, dass sie um einiges länger als geplant in Rom bleiben würde. Andererseits müsste sie auf jeden Fall zurück nach Wien, um zumindest einen Teil ihrer Sachen zu holen, und noch hatte sie nicht mit dem Architekten Azzaro gesprochen und wusste über den Verstorbenen so gut wie nichts. Ihre Gedanken überschlugen sich schon wie bei Marianna.

Sie musste es eine Ewigkeit klingeln lassen, wahrscheinlich wusch Sigrid sich gerade die Haare oder machte Yoga, aber sie wusste, dass sie nur Geduld zu haben brauchte: »Scholl«, hörte sie endlich.

»Sigrid, hallo, hier ist Katia. Wie geht's?«

Kurze Pause, Räuspern: »Gut. Wie immer.«

»Ist für mich etwas gekommen?«

Wieder eine Pause, diesmal länger: »Nein, nichts.«

»Hör mal, Sigrid, ich bin schon groß, ja? Wenn sie das Manuskript abgelehnt haben, brauchst du dich nicht bemühen, es mir schonend beizubringen.«

»Nein, nein, Katia, ich schwör's dir, es ist nichts gekommen.«

»Aber irgendwas ist doch, oder?«

»Also … du wirst es nicht glauben«, wieder eine Pause, dann leiser: »Alec ist da.«

»Was?« Ihr Magen hatte sich zu einer kalten, harten Kugel zusammengezogen.

»Sie sind gestern Nachmittag gekommen, einfach so, ohne sich anzukündigen.«

»Was heißt ›sie‹?« Ihr zitterte ein wenig die Stimme, und vor ihren Augen fanden seltsame Farbspiele statt, als würde ihr gleich schwindlig.

»Er und eine junge Argentinierin. Ich habe ihnen gesagt, dass du nicht da bist, und Alec meinte, sie wollten auch nur eine Nacht bleiben. Da du nicht da warst, sind sie in dein Zimmer. Ich wusste nicht, was ich machen soll. Sie sind noch gar nicht aufgestanden. Soll ich ihn rufen?«

»Nein!«, entfuhr es ihr, bevor sie es sich überlegen konnte. Sie machte eine Pause, um tief durchzuatmen. »Wie geht's ihm?«

Sigrid gab einen Seufzer von sich: »Gut, wie immer. Noch braun gebrannter, noch mehr streunender Kater als vorher.«

Diese Charakterisierung hatte Siegrid immer gefallen, eine Schöpfung von Katias Großmutter, als er so gnädig gewesen war, einmal mitzukommen, damit sie ihn ihrer Familie hatte vorstellen können.

»Und sie?«

»Ach! Zaundürr, ein Mäuschen, tiefschwarze Balken um die Augen, Henna in den Haaren, was willst du sonst noch wissen?«

Katia lehnte die Stirn gegen die schweißverschmierte Scheibe der Telefonzelle: »Was wollte er?«

»Das habe ich dir doch schon gesagt, nichts. Er kam einfach vorbei. So wie ich ihn kenne, wollte er bei dir übernachten, um Geld zu sparen.«

»Und du hast ihn gelassen.«

»Was hätte ich tun sollen?«

»Schon gut.«

»Gestern Abend haben sie gesagt, sie wollen heute weiter nach Frankfurt, vielleicht lässt er dir ja einen Zettel da.«

»Sigrid, hören wir auf, ich muss mich jetzt erst mal setzen. Ich ruf dich wieder an.«

»Soll ich ihm was sagen?«

Ja, dachte sie, dass er ein Schwein ist, ein Arschloch, dass er mein Leben versaut hat, dass ich ihn hasse wie niemand anderen auf der Welt, weil ich nicht aufhören kann, ihn zu lieben.

»Nein, nichts. Sag ihm nicht, dass ich angerufen habe. Sag ihm auch nicht, wo ich bin, wenn er dich fragt, sag ihm … was weiß ich. Schick ihn zum Teufel. Ich ruf dich noch mal an, Sigrid, danke.«

Sie ging mit zitternden Knien aus der Telefonzelle und setzte sich auf eine der dunklen Holzbänke neben irgendwelche Asiatinnen, die alle wie Hausmädchen aus vornehmen Familien gekleidet waren.

Alec lag also in ihrem Bett, in derselben Bettwäsche wie sie noch zwei Tage zuvor. Ein Schwein wie er käme doch niemals auf die Idee, sie zu wechseln, so etwas waren für ihn nur bürgerliche Marotten. Jetzt stand er wahrscheinlich gerade mit verstrubbelten Haaren auf und torkelte gegen die Möbel, ließ den Klodeckel offen stehen und duschte so lange, bis der Dampf zum Lüftungsgitter hinausquoll; danach würde er eine Stelle des Spiegels freiwischen und sich pfeifend den Bart einseifen. Für Alec war die Welt klar in zwei Hälften geteilt: Auf der einen Seite er, der coole Typ, auf der anderen Seite der Rest, eine Herde dummer Schafe. Und der Witz dabei war, dass die schlimmste Bourgeoise und Kapitalistin mit den meisten Vorurteilen natürlich sie war.

Wie konnte er so dreist sein und nach eineinhalb Jahren auf einmal mit irgendeiner Tussi auf der Suche nach einer Übernachtungsmöglichkeit bei ihr zu Hause aufkreuzen, als ob nichts gewesen wäre? Sie fühlte, wie eine unaufhaltsame Wut, schäumende, rote Wut ihr die Magenwände hochstieg und eine bittere Flüssigkeit in ihren Mund spülte.

Lange Zeit hatte sie geglaubt, sie könnte ihn zurechtbiegen, dass sie ihn schon dazu bringen würde, zum Wochenendeinkauf mitzukommen, den verstopften Ausguss am Waschbecken zu richten, die letzte Prüfung in BWL noch zu machen, nachdem seine Eltern ihm mit unendlicher Geduld zehn Jahre lang das Studium finanziert hatten.

Irgendwann hatte er lächelnd zu ihr gesagt: »Du domestizierst mich noch, du Biestchen, du machst aus einem Tiger eine Hauskatze.« Da dachte sie, endlich wären sie auf dem richtigen Weg, dass sie ihn schon noch von den Vorzügen des häuslichen Lebens, von einer geregelten Arbeit mit festem Einkommen und vielleicht sogar von der Vorstellung, ein Kind zu haben, überzeugen könnte. Sie hatte nicht begriffen, dass das ein Alarmzeichen war, eine hinter einem freundlichen Lächeln versteckte Drohung, ein Abschied.

Dass sie weinte, bemerkte sie erst, als die Tränen ihr auf die Bluse fielen und die Asiatinnen sie auf einmal stumm ansahen. Sie weinte noch eine Weile weiter und bemühte sich, ihre Schluchzer zu unterdrücken, mit denen alles hochkam, die Einsamkeit ihrer neununddreißig Jahre, ihr Versagen als Schriftstellerin, dass sie keine Form fand, das, was in ihr steckte, zu Papier zu bringen, die ganze Sinnlosigkeit ihrer Existenz.

Sie kramte die Sonnenbrille aus ihrem Rucksack und stand auf, entschlossen, das zu tun, was sie am besten konnte: in eine Bibliothek gehen und Antworten auf Fragen finden, die wahrscheinlich niemand anderen kümmerten als sie, doch für sie war das ihre Welt.

Das Institut für Romanistik der Universität Innsbruck liegt im zweiten Stock eines zehnstöckigen, vollkommen reizlosen Gebäudes; ein typischer »funktionaler« Bau aus den Sechzigerjahren.

Die Beamten Altmann und Mayr waren in Begleitung von Professor Mötz zu Fuß hinaufgegangen, weil von den vier Aufzügen des Gebäudes nur einer in den ersten drei Stockwerken hält und sie bei den davorstehenden Massen an Studierenden, die um Punkt elf immer aus und in die verschiedenen Seminarräume strömen, zu lang hätten warten müssen.

Oben angekommen, gingen sie direkt zu Finks Büro, das Mötz ihnen aufschloss, und traten ein.

»Haben Sie von allen Büros den Schlüssel, Herr Professor?«, fragte Gabi.

Mötz verteidigte sich: »Wir haben alle den Schlüssel zu allen Büros. Es ist das gleiche Schloss. Niemand hat hier drinnen Wertsachen; wir hatten schon zu oft Einbrüche.«

»Und was wurde gestohlen?«, fragte Gabi nach, während ihr Blick auf die Bücherstapel und die kopierten Arbeiten fiel, die zwei komplette Tische und eine Ecke des Bodens bedeckten.

»Hin und wieder schon mal ein Computer. Aber das ist eher die Ausnahme. Normalerweise suchen sie Geld, und das lässt niemand im Büro. Es ist auch schon Wein weggekommen, der von einem Umtrunk übrig war, oder kleine Geräte: Diktiergeräte, Aufnahmegeräte, Radios, solche Sachen.«

Altmann trat an den Schreibtisch; von hier aus konnte man, wenn man etwas den Kopf reckte, den mächtig und grün dahinströmenden Fluss und die Universitätsbrücke sehen.

»Wir werden den Computer auswerten müssen.«

»Ich habe das Passwort nicht. Da müssen Sie sich an das Subzentrum wenden.« Mötz bemerkte Altmanns fragenden Blick und erklärte: »Das Rechenzentrum der Universität.«

Rechts an der Wand, der einzigen ohne Bücherregale, hingen verschiedene Stiche, Kopien und Zeichnungen, bunt und schwarzweiß, auf denen recht ungewöhnliche Drachen dargestellt waren: »Hat Professor Fink eine Vorliebe für Drachen?«

Mötz schüttelte den Kopf: »Es sind keine Drachen. Das sind Hippogryphen.«

Wolf und Gabi sahen erst einander, dann Mötz an, der erklärte: »Na ja, eine Art Drachen, auf jeden Fall ein Geschöpf aus der Mythologie. Eine Kreuzung aus Greif und Pferd. Ariost hat ihn in seinem *Orlando Furioso* erfunden. Fink ist von ihm fasziniert.«

»Warum?«

Mötz schnaubte: »Woher soll ich das wissen! Fink interessiert sich für fantastische Literatur, für fliegende Pferde, für klassische Märchen genauso, sogar für Science-Fiction ...«

Aus der Art, wie Mötz redete, ging hervor, dass er dies alles gering schätzte und nicht begriff, wie ein ernsthafter Mensch es mit diesem Spezialgebiet bis zum Universitätsprofessor gebracht haben konnte.

»Ich verstehe davon nichts, aber wenn es Sie interessiert, kann ich Herrn Kammerer herbitten, er kann Ihnen alles erklären, was Sie wollen. Er ist Finks Hiwi, ein Student in einem höheren Semester, der für den Professor arbeitet und bei ihm seine Magisterarbeit schreibt. Er interessiert sich auch für diesen ...« – sowohl Gabi als auch Wolf schlossen aus dem Ton und dem Gesichtsausdruck des Professors, dass gleich das Wort »Schrott« folgen würde, doch Mötz hatte offensichtlich lange Jahre Erfahrung in akademischer

Diplomatie und schloss mit freundlichem Lächeln. »… diese literarische Richtung.«

»Seien Sie so gut.«

Mötz ließ sie in dem Büro allein.

»Was meinst du?«, fragte Wolf, sobald die Tür ins Schloss fiel.

»Also ich wäre auch von hier abgehauen.«

»Wenn er aus eigenem Willen gegangen ist … Seltsam, dass er nicht einmal seinen Sohn informiert hat. Er ist sechsundsechzig Jahre alt und hätte problemlos in Rente gehen können. Warum musste er von heute auf morgen, ohne irgendwem Bescheid zu geben, verschwinden?«

»Eine Frau?«

»Man weiß nie. Aber er war Witwer, er hätte offen eine Beziehung haben können, mit wem er will. Ich weiß nicht. Irgendetwas schmeckt mir an der Sache nicht.«

»Dieser Mötz wahrscheinlich.« Beide mussten lachen.

Da klopfte es diskret an der Tür, und herein kam ein junger Mann Anfang zwanzig mit sehr kurzen Haaren und randloser Brille: »Sie wollen mich sprechen? Herr Professor Mötz ist in seinem Büro, falls Sie ihn brauchen.«

Wolfs Einladung folgend, setzte er sich an den Besprechungstisch links in der Ecke.

»Was ist ein Hippogryph?«, fragte Gabi.

Das Gesicht des jungen Mannes leuchtete auf; offenbar hatte er sich das Gespräch mit der Polizei anders vorgestellt: »Das ist ein Fabelwesen, das Ludovico Ariosto für sein Versepos *Orlando Furioso* erfunden hat, Italien, sechzehntes Jahrhundert. Noch mehr? Gern. Ein wunderbares Werk, Ariost verwendet darin den gesamten karolingischen und einen Teil des bretonischen Stoffs und stützt sich auf ein unvollendetes Werk von Boiardo, eine hochkomplizierte Intrige, in der Ritter gegen den Islam kämpfen, Burgfräulein in Gefahr geraten, in der es von bösen Hexen, höchst gefährlichen Zauberinnen und ähnlichen Erscheinungen wimmelt. Außerdem sind alle wichtigen Ritter in Angelica verliebt und folgen ihr über den gesamten Planeten, ohne Erfolg, denn sie weist alle zurück. Der dritte Handlungsstrang gilt der Verherrlichung und politischen Rechtfertigung der Familie Este, in deren Dienst Ariosto stand.«

»Und der Hippogryph?«

»Darauf wollte ich gerade kommen. In diesem Handlungsstrang werden die Heldentaten der Ahnen der Familie Este erzählt, die Hauptfiguren sind Ruggiero und seine ihm versprochene Bradamante, eine junge, kampfeslustige Kriegerin. Tatsächlich ist sie es, die ihn mehrmals rettet. Gut, Ruggiero selbst wird von einem Zauberer beschützt, Atlas, der seinem Schützling, um ihn vor den Gefahren des Kampfes zu bewahren, mit seinen Zauberkräften eine sagenhafte, uneinnehmbare Burg errichtet hat, wo er das Leben genießen kann. Zu seiner Zerstreuung entführt Atlas immer mal wieder Ritter und Jungfrauen, die Ruggiero als Freunde und Spielkameraden dienen sollen, und für diese Entführungen nutzt er den Hippogryphen, eine Kreuzung aus Pferd und Greif. Das Tier hat also die Flügel und die Angriffslaune eines Greifs, ist aber so edel und umgänglich wie ein Pferd, außerdem hat es den Vorteil, dass es niemand anderem als seinem Herrn folgt. Äußerst kurios an dem Text ist, dass es heißt, alles Übrige, also die Burg und die übrigen Wunder, seien allesamt reine Zauberei, nicht existierende Fiktionen, Wunschbilder, die der Zauberer seinen Entführten einredet, wohingegen der Hippogryph absolut echt sei und nichts mit Atlas' Zauberkraft zu tun habe. Warten Sie, ich zeige Ihnen die Stelle.«

Kammerer sprang auf, ging an eines der Regale und kam mit einem dicken, stark abgenutzten Buch zurück; rasch blätterte er die Seiten um.

»Hier ist es. Hören Sie. Vierter Gesang, 18. Stanze:

Non è finto il destrier, ma naturale
Ch'una giumenta generò d'un Grifo:
Simile al padre avea la piuma e l'ale,
Li piedi anteriori, il capo e il grifo;
In tutte l'altre membra parea quale
Era la madre, e chiamasi Ippogrifo;
Che nei monti Rifei vengon, ma rari,
Molto di là dagli aghiacciati mari.

Und in der nächsten Stanze betont er, dass der Hippogryph im Gegensatz zu allem Übrigen tatsächlich existiert:

Non finzion d'incanto, come il resto,
Ma vero e natural si vedea questo.«

Er blickte von dem Buch auf und begriff zunächst nicht, warum seine Zuhörer ihn so anstarrten: »Ach! Tut mir leid. Ich übersetze es Ihnen.«

Wolf winkte ab: »Nicht nötig. Sie haben uns ja gesagt, worum es geht. Jetzt müssen Sie uns nur noch erklären, was das mit Ihrem Chef zu tun hat.«

Der junge Mann schob sich die Brille hoch und rieb sich die Nasenwurzel: »Professor Fink ist einer der größten Ariost-Spezialisten weltweit, und er interessiert sich, das hat Ihnen Professor Mötz sicher auch schon gesagt, generell für die fantastische Literatur. Er hat sehr eigene Ideen über die Wirklichkeit und das Fantastische.«

»In welcher Hinsicht?«

»Simpel gesagt, ist seine These die: Was wir fantastische Literatur nennen, Texte, die nicht eins zu eins mit der uns vertrauten Wirklichkeit übereinstimmen, sind nicht fantastisch, sondern realistisch, sie geben eben nur eine Wirklichkeit wieder, zu der wir keinen oder bestenfalls einen sehr beschränkten Zugang haben, nicht mehr als Ahnungen, Vermutungen, weshalb wir glauben, diese Werke sprächen von etwas, das nicht existiert. Gelänge es uns, diese Wirklichkeiten zu erfassen oder in sie hinüberzugelangen, sähen wir, dass diese Welten, die die fantastische Literatur widerspiegelt, tatsächlich existieren.«

»Und daran glaubt er.«

Der junge Mann nickte.

»Und Sie?«

Er räusperte sich, schob erneut die Brille hoch und sah zum Fenster hinaus: »Ich würde es zu gern glauben, der Gedanke ist einfach wunderschön.«

»Aber Sie glauben es nicht.«

»Natürlich nicht. Leider. Ich glaube, dass diese Welten tatsächlich nur in der Vorstellung, der Fantasie existieren, in den Köpfen der Autoren und für die Zeit der Lektüre auch in meinem Kopf. Aber dass man an diese Orte reisen kann wie in die Karibik oder an die Chinesische Mauer, das kann ich nicht glauben.«

»Der Professor denkt, man kann in diese fiktiven Welten reisen?« Gabis Stimme klang bestürzt.

»Ich weiß nicht, inwieweit er das alles wirklich glaubt oder sich nur einredet, aber seit einigen Jahren wirkt er zunehmend überzeugt davon, und in der letzten Zeit machte er hin und wieder derartige Andeutungen, ich weiß nicht, ob ich sie kryptisch oder einfach dumm nennen soll, er sagte Dinge wie: Die Kunst sei der Weg, genauer gesagt, das Zusammenspiel der Künste.«

»Denken Sie, dass der Professor langsam senil wird?«

»Nein. Das werden Sie jetzt wahrscheinlich nicht glauben, aber er ist einer der hellsten Köpfe, die ich kenne.«

Altmann beugte sich zu dem Studenten und sah ihn fest an: »Herr Kammerer, wo ist Professor Fink?«

Der Student erblasste, seine Antwort kam stotternd: »Iiich, wwweiss es nicht.«

Sie ließen ihm ein paar Sekunden.

»War er in psychiatrischer Behandlung?«

Kammerer schüttelte den Kopf.

»Hatte er eine Affäre?«

Erneutes Kopfschütteln.

»Wo ist er also?«

»Ich weiß es nicht, glauben Sie mir, ich weiß es nicht.«

»Gab es einen Ort, an den er sich gern zurückgezogen hat, wenn er ungestört sein wollte?«, fragte Mayr zur Auflockerung.

Der junge Mann dachte angestrengt nach. »Anfang der Saison ging er gern zum Angeln an den Piburgersee, und einmal im Jahr fuhr er für ein paar Tage nach Sirmione, ins Grand Hotel.«

»Darf man erfahren, warum Sie von dem Professor in der Vergangenheit reden?«

Der junge Mann wurde noch blasser, rosafarbene Flecken traten ihm auf die Wangen. »Fragen Sie mich das nicht, es ist einfach so eine Ahnung, ich kann mich auf nichts stützen, trotzdem bin ich davon überzeugt, dass er von dort, wo er ist, nie wieder zurückkehren wird.«

Il Divino schloss fest die Augen, es kostete ihn ungeheure Anstrengung, nicht mit den Fäusten auf diese Schachtel einzuschlagen, die ihn die ganze letzte Nacht beschäftigt hatte. Nichts, absolut nichts, was irgendeinen Wert hatte, war unter diesen Schriftstücken. Wie man es auch drehte und wendete, es war Abfall, und nun musste er das alles schnellstmöglich loswerden, damit ihm niemand nachweisen konnte, dass er diese Zettel bei sich in der Wohnung gehabt hatte.

Seufzend sammelte er sie ein, legte sie in die Schachtel, schlug sie in braunes Papier ein und zurrte das Paket mit einer Schnur zu; dann wählte er, obwohl es fast vier Uhr morgens war, die Nummer seiner rechten Hand und erklärte ihm, was er zu tun habe. Kurz bevor er auflegte, fügte er noch an: »Ach! Und halt mich auf dem Laufenden, was die Antiquitätenhändlerin macht, wohin sie geht, mit wem sie redet, du weißt schon.«

»Die Blonde oder die Dunkle?«

»Die aus dem Antiquariat natürlich, wer ist die andere?«

»Anscheinend eine Freundin von ihr. Ich weiß nicht, was sie hier macht.«

»Dann finde es heraus. Aber wenn die beiden sich trennen, folgst du der Antiquarin.«

»Ja, *Eccellenza*. Gute Nacht.«

Das Geheimnis des Erfolgs besteht darin, dachte Bellochi, die richtigen Leuten zu engagieren. Alpha wählt Alpha. Niemand ist schuld, dass aus der Sache nichts geworden ist. Entweder war es eine falsche Fährte, oder die Information, die ihn interessierte, war noch irgendwo in der Wohnung, und dann würde sein Adlatus sie früher oder später finden. Ein hervorragender Profi. Einfach perfekt. Darum arbeiteten sie zusammen.

Da es keinen Grund mehr gab, wach zu bleiben, löschte er das Licht und legte sich ins Bett. Ein anstrengender Tag erwartete ihn.

Als Katia nach Hause kam, waren Pia und Marianna bereits geduscht und machten sich gerade für das Fest fertig. Pia schminkte sich vor dem Spiegel, während Marianna ihr aus dem Schlafzimmer Fragen zu Kleidern und Schuhen zurief.

»Wird auch Zeit, du Schnecke, wir müssen in spätestens einer halben Stunde da sein«, rief Marianna Katia schon von Weitem zu.

»Du willst mir doch nicht erzählen, die Italiener seien auf einmal pünktlich geworden.«

Pia lugte vor und streckte ihr die Zunge raus.

»Zu spät kommen ist mir egal, aber ich will einen Tisch an der Tanzfläche. Das Spektakel will ich mir nicht entgehen lassen. Was willst du anziehen?«

»Ich habe nichts Besonders dabei. Kann ich nicht so bleiben?«

Pia und Marianna sahen einander an und schüttelten die Köpfe, dann führten sie Katia am Arm vor den Spiegel im Schlafzimmer, damit sie sich ansehen konnte. Sie boten einen köstlichen Anblick: Pia im weiß-blau gestreiften Morgenmantel, ein Handtuch wie ein Turban um die Haare geschlagen, Marianna in einem engen schwarzen Spitzen-Body, die frisch gewaschenen, glänzenden blonden Haare fielen ihr übers Auge; und sie selbst in Jeans, Karohemd und ausgewaschenem blauen Sweatshirt.

»Was denn?«, rief sie bockig.

»Wir können nicht zulassen, dass eine Freundin von uns so zum großartigsten Fest aller Zeiten geht.«

»Und was soll ich anziehen?«

»Keine Sorge, Süße. Geh unter die Dusche, Pia macht dir die Haare, ich suche in der Zeit was für dich raus. Wir haben dieselbe Größe, da wird sich schon was finden. Welche Schuhgröße hast du?«

»Achtunddreißig.«

»Bestens. Lass mich nur machen.«

Folgsam stieg Katia in die Dusche und ließ das warme Wasser laufen, während Pia sich die kurzen fast weißen Haare föhnte. Schon wieder überließ sie die Dinge anderen. Die beiden würden sie in wer weiß was verkleiden und sie auf dem Fest wie eine Tanzbärin vorführen, ihre ausländische Freundin, Wissenschaftlerin, heterosexuell. Andererseits gaben sie ihr ihre Wohnung und ihre Freundschaft, und was war schon dabei, sich ein Kleid anzuziehen, wenn es die beiden glücklich machte?

»Hast du über Valcárcel was herausgefunden?«, schrie Marianna ihr über den Lärm von Dusche und Föhn zu.

»Fast alles. Erzähl ich dir später.«

Katia trocknete sich gerade ab, als Pias Hand ihr durch den Vorhang einen bordeauxroten glatten Body reichte.

»Los, zieh das an.«

Sie gehorchte ohne zu murren und stieg aus der Dusche.

»Er passt dir perfekt. Und jetzt die Strümpfe.«

Sie gab ihr ein Paar schwarze, sehr dünne halterlose Strümpfe und schwarze Pumps.

»Pia, bitte, darin kann ich nicht laufen.«

»Dann lernst du es«, fuhr Marianna dazwischen. »Du wirst doch zu einem Kleid keine Bergschuhe anziehen, du bist nicht mehr fünfzehn.«

Fünf Minuten später waren ihre Haare trocken, und Pia, die hinter ihr stand, drehte sie mit wenigen geschickten Handgriffen zu einer Banane ein und befestigte diese mit Haarnadeln. Anschließend steckte sie ihr zwei elfenbeinfarbene, wie Cocktailspießchen aussehende Stäbchen durch die Frisur.

»Der exotische Touch«, kommentierte sie lächelnd. »Jetzt noch ein dezentes Make-up, wie es zu dir passt, und die Ohrringe.«

Als sie sich im Badezimmerspiegel betrachtete, konnte sie ihre Überraschung nicht verbergen, die Frau, die ihr entgegenblickte, war unmöglich sie. Sie war hübsch. Aufgetakelt wie für Fasching, aber hübsch.

»Pia, ich kann's nicht glauben. Du bist ja wundertätig wie die heilige Jungfrau Maria von Lourdes.«

»Von wegen, meine Hübsche, du bist nur schluffig. Ohne das« – sie strich ihr mit den Fingerkuppen ganz leicht über den Busen – »würde keiner merken, dass du eine Frau bist. Wenn ich deine Augen und deine Wimpern hätte, würde ich was daraus machen, nicht so wie du: Gesicht waschen und raus auf die Straße. Komm, zieh dir das Kleid an.«

Marianna erwartete sie mit leuchtenden Augen im Schlafzimmer: »Du bist wunderschön, mein Kind, und ich fühle mich wie die gute Fee bei Schneewittchen.«

»Bei Aschenputtel, Dummerchen«, korrigierte Pia sie.

»Ist doch egal! Los, meine Liebe, beeil dich.«

Auf dem Bett ausgebreitet lag ein dunkelrotes, fast bordeauxfarbenes Kleid im fernöstlichen Stil mit kurzen kleinen Ärmeln, Mao-Kragen, tropfenförmigem Ausschnitt unterhalb des Kragens, figurbetont, der Rock endete genau über dem Knie.

»Ihr spinnt, so gehe ich doch nicht auf die Straße. Wohin gehen wir? Zu einem Kostümfest?«

»Pass mal auf, dieses Kleid hat Marianna mir zum Geburtstag geschenkt, ich habe es nur einmal getragen. Dass du es anziehen darfst, ist eine Ehre.«

Unter dem gespannten Blick der beiden Freundinnen zwängte Katia sich in das Kleid, dann drehte sie sich um, damit ihr jemand den langen über den Rücken führenden Reißverschluss hochzog.

»Wow! Mädchen, du siehst umwerfend aus.«

Katia sah sich im Spiegel an, und nach dem ersten Augenblick der Verlegenheit – so war sie eben – musste sie zustimmen: Sie sah toll aus, aber sie konnte sich immer noch nicht vorstellen, in diesem Kleid auf die Straße zu gehen.

»So müsste dich dieser Idiot Alec jetzt sehen. Ohrfeigen würde er sich, dieser Blödmann.«

Mariannas Bemerkung zeigte Wirkung. Auf einmal fühlte sich Katia sehr wohl in der Lage, auf die Straße zu gehen und sich den Blicken anderer auszusetzen.

»Auf, Mädels, das Universum will erobert werden!« Pia klatschte in die Hände.

Marianna trug einen eng sitzenden Anzug aus schwarzer Lederhose und kurzer Jacke und dazu High Heels, worin sie irritierenderweise wie eine elegante Domina aussah; Pia glänzte in einem elfenbeinfarbenen Abendkleid mit transparenten Einsätzen an unerhörten Stellen und einem aufregenden Ausschnitt.

Sie traten auf die Straße, und trotz Katias Zetern beschlossen ihre Freundinnen, zu Fuß zu dem Fest in der Diskothek La Licorne zu gehen, da Marianna meinte, dass es schade wäre, den Römern ihren spektakulären Auftritt vorzuenthalten. Katia, die an hohe Absätze nicht gewöhnt war, blieb unentwegt zwischen den Pflastersteinen hängen, sodass die beiden sie zur Sicherheit in die Mitte nahmen. Als sie den Campo de' Fiori überquerten, vorbei an den Tischen der Trattorien, deren zahlreiche Gäste ihnen neugierige Blicke nachsandten, blickte Katia wie immer zur Statue Giordano Brunos auf und lächelte ihm zu. Was machte es schon, dass dieser Idiot Alec sie verletzt und der Verlag ihr nicht geantwortet hatte. Dank der Stunden in der Bibliothek und der guten Laune ihrer Freundinnen war sie wieder voller Lebensfreude und Zuversicht. Sie fühlte dieses Kribbeln, das sie ab und zu völlig unerwartet überkam, ein freudiges Gespanntsein, als könnte jeden Moment etwas geschehen, was ihr Leben verändern würde. Es war einfach angenehm, sich von dem Gefühl tragen zu lassen, hübsch und anders zu sein, beschützt von zwei Freundinnen, die allen ihren Weg kreuzenden Männern den Kopf verdrehten, und das, obwohl sie ihre liebe Mühe hatte, ihre klappernden Absätze über das Pflaster der engen, in violettes Abendlicht getauchten Gassen zu manövrieren.

Sosehr sie sich auch beeilt hatten, sie waren nicht die Ersten. In der Diskothek, die von einem schrankgroßen Afrikaner mit blitzendem Lächeln bewacht wurde, war bereits einiges los, und beim Anblick des Publikums dachte Katia sofort an »Paradiesvögel«: Alles war beherrscht von Leichtigkeit, Lächeln, Farben, dem Zwitschern der Stimmen im Vorraum, wo die schillernden Gestalten – hier ein Lachen, dort eine Umarmung – ihre Jacken, Mäntel und Umhänge bei den beiden jungen Frauen an der Garderobe abluden.

Es gab alles: Seide, Spitze, Samt, Leder, Latex, Lack und Ketten, Menschen mit wenig Kleidung und vielen Piercings, strenge, von alten Zeiten inspirierte Anzüge, mit Pailletten bestickte Tunikas, orientalische Schals, Tutus, Lurexkleider, eine buntscheckige Fauna, deren Code die Individualität war, wobei dieser unbedingte Wunsch, anders zu sein und die Blicke auf sich zu ziehen, sie wiederum auf eigene Weise gleich machte. Katia war für den Anlass perfekt gekleidet, allerdings beachtete sie niemand. Aufsehen erregt hätte sie vielmehr, wenn sie sich nicht umgezogen hätte; Jeans und Karohemden waren in dieser Gesellschaft ein Tabu.

Noch in dem Vorraum wurde sie so vielen Leuten vorgestellt, dass ihr bald der Kopf schwirrte. Es wurde umarmt und geküsst und exaltiert gelacht, und obwohl sie sich immer noch wie ein Schmetterling in einem fremden Schwarm fühlte, fand sie das alles sehr aufregend, gerade weil es so fremd war und weil es ihr Stoff für ihre Erzählungen bot.

Drinnen empfing sie so laut dröhnende Musik, dass jede Art von Unterhaltung unmöglich war, wohingegen die Gewänder durch die Magie der Lichteffekte erst richtig zur Geltung kamen. Das La Licorne war wie eine Theaterkulisse für den Wald im *Sommernachtstraum* dekoriert: Große Zweige mit künstlichen Blättern schufen die Illusion eines Urwalddachs, der große Raum war in verschiedene, wie kleine Lichtungen anmutende Tanzflächen aufgeteilt, dazwischen große Grünpflanzen in riesigen Kübeln; in der Erde steckten Hunderte winziger elektrischer Kerzen, wie man sie immer häufiger in Kirchen sieht. Auf den Tischen wurden mundgerecht geschnittene tropische Früchte und Papiermascheetabletts in Blätterform mit bunten Pillen und perfekt gedrehten Joints dargeboten.

»Und das ist ein Geburtstagsfest?«, brüllte Katia Marianna ins Ohr, als sie an einem Tisch in der zweiten Reihe Platz nahmen.

»Na ja, es ist ein runder Geburtstag – er wird dreißig.«

»So etwas könnte ich mir nicht einmal zu meinem hundertsten leisten.«

»Gianni ist einer der reichsten Männer Roms«, klärte Pia sie auf.

»Ungenau wie immer, mein Herz«, schaltete Marianna sich ein. »Erstens, wenn er hört, wie du ihn ›Mann‹ nennst, beißt er dir ein Ohr ab; zweitens, reich ist sein Vater, aber er hat eben so viel, dass er kaum bemerkt, wie viel Gianni verpulvert.«

»Möchte jemand etwas zu trinken?«

Sie ließen ihre Handtaschen auf dem Tisch und gingen, unterbrochen von einem Küsschen hier und einer juchzenden Begrüßung dort, zusammen zur Bar. Katia hatte längst auf einem der Barhocker Platz genommen, als ihre Freundinnen immer noch ein paar Meter weiter hinten lachend mit einem Männerpaar zusammenstanden, die beide wie Zwillinge in Schwarz und Gold gekleidet waren.

»Was darf's sein?« Ein extravagantes Geschöpf hinter der Bar sah sie lächelnd an.

Katia fragte sich, warum ihr eigentlich so unbehaglich zumute war, wenn sie nicht auf den ersten Blick erkannte, ob der Mensch, mit dem sie sprach, Mann oder Frau war.

Sie lächelte zurück: »Ich weiß nicht.«

»Dann mach ich dir einen Campari Soda, das passt zu deinem Kleid.«

Das Wesen stellte ein geeistes Glas vor sie auf die Theke und schwebte ans andere Ende der Bar. Pia und Marianna waren zwischen den Blättern und dem immer dichteren süßlichen Rauch verschwunden. Joe Cocker sang *Summer in the city*, und Katia zeichnete mit der Fingerkuppe Kreise in das von ihrem Glas feucht gewordene dunkle Holz des Tresens. *»Summer in the city, dressed so fine and looking so pretty. Cool cat, looking for a kitty ...«*

»Sag, dass du nicht hierhergehörst. Bitte, sag, dass Freunde dich mitgenommen haben und dass du, abgesehen von mir, in dieser Höhle der einzige normale Mensch bist.«

Belustigt drehte sie sich zu der tiefen, spöttischen Stimme um und blickte in funkelnde grüne Augen zwischen blonden, ungetuschten Wimpern. Auch seine Haare waren blond, nur dunkler, und fielen ihm lässig ein wenig in die Augen. Er trug Jeans und ein weißes Baumwollhemd mit hochgekrempelten Ärmeln. Groß und schlank, braun gebrannt, drahtig, breite Schultern und schmale Hüften: der prächtigste streunende Kater, den sie je gesehen hatte.

»Sag, dass du lesbisch bist, dann schneide ich mir mit der Orangenscheibe deines Camparis hier auf der Stelle die Pulsadern auf.«

Katia lächelte. »Nein. Zwei Freundinnen haben mich mitgenommen, aber ich bin normal.« Sie hielt sich mit der Hand den Mund zu. »Oh, Verzeihung, ich meine, ich bin hetero.«

»Also nein, wie das klingt. Normal.«

Er setzte sich auf den Hocker rechts neben ihr und bestellte einen Whisky Sour. Dann drehte er sich ihr zu und sah ihr offen in die Augen, bewundernd wie jemand, der ein Kunstwerk betrachtet.

»Du bist wunderschön.«

Katia schlug die Augen nieder, dann blickte sie ausweichend zur Tanzfläche und versuchte, zwischen den Tanzenden ihre Freundinnen auszumachen.

»War das zu direkt?«

Sie nickte.

»Entschuldigung, so bin ich. Wenn mir jemand gefällt, sage ich es. Das Leben ist viel zu kurz, um sich mit blöden Kleinigkeiten aufzuhalten.«

»Zum Beispiel?«

Ihr gefiel dieser Kater, verdammt gut gefiel er ihr, aber sie spürte, dass sie schon wieder dabei war, alles falsch zu machen, sich von ihm mitreißen zu lassen, sodass er mit ihr machen konnte, was er wollte.

»Zum Beispiel könnte ich dich fragen, ob du von hier bist, wie du heißt, ob du studierst und arbeitest, ob du Single bist oder verheiratet oder Witwe. Ich weiß, das würde man erwarten, das gehört sich so. Aber darauf pfeife ich, weißt du? Ich sehe dich schon eine ganze Weile an und weiß, dass es mir egal ist, wie du heißt, woher du bist und wie viele Kinder und Ehemänner du irgendwo sitzen hast. Mich hat nur interessiert, ob du lesbisch bist, denn dann wäre es aussichtslos, mich in dich zu verlieben, und das wäre nicht nach meinem Geschmack. Das tut zu sehr weh.«

Wenn ihr zwei Tage zuvor jemand gesagt hätte, dass sie in einer Schwulendisko dem Gesülze eines italienischen Weiberhelden Gehör schenken würde, hätte sie abgewinkt und gesagt, dass sie so dumm doch nicht sei. Doch sie saß da, lächelte wie ein Idiot, und obwohl jeder Macho am Strand genau diese Art dummes Geschwätz draufhatte, wünschte sie sich im Grunde nichts anderes, als dass es ihr einmal im Leben erginge wie in einem Kitschroman oder einem amerikanischen Schmachtstreifen, nämlich dass eine einzige Begegnung schlagartig ihr Leben ändern und ihm einen Sinn geben würde.

»Gut, ich sage nichts mehr.« Er machte eine Pause und nahm einen Schluck Whisky. »Es ist komisch, ständig beklagen sich die Frauen, dass die Männer nicht reden, dass sie ihre Gefühle nicht ausdrücken und nicht sagen, was sie in ihrem Innern bewegt, und wenn einer es macht, ist er entweder ein Dummkopf oder ein billiger Anmacher oder eine Schwuchtel mit Mamakomplex. Ich weiß nicht. Ich dachte, du bist anders. Hab mich wohl getäuscht.«

Er nahm sein Glas, stand langsam auf und verschwand hinter ihr in dem Wald.

Sie hatte ihm schon die Hand auf den Arm legen und ihn überreden wollen, sich wieder zu setzen und weiterzureden, aber dazu hätte sie ihm sagen müssen, dass er recht habe, dass sie anders sei und ihm gern zuhöre. Und das war Teil seiner Strategie, genau darauf hatte er mit seinem Gequatsche abgezielt. Darum kam das überhaupt nicht in Frage. Obwohl er ihr wirklich gefiel und sie sich sehr danach sehnte, von einem Mann beachtet und bewundert zu werden, hatte sie sich geschworen, nie wieder auf diese billigen psychologischen Tricks reinzufallen wie damals als junges Huhn. Um nur ja nicht als provinziell und verklemmt zu gelten, waren sie und ihre Freundinnen reihenweise zu irgendwelchen verachtungswürdigen Typen ins Bett gestiegen, nur um zu zeigen, wie locker sie waren, anstatt ihr Recht einzufordern, frei zu sein, auszuwählen und Nein zu sagen. Sie seufzte ein wenig traurig, stand mit ihrem halb ausgetrunkenen Campari in der Hand auf und wandelte, im Vorbeigehen irgendwelche unbekannten Leute grüßend, zwischen den Grüppchen hindurch.

Andererseits hätte sie auch einfach ein paar wundervolle Stunden mit dem namenlosen Kater verbringen können, ohne sich zu irgendwas zu verpflichten. Mal wieder einen One-Night-Stand, einen »reinigenden Fick« – ein Ausdruck ihrer Freundin Marianna –, »der dir nicht viel gibt, aber wenigstens die Traurigkeit vertreibt«, was allerdings nur gelang, wenn man vorsichtig genug war und ihn nicht mit nach Hause nahm, bitte keine Begegnung mit ihm im Bad oder in der Küche am nächsten Tag. Dir ist nicht zu helfen, Mädchen, sagte sie sich. Du hast keinen sehnlicheren Wunsch, als dem Mann deines Lebens zu begegnen, und vielleicht war er es, vielleicht ist er nur ein aufrichtiger Mensch und war einfach ehrlich zu dir, und du lässt ihn ziehen, nur weil du es leid bist, dass die Männer dich betrügen und belügen und dir das Leben zerstören.

Sie schob die Pflanzen ein wenig auseinander und lehnte sich an eine der rings um die Tanzfläche angeordneten Säulen, und aus diesem Versteck heraus beobachtete sie still die eng umschlungen tanzenden Paare, Frauen mit Frauen und Männer mit Männern, und dabei überkam sie eine Sehnsucht und ein Schmerz, so süß und bitter wie der in ihrem Glas langsam warm werdende Campari. Sie schloss kurz die Augen, und als sie sie öffnete, hatte sich ein Schatten zwischen sie und die Tanzfläche geschoben. Sie schloss wieder die Augen und hörte seine raue Stimme: »Ich heiße Rocco, lach nicht, genau wie Rocco Barocco, ich arbeite bei einer Versicherung, siehst du, so banal, ich bin neununddreißig und war nie verheiratet, weil ich meine Freiheit immer über alles andere gestellt habe. Ich habe keine Kinder und werde wahrscheinlich nie welche haben, weil ich sie mit meiner Liebe erdrücken würde. Ich wohne allein in einer Mietwohnung, habe eine Vespa für den Sommer und für längere Fahrten ein gebrauchtes Auto. Ich bin impulsiv, manchmal brennt mir auch die Sicherung durch, aber ich greife nie zu Gewalt, ich setze gern meinen Kopf durch und habe ansonsten ein großes Herz. Willst du mit mir tanzen?«

Katia spürte, wie sie entgegen aller Vorsätze dahinschmolz, und ergriff Roccos ausgestreckte Hände. Sie tanzten zur kaputten Stimme von Tom Waits, zur verzweifelten Stimme von Springsteen, zu einem wunderbaren Duo von Jersey Girl, und die Welt existierte nicht mehr. Eine leise, immer leiser werdende Stimme in ihrem Innern flüsterte ihr etwas zu, was sie einmal in einem Roman von Paco Taibo gelesen hatte: »Man verliebt sich nicht am Anfang eines Krieges«, und obwohl sie nicht wusste, von welchem Krieg und welchem Anfang die Rede war, spürte sie, dass es wahr war, dass sie sich jetzt nicht verlieben durfte, dass es einfach nicht der richtige Zeitpunkt war. Dabei hatte sie sich noch nie so gefühlt wie in diesem Moment, ihr ganzer Körper bebte, schmolz bei jeder Berührung Roccos wie Wachs, und während sie damit klarzukommen versuchte, blitzte in ihr die Frage auf, ob ihr Leben etwa einzig und allein auf diesen Moment zugelaufen war, ob dieser streunende Kater in dieser Diskothek vielleicht auf sie gewartet hatte, um ihr die Erfüllung zu bringen. Oder den Tod, fügte eine innere Stimme unvermittelt hinzu.

3
Das Vermächtnis des Gelehrten

Professor Duroselle saß zurückgelehnt und mit geschlossenen Augen in einem Waggon erster Klasse und fuhr nach Mailand. Es versetzte ihn doch immer wieder in Erstaunen, wie sehr er sich in den letzten dreißig Jahren verändert hatte, wie er ganz allmählich von seiner radikalen Position als linker Intellektueller der Sechzigerjahre abgerückt, wie aus dem jungen wissenschaftlichen Mitarbeiter ein alternder, erste Klasse reisender Professor geworden war, dem die Forderung nach Revolution und Veränderung der Welt, die er immer seltener aus dem Mund seiner Studenten hörte, nur mehr ein mildes Lächeln entlockte. Auch seine Generation hatte diesen Anspruch vertreten und damit gewissermaßen auch Erfolg gehabt: Zumindest für sie selbst sah die Welt anders aus. Die meisten seiner Mitstreiter im politischen Kampf waren mittlerweile angesehene Universitätsprofessoren und Autoritäten ihres Fachs, betagte Leute, die in zentral gelegenen Traumwohnungen oder Villen am Stadtrand wohnten, die in Edelrestaurants ihre Gaumen mit exzellenten Weinen und Speisen verwöhnten und der Ankunft des *Beaujolais nouveau* am dritten Donnerstag im November erwartungsfroher entgegensahen als der Präsentation des neuen Buchs irgendeines Kollegen.

Natürlich gab es auch jene, die es nicht geschafft hatten, oder solche, die einfach nicht begriffen, dass die Flower-Power-Zeiten vorbei waren, und sich mit ihrer verfehlten Anbiederung an die Jugend einfach nur lächerlich machten. Doch von ihnen allen nahm er schon seit Jahren keine Notiz mehr. Seit er in den Club der Dreizehn eingetreten war, nahm er eigentlich von fast nichts mehr Notiz, denn seit jenem Tag, als er auf der Île Saint-Louis an eine Eingangstür geklopft hatte, war ihm die Welt um ihn herum nach und nach immer fremder geworden. Er lebte allein und mied jeden Kontakt zu Frauen, da Frauen unfähig waren, den Männern ihre Freiräume zu lassen. Und so beschränkten sich seine sozialen Kontakte auf Fachgespräche mit seinen Kollegen an der Uni und dreitägige Treffen mit den anderen Clubmitgliedern einmal im Jahr. Die andere Welt kam da natürlich noch hinzu.

Ein Zugbegleiter teilte ihm mit, dass nun das Mittagessen serviert würde, und so begab er sich in der Hoffnung auf eine gute Zwiebelsuppe in den Speisewagen. Er setzte sich an einen Zwei-Personen-Tisch und zerrte aus seinem Aktenkoffer einen dicken Stapel Unterlagen, was allerdings kein Zeichen seines besonderen Fleißes war, sondern einfach eine bewährte Taktik gegen mögliche Annäherungsversuche anderer Reisender. Als der Speisewagen sich bedenklich rasch füllte, steckte er sicherheitshalber noch einem vorbeikommenden Kellner einen Fünfzig-Franc-Schein zu und trug ihm auf, den Platz ihm gegenüber frei zu halten, dann bestellte er das Tagesmenü und eine kleine Flasche Bordeaux, und während er sich nach außen hin in seine Papiere vertiefte, dachte er über das nach, was ihn in Wirklichkeit beschäftigte.

Nach dem Gespräch mit seinem Mailänder Kollegen Vito Zambiasi hatte für ihn festgestanden, dass er nach Italien fahren musste: Valcárcel war vor einigen Tagen gestorben, und Zambiasi, der als dessen Nachfolger die Dokumentation über den Club hätte bekommen müssen, genas in einer Klinik in Südtirol von einer schweren Lungenentzündung, was ihn noch ein paar Wochen außer Gefecht setzen würde. Weder der Notar noch die Neffen Valcárcels hatten mit ihm Kontakt aufgenommen, sodass man nicht ausschließen konnte, dass der doch schon etwas altersschwache Spanier das Testament noch einmal geändert oder überhaupt vergessen hatte, eine Klausel einzufügen, um Zambiasi für den Club der Dreizehn als Erben der gelben Mappen einzusetzen. Wahrscheinlich mussten die Neffen sich in Valcárcels Wohnung auch erst durch Berge an Unterlagen wälzen, um überhaupt einen Überblick über Valcárcels Vermächtnis zu bekommen und entscheiden zu können, was davon wohin sollte. Das wäre natürlich beruhigend, aber es war einfach zu riskant, darauf zu spekulieren, dass alles gut gehen und die Papiere nicht in unkundige Hände gelangen würden.

Fink wiederum, der als Italianist anstelle von Zambiasi hätte nach Rom fahren und die Lage klären können, war seit einem Monat verschwunden. Das hatte Duroselle erst zwei Tage zuvor erfahren, als er nach seinem Gespräch mit Zambiasi und dessen Frau den Handlungsbedarf erkannt und versucht hatte, Fink zu erreichen, jedoch von seiner Sekretärin erfahren musste, dass niemand seinen derzeitigen Aufenthaltsort wisse. Die Clubmitglieder konnten sich, abgesehen davon, dass ein Mord oder Selbstmord nie auszuschließen war, natürlich denken, wo er sich befand, aber sie alle wollten nicht wahrhaben, dass Fink eine der striktesten Grundregeln ihrer Geheimgesellschaft verletzt haben sollte. Wenn ein Mann wie Fink, die Aufrichtigkeit in Person, sein Versprechen gebrochen hatte, dann waren sie vor nichts mehr gefeit.

Er sah auf die Uhr: noch zwei Stunden bis Mailand. Mit dem Mietwagen, den er telefonisch reserviert hatte, bräuchte er dann noch ungefähr eine Stunde bis Sirmione. Dort erwartete ihn Alfredo, der in der Zwischenzeit über Valcárcels Neffen den Stand der Dinge in Erfahrung gebracht haben würde. Wenn sie Glück hatten und Valcárcel eine saubere Regelung getroffen hatte, könnte Alfredo ohne größere bürokratische Hindernisse aus Rom die Unterlagen holen, da im Prinzip jedes Clubmitglied das Erbe antreten konnte. Zurück in Sirmione, würden sie zusammen das Wochenende verbringen, ausgiebig zu den Ruinen der Villa Catullo und am Gardasee spazieren gehen, zum Abendessen ins Il Grifone einkehren und sich noch einen letzten Cognac im Wintergarten mit Blick auf den Sonnenuntergang über dem See genehmigen. Spätestens am Montag Abend wäre er dann zurück in seiner Wohnung in Paris mit dem befriedigenden Gefühl, seine Sache gut gemacht zu haben.

Natürlich würde er das Wochenende nutzen, um wichtige Fragen zu besprechen, die Sache mit Fink und was mit Valcárcels Stelle würde, ob sie nicht bereits jetzt neue Mitglieder auswählen und bei der nächsten Jahresversammlung Ende Juni vorstellen sollten.

»Ist bei Ihnen ein Platz frei?«

Eine nicht mehr junge beleibte Dame, der nur der Bart zum preußischen General fehlte, wollte doch tatsächlich Duroselle gegenüber Platz nehmen, ohne eine Antwort auf ihre offensichtlich rhetorisch gemeinte Frage abzuwarten. Sie ließ die Handtasche von ihrem Unterarm gleiten, räumte die Papiere auf ihrer Hälfte des Tischs zusammen und reichte sie ihm stumm. Duroselle warf dem Kellner, der gerade ein paar Tische weiter einem Ehepaar Gemüse auftrug, einen verzweifelten Blick zu, der nickte nur, häufte in aller Eile Erbsen auf die Teller, nahm das Tablett wieder an sich und stellte sich freundlich, aber bestimmt vor die Dame hin: »Entschuldigen Sie, meine Dame, seien Sie so gut und folgen Sie mir an einen anderen Tisch. Der Herr Professor ist sehr beschäftigt, und dort ist gerade ein Platz frei geworden.«

Die Frau sah sich den Franzosen nun genauer an.

»Professor? Sie sind doch nicht etwa Kollege Duroselle? Aber natürlich, was für ein wunderbarer Zufall!«

Als ihr Gegenüber nicht reagierte, stellte sie sich vor: »Tatjana Romescu, Lehrstuhlinhaberin für rumänische Linguistik an der Universität Prag. Wir haben uns auf dem Kongress in Bremen kennengelernt, erinnern Sie sich nicht?«

Duroselle, der seine Papiere zusammenräumte und im Kopf überschlug, wie lange es noch bis Mailand sein dürfte, antwortete brav: »Natürlich erinnere ich mich an Sie, Frau Professor Romescu, Sie sind doch eine Institution.«

»*Toujours le charmeur*. Sagen Sie, Duroselle, wie fanden Sie eigentlich meinen letzten Aufsatz in *Vox Romanica*?«

In Augenblicken wie diesem war er dem Himmel dankbar, dass es tatsächlich eine andere Wirklichkeit gab, in die er gelegentlich flüchten konnte.

Wolf Altmann und Gabi Mayr saßen am hinteren Tisch des Nichtraucherraums im Waldorf, einem gemütlichen Chinesen an der Innbrücke, in dem sie sich nach Feierabend gern noch austauschten. Da es wochentags war und schon zehn Uhr abends, saßen kaum Leute in dem Lokal, sodass sie sich ungestört unterhalten konnten.

Wolf erzählte Gabi von dem Gespräch, das er kurz zuvor mit

dem sechsundzwanzigjährigen Studenten Horst Müller geführt hatte, der am Sport-Institut der Universität Fechten unterrichtete, während sie ihre Notizen von ihrem nachmittäglichen Gespräch mit Finks Nachbarn dabeihatte.

»Dann hat Fink also Fechtstunden genommen«, kommentierte Gabi belustigt.

»So ist es. Und weißt du was: Er hat erst vor sechs Jahren damit angefangen, da war er schon kein junger Mann mehr.«

»Und was sagt der Profi? War er gut?«

»Außerordentlich, wie es scheint. Nach Müllers Aussage war er ungeheuer motiviert.«

»Wollte er etwa an irgendwelchen Wettkämpfen teilnehmen?«

»Nein, nein, das wäre in seinem Alter wohl nicht mehr möglich gewesen. Müller meint, Fink wollte Praxis im Umgang mit dem Schwert erwerben. Er sagt, irgendwann habe Fink ihm auf sein Drängen hin erklärt, er habe sich so viele Jahre lang einer historischen Epoche gewidmet, in der der Umgang mit dem Schwert im Leben eines Mannes so zentral gewesen war, dass er es zu seinem besseren Verständnis nun unbedingt selbst lernen wollte, genauso wie er Griechisch und Latein gelernt hatte, um die Werke im Original lesen zu können. Darum hatte er Müller gebeten, ihn nicht nur am Florett, sondern auch im Schwertkampf zu unterweisen. Anscheinend haben die Ritter in der Renaissance Waffen gebraucht, die bei den Wettkämpfen heutzutage nicht mehr zum Einsatz kommen.«

»Und er hat es ihm beigebracht?«

»Mehr oder weniger.«

»Mehr oder weniger?«

»Müller kann es im Grunde selbst nicht; er hatte ein solches Schwert nie in der Hand, aber anscheinend hatte Fink über seine Beziehungen zum Zeughaus, der städtischen Waffensammlung, erreicht, dass man ihm zu Forschungszwecken zwei Schwerter aus dem sechzehnten Jahrhundert lieh. Sie haben praktisch zusammen gelernt, und Müller sagt, das sei an der ganzen Sache das Beste gewesen. In letzter Zeit hätten sie sogar angefangen, in Rüstungen zu kämpfen, um eine Vorstellung davon zu gewinnen, wie schwierig das ist.«

»Müller fand das nicht seltsam?«

»Er sagt, am Anfang habe er das Ganze schon ein wenig befremdlich gefunden, aber dann habe er sich dafür begeistert.«

»Sachen gibts! Nimmst du eine Nachspeise?«

»Nein. Aber einen Pflaumenwein.«

»Also zwei.«

»Warte, jetzt kommt noch was Kurioses.«

»Noch was?«

»Wart ab. Müller sagt, Fink sei nicht sehr gesprächig gewesen und habe es fast immer abgelehnt, nach dem Training noch ein Bier trinken zu gehen; er hatte immer gesagt, in seinem Alter würde man eine Stunde Fechten nicht mehr einfach so wegstecken und dass er ein Frühaufsteher sei. Aber manchmal habe er seinen jungen Lehrer offenbar nicht enttäuschen wollen, und bei diesen seltenen Gelegenheiten versuchte Müller, ihm ein bisschen was zu entlocken.«

»Los, erzähl schon.«

»Weißt du, welchen Sport er noch betrieb?«

»Keine Ahnung. Wandern, Klettern, Drachenfliegen, mittlerweile halte ich alles für möglich.«

»Reiten.«

»Reiten«, wiederholte Gabi und begriff nicht, warum Wolf sie ansah, als müsste sofort der Groschen fallen.

»Ein Sonntag ohne Sonne ...«, begann er.

»... ist wie ein Reiter ohne Pferd«, ergänzte sie nach einer Pause.

Wolf winkte die Kellnerin heran, und sie bestellten den Wein.

»Und Finks Assistent meint, er sei vollkommen klar im Kopf«, sagte Gabi mehr zu sich selbst.

»Aber das Beste kommt noch. Müller weiß nichts Genaueres, aber er behauptet, im letzten Semester habe er Fink nach dem Unterricht vor einem Plakat für Paragliding-Kurse anhalten sehen. Ich habe die Adresse der Schule, morgen schauen wir dort vorbei.«

Sie rückte die vor ihr stehende Schüssel weg: »Wolf, das alles führt uns nicht weiter, das weißt du doch, oder? Die Nachbarn wissen nichts und haben nichts gesehen; Fink war höflich, aber reserviert. Seit dem Tod seiner Frau pflegte er kaum noch Kontakte und hatte nie Besuch, er stand früh auf und ging früh zu Bett; niemand scheint ihn näher zu kennen, niemand vermisst ihn außer seinem Sohn, und der wohnt nicht mal hier. Wenn du mich fragst, ihm ist eines Tages klar geworden, dass seine Arbeit, all dieses Lesen, Fechten und Reiten ihn nicht erfüllt, also hat er einen Schlussstrich gezogen und ist einfach weg gegangen. Das ist alles.«

»Wohin soll er gegangen sein?«

»Keine Ahnung. Nach Brasilien, zum Beispiel.«

»Ohne Pass. Sein Pass lag im Arbeitszimmer seiner Wohnung in der Mappe mit seinen Unterlagen, weißt du nicht mehr?«

Gabi blickte zu der Kellnerin auf, die gerade den Wein brachte.

»Heute zahle ich«, sagte Wolf.

Sie warteten, bis die Bedienung wieder weg war, um ihr Gespräch fortzuführen. Wolf holte aus seiner Sakkotasche ein kleines, dickes Buch und legte es so auf den Tisch, dass sie den Titel lesen konnte.

»Was ist das? Schon wieder *Orlando Furioso*?«

»Lies.«

»*Leben und Taten des scharfsinnigen Edlen Don Quixote von la Mancha*, Miguel de Cervantes, übersetzt von Ludwig Tieck.«

»Ich habe die Übersetzung aus der Bibliothek geholt, auf Spanisch würde es uns nicht weiterhelfen.«

»Und was soll das?«

»Der Roman ist jünger als der *Orlando*. Er handelt von …«

»Ich weiß, wovon er handelt, Wolf, ich war zwar nicht auf der Uni, aber ich bin keine Analphabetin.«

»Und dir geht kein Licht auf?«

»Ein bisschen genauer könntest du schon werden …«

»Da haben wir Fink, der versessen ist auf Ritterromane der Renaissance – oder wie diese Werke heißen –, er hat kaum etwas anderes in seinem Leben gelesen, oder wenigstens in den letzten dreißig Jahren. Vor fünf, sechs Jahren, also in dem Alter, in dem Don Quijote verrückt geworden ist, fängt er an, Fechten und Reiten zu lernen, und dann ist er eines Tages verschwunden.«

»Don Quijote war nicht verrückt.«

»Wenn man seinem Assistenten glaubt, Fink auch nicht.«

»Du glaubst also, er ist losgezogen, den fahrenden Ritter zu spielen?«

»Ist das keine Möglichkeit?«

»Ohne Pass.«

»Europa ist groß.«

Kurzes Schweigen, dann konnte Gabi sich nicht mehr zurückhalten: »Ich bitte dich! Du glaubst doch wohl nicht im Ernst, dass wir von den Kollegen in einem Monat nichts erfahren hätten, wenn Fink sich in der Slowakei oder Ungarn herumtreiben und sich auf dem Pferd zum Hampelmann machen würde?«

»Mit Schwert und Rüstung«, fügte Wolf lächelnd hinzu.

»Wie bitte?«

»Eines der Schwerter, und zwar seines, und seine Rüstung sind aus dem Schrank verschwunden, in dem Müller sie für das Training aufbewahrte.«

Gabi starrte mit tellergroßen Augen auf Wolf und auf das Glas mit dem warmen Wein, das sie gerade zum Mund führen wollte. Sie stellte das Glas wieder ab.

»In dem Fall glaube ich nicht, dass es schwer sein wird, ihn zu finden. Wir brauchen nur alle psychiatrischen Kliniken der Umgebung anzurufen. Weit kann er nicht gekommen sein. Ich nehme an, dass im Reitclub auch ein Pferd fehlt.«

»Das nicht. Als ich heute Nachmittag angerufen habe, um mich mit seinem Reitlehrer zu verabreden, habe ich erfahren, dass er gar keinen Lehrer mehr brauchte, dass er zweimal in der Woche zu einem Bauernhof ins Mittelgebirge ausritt, ungefähr zwanzig Kilometer von hier und dass kein Pferd vermisst wird, auch seines nicht.«

»Fink hatte ein Pferd?«

Wolf nickte: »Ahnst du, wie es heißt?«, fragte Wolf mit einem beißenden Lächeln.

»Hippogryph!«, rief sie aus.

»Fast. Fünfzig Punkte für die Kandidatin. *Grifone*«, fügte er an. »Es hat seit einem Monat seinen Halter nicht gesehen.«

Katia riss erschrocken die Augen auf, aber sie hatte so hämmernde Kopfschmerzen, dass sie sie gleich wieder schloss. Das Telefon. Das verdammte Telefon hatte sie geweckt. Sie legte sich das Kissen auf den Kopf und versuchte wegzuhören, doch da fiel ihr ein, wo sie sich befand, was vor wenigen Stunden passiert war und dass es Rocco sein konnte, der sie zu erreichen versuchte. Sie sprang aus dem Bett, stieß sich an dem Stuhl, über den sie beim Nachhausekommen ihr Kleid gehängt hatte, und hinkte zum Telefon, das einfach nicht aufhören wollte zu klingeln.

»Steiner«, sagte sie in alter Gewohnheit. »*Pronto*«, korrigierte sie sich.

»Ja, hallo, wurde auch Zeit. Hast du etwa noch geschlafen? Es ist drei.«

Sie setzte sich mit dem Telefon auf den Boden, um die Stirn gegen das niedrige Tischchen lehnen zu können.

»Bist du noch da?«, fragte Marianna nach.

»Ja, ja, schrei nicht so.«

»Kater? Im Badezimmerschrank ist Alka-Seltzer, nimm zwei, dusch kalt, zieh dir was Anständiges an und komm so schnell wie möglich ins Antiquariat.«

»Warum? Was ist los?«, stotterte sie.

»Du hast um fünf einen Termin mit Azzaro, erinnerst du dich nicht? Von dem Termin hängt vielleicht deine Zukunft ab. Zieh eines meiner Kostüme an. Und beeil dich, Rom ist größer, als es scheint.«

Katia starrte ein paar Minuten lang den Hörer an, bevor sie begriff, dass Marianna das Gespräch beendet hatte; sie legte auf, dann räkelte sie sich auf dem Boden, und die Erinnerungen rieselten wie warmer Schnee auf sie ein. Rocco. Rocco und die römische Nacht, seine Hände, seine Küsse, das Kolosseum im Mondschein, die steile, einsame Gasse mit den Heiligennamen, die sie schon wieder vergessen hatte, der Champagnergeschmack in ihrem Mund. Ein süßer Schwindel überkam sie, während sich ein Lächeln auf ihr Gesicht stahl. Rocco. Sie erinnerte sich kaum noch, wie und wann sie nach Hause gekommen war, spät war es gewesen, denn die Straße hatte bereits in grauem Licht gelegen und sie hatte bei ihrer endlosen Verabschiedung vor der Tür die ihr um die Beine streifenden Katzen gesehen. Rocco.

Sie räkelte sich, als wäre sie selbst eine Katze, dann stand sie mit einem Ruck auf. Marianna hatte recht, der Termin war wichtig, sie musste sich beeilen, auch wenn ihr schien, dass nun alles außer Rocco für sie an Bedeutung verloren hatte. Sie ging ins Bad, streckte ihrem Spiegelbild die Zunge raus und stieg in die Dusche. Na ja, eigentlich war der Termin jetzt, da es Rocco gab, noch viel wichtiger; wenn Azzaro sie tatsächlich zur Verwalterin von Valcárcels Nachlass machen würde, hieß das, dass sie in Rom Arbeit gefunden hatte, dass sie bleiben konnte, dass sie eine Beziehung mit Rocco versuchen konnte, und das war überhaupt das Wichtigste in ihrem Leben.

Mariannas Schrank war zum Bersten voll, links die Kostüme, daneben Blusen, Röcke, Hosen und am anderen Ende Kleider und Abendkleider. Sie sah alles durch, unschlüssig wie immer, und wählte schließlich einen grauen, etwas zu locker sitzenden Anzug, was ihr bedeutend lieber war als diese figurbetonten Kostüme mit den kurzen Röcken. Dazu zog sie eine ihrer weißen Baumwollblusen und die guten Schuhe an, fuhr sich mit der Bürste durch die noch feuchten Haare, verschönte sich abschließend mit Wimperntusche, Lippenstift und Sonnenbrille und nahm ihren Rucksack. Die Schlüssel schon in der Hand, hielt ein Blick in den Garderobenspiegel sie auf: Selbst sie erkannte, dass sie zu diesem eleganten Outfit nicht den abgewetzten Rucksack tragen konnte, der sie auf so vielen Reisen begleitet hatte. Zumindest nicht in Italien, unmöglich.

Sie leerte eine im Arbeitszimmer herumliegende Tasche von Marianna aus, verstaute darin ihre Sachen und eilte hinaus. Es war eine schöne Tasche, fast so groß wie ihr Rucksack, die sich durch eine breite, mit einer Brosche beschwerten, über die Öffnung fallenden Klappe schließen ließ. Zum U-Bahn-Fahren nicht ideal, aber sie hatte jetzt nicht die Wahl, also schlang sie einfach die Arme um die Tasche und drückte sie die ganze Fahrt über wie ein Baby an sich. Außerdem war die U-Bahn um diese Uhrzeit fast leer, und sie hatte auch nichts im eigentlichen Sinn Wertvolles dabei, nur die gelbe Mappe mit dem Stich und den Listen, die sie ohne zu überlegen eingesteckt hatte. Was vielleicht dumm von ihr gewesen war, denn sollte in Azzaros Büro jemand zufällig einen Blick in ihre Tasche werfen, könnte er denken, sie hätte heimlich Unterlagen mitgehen lassen. Sie würde die Mappe einfach bei Marianna im Antiquariat lassen.

Noch bevor sie die Haltestelle erreichten, war Katia aufgestanden, um rechtzeitig zur Tür zu gehen, doch ein junger Kerl mit Rastalocken, Kopfhörern und blau verspiegelter Sonnenbrille versperrte mit seinen ausgestreckten Beinen den Gang. Katia lächelte ihn an. Der Rastafari nahm lustlos, ohne ein Lächeln, seine Beine weg, eine Kleinigkeit, die Katia irritierte. Leute wie er lächelten doch sonst immer zurück.

Kurz bevor der Zug anhielt, sah Katia ihr Spiegelbild in der Scheibe der Tür und begriff: eine elegant gekleidete berufstätige Frau, nicht mehr ganz jung, aber gut aussehend, blickte sie aus der kleinen, dunklen Brille an.

Die Verkleidung funktioniert, dachte sie – hoffentlich auch bei Azzaro.

Marianna trat vor dem Schaufenster nervös von einem Fuß auf den anderen und schob sich immer wieder den Handtaschengurt hoch.

»Na endlich. Komm, wir gehen.«

»Warte, ich wollte die Papiere aus Valcárcels Wohnung hierlassen, nicht dass sie denken, ich hätte sie geklaut.«

»Dafür haben wir keine Zeit. Lass sie im Auto.«

Strammen Schritts gingen sie zu einem nahe gelegenen Parkplatz. Marianna suchte den alten Parkplatzwächter, drückte ihm das unerlässliche Trinkgeld in die Hand, dann nahm sie ihre Schlüssel, und sie rauschten zu Azzaros Büro. Zum Glück hatte der Abendverkehr noch nicht eingesetzt, und sie kamen zehn Minuten vor der Zeit an.

»Kaffee?«, schlug Marianna vor.

Katia zuckte mit den Schultern.

»Ist gut gegen den Kater. Man merkt dir übrigens gar nichts an. Du siehst blendend aus.«

Katia lächelte ein wenig verschämt.

Marianna sah ihr in die Augen und schlug sich an die Stirn: »Der Kater gestern Abend. Du hast ihn abgeschleppt, klar. Deshalb siehst du so gut aus.«

Katia wich ihrem Blick aus und musste lächeln.

»Ich bin verrückt nach ihm, Marianna.«

Marianna wurde ernst und schüttete Zucker in den Espresso: »Red keinen Unsinn, meine Liebe. Vom ersten Vögeln bis zu echtem Verliebtsein dauert.«

»Ich schwör's dir.«

Marianna legte den Kopf nach hinten und stürzte den Espresso hinunter, als würde sie in einem Saloon im wilden Westen einen Whisky kippen.

»Du weißt nicht, was du sagst. Der ist doch einer von denen, die bei jeder Gelegenheit Ausländerinnen abschleppen. Ein ganz übler *romanaccio*, das sieht man ihm doch sofort an. Lass mich raten: Trevi-Brunnen, Kolosseum im Mondschein, San Pietro e Paolo? Hat er vielleicht auch eine Vespa? Der vögelt im Stehen an eine Mauer gelehnt, während zu Hause seine heilige Ehefrau und seine drei Kinder schlafen.«

Katia presste die Lippen zusammen, sie nahm einen Schluck Espresso und ließ den Rest stehen: »Wir kommen noch zu spät.«

»Stimmt, reden können wir nachher.«

Azzaros Architekturbüro lag in einem wunderschön restaurierten Renaissancegebäude, die Fassade fast wienerisch gelb mit weißem Stuck; im obersten Stock waren die Fenster mit Blick auf die Tiberinsel durch eine Glasfront ersetzt worden, durch die das Nachmittagslicht in den riesigen Raum flutete, der teils Designeratelier, teils Besprechungszimmer war. Die Möbel, eine gewagte Kombination aus ultramodern und barock, waren wohlüberlegt zusammengestellt, um die Persönlichkeit Azzaros, dieses attraktiven Herrn an die fünfzig, effektvoll zu unterstreichen.

Bei dem kurzen Gespräch hatten die beiden Frauen den Eindruck gewonnen – Marianna mit Freude, Katia mit einer gewissen Besorgnis –, dass Herrn Azzaro jeder Philologe willkommen gewesen wäre, der sich ihm in dieser Absicht vorgestellt hätte.

»Ich habe einfach nicht die Zeit, mich mit dem Nachlass meines Onkels länger aufzuhalten, Frau Dr. Steiner«, hatte er am Ende ihres Treffens gesagt. »Meinem Bruder geht es genauso, er ist Kardiologe, Chefarzt in Neapel. Wir sind beide sehr beschäftigt, und unsere Berufe haben mit der Arbeit unseres verstorbenen Onkels nichts zu tun. Wir wären Ihnen wirklich dankbar, wenn Sie sich bereit erklären würden, sich um alles zu kümmern.«

Azzaro hatte so schnell zugesagt, dass Katia zunächst sprachlos war.

»Ich nehme an, als Erstes müsste eine Bestandsaufnahme aller Unterlagen gemacht werden«, sagte sie endlich, auf Mariannas drängenden Blick. »Oder gibt es bereits eine Art Liste?«

»Soweit ich weiß, nicht, und offen gestanden habe ich lediglich einen kurzen Blick auf die ganzen Kisten geworfen, die Sie im Keller vorfinden werden. Glauben Sie mir, allein die Menge hat mich eingeschüchtert.«

»Aber die Stiftungen an die Bibliotheken sind bereits verschickt worden, nicht wahr?«

»Ja, ja. Die Bibliothekare haben bereits sämtliche für sie vorgesehenen Bücher abgeholt. Was noch übrig ist, sind meines Wissens nach ausschließlich private Unterlagen. Ich glaube mich auch zu erinnern, dass der das Erbe verwaltende Notar gesagt hat, darunter befinde sich auch ein kleiner Nachlass, der für Kollegen und Freunde bestimmt sei. Ich hoffe, Sie tun mir den Gefallen und sorgen dafür, das alles dorthin kommt, wo es hin soll.«

Der Architekt erhob sich, und Katia tat es ihm unwillkürlich nach, in der Annahme, das Gespräch wäre damit beendet. Marianna blieb entspannt sitzen und lächelte.

»Sollte man nicht noch über die Konditionen reden?«, fragte sie in aller Natürlichkeit.

Katia bemerkte, dass sie rot wurde, und setzte sich wieder. Azzaro beugte sich ertappt über das Haustelefon und bestellte bei seiner Sekretärin Kaffee.

»Selbstverständlich, meine Damen. Ich dachte mir, Sie fangen sofort an – wenn Sie es einrichten können, schon morgen – und dass Sie sich erst einmal einen Überblick über das Material verschaffen, vielleicht in einem Zeitraum von vier Monaten, so lange Sie eben brauchen, um einschätzen zu können, was sich damit machen lässt. Danach können wir gegebenenfalls in Betracht ziehen, ein philologisches Forschungsinstitut José María Valcárcel einzurichten, eine

Art Dokumentationszentrum, das überlasse ich ganz Ihrer Einschätzung.«

Eine junge dunkelhaarige Frau in Lederhose und einer roten Bluse mit Volants am Ausschnitt brachte den Kaffee in einem silbernen Designerservice, das sie auf dem Beistelltisch neben Azzaros Schreibtisch abstellte. Als er sich wegdrehte, um den Kaffee einzuschenken, rieb Marianna, an Katia gerichtet, Daumen und Zeigefinger aneinander.

Katia räusperte sich: »Herr Azzaro, haben Sie sich überlegt, wo ich arbeiten soll?«

Der Architekt sah von der Kaffeekanne auf und blickte sie an, als hätte er sie eben erst entdeckt: »Entschuldigen Sie einen Moment.«

Er ging aus dem Raum und ließ sie allein.

»Frag ihn, was er dir zahlen will, Mensch. Du willst das doch nicht aus Liebe zur Kunst tun«, flüsterte Marianna.

»Es ist alles geregelt. Cecilia sagt, im vierten Stock ist ein freies Büro. Ich werde die Kisten, zumindest so viele wie Platz haben, noch heute Nachmittag hinaufbringen lassen, und dann könnten Sie morgen anfangen. Die Haustür ist ab sieben Uhr morgens auf, bis zehn Uhr abends; wir werden Ihnen auch einen Schlüssel anfertigen lassen.«

»Und … wie viel …? Wie viel dachten Sie, wollen Sie mir zahlen, Herr Azzaro? Also, ich müsste für eine Zeit nach Rom ziehen, und dafür muss ich wissen, wie viel ich zur Verfügung habe.« Katia presste die Hände gegeneinander, um ihre Nervosität möglichst zu verbergen. Sie war es zwar durchaus gewöhnt, nach Geld zu fragen, aber bisher hatte sie so etwas immer schriftlich geregelt.

»An wie viel dachten Sie?«

Katia blickte in offener Verzweiflung zu Marianna. Sie überschlug in aller Eile, wie viel sie für vier Monate in Rom bräuchte; zusätzlich musste sie weiter Sigrid die Miete bezahlen, jedenfalls bis sie jemanden für ihr Zimmer gefunden hatte. Sie wollte nicht zu wenig verlangen, um sich nicht lächerlich zu machen, aber sie wollte es auch nicht übertreiben und die Stelle verlieren. Azzaro und Marianna sahen sie stumm an.

»Ich … also eigentlich … ich weiß nicht, was üblich ist … außerdem, solange ich keine Vorstellung von der Menge der Arbeit habe, ich denke, wir können das später noch sehen …«

Marianna unterbrach sie: »Katia, meine Liebe, der Herr Architekt bezahlt deine Zeit und dein Fachwissen. Und dafür, dass er sich um die ganze Angelegenheit keine Gedanken mehr machen muss. Fünf Millionen Lire im Monat erscheint mir angemessen, finden Sie nicht auch, Herr Azzaro?«

Azzaro lächelte: »Ein Freund ist der größte Schatz auf der Welt, wie es so schön heißt. Sind Sie einverstanden, Frau Dr. Steiner?«

Katia nickte verschämt: »Ja, sicher.«

»Gut, kein Wort mehr darüber. Sie fangen morgen an. Seien Sie doch so gut und gehen Sie gleich in den Keller hinunter, Cecilia begleitet Sie, und sagen Sie Matteo, welche der Kisten er Ihnen ins Büro bringen soll.« Azzaro nahm eine bordeauxfarbene Mappe von seinem Schreibtisch und reichte sie ihr. »Hier haben Sie die letzten Verfügungen meines Onkels, die ich vorhin angesprochen habe, die Geschenke an Freunde und Kollegen.«

Sie standen beide auf und reichten sich die Hände: »Morgen stellt Cecilia Ihnen den Scheck für den ersten Monat aus. Und eine Bitte noch, Dottoressa, wenn es nicht absolut unvermeidbar ist, lassen Sie mich mit der ganzen Sache fürs Erste in Ruhe. Ich habe mehrere große Projekte zu betreuen und will mich nicht mit Kleinigkeiten aufhalten. Ich lasse Ihnen freie Hand und vertraue darauf, dass Sie mich nicht hintergehen.«

Unversehens standen sie wieder vor dem Büro und folgten Cecilia durch einen langen Gang zu einer Art Lastenaufzug, ganz anders als der, der sie hinaufgebracht hatte.

»Enzo ist ein reizender Mensch, aber er hat schrecklich viel zu tun«, erklärte Cecilia, die in dem Lastenaufzug einen Duft verströmte, als wäre ihr ein Flakon teuren orientalischen Parfüms ausgelaufen, »er ist ein kreativer Mensch, ein Künstler. Er hat keine Geduld für Verwaltungsfragen, und diese Geschichte mit seinem Onkel ist völlig überraschend für ihn gekommen. Um ehrlich zu sein, wir hatten keine Ahnung, was für eine Geistesgröße er war.«

Katia und Marianna lächelten; die Tatsache, dass sie von »wir« gesprochen hatte, ließen sie unkommentiert.

Der Keller des Gebäudes war sauber und gut beleuchtet, überall standen Metallregale voller Ordner, zusammengerollter Pläne und großer, nummerierter Mappen; weiter hinten, in einer ungenutzten Ecke, türmten sich Hunderte von Pappschachteln ohne Etiketten, und in einem Regal standen Miniaturtruhen aus Holz mit Messingschlössern.

»Sagen Sie mir, wo Sie anfangen wollen, Dottoressa.«

Ein kleiner, kräftiger Herr in grauem Kittel war in einer der Seitentüren erschienen und wartete offenbar, dass jemand ihm eine Anweisung gab.

Katia wendete sich verwirrt um: »Ich sehe erst die Truhen in dem Regal durch und dann Stück für Stück alles auf dem Boden, wenn's Ihnen recht ist.«

Cecilia zuckte mit den Schultern und blickte zu Matteo, der eine Leiter herangeschleppt hatte und damit begann, die obersten Truhen herunterzuholen. Als er die zweite Truhe auf einer Hand balancierte, rutschte sie ihm plötzlich weg und krachte zu Boden. Katia sprang im Reflex vor, um sie aufzufangen, während Marianna versuchte, Matteo vor dem Sturz zu bewahren. Einen Augenblick später lagen Katia, Matteo, die Truhe und der gesamte Inhalt von Katias Handtasche sowie der Truhe auf dem Boden.

»Du lieber Himmel, Matteo, fast hätten Sie uns unter diesem ganzen Schrott begraben«, tadelte Cecilia.

»Verzeihung, Signorina Cecilia, ich bin ausgerutscht.«

Die Sekretärin bückte sich und räumte rasch Katias Handtasche wieder ein, um die privaten Sachen der Dottoressa vor den Blicken des Mannes zu schützen, fast als fürchtete sie, es könnte etwas Peinliches darunter sein. Dann räumten sie zu dritt die Papiere in die Truhe zurück und schlossen sie wieder.

»Also, Matteo, bis morgen ist das alles im vierten Stock, im Büro von Dottoressa Steiner.«

Cecilia begleitete Katia und Marianna zum Ausgang, und als sie kurz darauf auf der Straße standen, kam es ihnen vor, als hätten sie über eine Stunde lang die Luft angehalten.

»Die ist vielleicht eine, diese Cecilia!«, sagte Katia nun, da sie in Freiheit waren.

»Diese Kratzbürste habe ich in ein paar Stunden gezähmt«, merkte Marianna mit ihrem verwegenen Lächeln an.

»Sag bloß nicht, sie gefällt dir.« Katias Stimme klang empört.

Marianna lächelte noch immer. »Gefallen nicht unbedingt, aber eine Herausforderung wäre es. Egal. Keine Verwicklungen. Einen Kaffee?«

»Noch einen?«

»Du hast recht, es ist schon sechs, besser ein Bier. Und? Zufrieden?«

Auf der Straße drängten sich die Menschen, sie konnten kaum nebeneinander gehen, ohne mit irgendwem zusammenzustoßen. Autos und *motorini* standen im Stau, und ihr Hupkonzert zerrte an den Nerven. Es war, als wären alle Ampeln gleichzeitig rot.

»Mensch! Mich hat fast der Schlag getroffen, als du fünf Millionen gesagt hast.«

»Ich wollte sogar mehr fordern, aber ich hatte Angst, du würdest auf der Stelle ohnmächtig werden und uns das Geschäft versauen. Echt wahr, manchmal denke ich, du bist irgendeiner Gemeinde der Kinder Gottes entflohen. Du bist von einer Unschuld, dass es wehtut. Apropos, weißt du, dass ich heute Vormittag in Valcárcels Wohnung war und dass die Schachtel auf der Treppe stand?«

»Er hat sie zurückgebracht?«

»Natürlich. Was hätte der arme Depp sonst tun sollen?«

»Hat was gefehlt?«

»Woher soll ich das wissen? Ich glaube nicht. Du hast selbst gesagt, dass es Müll ist, aber immerhin ist der Müll mein Müll. Ich habe alles in meinen Kofferraum gegeben, heute Abend kannst du einen Blick darauf werfen, wegschmeißen kannst du es dann immer noch. Du bist jetzt die offizielle Verwalterin.«

Mariannas Handy klingelte, und sie stellte sich rasch in einen Hauseingang, wo sie vom Lärm etwas abgeschirmt war, um telefonieren zu können. Doch in dem Augenblick schoss ein Rettungswagen mit Sirenengeheul an ihnen vorbei: »Moment, Moment, Pia, ich verstehe kein Wort. Jetzt, ja, sag schon. Nein! Das gibt's doch nicht. Aber, um Himmels willen, was …? Klar, klar, ich komme. In einer halben Stunde bin ich da. Geh in die Bar runter und warte dort auf uns. Rühr nichts an und geh in die Bar runter, ja? Ja, ich auch. Bis gleich.«

Marianna machte auf einmal ein ganz seltsames Gesicht, das unter anderen Umständen hätte komisch sein können. Mit leerem Blick starrte sie in den dunklen Hauseingang.

»Was ist los, Marianna? Was ist los?«

»Jemand hat Pia in der Wohnung überfallen.«

Wolf Altmann machte sich ein Bier auf, warf sich auf das vor Kurzem erworbene Sofa, das das größte Zimmer seiner neu gemieteten Wohnung fast ausfüllte, und ließ sich langsam von der Müdigkeit übermannen. Er hatte die Akte zum Fall Fink mit nach Hause genommen, hatte nun aber doch keine Lust zu lesen. Eigentlich kannte er den Inhalt der paar Blätter inzwischen auch auswendig.

Sie würden den Fall sowieso abgeben, weil er offenbar doch nicht in den Zuständigkeitsbereich der Mordkommission fiel und weil der Weg, den sie gegangen waren, sich als Sackgasse herausgestellt hatte. Niemand hatte etwas gesehen, niemand wusste etwas. Die Anrufe bei anderen Kommissariaten und psychiatrischen Kliniken hatten nichts ergeben; die Passagierlisten sämtlicher Flüge der letzten vier Wochen von Innsbruck und München waren ebenfalls umsonst gewesen. Fink konnte mit dem Zug gefahren sein, aber kein Schalterbeamter hatte ihn auf dem Foto erkannt. Sein Auto, ein kleiner Mazda 323, blau, Baujahr 1990, stand noch immer in der Garage der Universität an der Stelle, wo sich Finks Spur verloren hatte. Und das beunruhigte ihn am meisten, dass seine Spur sich so klar eines Morgens um acht im Senatssaal verlor.

Nachdem sie alle Möglichkeiten durchdacht hatten, stand fest, dass die Dekanatssekretärin Frau Lechner Fink am 26. März um kurz nach acht als Letzte lebend gesehen hatte. Ihr war noch eingefallen, dass Fink, als sie ihm aufgesperrt hatte, eine schwere, offenbar randvoll mit Büchern gefüllte dunkelblaue Sporttasche bei sich gehabt hatte. Der Professor hatte sie mit in den Saal geschleppt, die Tür hinter sich geschlossen und sich in Luft aufgelöst.

Das war das Einzige, was in Wolfs Augen für einen Mord sprechen konnte. Begangen von jemandem, mit dem Fink im Senatssitzungssaal verabredet gewesen war und der es auf den Inhalt dieser blauen Tasche abgesehen hatte, denn die Tasche war ebenfalls verschwunden. Ein Rätsel blieb nur, was dieser Mörder mit Finks Leiche angestellt haben mochte. Niemand konnte einen achtzig Kilogramm schweren Toten einfach so unter dem Arm wegtragen, schon gar nicht in einem öffentlichen Gebäude und zu einer Tageszeit, in der sämtliche Kollegen zur Arbeit kamen.

Bis zur Garage war es nicht besonders weit: Ein etwa dreihundert Meter langer Gang führte zu einem ziemlich versteckt liegenden Aufzug, der nur von den Angestellten benutzt wurde. Danach musste man etwa fünfzig Meter über einen Hof, an einer Einfahrt vorbei bis zur Garage der Geisteswissenschaftlichen Fakultät. Allerdings führte dieser Weg direkt an den Dekanaten der Geisteswissenschaftlichen und der Juristischen Fakultät vorbei, auf den Hof blickten mehr als dreißig Büros und an der Tiefgarageneinfahrt war um diese Uhrzeit einiges los. Es war schlicht unmöglich, nicht aufzufallen.

Sie hatten auch die Keller des Gebäudes, die Lagerräume, sämtliche Schränke und Abstellkammern untersucht, in denen jemand eine Leiche versteckt haben könnte. Vergebens. Natürlich war es theoretisch möglich, dass der Mörder Finks Leiche an einem dieser Orte versteckt hatte und in der Nacht zurückgekehrt war, um sie fortzuschaffen. Das Risiko, auf frischer Tat ertappt zu werden, wäre so wesentlich geringer gewesen, allerdings um den Preis, dass er einen ganzen Tag lang fürchten musste, dass irgendwer die Leiche entdeckte. Aber wozu das alles? Wozu, wenn er ihn in seinem Haus in aller Ruhe hätte umbringen können? Fink bewohnte ein zweistöckiges Haus mit Garten, ohne Gitter vor den Fenstern, ohne Alarmanlage, ohne Panzerglas. Jeder hätte eindringen, ihn abpassen und überwältigen können. Der Mörder hätte mitnehmen können, was er suchte, die Leiche anschließend in seinen eigenen Wagen verfrachten und sie in den Fluss werfen oder im Wald entsorgen können.

Aber mit welchem Motiv? Wem konnte Finks Verschwinden so sehr gelegen kommen, dass er so weit ging, ihn umzubringen?

Die Durchsuchung seines Hauses und seines Büros hatten ebenfalls nichts ergeben. Allem Anschein nach hatte der Universitätsprofessor nichts zu verbergen, weder sexuelle noch finanzielle Entgleisungen und auch sonst keine krummen Geschichten. Nicht einmal Machtintrigen innerhalb der Universität. Es war absolut unerklärlich.

Wäre Fink Atomphysiker, Genforscher, Informatiker oder Kryptologe gewesen, hätte Altmann – auch wenn er wegen seiner Begeisterung für Spionageromane den Spott seiner Kollegen auf sich gezogen hätte – vielleicht untersucht ob Fink seine Forschung nicht in den Dienst einer anderen Regierung gestellt hatte und Opfer einer internationalen Verschwörung geworden war, aber bei einem Ariost-Spezialisten war so eine Vermutung schlicht und ergreifend lächerlich.

Nicht zum ersten Mal fragte sich Altmann, was es bitte schön für einen Nutzen hatte, diese ganzen gelehrigen Herrschaften mit eigenen Büros, festen Gehältern, Autonomie, gesellschaftlichem Ansehen und vollen Pensionsbezügen auszustatten, nur damit sie ihr Leben lang Bücher von toten Leuten lasen und immer wieder lasen, Bücher über Bücher, und Aufsätze schrieben, über so abstruse Themen wie die Originalzeichensetzung in einem literarischen Werk oder den Einfluss, den ein noch weniger bekannter Toter auf das Werk eines zweiten Toten hatte. Zu irgendwas war das offenbar gut, doch das entzog sich seinem Verständnis.

Dass Leute Romane schrieben, fand er verständlich und sinnvoll. Fast jeder hatte das Bedürfnis, etwas Fesselndes zu lesen, das ihn von seinen Problemen im Alltag ablenkte oder ihm eine andere Sicht auf diese eröffnete, abgesehen davon, dass das Schreiben und Veröffentlichen von Romanen dem allgemeinen Gesetz von Angebot und Nachfrage unterworfen war wie bestickte Tischtücher oder ein neues Skistiefelmodell. Aber dass der Staat es sich leistete, mit Steuergeldern diese geistigen Ergüsse einiger weniger Personen zu bezahlen, die überdies nur für sich selbst und ein paar Kollegen zu schreiben schienen, kam ihm geradezu obszön vor. Worin lag die gesellschaftliche Relevanz eines Ritterromans? Die von Rektoren so viel beschworene gesellschaftliche Relevanz? Wen interessierte der rasende Roland, den es noch dazu nie gegeben hatte?

Sollte tatsächlich Wichtigkeit das Kriterium sein, musste Altmann sich fragen, für wen Fink, abgesehen von seinem Sohn und ein paar Polizisten, wichtig war. Er war nach dreißig Jahren Universitätszugehörigkeit auf einen Schlag verschwunden, und seine Kollegen hatten es erst nach einem Monat bemerkt, und das auch nur, weil sein Sohn die Polizei benachrichtigt hatte. Manchmal überkam ihn der Drang, all diese Respektspersonen zu erwürgen, weil sie sich wie kleine Kinder benahmen und ihre Geheimnisse nicht verraten wollten, weil sie zu jeder Situation das passende Gesicht machten und »bedauerlich, bedauerlich« murmelten, während sie sich in Wirklichkeit nicht das Geringste darum scherten, wo Fink abgeblieben war.

Er stand auf und begann, wie ein Tiger im Käfig in der leeren Wohnung auf und abzugehen. Die ersten sechs Monate in Innsbruck hatte er bei seinem Bruder und seiner Schwägerin gewohnt, aber als er sich entschieden hatte, noch ein Jahr dranzuhängen, hatte er sich seine eigenen vier Wände gesucht: eine kleine Wohnung, Erstbezug, für die ein Drittel seines Gehalts draufging und in der er jeden Tag das Fehlen an Leben spürte. In Wien hatte er mit zwei geschiedenen, ehemaligen Kollegen aus der Polizeischule zusammen in einer preiswerten Altbauwohnung gewohnt, nachdem er nach seiner Trennung von Esther zunächst diese riesige Wohnung mit vier Meter hohen Decken für sich allein gehabt hatte. Dort hatte er sich zu Hause gefühlt, auch wenn das Putzen und Aufräumen des ganzen Zeugs, das sich in zwanzig Jahren angesammelt hatte, ihn wahnsinnig gemacht hatte. Dann hatte er beschlossen, die Versetzung nach Innsbruck anzunehmen, sechs Monate, ein Tapetenwechsel, um aus dem Trott rauszukommen, neue Leute kennenzulernen, eine eigene Wohnung ohne Erinnerungen zu haben. Da saß er nun in seiner tadellosen Wohnung mit niedrigen, frisch gestrichenen Decken, nagelneuer Einbauküche und einem Badezimmer, in dem noch nicht einmal die Werkaufkleber abgekratzt waren, einem neu gelieferten Sofa und noch ungewohntem Bett, ohne Lampen, ohne Vorhänge, in seinen kahlen Wänden komplett allein zwischen Kisten voller Romane, Videos und CDs mit irischer Musik.

Zum x-ten Mal fragte er sich, was er hier in Innsbruck eigentlich wollte, so ganz ohne Freunde und Partnerin. Dabei sah er immer noch gut aus, befand er, als er vor dem Spiegel stand. Er war nicht mehr jung, aber trotz der grauen Haare war seine Löwenmähne dicht wie eh und je; bei seinem Beruf war er körperlich topfit und sah noch immer aus wie der »sterbende Gallier« im Park von Versailles, wie ihm eine alte Uni-Freundin einmal gesagt hatte. Um die Augen hatte er mehr Lach- als Sorgenfältchen und Lesebrille brauchte er auch noch keine. Alles in allem »eine gute Partie«, wie seine Mutter zu sagen pflegte: groß, kräftig, zweiundvierzig Jahre alt, graue Augen, festes Gehalt. Und Single.

Am Anfang hatte er sich bei Gabi Hoffnungen gemacht, doch jetzt war sie bloß eine nette Kollegin und der einzige Mensch, zu dem er in den acht Monaten Tirol eine freundschaftliche Beziehung hatte aufbauen können. Man hatte ihn darauf vorbereitet, dass die Tiroler eher verschlossen sind, aber dass es so mühsam würde, hätte er nicht gedacht. Und er hatte eigentlich auch immer weniger Lust sich anzustrengen; er war nicht mehr zwanzig und nicht mehr bereit, in seiner Freizeit in Diskotheken herumzulungern. Aber seine spärliche Freizeit wollte er sich auch nicht mit Polizeikollegen beim Dartsspielen vertreiben oder mit irgendeiner Zweiundzwanzigjährigen, mit der er sich kaum unterhalten konnte.

Er versuchte, sich in Fink hineinzuversetzen: Der hatte sich als Witwer bestimmt auch allein gefühlt, sein Sohn war weit weg, er hatte keine engen Freunde, nichts außer seinem Orlando und seinem Grifone, seinen Fechtstunden und dem Drachenfliegen und einem leeren Haus mit einem Garten, den niemand mehr pflegte. Wohin wäre er an seiner Stelle gegangen, falls Fink tatsächlich aus freien Stücken gegangen war?

Weit weg, sagte er sich, auf jeden Fall weit weg.

Ihm kam das kurze Gespräch in den Sinn, das Fink auf dem Mühlauer Friedhof mit einer alten Dame geführt hatte, die mit der Pflege des Grabes neben dem von Frau Fink beschäftigt gewesen war. Die Dame hatte vor dem Verschwinden des Universitätsprofessors ein paar Worte mit ihm gewechselt. Was hatte er zu ihr noch gesagt?

Altmann machte Licht und blätterte in seinen Notizen.

Die Dame hatte ihn mit einer der Floskeln angesprochen, die man auf Friedhöfen so sagt, etwa: »Wie hart ist die Welt für uns Hinterbliebene, nicht wahr, Herr Professor?«, und Fink hatte der Aussage der Frau nach geantwortet: »Diese Welt ist immer hart, Frau Matt, aber es gibt ja die andere.« Finks Schicksalsergebenheit hatte die Frau überrascht, denn der Professor sei, wie sie sagte, nicht besonders fromm gewesen. Nachdem ihr Gespräch noch eine Weile in diese Richtung weitergegangen sei, habe Fink fallen lassen: »Ich weiß auch nicht. Vielleicht bin ich gekommen, um mich zu verabschieden. Ich ertrage diese Welt nicht mehr.« Frau Matt habe besorgt gedacht, Fink wolle sich umbringen, und hatte versucht, ihn zu trösten, woraufhin der Professor angeblich gelacht und zu ihr gesagt habe: »Seien Sie unbesorgt, Frau Matt, Männer wie ich bringen sich nicht um. Sie begnügen sich damit, in die andere Welt überzuwechseln.« Er habe sich höflich von der Frau verabschiedet und sei noch eine Weile an dem Grab stehen geblieben, leise murmelnd, als rede er mit seiner Frau.

»Männer wie ich begnügen sich damit, in die andere Welt überzuwechseln.« Was hatte er damit nur sagen wollen? Altmann musste herausfinden, wo oder was diese andere Welt für Fink war, das war die einzige Lösung.

4

Der Elfenbeinmann

In Lorenzos Bar stützte Pia den Kopf in die Hände, während Marianna ihr sanft den Nacken streichelte, an dem sich ein riesiger Bluterguss gebildet hatte.

»Als ich nach Hause kam, ist mir an dem Schloss etwas seltsam vorgekommen, ich bin reingegangen, und an der Tür zum Arbeitszimmer hat mir jemand von hinten auf den Kopf geschlagen. Als ich aufwachte, war der Typ weg; ich glaube, es fehlt nichts, und kaputt gemacht haben sie auch nichts, es ist alles nur ein bisschen durcheinander, und das Türschloss ist aufgebrochen, aber ich bin mir nicht sicher. Nachdem ich euch angerufen habe, bin ich einfach rausgerannt«, berichtete Pia.

»Und wie fühlst du dich jetzt?«

»Die Stelle tut sehr weh, und mein Kopf fühlt sich an, als würde er vom Hals fallen, aber sonst geht's mir gut.«

»Dieses Arschloch kann was erleben! Wie konnte er es wagen, in unsere Wohnung einzudringen und dir das anzutun. Wenn ich den kriege, bring ich ihn um!« Marianna war blass und hatte fiebrige Flecken im Gesicht; ihre Augen funkelten zornig.

Pia lächelte schwach.

»Sollen wir nicht besser zur Polizei gehen?«, schlug Katia vor.

»Wozu? Damit sie zwei Tage in unseren Sachen schnüffeln und uns Fragen über unsere Beziehung stellen und mit was für Leuten wir ausgehen? Als Erstes heißt es jetzt, Schlüsseldienst anrufen.«

Sie stand auf, bat an der Theke um ein Telefonbuch und fing an, Nummern durchzutelefonieren.

»Und wenn wir zu einer Notfallambulanz fahren, damit sie dich ansehen?«, fragte Katia. »Vielleicht hast du eine Gehirnerschütterung, damit ist nicht zu spaßen.«

Pia schüttelte langsam den Kopf, als bereitete ihr die Bewegung Mühe: »Ich will jetzt nur in mein Bett. Wenn es mir morgen nicht besser geht, dann gehe ich zum Arzt, versprochen, ich bin auch nicht Superwoman.«

Katia streichelte ihre Hand: »Hast du eine Ahnung, was der Typ gesucht hat?«

Wieder schüttelte Pia den Kopf.

»Los, Mädels! Der Schlüsseldienst ist schon auf dem Weg, Pia muss sich hinlegen, und wir müssen nachsehen, ob er etwas mitgenommen hat, und aufräumen. Außerdem kann man hier um diese Uhrzeit nicht in Ruhe nachdenken.«

Zu zweit Pia stützend, gelangten sie nach Hause. Marianna ließ die beiden an der Eingangstür stehen, dann machte sie Licht und vergewisserte sich, dass die Wohnung leer war. Gemeinsam sahen sie in die Schränke, auf den Küchenbalkon und unter die Betten.

»Ich könnte den Typ umbringen, allein dafür, dass er unsere Sachen angefasst hat«, brummte Marianna.

Man sah, dass jemand hastig irgendwas gesucht hatte, aber die Wohnung gab kein so schreckliches Bild ab, wie man es aus Filmen kennt: Schubladen waren aufgezogen, Papiere lagen verstreut auf dem Boden, Katias Rucksack lag ausgelehrt auf dem Sofa, aber zerstört war nichts.

»Er kommt wieder«, meinte Marianna.

»Waaas?« Die beiden anderen drehten sich entsetzt zu ihr um.

»Offensichtlich hat er nicht das gefunden, was er gesucht hat. Die paar Minuten, die er Zeit hatte, reichten nur für eine oberflächliche Suche. Wenn er glaubt, dass wir etwas haben, was er braucht, bleibt ihm nichts anderes übrig, als wiederzukommen und gründlicher zu suchen.«

»Aber warum bist du dir so sicher, dass er etwas Bestimmtes sucht?« Katia wurde allmählich sehr nervös.

»Hier.« Marianna zog ein zusammengerolltes Bündel Geldscheine aus einer porzellanenen Bonbonbüchse im Regal. »Er hat es nicht angerührt. Und ich lege meine Hand dafür ins Feuer, dass die dreieinhalb teuren Schmuckstücke, die wir besitzen, ebenfalls unangerührt in der Kommodenschublade liegen.«

»Was zum Teufel wollte er dann?«, fragte Pia dazwischen, die sich geduscht und den Schlafanzug angezogen hatte.

»Drogen vielleicht?«, fragte Katia zaghaft.

»Haben wir nicht.«

»Das weiß ich doch, aber manche Leute ...« – ihre beiden Freundinnen sahen sie fest an – »... denken, jemand, der mit solchen Leuten wie auf dem Fest gestern Umgang hat, der ... ihr wisst schon, was ich meine.«

Das Klingeln des Telefons befreite Katia aus der unbehaglichen Situation. Marianna ging ran: »*Pronto*?« Sie verzog abschätzig den Mund und reichte Katia den Hörer.

»Ja? Rocco!«

Marianna legte Pia den Arm und die Schultern, und die beiden gingen ins Schlafzimmer. Katia trat ans Fenster, lehnte die Stirn gegen die Scheibe und schloss die Augen, um seiner Stimme zu lauschen. Sie hätte Stunden lang so verharren und ihm einfach nur zuhören können, egal, was er sagte. Sie wollte ihm erzählen, dass sie Arbeit hatte, dass sie fürs Erste in Rom bleiben konnte, dass jemand Pia überfallen hatte, aber sie hörte ihm einfach nur zu, wie er ihr sagte, wie sehr er sie vermisse und wie wunderbar es sei, dass er sie kennengelernt habe. Sie bekam so einen Kloß im Hals, dass sie Rocco nur mit unartikulierten Lauten deutlich machen konnte, dass sie noch da war. Sie hätte alles gegeben, um in diesem Moment bei ihm zu sein, als sie endlich begriff, was er ihr sagte: dass sie sich an diesem Abend nicht sehen könnten.

»Ach! Rocco!« Die Enttäuschung in ihrer Stimme war unüberhörbar.

»Es tut mir leid, meine Hübsche. Ich habe einen dringenden Auftrag. Sag mir, wo ich dich morgen tagsüber erreichen kann, damit wir wenigstens einen Kaffee zusammen trinken können, ich ruf dich an.«

Während Katia sich möglichst unauffällig die Tränen wegwischte, suchte sie in ihrer Tasche Azzaros Visitenkarte. Sie gab Rocco die Nummer, erzählte ihm aber nichts über ihre neue Arbeit, denn wenn sie zu reden anfinge, so spürte sie, würde sie noch mehr weinen und ihn am Ende noch anflehen, zu ihr zu kommen. Bloß das nicht. Sie hatte sich geschworen, nie wieder einen Mann um etwas zu bitten und ihm damit die Gelegenheit zu geben, sie zurückzuweisen.

»Ich muss auflegen, mein Schatz. Ich ruf dich morgen an. *Save the last dance for me*, so heißt's doch in dem Song.«

Abrupt war das Gespräch zu Ende. Als er auflegte, klang es für sie, als fiele eine Schaufel Erde auf einen Sarg. Sie hatte ihn nicht nach seiner Telefonnummer gefragt. Wenn er sie nicht anrief, konnte sie nicht einmal Verbindung zu ihm aufnehmen. Auch seinen Nachnamen wusste sie nicht. Sie blieb am Fenster stehen und blickte abwesend auf die gerade angehenden Straßenlaternen. Als sie sich umdrehte, blickte Marianna sie von der Schlafzimmertür aus an.

»Wieder Tränen für einen Kerl.«

»Er ruft mich morgen an, heute muss er arbeiten.«

»Um neun Uhr abends? Was ist er? Dealer?«

»Marianna, bitte. Bitte …« Das zweite »bitte« kam leise, denn ihr kamen schon wieder die Tränen.

Marianna trat zu ihr, umarmte sie und ging mit ihr zum Sofa: »Es macht mich einfach wütend zu sehen, dass du immer wieder in dieselbe Falle tappst! Ich will dich glücklich sehen, Katia. Du verdienst es, glücklich zu sein, aber du lässt dich immer von Typen blenden, die nicht gut für dich sind. So wie das Licht der Taschenlampen die Frösche anleuchtet und sie zu leichter Beute macht. Du bist ein armes Fröschlein, das vom Licht angezogen wird.«

»Du und deine Frösche, Mensch! Für alles müssen bei dir die Frösche herhalten.« Katias Stimme wurde immer wieder von Schluchzern unterbrochen, dennoch war sie irgendwie belustigt.

»Ich habe viele Frösche kennengelernt, bevor ich Pia getroffen habe.«

»Ich auch.«

Das Tagebuch lag in der ersten Schachtel, die Katia bei der Ankunft in ihrem neuen Büro öffnete. Ein altes Heft mit weinrotem Umschlag, Goldschnitt und weichem elfenbeinweißen Papier, über das sich die Buchstaben wie Trauerflor zogen. Anfangs kostete es sie große Mühe, das feine Gespinst dieser Schrift zu lesen, aber bereits die ersten entzifferten Zeilen verrieten ihr, dass hier vielleicht jenes Geheimnis lag, das sie seit Mariannas Anruf in Wien zu entdecken hoffte, und schon war das mühselige Entziffern Ansporn und bereitete ihr sogar Spaß.

Es fällt mir schwer, bestimmte Dinge aufzuschreiben, so naheliegend es bei meinem Lebensweg wäre. Doch ich fühle einfach eine innere Sperre, gegen mein Gewissen zu handeln, Dinge in Worte zu fassen, die nicht ausgesprochen werden dürfen. Nur was kann ich anderes tun? Mein Leben lang habe ich auf Papier meine Gedanken, meine Ideen, meine Theorien festgehalten. Meine Gefühle nie, ich habe mich immer geweigert, mir selbst diese Gefühle einzugestehen, und selbstverständlich war ich nie so naiv, sie irgendjemandem anzuvertrauen. Aber die Zeit läuft ab, achtundachtzig Lebensjahre sind mehr, als man erwarten darf. Ich bin ein alter, einsamer Mann, der wie eine alte Jungfer von früher Tagebuch schreibt. Ich weiß nicht mehr, wer ich bin. Ich war einmal ein junger Forscher, von Wissbegier zerfressen, später ein Mann in der Blüte seiner Jahre, dem Wunder des Entdeckens verfallen; ich war ein reifer Mann, der ein Zauberreich regierte und jedem, der es zu schätzen wusste, ein Stäubchen dieses Wunders hinwarf. Jetzt bin ich ein einsamer, alter Mann, jede Straßenecke ist mit Erinnerungen an glücklichere Zeiten behaftet, verwischte Bilder, wie wenn man durch eine beschlagene Scheibe auf eine geliebte Landschaft blickt. Mein Leben geht zu Ende, und keine Freundeshand drückt in der letzten Stunde die meine. Ich werde in dieser Wohnung, die mein Stolz war, sterben, zwischen meinen Büchern, die oft mein einziger Trost waren, wenn keine lebendige Stimme zu mir drang. Sosehr mir daran gelegen war, im Leben auf niemanden angewiesen zu sein, sosehr sehne ich mich nun nach menschlicher Wärme.

Unvermittelt steigen mir Tränen in die Augen. In meiner Erinnerung drängen sich Bilder, unerhört scharf, obwohl sie aus so weit entfernten Zeiten stammen, dass ich sie kaum für meine eigenen halten kann. Aber es sind meine, nichts anderes gehört so sehr zu mir wie diese Bilder. Das Knistern der Seidenröcke meiner Mutter, wenn sie durch den langen Gang zu mir ins Zimmer kam, um mir einen Gutenachtkuss zu geben, ihre feinen, kalten Hände auf meiner Stirn, auf die Angstschweiß trat, sobald ich in dem dunklen Zimmer mit dem Jesusbild in seiner Glasnische mit den Wachsblumen allein war. Der pomadierte Schnauzbart meines Vater und der Duft des Kölnischwassers, das Onkel Alberto aus Deutschland mitbrachte, aus einer Stadt, die auch Köln hieß und die ich mir frisch und würzig wie Papas frisch rasierte Wangen vorstellte. Das kantabrische Meer an Schlechtwettertagen, wenn es grau und mächtig, hungrig wie ein Orcawal unter meinem Fenster auf die Insel zutoste. Josés Stimmchen als kleines Kind, das durch die Flure »Fang mich doch, fang mich doch« rief, Josés kohleschwarz glänzende Augen unter der Decke des kleinen Tischs im Erker.

Das alles ist verloren gegangen. Diese Welt, von allen möglichen Welten die einzige, die mich noch einmal ins Leben zurückholen könnte, existiert nur noch in der Erinnerung des Jungen, der ich einmal war, hinter den Schrankspiegeln in dem Gästezimmer, dessen Himmelbett einen granatroten Überwurf hatte, bestickt mit einem am Brunnen sitzenden Paar, einer Dame und einem Herrn in einem Traumgarten, in den ich nie gelangen konnte.

Sobald ich die Augen schließe, stürmen die Erinnerungen auf mich ein, der Duft der Reinetteäpfel, die Nora zwischen die Weißwäsche legte, der Duft der gelöschten Kerzen, der durch das Haus zog, wenn die Erwachsenen sich gegen Mitternacht zurückzogen und das Haus auf der Insel zu einem Schiff aus Stein wurde, ein Piratenschiff, das ächzend und knarzend in einem Vollmondmeer trieb.

Die steilen Straßen, in denen wir als Jungen mit Reifen

spielten und vor Vergnügen juchzend rannten, während die Mädchen mit ihren Stapeln Sammelbildchen, ihren langen und gestriegelten Haaren in den Hauseingängen saßen und uns anstachelten, sie doch an den Zöpfen zu ziehen, ihnen bis zur Stiftskirche nachzulaufen, sie am Eingangsportal in die Enge zu treiben und ihre Angst und ihre freudige Erwartung zu spüren, »komm, gib mir einen Kuss«. Dann humpelte der Vikar mit ins Gesicht gezogener Mütze und Alltagssoutane jedes Mal wütend hinter uns her und schimpfte uns schlechte Christen, während er unsere Opfer befreite und sie in die weihrauchschwangere Düsternis des gotischen Schiffs trieb, um ihre Seelen zu retten, wozu sie ihre schwarz bestrumpften Knie auf die nachtblaue Seide der Betbänke niederlassen mussten, uns hingegen trieb er mit Steinen durch die Straßen der Insel bis zur Uferpromenade.

Warum bin ich von dort weggegangen? Was trieb mich, so fern meiner Heimat nach dem zu suchen, was nur meine Heimat mir hätte geben können? Was hat mich verleitet, andere Welten zu suchen, wenn doch alles da war, in Reichweite meiner Fantasie, meiner Wünsche?

Ich bin nie in meine Heimat, auf meine Insel zurückgekehrt. Nicht einmal, als Mauricio, der Jüngste von uns, starb, habe ich mich in dieses leere Haus zurückgewagt. Ich war auf Claras Beerdigung hier in Rom auf dem Friedhof Campo Verano und habe ihrem Sohn und ihren Enkeln die Hände geschüttelt, zwei großen, ernsten Jungen, die ihre Augen, nicht aber ihre Fröhlichkeit geerbt haben. Alle sind tot. Alle sind mir zuvorgekommen, dem ältesten der vier Kinder von Don Antonio Valcárcel y Peñas und Doña Laura Luna de Valcárcel. Bald werde auch ich sterben, und dann ist alles vorbei. Fremde Menschen werden über meinen Nachlass walten und die Grenzen des von mir eroberten Reichs erweitern. Die Welt, nach der ich gesucht habe, habe ich nie gefunden, vielleicht, weil ich überall gesucht habe, nur nicht dort. Vielleicht hatte José recht, und man hätte nicht so weit gehen brauchen, aber Prima Porta war nun mal da, und ich glaubte damals, dass der Anfang aller Dinge hier in der Wiege unserer Kultur liege und nicht in dem alten, von Gespenstern belagerten Ultrea, wo die Toten zahlreicher und umtriebiger sind als die Lebenden.

Vielleicht war es der Wunsch nach Ruhm und Ehre, der mich nach Rom gezogen hat wie einen vier Jahrhunderte zu spät geborenen Renaissanceritter, mit Schwert und Feder, Blut und Tinte. Ja, ich habe alle verlassen, warum sollte ich mir etwas vormachen, da doch dieses Tagebuch, das ich nur für mich schreibe, zusammen mit meinem Leib verbrennen und seine Asche in die Schaumkronen meines heimatlichen Meeres fallen wird, das ich seit siebenundsechzig Jahren nicht mehr gesehen habe? Ein unerschrockener Ritter will ich gewesen sein, wenn ich nicht einmal den Mut hatte, zurückzukehren? Wie konnte ich mich derart selbst belügen?

Ernüchtert über meine Blindheit stelle ich mich dem Tod: allein, wie ich es immer gewesen bin. Und von allen verlassen.

Katia sah von Valcárcels Tagebuch auf, Mitleid erfüllte sie. Sie wollte kaum atmen, so sehr war sie peinlich berührt von den Erinnerungen dieses Mannes, den sie nicht gekannt hatte, der seine Gefühle für sich aufgeschrieben und nicht geahnt hatte, dass bald, nachdem jede Hilfe für ihn zu spät sein würde, eine unbekannte Frau an seinem Schmerz Anteil nehmen würde. Wie gern hätte sie sich zu ihm ins Arbeitszimmer gesetzt und die Erinnerungen des alten Exilanten in seiner brüchigen Stimme angehört, gern hätte sie ihm Fragen gestellt, die sein Bedürfnis zu reden gelindert und ihm erlaubt hätten, sein Leben und sein Handeln vor sich zu rechtfertigen. Doch das ging nun nicht mehr. Jetzt, da er tot war, war sie nichts weiter als eine abscheuliche Voyeurin. Valcárcel wollte mit seinem Tagebuch eingeäschert werden, aber aus irgendeinem Grund hatte er das nicht mitgeteilt, also musste sie als Verwalterin seines Erbes dafür sorgen, dass es so geschah. Sie musste Azzaro darauf ansprechen und ihn auffordern, seinem Onkel den Letzten Willen zu erfüllen. Sie fragte sich, was aus der Leiche geworden sein mochte, ob sie eingeäschert worden war, wie Valcárcel es sich gewünscht hatte, oder ob sie womöglich wie seine Schwester Clara auf dem *Campo Verano*, weit weg von seiner Insel und seinem Meer, beigesetzt worden war. Aber um herauszufinden, ob alles seinem Wunsch gemäß ausgeführt worden war, müsste sie noch viele dieser Seiten lesen, müsste sie noch weiter in das Privatleben dieses Mannes eindringen, den sie gerade erst kennenzulernen begann.

Sie bekam Angst. Sie scheute davor zurück, sich auf einen Unbekannten einzulassen, der für sie so weit weg und unerreichbar war.

Sie stand auf und sah aus dem Fenster: Der in der Morgensonne glitzernde Tiber floss träge dahin. Valcárcel würde ihn nicht mehr sehen, er würde nicht mehr an einem sonnigen Morgen an seinem Ufer spazieren gehen und Süßigkeiten aus dem rechts aufsteigenden jüdischen Viertel essen.

Das Telefon klingelte, und mit einem Mal waren alle Gedanken fort und ihre ganze Erwartung auf Roccos Stimme gelenkt. Nach dem zweiten Klingeln ging sie ran.

»Dottoressa Steiner?«

Die Stimme kam ihr bekannt vor, aber bevor sie sie jemandem zuordnen konnte, musste sie erst mit ihrer Enttäuschung fertig werden: »Am Apparat.«

»Ich bin Fernando Cabrera, Professor von der Universidad de Palencia und auf Durchreise in Rom. Herr Azzaro hat mir gesagt, Sie seien für Valcárcels Nachlass zuständig.«

Der Geizkragen, wie Marianna ihn genannt hatte, der Spanier, der die Schachtel geklaut hatte. Dass sie sich bereits kannten, konnte er nicht wissen.

»Ja, worum geht es?«

»Ich denke, man darf Ihnen gratulieren.«

»Danke. Wie meinen Sie das?«

»Ich hätte diese Aufgabe selbst gern übernommen. Zumindest, was die zur Veröffentlichung infrage kommenden Schriften angeht. Meinen Sie, wir könnten uns treffen und vielleicht darüber verhandeln?«

»Ich weiß nicht genau, worauf Sie hinauswollen, Professor Cabrera.«

»Nun ja, da sind ein paar Dinge, die ich lieber unter vier Augen mit Ihnen besprechen würde. Sicher sind Sie sich darüber im Klaren, dass der Nachlass eine bestimmte Art von … privaten, außerordentlich privaten Dokumenten enthält, die nur ein paar wenige Menschen auf der Welt überhaupt einsehen dürfen.«

Katia hatte nicht die geringste Ahnung, worauf Cabrera anspielte, aber das wollte sie auf keinen Fall durchblicken lassen.

»Aha.«

»Ich habe einen Brief, den Professor Valcárcel mir vor ein paar Monaten geschrieben hat und in dem er mich tatsächlich berechtigt, bestimmte Unterlagen anzuschauen. Wir könnten uns irgendwo treffen, dann könnte ich Ihnen den Brief zeigen. Was halten Sie davon, wenn ich in einer Stunde bei Ihnen im Büro vorbeikomme?«

»Unmöglich!«, wehrte Katia ab, ohne zu wissen, warum. »Ich habe gleich eine Sitzung, und den Rest des Tages habe ich auch schon verplant.«

»Frau Dr. Steiner, ich kann nicht ewig in Rom bleiben, verstehen Sie? Könnten wir uns nicht doch heute sehen? Es ist sehr wichtig. Vielleicht weiß ich etwas, das Sie interessieren könnte.«

»Na gut. Um sechs an der Piazza am Pantheon. Ich werde in einem der Cafés sitzen.«

Sie verwendeten ein paar weitere Minuten auf Dankbekundungen und Höflichkeitsfloskeln, und kaum hatte Katia aufgelegt, schimpfte sie sich mit lauter Stimme einen Dummkopf. Sie wollte Cabrera nicht sehen, es interessierte sie nicht, was er ihr angeblich zu sagen hatte, sie wollte auch nicht, dass er sie erkannte, sie dachte nicht daran, ihm auch nur ein einziges Dokument Valcárcels zu zeigen. Aber wenn das so war, warum zum Teufel hatte sie dann nicht einfach Nein gesagt, dass sie gerade erst angefangen habe, die Unterlagen durchzusehen, und es zu früh sei, irgendeine Entscheidung zu treffen? Weil sie dumm war, ganz einfach. Weil sie es noch nie in ihrem ganzen Leben geschafft hatte, Nein zu sagen, ohne zweihundert Erklärungen und zwanzigmal Lächeln nachzuschieben. Weil sie fürs Leben nicht geschaffen war. Darum.

Sie legte das Tagebuch zur Seite und öffnete die granatrote Mappe mit den letzten Verfügungen, die sie bereits am Abend zuvor zu lesen begonnen hatte, und fand bestätigt, dass Valcárcel tatsächlich unmissverständlich erklärt hatte, er wünsche, dass sein Körper eingeäschert und seine Asche nach Spanien überführt werde, um bei seiner Heimatinsel Alma vor der Küste Umbrías über dem Meer verstreut zu werden.

Überrascht sah sie auf. Sie wusste, dass Professor Valcárcel aus Umbría stammte, das hatte sie in dem biografischen Abriss in der *Biblioteca Nazionale* gelesen, jedoch nicht gleich mit ihren eigenen spanischen Wurzeln in Verbindung gebracht. Was für ein unglaublicher Zufall, dass ihre Großeltern und ihre Mutter ebenfalls aus Umbría stammten und sie selbst im Grunde nur deshalb nicht dort geboren worden war, weil ihre Mutter einen ursprünglich aus Südtirol stammenden Österreicher geheiratet hatte. Gewissermaßen also waren Valcárcel und sie Landsleute, und das war ein Grund mehr nachzuforschen, was mit seinen sterblichen Überresten passiert war.

Weiter las sie eine Liste mit kleinen Übereignungen an Freunde und Mitarbeiter: gewidmete Bücher, eine Erstausgabe, ein Manuskript. Sie musste die Stücke finden und sie den Bedachten zukommen lassen. Schließlich, in einem verschlossenen Umschlag mit der Aufschrift »Dem Verwalter meines Erbes. Vertraulich«, geschrieben in grüner Tinte in der ihr nun schon vertrauten Spinnenbeinschrift, folgende kurze Anweisungen:

Die mit XIII nummerierte Truhe mit sämtlichen gelben Mappen (17), zehn (10) mit blauen Bändern verschnürten Briefbündeln und dem Buch mit schwarzen Deckeln und Goldschnitt muss komplett an den Club der Dreizehn übergeben werden, stellvertretend an eine der folgenden Personen:

Prof. Émile Marie Duroselle
Prof. Vito Zambiasi
Prof. Alfredo Donni
Prof. Helmut Fink
Prof. Iain Wilkins
Prof. Wayne Contreras

Prof. Björn Knutson
Prof. Javier Erice

Der Inhalt der in dieser Truhe befindlichen Dokumente ist absolut vertraulich und darf unter keinen Umständen, auch nicht auszugsweise, anderen als in der obigen Liste genannten Personen zur Kenntnis gebracht werden.

Das von Valcárcel unterschriebene Schriftstück trug den 15. Februar des laufenden Jahres als Datum, gerade einmal einen Monat vor seinem Tod. Damit war klar, dass es sich wirklich um seinen Letzen Willen handelte.

Katia stand auf und holte die Truhe, sie zählte die Mappen, siebzehn, die Briefbündel, zehn, und wollte sie schon wieder schließen, als ihr auffiel, dass das schwarze Buch mit Goldschnitt nicht darin lag. Gleichzeitig fiel ihr auf, dass sie eine gelbe Mappe hatte, die offenbar nicht zu dem für den Club der Dreizehn bestimmten Vermächtnis gehörte. Oder aber eine Mappe in der Truhe war gegen ihre ausgetauscht worden.

Sie wollte gerade den Inhalt von Truhe XIII noch einmal durchsehen, als es an der Tür klopfte und Matteo ihr eine längliche Schachtel mit Goldschleife brachte: »Für die Dottoressa. Ein Bote hat es abgegeben.«

Er stellte das Päckchen auf den Tisch und ging wieder. Mit zitternden Händen und innerlich den Namen Rocco rufend, öffnete sie die Schachtel: Eine weiß-rosa Orchidee leuchtete auf einem Satinbett. Darüber ein Kärtchen: »Um zwei im Rosati«, in einer schönen, schwungvollen Schrift, die wunderbar Roccos Wesen widerspiegelte.

In süßem Fieber arbeitete sie bis eins. Sie wusste nicht, wo das Rosati war, obwohl der Name ihr bekannt vorkam, aber anstatt jemanden zu fragen, entschied sie sich, ein Taxi zu nehmen.

Sie bürstete sich die Haare, schminkte sich die Lippen und stahl sich wie ein Dieb aus dem Gebäude, um nur ja niemandem gegenüber ihr Weggehen rechtfertigen zu müssen. Letztlich würde jeder,

der sie sah, vermuten, dass sie in einer Bar in der Nähe etwas essen gehen würde; das bedurfte keiner Erklärungen.

Das Rosati war an der Piazza del Popolo an der westlichen Ecke gegenüber dem Pincio und dem Obelisken; links davon, zwischen den beiden weißen Kirchen, die die Straßen wie in drei Flussarme teilten, verliefen die Via Ripetta, die Via del Corso und die Via del Babuino mit ihren eleganten, von Orientalen überfüllten Geschäften, ihren Cafés und dem nicht abreißenden Touristenstrom. Wahrscheinlich arbeitete Rocco in der Gegend und hatte sie hierher bestellt, weil er nur eine halbe Stunde Mittagspause hatte. Aber da sie sich fast achtundvierzig Stunden nicht gesehen hatten, war eine halbe Stunde schon ein Geschenk.

Um Schlag zwei, bevor sie ihr Bier austrinken konnte, bog ein elfenbeinfarbener Rolls Royce um die Ecke des Rosati und zog alle Blicke auf seine beeindruckende Masse. Zur Verzweiflung der anderen Autofahrer hielt er, die ganze Straße blockierend, direkt vor dem Café an; ein dunkelhäutiger Chauffeur in anthrazitgrauem Livree stieg aus und kam direkt auf sie zu.

»Wenn Sie die Güte hätten mitzukommen, Signora.«

Katia starrte ihn an, als sähe sie zum ersten Mal in ihrem Leben einen Chauffeur mit Mütze.

»Das muss ein Irrtum sein; ich warte auf einen Freund.«

»Der Herr, auf den Sie warten, sitzt im Wagen, Signora.«

Sie stand unentschlossen auf und folgte dem Chauffeur zu dem glänzenden Wagen mit den verspiegelten Scheiben. Sie konnte nicht glauben, dass Rocco in diesem Auto saß, obwohl es natürlich theoretisch möglich war. Marianna hatte schon recht, sie wusste nichts über Rocco. Und wenn er ein Millionär wie dieser Gianni auf dem Fest war? Das würde erklären, warum Rocco sich in diesen Kreisen bewegte, die gar nicht zu ihm passten. Und wenn …?

Der Chauffeur öffnete die hintere Tür, und wieder blickte Katia in verspiegelte Gläser, hinter denen die Augen eines Mannes in einem elfenbeinfarbenen Anzug aus Schantungseide lagen. Dieser Mann war nicht Rocco, und er reichte ihr die Hand mit dem Hauch eines Lächelns.

»Willkommen, Dottoressa. Machen Sie es sich bequem.«

»Moment, Moment«, hörte sie sich stottern, »ich weiß überhaupt nicht, wer Sie sind, ich kenne Sie nicht. Außerdem … «, sie zeigte in etwa in die Richtung des Lokals, »habe ich mein Bier noch nicht bezahlt und warte auf einen Freund.«

»Begleich die Rechnung der Dottoressa, Étienne«, sagte der Mann über Katias Schulter hinweg und dann, ihr die Sonnenbrille wieder zuwendend: »Ich bin derjenige, auf den Sie warten.«

»Aber …«

»Ich habe Ihnen die Orchidee geschickt, Dottoressa. Ich möchte Sie zum Essen einladen.«

Katia fühlte, wie ihr die Beine schwach wurden, als hätte ein Puppenspieler die unsichtbaren Fäden durchgeschnitten, und sank auf die Rückbank, weit genug von ihm entfernt, um ihn mustern zu können. Um die fünfzig, vielleicht auch jünger, groß, kräftig und elegant; das mattsilbrig schimmernde Haar hinten kurz und in der Stirn symmetrisch hochgekämmt, dazu einen kurz gestutzten Bart; eine Perle als Schließe seines Seidenhemds, feine, sehnige Hände mit unglaublich langen Fingern, die auf einem Stock aus dunklem Holz mit Elfenbeinknauf lagen: Er war schön und unnahbar wie eine gotische Statue mit einer Prise raffinierter Bosheit, was sein Kostüm so perfekt unterstrich, dass es ein Teil von ihm selbst zu sein schien. Alles ein wenig theatralisch, aber vielleicht war dieser Mann ja so.

Die Wagentür fiel mit einem dumpfen Schlag zu, und ein paar Sekunden später fuhren sie los.

»Ich bin Pierluigi Bellochi, Dottoressa«, sagte der Mann und gab ihr die Hand. Sie war trocken und stark, temperaturlos. Anders als die ihre, die so unangenehm feucht war, dass sie sie sich am liebsten am Hosenbein abgewischt hätte, was sie sich aber nicht traute.

»Wir fahren in eines meiner Lieblingsrestaurants, nach Tivoli. Es wird Ihnen gefallen. Ein Gläschen?«, fragte er und zeigte auf eine kleine Bar, die sich soeben vor ihnen geöffnet hatte.

Sie schüttelte den Kopf.

»Wahrscheinlich fragen Sie sich, was das alles soll.« Er machte eine kurze Pause. »Nun, ich wollte Sie kennenlernen, ich wollte mit Ihnen über gewisse Dinge reden, die uns beide angehen, und ich bin jemand, der sich nicht an allen Orten wohlfühlt. Orte haben ihre Ausstrahlung, ihre Aura. Ich bin ein Resonanzkörper. Ich kann mich nicht einfach so aussetzen, verstehen Sie?«

Katia sah unruhig aus dem Fenster. Die getönten Scheiben nahmen der Außenwelt ihre Farben und ihre Lebendigkeit.

»Sie können ganz ruhig sein, ich werde Sie nicht entführen. Ich will mich nur mit Ihnen unterhalten.«

»Worüber?«

»Ich werde ehrlich zu Ihnen sein, Katia. Darf ich Sie Katia nennen? Ich weiß es nicht genau. Ich weiß nur, dass Sie möglicherweise im Besitz von etwas sind, was mich interessiert, was mich so sehr interessiert, dass ich sogar dafür töten würde.«

Katia durchfuhr ein Schauder. Sie war sich sicher, dass er das ernst gemeint hatte.

»Soll das eine Drohung sein?«

»Nein, um Himmels willen.« Er lächelte. Eine Schlange hätte so lächeln können. »Das ist nur eine Redewendung, damit Sie mich besser verstehen.«

»Und worum handelt es sich?«

Er löste eine Hand von dem Stockknauf und hielt sie ein paar Sekunden lang mit der Handfläche nach oben in die Luft.

»Keine Ahnung.«

»Etwas, was mit dem Vermächtnis von Professor Valcárcel in Zusammenhang steht, nehme ich an.«

»Wahrscheinlich, ja. Sind Sie denn bei Ihrer Arbeit vorangekommen?«

»Gut informiert, wie Sie sind, müssten Sie wissen, dass ich heute Morgen angefangen habe. Ich bin noch nicht zu viel gekommen.«

Der Mann machte eine beschwichtigende Handbewegung.

»Das ist normal. Aber wenn Sie das finden, was ich suche, dann denken Sie daran, dass ich Ihnen dafür mehr bieten kann als jeder andere.«

»Meine Güte. Professor Valcárcel war Philologe, kein Atomphysiker oder so. Was zum Teufel erhoffen Sie sich denn alle von diesen Papieren? Dass ich in ihnen den Weg zum Stein der Weisen finde?«

»Wieso alle? Wer denn noch?« Bellochi saß weiterhin zurückgelehnt da, aber die Anspannung war ihm anzumerken.

»Niemand. Das war einfach so dahin geredet.«

Der Mann nahm behutsam ihr Handgelenk, drückte es leicht, dann drehte er Katias Hand um, sah sie konzentriert an und küsste sie auf den Handrücken, als wäre sie eine Feenkönigin: »Sie täten besser daran, es mir zu sagen, Katia, glauben Sie mir«, sagte er gemessen. Sie bekam am ganzen Körper Gänsehaut.

»Ein Spanier«, sagte sie schließlich. »Ein junger spanischer Professor ist offenbar auch sehr an Valcárcels Nachlass interessiert, für eine kritische Ausgabe, sagt er.«

»Aha.«

Sie waren auf die Autobahn Rom – L'Aquila aufgefahren, der Wagen brauste nun Richtung Süden.

»Sie haben nicht vor, diesem Herrn entgegenzukommen.«

»Nein … nein, ich glaube nicht.« Sie erstarrte, als dünstete der elfenbeinfarben gekleidete Mann Gift aus.

»Nein, Katia. Das wäre nicht richtig. Gewisse Dinge sind nicht für die Gemeinsterblichen bestimmt und dürfen nicht in die Hände von Unwissenden gelangen.«

»Aber ich weiß von nichts.« Ihre Stimme überschlug sich, als bekäme sie gleich einen hysterischen Anfall.

»Ich werde Sie führen, Katia. Sie brauchen keine Angst zu haben. Beruhigen Sie sich. Wir sind gleich da.«

Nachdem sie einige Minuten schweigend weitergefahren waren, hielt der Chauffeur auf einem kleinen gepflasterten Platz an, öffnete ihnen die Türen, legte seinem Herrn einen leichten hellbeigen Übergangsmantel um, dann wurde Katia durch eine schattige, mittelalterliche Gasse geführt. Am Ende der Straße öffnete Bellochi ihr die Tür von La Sibilla.

Eine ältere Dame trat auf sie zu, strahlend lächelnd, als hätte ihr jemand einen unbezahlbaren Gefallen getan: »*Eccellenza!* Sie beehren unser Haus!«

»Guten Tag, Antonia. Ich hatte der Dottoressa erzählt, das hier sei das beste Restaurant der ganzen Region Latium. Hätten Sie für uns einen kleinen Tisch in der Nähe des Tempels? Wir haben uns spontan entschlossen herzukommen, und ich hatte keine Zeit anzurufen.«

»Natürlich, *Eccellenza.* Wir haben die Tische noch nicht auf die Terrasse hinausgetragen, aber ich bin mir sicher, dass Giorgio eine Lösung finden wird. Wollen Sie nicht hereinkommen und solange ein Gläschen trinken?«

»Das überlassen wir ganz Ihnen, Antonia.«

Die Frau bot ihnen einen ruhigen Platz an der Bar, servierte ihnen einen Negroni und Rauchmandeln, dann ließ sie sie, fast unterwürfig lächelnd, allein.

»Wer sind Sie?«, fragte Katia atemlos.

»Alles zu seiner Zeit, Katia. Alles zu seiner Zeit. Sie sind ein sensibles Wesen, genießen Sie die Wonnen des Lebens. Über alles andere reden wir später.«

Die alten Steine des Pantheons glänzten in der Abenddämmerung wie Perlen, während die letzten Dachziegel der umliegenden Häuser rot in der untergehenden Sonne glühten. Es roch nach römischem Abend, es war dieser undefinierbare Geruch, den kein Duftdesigner der Welt nachbilden könnte und der vielleicht nur in ihrem Kopf bestand, dieser Duft nach dem Leben an und für sich, das immer wieder neu aus sich selbst heraus entsteht und so über Tod und Schmerz triumphiert, dieses Flirren an Möglichkeiten, die offene Zukunft unabsehbar weit wie eine Autobahn am Meer. Rom war so lebendig wie vor zweitausend Jahren, und würde es immer sein, auch wenn die Erinnerung an sie selbst längst verblasst und ihre Angst zur Anekdote geworden sein würde. Während Katia vor dem Pantheon saß und zusah, wie es Abend wurde und wie die Tropfen von ihrem Glas langsam zum Tisch hinabperlten, fand sie nach dem Besuch mit dem Elfenbeinmann in La Sibilla und anschließend in der Villa Adriana ihre Ruhe wieder und ließ sich vom Alltäglichen, Verlässlichen wie von einem Seidenkokon umhüllen.

Die ganze Zeit war es ihr vorgekommen, als spielte sie bei einem Film mit, dessen Drehbuch man ihr vorher nicht zu lesen gegeben hatte. Sie hatte geglaubt, sie hätte sich im Lauf ihres Lebens an das Gefühl gewöhnt, nirgends so recht dazuzugehören, doch diese

Stunden hatten ihr gezeigt, dass sich als Außenseiter zu fühlen noch ein vergleichsweise gemütliches Gefühl war; wirklich verloren war sie in der Welt, die hinter der gefährlichen Höflichkeit Bellochis hervorgeblitzt war.

Dieser überaus seltsame Mensch hatte ihr Dinge erzählt, die ihr jetzt, da sie entspannt an ihrem Tischchen vor dem Pantheon saß und von hier aus den scherzenden und Fotos schießenden Touristen zusah, wie Spinnereien und Wahnvorstellungen erschienen. In Tivoli im La Sibilla, wo sie an einem Vestatempel hoch über einer Schlucht einander gegenüber gesessen und die von Antonia persönlich servierten *fettuccine alla fior di zucca* gegessen hatten, hatte Bellochi ihr auseinandergesetzt, dass das, was wir für die Wirklichkeit halten, lediglich eine von unendlich vielen möglichen Wirklichkeiten sei und dass der Mensch, weil er das Universum, dieses schwindelerregende Karussell der Möglichkeiten nicht ertragen kann, sich an die Idee klammere, die Eindrücke, die uns unsere begrenzten Sinne liefern, seien die einzig möglichen.

Als sie später durch die vergangene Pracht der Villa Adriana spaziert waren, hatte der Elfenbeinmann ihr gesagt, dass sie vielleicht, so unerreichbar es ihr erscheinen mochte, unmittelbar vor der Möglichkeit stehe, einen Zugang zu diesen anderen Wirklichkeiten zu finden.

Sie erinnerte sich an den Spaziergang wie an einen Fiebertraum, wenn man als junger Mensch nach einer Grippe geschwächt und dünn und um mehrere Zentimeter gewachsen zum ersten Mal die Füße wieder auf den Boden setzt und plötzlich alles mit anderen Augen sieht, ungewohnt deutlich und dadurch fremd. Sie konnte sich nicht an Einzelheiten erinnern. Sie sah nur die Gläser seiner dunklen Brille, in denen sich der See spiegelte, und im See wiederum der Himmel: Wolken, Säulen, Statuen, Zweige, winzige, ineinander übergehende Wellen, als wäre alles auf einer Ebene, abermals projiziert auf die hinter den Gläsern versteckten Augen, die noch mehr für sie unvorstellbare Dinge sahen.

Ihr fröstelte, sodass sie sich die Jacke über der Brust zusammenzog.

Zum Abschied hatte er ihr seine Visitenkarte gegeben, ein aufklappbares, elfenbeinfarbenes Viereck mit Goldrand. Zugeklappt fügten sich die beiden Laschen zu einer stilisierten, an eine gotische Jungfrau erinnernde Frauenfigur zusammen, die ihren Fuß auf einen zunehmenden Mond stellt, innen stand eine Nummer ohne Namen.

»Nur ich hebe bei dieser Nummer ab«, hatte er ihr gesagt. »Sie können zu jeder Uhrzeit, Tag und Nacht anrufen. Sobald Sie das Gefühl haben, etwas gefunden zu haben, rufen Sie mich an, Katia.«

Die Art, wie er »Katia« gesagt hatte, hatte in ihr den Wunsch geweckt, nicht so zu heißen, als könnte er sie allein durch die Aussprache ihres Namens manipulieren, weil der Besitz ihres Namens ihm Macht über sie verlieh.

Auf einmal erblickte sie wie aus dem Nichts aufgetaucht Cabrera neben dem Brunnen, der seinen Blick über die Gäste in den Cafés schweifen ließ. Als sie aufstand, entdeckte er sie sofort. Er kam zu ihr an den Tisch, und sie setzte sich wieder.

»Kennen wir uns?«, fragte er, während er ihr gegenüber Platz nahm.

»Wir haben uns vor Kurzem vor dem Haus von Professor Valcárcel gesehen«, antwortete sie auf Spanisch.

Er sah sie an, seine dunklen, dichten Wimpern wirkten, als hätte er sich die Lidränder mit Kajal geschminkt. Seine großen, runden Augen glänzten hinter der Brille.

»Stimmt. Jetzt erkenne ich Sie wieder.«

Katia hatte das Gefühl, etwas falsch gemacht zu haben. Sie hätte es ihm überlassen sollen, sie wiederzuerkennen. Jetzt war es zu spät. Sie entschied sich, den kleinen Ausrutscher mit übertriebener Geschäftlichkeit wettzumachen, was bei ihrer fehlenden Übung sofort ruppig wirkte: »Na schön, was haben Sie mir so dringend zu sagen?«

»Sind Sie Spanierin?«

»Zur Hälfte. Meine Mutter ist Spanierin.« Katia hatte keine Lust zu plaudern, aber sie wollte auch nicht unhöflich sein.

»Woher?«

»Aus Umbría. Meine Großeltern stammten aus einem kleinen Dorf in der Nähe von Oneira. Sie brauchen mir nicht zu sagen, dass

Sie noch nie dort waren. Kein Mensch kennt diese Ecke Spaniens.«

»Uns Palencianern geht's genauso. Wenn man sagt, man ist aus Palencia, reagieren alle nur mit Schweigen; manchmal fallen den Leuten die Decken und die Kekse ein.«

»Und woran denken Sie, wenn Sie Umbría hören?«

Er dachte kurz nach: »Das hartnäckigste Klischee sind wohl die Legenden, der Aberglaube, dass Umbría der einzige Ort auf der Welt ist, an dem es noch echte Magie gibt.«

Lange schon hatte sie diese Dinge nicht mehr über Umbría gehört, und im Zusammenhang mit dem, was Bellochi ihr erzählt hatte, überkam sie ein Frösteln.

»Alles Unsinn.«

»Klar.«

»Wollten Sie mir nicht etwas zeigen? Ich hatte einen langen Tag, und ich will bald nach Hause.«

Cabrera zog einen Brief aus der Innentasche seines Sakkos und reichte ihn ihr schweigend. Der Umschlag wies die ihr wohlbekannte Schrift auf, diesmal in schwarzer Tinte; als Absender trug er Valcárcels Adresse in Rom, und der Brief selbst war mit schwarzer Tinte auf Luftpostpapier in derselben feinen, spitzen, im Alter etwas zittrig gewordenen Handschrift geschrieben, die sie mittlerweile mühelos entziffern konnte:

Sehr geehrter Herr Dr. Cabrera,

*mit großem Interesse lese ich die Aufsätze, die Sie in den letzten Jahren veröffentlicht haben. Ich bewundere Sie für Ihren Mut, eigene Ideen zu vertreten, obwohl doch die akademische Welt seit der Einführung des Begriffs Literatur-*wissenschaft *durch die deutsche Philologie dermaßen im Konventionalismus erstarrt ist.*

Ich hätte Ihre berufliche Entwicklung gern etwas mehr aus der Nähe verfolgt, bevor ich an Sie herantrete, aber ich fürchte, in Anbetracht meines fortgeschrittenen Alters kann ich die Angelegenheit nicht auf die lange Bank schieben. Ich möchte Sie unbedingt persönlich kennenlernen und mit

Ihnen über eine Sache sprechen, die Sie betrifft und die Ihnen unerwartete Perspektiven eröffnen kann, sowohl im privaten Leben wie in der Forschung. Würden Sie mir bitte mitteilen, an welchem Tag Sie in Rom ankommen?

Mit besten Grüßen

Prof. Dr. José María Valcárcel

Rom, 13. Juni 1998

Katia sah von dem Brief auf, faltete ihn wieder zusammen und reichte Cabrera den Umschlag samt Brief über den Tisch.

»Was meinen Sie?«, fragte Cabrera und beugte sich zu ihr.

»Dass es eine Ehre ist, von einer Koryphäe wie Valcárcel eine solche Anerkennung zu bekommen.«

Der Kellner unterbrach sie. Der Spanier bestellte ein Bier und wendete sich dann wieder aufmerksam Katia zu.

»Denken Sie nicht, das gibt mir ein Recht auf seinen Nachlass?«

»Ehrlich gesagt, nein.«

Cabrera schnaubte: »Valcárcel wollte mich sehen, mit Sicherheit hat er mich als seinen … intellektuellen Nachfolger, seinen geistigen Erben angesehen, verstehen Sie? Sie können mir doch nicht etwas verweigern, was der Professor für mich vorgesehen hat.«

»Der Brief ist vom Juni des letzten Jahres. Wenn Sie darauf gebrannt hätten zu erfahren, was Valcárcel Ihnen mitteilen wollte, hätten Sie in den Sommerferien kommen sollen. Jetzt ist es zu spät.«

»Warum ist es zu spät, warum, bitte?« Er zwang sich zur Ruhe, aber Katia spürte seine wachsende Aggression.

»Weil ich jetzt die Verwalterin der Schriften des Professors bin und niemanden da ranlassen werde, bevor ich sie nicht selbst alle durchgesehen habe. Aber keine Sorge, sollte irgendeines der Papiere Ihren Namen tragen, werde ich es Ihnen zukommen lassen.«

Der Kellner stellte das Bier auf den Tisch, wollte gleich kassieren und ließ sie dann wieder unter sich. Um sie herum vergnügten sich Touristen und junge Paare, lasen in ihren Romführern und sahen bisweilen zufällig und unbeteiligt zu ihnen herüber; sie waren die

Einzigen, denen man ansah, dass sie von der Arbeit kamen, und die Einzigen, die nicht fröhlich waren.

»Verstehen Sie mich doch, bitte. Rom ist von Palencia sehr weit weg, ich habe meine Verpflichtungen, Valcárcels Brief kam mitten in einer Prüfungsphase.« Katia sah ihn ausdruckslos an, und Cabrera wurde immer nervöser. »Seit einiger Zeit gab es Gerede, dass Valcárcel, der schon immer einer seltsamer Vogel gewesen war, allmählich … wie soll ich sagen … senil würde. Und der Ton des Briefs schien mir … wie soll ich sagen … irgendwie herablassend, ich weiß nicht, ob Sie mich verstehen, als erwarte er, dass ich vor Glück dahinschmelze, alles stehen und liegen lasse und in den ersten Flieger steige, um zu erfahren, was diese Berühmtheit von mir bescheidenem Tropf will. Na ja, ich weiß auch nicht. Ich dachte, wenn er wirklich etwas von mir will, würde er dem mehr Nachdruck verleihen.«

»*Er* etwas von Ihnen wollen?« Katia versetzte sich in Cabreras Lage. Wenn sie einen Brief von einem Mann wie Valcárcel bekommen hätte, wäre sie sofort zu ihrem Institutsvorstand gelaufen und hätte ihm erklärt, dass sie eine Vertretung bräuchte, weil sie nach Rom müsse. Andererseits, bis vor ein paar Wochen hatte auch sie nicht gewusst, wer Valcárcel war.

»Er wollte doch mit mir reden, oder?«

Cabrera zog ein Gesicht wie ein arroganter, verzogener Junge, wobei er die Unterlippe vorschob und in einer instinktiven Abwehrhaltung die Arme vor der Brust verschränkte.

»Aber Sie wussten doch, wer Valcárcel war, oder etwa nicht?«

»Jeder, der einmal über bukolische Dichtung, Fragen fiktionaler Glaubwürdigkeit oder Gattungstheorie geforscht hat, weiß, wer Valcárcel ist. Sein Werk füllt ein ganzes Regal.«

»Und trotzdem sind Sie nicht gekommen.«

Cabrera blickte ausweichend auf das Pantheon, und Katia stand auf. Er reagierte sofort: »Gehen Sie nicht, bitte, gehen Sie nicht. Es muss doch irgendeine Regelung zu finden sein. Ich kann nicht einfach mit leeren Händen zurückkehren. Lassen Sie mich Ihnen wenigstens helfen, geben Sie mir einen Teil der Papiere, damit ich sie durchsehe. Sie brauchen mir nichts zu bezahlen, ich arbeite umsonst.«

Katia musste lächeln.

»Ich schwöre es Ihnen. Ich werde nichts für meine Arbeit verlangen. Allerdings werde ich nur unregelmäßig arbeiten können, feste Arbeitszeiten kann ich Ihnen leider nicht anbieten.«

Entweder war dieser Cabrera erschütternd naiv oder saudumm.

»Ich muss gehen.«

»Also, was sagen Sie?«

»Was ich vorhin auch schon gesagt habe; wenn etwas auftaucht, was für Dr. Cabrera bestimmt ist, werden Sie es erhalten.«

»Und wenn nicht?«

»Wenn nicht, dann ziehen Sie vielleicht daraus die Lehre, dass man einen über Neunzigjährigen nicht über ein Jahr lang warten lassen darf.«

»Aber er hat mich ausgewählt.« Seine Stimme klang nun wehleidig.

»Ich wüsste nicht, aus welchem Grund«, entgegnete Katia und ging. Als sie sich von der Straßenecke aus noch einmal umdrehte, bereits auf dem Weg zu Giolitti und dem wohlverdienten Eis, stand Cabrera noch immer am Tisch und blickte ihr nach; seine Fäuste waren geballt, und aus seinen Augen blitzte ein Hass, wie Katia ihn noch nie gespürt hatte.

5
Verschlossene Türen

Am Steuer eines marineblauen Audis, der so neu war, dass er noch nach Plastik roch, fuhr Duroselle in maßvollem Tempo durch Peschiera del Garda und genoss die glasklare Abendluft, die Frühlingsblumen, die überall sprossen und den Reiz dieser oberitalienischen Landschaft ausmachten; Primeln, Tulpen, Narzissen und Ranunkeln in den Gärten erinnerten an das Erwachen der Natur in den Alpen, während die Zypressen und die Fassaden in Ocker und Rosa bereits Vorboten der nicht mehr fernen Toskana waren.

Abgesehen von dem unglücklichen Anlass, der ihn an den Gardasee geführt hatte, war es eine gute Idee gewesen, ein paar Tage freizunehmen und wieder einmal die Entdeckung zu machen, dass das Leben viel mehr als verstopfte Straßen und graue Fassaden zu bieten hatte. Im Radio lief ein Barockkonzert, Pachelbel, und zu der getragenen Musik stürmten bittersüße Erinnerungen auf ihn ein: Sandrine in diesem kleinen, bescheidenen Hotel mit Zugang zum Strand, an dessen Namen er sich nicht erinnerte, wo sie vor vielen Jahren von einer Hollywoodschaukel aus den Sonnenuntergang betrachtet hatten, damals, als sie ihn noch geliebt und er noch ganz der einen Wirklichkeit verpflichtet gewesen war. Er erinnerte sich an die frische Brise am See, das trockene Aufschlagen eines Tischtennisballs, den leicht bitteren Geruch des stehenden Wassers, den großen orange leuchtenden Sonnenball, der langsam zum silbrigen Band des Horizonts sank, während sie sich schweigend an den Händen hielten und mit einer Decke über den Knien schaukelten. Damals hatte er überlegt, wie es in dreißig Jahren sein würde, wenn Sandrines runzlige Hand in seiner alten Hand liegen würde. Wie weit weg und unvorstellbar ihm das Alter, Wabbelbauch, schlaffe Oberarme, Doppelkinn, schüttere, kaum noch den Schädel bedeckende Strähnen damals erschienen waren. Trotz allem war er immer noch derselbe. Innerlich war er noch immer der bewegliche, straffe Vierziger von damals, was nur niemand wusste, auch Sandrine nicht, die er zum letzten Mal Weihnachten vor fünf oder sechs Jahren auf einem Fest bei gemeinsamen Freunden gesehen hatte. Sandrine, die zu ihm gesagt hatte: »Wie alt wir geworden sind, Mille«, woraufhin ihm schlagartig bewusst geworden war, dass er trotz Sauna und wöchentlicher Massage, trotz Maßanzügen und ausgewogener Diät nie wieder jener junge Mann sein würde, der von einer Hollywoodschaukel aus die Sonne hatte untergehen sehen.

Sie hatte sich nicht sehr verändert, abgesehen von den Falten um die Augen und den tiefschwarz gefärbten Haaren, die ihr Gesicht hart machten. Sie war noch immer schlank, trug kniekurze Röcke und lachte wie ein freches Schulmädchen über alle und jeden. Ein Schulmädchen mit fast sechzig, gerade zur Großmutter gemacht von der einzigen Tochter, die sie nach ihrer Trennung von ihm noch kurz vor den Wechseljahren bekommen hatte.

Er hielt am Ortseingang von Sirmione direkt am See an und betrachtete eine Weile das Glitzern auf dem Wasser, die Schwäne, die schwerelos über die glatte Wasseroberfläche glitten, das Ausflugsschiff, das mit seiner Ladung grellbunt gekleideter Touristen nach Norden in Richtung Villa Catullo steuerte. Dann stützte er sich aufs Lenkrad, grub den Kopf in die Hände und schloss die Augen.

Wieder war es geschehen. Sobald er sich gehen ließ, spielten seine Gedanken ihm Streiche, dass es ihm Angst machte: Er erfand Erinnerungen, manipulierte die Vergangenheit.

Er war nie mit Sandrine in Sirmione gewesen. Sondern erst nach ihrer Trennung mit einer anderen Frau, an deren Namen er sich nicht mehr erinnerte – auch nicht an ihren Körper und ihr Gesicht –, eine Unbekannte, mit der er vor fast zwanzig Jahren ein paar Tage lang versucht hatte, die Leere zu füllen, die Sandrine in seinem Leben hinterlassen hatte. Mit Mühe erinnerte er sich jetzt, dass die Frau auf der Hollywoodschaukel die ganze Zeit geredet und gelacht hatte, während er schweigend und weise lächelnd an Sandrine, an ihren Blick für das Schöne, an ihre immer kalten Hände gedacht hatte. Schon damals hatte er eine Parallel-Wirklichkeit erfunden, an die er so fest geglaubt hatte, dass sie sich mit den Jahren zu einer authentischen Erinnerung verfestigt hatte. Im Grunde ist Erinnern immer Erfinden, da man durch Selektion bestimmt, was die Zeit überdauern soll, wie eine Reihe vergilbter, vielleicht retuschierter Fotos, die irgendwann das einzige Zeugnis eines Lebens sind; denn auch man selbst erinnert sich ab einem gewissen Zeitpunkt nur noch an die Momente, die dokumentiert und nicht im eigenen Gedächtnis wie in einem tückischen Sumpf versackt sind. Die schreckliche weinrote Strickkrawatte, die ihm Sandrines Mutter geschenkt und die er immer verabscheut hatte, würde ihm immer in Erinnerung bleiben, weil er sie rein zufällig auf dem Foto trug, das sein Verlag für die Umschläge seiner Bücher ausgewählt hatte. Hingegen gab es kein Foto von ihm in dem roten Schal, den er in den Zeiten der Sitzblockaden und Demonstrationen Tag und Nacht getragen hatte; seine Haare waren damals so lang, dass sie den weißen Hemdkragen über seinem dunkelblauen Pullover bedeckten. Fotos von sich zu machen war damals als bürgerliche Sitte verrufen und galt als lächerlich, man war sich selbst genug, und für Nachruhm sorgte der politische Kampf. Seit er sich angepasst und zum ersten Mal eine Krawatte um den Kragen eines weißen Nylonhemds geknotet hatte, hatte er unzählige Krawatten besessen, die keine Spur in seinem Leben hinterlassen hatten, einzig dieser hässliche, fade blutrote Binder, auf den seine Schwiegermutter so stolz gewesen war, war im Strom der Zeit nicht untergegangen.

Seufzend strich er sich über die wenigen Haare, die dürftig seinen Hinterkopf bedeckten, und sah flüchtig in den Rückspiegel. Allmählich, so glaubte er, konnte er Fink verstehen.

Alfredo sah ihn vom Fenster des Gästezimmers aus kommen, in das er hinaufgegangen war, um noch einmal nachzusehen, ob alles hergerichtet war und Marietta nicht vergessen hatte, frische Handtücher ins Bad zu legen. Marietta war über Besuch nicht begeistert, er störte nur den reibungslosen Ablauf im Haushalt, die fast militärische Disziplin, die sie seit seiner Emeritierung vier Jahre zuvor eingeführt hatte. Sie wendete so einfältige Tricks wie die Sache mit den Handtüchern an, insgeheim hoffend, der Professor würde sich vor seinen Gästen schämen und von weiteren Einladungen absehen, doch sie wusste nicht, dass ausgerechnet diese Spielchen, bei denen sie sich sehr intelligent fühlen musste, ihm seine Haushälterin näherbrachten und in ihm eine Zärtlichkeit weckten, die er sonst nur für seine beiden Enkel verspürte.

Émile war gut gealtert, sein Schritt war noch immer elastisch, und es schien ihn keine Anstrengung zu kosten, in der Linken den Koffer und in der Rechten die Aktentasche voller Bücher zu tragen. Leider hatte er viele Haare verloren, doch ansonsten zeigte sich sein gesunder Lebensstil allein schon in der vitalen Art, in der er Marietta im kleinen Vorgarten begrüßte. Lächelnd beobachtete er, wie die Frau sich zuerst die Hand an der Schürze abwischte, bevor sie sie ihm reichte. Es war immer das Gleiche, zuerst verzog sie das Gesicht, wenn er ihr Professor Duroselles Besuch ankündigte, doch sobald Émile aus seiner Aktentasche die Schachtel Cognacbonbons zog, die er am Bahnhof von Mailand eigens für sie gekauft hatte, schmolz sie dahin.

Alfredo ließ den Vorhang los und ging schmunzelnd hinunter, um seinen Freund zu begrüßen.

»Na, wurde aber auch Zeit«, sagte Marianna, als sie den Schlüssel hörte. Sie eilte zur Tür und öffnete der verwirrt dreinblickenden Katia. »Müh dich nicht ab, deiner passt nicht. Ich habe dir für das neue Schloss einen Schlüssel nachmachen lassen. Komm rein.«

Plappernd ging sie den Flur entlang: »Darf man wissen, wo du den ganzen Tag gesteckt hast?«

»Ich war bei der Arbeit, genau wie du.«

»Erzähl mir nichts! Ich habe dich mindestens fünfmal angerufen, und du warst nicht da. Und dieser Typ, der dir so gut gefällt, hat es auch mehrmals versucht, und von dir keine Spur.«

»Rocco hat angerufen?« Katia wünschte, ihre Stimme würde sich nicht so überschlagen, aber sie konnte nichts dagegen machen.

»Ja, allerdings. Hier und im Büro. Jetzt erzähl schon. Ich bin gerade dabei, mir eine Pasta zu kochen, willst du mitessen?«, rief sie aus der Küche.

»Ja, ich wasch mir die Hände, dann bin ich da.«

Katia zog das Jackett aus, hängte es zum Lüften ans offene Fenster, schlüpfte in Jeans und T-Shirt und ging in die winzige Küche, wo Marianna sich mit Zwiebelschneiden plagte.

»Und was hat er gesagt?«, fragte Katia möglichst beiläufig.

Marianna verdrehte die Augen: »Dass er später noch mal anruft.«

Katia ließ sich auf einen der Küchenstühle fallen.

»Wenn du nicht reden willst, kannst du auch das Radio anschalten, das leistet mir bessere Gesellschaft als du.«

In solchen Momenten war Katia froh, dass Marianna ihre Freundin und nicht ihre Mutter war.

»Marianna, glaubst du, dass es noch andere Wirklichkeiten neben dieser gibt?«

»Oh ja, meine Liebe, zum Glück hat jeder seine eigene. Wenn ich in einer Wirklichkeit wie dieser Typ leben müsste, bei dem ich heute Nachmittag war, würde ich sterben. Irgendein runtergekommener Graf, für den der Wert eines Menschen davon abhängt, aus welcher Familie er stammt, mit wem er verheiratet ist, welchen Beruf der Vater hatte und in welcher Kirche er getauft worden ist. Er hat mich nur empfangen, weil er aus meinem Namen auf der Visitenkarte schloss, ich sei mit der Familie der Fürsten von Monaco verwandt, die zwar seiner Aussage nach nicht von altem Adel ist, aber auch nicht irgendwer wie die meisten Bewohner dieser Stadt.

»Und du hast ihn in dem Glauben gelassen?«, fragte Katia ein wenig empört.

»Ich habe ihm gesagt, dass wir nicht miteinander in Kontakt stehen. Was die absolute Wahrheit ist. Ich habe noch kein Wort mit den Fürsten gewechselt.«

Sie mussten lachen. Marianna gab Tomate zu der Zwiebel in den Topf.

»Aber wir werden ein gutes Geschäft machen. Der Alte muss verkaufen, um finanziell über die Runden zu kommen, und ich habe es für ihn erträglich und aristokratisch gestaltet, ohne dass es mich eine Lira gekostet hätte. Aber was sollte das mit der Wirklichkeit?«

Katia wusste nicht recht, wo sie anfangen sollte, bemühte sich aber, für ihre Freundin die Begegnung mit Bellochi zu rekonstruieren, seine seltsamen Worte, die Andeutungen, das Unausgesprochene.

»Ich weiß, so wie ich es sage, klingt es dumm, aber wenn du ihn hören und ihn in seinem Anzug aus Rohseide sehen würdest, mit seiner Weste, der Perle, seine ganze wie aus Elfenbein geschnitzte Figur, würdest du einsehen, dass er eine besondere Erscheinung ist.«

Marianna hatte sich ihr gegenüber an das Klapptischchen unterm Fenster gesetzt: »Ich weiß, meine Liebe, ich weiß. Er ist Hellseher oder Futurologe oder irgend so was. Sehr berühmt. Er hat die exklusivste Kundschaft ganz Italiens: Politiker, Bankiers, Bühnenstars. Alles sehr diskret, sehr geschmackvoll. Und falls es dir etwas nützt, man nennt ihn *Il Divino*, den Göttlichen. Er war vor Kurzem bei uns im Antiquariat.«

»Was wollte er?«

»Sich umsehen. Er wollte etwas von Valcárcel kaufen, er war sich unschlüssig. Über zwei Stunden ist er zwischen den Objekten herumgeschlichen, hat eines betrachtet, erst aus der Nähe, dann von etwas weiter weg; hin und wieder hat er ein Stück in die Hand genommen und stand ganz still damit da, als lausche er auf etwas, das niemand sonst hören kann. Als ich ihm zu den Kunstgegenständen etwas erklären wollte, hat er mir nur sein frostiges Lächeln gezeigt und mir gesagt, dass ihn die offizielle Geschichte der Gegenstände nicht interessiere, sondern die andere, die private, und die könne er ohne meine Hilfe aufspüren. Offenbar gehört er zu den Menschen, die aus den Dingen etwas herausfinden, wenn sie sie berühren, die Aura, die Schwingungen oder wie das heißt. Zumindest behauptet er das.«

»Hat er etwas gekauft?«

»Einen venezianischen Spiegel aus dem *settecento*, meine Gute. Er hat beim Preis nicht versucht zu handeln. Wir haben ihn ihm eingepackt, und er hat ihn persönlich mitgenommen.«

»Und er hat nicht gesagt, wozu er ihn will?«

Marianna sah sie verständnislos an: »Wozu wird er ihn schon gewollt haben? Um sich anzusehen, nehme ich an, um sich die Perle ins Hemd zu stecken. Obwohl, jetzt erinnere ich mich, mein Chef hat zu ihm einen von diesen dummen Sätzen gesagt, die man bei solchen Gelegenheiten anbringt, etwas wie: ›Ach, *Eccellenza*, könnten die Spiegel uns nur alles erzählen, was sie im Lauf der Zeit gesehen haben!‹, woraufhin er geantwortet hat: ›Sie sind ein schlauer Fuchs, mein Freund.‹ Ja, du hast recht, vielleicht wollte er ihn für etwas anderes.«

»Sag mal, woher kommt eigentlich dieses *Eccellenza*?«

»Keine Ahnung. Ich denke – und der Graf von heute Nachmittag würde meine Ansicht sicher teilen –, er ist nichts als ein Karrierist. Er ist ein Emporkömmling, der aus dem Nichts gekommen ist, und inzwischen einer der reichsten und einflussreichsten Männer Italiens. In seiner Position kann er sich jeden Titel geben, den er will. Wirst du ihn auf dem Laufenden halten?«, fügte sie nach einer Pause hinzu.

Katia wiegte unentschlossen den Kopf: »Ehrlich gesagt, weiß ich es noch nicht. Dieser Typ flößt mir Angst ein, Marianna.«

Überraschenderweise nickte Marianna: »Das kann ich verstehen. Selbst mir, die ich eine harte Nuss bin, verursacht er kalte Schauder. Andererseits, du verlierst nichts, wenn du seiner Bitte nachkommst, und ich bin mir sicher, dass die finanzielle Entschädigung keineswegs verachtenswert sein wird. Wenn ihn etwas interessiert, zahlt dieser Mann jeden Preis. So, das Wasser kocht. Hast du großen Hunger?«

Doch sie bekam keine Antwort, weil in diesem Augenblick das Telefon klingelte.

Seit ihrer ersten gescheiterten Liebe im Alter von siebzehn hatte Katia viel über etwas nachgedacht, was ihre Mutter und ihre Großmutter ihr bei jeder sich bietenden Gelegenheit gesagt hatten: dass man sich nicht von den Hormonen leiten lassen dürfe. Ihre Großmutter drückte sich natürlich nicht so aus; in ihrer ländlichen Poesie sagte sie, es schmerze einem das Herz, wenn man mit jemandem breche, der nicht zu einem passe, aber wenn man sich vor diesem Herzschmerz drücke, bereite einem das später heftige Kopfschmerzen. »Ich habe viele Menschen ohne Herz leben sehen«, bläute sie ihr ein, »aber die ohne Kopf führen ein Leben, das diese Bezeichnung nicht verdient.« Katia hatte immer geglaubt, ihre Mutter und ihre Großmutter wollten damit nur erreichen, dass sie als Jungfrau in die Ehe ging wie sie auch. Es mussten noch viele Herz- und Kopfschmerzen vergehen und viel Zeit, bis sie begriff, dass sie sie hatten schützen wollen, weil sie sie liebten, und dass sie möglicherweise recht hatten.

Nach der Geschichte mit Alec hatte auch sie sich geschworen, sich nicht mehr von den Hormonen leiten zu lassen, sondern ihren Kopf zu bemühen und ihre Freiheit zu bewahren. Trotzdem hatte sie Herzklopfen bei dem Gedanken, dass in jeder Sekunde Rocco auf der Terrasse des Campo de' Fiori auftauchen würde, wo sie verabredet waren. »Ob ich ihn wiedererkenne?«, dachte sie und lachte über sich, doch kam ihr Hirn, in dem sich die Gedanken überschlugen, zu dem Schluss, dass ihre Frage durchaus begründet war. Sie hatten nicht mehr als ein paar nächtliche Stunden miteinander verbracht, was zwei Tage her war, abgesehen davon, dass Alkohol und Lust den Blick nicht gerade schärften. Und was, wenn mit ein wenig Abstand jegliche Liebe und Magie verpufft waren? Wenn sie in Rocco nun dasselbe sah wie Marianna: einen plumpen, Touristinnen anbaggernden Latin Lover?

Sie erinnerte sich an den Blick, den Marianna ihr vom Sofa aus zugeworfen hatte, als sie sich hektisch die Geldbörse in die Jeanstasche gesteckt und sich mit »bis morgen« verabschiedet hatte. Wie man nur so gucken konnte … Sie bemühte sich, diesen Blick zu verstehen, während sie die vier Ecken des Platzes im Auge behielt … er war nicht vorwurfsvoll gewesen, auch nicht mütterlich besorgt. Er war mehr warnend, spöttisch, als würde sie heimlich in sich hineinlachen. Sie stellte sich Marianna als eine Figur aus einer ihrer Erzählungen vor und suchte nach einem zu ihrem Gesichtsausdruck passenden Satz. Was hätte Marianna mit diesem Gesicht sagen können?

Hast du auch nichts vergessen?

Ja. Genau. Das war der Satz, der zu diesem halben Lächeln passte. Panisch tastete Katia alle Hosentaschen ab, um sich zu vergewissern, dass sie den Schlüssel zu dem neuen Schloss eingesteckt hatte. Also?

Sie blickte nach unten, ihre Turnschuhe fielen ihr ins Auge, und da begriff sie endlich, was Marianna hatte sagen wollen und nicht gesagt hatte: Willst du in diesem Aufzug ausgehen?

Sie fiel fast in Ohnmacht, als ihr klar wurde, dass sie aus lauter Eile, Rocco zu treffen, nicht einmal die Kleidung gewechselt hatte, die sie beim Nachhausekommen angezogen hatte, dass sie in Jeans und Turnschuhen unterwegs war und in einem T-Shirt, das in besseren Zeiten schwarz gewesen war und nun einen undefinierbaren Ton zwischen grünlich und dunkelgrau angenommen hatte. An Schminke hatte sie nur das im Gesicht, was vom Arbeitstag übrig war, sie hatte sich weder die Haare gekämmt noch die Zähne geputzt. Zwei Tage zuvor im La Licorne, als Rocco sie angesprochen hatte, hatte sie Mariannas bordeauxrotes Kleid getragen, hohe Schuhe und die kunstvolle Hochsteckfrisur, die Pia ihr gemacht hatte. Stellte sich nicht eher die Frage, ob Rocco sie erkennen würde? Sie wollte schon aufstehen, noch einmal in die Wohnung zurücklaufen und sich danach für ihre Verspätung entschuldigen, aber da sah sie ihn auch schon über den Platz auf sie zukommen und erstarrte, als hätte man die Fernbedienung eines Videorekorders gedrückt. Er trug eine schwarze Jeans, ein blaues Hemd und ein Leinensakko. Sie wäre am liebsten im Erdboden versunken.

Lächelnd setzte er sich ihr gegenüber hin, nahm ihre Hand und führte sie an die Lippen: »Ich glaubte schon, dass es dich gar nicht gibt und ich dich nur erfunden habe, dass ich am Ende hierherkommen und gar niemand auf mich warten würde.«

Kaum war Rocco aufgetaucht, fühlte Katia, wie die Unwirklichkeit sie wieder einholte, als wäre sie auf einer Kinoleinwand mit Nonstop-Vorstellungen gefangen, als wäre alles um sie herum nur die Kulisse zu ihrer Liebesgeschichte. Eine Welt, in der alles schön ist, in der die Kleider der Statisten farblich zusammenpassen und die Leute genau das sagen, was man gern hört.

Rocco bestellte bei dem Kellner zwei Bier, ohne sie aus den Augen zu lassen, und fuhr fort: »Gut, und jetzt, da ich weiß, dass es dich gibt, möchte ich wissen, wer du bist. Erzähl mir von dir.«

Sie lachte: »Das ist eine lange Geschichte, ich bin kein Kind mehr.«

»Wir haben den ganzen Abend vor uns.«

Katia wusste nicht recht, wo sie anfangen sollte, und so erzählte sie von dem, was ihr Leben ausmachte: Tochter einer »Mischehe« zwischen einer Spanierin und einem Österreicher, Kindheit in Südtirol, dreisprachig seit der Geburt, einen Halbbruder väterlicherseits, mit dem sie immer weniger Kontakt hatte, Promotion in italienischer Philologie, mehrere gescheiterte Beziehungen, alle möglichen Gelegenheitsjobs, Stipendien, Projekte und geförderte Buchpublikationen, das permanente Gefühl, nichts zu sein, nirgendwohin zu gehören, welches sie ihr Leben lang gequält hatte, ihr Traum, Schriftstellerin zu werden, ihre Erzählungen, die der Verlag höchstwahrscheinlich ablehnen würde, ihre neue Arbeit in Rom, eine berufliche Perspektive, die sich allmählich vor ihr auftat, die Herausforderung, die der Nachlass Valcárcels für sie bedeutete.

Als sie fertig war, hatte jeder von ihnen drei Bier getrunken und die Leute an den Nachbartischen waren mit dem Abendessen schon fast fertig.

»Du hättest mich nicht fragen dürfen«, endete sie leicht verschämt.

Rocco lächelte noch immer.

»Jetzt habe ich das Gefühl, mehr über dich zu wissen, aber schon damals in der Diskothek war mir, als würde ich dich schon immer kennen. Mir haben nur noch ein paar Angaben gefehlt.«

»Und was denkst du jetzt?«

»Dass uns nichts Besseres im Leben hätte passieren können. Ich kann dir nämlich bei deinen Nachforschungen helfen, wann immer du willst. Ich bin Detektiv.«

Abermals umhüllte sie dieses Gefühl von Unwirklichkeit.

»Hast du nicht gesagt, dass du bei einer Versicherung arbeitest?«

»Ja. Ich arbeite als Ermittler für eine Versicherung. Ich werde dafür bezahlt, Dinge aufzudecken, die andere vertuschen wollen. Was soll ich also tun?«

Sie schüttelte langsam den Kopf: »Nichts, fürs Erste nichts. Ich durchschaue das alles selbst noch nicht und weiß nicht, wohin das alles führen wird. Ich glaube, ich brauche noch ein wenig Zeit.«

»Ganz wie Sie wollen, Madame. Wollen wir essen gehen?«

Sie gingen ins Arnaldo ai Satiri, ein bezauberndes kleines Lokal, bei dem auf jedem Tisch eine zitternde Kerze stand und alle Gläser unterschiedlich waren, lauter kleine Wunder in Blau, Grün und Rot, die auf den weißen, gestärkten Tischdecken wie Kostbarkeiten eines Piratenschatzes funkelten. Das Essen war ausgezeichnet, aber Katia wäre es auch nicht aufgefallen, wenn es mittelmäßig gewesen wäre, denn Rocco nahm alle ihre Sinne in Beschlag. Sie war todmüde von dem aufregenden Tag, der wie eine endlose Strecke hinter ihr lag, als hätte sie die Ereignisse einer ganzen Woche an einem einzigen Tag erlebt; doch neben ihrer Müdigkeit und der langsam fortschreitenden Barolo-Seligkeit fühlte sie sich lebendig und attraktiv, spritzig, einzigartig – dieses Wort traf es: einzigartig –, und das war ihr schon lange nicht mehr passiert.

Als sie nach Mitternacht das Restaurant verließen, schlenderten sie Hand in Hand zur Piazza Navona, wo es zu dieser Uhrzeit an einem Wochentag bereits ruhig zu werden begann. Die Maler räumten ihre Staffeleien zusammen, vereinzelt beleuchtete noch eine Gaslampe die Stände, die auf dem Boden hockenden afrikanischen Händler legten ihre Waren zusammen und in der Ecke der Wahrsager standen nur noch zwei Tischchen, auf denen die ausgelegten Tarotkarten auf Kundschaft warteten.

Ein frischer Wind kam auf, und Katia fröstelte. Da zog Rocco sich das Jackett aus und hängte es ihr über die Schultern; zuerst wehrte sie sich, aber er legte nur lächelnd den Arm um sie und drückte sie an sich. Die kleine Geste rührte sie. Wie oft hatte sie diese Zuwendung, die sie vor allem aus Filmen kannte, selbst erfahren? Noch nie. Es war das erste Mal.

Sie blieben an einem Stand stehen, der noch nicht zusammengeräumt hatte, und Rocco fragte nach dem Preis einer kurzen Jacke mit Fransen à la Buffalo Bill. Während er freundlich mit dem Afrikaner feilschte, sah sie zu einem jungen Mann hinüber, der ein paar Schritte weiter auf einem Teppich saß und konzentriert in ein Öllämpchen blickte, das auf einer mit einem lilafarbenen Seidentuch bedeckten Kiste glomm. Da blickte der Junge zu ihr auf, seine Augen waren von geradezu bedrohlicher Klarheit.

Spontan hockte sie sich neben ihn und zeigte ihm ihre Hand:

»Glück, viel Glück«, wisperte der junge Mann mit dem südlichen Akzent. »Du wirst bald eine lange Reise unternehmen und finden, was du suchst.«

»Und was suche ich?« Sie lächelte, versuchte aber, ein bisschen streng zu klingen.

»Die andere Seite«, antwortete der Wahrsager gelassen. »Aber du musst dich vorsehen. Es ist gefährlich. Und nichts ist so, wie es zu sein scheint. Schließ die Augen und blicke mit dem Herzen.«

Katia sah zu Rocco hinüber, der soeben den Handel abgeschlossen hatte und mit der Jacke in der Hand auf sie zukam. Der Wahrsager fügte leise flüsternd hinzu: »Er ist nicht, was du suchst.«

Da zog Katia die Hand zurück, als hätte sie eine Wespe gestochen. Im selben Augenblick nahm Rocco ihr das Jackett von den Schultern: »Nimm die dafür, Indianerprinzessin.«

Sprachlos vor Überraschung zog sie die Wildlederjacke mit den Fransen und den bunten Perlen an. Rocco streckte dem immer noch ausdruckslos auf seinem Teppich sitzenden Wahrsager lässig die Hand hin.

»Und was hast du mir zu sagen? Werden wir unser Leben lang glücklich sein und viele Kinder haben?«

Der Wahrsager warf einen Blick auf die Hand, dann sah er Rocco in die Augen: »Du existierst nicht«, sagte er langsam und tonlos.

Rocco ließ die Hand sinken, legte einen Schein auf den Tisch, dann umarmte er Katia, die über ihre neue Jacke strich und nichts mitbekommen zu haben schien, und bog mit ihr links in ein dunkles Gässchen ein.

Nach dem Abendessen hatte Marietta sich zurückgezogen, und die beiden Herren saßen im Arbeitszimmer jeder mit einem Glas Cognac vor sich, als das Telefon klingelte. Alfredo, der gerade mitten im Satz war, entschuldigte sich bei seinem Gast und ging zum Schreibtisch. Duroselle trat währenddessen unter dem Vorwand, die frische Abendluft genießen zu wollen, auf die Terrasse hinaus, damit sein Kollege ungestört reden konnte.

Von dort aus hörte er noch immer, wenn auch entfernt, das Gespräch, sodass er noch ein paar Meter weiter bis zur Balustrade am

See ging. Ein paar Minuten später gesellte Alfredo sich zu ihm, der plötzlich um Jahre gealtert wirkte.

»Schlechte Nachrichten?«

Alfredo seufzte: »Wie man's nimmt.«

Duroselle wollte seinem Freund nicht zu nahe treten, er lenkte seinen Blick auf den See und nahm einen Schluck Cognac.

»Es war Knutson, aus Stockholm.« Eine Pause. »Er kommt nicht rein.«

»Waas?«

Wieder seufzte Alfredo und strich sich mit der Hand übers Haar: »Er sagt, er habe es mehrere Male versucht und er schaffe es nicht.«

»Das kann doch nicht sein, Alfredo.«

»Er sagt, Wilkins habe ihn gestern angerufen, weil es ihm nicht gelungen sei, hineinzukommen, du weißt, sie sind gute Freunde; daraufhin hat Knutson es versucht. Ohne Erfolg. Sie sind alle an dieses Internet angeschlossen, sie schicken sich Nachrichten und so weiter.« Er gestikulierte. »Knutson hat mit allen gesprochen.«

»Und?«

»Nichts. Die Türen sind verschlossen.«

Duroselle bemerkte, wie seine Hand mit dem Cognacglas zu zittern begann. Er stellte es auf die Balustrade.

»Sind sie sich sicher?«

Auf Alfredos Gesicht trat ein bitteres Lächeln: »Émile, ich bitte dich, angesichts der gegebenen Umstände ist das wirklich eine dumme Frage.«

»Wann bist du zum letzten Mal reingegangen?«

»Im Januar. Es ging problemlos. Und du?«

»An Weihnachten. Wie du weißt, hasse ich Weihnachten.«

Eine lange Pause trat ein, in der die beiden Männer ihren Blick über die dunkle Fläche des Gardasees schweifen ließen.

»Wir sollten es versuchen, findest du nicht? Um herauszufinden, ob es uns allen so geht«, stieß Alfredo schließlich hervor.

»Könnte sein.«

Sie sahen sich an, die Terrasse lag schon im Dämmerlicht und war nur von der Lampe im Arbeitszimmer beleuchtet, die die Fliesen in rötliches Licht tauchte.

»Und wenn wir es nie mehr schaffen, Émile?« Alfredos Stimme war ebenfalls alt und zittrig geworden.

Duroselle neigte den Kopf und hielt sich die Hände vor die Augen, was wie Nachdenken aussehen sollte, in Wirklichkeit aber Verzweiflung war.

»Damit beschäftigen wir uns, wenn es tatsächlich so weit ist. Fühlst du dich stark genug, um es jetzt zu versuchen?«

Alfredo schüttelte den Kopf, was Émile allerdings nicht als Verneinung deutete, sondern darin die Absicht sah, die Verzweiflung abzuschütteln.

»Also gehen wir!«

Sie ließen die Gläser auf der Steinbalustrade stehen und gingen ins Haus zurück. Dort sperrte Alfredo die Tür des Arbeitszimmers von innen ab, während Duroselle sich vergewisserte, dass die Terrassentüren geschlossen und die Vorhänge zu waren. Dann zog Alfredo einen kleinen Schlüssel hervor, den er an einer Kette um den Hals hängen hatte, ging zum Tresor, öffnete ihn und holte ein etwa dreißig mal fünfzig Zentimeter großes Bild heraus, auf dem ein Renaissancesalon dargestellt war, mit Wandteppichen an der linken, großen Fenstern auf der rechten Wand und im Hintergrund eine Flügeltür, an der eine perspektivisch verkleinerte, schwarz gekleidete Figur einem Gespräch zu lauschen schien, das auf der anderen Seite geführt wurde. Der Boden des Salons, ein geometrisches Mosaik aus vielfarbigem Marmor, wirkte wie eine Startbahn, die direkt auf die Tür im Hintergrund zuführte.

Alfredo stellte das Bild auf eine Staffelei, holte ein in Leder gebundenes Büchlein aus dem Tresor, schlug es blind auf, und nachdem er Émile, der sich neben ihn gestellt hatte, einen Blick zugeworfen hatte, trug er mit zitternder Stimme eine Strophe vor.

Nichts passierte.

Als sie die Augen wieder öffneten, standen sie im Arbeitszimmer. Die geheimen Worte hatten offenbar nicht das Geringste bewirkt. Verblüfft sahen sie einander an.

»Warte, Alfredo. Normalerweise macht man es allein. Ich gehe kurz raus, und du versuchst es noch mal.«

Alfredo schüttelte langsam den Kopf: »Du weißt genau, dass

es nicht notwendig ist, allein zu sein. Wir alle haben uns gelegentlich schon begleitet, und die Initiationsreise tritt man immer zu zweit an.«

»Willst du es nicht versuchen?«

»Es hat keinen Zweck.«

»Ein Computer streikt manchmal auch, und dann funktioniert er doch«, blieb Duroselle hartnäckig.

»Das ist kein Computer, Émile.«

Beide betrachteten schweigend das Gemälde, ein Werk eines mittelmäßigen, praktisch unbekannten Künstlers aus dem siebzehnten Jahrhundert, und dennoch hatte Alfredo fünfzehn Jahre zuvor seine gesamten Ersparnisse dafür hergegeben. Sie blickten eine ganze Weile auf das Bild, so wie Moses auf das Gelobte Land geblickt haben muss, in das er niemals gelangen sollte.

»Fink hat es geschafft«, sagte Émile nach langem Schweigen.

Da brach Alfredo völlig unvermittelt in Gelächter aus, in ein schrilles, für ihn vollkommen untypisches Lachen, das immer hysterischer wurde. Émile packte ihn bei den Schultern und schüttelte ihn kräftig: »Sei nicht albern, Alfredo! Sag schon, worüber lachst du? Worüber lachst du, verdammt noch mal?«

Weiter nach Luft schnappend antwortete Alfredo: »Worüber ich lache? Ich lache, weil ich soeben begriffen habe, warum er verschwunden ist. Kapierst du nicht? Wir können nicht rein, aber Fink, der es hineingeschafft hat … Fink« – wieder ein Lachanfall – »Fink kommt nicht mehr raus!«

Duroselle sah ihn mit offenem Mund an.

Katia schreckte aus dem Schlaf hoch und wusste nicht, wo sie war. Als sie sich umsah, begriff sie sofort: Sie war bei Rocco. Mit seinen kahlen Wänden glich das Zimmer einer Klosterzelle, in der nichts außer einem schmalen Bett, einer kleinen Kommode mit Schubladen und einem Stuhl stand und der Teppich vor dem Bett schon das höchste der Gefühle war. Das Licht der Straßenlaternen schien durch die Jalousien, was bedeutete, dass es noch nicht Tag war. Sie sah auf die Uhr: Viertel nach fünf. In einer guten halben Stunde müsste sie aufstehen und zurück zu Marianna gehen, sich ein wenig zurechtmachen und den Arbeitstag beginnen. Arbeit zu haben konnte auch lästig sein. Im Lauf der Jahre hatte sie sich daran gewöhnt, nach ihrem eigenen Rhythmus zu arbeiten, die ganze Nacht durchzumachen, wenn ihr danach der Sinn stand, und dafür bis mittags zu schlafen, aber jetzt musste sie sich an Bürozeiten halten. Die zusätzlichen Verabredungen mit Rocco und andere Aufregungen brachten sie dermaßen aus dem inneren Gleichgewicht, dass sie sich fragte, wie lange sie das alles aushalten würde. Sie kuschelte sich an den schlafenden Rocco und versuchte, sich die ihr verbleibende halbe Stunde auszuruhen, doch schon bald gab sie es auf. Das Gedankenkarussell war bereits in Gang gekommen, und die Ereignisse der letzten Tage stürzten wie eine unaufhaltsame Lawine auf sie ein. *Il Divino*, Cabrera, der Diebstahl der Schachtel, der Überfall auf Pia, Valcárcels Tagebuch, der Club der Dreizehn, zu dem sie Kontakt aufnehmen musste, das Heft mit dem schwarzen Umschlag, das sich nicht in der für den Club bestimmten Truhe befand, der Stich mit dem Triumphbogen, die mysteriösen Listen, das alles ging ihr durch den Kopf, während sie versuchte, die Teile des Puzzles so zusammenzusetzen, dass sich ein Sinn ergab. Und wenn jemand versucht hatte, das Tagebuch aus ihrem Büro zu stehlen oder die anderen Papiere, die als vertraulich gekennzeichnet waren? Wie leichtsinnig sie gewesen war! Am Tag zuvor, als sie zu der vermeintlichen Verabredung mit Rocco ins Rosati gegangen war, hatte sie ohne jede Sicherheitsvorkehrung alles im Büro liegen lassen. Welche Vorkehrungen hätte sie auch treffen sollen? Sie konnte doch nicht immer alles mitnehmen. Sie konnte Azzaro auch nicht bitten, ihr einen Tresor zur Verfügung zu stellen, in den sie täglich diese Menge an Kisten einschließen konnte, nur weil vielleicht irgendwelche Papiere darunter waren, auf die es irgendwer abgesehen hatte. Warum? Warum hatte irgendwer es auf diese vergilbten Papiere abgesehen, auf die Notizen eines Philologen, der offenbar in den letzten Jahren senil geworden war? Wo war das Heft mit dem schwarzen Umschlag? Was konnte darin so Wichtiges stehen? Warum waren die Papiere, die für den Club der Literaturprofessoren bestimmt waren, vertraulich? Fragen über Fragen und keine einzige Antwort.

Als Erstes musste sie Kontakt zu einem Mitglied dieses Clubs aufnehmen und ihm seinen Teil des Nachlasses geben; damit wäre sie ein Problem los. Als Nächstes musste sie mit Azzaro über die Einäscherung Valcárcels reden; dann die anderen Verfügungen ausführen. Doch da sie schon einmal angefangen hatte, wollte sie vorher dieses Tagebuch lesen, bevor es verbrannt und mit der Asche zusammen ins Meer gestreut werden würde. Wahrscheinlich gehörte sich das nicht, aber ihre Neugier war einfach zu groß. Und wenn sie die Leiterin des Archivs und bedeutendste Valcárcel-Spezialistin werden wollte, musste sie auch so viel über ihn wissen wie möglich.

Sie löste sich sanft aus Roccos Armen und sah ihm, auf die Ellbogen gestützt, beim Schlafen zu. Sie seufzte. Es war absolut unpassend, dass es ausgerechnet jetzt geschehen war, aber sie war nun einmal in ihn verliebt. Sie drückte ihm einen Kuss auf die Wange und stand auf. Er kuschelte sich wieder zusammen und umarmte das Kopfkissen wie ein großes Kind, und Katia war trotz aller Müdigkeit und offener Fragen so glücklich wie seit Jahren nicht mehr. Sie zog sich vorsichtig an und ging leise hinaus.

Um Viertel nach sieben war sie geduscht, angezogen und saß, ohne eine ihrer Freundinnen getroffen zu haben, in der Bar gegenüber von Azzaros Gebäude. Sie frühstückte in Ruhe, begrüßte den Portier und betrat mit einem zufriedenen Seufzer ihr Büro. Man hatte ihr einen Computer hingestellt, aber ansonsten war alles so, wie sie es hinterlassen hatte. Valcárcels Tagebuch lag unverändert im dritten Regalfach.

Sie schob den Schreibtischstuhl ans Fenster, um bei natürlichem Licht zu lesen, und als sie gerade anfangen wollte, bemerkte sie ein paar lose Blätter. Einen Brief. Einen wie Cabrera ihn ihr gezeigt hatte, auf feinstem Luftpostpapier mit schwarzer Tinte geschrieben:

Lieber Helmut!

Ich habe mich sehr über Deinen Brief gefreut, und wie Du siehst, beeile ich mich, Dir postwendend zu antworten.

Ich kann unmöglich leugnen, dass es mich bestürzt hat, zu

erfahren, wie schlimm es um Dich steht, ausgerechnet jetzt, da ich schon angenommen hatte, dass Du Dich ein wenig von dem großen Verlust erholt hattest, den Du durch den Tod Deiner geliebten Grete erlitten hast. Du darfst mir glauben, auch wenn Du mir das vielleicht nicht zutraust, dass ich verstehe, was für einen Schmerz es bedeutet, sich für immer von dem Menschen, den man mehr als sein eigenes Leben geliebt hat, getrennt zu wissen. Ich weiß, dass man so einen Verlust nie ganz überwindet. Doch was Du vorhast, lieber Freund, ist nicht die Lösung. Im Guten wie im Schlechten, das ist die Wirklichkeit, in der wir nun mal leben, die anderen sind nichts weiter als Urlaubsorte, Traumgärten, in die wir uns ab und zu flüchten können, ohne die Rückkehr zu vergessen.

In Deinem Brief sagst Du, dass es Dir nicht gelingt, die Augen von Deiner Tür abzuwenden, jedes Mal, wenn der Zufall es will, dass eine der vielen Sitzungen, an denen Du als Universitätsprofessor teilnehmen musst, im Senatssitzungssaal abgehalten wird; dass Deine Gedanken in die dahinter liegende Wirklichkeit wandern und Du Dich mit aller Gewalt zusammennehmen musst, um nicht die Worte auszusprechen, die Dir die Passage öffnen würden, sodass Du vor den staunenden Blicken Deiner Kollegen verschwinden würdest. Glaub mir, ich verstehe Dich. Aber bedenke, wenn du das tust, wenn du unwiederbringlich gehst, dann geht Dir nach und nach diese Welt verloren, da die andere Wirklichkeit Dich schlucken würde, und am Ende würdest Du nicht mehr wissen, wer Du warst und, vor allem, wer die Frau war, die Du so sehr geliebt hast. Willst Du Eure fast vierzig gemeinsamen Jahre vergessen? Willst Du Euren Johann vergessen, der Dich nach dem Tod seiner Mutter umso nötiger braucht?

Glaub mir, Helmut, Du machst nur eine schlimme Phase, eine vorübergehende Schwäche durch. Warum fährst Du nicht Johann besuchen? Oder besser noch, warum beantragst Du nicht ein Forschungsfreisemester und kommst her, dann könnten wir reden wie früher so oft, als Du ein junger Mann am Anfang Deiner Karriere warst und ich schon ein alter Professor? ~~*Manchmal habe ich das Gefühl, Gott hat mich vergessen und ich bin aus Versehen auf dieser Welt, aus göttlicher Nachlässigkeit oder, was noch schlimmer ist, als Strafe. Seit dreißig Jahren schon bin ich alt, Helmut, und ich bin müde. Ich habe Dir dreißig Jahre Müdigkeit und sechzig Jahre Einsamkeit voraus.*~~

Du könntest auch in Frührente gehen – Dein Auskommen dürfte wohl gesichert sein – und endgültig nach Rom ziehen, hier hast Du alle Bibliotheken vor der Haustür und eine Menge Jahre vor Dir, um Dein Leben ganz frei neu zu gestalten. Was willst Du dort in Innsbruck, ohne Grete, ohne Johann, unter Kollegen, die Dich nicht verstehen und Dich trotz Deiner Begabung, Deiner glänzenden Karriere und aller Deiner menschlichen Qualitäten eigentlich nicht achten? Komm her, Helmut, fühl Dich in meiner Wohnung wie zu Hause, und gönn dir eine Erholung. Du weißt ja, ich habe eine große, komfortable Wohnung, die zentral gelegen und verkehrstechnisch gut angeschlossen ist. Ich könnte auch einrichten, dass du an der La Sapienza ein paar Vorlesungen hältst, wenn Du den Kontakt zur akademischen Welt nicht verlieren willst. Wir könnten zusammen andere Türen öffnen, Bewerber für den Club aussuchen, Erfahrungen teilen.

Es gibt ein paar interessante junge Leute, die man sich ansehen könnte. Einem von ihnen habe ich vor Kurzem geschrieben, ~~*aber ich habe keine Antwort von ihm erhalten*~~ *er hat mir noch nicht geantwortet, vielleicht hast Du mehr Glück. Ich bin schon zu alt für solche Aktivitäten, lieber Freund.*

Lass mir bald eine Antwort zukommen, oder bring sie mir doch am besten gleich selbst vorbei. Wenn es mir gesundheitlich besser ginge, würde ich kommen ~~*und Dich aus diesen Bergen und dieser verdammten Provinzstadt herausholen, in der Du Starrkopf offenbar Deine Begabung begraben*~~

~~willst.~~. Lass mich nicht warten, lieber Freund. Wenn Du mich ein wenig schätzt, komm mich besuchen~~, und sei es nur, um Dich zu verabschieden. Mein Herz sagt mir, wenn wir uns nicht bald sehen, sehen wir uns in dieser Welt nicht mehr.~~.

Voller Stolz und Zuneigung, da Du mich als mein brillantester Schüler als Einziger in allem übertroffen hast, verbleibe ich als Dein Freund

José María

Der Brief war auf Dezember datiert und offenbar ein Entwurf, da einige Zeilen mit einer feinen, leicht zittrigen Linie durchgestrichen waren. Valcárcel hatte die Sätze durchgestrichen, in denen er sich gehen lassen und über sich selbst geschrieben hatte. Vielleicht aus Scheu, weil es ihm in den vielen Jahren zur zweiten Natur geworden war, niemanden an seinen Gefühlen teilhaben zu lassen. Aber aus irgendeinem Grund hielt Katia es für plausibler, dass darin seine Bescheidenheit zum Ausdruck kam, der Anspruch, sich selbst und seine eigenen Schmerzen zurückzunehmen, um dem Freund in seiner Not beizustehen.

Wer war dieser Helmut, an den der Brief gerichtet war? Das musste leicht herauszufinden sein: ein Universitätsprofessor in Innsbruck, auf jeden Fall ein Philologe, wahrscheinlich sogar ein Italianist, kurz vor der Emeritierung, seit Kurzem verwitwet, Mitglied des Clubs. Sie dachte kurz nach. Sie kannte die meisten österreichischen Italianisten zumindest dem Namen nach.

Fink. Es musste Fink sein. Er erfüllte alle Bedingungen, nur dass sie sich an seinen Vornamen nicht erinnerte, aber wenn sie mit ihrer Vermutung richtig lag, stünde sein Name auf der Clubliste. Sie stand auf und suchte die Liste. Ja, da war er: Prof. Helmut Fink.

Eine ehemalige Kommilitonin von ihr war bei ihm Assistentin. Sie würde sie anrufen und ihr ein paar Fragen stellen. Vielleicht könnte sie sie sogar besuchen; Innsbruck war nicht allzu weit von Rom weg. Fink war Mitglied des Clubs und offenbar der Lieblingsschüler und ein guter Freund Valcárcels, weshalb die Papiere bei ihm am besten aufgehoben sein würden. Perfekt. Sie könnte nach Innsbruck fahren mit dem Argument, dass sie ihm die Papiere aus dem Nachlass und vielleicht den Brief, den sie in der Hand hielt, übergeben wolle. Danach würde sie weitersehen. In vier, fünf Tagen wäre sie wieder zurück. Es gefiel ihr zwar gar nicht, fast eine Woche von Rocco getrennt zu sein, aber dieses Geheimnis ließ sie einfach nicht los. Vielleicht waren diese Andeutungen über die Existenz anderer Wirklichkeiten und die Möglichkeit, dort hineinzugelangen, einfach nur eine Altersspinnerei von Valcárcel, aber der Elfenbeinmann hatte auch von etwas Derartigem gesprochen und sie selbst hatte beim Betrachten des Stichs gespürt, dass dahinter mehr war als das, was man vordergründig sah. Und wenn es stimmte? Wenn *Il Divino* tatsächlich bereit war, jeden Preis für irgendwelche vergilbten Papiere zu bezahlen, weil darin der Schlüssel zu einem unbegreiflichen Geheimnis lag?

Dass bei ihr auch immer alles wie im Roman sein musste; solche Dinge gab es nur in Hollywoodfilmen oder der fantastischen Literatur, doch nicht in der Wirklichkeit unseres Alltags. Wie kam sie überhaupt darauf, dass es jenseits unserer Vorstellungskraft irgendwelche anderen Wirklichkeiten gab, die noch dazu zugänglich sein sollten?

Doch das Geheimnis zog sie an. Es legte ihr nahe, nach Innsbruck zu fahren, um Fink die Papiere zu überreichen und sich mit ihm zu unterhalten. Sie musste es auf jeden Fall versuchen.

Gleich um neun würde sie zu Azzaro gehen und ihm ihr Vorhaben unterbreiten, obwohl er klargestellt hatte, dass er möglichst nicht belästigt werden wollte. Musste sie ihm Bescheid sagen? Sie dachte kurz nach. Vielleicht sollte sie ihm lieber einen Brief schreiben und ihm darin erklären, was es mit der Reise nach Innsbruck auf sich hatte, und ihn bei der Gelegenheit fragen, was er mit der Asche seines Onkels machen wolle. Er hätte ein paar Tage Zeit zum Nachdenken, und bei ihrer Rückkehr hätte er bereits mit seinem Bruder gesprochen und gemeinsam mit ihm entschieden, wie sie es halten wollten.

Katia wollte gerade den Computer einschalten, als sie sich auf einmal fragte, ob er überhaupt für ihren Gebrauch bestimmt war.

Sie rief also in der Verwaltung an, und man versprach ihr, gleich jemanden vorbeizuschicken. In der Zwischenzeit stellte sie die Truhe für Fink zusammen. Doch während sie alle möglichen Mappen aufschlug, fiel ihr plötzlich ein, dass Valcárcel unmissverständlich klargestellt hatte, dass diese Unterlagen ausschließlich für die Mitglieder des Clubs bestimmt waren. Eigentlich hatte sie überhaupt kein Recht dazu, sie anzusehen; sie könnte höchstens Fink bitten, wenn es so weit war und er über die Papiere verfügte, sie einen Blick hineinwerfen zu lassen. Und wenn er Nein sagte, eben nicht. Daran, dass das Buch mit dem schwarzen Einband fehlte, konnte sie nichts ändern. Wenn es irgendwann auftauchen sollte, würde sie es ihm schicken; wenn nicht … Zu viele Menschen hatten diese Kisten in den Händen gehabt, alles war möglich, zumal sich mehr als einer für die Sache interessierte.

Sie fragte sich, ob *Il Divino* es vielleicht auf diese Papiere abgesehen hatte. Das war sehr gut möglich, aber sie war nicht bereit, ihm eine Information zuzuspielen, auf die nicht einmal sie ein Recht hatte. *Il Divino* musste sich in Geduld üben oder sich eine andere Informationsquelle suchen. Jetzt, da die ersten Sonnenstrahlen durch die großen Fenster hereinfielen, kam ihr die Begegnung mit dem Elfenbeinmann weit weg vor, gar nicht mehr so geheimnisvoll und vor allem nicht mehr so bedrohlich. Wirkungsvoll war sein Auftritt gewesen, oh ja, und um einiges theatralischer als der klägliche Versuch Cabreras, aber erfolgreicher? Vorerst würde sie niemandem etwas herausgeben, jedenfalls nicht, solange sie nicht selbst in der ganzen Sache klarer sah.

Sie legte die Mappen und den Brief, in dem Valcárcel klarstellte, dass er die Papiere dem Club vermachte, zurück in die Truhe, verschloss sie und stellte sie, für die Reise fertig, zurück ins Regal. In dem Augenblick klopfte es an der Tür und eine kleine junge Frau mit Brille kam herein: »Hallo, ich bin Tania! Ich soll Sie in den Computer einweisen. Und bevor ich's vergesse, gegen zehn erwartet Sie der Buchhalter, um Ihnen den Scheck zu geben.«

In den nächsten zwei Stunden vergewisserte sich Tania, dass Katia die wichtigsten, für ihre Arbeit notwendigen Programme beherrschte und sich mit dem Internetzugang auskannte. Sie bekam ihren persönlichen Zugangscode und gab ihr Passwort ein, um die auf dem Computer eingerichteten Anwendungen bedienen zu können.

»Das war's auch schon«, verabschiedete sich Tania. »Wenn noch irgendeine Frage auftaucht, rufen Sie mich an, ich helfe Ihnen gern weiter. Und nicht vergessen, Sie werden gleich erwartet.«

»Ja, danke, ich muss noch einen Anruf machen, dann komme ich runter. Bis dann.«

Sie rief Marianna an und erzählte ihr in zwei Sätzen von ihren Plänen. Da ihre Freundin gerade mit einem Kunden beschäftigt war, verschoben sie eine ausführlichere Unterhaltung auf später. Dann rief sie Rocco an und erklärte ihm, dass sie für vier, fünf Tage nach Innsbruck fahren müsse, woraufhin er ihr versprach, um die Mittagszeit vorbeizukommen, damit sie zusammen essen gehen konnten. Danach überlegte sie, ob sie noch Sigrid in Wien anrufen sollte, doch sie beschloss, damit zu warten, bis sie in Österreich sein würde. Sie hatte nicht die geringste Lust, sich Sigrids Geschichten über Alec und die Argentinierin anzuhören. Und ob von dem Verlag, dem sie ihre Erzählungen angeboten hatte, eine Antwort da war, wollte sie lieber gar nicht erst wissen. Sie kannte ihre Mitbewohnerin, und dass sie nicht angerufen hatte, hieß entweder, dass gar kein Brief gekommen oder dass die Antwort negativ war. Freiwillig überbrachte Sigrid nur gute Nachrichten.

Es war zehn nach zehn, also ging sie auf die Toilette, bürstete sich die Haare, wusch sich die Hände und ging hinunter, um die Scheckfrage zu klären. Der Buchhalter, ein großer, behaarter Mann mit dem Aussehen eines Zirkusbären, war sehr nett zu ihr und bestand sogar darauf, sie zur Bank zu begleiten, um ein Konto zu eröffnen, die Einzahlung zu tätigen und sie hinterher auf einen Kaffee einzuladen, was ihr einerseits schmeichelte, sie andererseits nervös machte. Sie war so viel Aufmerksamkeit von unbekannten Menschen nicht gewohnt und begriff auch nicht, wie man sein Arbeitspensum bewältigen konnte, wenn jede noch so kleine Aufgabe gleich Anlass zu einem Spaziergang, einer Plauderei und einem Kaffee in einer der umliegenden Bars wurde. Aber ihr blieb nichts anderes übrig, als freundlich zu sein und sich den Umgangsformen anzupassen. Tatsächlich war die Bar, in der sie den Espresso tranken, gedrängt voll mit Berufstätigen wie ihnen, und keiner wirkte, als hätte er Schuldgefühle, weil er eine halbe Stunde des Arbeitstags vertrödelte.

Sie verabschiedeten sich im ersten Stock, und mit einem Blick auf die Uhr erkannte sie, dass sie fast den ganzen Vormittag vertan hatte. Jeden Moment würde Rocco anrufen, um mit ihr Essen zu gehen, mindestens eine Stunde, und dann musste sie noch den Brief an Azzaro schreiben, zur Stazione Termini fahren, um dort die Fahrkarte zu kaufen, dann nach Hause, Tasche packen und um acht zurück am Bahnhof sein. Wieder ein Tag verloren. Sie verfluchte ihre mitteleuropäische Mentalität, die sie permanent unter Stress setzte und ihr erst eine Pause gestattete, wenn sie alle Aufgaben zu ihrer Zufriedenheit erledigt hatte.

Aus dem Aufzug trat sie in einen verwaisten Gang – der vierte Stock war offensichtlich halb leer –, doch durch die mattgläserne Tür ihres Büros erkannte sie im Gegenlicht eine Gestalt hinter ihrem Schreibtisch. Sie konnte nicht sagen, ob derjenige sich etwas ansah, was auf dem Tisch lag, oder ob er mit dem Rücken zur Tür stand und aus dem Fenster blickte. Sie bekam feuchte Hände. Hatte sie beim Hinausgehen das Büro abgeschlossen? Sie erinnerte sich nicht genau. Offenbar hatte sie es vergessen, und irgendwer hatte sich entschieden, drinnen auf sie zu warten. Sie hätte am liebsten unter irgendeinem Vorwand das Weite gesucht, aber das war kindisch, und so nahm sie ihren ganzen Mut zusammen und öffnete vorsichtig die Tür. Ihr zitterten die Knie, denn als passionierte Kinogängerin rechnete sie damit, dass gleich ein Fremder mit Hut und Mantel einen Revolver auf sie richten würde.

Er trug keinen Hut und auch keinen Mantel, aber seine rechte Hand machte genau die von ihr erwartete Bewegung. Um nicht zu schreien, hielt sie sich die Hände vor den Mund. Da hörte sie Roccos Stimme: »Katia, was hast du? Du bist ja leichenblass.«

Was Rocco in der Hand hatte, war ein schwarzes Handy.

»Das habe ich dir gekauft. Es macht mich verrückt, dass du nie an dem Ort bist, an dem du eigentlich sein müsstest.«

»Ich … ich habe nicht damit gerechnet, dass du herkommst.«

»Ich habe ein paarmal anzurufen versucht, und da ich in der Gegend war und es schon Mittag ist, habe ich beschlossen, einfach zu kommen. Unten hat man mir gesagt, du bist auf dem Weg hierher.«

»Und wie bist du reingekommen?«

Er lächelte: »Ganz einfach: durch die Tür. Ich muss dich leider enttäuschen.«

»War sie nicht abgeschlossen?«

»Nein.«

»Irgendwann lasse ich in einer dieser Bars noch meinen Kopf. Ich war mir sicher, abgeschlossen zu haben.«

Er lächelte noch immer nachsichtig: »Was jetzt? Wollen wir essen gehen? Es ist früh, ich weiß, aber ich habe um zwei einen Termin. Wir können in irgendeiner der Bars hier *tramezzini* essen gehen, danach lasse ich dich weiter arbeiten.«

Katia blickte auf den Schreibtisch. Valcárcels Tagebuch lag darauf, darüber offen Finks Brief. Womöglich hatte sie ihn so liegen gelassen, als sie sich zu Tania gesetzt hatte, sie erinnerte sich nicht mehr genau. Sie nahm den Brief, faltete ihn zusammen, legte ihn zwischen die Seiten des Tagebuchs und steckte alles zusammen in die Handtasche.

»Hast du ihn gelesen?«, fragte sie und bemühte sich um einen nicht allzu vorwurfsvollen Ton.

Roccos Lächeln wurde unsicher: »Das geschieht mir nur recht, wenn ich ohne zu fragen in ein leeres Büro gehe. Jetzt hältst du mich wohl zu allem fähig. Ich lese keine fremden Briefe, Katia.«

»Gehört das nicht zu deiner Arbeit?«

»Ich bin jetzt nicht bei der Arbeit.«

»Los, gehen wir«, sagte sie versöhnlich.

»Ich bin nicht so neugierig, wie du denkst. Ich habe dich auch nicht gefragt, wer dir Blumen schickt.«

Sollte sie ihm die ganze Geschichte erzählen, von der Orchidee, der Verabredung im Rosati und dem Elfenbeinmann mit seinen Andeutungen über andere Wirklichkeitsebenen? Aber sie war zu müde, und außerdem war es nicht der rechte Moment.

»Die hat mir gestern der Chef geschickt«, improvisierte sie, »als

Dankeschön, dass ich mich um alles kümmere. Der arme Mann ist der Verzweiflung nahe mit diesen ganzen Papieren.«

»Er muss dir ja sehr dankbar sein, wenn er dir jeden Tag Blumen schickt.«

Katia sah ihn verwirrt an. Roccos Blick wanderte von der weiß-rosa Orchidee, die *Il Divino* ihr am Vortag geschickt hatte, zu einer länglichen Schachtel, die jemand auf die rechte Ecke ihres Schreibtischs gelegt hatte und auf der »Mirella. Fiori« stand. Hastig öffnete sie sie. Darin lag auf nachtblauem Samt ein zarter Zweig gelber Orchideen mit dunklen Pünktchen. Auf dem Kärtchen ohne Unterschrift stand in der energischen, geneigten Schrift, die sie sofort erkannte: »Denken Sie daran, Katia, zu jeder Tages- und Nachtzeit«.

6

Das Tagebuch von Professor Valcárcel

Der Zug fuhr pünktlich um zwanzig nach acht Uhr abends in Rom Termini ab. Katia, die bis zum Anfahren des Zugs den Kopf aus dem Wagenfenster gereckt hatte, gab einen enttäuschten Seufzer von sich, als ihr klar wurde, dass Rocco nicht mehr zum Abschiednehmen an den Zug kommen würde. Obwohl er ihr von vornherein gesagt hatte, dass er arbeiten müsse, hatte sie gehofft, dass er in letzter Sekunde herbeieilen würde, um ihr einen Kuss zu geben oder ihr eine Blume zu schenken. Wie konnte sie nur so dumm sein und von Rocco erwarten, dass er sich wie ein Liebhaber in einem Kinofilm verhielt.

Mehrmals war die Filmszene in ihrem Kopf abgelaufen: Sie und Rocco, die sich auf dem Bahnsteig verabschiedeten, sie mit Tränen in den Augen, die rote Rose umklammernd, die er ihr mitgebracht hatte, und Rocco, der ihr die Reisetasche ins Gepäcknetz hob und dem Liegewagenschaffner ein Trinkgeld zusteckte, damit er sie während der Reise im Auge behielt, ihre aus dem Wagenfenster gestreckte Hand, der letzte Blick, der letzte in die Luft gehauchte Kuss, seine in der Ferne schwindende Gestalt, ihr schwerer Seufzer, die Blütenblätter der Rose an ihren Lippen. Eine Schwarz-Weiß-Szene wie aus einem *film noir*, in der nur die rote Rose farbig herausstach, verfremdet wie in einem der Musikvideoclips, die Pia drehte.

Wieder seufzte sie, diesmal aus Ärger, weil sie beim Schließen des Fensters merkte, wie eine junge Frau mit kurzen Haaren und Brille – sicher eine Studentin – in ihrem Abteil Platz nahm. Diese warf ihr beim Hereinkommen einen verständnisvollen Blick zu, so als hätte sie ihre Enttäuschung bemerkt.

Am meisten fürchtete sie, Rocco könne trotz gegenteiliger Beteuerungen verärgert sein, weil sie ihn im Büro fälschlicherweise verdächtigt hatte. War er vielleicht deswegen nicht zum Zug gekommen?

»Macht es Ihnen etwas aus, wenn ich das untere Bett nehme?«, fragte die junge Frau.

Katia schüttelte den Kopf und warf ihre Handtasche, die eigentlich Marianna gehörte, auf die obere Liege.

»Wenn noch jemand kommt, soll sie das mittlere nehmen«, fügte sie hinzu.

Katia kletterte in ihr Bett, zog sich aus, schlüpfte in ein langes T-Shirt und machte es sich mit einem Apfel und Valcárcels Tagebuch gemütlich. Im selben Augenblick klopfte es an der Tür. Die junge Frau öffnete und ging kurz auf den Gang hinaus. Es war der Liegewagenschaffner, dessen Männerstimme sie im Gegensatz zu der absichtlich leise sprechenden jungen Frau deutlich hörte: »Tut mir leid, Signora, aber das geht nicht. Wir sind ausgebucht, ich kann nicht anders, als ihr diese Liege anzubieten.«

Sie antwortete etwas Unverständliches.

»Ja, das würde ich schon gern annehmen, aber wie gesagt, ich kann nichts machen. Das ist eine mit Haaren auf den Zähnen. Wenn die Dame entdeckt, dass ich gelogen habe, bekomme ich Probleme.«

Eine weitere Antwort, die ihr entging.

»Sie droht, von Abteil zu Abteil zu gehen und überall nachzusehen, ob nicht doch noch etwas frei ist. Es geht wirklich nicht. Sie besteht auf einem Platz im Schlafwagen, und ich kann sie doch nicht mit zwei Männern zusammenlegen. Nichts zu machen. Es tut mir wirklich leid.«

Katia lächelte in sich hinein. Die Italiener waren ein seltsames Volk. Was stellte diese Studentin sich so an, wenn doch sowieso schon jemand anderes bei ihr im Abteil war? Sie hätte verstanden, wenn sie hätte allein sein wollen, aber zwischen zu zweit und zu dritt war doch praktisch kein Unterschied. Egal. Es ging sie nichts an.

Die junge Frau kam wieder herein, legte sich auf ihr Bett, und ein paar Sekunden später gesellte sich eine Mittsechzigerin zu ihnen, der man auf den ersten Blick ansah, dass sie gern befahl und es gewohnt war, ihren Willen durchzusetzen. Katia nuschelte ein *»buona sera«*, während die Frau, die ihr keinerlei Beachtung schenkte, die Studentin im unteren Bett fest in den Blick nahm: »Das ist mein Bett. Bitte machen Sie es frei.« Sie sprach gut Italienisch, mit unverkennbar deutschem Akzent.

Ein paar Sekunden lang hörte man nichts, dann die Stimme der Studentin: »Ich denke nicht daran, jetzt bin ich hier. Außerdem habe ich die Laken schon benutzt.«

Katia linste nach unten und sah gerade noch, wie das Mädchen, das ebenfalls an einem Apfel knabberte, sich den Mund an einem Zipfel des Bettlakens abwischte und der Generalin ein strahlendes Lächeln bot.

»Dann nehmen Sie Ihr Bettlaken und ziehen eins nach oben«, erwiderte die Frau mit eisiger Stimme.

»Ich zahle doch nicht eine Liegewagen-Fahrkarte und beziehe auch noch mein Bett selbst. Wenn Sie bereit sind, beide Betten zu machen, tauschen wir.«

Katia zog sich wieder zurück und hoffte, keine der beiden käme auf die Idee, sie in das Gespräch zu verwickeln oder als Vermittlerin einspannen zu wollen.

Nach einer Minute rauschte die Madame ab, nachdem sie die Tür mit einem Knallen zugeschoben hatte, und es kehrte wieder Stille ein. Katia schlug das Tagebuch auf und suchte die Stelle, an der sie beim letzten Mal aufgehört hatte. Datierungen fehlten, überhaupt schienen die Einträge nicht streng chronologisch zu sein. Zwar hatte Valcárcel auf den ersten Seiten über seine frühe Kindheit geschrieben, doch nun erfolgte ein Sprung von über zwanzig Jahren:

Vor allem nachts stürmen die Erinnerungen auf mich ein. Tagsüber gibt es noch immer viel zu tun, ich habe meine über die Jahre eingeschliffenen Gewohnheiten, mein Denken, das jedes Bild fortwischt, das mein Gehirn heraufbeschworen hat, meine Spaziergänge, meine Cafés, meine Korrespondenz; nachts jedoch, wenn ich die Nachttischlampe ausgeschaltet habe und in die bläuliche Dunkelheit meines Schlaf-

zimmers eintauche, verwandelt sich das Bett in ein Schiff, das auf einem grenzenlosen violetten Meer abgetrieben ist, und die Erinnerungen stürmen mächtig, unaufhaltbar auf mich ein; über lange Zeit verbotene Bilder, die ich endgültig begraben geglaubt habe, steigen wie Bläschen aus den Tiefen auf und erfüllen mich mit Licht, Sehnsucht und Angst.

Seit sechzig Jahren ringe ich darum, José aus meinem Gedächtnis zu verbannen, jene Reise, die mein Leben gezeichnet hat, zu leugnen, doch kaum lasse ich nun die Zügel ein wenig locker, kommt alles auf einmal hoch, und ich weiß, dass ich nicht anders kann, als es geschehen zu lassen, es noch einmal zu durchleben und mir möglichst zu verzeihen. Meine Gesundheit wird allzu viele durchwachte Nächte nicht mitmachen, in denen ich in Pantoffeln über den kalten Gang ins Badezimmer schlurfe. Diese Wohnung ist mein Kokon, in dem ich mich vor der Außenwelt und mir selbst abkapsle. Ich muss es rauslassen und nicht wie all die Jahre zu meiner Rechtfertigung irgendwelche nachträglichen Erklärungen finden, sondern es in einfachen Worten hinschreiben, doch wie immer weiß ich nicht, wo ich anfangen soll, kann ich mich nicht entscheiden, ob mein Leidensweg in jenem Sommer auf Claras Hochzeit begann oder auf der Beerdigung meiner Eltern an jenem stürmischen Novembertag oder sogar schon viel früher in dem Haus auf der Insel, als José und ich uns in unserem Versteck unter der Tischdecke mit glühenden Augen Piratengeschichten erzählten.

Wenn ich tief atme und die Augen schließe, erscheint mir als Erstes ein Bild wie von Monet: ein Strand in der Zwei-Uhr-Mittagssonne, ein großer weißer Sonnenschirm, ein Bambustischchen ganz vorn am Meer und José von hinten mit Blick auf den blauen Horizont. José ist ganz in Weiß gekleidet und trägt einen dieser eigenwilligen glockenförmigen Sonnenhüte, wie sie in den Zwanzigerjahren in Mode waren. Dieser von mir abgewandte Blick. Ich sehe José, und José sieht aufs Meer, reglos und unnahbar wie eine in einen Briefbeschwerer eingeschlossene Figur, und auf einmal weiß ich, dass wir am Lido von Venedig am Anfang unserer Reise sind. Der Saum des kurzen Strands läuft diagonal durchs Bild, und am rechten unteren Bildrand sitzt das Motiv, der weiße Sonnenschirm und die weiße, mit den Ellbogen auf den Tisch gestützte Figur vor dem blauen, glitzernden Meer und dem fast wolkenlosen, wie gemalten Himmel.

Von dort fuhren wir weiter nach Rom, um Clara zu besuchen, die im Juli einen italienischen Architekten geheiratet hatte, nicht ahnend, dass sie drei Monate später einen Brief erhalten würde, in dem man ihr den Tod ihrer Eltern bei einem Eisenbahnunglück mitteilte, wodurch wir vor unserem fünfundzwanzigsten Lebensjahr Waisen geworden waren. Clara konnte nicht zur Beerdigung kommen. Mauricio reiste aus dem Priesterseminar in Pamplona an, ebenso José, trotz des eben erst gegen den väterlichen Widerstand begonnenen Altphilologie-Studiums an der Universidad de Montecaín, und ich aus Madrid, wo ich kurz zuvor meinen Abschluss in Literatur und Recht gemacht hatte. Ich hatte meine Geschwister seit Claras Hochzeit nicht gesehen, und unsere Begegnung wurde so intensiv, wie es bei großen Unglücken eben ist, und gleichzeitig – was José und ich uns niemals eingestanden hätten – war da das Licht der Erleichterung, denn mit einem Mal war der Schatten des Vaters von unseren Leben gewichen, war diese diffuse Schuld aufgehoben, als Zwillinge geboren worden zu sein. Da unser Vater dies als monströse Laune der Natur angesehen hatte, hatte er uns mit zehn voneinander getrennt, und wir durften uns nur bei den wenigen Familienfesten sehen. Er hatte uns in verschiedene Schulen gesteckt, hatte verhindert, dass wir dieselben Freunde hatten, an denselben Freizeitvergnügungen teilnahmen. Er hatte uns verboten, uns gleich anzuziehen. Die Entwicklung unserer Persönlichkeit war stets darauf gerichtet, unsere Ähnlichkeit abzustreiten, aus einer Art Doppelwesen, das den zwei Hälften einer zerbrochenen Vase glich, zwei von einander unabhängige Menschen herauszubilden. Das hatte nun ein Ende, und wir waren frei. Gleich in der Nacht nach der Beerdigung, die wir in dem Haus verbrachten, beschlossen wir, im Frühling eine Reise zu unternehmen. Diese Reise sollte uns nach Italien, Griechenland und in die Türkei führen und auf Kreta ihr jähes Ende nehmen, in jener Gewitternacht auf der Lassiti-Hochebene, die ich seit sechzig Jahren zu vergessen versuche.

Auf einmal stürmte die Frau wie eine Naturgewalt herein, löschte das Oberlicht, und noch bevor irgendwer protestieren konnte, verkündete sie: »Es ist zehn. Ab zehn Uhr abends haben die Reisenden das Recht auf Nachtruhe, ich habe mich informiert. Wenn Sie lesen wollen, dann nur mit der Bettlampe. Gute Nacht.« Nach diesen Worten kroch das schnaufende Walross in sein Bett.

Katia kuschelte sich in ihre Decke, schaltete die kleine Lampe an und las weiter:

Warum betrüge ich mich selbst? Warum fälsche ich meine Geschichte, wenn ich doch beschlossen habe, sie nur für mich zu erzählen? Warum traue ich mich nicht, vor mir selbst zuzugeben, dass das, was auf Kreta geschah, nur der Anfang von etwas gewesen ist, was sein Ende in Alma in unserem Haus auf der Insel gefunden hat, mit einem Orangenblütenkranz, den ich im großen Schlafzimmer über den Klippen auf das Bett warf? Warum will ich nicht sehen, dass das hier in Rom nun das tatsächliche Ende ist? Auch wenn in meinem gealterten Körper noch immer derselbe Geist wohnt, der an jenem Morgen beim Aussteigen aus dem Zug in unseren Augen leuchtete, als wir Clara und Alberto trafen und von ihnen gleich als Erstes erfuhren, dass sie ihr erstes Kind erwarteten?

Ganz Rom hieß uns willkommen, der jahrhundertealte goldfarbene Stein, die bunten Farbtupfer der Blumenstände an den Straßenecken, die in der Maisonne glitzernden Brunnen. Damals verliebte ich mich in diese Stadt, die ich lebend nicht mehr verlassen werde. Damals näherten wir uns zum ersten Mal dem Mysteriösen, Verbotenen. Zusammen mit Clara und Alberto gingen José und ich zu einem Schneider und gaben eine vollständige Garderobe für uns beide in Auftrag, die sich Stück für Stück gleichen sollte, Anzüge, Hemden, Hosen, Smoking, Hüte, Spazierstöcke, Krawatten. Clara lachte wie ein kleines Mädchen, während sie im Anprobesalon in einem Sessel saß und Stoff- und Farbproben beurteilte. Wir alle lachten. Dann gingen wir mit Alberto zum Friseur – Clara wartete in einem Café auf uns – und ließen uns den gleichen Schnitt verpassen, nach der neuesten Mode hinten ganz kurz und vorne lang genug, dass man duftende Pomade hineinkämmen konnte.

Als Clara uns kommen sah, wurde sie zunächst blass, doch dann breitete sich über ihr ganzes Gesicht ein Lächeln. Sie bestand darauf, mit uns sofort zum Fotografen zu gehen, und nach ein paar Tagen, wir kamen gerade von einem Ausflug zur Villa Adriana zurück, kam das Foto: Wir glichen uns wie ein Ei dem anderen, zwei jugendliche Gestalten in weißem Hemd und Hose vor einer gemalten ägyptischen Landschaft, José lächelnd, dieses Koboldlächeln, bei dem es einem im Bauch kribbelt, ich etwas ernster, aber ebenfalls glücklich und lächelnd.

Das Foto gibt es noch, aber ich habe es mindestens zwanzig Jahre nicht mehr angesehen. Es ist bei den anderen Fotos in dem kleinen Album, das ich vor langer Zeit zusammen mit Josés Teppich, dem Hereke, den zu verbrennen ich mich nie durchringen konnte, und ein paar Steinen vom Strand in Anatolien vergraben habe.

Katia schloss die Augen und träumte vor sich hin. Valcárcels Worte ließen eine Welt erstehen, von der sie sich angezogen fühlte wie eine Motte vom Kerzenlicht, und die Ereignisse von vor mehr als siebzig Jahren liefen wie ein Film in ihr ab und versetzten sie in eine Zeit, mit der sie sich, so fern sie war, auf irgendeine Weise identifizierte. Auch damals war es Mai, Mai in Rom, wie jetzt, dieselben Steine leuchteten in derselben Sonne, dieselben Brunnen, die für jene jungen, mittlerweile verstorbenen Menschen geglitzert hatten, waren nun für sie und Rocco da. Die Ewige Stadt war beständig, während ihre Bewohner kurzlebig waren und in Vergessenheit gerieten, falls keine Worte das Andenken an sie bewahrten. Wie schwer war es, sich Valcárcel als jungen Mann vorzustellen, der mit seinen Geschwistern und seinem Schwager lacht und Witze macht und das ganze Leben noch vor sich hat! Und wie traurig war es zu wissen, dass es sie alle nicht mehr gab, dass alle ihre Träume zu Staub geworden waren, wie ihre Körper, eine Handvoll graue Asche in einer Urne, die auf ihre letzte Reise übers Meer nach Umbría wartete!

Eines Tages wäre auch ihr Leben vorbei und nichts hätte mehr eine Bedeutung, Rocco nicht, nicht ihre wechselhaften Launen und auch die Passage auf die andere Seite nicht, wenn es sie gab und sie nicht nur eine Metapher oder Grille des alten Professors war. Zum ersten Mal seit Langem fühlte sie sich jung neben diesen ganzen Schattengestalten, die mit allen ihren Leidenschaften aus der Vergangenheit hervortraten.

Sie war hundemüde, aber das Tagebuch fesselte sie. Sie blätterte es rasch durch, um zu sehen, wie viel es noch war, und beschloss, es bis zum Ende zu lesen. Sie konnte dann immer noch ein paar Stunden bis zur Ankunft in Innsbruck schlafen. Das Tagebuch ging vor.

Wäre es doch möglich, die Erinnerungen zusammen mit den Gegenständen, an denen sie haften, zu begraben! Doch was bliebe mir dann? Alle meine beruflichen Erfolge und Ehrungen verblassen, sind vertrocknet wie in einem Buch vergessene Blumen gegenüber diesen Erinnerungen, die saftig und lebendig sind wie grüne Triebe, verletzend wie Dornen, rot wie die anatolischen Mohnfelder vom Rücken eines Pferds aus, als wir nach Hierapolis, zu der heiligen Stadt, dem Grab des Apostels Philippus, bergan ritten, vorbei an den Kalkterrassen von Pamukkale, die wie eine Eisfläche im Mondlicht glitzerten.

Es war auch noch nachts drückend heiß. Nachdem wir mehrere Stunden geritten waren, kamen wir staubig und verschwitzt am späten Nachmittag an. Wir stiegen bei der Quelle ab, und während die uns begleitenden Nomaden unsere Zelte aufstellten, zogen wir uns die Stiefel aus und gin-

gen hinab zu den Kalksteintrögen. Das Wasser war warm, und obwohl die Steine uns an den nackten Füßen piekten, überwältigte uns ein Gefühl der Freiheit. Wir stellten uns angekleidet unter die Kaskade, anschließend ließen wir uns mit dem Gesicht nach oben auf dem Wasser treiben, sodass der Staub und die Erschöpfung der Reise von uns abgespült wurden. Die untergehende Sonne färbte das Wasser rosa, und nichts außer den ersten Grillen störte die abendliche Stille. Josés Augen funkelten wie Sterne, und als wir uns ansahen, spürten wir beide, dass der Spiegel zerbrochen war, dass wir endlich eins waren, ein einziges Doppelwesen, mehr als die Summe seiner Teile. Bevor wir durch den Brunnen zurückstapften, zu unseren Füßen das gesamte Tal und darüber das Funkeln des letzten Schnees auf dem Berg, den die Nomaden »Berg Vater« nannten, umarmten wir uns; mein Kopf auf Josés Schulter, Josés Kopf auf meiner.

Nie wieder habe ich so einen Menschen umarmt. Nie wieder hatte ich ein derartiges Gefühl von Frieden, Lieblichkeit, Zuhause, Angekommensein an dem Ort, an den ich hingehöre und von dem ich mein ganzes Leben lang verbannt gewesen bin.

Später, nachdem wir am Feuer zu Abend gegessen hatten, gingen wir noch einmal zu den Terrassen, die wie Phosphor im Mondlicht schimmerten, wie eine verzauberte Feenlandschaft, im Hintergrund das Quaken der Frösche und eine sanfte Brise, die den Duft der wilden Levkojen und anderer herber Gebirgskräuter herantrug. Während wir auf einem von der Sonne noch warmen Felsen saßen, redeten wir über unsere Zukunft, wie wir unser Leben gestalten wollten, gemeinsam natürlich, dass wir dasselbe studieren, alle Entdeckungen und Reisen gemeinsam unternehmen wollten, dass niemand uns je wieder trennen sollte, dass wir die Tür zu anderen Welten finden wollten, die sich laut Familienüberlieferung in irgendeinem Winkel des Hauses auf der Insel verbarg und die nur jemand von unserem Blut öffnen konnte. Wir waren dreiundzwanzig, wir waren frei, reich und Zwil-

linge. Die Welt gehörte uns, und wir sahen vom Gipfel aus auf sie hinab.

Tagelang kopierten wir Inschriften der Nekropolis, hielten unser Mittagsschläfchen unter Zypressen in dem mit Gänseblümchen gesprenkelten Gras, während die Schatten länger und bläulich wurden. Bei Sonnenuntergang badeten wir in dem Terrassenbrunnen und fühlten dabei den nahen Körper des anderen wie eine süße, immer heftiger pulsierende Wunde. Verzweifelt versuchten wir zu glauben, zwischen uns wäre nichts als die Liebe zweier lange Zeit getrennter Zwillinge, dass wir darum den Blick des anderen suchten, seine Nähe, seinen Atem, die zufällige Berührung einer Hand auf der Schulter, das Streifen eines Schenkels.

Anschließend stiegen wir hinab nach Denizli, wo wir ein paar Tage bei einem Teppichmacher blieben, weil José die Geheimnisse dieser Handwerkskunst erlernen wollte, das Knüpfen von Wolle und Seide, das Färben mit Blättern und Wurzeln, die Lieder der Mädchen, die uns zeigten, wie man die Knoten einen nach dem anderen festzieht und abschneidet und so Kunstwerke schafft, die unter unseren Füßen eine Pracht uralter Farben und Muster entfalten.

Am Tag vor unserer Abreise kaufte José einen Hereke, einen kleinen Seidenteppich voller Blumen in Indigoblau und Rot und Gelb und zartem Rosa und reinstem Weiß, einhundertfünfzig Knoten pro Quadratzentimeter, eine liebevolle Arbeit für Prinzen und Könige.

»Das soll mein Garten sein«, hat José gesagt. »Wenn es mir gelingt, die geheime Passage zu durchschreiten, werde ich mich jeden Abend darauf setzen und mich an seiner Schönheit laben.«

Der Hereke ist hier in Rom. José hat ihn mir mit Tränen in den Augen geschenkt, als ich von Alma fortging. Ich habe ihn eingerollt und aus meinem Leben verbannt. Und nie wieder angesehen. Weder José noch ich haben je den Zutritt zu dem geheimen Garten gefunden.

Beklommen sah Katia von dem Tagebuch auf. Sie durfte das nicht lesen, dafür waren die Bekenntnisse zu intim, die der alte Mann in dem Vertrauen aufgeschrieben hatte, dass sie zusammen mit seinem Körper verbrannt würden. So leidenschaftlich diese Geschichte als Roman wäre, diese Worte waren authentisch und gehörten einem alten Mann, der vor sich darlegte, was er sein Leben lang verdrängt hatte, die Liebe zu seinem Bruder, die Trennung, die tiefe Wunde, die davon zurückgeblieben war.

Mit zitternden Händen las sie weiter:

Wie soll ich diesen plötzlichen und doch herbeigesehnten Schrecken benennen, den ich empfand, als ich im kühlen Mittelmeer Josés Haut auf meiner sonnengewärmten Haut spürte? Mein Leben lang habe ich Worte analysiert, in dunklen Stellen vergessener Werke nach Bedeutungen gesucht; ich weiß besser als andere, dass jedes Wort noch stärkere Worte hinter sich verbirgt, dass jeder Satz verbotene Wege öffnet, die nur sein Autor beschreiten kann. Wie kann es sein, dass ich zum ersten Mal in meinem Leben kämpfe, um aus dem Treibsand der Erinnerungen Empfindungen hervorzuholen, die ich nie in Worte fassen wollte? Wie sollen linguistische Einheiten, vorgestanzte und vom vielen Gebrauch abgenutzte Ausdrücke genügen, um Josés Haarfarbe zu benennen, den Obsidianglanz dieser Augen, den exakten Ton dieser sonnengebräunten Haut auf jenem Schiff, das uns von Smyrna entlang der anatolischen Küste nach Kreta brachte? Wenn ich sage, »jene stille, schwüle Juninacht, in der wir vor der Insel mit den dunklen Pinien badeten«, riskiere ich dann nicht, dass die anderen Erinnerungen an jene Nacht verloren gehen, das Schwappen des von uns bewegten Wassers gegen den Schiffsrumpf, das Lied, das ein Matrose auf dem Achterdeck pfiff, der süße Griff Josés seeschlangengleicher Beine, die sich um meine wanden, während wir uns an dem im Wasser hängenden Tau festhielten und auf den zunehmenden Mond und auf die Umrisse der Felsen vor dem Sternenhimmel blickten? Doch selbst wenn ich das alles schreibe, wie soll ich meine Scham überwinden und benennen, welches Fieber Josés Körper in mir auslöste, welches Verlangen nach diesem Mund, danach, uns gemeinsam an unserer verbotenen Leidenschaft zu verbrennen, selbst wenn sie uns für immer zerstören würde?

Ich weiß noch, dass ich mich aus Josés Umarmung löste und zu der Insel schwamm, dass ich dabei eine bis dahin ungekannte Zerrissenheit spürte, weil ich zum ersten Mal wirklich begriff, was es heißt, zwei Menschen, die zusammengehören, voneinander zu trennen. Als ich zurückkam, schlief José bereits; ich strich diesem geliebten Wesen über das feuchte Haar, fuhr mit den Fingerkuppen über die Pfirsichwölbung seiner Wange und legte mich draußen auf Deck schlafen, wo auch die Matrosen und der Kapitän waren, stolz, dass ich mich noch einmal zurückgehalten hatte, obwohl ich wusste, dass es nicht mehr lange so weitergehen konnte.

Katia fuhr sich mit der Hand durch die verschwitzten Haare und bedauerte zum ersten Mal nach Monaten, dass sie mit dem Rauchen aufgehört hatte. Sie wäre am liebsten aufgestanden, aus dem beengten Abteil hinaus auf den Gang gegangen, um sich die Haare vom Fahrtwind zerzausen zu lassen und genüsslich eine Zigarette zu rauchen, in Gedanken bei Valcárcel und José, in deren Leidenschaft sie sich selbst und Rocco wiedererkannte, bei diesen beiden Menschen, die wie in einer griechischen Tragödie von etwas zerstört wurden, das nicht in ihrer Macht lag; denn das ist der Kern der Tragödie: die Überlegenheit des Schicksals über den Willen, die sich darin ausdrückt, dass unvermeidliche, verworrene Geschehnisse die Sterblichen in die Tiefe reißen.

Aber sie hatte keine Zigaretten und wollte auch nicht die Leiter hinunterklettern, um diese Frau nicht zu stören und sich nicht anhören zu müssen, dass das Ein- und Ausgehen nach Mitternacht nur im Notfall gestattet sei.

Und so blieb ihr nichts anderes übrig als weiterzulesen.

Ich glaube, in den Ruinen von Knossos, zwischen den wie mit Blut angestrichenen roten Säulen, wussten wir bereits, dass das Warten nun ein Ende haben würde. Mit stockendem Atem und glänzendem Blick versteckte José sich hinter den Mauern und kam wieder hervor, um mir ins Ohr zu hauchen und wieder zu verschwinden, legte sich auf den Altar mit den Hörnern, Symbol des Stiers und zunehmenden Mondes, und rezitierte auf Griechisch Gedichte, die mich, obwohl ich sie nicht verstand, so elektrisierten, dass ich zitterte. Schon damals wagte ich es nicht, Worte für meine Empfindungen zu finden. Was in meinem Körper brannte, musste auch körperlichen Ausdruck finden, kein noch so zärtliches, gewichtiges oder wissenschaftliches Wort hätte ein Ersatz sein können für meine Sehnsucht, diesen geliebten Mund auf dem meinen, diese Brust auf meiner zu spüren. Es musste so sein. Mein Leben lang habe ich mir einzureden versucht, dass ich mich hätte abkehren können, dass ich mit einem Schiff zurückfahren und José in Kreta hätte zurücklassen können, um mich zu retten, um uns beide vor dieser uns verzehrenden Leidenschaft zu retten. Ich habe mir mein Leben lang vorgeworfen, dass es mir an Männlichkeit, an Standhaftigkeit, an Würde gefehlt hat. Ich habe nie wieder meinen Gefühlen nachgegeben.

Jetzt, da ich dies schreibe, weiß ich, dass es nicht so war. Dass es nicht daran lag, dass ich zu wenig Kraft oder Mut besessen hätte. Wie soll eine Mohnblume im Wind nicht knicken? Wie soll das Meer bei Sturm keine Wellen schlagen?

Valcárcels Gedanken erinnerten Katia an das, was ihr selbst gerade durch den Kopf gegangen war, und sie musste lächeln. Sie wären sicher gute Freunde gewesen. Der alte Professor hätte der Lehrer sein können, nach dem sie immer gesucht hatte. Nun konnte er ihr höchstens noch sein Geheimnis preisgeben, und sie konnte sich wenigstens noch bemühen, ihn zu verstehen. Armer Professor, so alt, so allein und so verloren!

Im Abteil war es sehr heiß und die Luft stickig, obwohl die Frau das Fenster ein wenig geöffnet hatte. Katia nahm einen Schluck Wasser aus der Flasche, schob das Bettlaken weg und ließ sich in den siebzig Jahre zurückliegenden kretischen Sommer entführen:

Wir beschlossen, auf die Lassiti-Hochebene zu steigen, um die Höhle zu sehen, in der der Legende nach Zeus geboren wurde. Den größten Teil des Weges legten wir zu Fuß zurück, dann ließen uns ein paar Bauern, die gerade vom Markt zurückkamen, auf ihre von der Last befreiten Esel aufsitzen. Plötzlich gab es einen Wetterumschwung, dunkle Wolken zogen auf, und kurz bevor wir das Dorf der Bauern erreichten, fing es an zu regnen. Dank Josés Altgriechischkenntnissen erfuhren wir, dass mit einem schweren Gewitter zu rechnen war. Wir stiegen ab und gingen rasch weiter, sodass wir beim ersten Donner ein Dorf erreichten. In einem Haus bot man uns ein Zimmer für die Nacht an. Man brachte uns Gemüsesuppe und ein Glas Wein ans Herdfeuer, wo wir vergeblich versuchten, unsere durchnässten Kleider zu trocknen. Wir hatten nicht mehr als einen Rucksack mit dem Allernötigsten dabei und zitterten vor Kälte, sodass wir uns zeitig zurückzogen und hofften, unter den Decken würde uns warm werden.

Einander die Rücken zukehrend, zogen wir uns aus, dann legten wir uns auf eine abgenutzte Liege, die mit einem groben Leintuch und streng nach Tier stinkenden Schaffellen bedeckt war. Uns trennten nur wenige Zentimeter.

Mit einem Mal erschütterte ein Donner die ganze Hütte, und der violett leuchtende Blitz blendete uns. Ohne zu wissen, wie mir geschah, fand ich mich in Josés Armen wieder, Josés nackter Körper lag wie ein seidener Teppich über meinem. Mir war, als würde ich auf der Stelle sterben, und es machte mir nichts aus. Ich schloss die Augen und tauchte in eine warme, feuchte Dunkelheit, durchbrochen von violetten Blitzen, und vergaß alles um mich herum außer José und unserer Haut und unserer Liebe und unserem Keuchen.

Ich wollte, ich könnte sagen, dass das das Ende war, dass jene Nacht auf der Lassiti-Hochebene zugleich Anfang und Ende eines Kreises waren, aber das wäre gelogen, und ich habe beschlossen, wenigstens einmal vor meinem Tod aufrichtig zu sein. Ich kann jetzt nicht lügen.

Wir erwachten an einem strahlenden Morgen lebendig und verliebt. Die Welt erschien für uns neu erschaffen worden zu sein: Auf Gräsern und Blumen glitzerten die Wassertropfen wie durchscheinende, zarte Edelsteine. Wenn ich die Augen schließe, erinnere ich mich noch heute an den Geruch der Erde, an duftende Kräuter, an das Holzfeuer mit dem gebackenen Fladenbrot, das wir zum Frühstück aßen, zu einer Schale honiggesüßten Joghurts.

Der Schleier war zerrissen, und die Welt war größer geworden, der Himmel weiter und blauer, die Bäume grüner. Kreta umschmeichelte uns wie ein seidenes Tuch.

Wir gingen zurück zum Meer und kamen in ein kleines Dorf an der Südküste, dessen Namen ich vergessen habe. Dort, an den einsamen Stränden gaben wir uns zwei Wochen lang unserer Liebe hin, und nach Einbruch der Dunkelheit waren wir in den Tavernen einfach ein Zwillingspaar, wir tranken mit dem Wirt Wein und prosteten den Fischern zu, die uns bei jedem Mädchen, das mit gesenktem Blick auf dem Weg zum Brunnen an uns vorbeikam, zuzwinkerten.

Der September kam, als wir bereits in Heraklion waren und auf das Schiff warteten, das uns nach Piräus und von dort um den Peloponnes herum nach Süditalien bringen sollte. Aus einer Laune heraus beschloss José, das Hotel zu wechseln, gab mir die Adresse des neuen Hauses, und bat mich, auf der Terrasse vor dem Hafen zu warten. José wollte noch auf dem Markt ein paar Mitbringsel kaufen: Tücher für Nora und Brígida, ein Armband für Clara, vielleicht irgendeine Antiquität für Alberto und Mauricio.

Ich trank gerade einen Ouzo, als José mir von hinten die Augen zuhielt und mir mit warmer, tiefer Stimme ins Ohr flüsterte: »Dreh dich um und fall nicht in Ohnmacht.«

José hatte sich umgezogen.

Vor mir stand eine Frau in kakigrünem, knöchellangem Rock, Schnürstiefeln, einer hochgeschlossenen weißen Bluse, Glockenhut und runder Sonnenbrille. Ich werde es mein Lebtag nicht vergessen.

Ich weiß bis heute nicht, was ich gefühlt habe. Dass alles aus war, dass das Ende gekommen war, dass wir nicht nach Spanien zurückkehren und diese Farce weiterspielen konnten, auf welche Weise auch immer. Die ganze Scham, die ich in den vergangenen Wochen erfolgreich verdrängt hatte, prasselte wie schlammiger Regen auf mich ein. Ich stand wortlos auf und verließ das Hotel.

Es war schon Abend, als ich zurückkehrte, José saß in pfirsichfarbener Sommerkleidung im Speisesaal und plauderte mit einem Ehepaar aus Genua. Im Lauf des Abendessens fühlte ich mich immer elender, die Ungeheuerlichkeit dessen, was wir getan hatten, wurde mir erst da so richtig bewusst, dennoch spürte ich, dass wir es weiter tun würden, sobald dieses belanglose Abendessen und die noch belanglosere Unterhaltung mit diesem Bankiersehepaar beendet sein würde. Josés Blick löste sich keine Sekunde von mir, Josés Hände streichelten mich, während wir uns den Salzstreuer oder die Butterdose reichten; Josés Füße in den hohen Schuhen berührten meine Knöchel, nackt fuhren sie unter der weißen Damasttischdecke an meinem Bein hinauf; das Lächeln von Josés geschminkten Lippen wurde immer koketter.

Es ist ein schweres Geständnis, und dennoch tut es mir gut, diesen Bodensatz meiner Erinnerungen aufzuwühlen, diese Kruste aus Einsamkeit und Selbstbeherrschung aufzubrechen und mich wieder lebendig zu fühlen. Ich habe die schlimmste Sünde auf Erden begangen und dafür die schlimmsten Höllenqualen verdient, und trotzdem wird mir bei der Erinnerung an mein Verbrechen noch immer warm ums Herz. Ob sich Adam so fühlte, als er sich als alter Mann an die Zeiten im Paradies erinnerte?

Die herbe Stimme riss sie aus ihren träumerischen Gedanken, in die Valcárcels Worte sie versetzt hatten: »Es ist schon nach Mitternacht. Haben Sie immer noch nicht genug gelesen? Bis sechs Uhr morgens haben die Reisenden ein Recht auf Nachtruhe und Dunkelheit.«

Katia löschte ohne ein Wort das Licht, schob das Tagebuch an die Seite der Wand unter ihr Kopfkissen, und als sie so still dalag, nahm sie ihren schwitzenden Körper wahr, ihre Gedanken, die in ihrem Kopf kreisten wie Motten um eine Lichtquelle, bis sie, ohne es zu bemerken, einschlief.

Um zehn vor sechs weckte der Schlafwagenschaffner sie mit dem Kaffee, den sie am Abend vorher bestellt hatte; eine halbe Stunde später würden sie in Innsbruck ankommen. Die anderen Reisenden fuhren offenbar bis München weiter, denn sie erhielten keine Anweisungen von dem Mann. Die Studentin war zwar wach und nahm ihren Reisepass entgegen, doch danach vergrub sie sich wieder in ihre Bettdecke.

Katia zog sich an, holte ihre Reisetasche und die Schachtel mit den Schriftstücken herunter, trat auf den Gang hinaus und setzte sich auf einen der Klappsitze, während links die Alpenlandschaft an ihr vorüberglitt, deren dunkle Tannenwälder und lichtgrüne Lärchen einen strahlenden Anblick boten. Die Morgensonne färbte die noch schneebedeckten Berggipfel rötlich, und die Holzhütten auf den Hängen der tiefen, engen Täler sahen wie Spielzeug aus. Das war ihre Landschaft. Ihre Heimat.

Sie genoss still die Aussicht und die frische Morgenluft und wartete, dass der Zug in den Tunnel nach Innsbruck einfuhr.

Sie mochte Städte, die man durch einen Tunnel erreichte, denn ein Tunnel war das Symbol des Übergangs: Vorher ist man draußen, hinterher ist man drinnen. Während sie in der Scheibe des Waggonfensters ihr Spiegelbild anstarrte, kam ihr auf einmal eine ferne Erinnerung, die ihr über zwanzig Jahre nicht eingefallen war. Sie musste sieben, acht Jahre alt gewesen sein, ihr Bruder sechzehn. Es war, als ihre Mutter sie das erste Mal nach Spanien mitnahm, in ihre Heimat, die sie verlassen hatte, als sie mit ihrem Mann nach Norditalien gezogen war. In einem alten Zug, in dem es nach Schweiß, Staub und Teer stank, fuhren sie von Madrid zunächst über Ebenen, die am Morgen wie ausgestorben waren, später über felsige, unwegsame Pässe nach Umbría. Das Abteil teilten sie mit einer sympathischen dicken Frau, die ihnen einen Apfel schenkte. Wie an diesem Morgen vergoldete die aufgehende Sonne die Gipfel der höchsten Berge, während der Zug sich schnaubend den Berg hinaufquälte. Und als sie plötzlich in den Tunnel einfuhren, war sie in Tränen ausgebrochen und hatte gesagt, dass sie nun ihren Apfel nicht weiteressen könne. Die Frau lachte erfrischend und herzlich, in keiner Weise gemein, und meinte, sie solle es einfach versuchen, dann würde sie schon sehen, dass es klappen würde, dass man, selbst wenn es stockfinster sei, immer wüsste, wo man seinen Mund hat. Alle lachten, sie probierte es aus und stellte fest, dass die Frau recht hatte. Und als sie aus dem Tunnel herauskamen, sagte ihre Mutter: »Das war das erste Tor.«

Diese Worte waren ihr über die Jahre im Gedächtnis geblieben, weil sie so beunruhigend geklungen hatten wie eine Beschwörungsformel oder ein Bestandteil eines Zauberrituals.

Die beiden Frauen hatten einander angelächelt, dann sagte die dicke Frau folgende Verse auf:

Die Reis' über Land, sie verstellt dir die Sicht,
mit dem Schiff nach Oneira gelangst du auch nicht.
Die drei Tore Umbrías, die schließen wir zu,
das Geheimnis bleibt drin – und draußen bleibst du.

»Das ist ein altes Lied, aber ich singe so schlecht, dass ich den Text lieber aufsage.«

Gleich darauf fuhren sie in den zweiten Tunnel ein, und als sie herauskamen, begann ihre Mutter die Koffer aus dem Gepäcknetz zu hieven. Nach dem dritten Tunnel waren sie in Umbría. Da umarmte ihre Mutter sie, sie wusste nicht, warum, strich ihr übers Haar und machte ihr das Kreuzzeichen auf die Stirn.

Seit Ewigkeiten hatte sie nicht mehr daran gedacht. Über ihren restlichen Erinnerungen lag der goldene Nebel ihres Kindergedächtnisses: ein Park mit einer weißen Statue voller Tauben, ein Rosengarten mit ein paar Erwachsenen von hinten, ein großes Haus

aus Stein, in dessen Hof die Hühner freudig die Krümel ihres Brötchens aufpickten, die knochigen Hände der Großmutter, die ihr die Brust mit einem stark nach Kräutern riechenden Balsam einrieb, eine Strandpromenade an einem grauen Tag und mächtige Wellen, die bedrohlich auf sie zurollten.

Sie schüttelte den Kopf, als tauchte sie aus dem Meer auf. Der Zug war in den Bahnhof von Innsbruck eingefahren.

Hinter einer schlaftrunkenen Familie stieg sie aus und überlegte, gleich am Bahnhof einen Kaffee zu trinken, aber die dort herrschende Trostlosigkeit schreckte sie so ab, dass sie beschloss, sich lieber ein Café zu suchen, wo sie sich unauffällig unter die Leute auf dem Weg zur Frühschicht mischen konnte. Sie wollte doch das Tagebuch zu Ende lesen, und in der Universität würde sie vor halb neun ohnehin niemanden antreffen.

Der Bahnhofsvorplatz war noch recht leer, und es hatten erst wenige Cafés geöffnet. Doch da fiel ihr eine kleine Konditorei ein, die ganz in der Nähe sein musste. Nachdem sie eine menschenleere Einkaufsstraße durchquert hatte, fand sie sie. Sie bestellte einen Himbeerkuchen und einen Milchkaffee und zog das Tagebuch heraus:

In Madrid trennten wir uns, es war nun Mitte November. José ging nach Umbría, und ich blieb in Madrid, um ein wenig Ordnung in mein Leben und meinen Kopf zu bringen. Ich versprach, zu Weihnachten anzureisen, schließlich war es das erste Weihnachten ohne unsere Eltern. Clara und ihr Mann würden uns nicht besuchen können, da das Baby in etwa zu dieser Zeit auf die Welt kommen sollte; Mauricio war sich noch nicht sicher, doch voraussichtlich würde er Weihnachten zum letzten Mal im Seminar verbringen; ich wusste nicht, ob ich in der Lage sein würde, nach Alma zurückzukehren und im Haus unserer Kindheit unser ungezwungenes Treiben wie im Sommer in der Ägäis fortzuführen. Ich dachte, ich hätte nicht die Kraft, Brígidas Blick auszuhalten; sie war seit so vielen Jahren unser Dienstmädchen und noch dazu Mamas Kinderfrau gewesen. Genauso wenig konnte ich mir vorstellen, dass Nora, unser Kindermädchen, nichts mitbekommen würde. Und ich wollte gar nicht daran denken, dass womöglich auch Mauricio anwesend sein würde, diese reine Seele, die sich für immer in den Dienst des Herrn stellte und mit Sicherheit etwas von dieser teuflischen Bande zwischen José und mir ahnen würde.

Jahre später erschien es mir als grausame Ironie, dass auch Mauricio der Sünde des Fleisches verfallen war und nicht einmal den Mut besessen hatte, das arme Würmchen, das er in die Welt gesetzt hatte, anzuerkennen. Ich erfuhr es von Nora, die mir bis zu ihrem Tod schrieb, und unternahm alles Notwendige, damit die Mutter eine anständige finanzielle Unterstützung bekam. Der Krieg war fast vorüber, doch die Nachkriegszeit drohte hart und grausam zu werden, vor allem für eine alleinstehende Mutter und ein Kind ohne Vater. Doch wie immer war José mir zuvorgekommen, und so entschloss ich mich, jährlich etwas auf ein Schweizer Konto einzuzahlen, damit das Kind bei seiner Volljährigkeit ein anständiges Startkapital zur Verfügung haben würde. Bis jetzt hat niemand das Geld abgehoben. Ich weiß nicht einmal, ob das Kind ein Junge oder ein Mädchen ist. Nora sprach in ihren Briefen immer von dem »armen Würmchen« oder »Gottes Geschöpf«. Der- oder diejenige dürfte jetzt an die sechzig sein und heißt sehr wahrscheinlich nicht Valcárcel, sondern wie seine Mutter oder wie jener Mann, den sie nach dem Krieg geheiratet hat. Trotzdem gebe ich die Hoffnung nicht auf, noch einmal jemanden von meinem Blut kennenzulernen, ein Kind dieses Kindes vielleicht, jemanden, der wie José Mamas Züge geerbt hat, die Physiognomie der Lunas, Josés Augen vielleicht, die Art zu gehen oder das Lächeln. Weder Claras Sohn noch ihre Enkel haben etwas von den Lunas mitbekommen, sie alle sind eine Mischung aus Valcárcels und Azzaros, nette und fleißige Leute mit großem Ehrgeiz, aber sehr geradlinig, ohne jeden Sinn für das Geheimnisvolle. Ihnen fehlt jeder Glaube an die Macht der Fantasie, Claras und Josés spritzige Fröhlichkeit, von der auch Mauricio und ich nie etwas hatten.

Katia kribbelte es im Bauch vor Aufregung. Es gab also doch noch irgendeinen Nachfahren. Jemanden, den selbst Valcárcel nicht gekannt hatte, obwohl es dessen Neffe oder Nichte war. Und diejenige hatte mit großer Wahrscheinlichkeit selbst Kinder, die irgendwo aufzufinden sein mussten. Sie hatte sich noch nie mit Genealogie befasst, aber es konnte nicht so schwierig sein, mit den Angaben, die sie hatte, jemanden zu finden, der in den Dreißigerjahren geboren worden war. In dem Ort, in dem die Valcárcels lebten, gab es bestimmt noch alte Leute, die sich an damals erinnerten. Die Suche nach diesem verlorenen Schaf wäre mit Sicherheit ein spannendes Abenteuer, und sollte diese Person ihre Abstammung nachweisen können, wäre sie noch dazu ein reiches Schaf.

Sie las weiter. Der nächste Eintrag bestand nur aus ein paar verbitterten Zeilen:

Ich weiß, dass meine Zeit abläuft und dass der Teppich, an dem ich mein Leben lang geknüpft habe, zwar wunderschön ist, aber nicht der, der für mich bestimmt war. Ich habe das falsche Muster gewählt. Ich habe gut angefangen, aber irgendwann bin ich aus dem Konzept geraten. Ich habe neu angefangen und nach und nach, Knoten für Knoten, habe ich den Teppich eines anderen geknüpft, dessen Farben und Muster nicht meine sind. Ich bin fast fertig, es müssen nur noch ein paar Knoten festgezogen werden; andere werden es übernehmen, ihn vom Rahmen zu heben und die Fransen zu kämmen; ich werde ihn fertig nicht mehr zu sehen bekommen. Er wird schön sein und als mein Werk gelten. Nur ich werde von meinem Scheitern wissen.

Sie klappte das Tagebuch zu und kämpfte mit den Tränen. Wie schrecklich musste es sein, zu der Überzeugung zu gelangen, dass man sich im Leben geirrt hat, mit fast neunzig das Gefühl zu haben, dass man alles falsch gemacht hat und nicht mehr neu anfangen kann. Wer hätte gedacht, dass José María Valcárcel, einer der herausragenden Philologen des zwanzigsten Jahrhunderts, sich als Versager gefühlt hatte, dass alle Triumphe, Veröffentlichungen und

Ehrungen nichts für ihn waren gegenüber dem Verlust dieses so geliebten Bruders, der für ihn alles gewesen war?

Während sie sich die Schläfen massierte, dachte sie über ihr eigenes Leben nach. Konnte sie von sich sagen, dass sie an dem zu ihr passenden Teppich knüpfte? Purzelten die Entscheidungen in ihrem Leben nicht genauso beliebig durcheinander wie Kirschen in einer Schale? War nicht alles abhängig vom Zufall? Sie hatte spanische und italienische Philologie studiert, weil sie diese beiden Sprachen beherrschte. Mit dem frühen Tod ihrer Eltern hatte sie nicht gerechnet und sich darum auch nie veranlasst gesehen, sich um eine feste Stelle zu bemühen. Sie hatte nicht geheiratet, weil die Männer sie immer verlassen hatten, und sie hatte keine Kinder, weil sie sich dafür nie reif genug gefühlt hatte. Waren das alles denn Entscheidungen gewesen? Nicht viel eher eine Verkettung von Umständen? Oder Schicksal. An das Schicksal glaubte sie nicht. Das war etwas für griechische Tragödien und Klatschblätter, aber im wirklichen Leben hatte es nichts zu suchen. Im wirklichen Leben war jeder seines eigenen Glückes Schmied. Oder nicht? Hatte es vielleicht doch tiefere Gründe, dass sie so lange in der Luft gehangen hatte, bis auf einmal Valcárcels Nachlass und Roccos Liebe in ihr Leben traten, diese Möglichkeiten, die sich plötzlich glanzvoll und trügerisch wie in einem Spiegelsaal vor ihr auftaten? Woher kam diese passende Vorlage für den Teppich, den sie knüpfen musste … wozu überhaupt? Um das Paradies zu finden, irgendetwas Höheres, inneren Frieden? In diesem Leben oder vielleicht sogar in einem anderen?

Nur eines wusste sie sicher: dass sie nicht wie Valcárcel neunzig Jahre alt werden wollte, um dann zu erkennen, dass sie ein Leben geführt hatte, das sie eigentlich nie gewollt hatte. Aber was wollte sie überhaupt? Rocco heiraten, nach Rom ziehen und Kinder kriegen? Wenn ja, dann sollte sie sich besser beeilen, sie war schon gefährlich nah an dem Alter, in dem eine Frau sich endgültig entscheiden muss. Und wenn nicht, was dann? Sich weiter um eine Schriftstellerkarriere bemühen, mit nicht mehr in der Hand als ein paar Erzählungen, die niemand veröffentlichen wollte? Wollte sie sich ohne eine Universität oder Institution im Rücken einen Namen als Philologin machen und frei arbeiten bis zu irgendeiner Rente, von der sie sich kaum drei Mahlzeiten pro Tag würde leisten können? Wollte sie wie eine blaustrümpfige alte Jungfer Valcárcels Schriften an sich reißen und als treue Hüterin eines fremden Werks enden?

In Augenblicken wie diesem wünschte sie, es liefe wie im Roman: ein wie aus heiterem Himmel erscheinender Bote gäbe ihr ein Zeichen, und schon wüsste man, welcher Weg der einzig richtige war.

Voller Selbstmitleid sah sie sich wie auf einem verstaubten Gemälde in einem wenig besuchten Museum, eine dunkelhaarige junge Frau, die im matten Morgenlicht in einem Café vor einem halb aufgegessenen Stück Himbeerkuchen sitzt.

Der Kaffee war kalt geworden. Während die Fragen wie Schneegestöber um sie herumwirbelten, nahm sie einen Schluck und las weiter:

Wie bitter ist die Niederlage! Wie bitter ist es zu wissen, dass man die Zeit nicht zurückdrehen kann, dass es zu spät ist, all die Briefe zu beantworten, die José mir im Lauf der Jahre geschrieben hat, mich bittend, ich möge wenigstens für ein paar Tage noch einmal in das Haus auf der Insel zurückkehren! Wie konnte ich so dumm sein, so halsstarrig und blind, obwohl ich wusste, dass ich in Alma finden würde, was ich mir immer gewünscht hatte – das, was wir gemeinsam in jener Silvesternacht entdeckt haben!

Es war der 31. Dezember 1930. José hatte einen Telefonanschluss legen lassen, den ersten auf der Insel, und Alberto hatte uns überglücklich aus Rom angerufen und uns eröffnet, dass wir einen kleinen Neffen bekommen hätten; Marco war am 29. abends geboren worden, ein Steinbock wie sein Vater. Zur Feier des Tages machten José und ich eine Flasche Champagner auf, wir beide allein in dem riesigen Saal, in dem zu Lebzeiten unserer Eltern Bälle und Bankette stattgefunden hatten. Es war nach elf, Brígida hatte sich bereits zurückgezogen, Nora war über die Feiertage zu Verwandten gefahren, die Dienstmädchen kamen nur vormittags und Mauricio war tags zuvor abgereist, nachdem er ein paar Stunden mit uns verbracht hatte. Er hatte uns mitgeteilt, dass er am Ostersonntag zum Priester geweiht würde.

In dieser Nacht umgab José, mit einem Smoking bekleidet, eine magische Aura, und in den Spiegeln des Saals muteten wir wie eine verkehrte Verdopplung, eine optische Täuschung an. Wir standen einander gegenüber vor dem großen Kamin, in dem ein mächtiger Stamm brannte, wie wir ihn, seit ich mich erinnern kann, irgendeinem überlieferten keltischen Familienbrauch zufolge jedes Weihnachten angezündet haben, tranken Champagner und sahen uns in die Augen. Es gab nichts zu sagen, nichts, was man in Worte fassen konnte. Wir sahen uns an. Draußen heulte der Wind, und das kantabrische Meer schlug mit selbstzerstörerischer Gewalt gegen die Felsen, auf denen das Haus fest verankert war. Ich weiß nicht, wie lange wir so verharrten. Wir schenkten uns nach, tranken und sahen uns an, einer der Spiegel des anderen, gegengleich, vollkommen in der tiefen Stille des Hauses, die, vom brüllenden Sturm und tosenden Meer umgeben, noch urtümlicher, noch eindringlicher war.

Dann, als folgten wir einer Choreographie, drehten wir uns dem großen Kaminspiegel zu. Der dunkle Saal, in dem nur die Kerzen Lichtkreise auf den Nussholztisch warfen, schien sich im Spiegel endlos fortzusetzen, als stünden wir vor einem langen Tunnel.

»Zwillinge«, flüsterte José.

»Zwillinge«, entgegnete ich und bemerkte, dass meine Stimme vor Aufgewühltheit und Begehren rau war.

Da schlug irgendwo im Haus eine Uhr, der erste von zwölf aufeinanderfolgenden Schlägen. Nach und nach tönte es auch aus den anderen Zimmern: Standuhren mit vergoldeten Zeigern, die irgendwann einmal jemand aus England mitgebracht hatte, gaben dunkle Glockenschläge von sich, französische Uhren schlugen hell und fröhlich, ganz besonders die kleineren Exemplare, deren niedliches Gebimmel Mama immer zum Lächeln gebracht hatte. Wir hörten die Kuckucksuhr, die Onkel Alberto aus der Schweiz mitge-

bracht hatte, und das tiefe und fast unheilvolle Schlagen der ältesten Uhr im Haus, eines schwarzen Kolosses mit Nussholzgehäuse, verziert mit einem Sensenmann und der fast verblassten Inschrift »tempus fugit«.

Zu Papas Lebzeiten wäre eine solche Disziplinlosigkeit undenkbar gewesen. Jeden Abend, bevor er ins Bett ging, ging er mit seiner Taschenuhr in der Hand von Zimmer zu Zimmer und stellte sämtliche Uhren im Haus, damit sie alle gleichzeitig schlugen.

Als der letzte Schlag verklungen war, warf José sein Glas ins Kaminfeuer, wartete, dass ich es ihm gleichtun würde, dann nahm er mich an der Hand und flüsterte: »Komm. Die Stunde ist gekommen.«

Ich wusste nicht, wohin wir gingen, jedenfalls hätte ich nie mit dem gerechnet, was nun geschehen sollte. José zitterte; das bemerkte ich an der Hand, die mich durch den langen, fast finsteren Gang zog, und aus diesem Zittern sprach nicht ungeduldiges Begehren, sondern Aufregung, gespannte Erwartung.

Wir betraten eines der Gästezimmer, einen kalten, wenig genutzten Raum. Es war stockfinster, und der Wind zerrte an den Fenstern, als wollte er sie herausreißen und ins Meer schleudern. Das Holz ächzte wie geschundene Seelen, und es roch nach Salz und Algen. José ließ mich an der Tür stehen und zündete die Petroleumlampe auf dem Nachttisch an. Als die Flamme hochschlug, schien Josés Gestalt von einer goldenen Aureole umgeben, wie Engel sie haben müssen. Lächelnd drehte José sich zu mir um. Ich wusste, dass José lächelte, obwohl ich das Gesicht nicht sehen konnte.

»Ich habe es geschafft, Bruder. Ich habe die Bücher gelesen, die Mama uns hinterlassen hat. Ich habe alle Anweisungen befolgt und es geschafft. Nun bringe ich dich dorthin.«

»Wohin?«

José trat neben mich, und während dieses geliebte Wesen sich wie eine Katze an mich schmiegte, schien die Zeit stillzustehen.

»An einen bezaubernden Ort, an dem immer Karneval ist«, flüsterte José mit warmer Stimme. »Los, zieh dir das an.«

Auf dem Bett lagen farbenprächtige Kleider ausgebreitet. Kostüme. Eine Minute später waren wir als Pierrot und Colombina verkleidet. José reichte mir einen schweren schwarzen Umhang und eine Domino-Maske und setzte sich selbst eine Maske aus Pfauenfedern auf, dann sollte ich in einen der hinteren Winkel des Zimmers mitkommen, wo schon immer ein düsteres, trauriges Bild der Rialtobrücke aus der Schule Canalettos gehangen hatte.

»Mach die Augen zu und öffne sie erst wieder, wenn ich es dir sage. Es ist einfacher, wenn du von der Passage nichts siehst.«

José griff fest meine Hand, das Zittern war so stark geworden, als liefe eine seltsame Energie durch Josés zarten Körper. Ich schloss die Augen. José begann, ein unbekanntes Gedicht eines alten italienischen Dichters aufzusagen. Eine feuchtkalte Windböe blies mir ins Gesicht, und ich weiß noch, dass ich dachte, nun habe der Nordwind die Fenster aufgedrückt und wir würden die ganze Nacht schuften müssen, um sie zu sichern. Dann merkte ich jedoch, dass das Fenster hinter uns lag, aber da erklang auch schon die Musik, und ich hörte auf zu denken. Es war eine mittelalterlich anmutende, traurige und getragene Lauten- oder Mandolinenmusik, in unregelmäßigen Böen herangeweht von dem brackig riechenden, feuchten Wind.

»Jetzt«, sagte José zu mir.

Ich öffnete die Augen. Das dunkle Wasser eines kleinen Kanals glitzerte, während eine mit Fackeln versehene Gondel den rechts von uns liegenden Canal Grande entlangglitt. Es war kalt und sehr feucht, aber ich zitterte nicht deshalb. Die Musik, die immer noch zu hören war, entfernte sich, statt ihrer trug der Wind nun Lachen und unverständliche Wortfetzen heran.

José ließ mir ein wenig Zeit, damit ich mich an das, was

hier geschah, gewöhnte. Ich sah José lächeln und die unter der Maske funkelnden Augen.

»Komm.«

»Wohin gehen wir?«

»Auf ein Fest. Es ist Silvester. Es ist Karneval. Venedig. Siebzehntes Jahrhundert. Oder sagen wir, so etwas Ähnliches in irgendeiner anderen Wirklichkeit.« Und mit einem jubelnden Lächeln, das ich mein Lebtag nicht vergessen werde, fügte José hinzu: »Und zwar immer.«

Wie elektrisiert sah Katia von dem Tagebuch auf und bemerkte, wie ihr die Hände zitterten. Ohne erklären zu können, warum, wusste sie, das das ihr Weg war, dass sie das Muster für ihren Teppich gefunden hatte. Sie musste diese Welt, von der Valcárcel sprach, sehen. Wenn der Übergang zu anderen, wie auch immer gearteten Wirklichkeiten tatsächlich möglich war, so musste sie ihn finden. Plötzlich verstand sie den Göttlichen. Angenommen, er wusste von dieser Möglichkeit, dann war es nur zu verständlich, dass er dafür zu allem bereit war. Es war undenkbar, dass jemand von einem Zugang zu anderen Welten wusste und davon keinen Gebrauch machte. Sie musste Fink treffen und ihn fragen. Und wenn sie aus ihm nichts herausbekam, würde sie eben nach Alma fahren, sie würde das Haus finden und auch dieses Gemälde, und dann würde sie es so lange versuchen, bis sie die Passage gefunden hätte. Bevor sie mit Fink redete, würde sie sicherheitshalber die Schriftstücke des Clubs der Dreizehn kopieren. Es war nicht mehr wichtig, ob sie damit gegen die Regeln des Anstands verstieß oder nicht. Sie musste es tun, weil das ihr Weg war, weil sie nicht anders konnte. Aber zunächst wollte sie auf der Suche nach weiteren Fährten das Tagebuch zu Ende lesen; jetzt leitete sie nicht mehr nur menschliches Interesse, sie wollte Information.

Ich habe dem Papier bereits so viele schmerzliche Erinnerungen anvertraut, dass meine Hand wie ein zu einem Stelldichein eilender Liebhaber über die Seiten fliegen müsste, doch etwas in mir ermahnt mich, mir nun, da ich mich dem Ende der traurigen Geschichte meiner Jugend nähere, mehr Zeit zu lassen und einen versöhnlichen Blick darauf zu werfen.

Ich habe ein Fotoalbum herausgeholt, das Album meines offiziellen Lebens, nicht das in der Mauernische versteckte, das wahrscheinlich wie Josés seidener Garten schon von den Mäusen angeknabbert ist. Es beinhaltet Bilder von meiner ersten Zeit in Rom, als ich das Schlimmste überstanden hatte und die gute Clara, die sich jede Frage verkniff, mich aufzumuntern versuchte und mich allen vorstellte.

Ich mit siebenundzwanzig, ernst und reserviert in meinem kläglichen Versuch, mir einen Schnauzbart stehen zu lassen, mit Professor Benigni, dessen Lehrstuhlnachfolger ich werden sollte, im Café, beide in Anzug, mit Hut und Spazierstock. Ich mit Clara, Marco und Alberto in einem Ausflugslokal; ich im Smoking auf einem Ball des Lyzeums mit einem Mädchen aus gutem Hause, dessen Namen ich vergessen habe; Alberto und ich, wie wir in Hemdsärmeln auf dem Braccianer See rudern; ich mit Talar und Barett am Tag meines Dienstantritts an der Universität La Sapienza; ich bei einer Privataudienz vor Pius XII.; ich mit Giulia und ihren Schwestern, bereits nach dem Krieg.

Es waren schöne Zeiten. Eigentlich frage ich mich bis heute, warum wir nicht geheiratet haben, immerhin sind wir doch fünfzehn Jahre verlobt gewesen.

Giulia war eine fantastische Frau: fröhlich, unternehmungslustig, eine Lehrerin, frisch wie eine Rose, die mich mit aller Selbstverständlichkeit in ihre Familie aufnahm. Giulia, Nina und Gianna, drei Mädchen wie aus einem Märchen, Waisenkinder, die den ganzen Krieg in bitterer Armut, hart arbeitend überlebt und das Lächeln nicht verloren hatten.

Wie viele Ausflüge wir zusammen unternommen haben! Die vielen Bälle, auf denen ich trotz meiner Verbindung zu Giulia alle drei Schwestern im Turnus auf die Tanzfläche geführt habe! Keine von ihnen hat sich zum Heiraten entschlossen. Immer fragten sie: »Glaubst du, Papa hätte dieser junge Mann gefallen?« Spätestens nach ein paar Wochen war der Kandidat abserviert und wir waren wieder zu viert. Irgendwann nahmen sie mich nicht mehr als Bräutigam oder Schwager wahr, sondern als Bruder.

Ich habe ihnen nie etwas erzählt. Sie wussten, dass ich in Spanien einen Bruder hatte, der Pfarrer war, eine in Rom verheiratete Schwester, und dass meine Eltern bei einem Unfall gestorben waren. Ich begann damals zu vergessen. Der Krieg tat das Seinige dazu. Zuerst der Bürgerkrieg in Spanien, dann der Weltkrieg. Als Nora starb und ich von zu Hause keine Nachrichten mehr bekam, überlegte ich, José zu schreiben, aber damit hätte ich meine Schwäche eingestanden, und ich habe es nicht getan. Mauricio war im Krieg gestorben, wie ich sehr viel später erfuhr, man hatte seine Kirche angezündet und ihn selbst erschossen. José war für mich vor Jahren gestorben, am Tag dieser Hochzeit.

Doch als mich 1979 die offizielle Nachricht von Josés Tod erreichte, weinte ich, wie ich es nie von mir geglaubt hätte. Es war, als hätte man mir plötzlich einen Teil meines Körpers herausgerissen; ich fühlte mich verstümmelt, als würde man einem Querschnittsgelähmten die Beine abnehmen, die, auch wenn er kein Gefühl mehr in ihnen hatte, doch zu ihm gehörten. Clara konnte aus gesundheitlichen Gründen nicht zur Beerdigung kommen, und ich traute mich nicht, ohne sie auf die Insel zurückzukehren. Ich war dreiundsiebzig; siebenunddreißig Jahre zuvor war ich von dort fortgegangen, es war sinnlos, zurückzukehren und die Splitter eines zerbrochenen Spiegels einzusammeln. Also blieb ich in Rom, ließ in Santa Maria dei Miracoli dreißig Messen für José lesen und fühlte mich als der erbärmlichste Mensch unter der Sonne. Seitdem sind fast zwanzig Jahre vergangen, und es gibt keinen Tag, an dem ich nicht denke, dass ich einen Fehler gemacht habe, dass ich hätte zurückkehren sollen, schon viel früher, als José noch den Kontakt zu mir suchte, mir hin und wieder schrieb oder mich anrief.

Wie viele Jahre es gedauert hat, bis ich endlich herausgefunden habe, wie man die Passage öffnet! Und viele weitere

Jahre später habe ich erkannt, dass einem allein der Genuss an diesem Reich schal wird und man ihn besser mit anderen teilt! Ich glaube, Ende der Sechzigerjahre beschloss ich dann, den Club zu gründen. Ich war beflügelt durch den frischen Wind an den Universitäten, in dessen Zuge man der Fantasie mehr Platz einräumen wollte, und machte mich auf die Suche nach geeigneten Kandidaten. Ich holte Fink, später nach und nach die anderen, bis wir die geheimnisumwobene Zahl Dreizehn erreicht hatten, die ich eigens wählte, als Mahnung an den Verrat, den ich an der großen Liebe meines Lebens begangen hatte.

Doch es brachte nichts. Zwar leisteten sie mir ein wenig Gesellschaft, bewunderten mich und erleichterten mir die Trennung, aber sie haben nie neue Passagen gefunden. Ich wusste als Einziger, was ich suchte, und musste sämtliche Entscheidungen treffen. Sie liefen nur wie eine Schafherde mit und traten staunend in die Welten ein, die ich ihnen eröffnete. Ich habe das Interesse an ihnen verloren. Dieses Jahr werde ich nicht nach Sirmione fahren. Ich bin ihre Selbstzufriedenheit leid und ihre herablassende Art, mit der sie dem armen alten Valcárcel begegnen.

Sie werden mir nicht nachweinen. Niemand wird mir nachweinen, wenn meine Stunde gekommen sein wird, außer vielleicht Helmut, wenn ihm noch Tränen geblieben sind, nachdem er Grete begraben hat. Arme Grete! Gerade einmal sechzig, und man konnte nichts mehr für sie tun. Ich hätte ihnen schreiben sollen, doch was hätte ich ihnen sagen können? Wie kann man sich als alter Mensch herausnehmen, einen jüngeren Menschen zu trösten, wenn man allein dadurch, dass man noch lebt, dem anderen den Verlust schmerzlich vor Augen führt?

Eine weitere Spur. Sirmione. Wenn Fink sich nicht kooperativ zeigen würde, würde sie es bei den anderen versuchen. Sie musste herausfinden, wann sie sich trafen, dann würde sie alles Notwendige unternehmen, um im Club der Dreizehn aufgenommen zu werden.

Seit einigen Nächten schlafe ich schlecht. Weder der Kräutertee noch die Baldriantropfen helfen, doch die Tabletten, die Taddeo mir verschrieben hat, will ich nicht einnehmen. Ich kann es mir nicht leisten, für zehn oder zwölf Stunden am Tag ins Koma zu sinken. Mir bleibt nicht mehr viel Zeit. Ich brauche Ruhe, aber es schreckt mich, in ein medikamentös herbeigeführtes bilder- und traumloses Nichts zu sinken. Bald, wenn ich steif wie eine gotische Statue daliege, werde ich genug Zeit haben.

Ich habe verfügt, dass man mich einäschern soll, doch wird jemand da sein, der mir diesen Wunsch erfüllt? Meine einzigen Verwandten sind die Azzaro-Söhne, und zu denen hatte ich nie ein engeres Verhältnis. Vielleicht kümmert sich Helmut darum, denn die anderen wohnen zu weit weg. Wozu soll ich mir etwas vormachen? Sie haben nichts für mich übrig, das war noch nie so.

Letzte Nacht war ich es leid, mich schlaflos im Bett zu wälzen, sodass ich gegen drei Uhr aufgestanden bin und mich im Arbeitszimmer in den Sessel gesetzt habe, vor den venezianischen Spiegel, der mindestens die letzten fünfzig Jahre meines Lebens eingefangen hat. Das erbarmungslose Mondlicht zwang mir den Anblick eines hageren, müden alten Mannes in einem grau karierten Morgenrock auf, welcher – wie in einem alten Märchen – im Verhältnis zum Körper immer größer wird. Ich bin ein Schatten meiner selbst. Nur meine Erinnerungen sind weiterhin lebendig, wach und voller Farben. Und es verhält sich genau umgekehrt: Je weiter entfernt sie liegen, desto plastischer sind sie.

Letzte Nacht kam mir erneut die Erinnerung an eine Mondnacht, aber ich habe sie nicht an mich herangelassen, sondern mit der letzten mir verbleibenden Kraft von mir geschoben.

Ich wollte an einer anderen Nacht festhalten, an einer anderen ebenfalls schmerzvollen Erinnerung, nämlich an jene ersten Stunden des Jahres 1931, als José und ich aus unserem Venedig zurückkehrten. Wir waren trunken von Übermut,

Gewürzwein, Leidenschaft. Mein Körper war flüssiges Feuer, und Josés Körper schmiegte sich meinen Begierden an wie ein Seidentuch. Ungeduldig zogen wir uns noch an Ort und Stelle in dem abgelegenen Gästezimmer aus und nahmen nichts um uns herum war, nicht die Kälte, nicht den Sturm, der immer noch gegen das Fenster peitschte, nicht die alles durchtränkende nächtliche Stille.

Eine lange Weile, in der die Zeit stillstand, berauschten wir uns an unserer Jugend, unserem Begehren, Küssen, Bissen, Kratzern und den erstickten, allmählich immer lauter werdenden Schreien. Ich erinnere mich an flüchtige Bilder im Spiegel: José mit nach hinten geneigtem Kopf und geschlossenen Augen wie in Ekstase, mein eigener hungriger Blick in dem vor Erregung verzerrten Gesicht, Josés in meine Schultern gekrallte Fingernägel, die auf meinem Rücken rote Striemen hinterließen.

Und dann, wenige Sekunden vor der Ekstase, während Josés Schrei mir noch in den Ohren nachhallte, plötzlich dieses Bild wie aus einem Albtraum: in der Tür Brígida, der graue Zopf über ihrer Brust, in der Hand eine Kerze. Sie starrte uns an und machte mit der Rechten das Kreuzzeichen. In dem zitternden Kerzenlicht tanzten die Schattenrisse wie bei einem Hexensabbat, daraufhin das Schlagen der Tür wie ein sich schließender Sargdeckel, gefolgt von ihren sich über den Flur entfernenden Schluchzern.

Als mir bewusst wurde, was geschehen war, kniete ich auf dem eisigen Fußboden und vergrub den Kopf in den zerwühlten Decken, während José mir sanft den Nacken kraulte und irgendetwas wisperte, was ich nicht verstand.

Ich erinnere mich, wie ich nackt und verstört den Gang entlanglief und die Treppen hinunterrannte bis in mein Schlafzimmer, taub für Josés Rufe, weil ich in mir Vaters Stimme hörte, die furchtbare, donnernde Stimme, die laut von unausweichlicher Strafe sprach, von Buße, gerecht und erbarmungslos zugeteilt. Ich sah die Lederpeitsche drohend über meinem Rücken, bereit, brennende Striemen zu schla-

gen, sah zusammengebissene Zähne, und vernahm seinen Fluch: »Ihr Perversen, seid verflucht auf ewig«, der über mich kam wie Regen aus Feuer und Schwefel. »Hinaus von hier, Verfluchter, hinaus aus dem Haus deiner Kindheit, das du für immer besudelt hast.«

Ich zog mich hastig an, packte das Nötigste zusammen, und noch vor dem ersten Morgenrot fand ich mich am Hafen ein und hoffte, auf dem ersten Boot einen Platz zu bekommen. Ich hinterließ José nicht einmal eine Nachricht. Ich entschuldigte mich auch nicht bei Brígida, dabei war sie damals schon so alt, dass sie, wie ich heute weiß, es sogar hätte verstehen können. Ich verabschiedete mich von niemandem in jenen bitteren Neujahrsstunden.

Nur von den Toten verabschiedete ich mich und flehte sie um Verzeihung an, um Vergebung, derer ich mich nicht würdig hielt. Denn in diesem Augenblick dachte ich, ich würde das Land meiner Vorfahren nie wieder betreten.

Diese Aufzeichnungen nahmen Katia so gefangen, dass sie ihr Vorhaben aufgab, dieses Tagebuch als reine Informationsquelle zu lesen. Die Geschichte von Valcárcel und seinem Bruder José war stärker als all ihre guten Vorsätze, und so beschloss sie widerstrebend, das Tagebuch ebenfalls zu kopieren, damit sie es in Ruhe studieren konnte, wann immer sie wollte – ohne zerrissen zu sein zwischen dem Wunsch, das Ende dieses Dramas zu erfahren, und dem Bedürfnis, mehr über jene Passagen zu anderen Welten herauszufinden.

Es war schon nach acht, das Café hatte sich gefüllt und wieder geleert, und sie war mit dem Tagebuch fast fertig. Sie bestellte noch einen Milchkaffee, damit die Bedienung sie nicht weiter mit diesem vorwurfsvollen Blick belästigte, und widmete sich wieder der Lektüre:

In den Monaten nach meiner Flucht von der Insel bekam ich eine Flut an Briefen. José schrieb mir täglich und flehte, ich solle zurückkehren, Brígida sei aus dem Ort weggezogen und lebe nun bei einer Frau, die sich um sie kümmere, Nora wisse von nichts, niemand wisse etwas, Brígida werde wie eh und je treu zu unserer Familie halten und bis in den Tod schweigen, sodass ich gefahrlos zurückkehren könne, da es auch mich doch sicher locken würde, die geheime Passage noch einmal zu versuchen. Wir bräuchten auch nicht wieder der Sünde zu verfallen, die Entscheidung liege ganz und gar bei mir.

Diese Briefe gibt es nicht mehr. Ich habe sie alle ein paar Monate später verbrannt. Jetzt könnten sie mir helfen, mir selbst, uns beiden, zu verzeihen und mir meine verlorene Jugend, die verratene Liebe zurückgeben.

Ich weiß nun, dass meine Härte, mit der ich mich zu einem Helden aus einer antiken Tragödie aufschwingen wollte, nichts weiter war als eine leere, großspurige Geste. Heute frage ich mich, ob ich nicht eher ein Held gewesen wäre, wenn ich zu José zurückgekehrt wäre, sei es, um zu bleiben oder um mich zu verabschieden, auf jeden Fall aber, um mich dem zu stellen, wofür ich keine Worte fand, keine Blicke, keine Gesten. Was ich damals für Größe hielt, war nichts weiter als das Gebaren eines Kindes, das sich die Ohren zuhält, um das bedrohliche Fauchen des wilden Tieres nicht hören zu müssen. So habe ich mich seitdem immer verhalten.

An einem Tag im Mai kam Josés letzter Brief. Ich erinnere mich noch an den ruhigen, frischen Ton, spitz wie ein Florett: Nachdem José mir fast sechs Monate täglich geschrieben hatte, ohne je eine Antwort zu erhalten – Auskunft über mich konnte nur die arme Clara geben, die sich natürlich keinen Reim auf meine alberne, starrsinnige Abkehr von José machen konnte –, bekam ich eine letzte Chance. Sollte bis Juni keine wie auch immer ausfallende Antwort von mir eintreffen, würde José sich am Johannistag verloben. José hatte eine liebevolle, einfühlsame intelligente Person kennengelernt, die Sinn für Humor hatte und – sollte ich nicht doch noch bereit sein – eine Hilfe dabei sein würde, die Einsamkeit und die Last der sich immer weiter erschließenden geheimen Welten zu tragen.

Wenn ich unser gemeinsames Leben ablehnte, müsste ich José das Recht zugestehen, sich einen anderen Menschen zu suchen. Und dann stand da noch: »Die Liebe hat viele Gesichter, Chémari; unsere ist wild und gefräßig, weil sie eine von Gott und den Menschen verbotene Liebe ist, und doch ist es eine, die du nie vergessen und nie wieder in deinem Leben finden wirst, und solltest du hundert Jahre alt werden. Solltest du sie ablehnen, wird dein Entschluss für immer auf dir lasten. Ich akzeptiere das, aber ich bleibe deshalb nicht einsam. Wenn du nicht zurückkehrst, werde ich mich dem anderen, dem vorzeigbaren Gesicht der Liebe zuwenden, um mich zu retten. Ich liebe dich für immer, Bruder.« So viel Literatur ich auch in meinem Gedächtnis gespeichert habe, diese Sätze werde ich nie vergessen, und letzte Nacht, als das Mondlicht mich wie in flüssiges Quecksilber tauchte, habe ich begriffen, dass José das Richtige getan hat. Wenigstens einer von uns beiden hat sich gerettet.

Ob es stimmt, dass die Liebe zwei Gesichter hat?, fragte sich Katia. Oder hatte sie doch nur eines? Eines, das wild und grausam war wie präkolumbianische Gottheiten, blutrünstig und zerstörerisch? Ihr gelang kein klarer Gedanke. Sie fand nicht aus dem klebrigen Spinnennetz heraus, das Valcárcels Worte um sie herumgesponnen hatten und das sie gefangen hielt. Dieses Tagebuch zu lesen war beklemmend, doch sie wusste, dass sie es weiter verschlingen würde, obwohl sie kaum noch Luft bekam und ihr die Zeilen vor den Augen schwammen. Der Rücken tat ihr weh, und sie fühlte, wie sich ihr Magen verkrampfte und Übelkeit ihre Kehle hochstieg, wie sich ihr Blick verschleierte, aber sie musste weiterlesen.

Wenn man eine alte Kirche besichtigt, die gerade restauriert wird, bekommt man hinter einem Baugerüst manchmal ein fast vollständiges Fresko zu sehen, das die erfahrenen Hände des Restaurators aus der Zeit und dem Vergessen herausgeschält haben und das in neuen Farben so lebendig wie zur Zeit seiner Entstehung erstrahlt. Manchmal ist an einer Ecke oder mitten in der Gruppe der Apostel unvermittelt ein weißer Fleck, der darauf deutet, dass etwas fehlt – ein Gesicht, eine Hand, irgendein Körperteil –, das nicht wiederhergestellt werden konnte und gerade dadurch die Aufmerksamkeit auf sich zieht. Selbst wenn es ein grobes Gesicht gewesen wäre, eine wenig gelungene Hand, ein eilig und kunstlos von einem Lehrling in der Obhut eines gleichgültigen Meisters an die Wand gemalter Körper – wir stellen uns diese Frage, weil wir nicht wissen, was uns vorenthalten wird, weil es genauso gut ein vollkommenes Gesicht sein kann, das wir nur aus unseren Träumen kennen, die Hand des Retters, der uns den Weg weist, der Körper eines Wesens, das wir geliebt und verloren haben, und kurz würden wir das Fresko in seiner ganzen renovierten Pracht hergeben, nur um dieses fehlende Körperteil sehen zu können, das so immer unsere Fantasie anregen wird.

Auf dem Fresko meiner Jugend gibt es nur eine weiße Stelle, und wenn ich heute an Santa Maria Maggiore vorbeispaziere, weiß ich, dass ich keine andere Wahl habe, als sie aufzufüllen. Ich schreibe mit knorrigen Händen, deren Schrift ich kaum wiedererkenne, um dieses Heft schließen und auf die Barmherzigkeit des Schöpfers vertrauen zu können, nachdem ich nach langen Kämpfen den Glauben wiedergefunden habe.

Heute hat in Santa Maria Maggiore eine traditionelle Hochzeit stattgefunden, die Braut im weißen Kleid und der Bräutigam im Anzug, mit Familie, Freunden und Kindern, Blumen, Glockenläuten und Tauben. Als die Gesellschaft sich auf der Treppe aufstellte, um den Moment fotografisch festzuhalten, wusste ich für einen Augenblick nicht, was ich dort sollte, ich kam mir vor wie aus einer anderen Zeit, eine lächerliche Gestalt mit gekrümmtem Rücken, Filzhut und einem Stock mit Silberknauf.

Auf einmal erinnerte ich mich – wie hätte ich das vergessen können? –, dass alle Hochzeiten in meinem Leben von einer einzigen Hochzeit überschattet sind, der Hochzeit am

15. August 1931, Mariä Himmelfahrt, um acht Uhr morgens in der Stiftskirche in Alma, der Vermählung Martínez Peña und Valcárcel de Luna. Ein strahlender Tag. Der Tag, an dem José für mich gestorben ist.

Wir waren zwei Tage vorher angereist, weil Clara und Alberto sich sorgten, es könnte auf der Reise Verzögerungen geben und wir würden die Zeremonie versäumen. Es war schon spät abends. Allen meinen Vorwänden zum Trotz hatte meine Schwester so lange gezetert, bis ich mich bereit erklärte, mit nach Hause zu kommen. Ich erinnere mich, dass der sonst so zurückhaltende Alberto mir, während Clara sich zum Ausgehen fertig machte, bei einem Cinzano sagte: »Hör mal, Chémari, was zwischen dir und José vorgefallen ist, geht mich nichts an. Ich bin wie Clara der Meinung, dass es für alles eine Lösung gibt. Aber selbst wenn das in eurem Fall nicht so ist, na, du weißt schon, wenn Ehre im Spiel sein sollte – was mich nichts angeht –, dann tu wenigstens deiner Schwester Clara den Gefallen und biete in diesen Tagen keinen Anlass für Gerede über die Familie. Mehr will ich gar nicht von dir verlangen. Du weißt doch, du kannst mir hundertprozentig vertrauen.«

Damals saß mir der Teufel im Leib und wollte mich anstacheln, zu Alberto zu sagen: »Wie denkst du über Inzest, Schwager? Wie denkst du von jemandem, der heiratet, um zu vergessen, dass er mit seinem Bruder geschlafen und Welten betreten hat, die den Normalsterblichen verboten sind?«

Doch jeder Mensch hat seine Grenze, und das hätte Alberto überfordert. Da ich nichts davon gehabt hätte, ihn aus der Fassung zu bringen, zuckte ich einfach mit den Schultern, und ein paar Wochen später traten wir im Schlafwagen unsere Reise nach Spanien an, Alberto und Clara, Marcos Kindermädchen mit dem Kleinen und ich. Ich in einer Mischung aus Aufgeregtheit und Hass und Rachegelüsten und wahnsinniger Freude bei dem Gedanken an unser Wiedersehen.

José sah blendend aus, eine strahlende Erscheinung. Es war selbst für August außergewöhnlich heiß, und das Abendessen war in die Gartenlaube des steil abfallenden Gartens bestellt, Mamas Lieblingsort für Zusammenkünfte im engen Kreis. Mauricio war gekommen, um das Sakrament zu spenden. Es war das erste Mal, dass wir nach dem Tod unserer Eltern zusammentrafen; bei Mauricios Priesterweihe war nur José dabei gewesen, was Mauricio uns nicht übel nahm. Ich weiß noch, wie sehr ich von der Ruhe, die er verströmte, beeindruckt war, von seiner schwarzen Soutane und seinem rasierten, fast knabenhaften Gesicht. Ich zog sogar in Erwägung, mir die Beichte von ihm abnehmen zu lassen, schließlich war er mein kleiner Bruder und ein Diener Gottes, doch die Scham siegte. Niemand konnte damals wissen, dass es nie wieder eine Gelegenheit geben sollte, weil er sieben Jahre später ohne die letzten Sakramente, ohne ein Gebet in einem Massengrab enden würde, als Vater eines unbekannten Kindes, und verloren für uns alle, die wir ihn geliebt hatten.

Es wurde ein langes Abendessen, durchzogen von wehmütigen Gedanken an die verlorene Welt unserer Kindheit, die wir in diesen Mauern verbracht hatten. Während das Abendlicht von Pfirsichorange in Violett überging, redeten wir von der guten alten Zeit, von Kinderspielen, der Schule, Mama und Papa, alten Freundschaften. Als wir die Kerzen in den Windlichtern anzündeten, kamen wir auf die Sommerfeste und Abendgesellschaften im Winter, zu denen die besten Kreise Umbrías in lichtergeschmückten Schiffen von Almamarina, Oneira und sogar Montecaín auf die Insel anreisten, in Schiffen, die eigens von unserem Vater bestellt worden waren, um die Einsamkeit unserer stets sehnsüchtig über die Klippen blickenden Mutter zu lindern – sagte unser Vater –, um seinen Stolz als Reeder und Besitzer der besten Werften der kantabrischen Küste zu befriedigen – sagte unsere Mutter.

Ich sah José an, und es zog mir das Herz zusammen vor Schmerz, Begehren und Wut. Vor Wut, weil José nicht hatte warten können und mir nicht die Zeit gegeben hatte, die ich gebraucht hätte, um das alles zu verstehen und zu akzeptie-

ren. Jedes Lächeln traf mich zwischen die Augen, jedes Lachen zerstörte mich beinah, und für eine Berührung dieser Hand hätte ich alles gegeben, doch José hatte sich ans andere Ende des Tisches gesetzt, und ich konnte nicht einmal sicher sein, ob das Zittern der Kaffeetasse mit meiner Anwesenheit oder der vom Meer herwehenden Brise zu tun hatte.

Wir zogen uns lange vor Mitternacht zurück, da wir gegen sechs aufstehen mussten, um rechtzeitig unten an der Stiftskirche zu sein. Da man damals noch nüchtern zur Kommunion ging, würden wir – beide Familien gemeinsam – erst nach der Hochzeit frühstücken. Wir wünschten einander eine gute Nacht, bevor jeder in sein altes Kinderzimmer hinaufging, an denen seit unserem Weggang von Zuhause nichts verändert worden war. Im obersten Stockwerk war das Hochzeitsbett für das jung vermählte Paar hergerichtet worden. Ich hatte mich geweigert, es mir anzusehen.

Ich erinnere mich, dass ich mich in meinem Zimmer einschloss und mir nach einer halben Stunde wie ein wildes Tier im Käfig vorkam, die Hitze machte mich verrückt, das Zimmer war mir zu eng, Josés Anwesenheit im Haus erstickte mich wie eine tödliche Schlange. Obwohl ich von der Reise müde war, konnte ich nicht schlafen, und der Mond zog mich wie eine silberne Harpune ins Freie.

Nachdem ich mich wieder angezogen hatte, ging ich in den Garten hinaus. Ich war mir sicher, dass ich dort José treffen würde. Undenkbar, dass José seelenruhig im Bett lag, während ich im Haus war, wir mussten einander sehen, so wie ein Sterbender ein Licht braucht, an das er sich in seiner Angst klammern kann. Bestimmt wartete José auf mich im Garten.

Ich tastete mich überallhin vor, tauchte in jeden Schatten, suchte in jedem geliebten Winkel nach einer stillen, wartenden Gestalt. Die Laube war leer, der Teich, in dem sich in unserer Kindheit Schwäne und Tauben getummelt hatten, glänzte in vollkommener Verlassenheit im Mondlicht, die Weide wiegte sich einsam wie eine weinende Frauengestalt. Der süße, schwere Duft, den Levkojen, Rosen, Jasmin und

Geißblatt verströmten, unterstrich meine sinnliche Stimmung. Aber José war nicht im Garten.

Ich kehrte ins Haus zurück und ging, mir die Fingernägel in die Handflächen grabend, in mein Zimmer hinauf. Mir pochten die Schläfen, das Gesicht brannte mir, ich war gefangen in meiner Wut, fühlte mich, als hätte José mich mit Stacheldraht gefesselt, mich gegen meinen Willen an sich gebunden. Josés Zimmertür war angelehnt, und die weißen Gardinen wehten wie Gespenster im Wind. Die Decke auf dem Bett war zurückgeschlagen und das Bett leer.

Wie eine ruhelose Seele wandelte ich durch die Gänge bis zu dem abgelegenen Gästezimmer. Der Schlüssel steckte außen. Ich öffnete die Tür und trat ein, ich war mir sicher, dass José hier und nirgendwo anders auf mich wartete, um ein letztes Mal mit mir unseren Ort zu besuchen. Der Mond warf vor meinen Füßen ein Rechteck auf den Boden, und die angeleuchteten Gegenstände stachen aus den schwarzen Schattenteichen hervor.

José war nicht da.

Ich weiß noch, wie der Zorn in mir aufwallte. José war also dort. José war ohne mich auf die andere Seite gegangen, ein letztes Mal vor der Hochzeit zum immerwährenden Karneval in Venedig, und hatte auf meine Gesellschaft nicht den geringsten Wert gelegt.

Als ich zu dem Bild ging, war ich versucht, es mit den Fingernägeln zu zerstören, mit den Zähnen zu zerfetzen, um José ein für allemal die Rückkehr zu versperren.

Da kam mir blitzartig ein Gedanke.

Ich stürzte die Treppen hinab, ohne jede Scham auf das Hochzeitszimmer zu – es war mir egal, ob mich jemand hörte.

Ich riss die Tür auf, und da stand am offenen Fenster die vom Mondlicht umstrahlte und von der weißen Gardine verschleierte Gestalt – José, in der Hand den Orangenblütenkranz der Braut, blickte auf das glitzernde Meer hinaus und wartete auf mich.

»Endlich bist du gekommen«, hörte ich es flüstern.

Ich sagte nichts. In zwei Schritten hatte ich das Zimmer durchquert und umschlang den geliebten Körper mit verzweifelter Kraft, als wollte ich mich für immer in ihm vergraben.

Lange Zeit später – wir weinten beide – löste José sich aus meiner Umarmung, hielt mir mit beiden Händen den Blütenkranz hin und hauchte: »Heirate mich, Bruder. Sag, dass du mich liebst, und alles wird sein wie früher.«

Ich schüttelte den Kopf, fassungslos über diesen Vorschlag: »Aber ... aber ... die Hochzeit ... die Leute«, stammelte ich.

»Wenn du es willst, mache ich alles rückgängig. Ich werde es ihnen sagen.«

Ich blickte in diese tollkühn leuchtenden, teuflischen Augen, die meinen Willen, meine Würde in sich aufzusaugen drohten.

Dann riss ich José den Blütenkranz aus der Hand und warf sie aufs Bett: »Du bist schamlos, José«, ich glaube, das habe ich gesagt, bevor ich mich zum Gehen wandte.

»Wenn du jetzt gehst, wirst du nie mehr zurückkommen«, sagte José zu mir.

Erst Jahre später wurde mir bewusst, dass das keine Drohung war, sondern José damals schon vorausgesehen hatte, wie es kommen würde. Doch in meinem damaligen Zorn und meiner Ohnmacht hielt ich es für eine Drohung, um meine Schwäche auszunutzen und mich zu erpressen.

»Nie mehr«, erwiderte ich.

Ich überreichte das Geschenk nicht, das ich aus Rom mitgebracht hatte. Den Seidenteppich samt den Fotos und Briefen nahm ich wieder mit heim.

Leichenblass wohnte ich der Zeremonie bei, und nach der Segnung verließ ich die Kirche und die Insel, um nie mehr wiederzukommen.

»Ite, missa est«, hatte Mauricio gesagt. »Geht, die Botschaft ist verkündet.«

Was heute in den in der Landessprache abgehaltenen Mes-

sen so mild und süß klingt, dieses »gehet hin in Frieden«, besiegelte für mich, auf Latein gesprochen, meine Verbannung, meine Ausweisung aus dem Paradies. Für immer.

Ein paar Seiten fehlten noch, aber Katia hatte auf einmal einen Schwächeanfall, als wäre ihr ganzes Blut in die Füße gesunken, sodass sie den Kopf auf den Tisch legen musste, um nicht ohnmächtig zu werden. Am besten hätte sie sich an Ort und Stelle auf den Boden gelegt, wie es ihr Arzt ihr bei akutem Blutdruckabfall empfohlen hatte, aber allein der Gedanke, dass die Bedienung einen Krankenwagen rufen könnte, der sie in die Klinik fahren würde, war ihr schrecklich peinlich. In Rom hätte man ihr einfach kaltes Wasser ins Gesicht gespritzt, ein paar Witze gemacht und gewartet, dass sie wieder zu sich kommt, in Österreich dagegen nahm man alles, was mit Gesundheit zu tun hatte, sehr ernst.

Sie bemühte sich, langsam und tief zu atmen, und hoffte, so würden die rötlichen Funken verschwinden, die immer wieder in ihrem Gesichtsfeld auftauchten und wie ein Blitzlicht eine weißliche Spur auf ihrer Netzhaut hinterließen.

»Geht es Ihnen nicht gut?«, fragte die Bedienung in routinierter Höflichkeit.

Katia schüttelte schwach den Kopf.

»Müdigkeit. Eine Nacht im Zug, ohne zu schlafen. Es geht gleich vorbei.«

Die Bedienung ging zurück an ihren Platz neben der Kuchentheke.

Sobald sie wieder bei Kräften war, musste sie sich eine Pension suchen, in die Uni gehen, um die Fotokopien zu machen und mit Fink zu reden. Doch im Augenblick fühlte sie sich dazu nicht in der Lage.

7
Die Passage

Nachdem *Il Divino* für diesen Tag seinen letzten Kunden verabschiedet hatte, legte er die Tunika ab und wollte sich aus reiner Gewohnheit einen Whisky einschenken, entschied sich dann aber für eine Flasche stilles Mineralwasser und trat auf die Terrasse hinaus, um ein wenig Kraft zu schöpfen für das, was ihn erwartete. Sein Beruf war anspruchsvoll, erforderte höchste Konzentration und laugte ihn in jeder Hinsicht aus, was niemand, der ihn so sah, vermutet hätte. Natürlich hätte er wie seine skrupellosen Kollegen seinen Kunden einfach etwas vorgaukeln und sie in einem Spinnennetz mehrdeutiger Worte fangen können, denn man brauchte solche Orakelsprüche nur gewichtig und salbungsvoll vorzutragen und schon meinten die Menschen, von ihrem Problem erlöst zu sein: der Angst, sich allein und ungeschützt den Entscheidungen und Herausforderungen des Lebens stellen zu müssen.

Aber Bellochi hätte es unter seiner Würde gefunden, seine Kunden so abzuspeisen; er hatte ihnen viel mehr zu bieten: Zunächst die sichere Vorhersage, was das Schicksal ihnen in der näheren Zukunft bringen würde, und dann die nötige Unterstützung, um behutsam einige Elemente so abzuwandeln, dass der individuelle Verlauf abgeändert werden konnte. Aber dazu war es mit dem Raunen schöner Worte nicht getan. Zuerst musste er die gegenwärtige Lage *sehen*, und zwar glasklar, ohne einen Schatten des Zweifels, dann musste das Bevorstehende für ihn durchschimmern, und anschließend musste er spüren, welche Komponenten verändert werden konnten, welche Konstellationen man herbeiführen oder wie man diese untereinander neu gewichten musste. Und zum Schluss musste er den Kunden davon überzeugen, dass dieser minimale Eingriff in den Lauf des Geschehens genügte, um das gewünschte Ziel zu erreichen. Das erforderte Fingerspitzengefühl und Geduld, und war so nervenaufreibend, dass manchmal sein eigenes emotionales Gleichgewicht aus dem Lot geriet, was er sich ausgerechnet jetzt überhaupt nicht erlauben konnte.

Er blickte zerstreut auf die Rosen, die auf seiner Terrasse bereits aufblühten, und atmete tief durch. Seit Tagen befragte er Valcárcels Spiegel, den er bei Katias Freundin im Antiquariat gekauft hatte, aber bis jetzt waren alle Bilder, die vor seinem inneren Auge erschienen waren, vollkommen nichtssagend gewesen. Arbeitsbesprechungen, die für Valcárcel wichtig gewesen sein müssen, sonst hätte der Spiegel sie nicht gespeichert, Gespräche mit Kollegen oder Studenten, eine Mondnacht, wahrscheinlich aus seinen letzten Lebenstagen, in der der alte, niedergeschlagene Valcárcel sich widerwillig, sogar entsetzt im Spiegel betrachtete. Er wusste, dass er noch tiefer schürfen, noch weiter in die trüben Tiefen dieses Spiegels eintauchen musste, denn darin lag eine Art Psychogramm aus den letzten dreißig, vierzig Jahren verborgen. Die Bilder, die er bis jetzt hervorgeholt hatte, hatten Bellochi noch nicht den entscheidenden Durchbruch gebracht. Was er suchte, musste länger als zehn Jahre zurückliegen. Wenn es überhaupt vom Spiegel aufgefangen worden war, dann war es von allem Möglichen überlagert, was der Spiegel in seiner über zweihundertjährigen Geschichte, von seiner Herstellung in Venedig im siebzehnten Jahrhundert bis zu dem Moment, als Valcárcel zum letzen Mal in den Spiegel geschaut hatte, in sich aufgenommen hatte.

Bellochi wusste nicht genau, was er suchte, aber sein Informant, der Katia auf den Fersen war, hatte herausgefunden, dass Valcárcel tatsächlich Zugang zu anderen Welten besessen hatte. Er musste in den Besitz dieses Wissens kommen und das möglichst als Einziger. Er hatte keine Ahnung, was genau er damit anfangen wollte, aber die Möglichkeit, sich mit anderen Welten in Verbindung zu setzen, konnte für jemanden wie ihn nur eine Bereicherung sein.

Nachdem er sein Glas ausgetrunken hatte, ging er ins Schlafzimmer, zog sich aus und setzte sich im Lotussitz auf den Teppich vor den Spiegel. Dann konzentrierte er sich – regelmäßig atmend und mit halb geschlossenen Augen – auf die trotz all der Jahre makellose Oberfläche des Spiegels, und wartete, dass sie milchig wurde und irgendwelche, wie Nebelschwaden verschwommene Formen darauf erschienen. Dann konzentrierte er sich mit aller Kraft auf die Form mit den deutlichsten Konturen und fixierte sie so lange, bis sie gerann: Eine hübsche junge Frau mit rosigen Wangen und einer Frisur, wie man sie Ende der Vierzigerjahre trug, schminkte sich die Lippen und blickte ihn an, ohne ihn zu sehen. Hinter ihr erschien ein junger Mann, wahrscheinlich Valcárcel, mit feinem Schnauzbart, runder Brille und sorgfältig gekämmten Haaren. Er legte ihr die Hände auf die Schultern, und sie malte lächelnd weiter mit dem Lippenstift, bis ihre Lippen glänzten wie Blut. Die angespannte Haltung des Mannes verriet, dass er eigentlich gekommen war, um ihr etwas zu sagen; ihr abwartendes Lächeln verriet, dass sie es ihm anmerkte.

»Giulia«, sagte er in altmodischem, weihevollem Ton. »Giulia«, wiederholte er, als wüsste er nicht weiter.

Bellochi brachte eine ungeheure Konzentrationskraft auf, um das Bild aufrechtzuerhalten, denn als der erste Impuls verbraucht war, begann es bereits wieder zu verschwimmen. Auch die Spannung des Mannes löste sich. Er sah Giulia an, dann sich selbst im Spiegel und wieder Giulia, als wollte er sie mit ihrem Spiegelbild vergleichen.

»Wie lange sind wir schon verlobt?«, fragte der Mann endlich.

»Etwa sieben Jahre, glaube ich.«

»Sieben Jahre«, sagte er ehrfurchtsvoll.

»Du darfst mich küssen, wenn du willst«, wagte sie sich vor und schloss die Augen.

Da blickte er von ihr weg, wahrscheinlich zur Tür, und schüttelte bedächtig den Kopf.

»Keine Angst, Chémari, damit erregen wir schon keinen Skandal«, drängte Giulia halb vergnügt, halb verärgert.

Zwei Frauengesichter schwebten auf beiden Seiten des Paares heran, ein zarter Hinweis auf das, was in seinen oder ihren Gedanken vorging. Bellochi erkannte außerdem noch, dass diese beiden Gesichter Giulia eine Spur ähnlich sahen und vielleicht ihre Mutter und ihre Schwester waren oder zwei Schwestern oder zwei Töchter.

Der Mann nahm die Hände von ihren Schultern, und das Bild zerplatzte wie eine Blase.

Bellochi seufzte verärgert. Doch dann tröstete er sich damit, dass dieser missglückte Heiratsantrag, um den es sich wahrscheinlich handelte, wohl für Valcárcel von großer Bedeutung gewesen war, wenn er ihn selbst auch nicht interessierte. Ein kalter, klebriger Schweißfilm lag auf seiner Haut, und er bebte vor Anstrengung.

Er versuchte es noch einmal.

Der Gespenstertanz auf der Spiegeloberfläche begann von Neuem, diesmal schwammen auf dem milchigen See irgendwelche Gegenstände, halb untergetaucht und darum nicht genau zu erkennen. Sie kamen hoch, zogen Kreise und verschwanden wieder, ehe er irgendeine dieser Formen in seinen Bann ziehen konnte. Er nahm seine ganze Kraft zusammen, um den Kontakt aufrechtzuerhalten und nicht nachzugeben, da kam der See auf einmal zur Ruhe, und es gelang ihm, etwas darin zu fixieren. Er richtete alle seine Gedanken auf diese nun Konturen annehmende Form.

Nach und nach verdichtete sich eine Szene, als verwandelte sich eine Kohle-Skizze in ein Gemälde. Er erkannte ein Zimmer, in dem ein schwaches gelbliches Licht brannte. Ein Mann und eine Frau unterhielten sich und stützten sich dabei mit den Ellbogen auf den Kaminsims, über dem der Spiegel hing, beide trugen Abendkleidung, er einen Smoking, sie ein schwarzes, tief ausgeschnittenes Kleid, das mit Pailletten und Similisteinen bestickt war. Bellochi konnte nur lose Wörter aufschnappen: »August«, »das Kind«, »die Braut«. Da tauchte ganz klein im Hintergrund Valcárcel auf und spiegelte sich durch ein Zusammenspiel ineinander verschachtelter Bilder wie in Velázquez' berühmtem Gemälde *Las Meninas* in der Tür, die im Hintergrund zwischen dem sich unterhaltenden Paar zu sehen war, und auf einmal wurde das Gespräch lauter, als hätte seine Anwesenheit ein erloschenes Feuer neu entfacht.

»Auch wenn es ihm nicht gefallen wird, man muss es ihm sagen«, flüsterte der Mann am Kamin noch rasch. Die Frau nickte.

Valcárcel, so jung, dass man ihn kaum erkannte, mit Smoking und Zigarette in der Hand, ein leibhaftiger Dandy der Zwanzigerjahre, kam lächelnd auf sie zu.

»Was gibt's denn hier zu tuscheln?«, hörte Bellochi ihn sagen.

Ohne ein Wort zog der Mann einen satinierten beigen Umschlag aus der Innentasche seines Smokings. Valcárcel zog die Karte heraus und las. Das Paar beobachtete ihn bangend. Valcárcel zitterten derartig die Hände, dass er die Karte nicht wieder in den Umschlag stecken konnte. Die Frau nahm ihm Karte und Umschlag sanft ab und legte beides auf den Kaminsims.

»Die Hochzeit steht also an«, bemerkte er schließlich und gab sich Mühe, die Fassung zu wahren.

»Das ist der normale Lauf der Dinge, Chémari«, entgegnete sie rasch. »Denk doch an die Einsamkeit in diesem großen Haus. Und da du ja in Rom bleiben willst …«

»Los, ihr Lieben, die Oper wartet nicht auf uns«, sagte der andere Mann schließlich, um die Spannung zu lösen.

»Mir ist die Lust auf die Oper vergangen. Geht ihr nur. Ich muss arbeiten.«

Die beiden sahen einander betreten an. Valcárcel hatte ihnen den Rücken zugekehrt und von einem Beistelltischchen, das nur halb im Spiegel zu sehen war, ein Buch genommen. Er ließ die Schultern hängen, ihm war anzusehen, dass er bedrückt war.

»Komm schon, Bruder«, sagte die Frau und legte ihm die Hand auf die Schulter, »jeder von uns hat das Recht, glücklich zu sein. Es ist doch beruhigend für uns, dass José in Alma jemanden an der Seite hat.«

Valcárcel antwortete nicht. Das Bild begann zu zittern, die Figuren des Paares wurden immer kleiner und verschwanden durch die Tür, dann tauchte kurz Valcárcels verzweifeltes, von ihnen abgewendetes Gesicht im Spiegel auf.

Das Bild erlosch.

Bellochi zitterte so stark, dass er sich nicht mehr unter Kontrolle hatte; er hatte einen Krampf ausgehend vom linken Mundwinkel, der sich über die ganze Gesichtshälfte bis zum Auge ausdehnte, sodass es beinahe wehtat. Seine gesamte Muskulatur stand unter Spannung, und sein Atem war flach und keuchend. Ein weiterer Versuch war fürs Erste sinnlos. Er musste einen Tag warten. Wieder vergeudete Zeit, ein weiterer verlorener Tag.

Er hätte sich für seine Schwäche ohrfeigen können, aber Zorn brachte ihn nicht weiter; Zorn trübte nur seinen Blick, den er so sehr brauchte, und so beschloss er, zum Abreagieren Schwimmen zu gehen.

Er schlug den Spiegel in ein dunkelblaues Seidentuch ein und zog sich an. Nun setzte er darauf, dass wenigstens bei seinem Informanten die Dinge besser liefen.

Katia war so an ihr sparsames Leben gewöhnt, dass sie sich in der Altstadt eine preiswerte Pension suchte und erst im Nachhinein daran dachte, dass sie sich auf einer Dienstreise befand und Azzaro die Kosten der Unterkunft tragen würde. Doch zunächst war sie so dankbar für ein Bett und ein Waschbecken, dass es ihr gleichgültig war, ob sie nun in dieser Pension oder im Schwarzen Adler war, einem der vornehmen Hotels in Innsbruck, das nur ein paar Straßen von ihrer Pension entfernt lag. Vollkommen unwichtig! Sie wollte nur einen Ort, an den sie sich zurückziehen und ausruhen konnte, einen kleinen Tisch zum Arbeiten und einen Schrank, in den sie, bevor sie wegging, ihre Unterlagen sperren konnte.

Sie stellte die Schachtel in den Schrank, schloss ihn ab und steckte den Schlüssel in ihre Jeans. Ihr Blick fiel auf den Stich, sie wusste nicht recht, was sie mit ihm machen sollte. Eigentlich wollte sie ihn niemandem geben, auch Fink nicht. Schließlich hatte sie ihn aus dem Abfall gefischt. Leider war er zu groß, um ihn in der Handtasche mit sich herumzutragen, daher legte sie ihn oben auf den Schrank. Doch unter der Dusche kam ihr eine bessere Idee, und so holte sie ihn, als sie sich angezogen hatte, wieder herunter und befestigte ihn mit zwei Klebestreifen auf der Rückseite des wuchtigen Gemäldes über dem Bett.

Als sie kurz darauf den Fluss in Richtung Universität entlangging, kam ihr ihre Vorsichtsmaßnahme auf einmal ziemlich lächerlich vor, wie eine Szene aus einem schlechten Agentenroman, aber was hätte sie anderes tun sollen? Sie konnte doch nicht mit dem Stich und der Schachtel unterm Arm durch die ganze Stadt spazieren, sie konnte auch nicht für ein paar vergilbte Schriftstücke bei einer Bank ein Schließfach mieten. Sie schüttelte den Kopf und zwang sich, das grandiose Naturschauspiel der rechts von ihr mächtig aufragenden Nordkette zu genießen. Auf den Gipfeln lag noch Schnee, und die Silhouette von »Frau Hitt« zeichnete sich scharf vor dem Himmel ab, der bei ihrer Ankunft noch strahlend blau gewesen war, sich aber in wenigen Stunden zu einheitlichem Grau eingetrübt hatte. Immerhin waren die Bäume grün, und das städtische Gartenamt hatte überall Blumen pflanzen lassen, lila Petunien gemischt mit knallgelben Stiefmütterchen. Der grüne Inn trieb in seiner starken Strömung ganze Äste mit sich.

Die Geisteswissenschaftliche Fakultät war genauso wie in ihrer Erinnerung: grau, hässlich und mit einem Touch veralteter Modernität, was alles nur noch trister machte. Sie betrat das Gebäude vom Osten her und erreichte über eine breite, geschwungene Treppe aus Sichtbeton einen langen Gang, der mit einem Mosaik in blutigen Farben verschönt war, einem Tableau aus Skeletten und abgetrennten Köpfen, das der Künstler bestimmt genial fand, obwohl es überhaupt nicht an einen Ort passte, an dem die friedlichsten Bereiche menschlichen Wissens gelehrt wurden.

Das Institut für Romanistik lag im zweiten Stock. Sie ging zu Fuß nach oben und suchte gleich als Erstes das Zimmer ihrer Kollegin Maria Harm. Es war abgeschlossen, sodass sie ins Sekretariat ging, um nachzufragen. Einer Sekretärin, die kurz vor der Pension stehen musste und ein Gesicht hatte, als müsste sie schlimmste Schmerzen und Erniedrigungen erdulden, zog sie aus der Nase, dass Frau Dr. Harm in Frankreich auf einem Kongress sei. Als sie sich anschließend nach Professor Fink erkundigte, hellte sich die Leidensmiene ein klein wenig auf: »Er ist seit fast zwei Monaten verschwunden«, raunte die Sekretärin und äugte dabei auf die geschlossene Tür, als fürchtete sie, von irgendwem ertappt zu werden.

Katia stutzte: »Wie denn ›verschwunden‹?«

Die Frau lächelte und verdrehte die Augen. »Verschwunden eben. Niemand weiß, wo er ist. Die Polizei hat den Fall abgeschlossen. Ende März ist er früh morgens im Senatssitzungssaal gesehen worden, seitdem weiß man nichts mehr von ihm. Womöglich ist er ermordet worden«, fügte sie sichtlich genussvoll hinzu, »aber es gibt keine Beweise.«

Katia war sprachlos, sie wusste nicht, was sie davon halten sollte, außerdem machte das Lächeln dieser Frau sie langsam nervös. Sie verstand nicht, wie Finks Verschwinden diese Vogelscheuche in so gute Laune versetzen konnte, es sei denn, sie hasste ihn oder die Angelegenheit hatte das ersehnte Fünkchen Abenteuer in ihr eintöniges Dasein gebracht. Katia wollte schleunigst weg.

»Die Ermittlungen hat ein gewisser Chefinspektor Altmann geleitet, aber wie gesagt, der Fall ist abgeschlossen. Ist es wichtig?«

Katia wusste zunächst nicht, worauf sich die Frage bezog, und sah die Sekretärin ratlos an.

»Was Sie mit Professor Fink besprechen wollten«, half diese ihr auf die Sprünge.

»Ach so! Nein, danke der Nachfrage, nichts Wichtiges. Ich suche nur Beiträge für ein Buch über nicht mimetische Literatur und dachte, dass er vielleicht dazu bereit wäre, mitzumachen«, improvisierte sie.

Die Sekretärin seufzte: »Ja, das hätte dem Armen gefallen. Für solche Dinge hatte der arme Professor Fink etwas übrig. Wollen Sie vielleicht mit seinem Studienassistenten reden? Er müsste irgendwo im Haus sein.«

Katia reagierte schnell: »Nein danke, erst mal nicht. Ich muss noch ein paar andere Besuche erledigen. Vielleicht komme ich morgen wieder.«

Die Leidensmiene der Sekretärin wirkte nun wie die der Christen im alten Rom bei der Freilassung der Löwen. »Jederzeit, Frau Dr. Steiner. Ich bin immer hier.«

»Danke für alles.«

Die Sekretärin streckte ihr die Hand hin, die sich wie die Schale einer überreifen Banane anfühlte, und Katia eilte hinaus. Ihre Gedanken überschlugen sich. Was zum Teufel ging hier vor? Wie konnte ein Professor einfach so »verschwinden«?

Sie beschloss, sich den Ort anzusehen, an dem Fink zum letzten Mal gesehen worden war. Valcárcels Brief enthielt die Bemerkung, Fink könne bei Besprechungen in diesem Saal »kaum die Augen von der ›Tür‹ lassen«. Die Zwillinge Valcárcel hatten in der Silvesternacht 1930 den Zugang zu einer anderen Wirklichkeit über ein

Gemälde gefunden ... War es denkbar, dass Fink vielleicht auf ähnliche Weise hier in der Universität Innsbruck verschwunden war? Ihr Magen verkrampfte sich vor Aufregung. Natürlich war es möglich. Jedenfalls konnte es nicht schaden, nachzusehen.

Sie musste mehrere Leute fragen, bis ihr jemand den Weg zum Senatssitzungssaal zeigen konnte. Er befand sich im alten Hauptgebäude der Universität neben der Aula, in dem die großen akademischen Feiern abgehalten wurden. Der breite Gang, der selbst an einem grauen Tag licht war, war leer. Langsam ging sie auf die Tür zu, doch kaum hatte sie sie geöffnet, hefteten sich mehrere Augenpaare auf sie. Eine Entschuldigung murmelnd, schloss sie die Tür wieder. Zumindest war sie nicht abgeschlossen; sie brauchte nur zu warten, bis die Sitzung vorbei wäre, dann könnte sie unter irgendeinem Vorwand – zum Beispiel, dass sie ihre Brille vergessen hätte – unauffällig hineinschlüpfen. Allerdings konnte so eine Sitzung, je nach dem, welches Thema auf der Tagesordnung stand, ewig dauern, und so setzte sie sich auf eine der Metallbänke im Gang und wartete.

Nach ein paar Minuten hörte sie Schritte, eine magere Frau mittleren Alters, die den Kopf schief hielt wie ein Vögelchen, kam auf sie zu. Als sie vor ihr stand, richtete sie ihre harten Vogelaugen geradezu vorwurfsvoll auf sie und sagte: »Sind die da drinnen immer noch nicht fertig?«

Katia schüttelte den Kopf.

»Wirklich! Ich wollte doch vor dem Mittagessen abschließen.« Sie schüttelte verärgert den Kopf. »Jetzt muss ich nachher noch mal kommen. Es ist doch schon Viertel nach zwölf.«

Sie entfernte sich in Richtung Treppenhaus, und Katia seufzte erleichtert.

Fünf Minuten später räumten die Versammelten den Saal. Ein Mann mittleren Alters ging zu einer Tür, aus der die Frau vorher gekommen sein musste, fand sie jedoch verschlossen vor.

»Frau Lechner dürfte zum Essen gegangen sein«, sagte ein Kollege, der auf ihn wartete. »Sie wird nachher schon abschließen.«

»Klar, Viertel nach zwölf, da ist sie in der Mensa. Nach ihr kann man die Uhr stellen.«

Katia wartete, bis die letzten Schritte im Treppenhaus verhallt waren, und schlich sich dann zur Tür.

Sie kam sich vor wie Blaubarts letzte Frau.

Nachdem sie die Tür hinter sich zugezogen hatte, verharrte sie ein paar Sekunden und fragte sich, ob Frau Lechner vor dem Absperren auch nachsehen würde, ob der Saal leer war.

Rechts von ihr hingen drei Porträts an der Wand: zwei Männer in Rektorentalar, einer leger mit einem lila Hemd bekleidet. Sie sah sie sich genau an: Die ersten beiden Gemälde wiesen keine Besonderheiten auf, sie zeigten zwei ehemalige Rektoren der Universität auf glattem, dunklem Untergrund. Das dritte Bild, das mit dem Mann im Hemd, war um einiges moderner und stellte neben dem Porträtierten auch dessen Umgebung dar. Hinter ihm stand eine Vitrine mit Tassen, Tellern und einer Teekanne, und vor ihm ein Tisch, auf den er die Ellbogen stützte. Auf Bücher, Papiere oder akademische Symbole jeglicher Art war ganz verzichtet worden. Über die Tassen im Schrank musste sie lächeln. Auch über die Fliege, die der Künstler in guter Tradition ins Bild gemogelt hatte. Der ungewöhnliche Rektor blickte zur Seite, er schaute am Betrachter vorbei auf etwas außerhalb des Bildes, was ihn zu interessieren schien. Am unteren Bildrand waren mehrere kleine Wappen alter spanischer und italienischer Herrschaftsgebiete abgebildet. Ein aufgerichteter Löwe, eine Burg, ein Granatapfel, die *palle* der Medici und als Letztes eine Art geflügelter Drache.

Sie verglich dieses Gemälde mit ihrem Stich. Obwohl keine Ähnlichkeit zwischen den Bildern bestand, wurde sie von beiden gleichermaßen gefesselt, als gäbe es in ihnen irgendetwas zu entdecken, was sie mit ein wenig Anstrengung entziffern könnte.

Sie entfernte sich von der Tür und stellte sich vor das Bild, um es in allen Einzelheiten zu studieren. Es bestand für sie kein Zweifel mehr, dass der Mann zu etwas hinblickte, was auch sie sehen wollte. Sie ging ein paar Schritte auf das Bild zu. So idiotisch sie sich vorkam, sie verspürte den Wunsch, ihren Kopf in diese zweidimensionale Fläche zu stecken. Irgendetwas, ein ihr bislang unbekannter Sinn sagte ihr, dass dies möglich war, dass sich mit dem richtigen Trick die Passage vor ihr öffnen würde. Was stand noch in dem

Brief? Dass irgendwelche Worte ausgesprochen werden mussten. Nur welche?

Sie war so in die Betrachtung des Bildes versunken, dass sie nicht hörte, wie hinter ihr die Tür aufging.

Flüchtig hatte sie den Eindruck, etwas auf der Oberfläche des Bildes hätte sich bewegt, als wäre die Leinwand über ein Loch in der Wand gespannt und würde durch etwas dahinter aufgebläht. Sie schüttelte den Kopf und kniff die Augen zusammen: Hatte sie Halluzinationen! Sie erinnerte sich an früher vor dreißig Jahren, als sie mit ihrer Freundin Marta zum Katechismus ging und sie beide manchmal bis zu einer halben Stunde vor der Statue der heiligen Rita knieten, weil eine alte Lehrerin ihnen gesagt hatte, dass die Statue wundertätig sei und sich manchmal bewegen würde. Sie hatten nie gesehen, dass sie sich bewegte, trotzdem waren sie zweimal zu Tode erschrocken geflohen, weil sie beide den Eindruck gehabt hatten, die heilige Rita hätte ihre zu Gott aufblickenden Augen niedergeschlagen, um sie anzusehen. Es war wie damals. Katia hätte schwören können, dass die Augen des Rektors sich bewegt hatten, um sie anzublicken.

Sie hörte die Schritte hinter sich nicht, weil der Teppichboden die Tritte der Turnschuhe schluckte. Eine behandschuhte Hand hob einen Gummiknüppel, bereit, zuzuschlagen.

Dann geschah alles Schlag auf Schlag.

Sie hörte einen Knall wie von einem Sektkorken, gefolgt von einem scharfen Pfeifen an ihrem rechten Ohr vorbei, dann spürte sie eine warme Flüssigkeit über ihren Rücken rinnen; doch bevor sie sich umdrehen konnte, schien das Gemälde plötzlich lebendig zu werden und ein mit blassrotem Stoff bekleideter Arm kam auf sie zu, dann versperrte ihr der riesige, schnaubende Kopf eines Ungeheuers den Blick. Sie versuchte auszuweichen, doch gleichzeitig flüsterte ihr Verstand ihr zu: »Das ist nichts weiter als eine Halluzination, vor einer Erscheinung brauchst du dich nicht wegzuducken«, und dann wurde sie auf einmal von kräftigen Armen auf ein nach Moschus riechendes Fantasiegebilde gesetzt und aus dem Saal irgendwohin gebracht. Das Blut schoss ihr in den Kopf, sie schloss die Augen und verlor das Bewusstsein.

Im Senatssitzungssaal hing unverändert das Bild. Der Rektor blickte wie eh und je zur Seite, die anderen nach vorn, eine Fliege flog unermüdlich gegen die Fensterscheiben, und auf dem Teppichboden lag ein Körper in einer immer größer werdenden Blutlache, die den blauen Teppichboden nach und nach dunkelbraun färbte.

Frau Lechner eilte nach dem Mittagessen die Treppe hoch, in der Hand den Schlüssel, um abzusperren. Der griechische Salat aus der Mensa war nicht gerade üppig gewesen, aber sie würde sich am Abend noch etwas Anständiges kochen, vielleicht einen ganzen Bund Spargel mit Sauce hollandaise und gebratener Hühnerbrust. Um fünf hatte sie Feierabend und würde danach einkaufen gehen, schließlich konnte man ohne eine ausgewogene Ernährung seine Arbeit nicht ordentlich machen. Und die Arbeit war ihr Leben, weshalb es sie auch schon unruhig machte, dass sie die Saaltür nicht vor der Mittagspause hatte abschließen können.

Oben angekommen, kam ihr ein großer, blonder junger Mann entgegen, der sie fast umgerannt hätte.

»*Scusi*«, sagte der Mann, bevor er im Eiltempo die Treppen hinunterrannte.

Missbilligend blickte sie ihm nach. Er war zu alt für einen Studenten und für einen Professor zu stürmisch. Universitätsprofessoren rannten nicht durch die Gänge, schon gar nicht vor dem Dekanat. Vorsichtshalber merkte sie sich sein Gesicht und ging entschlossen zum Senatssitzungssaal. Sie öffnete die Tür, um sicherzugehen, dass auch niemand drinnen war, und eine Sekunde später hatte der griechische Salat zu ihrem Leidwesen den blauen Teppichboden verschmutzt. Nach zwei weiteren Sekunden fing sie an zu schreien.

ZWEITER TEIL

WELTEN

Je me trompai en espérant voir immédiatement cette aventure prendre une tournure héroïque. Dans la vie, les genres ne sont jamais délimités.

P. BENOIT
L'Atlantide

1
Terra incognita

In Arkadien haben die Schafe keine Flöhe.

W. KRÖMER

Als sie aufwachte, pfiff der Wind, die Haare peitschten ihr ins Gesicht, und es pochte ihr in den Schläfen.

Nachdem sie die Augen aufgeschlagen hatte, blickte sie auf eine pelzige braune Fläche; weiter unten erkannte sie ein bläuliches Muster, wie Farbtupfen auf einem Seidentuch.

Die Hände und Unterarme waren ihr eingeschlafen, sodass es ihr erst nach einigen Versuchen gelang, sich die Haare, die sie ganz verrückt machten, aus dem Gesicht zu streichen. Ihre Wangen waren eiskalt, ihr kribbelten die Lippen, der ganze Körper tat ihr weh, und sie hatte nicht die geringste Ahnung, wo sie sich befand. Der Kopf sank ihr auf die Brust, und sie versuchte, sich mit geschlossenen Augen zu erinnern und gleichzeitig die Fläche unter sich zu analysieren: braun und weich, vielleicht ein Teppich? Wahrscheinlich. Aber ihr Körper lag nicht flach, außerdem bewegte sich dieser vermeintliche Teppich fort, und nach dem Flattern ihrer Haare zu urteilen sogar mit großer Geschwindigkeit. Ein fliegender Teppich also?

Sie riss die Augen auf und hob den Kopf, doch aus Angst vergrub sie ihn sogleich wieder.

Tatsächlich flog sie auf einer Art Teppich oder irgendetwas anderem ohne jedes schützende Gehäuse durch die Luft. Was für eine Flugmaschine es war, ließ sie im Moment kalt. Aber wo war sie?

Wie war sie hierhergekommen? Warum, fragte sie sich seltsamerweise nicht. Auch das war fürs Erste nicht so wichtig.

Ihr fiel der Senatssitzungssaal ein, das Gemälde des auf irgendeinen außerhalb liegenden Punkt blickenden Rektors, die Explosion, das sich blähende, nach vorn wölbende Bild, die daraus vorschnellenden Arme, die sie packten und hineinzogen.

Sie schrie.

Da spürte sie auf einmal am Rücken auf der Höhe der Nieren eine warme Hand, die sie nach unten drückte.

»Ruhig, ruhig«, sagte jemand zu ihr. Eine Männerstimme. Auf Italienisch. Dann noch einmal. »Bitte seien Sie ruhig. Bewegen Sie sich nicht.« Auf Deutsch.

Sie hätte sich so gern umgedreht und sich aus dieser unbequemen Haltung befreit, fühlte sie sich doch wie ein über irgendein Gestell geworfener Sack Mehl, sie wollte hochsehen, um ihrem Entführer ins Gesicht zu sehen. Aber es ging nicht. Immerhin hatte sie genug gesehen, um zu wissen, dass es nicht ratsam war, hinunterzufallen. Nach ein paar Minuten schienen sie langsamer zu werden, ihre Haare flatterten nicht mehr gar so heftig, und die Hand auf ihrem Rücken glitt nun, ohne sie loszulassen, zur Seite, fasste sie sicher an der Taille und drehte sie in den Damensitz. Aus dieser Position sah sie nun das Gesicht des Mannes, der aus dem Gemälde heraus auf sie zugekommen war: sonnengebräunte Haut, blaugraue Augen, kurzer weißer Bart. Die Haare waren unter einem silbernen Helm mit blauen und schwarzen Federn versteckt.

»Wo sind wir?«, fragte Katia, sobald sie sicher saß.

»In diesem Sitz verpassen Sie das Beste. Warten Sie, ich helfe Ihnen, sich nach vorn zu drehen.«

Während der Mann ihr half, bemühte sie sich, nicht daran zu denken, dass sie sich mehrere hundert Meter über dem Boden befand, schließlich saß sie rittlings mit Blick nach vorn da. Nun erkannte sie den breiten, kräftigen Hals des Tieres, das sie trug, das dunkelbraune glänzende Fell und die seltsam abstehenden und runzligen Ohren.

»Ich darf Ihnen Hippogryph vorstellen«, sagte der Mann und tätschelte zärtlich den Hals des Tieres.

»Ariosts fliegendes Pferd?«

Der Mann musste eine Rüstung tragen, denn sobald sie sich an ihn lehnte, spürte sie am Rücken das harte, kalte Metall des Harnischs.

»Ich bewundere Ihre Bildung«, sagte er nah an ihrem Ohr, mit einem Beiklang, der ihr zunächst ironisch erschien, obwohl er vielleicht einfach nur Gefallen ausdrückte.

»Und die Flügel?«

»Hinter uns.«

Es war schwierig, bei dem pfeifenden und heulenden Wind ein Gespräch zu führen, obwohl Hippogryph langsamer flog und bereits zu sinken schien.

»Sehen Sie den kleinen, fast runden See dort, der wie ein Taschenspiegel aussieht? Dort landen wir.«

Katia blickte auf die Stelle, die der Mann ihr zeigte: Ihr stockte der Atem. Aus dieser Höhe war die Landschaft blaugrün wie ein abstrakt gemusterter Teppich aus hellgrünen Wiesen, dunkelgrünen Waldflächen, kleinen blauen Seen, die in der Sonne wie Pailletten glitzerten, und ockerfarbenen Strichen, den Wegen. Die brachliegenden Felder waren dunkelbraun und die blaugrauen Berge in der Ferne mit Neuschnee bezuckert. Sie dachte an ein prächtiges, vierfarbig illustriertes Fantasy-Buch, an einen Computerbildschirm der neuesten Generation, der dank der hohen Auflösung diese Landschaft in unerhörtem Farbenreichtum darstellte.

In weiten, nach und nach enger werdenden Spiralen sanken sie langsam tiefer, bis Katia in die Landschaft eintauchte. Und als sie sich gerade auf dem Rücken des Hippogryphen wohlzufühlen begann, setzten sie zur Landung an.

Sie hatte immer angenommen, fliegende Pferde, wie sie diese aus Filmen und Büchern kannte, würden wie Vögel landen, wie Adler oder Falken mit den Flügeln abbremsen und dann elegant auf die Füße kommen, doch dieses Tier landete nicht einmal wie die Geier, die ein paar Meter unbeholfen weiterwatscheln, sondern geriet wie ein Gleitschirm- oder Drachenflieger in eine Kombination aus stolprigem Galopp und tiefem Flug. Mehrere hundert Meter hüpften sie in vollem Karacho auf und ab und wurden hin und her geschüttelt, sodass sie sich mit den Knien an die Flanken pressen und die Hände in die Mähne krallen mussten.

Nach diesen Sekunden, die endlos lang schienen, wechselte Hippogryph endlich aus dem Galopp in einen schnellen Trab, und wenig später kam er über einen gemächlichen Trott zum Stand.

Katia seufzte erleichtert.

»Soll ich Ihnen beim Absteigen helfen?«

Sie schüttelte den Kopf: »Noch nicht. Mit zittern zu sehr die Knie.«

Da lachte der Mann. »Ja. Das ist die ersten Male so. Das Landen ist nicht Hippogryphs Stärke.«

»Wo sind wir?«, fragte Katia und wartete mit angehaltenem Atem auf die Antwort.

Eine Pause entstand. Katia wagte nicht, sich zu dem Mann umzudrehen.

»Offen gestanden, ich weiß es nicht. Ich nenne es *Terra incognita.*«

»Aber ist das ein Ort?«

Sie fühlte, wie der Mann lächelte, obwohl sie sein Gesicht nicht sah.

»Was meinen Sie damit? Dass das alles vielleicht eine Erscheinung ist? Da kann ich Sie beruhigen. Das hier ist mindestens so real wie die Realität, aus der wir kommen. Unsere Sinne funktionieren, der Boden unter uns ist fest, Sonne und Mond gehen genau wie dort auf und unter. Allerdings weiß ich nicht, ob es dieselbe Welt in einer anderen Epoche ist oder eine Parallelwelt oder eher etwas in der Art, wie es in Science-Fiction-Romanen steht. Ich weiß nur, dass es eine Wirklichkeit ist und dass ihre Bewohner sie für die einzige halten.«

»Ich würde jetzt gern absteigen, bitte.«

»Aber gern«, sagte er freundlich.

Trotz der Rüstung saß der Mann elegant ab, dann half er ihr mit einem Griff um die Taille hinab und stellte sie ins Gras. Er begann, das Tier abzusatteln, während sie sich zaghaft umschaute und sich wünschte, dass sich dies alles in Nichts auflösen und sich als bloße Halluzinationen herausstellen würde.

»Keine Sorge, das kann man alles anfassen«, sagte er, ohne zu ihr hinzusehen, als erriete er ihre Gedanken.

»Aber das ist unmöglich.«

Er brach in heftiges Lachen aus.

»Mag sein. Aber es ist so.«

Katia setzte sich ins Gras, ihr war ein wenig schwindlig, und sie hatte Angst wie seit Kinderzeiten nicht mehr. Nur dass ihr damals Dunkelheit, Einsamkeit und ungewohnte Geräusche, die aus dem Dachboden oder den Wänden zu kommen schienen, Angst gemacht hatten. Aber doch nicht ein Frühlingsnachmittag, an dem die Margeritenwiese in der Sonne leuchtete und ein türkisgrüner See glitzerte, an dem die Vögel auf den Ästen zwitscherten und ihr ein sanfter Wind durch die Haare strich.

Der Mann setzte sich neben sie, ohne sie zu berühren, und blickte auf die fernen Berge.

»Es ist ganz normal, dass Sie verwirrt sind. Das lässt mit der Zeit nach. Ganz überwindet man es nie, aber es wird viel besser.«

»Sie ... Sie kommen oft hierher?«, fragte sie nach einer Weile. Und musste lachen. Das klang wie ein plumper Annäherungsversuch in einer Diskothek.

Er wartete, bis ihr Lachanfall vorbei war:

»Seit bald zwanzig Jahren.« Er wandte sich ihr zu. »Erlauben Sie mir, dass ich mich Ihnen vorstelle: Ich bin Helmut Fink.«

»Professor Fink!«

»Meine Liebe, unter diesen Umständen ist der Titel des Professors ziemlich absurd, fürchte ich. In dieser Wirklichkeit bin ich Leonardo, der Ritter des Hippogryphen. Mit wem habe ich die Ehre?«

»Katia Steiner«, sagte sie und streckte ihm die Hand hin, während sie sich gleichzeitig dumm vorkam.

Er nahm vorsichtig ihre Hand und küsste sie.

»Ich fürchte, Sie müssen Ihren Namen ändern. Wie gefällt Ihnen Filis, Angelica, Fiordiligi ...? Sie können unter Tausenden auswählen.«

»Mal sehen, Professor, ich will eigentlich nicht lange bleiben.«

Er lachte erneut.

»Ihre Unschuld ist bewundernswert, Katia. Wer hat Ihnen gesagt, dass Sie gehen können?«

Katia wurde blass: »Werden Sie mich etwa daran hindern?«

»Nein, um Gottes willen. Wenn Sie es schaffen, gelange ich vielleicht mit Ihnen hinaus.«

Katia atmete tief durch: »Erklären Sie mir das bitte.«

»Das ist eine lange Geschichte«, seufzte Fink. »Aber Sie haben recht, wir haben ja Zeit. Machen Sie es sich bequem und hören Sie zu.«

In der Tiefgarage der Geisteswissenschaftlichen Fakultät der Universität Innsbruck strich Wolf Altmann sich immer wieder über den Nacken, um den Kreislauf anzuregen und mehr Blut in sein Hirn zu befördern, während um ihn herum die Kollegen der Mordkommission ihre Routinearbeit erledigten. Es war die zweite Leiche in vierundzwanzig Stunden. Am vorherigen Nachmittag war ihnen von der Dekanatssekretärin mitgeteilt worden, dass im Sitzungssaal des Senats ein Mord begangen worden war, und nun, um Viertel vor acht des darauffolgenden Tages, hatte ein früh aufgestandener Student beim Abschließen seines Fahrrads eine Blutspur entdeckt, die ihn zu einer hinter einem Papiercontainer versteckten Leiche geführt hatte. Beide Leichen wiesen als einzige Spur der Gewalt einen Kopfschuss auf.

»Glaubst du, wir haben es mit einem Serienmörder zu tun?«, fragte Gabi, die neben der Leiche Lothar Zachs hockte.

»Wenn es eine Mordserie ist, dann übersteigt das meine Kombinationsgabe. Die Leiche von gestern war praktisch noch ein Mädchen, die von heute ist ein fast fünfzigjähriger Mann.«

»Und Fink?«

»Ein Professor kurz vor der Emeritierung. Außerdem wissen wir nicht, ob er überhaupt tot ist.«

»Du hast darauf bestanden, dass er einem Verbrechen zum Opfer gefallen sein muss.«

»Ja, stimmt, aber wir haben keine Leiche. Und eine Serie … meinst du? Ich glaube nicht daran.«

»Alle haben mit der Universität zu tun.«

»Die von gestern nicht. Sie hat zwar einen Studentenausweis, aber von einer Universität in Rom. Findest du das nicht ein bisschen weit hergeholt?«

»Und der Tatort? Zweimal der Senatssitzungssaal.«

»Einmal. Über Fink wissen wir nichts Genaues.«

»Okay. War nur so eine Idee.«

Ein Polizist in Uniform kam auf sie zu: »Chef, wir haben das Opfer identifiziert. Ein Kunstprofessor, sein Büro ist im zehnten Stock. Wollen Sie hochgehen?«

»Los, werfen wir einen Blick rein«, sagte Wolf zu Gabi, die noch immer neben der Leiche hockte, um vielleicht etwas zu entdecken, was die anderen nicht gesehen hatten.

Schweigend fuhren sie in einem klapprigen Aufzug, der in fast jedem Stockwerk hielt, nach oben. Die Gespräche der Studenten schienen sich fast ausschließlich um den Mord zu drehen: »Ich kannte ihn nur vom Namen her«, »er war ein guter Maler, aber als Dozent … wie eingeschlafene Füße«, »wenn du mich fragst, wurde da eine offene Rechnung zwischen Homosexuellen beglichen«, »ja, Mann, oder es war die Russenmafia«, »ach!, der war schwul?«

Gabi und Wolf wechselten einen Blick, der Aufzug hielt im obersten Stock, und sie stiegen aus. Im Sekretariat wurden sie von einer verschreckt aussehenden jungen Frau und einem älteren Herrn empfangen. Beide waren sichtlich nervös.

»Fürs Erste wollen wir nur sein Büro sehen, und wenn möglich mit dem Direktor des Instituts reden«, sagte Wolf, nachdem er sich vorgestellt hatte.

»Frau Professor Fischer ist noch nicht da, aber wenn wir Ihnen irgendwie helfen können …«, entgegnete der Mann. »Ich bin Professor Müller, emeritierter Professor.«

»Was bedeutet das …?«, fragte Gabi.

Der Mann blickte zur Decke, offenbar empört über so viel Unwissenheit.

»Dass ich kein aktives Berufsleben mehr führe. Ich habe die letzten dreiundvierzig Jahre, bis zu meiner Emeritierung letztes Frühjahr, in diesem Institut gearbeitet.«

»Und was machen Sie dann hier? …« Als sie das empörte Gesicht des Professors sah, fügte sie hinzu: » ... wenn Sie mir die Frage erlauben.«

»Arbeiten natürlich. Anscheinend halten mich alle mit meinen neunundsechzig Jahren für einen alten Tattergreis, der nichts mehr zu tun hat und lieber in den Park Tauben füttern gehen soll. Ich habe noch immer viele verantwortungsvolle Aufgaben, meine Dame.«

»Inspektorin«, verbesserte Gabi.

»Können Sie uns vielleicht etwas über Herrn Zach sagen?«, schaltete Wolf sich ein.

»Dr. Zach«, entgegnete Müller und legte eine große Betonung auf den Titel, »gehörte etwa zwanzig Jahre lang diesem Institut an. Er war mein Assistent.«

Die Sekretärin machte ein verbittertes Gesicht, was nur den Polizisten auffiel.

»Ich muss dazu sagen, dass er ein sehr schlechter wissenschaftlicher Mitarbeiter war. Er hätte sich ausschließlich der Malerei widmen sollen, doch dazu hatte er nie den Mut.«

»Warum nicht?«

»Weil er ein schwacher Mensch war. Eine unbefristete Stelle als Assistent zu haben und Semester für Semester ein paar Kurse abzuspulen ist viel bequemer, als der Welt zu beweisen, dass man wirklich so viel drauf hat, wie man behauptet.«

»Aber seine Ausstellungen bekamen immer exzellente Kritiken, Herr Professor«, schaltete die Sekretärin sich ein, nachdem sie ihren ganzen Mut zusammengenommen hatte. »Und Rektor Gabrielli hat ihn mit dem Gemälde beauftragt.«

Der Professor winkte verächtlich ab: »Eine lokale Berühmtheit, glauben Sie mir.«

»Sie scheinen nicht sonderlich gut miteinander ausgekommen zu sein.«

»Ich könnte Sie natürlich anlügen, aber ich habe nichts zu verbergen. Solche Künstlernaturen waren mir schon immer ein Dorn im Auge. Hier wird Wissenschaft betrieben. Ich sehe nicht ein, warum die Universität diese Parasiten dulden soll. Wenn sie sich so kreativ fühlen, sollen sie ihre Stelle doch jemandem überlassen, der unsere Arbeit nicht als unter seiner Würde empfindet.«

Im selben Augenblick kam eine knochige und streng aussehende Frau mit grauen Haaren und überraschend blauen Augen herein.

»Frau Professor, diese Herrschaften sind von der Polizei«, stellte die Sekretärin sie rasch vor, »Sie werden ja sicher mitbekommen haben, was ...«

Sie nickte. »In der Tiefgarage herrscht helle Aufregung. Ich habe es gerade erfahren.«

»Die beiden möchten mit Ihnen reden. Frau Professor Fischer, Vorstand des Instituts«, stellte die Sekretärin vor.

Sie gaben sich die Hände.

»Kommen Sie bitte mit in mein Büro.«

»Das Wichtigste habe ich ihnen schon gesagt, Hilde.«

»Daran habe ich keinen Zweifel, Markus. Vielen Dank.«

Sie drehte sich um, um sich zu vergewissern, dass sie ihr folgten. Dann öffnete sie die Tür ihres Büros, bat sie herein, und nachdem sie dem alten Professor noch etwas zugetuschelt hatte, schloss sie die Tür und lehnte sich hinter ihrem Schreibtisch zurück. Die Aussicht hinter ihr war atemberaubend schön: die beiden Bergketten und das ganze Inntal Richtung Westen, im Hintergrund der Flughafen.

»Sie sollten mit Müller nachsichtig sein, er redet manchmal zu viel.«

»Es war nicht uninteressant«, sagte Gabi.

»Ich nehme an, er hat Ihnen gesagt, dass Zach als Mitarbeiter nichts getaugt hat und dass er ein schlechter Maler und homosexueller Perverser war, oder irre ich mich?«

»Mehr oder weniger«, gab Wolf zu.

»Hören Sie nicht auf ihn, jedenfalls nicht allzu sehr. Müller hat es immer noch nicht verkraftet, dass er im Ruhestand ist.«

»Aber ist denn an dem, was er sagt, etwas Wahres?«

Die Professorin nahm ihre Brille aus dem Etui und spielte an den Titan-Bügeln herum, als wäge sie ab, was sie sagen sollte.

»Also. Dass Zach homosexuell war, stimmt, aber das war seine Sache. Er war nicht tuntig, wenn Sie verstehen, was ich meine. Er ist damit sehr diskret umgegangen, und es gab nie ein Problem mit den Studenten. Er war ein guter Dozent, ich gebe zu, er hatte den Ruf, langweilig zu sein, aber er hat die jungen Leuten gut unterrichtet. Und er war ein hervorragender Maler, bekannt wurde er vor allem mit seinen Porträts von Persönlichkeiten in ihrem direkten Lebensumfeld, leicht symbolistisch angehaucht. Doch er hat den Sprung in die Malerei nie ganz gewagt. Ich weiß nicht, ob ihn die Anforderungen des Kunstbetriebs abgeschreckt haben oder ob er sich einfach nicht entschließen konnte, was ihn mehr interessierte, Wissenschaft oder Malerei. Oder ob es eine rein finanzielle Entscheidung war.«

»Hatte er Feinde?«, fragte Gabi.

»Das glaube ich nicht. Er war als Persönlichkeit nicht stark genug, um sich Feinde zu machen. Im Allgemeinen schätzte man ihn, aber er war ein Einzelgänger. Er saß auch für das Institut in keinen Kommissionen oder Arbeitsgruppen. Er gab seinen Unterricht, schrieb hin und wieder einen Aufsatz und malte.«

»Und sein Privatleben?«

»Ein Buch mit sieben Siegeln. Soweit ich weiß, hat er mit seiner Mutter zusammengelebt, bis sie gestorben ist. Ich nehme an, danach hat er allein gewohnt, aber sicher weiß ich es nicht. Das sind Dinge, die man nicht fragt; verstehen Sie?«

»Haben Sie irgendeine Idee, wer ihn getötet haben könnte?«

»Nicht im Geringsten. Wie ist er gestorben? Kann es nicht ein Unfall gewesen sein?«

»Wenn jemand beim Aufsperren oder Abschließen seines Fahrrads einen Schuss in den Kopf bekommt, kann man kaum von einem Unfall ausgehen.«

Die Professorin presste die Lippen zusammen und schwieg.

»Wann haben Sie ihn zum letzten Mal gesehen?«

»Gestern Nachmittag gegen fünf hier beim Institutskaffee, einer lockeren Runde, die sich wöchentlich trifft, für nicht länger als eine halbe Stunde.«

»Ist Ihnen an ihm irgendetwas aufgefallen?«

»Er war wie immer. Still, ruhig, er hat irgendetwas davon erzählt, dass er im Urlaub vielleicht nach Rom fahren und im Vatikan etwas kopieren will, wenn er die Genehmigung bekommt.«

»Hat er nicht gesagt, was er kopieren wollte?«

Sie schüttelte den Kopf: »Ist das wichtig?«

»Wir haben keine Ahnung.«

»Ich könnte es für Sie herausfinden.«

»Seien Sie so gut.«

Sie stand auf und erklärte das Gespräch für beendet.

»Der Tod von Dr. Zach scheint Sie nicht sehr zu berühren, Frau Professor«, bemerkte Gabi beiläufig.

»Ich bin kein sehr emotionaler Mensch. Außerdem, fürchte ich, kann ich es immer noch nicht so recht glauben.«

Als sie schon an der Tür waren, fiel Wolf noch etwas ein: »Eine letzte Frage. Ihre Sekretärin hat ein Porträt erwähnt, das Zach von einem Rektor gemalt hat. Könnten Sie uns etwas mehr dazu sagen?«

»Er hat das Porträt von Rektor Gabrielli gemalt, vor zehn, fünfzehn Jahren. Ein sehr originelles Bild, dessen Unkonventionalität seinerzeit für Polemik gesorgt hat.«

»Wo hängt das Bild?«

»Im Senatssitzungssaal, glaube ich. Sie können es nicht verfehlen, er ist der einzige Rektor, der nicht geradeaus blickt.«

Nachdem das rote und goldene Schauspiel des Sonnenuntergangs vorbei war, brach die Nacht herein. Fink hatte am Seeufer ein kleines Feuer angezündet und, während er das Kaninchen auf dem Spieß drehte, Katia in einfachen Worten die ganze Geschichte erzählt: von seiner Freundschaft zu Valcárcel, seinem Eintritt in den Club, seiner Verzückung, als er sich zum ersten Mal in einer Wirklichkeit wiedergefunden hatte, die er immer für eine literarische Fiktion gehalten hatte, seinen häufigen Reisen nach *Terra incognita* und schließlich von der Beklemmung, als er herausgefunden hatte, dass die letzte Reise eine Reise ohne Wiederkehr sein würde.

»Aber wenn es Ihnen immer gelungen ist, zurückzukehren, wieso geht die Tür dann jetzt nicht auf?«

Fink zuckte mit den Schultern, er schwieg lange. Dann redete er langsam, den Blick ins Feuer gerichtet: »Es war immer schon Irrsinn, Katia. Wir waren Zauberlehrlinge und haben mit Dingen gespielt, die wir überhaupt nicht einschätzen konnten; das wussten wir zwar, aber wir waren so fasziniert, dass wir uns nicht fragten, wie es möglich war, dass so eine Passage funktionierte. José María hat uns eingeweiht, ermuntert, hat immer wieder neue Zugänge entdeckt. Wir sind ihm blind gefolgt, ohne irgendetwas zu hinterfragen, wir haben unsere Vernunft auf dem Altar des Geheimnisses geopfert und sogar gedacht, dass es voll und ganz gerechtfertigt wäre, den Intellekt auszuschalten, als müsste man dem rationalen Denken erst abschwören, bevor man sich auf etwas außerhalb unserer lebensweltlichen Realität einlassen konnte. Das war natürlich ein Fehler, aber es ist nicht mehr zu ändern. Ich weiß auch nicht, ich habe viel darüber nachgedacht, aber ich bin zu keinem rechten Schluss gekommen. Vielleicht ist José María senil geworden und hat beschlossen, die Tore zu schließen, oder er hat die Kontrolle über den Mechanismus verloren. Jedenfalls waren wir so dumm und sind davon ausgegangen, dass die Passagen, die José María geöffnet hatte, immer offen bleiben würden, unabhängig von seinem Willen.«

Katia begriff plötzlich, dass Fink nichts von Valcárcels Tod wusste, aber sie hatte keine Ahnung, wie sie ihm das beibringen sollte.

»Stellen Sie sich vor«, sagte Fink weiter, »wir haben nicht einmal Vorkehrungen getroffen für die immer näher rückende Eventualität, dass er stirbt, schließlich ist er über neunzig. Als er den Vorsitz im Club aufgab, wählten wir Duroselle zu seinem Nachfolger, aber wir haben uns überhaupt nicht gefragt, ob er denn in der Lage sein würde, dafür zu sorgen, dass alles unverändert weiterläuft. Da in den Jahren, die er Präsident war, alles gut gegangen ist, gingen wir davon aus, dass es keine Probleme geben würde. Wie blind wir gewesen sind!«

»Professor«, sagte Katia und räusperte sich.

»Leonardo«, verbesserte er sie.

»Leonardo, ich muss Ihnen etwas sagen.«

Fink sah vom Feuer weg und blickte sie an.

»Professor Valcárcel ist gestorben. Ich bin die Verwalterin seines Nachlasses.«

Fink sah nach unten und schwieg eine Weile. Man hörte nur das Knistern des Feuers und das Zischen, wenn das Fett des Kaninchens auf die Scheite tropfte.

»Armer, alter Freund«, flüsterte er. »Armer José María. Bestimmt ist er allein in dem großen Haus gestorben. Er wollte nie jemanden bei sich haben, nicht einmal eine Haushälterin.«

Katia fühlte sich ertappt. Sie hatte sich nie gefragt, wie Valcárcel gestorben war, ob zu Hause oder im Krankenhaus, ob allein oder mit jemandem an seiner Seite. Eigentlich konnte sie sich nicht vorstellen, dass der Architekt Azzaro seinem Großonkel in dessen letzten Stunden die Hand gehalten hatte. Höchstwahrscheinlich war er wirklich so gestorben, wie Fink meinte, elend und allein in dem Palast mit der bröckelnden Fassade, mit der Gewissheit, dass es niemanden auf der Welt gab, dem sein Tod so viel bedeutete, dass er seine Arbeit vernachlässigt und ihn in den letzten Stunden begleitet hätte.

»Dann wissen wir jetzt, warum wir nicht rauskönnen«, sagte Fink und unterbrach sie in ihren Gedanken. »José María ist tot, und die Passagen sind versperrt.«

»Und wie bin ich dann reingekommen?«

»Ich habe keine Ahnung.«

Nachdem sie eine Weile geschwiegen hatte, sagte Fink: »Haben Sie nicht irgendwelche Unterlagen von José María, die uns helfen könnten? Hat er keine Anweisungen hinterlassen, einen Brief, irgendetwas?«

Sie schüttelte den Kopf. »Die Schachtel, die für den Club bestimmt ist, liegt in meinem Hotel in Innsbruck. Eigentlich bin ich gekommen, um sie Ihnen zu geben.«

»Verdammt!«

Fink zog das Kaninchen vom Stock und legte es auf ein paar Blätter, die er bereitgelegt hatte.

»Und Sie erinnern sich an gar nichts mehr?«

»In dem Brief stand eindeutig, dass die Information vertraulich und nur für die Clubmitglieder bestimmt sei. Ich habe nichts gelesen. Obwohl ich, ehrlich gesagt, schon überlegt hatte, Sie zu bitten, mich einen Blick darauf werfen zu lassen und mich vielleicht sogar in den Club aufzunehmen. Bis jetzt sind zwar nur Männer und Professoren Mitglieder, aber man weiß ja nie«, schloss sie mit einem entschuldigenden Lächeln.

»Nun, ich fürchte, Ihre Anständigkeit hat uns in eine ziemlich unbehagliche Lage gebracht, meine Liebe. Hier, nehmen Sie ein Stück Kaninchen. Es tut mir leid, dass ich Ihnen nicht mehr anbieten kann.«

Katia rupfte einen Vorderlauf ab und knabberte daran herum. Es schmeckte nicht schlecht, nur etwas ungewöhnlich.

»Es ist ziemlich schwierig, in dieser Welt Salz aufzutreiben, wissen Sie. Aber man gewöhnt sich dran, und es soll ja auch gesund sein. Dafür benutze ich Kräuter.«

Katia lächelte wieder, während Fink sich noch ein Stück abriss.

»An welchem Tag sind Sie nach Innsbruck gekommen?«

»Am siebzehnten Mai.«

»Und wann ist José María gestorben?«

»Ich glaube, am siebenundzwanzigsten oder achtundzwanzigsten März. Ende des Monats jedenfalls.«

»Das heißt, ich bin nach unserer Zeit schon fast zwei Monate hier. Johann muss verzweifelt sein.«

»Wer ist Johann?«

»Mein Sohn. Ich habe ihm nichts gesagt. Schließlich wollte ich einfach nur ein bisschen ausreiten, um mich etwas aufzumuntern. Es ist so bedrückend für mich, nach Hause zu kommen und Grete ist nicht da. Meine Frau«, ergänzte er auf Katias fragenden Blick hin. »Sie ist vor etwas mehr als einem Jahr gestorben. Ich kann mich nicht daran gewöhnen.«

»Die Polizei hat Ermittlungen eingeleitet, aber die Sekretärin Ihres Instituts hat mir gesagt, dass die Ermittlungen aus Mangel an Indizien eingestellt worden sind.«

»Natürlich. Mötz lacht sich bestimmt ins Fäustchen.«

»Wer?«

»Nicht wichtig.«

Katia aß den Kaninchenlauf auf, wischte sich die Finger an den Beinen ihrer Jeans ab und legte sich mit dem Rücken auf die Wiese. Sie zögerte, die Augen aufzumachen, aus Furcht, ein unbekanntes Firmament über sich zu sehen, und rechnete mit zwei, drei kleinen Monden und einem Meer an unbekannten Sternen. Doch die Sorge war unbegründet.

Langsam drehte sie den Kopf von einer Seite zur anderen. Einen Mond konnte sie noch nicht entdecken, wodurch die Sterne nur noch heller funkelten.

»Gott sei Dank!«, seufzte sie endlich.

»Was sagen Sie?«

»Alles ist an seinem Platz. Es ist unglaublich. Wir wissen nicht, wo wir sind, aber die Sterne sind alle an ihrem Platz. Sehen Sie hier, der große Wagen und der Polarstern. Dort ist Wega und dort drüben Arcturus. Das könnte Antares sein, obwohl es dafür noch ein wenig früh im Jahr ist, normalerweise sieht man diesen Stern erst ab Juni.«

Fink sah sie etwas verdutzt an, und sie lachte.

»Ich weiß auch nicht, ich könnte einfach vor Freude Luftsprünge machen, nur weil die Sterne dieselben sind. Ich glaube, unter einem anderen Himmel zu sein hätte ich nicht verkraftet.«

»Darauf bin ich noch nie gekommen. Sind Sie Astronomin?«

Wieder lachte sie.

»Nein. Ich bin genau wie Sie Philologin und spezialisiert auf italienische Literatur.«

»Und die Sterne?«

»Ein Erbe meines Großvaters mütterlicherseits. Er war ein außergewöhnlicher Mann, ein Spanier, er hatte nie an einer Universität studiert und war trotzdem so etwas wie ein Gelehrter. Er kannte sich in allem aus, interessierte sich für alles, liebte das Leben, das Wissen, die Natur und seine Familie natürlich. Er ist schon lange Jahre tot, aber als ich klein war, hat er mir viele Dinge beigebracht: wie man sich mit einem Kompass orientiert, mit zwei Stöcken oder einer Lupe Feuer macht, mit einer von ihm selbst erfundenen Geheimschrift verschlüsselte Botschaften schreibt, das Morse-Alphabet. Und wie die Sterne heißen natürlich. Jeden Sommer legten wir uns neben der Hütte, die wir gemietet hatten, ins Gras, und er erklärte mir den Himmel: die Sternbilder, die Namen der Sterne, ihre Position am Himmel. Er sagte, der Sternenhimmel sei das größte Buch der Welt.«

»Sie haben ihn sehr geliebt«, stellte Fink fest.

»Das tue ich noch immer«, korrigierte sie ihn. »Auch wenn er nicht mehr auf dieser Welt lebt. Ich glaube, mein Großvater ist der Mensch, den ich am meisten liebe.«

Zum ersten Mal hatte sie das laut ausgesprochen, noch dazu vor Fink und in diesem unbekannten Land, aber da es die Wahrheit war, machte es ihr nichts aus. Sie schwiegen eine Weile.

»Glauben Sie, dass ich baden gehen kann, Leonardo? Ist der See gefährlich?«

»Nein, er ist nicht sehr tief. Abgesehen davon sollten Sie baden, glaube ich.«

»So schlimm rieche ich?«

Er stand auf, um ein Stück wegzugehen, damit Katia sich nicht beobachtet fühlte.

»Wenn Sie sich jetzt ausziehen, sehen Sie sich den Rücken Ihrer Kleider an. Wenn ich mich nicht irre, sind da Blutflecken. Ich glaube übrigens nicht, dass es Ihr Blut ist, denn Sie haben keine Verletzung.«

Katia sprang auf, riss sich das T-Shirt vom Leib, ohne sich um Finks Anwesenheit zu kümmern, und starrte auf die getrockneten Blutflecken.

»Von wem ist dieses Blut?«, fragte sie, ohne eine Antwort zu erwarten.

»Es könnte sein, dass jemand, der sehr nah hinter Ihnen stand, verletzt worden ist.«

Da erinnerte sie sich an den Knall, das Pfeifen, das an ihrem rechten Ohr vorbeigesaust war, und dass es sich so angefühlt hatte, als würde etwas an ihr herunterrinnen. Ohne ein Wort zu sagen, zog Katia sich komplett aus und ging in den frischen See. Sie wollte nicht länger daran denken.

Bis zum nächsten Tag sagten sie nichts mehr. Jeder von ihnen schlief an einer Seite des Feuers; Katia konnte trotz der Decke, die Fink ihr geliehen hatte, ewig lang nicht einschlafen, schließlich war sie das Schlafen unter freiem Himmel nicht gewohnt. Außerdem hatte sie irgendwann, als sie versuchte, es sich auf der Wiese bequem zu machen, und den Kopf auf ihre Handtasche legte, auf die Uhr gesehen und erschrocken festgestellt, dass sie stehen geblieben war. Vielleicht war die Batterie leer, sie erinnerte sich natürlich nicht mehr daran, wann sie sie zum letzten Mal ausgetauscht hatte, aber es konnte auch sein, dass die Zeit in *Terra incognita* anders lief, und der Gedanke hatte sie in Panik versetzt.

Wie viel Zeit verging hier während eines Tages in der wirklichen Welt? Sie sollte Fink fragen, aber das ging gerade nicht. Er schlief tief und fest, den Umhang über die Beine gelegt, und es kam nicht infrage, ihn deshalb zu wecken. Sie fragte sich, was Rocco machen würde, wenn sie nach Tagen und Wochen immer noch nicht nach Rom zurückgekehrt sein würde. Würde er sie suchen? Würde er denken, sie wäre aus Angst vor einer Bindung einfach gegangen, ohne sich zu verabschieden? Und Marianna? Könnte *Seine Exzellenz* sie finden und mit seinem okkulten Wissen hier herausholen? Diese Fragen trieben sie um.

Endlich schlief sie ein, es war noch dunkel, aber die ersten Vögel zwitscherten bereits in den Bäumen.

Schon ein paar Sekunden später, so kam es ihr zumindest vor, weckte Fink sie mit einem freundlichen Rütteln an der Schulter.

»Guten Morgen, Katia. Sie werden doch nicht Ihren ersten Tagesanbruch in dieser Welt verschlafen wollen, nicht wahr?«

Katia bewegte sich unwillig. Ihr Schlafdefizit war so groß, dass sie es nicht schaffte, die Augen zu öffnen, und so drückte sie sie fest zu und verweigerte jede Antwort. Als sie sie irgendwann dann doch aufschlug, stand die Sonne bereits am Himmel und Fink wartete in Gewand und Rüstung, im Schatten an einem Baum sitzend.

»Gehen wir irgendwohin?«, fragte sie verwundert.

»Hier geht man immer irgendwohin. Die Menschen in dieser Welt sind nicht sesshaft im eigentlichen Sinn.«

»Warum versuchen wir nicht, rauszukommen?«

»Wollen Sie nicht zuerst etwas von der Gegend sehen?«

Katia rieb sich die Augen. Vielleicht war es tatsächlich dumm, die Gelegenheit nicht zu nutzen und diese andere Welt nicht zumindest ein wenig zu erkunden. Andererseits wollte sie einfach nur weg von hier, Rocco anrufen, wieder das Gefühl haben, ihr Leben selbst zu bestimmen.

»Sie müssen sich nun entscheiden, ob Sie sich als Mann oder als Frau kleiden wollen, und einen Namen brauchen Sie auch noch. Ich muss Sie doch irgendwie vorstellen können«, sagte Fink, als hätte Katia ihm zugestimmt.

»Wie bitte?«

»Wenn Sie sich als Frau kleiden, müssten Sie sich meinem Schutz unterstellen. Das ist eine ziemlich machistische Welt, sozusagen. Ein Mädchen kann nicht einfach so herumlaufen, es braucht den Schutz eines Mannes, am besten eines Ritters. Eine Frau allein ist leichte Beute, es sei denn, sie ist Kämpferin. Können Sie kämpfen?«

Katia sah ihn verdutzt an.

»Was für eine Frage! Natürlich nicht.«

»Dann müssen Sie auf Jungfrau machen. Sie sind nicht mehr sechzehn, aber in unserer Welt sehen die Frauen jünger aus, auch mit dreißig noch. Das kommt schon hin. Ich bin dann Ihr Ritter.«

Etwas beleidigt, weil er sie alt genannt hatte, fragte sie ihn: »Kann ich nicht auch als Hexe oder Zauberin oder so was gehen?«

»Nur wenn Sie wirklich die Zauberkunst beherrschen. Mit Zauberei kann man hier wirklich etwas bewirken, wissen Sie? Es gibt Menschen, die sie anzuwenden wissen, es würde also sofort auffallen, wenn Sie sich nicht darin auskennen. Nicht einmal ich könnte Sie dann retten. Ich bin auch nicht mehr gerade jung.«

»Und wenn ich mich als Mann kleide?«

»Dann müssten Sie als Knappe zu Fuß hinter mir hergehen und mir gehorchen, jedenfalls im Beisein anderer.«

Katia runzelte die Stirn und blickte auf den See, der nun in der Sonne glitzerte.

»Ich habe Ihnen zum Frühstück ein paar Äpfel geholt. Überlegen Sie es sich in Ruhe.«

»Ich habe es mir schon überlegt: Jungfrau.«

Fink stand auf, ging zu den Satteltaschen und holte bunte Kleider heraus: »Es ist nicht die neueste Mode, aber in der ersten Burg, auf die wir treffen, besorge ich Ihnen etwas Besseres.«

»Sie klingen wie Don Quijote.«

Er lachte, ging zurück zu dem Baum, und setzte sich mit dem Rücken zu ihr.

Katia zog sich die Kleider an, ein Tunika-Kleid in blassgrüner Seide, eine Art lange Weste in Dunkelblau und einen roten Umhang. Dazu Ballerinaschuhe in zartem Gold und ein gold-schwarzes Diadem.

»Sagen Sie mir, wenn Sie fertig sind, dann flechte ich Ihnen die Haare.«

Kurz darauf präsentierte sich Katia ihm, und er unterzog sie seinem kritischen Blick: »Gut. Wenn Sie nicht viel reden, gehen Sie für eine ausländische Prinzessin durch.«

»Was sprechen die Leute hier?«

»Eine frühe Stufe des Toskanischen.«

»Warum?«

»Ich habe keine Ahnung. Es gibt wenige Gelehrte hier, und die wenigen beschäftigen sich nicht mit Philologie, sondern mit den Zauberkünsten. Hier zählen Ehre und Ruhm, und beides erwirbt man sich im Kampf und nicht, indem man Abhandlungen über Sprache schreibt.«

Katia sah zu Boden und sagte leise: »Ich will nach Hause.«

Fink trat zu ihr und legte ihr die Hände auf die Schultern: »Das versuchen wir auch, Katia, ich verspreche es Ihnen. Aber heute bin ich auf einem Turnier verabredet. Sobald es vorbei ist, gehe ich mit Ihnen zu der Tür, und dann werden wir sehen.«

Während Fink Hippogryph herbeipfiff, wiederholte Katia überrascht: »Ein Turnier, mein Gott, ein Turnier, er hat gesagt, dass wir zu einem Turnier gehen.«

Rocco lag auf dem Bett in einer unscheinbaren Pension in der Nähe der Brücke, die Innsbruck seinen Namen gegeben hat. Als er am Abend zuvor nach einem Zimmer gefragt hatte, war ihm angst und bange geworden, als der Mann am Empfang den Schlüssel nur gegen Vorlage eines Ausweises hatte herausrücken wollen. Er hatte gleich nach dem Revolver in seiner rechten Jackentasche gegriffen, reflexartig, um das Hindernis einfach aus dem Weg zu räumen, doch plötzlich hatte der Mann, was überhaupt nicht nachvollziehbar war, seine Meinung geändert, ihm eine Karte zum Ausfüllen gegeben und den Schlüssel ausgehändigt.

Als Vorbereitung für diese Reise hatte er sich Hunderte Filme angesehen, und in keinem musste der Held nachweisen, dass er wirklich der war, der er zu sein behauptete, wenigstens nicht in einem Hotel. Und er hatte diese Pension genau aus dem Grund ausgesucht, weil Protagonisten in solchen Fällen immer in solchen Pensionen abzusteigen pflegen; hier würde einen nie jemand finden. Trotzdem war er unruhig, wie fast die ganze Zeit schon, seit er in dieser Wirklichkeit war.

Man hatte ihn darauf vorbereitet, dass es zu Verzögerungen kommen könnte, zu kleinen Abweichungen von der Normalität, die sie zu kennen glaubten, aber niemand hatte ihm etwas von diesem permanenten Gefühl gesagt, nicht in diese Welt zu gehören, sich unpassend vorzukommen, so viele Szenen und Verhaltensmaßgaben er auch im Kopf hatte. Manchmal hatte er sogar, wenn er mit Katia zusammen gewesen war, das Gefühl gehabt, sie würde ihm etwas anmerken, dass sein Verhalten doch nicht so korrekt war, wie er dachte.

Jetzt war Katia in eine andere Wirklichkeit übergewechselt. Wenn er die Tür schließen würde, müsste sie für immer auf der anderen Seite bleiben, aber dazu konnte er sich nicht recht überwinden.

In der Berechnung der Zeit hatte er vollkommen danebengelegen. Hätte er nicht genau in dem Augenblick den Saal betreten, wäre die Tür verschlossen geblieben. Dann hätte er nur diese Idiotin, die sich für so schlau hielt, umlegen, Katia packen und schnell abhauen müssen. Doch es war anders gekommen. Als er die Tür öffnete und sah, dass diese Furie auf Katia losging, hatte er nicht lange überlegt. Er hatte sie erschossen, um zu verhindern, dass sie Katia tötete. Doch durch seine Anwesenheit im Saal hatte sich die Passage geöffnet und Katia verschluckt. Dann hatte er rasch verschwinden müssen, um den Porträtisten zu finden und ihn zu beseitigen. Er durfte niemanden am Leben lassen, der ein Bild mit solchen Eigenschaften ausstatten konnte, dass eine Passage zur anderen Seite entstand. Seit einigen Jahren herrschte übermäßiger Verkehr zwischen den Welten, mit der Gefahr von Verschmutzung und Missbrauch. Man musste die Zugänge sichern vor solchen Schwachköpfen wie aus diesem idiotischen Club, die von nichts eine Ahnung hatten, für keine der Welten sinnvolle Taten vollbrachten und nach deren Selbstverständnis die Zugänge eine Art U-Bahn-Netz für Elitetouristen eröffneten.

Er musste Fink finden und ihn beseitigen, dann musste er irgendwie Katia zurückholen und die Tür verschließen, nur wusste er nicht, wie er das anstellen sollte, es sei denn, er würde selbst in die andere Realität überwechseln. Doch das war nicht vorgesehen. Er war nur dafür zuständig, die Übergänge von dieser in die anderen Wirklichkeiten zu verschließen und sicherzustellen, dass nur die befugte Person sie notfalls öffnen könnte. Und er hatte nicht mehr viel Zeit.

Mit schweren Gedanken wälzte er sich im Bett. Es war auch nicht vorgesehen, dass er sich in Katia verliebte. Er hatte sie nur verführen, sich die Unterlagen schnappen, die gefährlichen Subjekte auslöschen und in seine Welt zurückkehren sollen.

Unweigerlich stellte sich ihm die Frage, ob das, was er für Katia fühlte, nur kulturelle Anpassung war, weil er sich schon so lange in dieser Wirklichkeit aufhielt, oder ein authentisches Gefühl, das auch dann noch anhalten würde, wenn er in seine Welt zurückkehrte. Die Antwort wollte er jetzt lieber nicht wissen.

Als Erstes musste er nun Fink aus dem Weg räumen und Katia irgendwie da rausholen. Und dann zurück nach Rom, die vollständige Liste der Clubmitglieder auftreiben, sie alle verschwinden lassen und nach Hause gehen. Er schluckte. Das war zu viel. Dafür würde er so lange brauchen, dass diese Wirklichkeit ihn am Ende absorbiert haben würde wie so viele vor ihm auch schon.

Es klopfte energisch an der Zimmertür. Rocco sprang auf und sah sich wie ein erschrockenes Tier im Käfig nach allen Seiten um. Ein Zimmermädchen konnte das nicht sein, nicht in dieser elenden Absteige.

Wieder schlug jemand gegen die Tür, diesmal hörte er auch eine Männerstimme: »Machen Sie auf! Polizei! Wir wissen, dass Sie hier sind!«

Die Polizei! Sie hatten ihn gefunden. Er hatte keine Ahnung, wie ihnen das gelungen war.

Er packte den Revolver, steckte ihn in den Gürtel und sprang zum Fenster, vielleicht konnte er über die Feuertreppe fliehen; es gab immer eine Feuertreppe, die in irgendeine vermüllte Gasse mündete. Er riss an den Fensterhebeln, während die Tür bereits unter den Schlägen der Polizisten zu zittern begann, dann schob er ein Bein über das Fenstersims und guckte in dieser Position ratlos die drei Stockwerke tiefe Mauer hinab, an der nichts, was auch nur entfernt einer Feuerleiter glich, zu entdecken war. In diesem Augenblick gab die Tür nach, und zwei uniformierte Männer drangen ins Zimmer ein: »Sie wollen sich doch nicht umbringen, oder? Aus dieser Höhe brechen Sie sich höchstens beide Beine. Es sei denn, Sie springen Kopf voran.«

Rocco erstarrte.

»Wir nehmen Sie jetzt mit. Sie sind verhaftet. Wir haben Ihnen ein paar Fragen zu stellen.«

Einen Moment dachte er daran, den Revolver zu zücken und beide kurzerhand umzulegen, aber er wusste, dass seine Chancen minimal waren, und die Rückreise in seine Wirklichkeit konnte er nur antreten, wenn er am Leben blieb. Wenn er in dieser Welt tot war, war er in allen tot. Es war nicht so einfach, wie diese fantastischen Schriftsteller immer dachten.

Er nahm das Bein vom Fensterbrett und stand mit erhobenen Händen da, während einer der Polizisten auf ihn zutrat, um ihm den Revolver abzunehmen, und der andere die Waffe auf ihn richtete.

»Keine Sorge. Wenn Sie uns helfen, gibt's auch keinen Ärger. Wir legen keinen Wert darauf, im Bericht von Amnesty International genannt zu werden«, sagte der eine mit einem aufgesetzten Lächeln.

Rocco entgegnete nichts. Er streckte die Arme aus, dann legten sie ihm Handschellen an und führten ihn aus der Pension.

Pierluigi Bellochi war unruhig. Zwei Tage zuvor hatte seine Informantin Rom verlassen, um Katia nachzureisen, und seitdem hatte sie sich nur einmal kurz nach ihrer Ankunft in Innsbruck gemeldet und ihm gesagt, sie habe während der Zugfahrt keine Chance gehabt, an die Unterlagen heranzukommen, und hoffe nun auf eine Gelegenheit, sobald Katia ein Zimmer gefunden hatte, in dem sie die Papiere höchstwahrscheinlich deponieren würde; dann hatte sie ihm noch versichert, sie werde Katia nicht eine Sekunde aus den

Augen lassen, und sie waren so verblieben, dass sie ihn mindestens alle vier Stunden auf den Stand der Dinge bringen würde. Seitdem waren fast achtundvierzig Stunden vergangen und er hatte keinen einzigen Anruf erhalten. Wo steckte sie?

Er beschloss, unter irgendeinem Vorwand mit Katias Freundin aus dem Antiquariat Kontakt aufzunehmen, vielleicht konnte er von ihr irgendetwas erfahren. Doch zuerst musste er noch einmal ein Bild aus diesem Spiegel hervorholen, falls er die notwendige Konzentration aufbrachte. Obwohl er es sich nicht gern eingestand, hatte er das Gefühl, dass es ihm von Mal zu Mal schwerer fiel, so als müsste er aus einem unverständlichen Schnittmusterbogen ein riesiges Hemd schneidern.

Er hatte den ganzen Tag gefastet, um am Abend einen möglichst klaren Kopf zu haben, doch der fühlte sich jetzt einfach nur leer an, und die verschwommenen Ränder der Gegenstände hatten nichts mit irgendeiner Aura, sondern mit seinem niedrigen Blutzuckerspiegel zu tun.

Er enthüllte den Spiegel, setzte sich davor und zwang sich, sich zu konzentrieren, seine gesamte Kraft auf die reflektierende Oberfläche zu richten, auf der er zunächst nichts weiter als einen schlanken, nackten, wie ein angestrengter Bergsteiger dreinblickenden Mann sah. Er ließ die Luft in sich hinein und aus sich hinausströmen, als wäre er ein leerer, vom Luftzug durchwehter Raum.

Die Spiegeloberfläche trübte sich ein, als beschlüge sie plötzlich. Dann zeichnete sich ein dunkler Umriss ab, der langsam Form annahm, bis die Gestalt eines Mannes hervortrat, die er bereits kannte, nur dass dessen Gesicht im Vergleich zum letzten Mal gealtert war. Mit der Nickelbrille und dem akkuraten Schnauzbart sah er nun aus wie ein Filmschauspieler aus den Vierzigerjahren. Der Mann, eindeutig Valcárcel, starrte auf eine Holzschachtel auf dem Kaminsims vor dem Spiegel. Er fuhr immer wieder mit der Hand darüber, und dabei rollten langsame, stille Tränen an das Innere des Brillenrands. Die Szene schien Bellochi ewig zu dauern.

Er war schon kurz davor, die Konzentration abzubrechen und ein anderes Bild zu suchen, als Valcárcel flüsterte: »Der endgültige Abschied, José«, die Schachtel nahm und sich vom Spiegel weg nach hinten ins Zimmer wendete. Dort hatte er einen Sekretär von seinem Platz gerückt und ein Loch hinter der Sockelleiste freigelegt, wie Bellochi nun trotz der Entfernung deutlich erkannte.

Bellochi sah, wie er sich vor das Loch hockte, die Schachtel hineinzwängte, sich vergewisserte, dass er sie auch möglichst tief hineingeschoben hatte, die Stelle mit einem Stück loser Sockelleiste verdeckte, das Möbelstück an seinen Platz zurückschob und dann, schluchzend wie ein Kind, in einen Sessel sank.

Das Bild erlosch bei Bellochis juchzendem Schrei, den er nicht hatte zurückhalten können. Das war es! Er wusste nicht, was Valcárcel in dem Mauerloch versteckt hatte, aber es war auf jeden Fall etwas, das für den alten Professor von großer Bedeutung gewesen war, und befand sich sicher noch an Ort und Stelle. Jetzt musste er nur noch einen seiner Mitarbeiter beauftragen, diesen Ort zu suchen und ihm das, was er in dem Versteck fand, zu bringen.

Aber zunächst hatte er sich ein anständiges Abendessen verdient.

Sie dürften ein paar Stunden geritten sein, als Katias Begeisterung für die Landschaft abflaute und sie auf einmal spürte, dass ihr der ganze Körper wehtat, dass sie vor Leonardos Rüstung mit dieser Wölbung in der Mitte unmöglich bequem sitzen konnte. Die Wälder und Wiesen, durch die sie ritten, sahen aus wie frisch gemalt, als würden sie durch ein riesiges Disneyland ohne einen einzigen Touristen traben. Die Vögel zwitscherten, die Sonne schien und die Bächlein glitzerten wie flüssiges Silber in einer Landschaft, die wie eine Lackmalerei aussah, in der jedes einzelne Blümchen wie ein vollkommenes Juwel prangte. Sie fand das allmählich abstoßend.

»Ist es hier immer so?«, fragte sie schließlich.

»So … makellos?«

Sie brummte zustimmend.

»Ja. Es gibt auch Wüsten, Meere, Sümpfe, alles. Aber alles ist wie im Bilderbuch, zumindest nach meiner Erfahrung.«

»Finden Sie das nicht seltsam?«

»Nicht mehr. Ich nehme es einfach, wie es ist.«

»Aber es gefällt Ihnen.«

»Na sicher. Wem gefällt das nicht?«

»Mir zum Beispiel. All die Schönheit, all die Perfektion ermüden mich. Es kommt mir falsch vor, ich kann es nicht glauben, verstehen Sie?«

»Es gibt auch weitaus dumpfere Wirklichkeiten, nicht alle sind so.«

Sie schwieg eine Weile, bis sie sich entschloss, ihm die Frage zu stellen, die ihr die ganze Zeit durch den Kopf ging: »Wie war die Wirklichkeit von Professor Valcárcel?«

Er gab einen Laut von sich, der ein Lachen hätte sein können: »Ähnlich wie diese, fürchte ich. Kennen Sie *Los siete libros de la Diana*?«

»Das Werk von Montemayor? Den Schäferroman?«

»Genau den. Die Wirklichkeit, in die Valcárcel reiste, war etwa so: Schäfer und Schäferinnen, die in einer Traumlandschaft ihr Herzeleid besingen. Hier gibt es zumindest hin und wieder Kämpfe, Blut, Konflikte, wie soll ich sagen, Dinge, die unserer Wirklichkeit nahekommen; dort nicht. Dort sind alle gut und sanft, alle singen und weinen, und es gibt, wenn überhaupt, dann nur weiße Magie. Ehrlich gesagt habe ich nie begriffen, wie José María dieses Ambiente ausgehalten hat, aber so war er.«

»Nur so aus Neugierde: War Professor Valcárcel vielleicht ...« – sie wollte homosexuell sagen, aber das erschien ihr dann doch zu direkt, und so bekam sie gerade noch die Kurve, indem sie sagte: »... sehr schüchtern mit Frauen?«

»Weil er nie geheiratet hat?«

»Ja. Und weil er sich so eine Wirklichkeit ausgesucht hat.«

»Ich weiß nicht. Anzunehmen. Ich weiß, dass er eine Freundin hatte, eine Verlobte hieß das damals, sie waren über fünfzehn Jahre zusammen, aber er hat sich nie für sie entschieden. Irgendwann hat sie dann, glaube ich, jemand anderen geheiratet. José María war damals mit seiner Arbeit und seinem Schäferidyll verheiratet; alles andere zählte nicht.«

»Wissen Sie, ich will mich nicht in etwas einmischen, was mich nichts angeht, aber als Verwalterin seines Nachlasses bemühe ich mich, mir ein möglichst genaues Bild von seiner Persönlichkeit zu machen.«

»Ja, das verstehe ich. Sehen Sie, ich weiß nicht viel über sein Privatleben, er hat selten über sich gesprochen. Ich weiß, dass er einen Bruder hatte, der Priester geworden und im Spanischen Bürgerkrieg gestorben ist, eine Schwester, die in Rom lebte und zu der er ein enges Verhältnis hatte, und ich weiß, dass es in seiner Vergangenheit eine große verlorene Liebe gegeben haben muss, aber darüber hat er, wenn überhaupt, nur in literarischen Anspielungen gesprochen. Ich habe auch nie erfahren, ob diese große Liebe ...«, Fink brach abrupt ab.

»Mann oder Frau war?«, führte Katia den Satz zu Ende.

»Das habe ich nicht gesagt.«

»Aber Sie haben es laut gedacht.«

»Ich werde nicht schlecht über jemanden reden, der ein großer Freund und noch dazu ein großer Gelehrter war. Was auch immer da gewesen sein mag, es ist seine Sache.«

»Aber gedacht haben Sie es.«

Wenn Katia sich umgedreht hätte, dann wäre ihr aufgefallen, dass Finks zusammengepresste Lippen wie ein Strich sein Gesicht durchschnitten.

»Sie haben es doch gedacht, oder?«, ließ sie nicht locker.

»Hier und dort wurde so etwas gemunkelt«, ging er schließlich widerstrebend darauf ein. »Ich habe es immer abgestritten. José María war ein erwachsener Mann. Es steht mir nicht zu, über ihn zu urteilen. Zu viel Alleinsein tut einem manchmal nicht gut, und er war sehr allein.«

»Ja«, seufzte Katia. »Diesen Eindruck habe ich auch.«

»Wenn er nur Kinder gehabt hätte ... Er war ein so netter, einfühlsamer Mensch, er wäre ein guter Vater und ein guter Großvater gewesen, aber so ... ist er in diesem Haus, in seine Erinnerungen versunken und vor Gram vergangen.«

Katia hätte beinahe gefragt, warum er dem alten Herrn nicht Gesellschaft geleistet hatte, warum er ihn nicht einmal auf den Brief hin, dessen Entwurf sie zwischen den Seiten des Tagebuchs gefunden hatte, besucht und für ein paar Wochen Freude in sein Leben gebracht hatte. Im Nachhinein sagte sich alles so einfach.

»Daran ist jetzt nichts mehr zu ändern«, schloss Katia.

»Nein. Dieses Schicksal erwartet uns alle. Vielleicht wäre es besser, hier zu sterben, vom Hieb eines Schwerts beim Kampf um irgendein Edelfräulein.« Finks Mund verzog sich zu einer bitteren Miene, die Katia nicht sehen konnte.

In diesem Augenblick zerriss ein Schrei den goldenen Schleier über der Landschaft.

»Fiordiligi, bemüht Euch von jetzt an, so gut es geht, Toskanisch zu reden. Und vergesst nicht, mich mit ›Ihr‹ und ›Leonardo‹ anzureden. Ein Abenteuer erwartet uns.«

Er gab Hippogryph die Sporen und galoppierte in die Richtung, aus der die Schreie kamen.

Als sie keine Minute später bei der Lichtung ankamen, kam sich Katia wie auf einem Filmset vor: Zwei bildschöne Pferde waren an kleine Bäume gebunden, und ein beeindruckend aussehender Ritter in goldener Rüstung zerrte an dem scharlachroten Gewand eines blonden, hellhäutigen Mädchens. Das Mädchen schrie um Gnade, was den Mann von seinem Vorhaben nicht abzubringen schien.

»Lasst augenblicklich von dieser Dame ab, wenn Ihr ein Ritter seid«, sagte Leonardo erhaben.

Der Mann in der goldenen Rüstung drehte sich überrascht um.

»Setzt friedlich Euren Weg fort und greift nicht in Belange ein, die sich Eurem Verständnis entziehen.«

Das Mädchen fiel auf die Knie und streckte die Arme in flehender Geste nach Fink aus, was Katia einfach nur theatralisch fand: »Habt Erbarmen mit mir, edler Ritter, überlasst mich nicht den Händen dieses Treulosen. Bringt mich meinem Vater zurück, er wird Euch mit unermesslichem Reichtum entschädigen.«

»Die Ehre einer Dame ist für den Ritter des Hippogryphen genug der Entschädigung, holdes Wesen. Rüstet Euch zum Kampf, Feigling.«

Der Mann wartete ein paar Sekunden ab, und als er sah, dass sein Rivale dem Edelfräulein in seiner Begleitung vom Pferd geholfen und sich seine Lanze unter den Arm geklemmt hatte, ging er, ohne ein Wort zu sagen, zu seinem Pferd, saß auf und schnallte sich den Helm fest. Währenddessen hatte sich das Mädchen in dem scharlachroten Gewand an den Rand der Lichtung zurückgezogen und machte Katia hinter dem Rücken der beiden Kontrahenten Zeichen, dass sie zu ihr kommen solle.

Diese begriff zuerst nicht, was das Mädchen von ihr wollte, da sie ungläubig Finks Verwandlung von einem friedlichen mitteleuropäischen Professor in einen Renaissance-Ritter mitverfolgte und es noch gar nicht fassen konnte, wie sie in so eine lächerliche Situation hatte hineingeraten können; doch im selben Augenblick, als ihr der Gedanke durch den Kopf schoss, was im Fall einer Niederlage Finks aus ihr würde, wurden auch die Gesten der Unbekannten drängender, sodass Katia sich nun unauffällig von der Kampfszene entfernte und zu dem Mädchen ging, das mit den Zügeln seines Pferdes in der Hand auf sie wartete.

»Edles Fräulein, lasst uns in den Wald hineingehen, solange die Ritter kämpfen, damit wir Vorsprung gewinnen. Der Mann, der mich in seiner Gewalt hatte, ist ein tollkühner Ritter und im ganzen Königreich ob seiner Geschicklichkeit mit der Lanze gefürchtet. Wenn er als Sieger aus dem Kampf geht, werden wir seine Beute, und ich befand mich lange genug in seiner Gewalt, um zu wissen, dass dies ein gar traurig Schicksal wäre.«

»Und wenn der Ritter des Hippogryphen siegt, wie findet er uns dann?«, fragte Katia leise.

»Ganz in der Nähe steht eine Burg; wir haben sie im Vorbeireiten vor weniger als einer Stunde gesehen. In ihren Schutz wollen wir uns begeben, und wenn Gott den Sieg Eurem Ritter schenkt, wird er uns suchen kommen und wir können den Burgherren bitten, seine Männer nach ihm auszusenden.«

Während sie sprachen, waren sie immer weiter in den Wald vorgedrungen. Zaudernd sah Katia sich um, und als sie Finks silberblanke Gestalt mit der schweren, langen Lanze – einem drei Meter langen Stab mit Eisenspitze – im rechten Arm sah, wusste sie, dass er nicht gewinnen konnte. Er war schon ein älterer Herr, ein Intellektueller, und gehörte überhaupt nicht in diese Welt. Sie stellte sich vor, was passieren würde, wenn der Ritter in der goldenen Rüstung gewinnen würde. Ohne weiter daran denken zu wollen, nickte sie dem Mädchen zu, setzte sich zu ihr aufs Pferd, und so trabten sie einen zwischen den Bäumen zu erkennenden Pfad entlang. Nach kurzer Zeit hörten sie ein furchterregendes Waffenklirren, woraufhin Katia, von schlechtem Gewissen geplagt, am liebsten zu der Lichtung zurückgekehrt wäre, während das andere Mädchen ihr Reittier ohne Rücksicht auf das in den Pfad hineinragende Geäst nur umso eifriger anspornte. Katia musste sich fest an die Unbekannte klammern und war dankbar, dass der Kampflärm rasch hinter ihnen zurückblieb, denn so konnte sie sich besser darauf konzentrieren, das Gleichgewicht nicht zu verlieren.

Als am Ende einer mit alten Kastanienbäumen gesäumten Wiese die Burg vor ihnen auftauchte, die mehr einem Lustschlösschen glich, schien der Kampf in einer anderen Welt zurückgeblieben zu sein. Sie stiegen rasch ab und ließen das Pferd einfach stehen; und noch ehe Katia sich fragen konnte, warum nirgendwo Leute waren, eilten sie die breite Marmortreppe hoch und die schwere Flügeltür tat sich vor ihnen auf wie eine elektrische Tür eines Einkaufszentrums. Nachdem sie eingetreten waren, schloss sie sich auf dieselbe Weise, und ehe das Echo der ins Schloss fallenden Tür verhallt war, befand sich Katia allein in der großen Vorhalle des Palasts. Auf unerklärliche Weise war das Mädchen verschwunden.

»Signora!«, rief Katia mit zitternder Stimme.

Keine Antwort. Absolute Stille.

Abwarten, Katia, ganz ruhig, sagte eine innere Stimme beschwichtigend zu ihr, Menschen verschwinden nicht von einer Sekunde auf die andere, sie muss irgendwo sein. Vielleicht ist sie in einem der Zimmer und ohnmächtig geworden. Die Edelfräulein der damaligen Epoche sind schließlich ständig in Ohnmacht gefallen. Doch eine andere Stimme in ihr sagte: Da hast du dir schön was eingebrockt, Dummerchen. Wetten, dass die Tür von innen nicht aufgeht?

Ohne viel zu überlegen, griff sie an die mächtige Eisenklinke und drückte sie mit aller Kraft nach unten. Die Tür war zu.

Dann eben durch ein Fenster, beschloss sie.

Sie wandte sich in den weitläufigen, im Schachbrettmuster gefliesten Flur nach links zu einer hohen, weiß-goldenen Tür, die sich leicht öffnen ließ und in einen leeren Salon mit großen, auf den Park hinausgehenden Fenstern führte. Dort probierte sie sämtliche Fenstergriffe, ebenfalls ohne Erfolg; dann fiel ihr Blick auf die dicken, seltsam milchigen Fensterscheiben. Sie war ratlos. Sie konnte nicht mit der bloßen Faust diese Scheiben einschlagen, und in dem ganzen Raum war kein einziger Gegenstand, den sie dazu hätte zu Hilfe nehmen können.

Sie beschloss, sich in den anderen Zimmern nach einem Werkzeug umzusehen, mit dessen Hilfe sie sich befreien könnte; irgendwo musste es doch einen Schürhaken geben, eine Lampe, ein vergessenes Holzscheit in der Küche, irgendeinen stabilen Gegenstand, mit dem man Glas zerbrechen konnte, so schwer konnte das doch nicht sein.

Unter anderen Bedingungen wäre der Gang durch den Palast für Katia ein Vergnügen gewesen, da sie schöne Dinge doch so liebte, überall Marmor, Edelhölzer und goldene Schmiedearbeiten, aber je weiter sie ihr Gefängnis erkundete, desto sicherer wurde für sie die Erkenntnis, dass es hier rein gar nichts gab, womit sich eine Glasscheibe einschlagen ließe. Das Haus war absolut leer. Selbst der Dachboden, auf den sie ihre letzte Hoffnung gesetzt hatte, erwies sich als ebenso leer wie das übrige Haus: ein riesiger Raum mit Holzboden und schräger Decke, in dem nicht ein Staubkörnchen zu sehen war, außer dort, wo das durch die Fenster hereinfallende Licht goldene Kegel formte, und irgendwie erinnerte sie dieses Bild an eine Illustration in einem Märchenbuch aus Kinderzeiten, *Die Geschichte von Blaubart*. Während Blaubarts Frau auf ihre rettenden Brüder wartet, beobachtet ihre Zofe von einem Turm aus den Horizont und berichtet ihr, was sie sieht: »Nichts außer der strahlenden Sonne und den grünen Wiesen.«

Die Illustration ihres Märchens zeigte die gleichen Farben, das gleiche goldene Nachmittagslicht, das gleiche leuchtende Grün von Bäumen und Gras, den gleichen bangen Blick auf den Weg, der von den geschlossenen Dachfenstern aus zwischen dem Laub hervorblitzte und auf dem weder das Gold noch das Silber einer Ritterrüstung funkelte.

Von hier oben gesehen war die Welt makellos und blitzsauber. Und zumindest momentan unerreichbar.

Entmutigt stieg sie wieder hinunter in die Halle, auf jeder Stufe besah sie sich ihre Schuhe, lächerliche Pantoffeln, weich wie Handschuhe, ohne Absatz, ohne Metallschnalle, unmöglich, mit ihnen Glas einzuschlagen. In Kinofilmen wickelte sich der Held das Sakko oder ein Handtuch um den Arm und schlug kräftig mit dem Ellbogen gegen das Glas, das sofort zersplitterte.

Aber in Kinofilmen waren Glasscheiben, die zerbrochen werden sollten, aus Zucker gemacht.

Sie setzte sich auf die Treppe, um über ihre Lage nachzudenken. Sie war so benommen von dem, was geschehen war, dass sie nicht wusste, ob sie lachen oder weinen sollte. Das alles war vollkommen unmöglich. Sie war eine ganz normale Frau, die noch nie in ihrem Leben mit dem Übernatürlichen in Berührung gekommen war, die noch nie ein Gespenst gesehen oder auf einen Wahrsager gehört hatte und nie ernsthaft gedacht hätte, dass die Wirklichkeit noch anderes umfasste als das, was man mit den fünf Sinnen wahrnehmen konnte. Klar, als Jugendliche hatte sie sich außergewöhnlich gefühlt, aber das war normal, alle Jugendlichen fühlen sich außergewöhnlich, genau wie alle Verliebten, wie alle Frauen, die Mutter werden, und alle, die zum ersten Mal eine schmerzvolle Erfahrung machen. In allen diesen Fällen fühlt man sich einzigartig, weil es für einen selbst neu ist, aber noch nie war sie tatsächlich mit etwas konfrontiert gewesen, das die Logik infrage stellte, die Vernunft, die Grundlagen des Seins: Es gibt das Immerwährende, das Gewohnte, das Mögliche und das, was nur in der Vorstellung existiert. Punkt.

Und jetzt hatte sie innerhalb weniger Tage Bellochi kennengelernt, sich Hals über Kopf in Rocco verliebt, was ihr nun seltsamerweise so weit weg vorkam, als wäre es ihr nicht wirklich passiert, sondern als würde sie sich an etwas erinnern, was sie gelesen oder sich vorgestellt hatte. Außerdem hatte sie nicht nur von der Existenz anderer Wirklichkeiten erfahren, sondern auch den Zugang zu ihnen gefunden. Sie war in einem Palast gefangen, den es eigentlich gar nicht gab, und als Krönung des Ganzen war ihr der Rückweg in ihre eigene Welt versperrt, weil sie nicht nur aus diesem Gebäude hinausgelangen, sondern auch noch Fink finden und ihn dazu überreden musste, sie zu der Tür zu führen, bevor sie überhaupt den

Versuch unternehmen konnte, den Übergang in die andere Richtung zu öffnen.

Während sie nachdachte, kamen ihre Gedanken immer wieder auf die unmittelbare Vergangenheit zurück. Das Blut, das sie am Abend zuvor auf ihrem T-Shirt entdeckt hatte, stammte offenbar von jemandem, der ziemlich dicht hinter ihr gestanden haben musste. Sonst wäre es nicht auf ihren Rücken gespritzt, und das hieß, dass jemand in ihrer unmittelbaren Nähe verletzt worden oder gestorben war, während sie in die Betrachtung des Bildes versunken gewesen war, das ihr die Tür zu dieser Welt geöffnet hatte. Wer? Und wie war es möglich, dass diese Person vollkommen unbemerkt so dicht hinter ihr gestanden hatte? Was hatte derjenige vorgehabt? Wem hatte der Schuss gegolten, falls dieser dumpfe, fast pfeifende Knall, den sie gehört hatte, kurz bevor sie in Finks Arme gesunken war, wirklich ein Schuss gewesen war? Hätte er sie töten oder retten sollen?

Sie schüttelte den Kopf, um die Gedanken loszuwerden. Sie führten im Augenblick zu nichts und halfen ihr auch nicht aus ihrer gegenwärtigen Lage. Die Halle lag vor ihr wie ein leeres Schachbrett, glänzend, makellos, und die Fliesen zeigten mit ihren Spitzen auf die verschlossene Tür mit den beiden riesigen goldenen Flügeln. Es herrschte so tiefe Stille, dass sie meinte, das Blut ihn ihren Adern fließen zu hören.

Für einen Moment wünschte sie sich nichts sehnlicher, als dass dies alles nie passiert wäre, sie wünschte, sie wäre zu Hause in Wien mit ihren Sorgen, die ihr nun so belanglos vorkamen: ihre Enttäuschung über Alec, das auslaufende Stipendium, das Fehlen eines in Aussicht stehenden Projekts, der vierzigste Geburtstag, der bedrohlich näher rückte. Gleichzeitig wusste sie, dass das nicht stimmte, dass sie für nichts in der Welt die Berührung von Roccos Haut missen wollte, Valcárcels Tagebuch, das Essen mit Bellochi, ihre neue Arbeit in Rom.

Sie hatte das seltsame Gefühl, in einem fragilen Gleichgewicht zu schweben, das binnen Sekunden vorbei sein würde, so als befände sie sich auf dem höchsten Punkt einer Achterbahn, wenn der Waggon anhält, um den Insassen Zeit zu geben, sich die Höhe klarzumachen und über ihren eigenen Wagemut den Kopf zu schütteln, kurz bevor er wieder anfährt, dem wunderbaren Gefühl des freien Falls, der atemberaubenden Kurven, dann Auslauf und Stand.

Sie sah sich wie von außen, als hätte ihr Geist vorübergehend ihren Körper verlassen und könnte von oben auf sie hinuntersehen: ein Porzellanfigürchen in einem vornehmen, leeren Puppenhaus, eine auf dem Schachbrett verlassene kleine Königin in Erwartung eines unvorhersehbaren Spiels, die ausgeblendeten Geräusche, die vergessenen Gerüche, die Zeit, die dickflüssig wurde wie Honig in einem lichtdurchschienenen Glas.

Auf einmal sah sie zwei zartgelbe Schmetterlinge durch die stille Luft flirren, die einander jagten und Haken schlugen wie auf einer Wiese unter freiem Himmel. Verdutzt sah sie ihnen nach. Woher kamen diese Schmetterlinge? Wie waren sie hereingekommen? Sie ließ sie nicht aus den Augen und hoffte, sie würden ihr einen Weg weisen, den sie bislang übersehen hatte, obwohl das Schlupfloch eines Schmetterlings ihr womöglich nicht wirklich weiterhelfen würde. Die Schmetterlinge führten in dem Salon einen ziellosen zackigen Tanz auf, bis sie nach einiger Zeit auf die Eichenholztür zuflogen und durch sie hindurch verschwanden, als wäre sie nicht da. Katias überraschter Schrei, den sie unwillkürlich ausstieß, sauste ihr noch eine Weile in den Ohren.

Das war die Lösung. Man brauchte gar nichts zu öffnen, man musste die Begrenzungen einfach ignorieren. Die Schmetterlinge wussten nicht, dass hier eine Tür war, darum hatten sie durch sie hindurchfliegen können; was sie von der Freiheit trennte, war einfach nur ihre Überzeugung, dass es diesen Palast gab, dass das, was sie umringte, solide und unverrückbar war.

Sie stand auf und hasste sich dafür, dass sie sich so in Selbstmitleid hatte gehen lassen, anstatt sich um ihre Befreiung zu kümmern; vielleicht, dachte sie, konnte sie es genauso machen wie diese Schmetterlinge. Doch kaum wollte sie losgehen, spürte sie, wie von hinten etwas sanft gegen ihren Po schlug.

2

Atlas' Palast

Mit Herzklopfen sah sie sich um, doch die Treppe hinter ihr war leer. Als sie eine weitere Stufe hinunterging, spürte sie wieder diesen sanften, ihr bekannt vorkommenden Schlag. Das machte ihr am meisten Angst: dass sie das Gefühl kannte, aber seinen Verursacher nicht orten konnte. Der leichte Schlag war banal, nicht weiter beachtenswert, alltäglich und ihr vertraut, aber die Angst nahm ihr die Besonnenheit. Sie schaffte es nicht, die nächste Stufe hinunterzugehen, so sehr scheute sie sich vor einem weiteren Schlag, gleichzeitig scheute sie sich fast noch mehr davor, keinen Schlag zu spüren und so lange auf der Treppe bleiben zu müssen, bis dieses Gefühl zurückkehrte und sie ihm auf den Grund gehen konnte.

Einer Intuition nachgehend führte sie beide Hände an den Rücken, genau an die Stelle, wo sie die Schläge gespürt hatte, und brach vor Erleichterung in Lachen aus.

Mit einem Blick auf den Gurt über ihrer Brust wurde ihr klar, dass das, was ihr an den Hintern geschlagen hatte, nichts anderes als Mariannas Tasche war, die sie sich am Morgen beim Aufsteigen auf den Hippogryphen quer umgehängt und die sie seit dem unglaublich weit zurückliegenden Vorstellungsgespräch mit dem Architekten Azzaro bei sich hatte. Sie hatte sich so an sie gewöhnt, dass sie sie vollkommen vergessen hatte.

In überschwänglicher Dankbarkeit führte sie die Tasche nach vorn und umarmte sie wie ein Kind. Ihre Tasche. Ihre kleinen Schätze. In Mariannas geräumiger Tasche musste doch etwas sein, womit sie sich aus diesem verdammten Palast befreien konnte;

Männer behaupteten doch, dass Frauen einen Haufen unnützer Dinge in ihrer Handtasche mitschleppten, jetzt war die Stunde der Wahrheit da.

Katia setzte sich auf die Treppe und begann zu wühlen: Tagesplaner, Heft, Stiftetui, Geldbörse, Halstuch, zwei Päckchen Papiertaschentücher, Augentropfen, Taschenspiegel, Lippenstift, Bürste, Sonnenbrille, feuchte Tücher, ein Cremedöschen, ein Notizbüchlein mit schwarzen Deckeln ... Was zum Teufel hatte dieses Büchlein hier zu suchen? Nervös schlug sie es auf, denn noch vor jeder Gewissheit ahnte sie, dass es Valcárcels Heft war, das berühmte Heft mit den schwarzen Deckeln, das sie dem Club der Dreizehn hätte geben sollen und das verschwunden gewesen war. Wie war es in ihre Tasche gelangt? Wieso hatte sie es die ganze Zeit nicht bemerkt?

Wie ein Videoclip lief noch einmal die Szene vor ihr ab, wie die Truhe aus dem Regal gefallen war, wie Matteo auf Marianna gestürzt war, deren Handtasche offen auf dem Boden gelegen hatte, ihr Inhalt gemischt mit dem der Truhe, und wie die Sekretärin rasch alles, was ihr zwischen die Finger gekommen war, in die Tasche gestopft hatte. Wahrscheinlich hatte sie das Büchlein für einen Taschenkalender oder ein Notizbuch gehalten.

Ehrfürchtig schlug sie es auf. Die Schrift war unverkennbar. Der Inhalt erinnerte sie an ein Zauberbuch, und da ihr dieser Vergleich allzu beunruhigend schien, ersetzte sie ihn sogleich durch einen viel harmloseren: ein Rezeptbuch – Großmutters Rezepte, geschrieben mit der zittrigen, verblassten Schrift eines alten Küchenmeisters. Alle nach demselben Muster:

Name eines Gemäldes
Aufbewahrungsort
Zitat aus einem literarischen Werk, manchmal nur ein Reimpaar, manchmal mehrere Prosaabsätze
Grundinformationen zu der Wirklichkeit, in die man durch die entsprechende Tür gelangte

Ohne weiter darin zu lesen, schloss sie das Büchlein wieder und drückte es an die Brust. Dabei kamen ihr die verrücktesten Ideen: Sie sah sich als Herrin über die Passagen, Reisende zwischen den Welten, Verwalterin des wundersamen Nachlasses eines Mannes, den sie nie kennengelernt hatte. Jetzt brauchte sie nicht mehr darum zu betteln, in den Club der Dreizehn aufgenommen zu werden, einen Blick auf die Wunder zu werfen, die sie in ihren Truhen aufbewahrten. Jetzt hielt sie den Schlüssel in der Hand.

Der Schlüssel.

Das war es. Das musste es sein. Sie hatte nur deshalb in diese Wirklichkeit Einlass gefunden, obwohl mit Valcárcels Tod die Türen verschlossen worden waren, weil sie, ohne es zu wissen, das Buch bei sich trug, den Schlüssel zu allen Passagen. Und wenn das stimmte, hieß das, dass sie auch wieder hinausgelangen und in ihre Welt zurückkehren konnte. Aber zuerst musste sie aus diesem Palast hinausfinden, und wenn irgendwelche dummen Schmetterlinge durch geschlossene Türen gelangen konnten, dann Katia Steiner erst recht.

Entschlossen ging sie in das Zimmer zurück, in das sie als Erstes eingetreten war. Sie wollte versuchen, mit der Bürste aus der Handtasche die Scheibe einzuschlagen. Vielleicht klappte es nicht auf Anhieb, aber früher oder später würde die Scheibe zerbrechen, und wenn nicht, konnte sie immer noch den Trick der Schmetterlinge anwenden: die Begrenzungen nicht beachten, der Wirklichkeit um sie herum keinen Glauben schenken. Auf die eine oder andere Weise würde sie schon hinausgelangen.

Sie überlegte kurz, wie sie zuschlagen sollte: leicht oder gleich mit voller Wucht. Sie entschied sich, es erst mal sacht anzugehen, und machte sich bereit, mit dem Bürstengriff ein paar Zentimeter über dem Fensterhebel gegen die Scheibe zu schlagen. Die Bürste traf die matte Oberfläche und glitt einfach hindurch, jedoch nur bis zu ihrer Hand. Es war, wie einen Löffel in eine Suppentasse zu tauchen: Die Bürste glitt hinein, nicht aber ihre Hand. Sie zog sie ohne den geringsten Widerstand wieder heraus und versuchte es erneut: Die Bürste drang durchs Fenster bis zu ihrer Hand, und in dem Augenblick wurde das Glas fest.

»Das ist doch unmöglich«, flüsterte sie.

Zur Probe nahm sie nun ein Päckchen Papiertaschentücher: Sie warf es gegen das Fenster. Das weiß-blaue Päckchen glitt sauber durch die Scheibe, ohne einen Millimeter von seiner Fluglinie abzuweichen, und landete auf der anderen Seite in der Wiese. Als sie dorthin die Hand ausstreckte, stieß sie mit ihren Fingerknöcheln an die Scheibe. Offenbar funktionierte der Trick der Schmetterlinge bei ihr nicht.

Sie starrte auf das Fenster, doch nach einer Weile kam sie sich so dumm vor, dass sie wutschnaubend und ratlos wegging. Sie kehrte in die Halle zurück und setzte sich, mit dem Rücken an die Tür gelehnt, an den Eingang. Wenn jemand hereinkam, würde sie aufgehen.

Es konnte ja sein, dass Fink das Duell überlebt hatte und nach ihr suchte oder dass das Mädchen, das sie getäuscht hatte, ein weiteres Opfer entführte und in den Palast brachte; aber genauso gut war es möglich, dass man sie niemals finden würde und sie als bleiches Skelett quer vor der Tür eines nicht existierenden Schlosses endete, zerfressen von den Tieren, für die dieser Palast nichts weiter als eine sonnenbeschienene Wiese war. Jedenfalls war die Tür der sicherste Ort.

Katia schloss die Augen, lehnte den Kopf an die feste, undurchdringliche Tür und vertiefte sich in ihre Erinnerung an Rocco, an seine Hände, seine Augen, seine Stimme.

Es war neun Uhr abends. Wolf Altmann hatte die Befragung beendet und sich bereit erklärt, noch die Papiere zu ordnen; früher hatte Gabi wie er nur für ihre Arbeit gelebt, doch seit sie einen Freund hatte, feilschte sie um jede Überstunde und wurde sichtlich nervös, sobald sie auch nur eine Minute länger im Büro bleiben musste.

Wolf fühlte eine frustrierende Leere in sich. Im Lauf des Verhörs hatte er sich immer mehr wie in einem alten Kriegsfilm gefühlt, in dem der Gefangene stur seinen Namen, seinen Rang und seine Nummer wiederholt. Viel mehr hatte er aus dem Typ nicht herausgebracht: Rocco Malatesta, neununddreißig Jahre alt, Italiener –

Ausweis hatte er keinen dabei, und die italienische Polizei hatte niemanden mit diesem Namen gefunden –, ledig, Privatdetektiv – den Namen seines Auftraggebers weigerte er sich zu nennen –, zwei Tage zuvor um sechs Uhr zwanzig mit dem Zug in Innsbruck angekommen, als Tourist, wie er erklärt hatte. Das war alles.

Und dass die beiden tödlichen Schüsse aus dem Revolver stammten, den man bei ihm in der Pension beschlagnahmt hatte.

Der Gedanke lag nahe, dass er ein Killer war, der von jemandem den Auftrag erhalten hatte, das italienische Mädchen und Zach aus dem Weg zu räumen. Andererseits erkannte man auf den ersten Blick, dass Malatesta kein Profi war: Er verfügte weder über die Erfahrung noch die Härte oder Kälte von jemandem, der vom Morden lebt. Außerdem waren seine Fingerabdrücke nicht bei der Polizei registriert. So abwegig es war, die Kriegsassoziation schob sich immer wieder in seine Gedanken: Malatesta wirkte weder wie ein Terrorist noch wie ein Fanatiker, sondern wie ein für den Ernstfall eingezogener Soldat, der glaubt, dass seine Mission gerecht und Teil eines umfassenden Plans ist. Und dass er darüber Stillschweigen bewahren muss.

Wolf fuhr sich durch die Haare und ging noch einmal den Tascheninhalt des Verdächtigten durch: eine lederne Brieftasche mit hunderttausend italienischen Lire und ein paar Telefonkarten, tausendvierhundert österreichischen Schilling, einer farbigen Abbildung aus einer Zeitschrift eines Wolf nicht bekannten Gemäldes von Matisse und einer Telefonnummer in Rom, unter der sich zumindest im Moment niemand meldete.

Der Fall musste mit der Welt der Kunst in Verbindung stehen, das schien ihm noch am wahrscheinlichsten. Die Abbildung des Matisse-Gemäldes in der Brieftasche des Italieners und die Ermordung des Porträtmalers legten das nahe. Bestand die entfernte Möglichkeit, dass Zach in irgendwelche Fälschungen von Meisterwerken verwickelt war? Frau Professor Fischer hatte gesagt, Zach wollte in den Ferien nach Rom fahren und im Vatikan irgendein Bild kopieren. War seine Arbeit an der Universität womöglich nur ein Deckmantel für seine wahre Einnahmequelle: den Handel mit Fälschungen? Man musste einen Blick auf seine Finanzen werfen. Ob jemand fürchtete, das Geschäft würde auffliegen, und beschlossen hatte, ihn zu beseitigen?

Doch warum sollte man in einer Angelegenheit, bei der es um Millionen ging, einen Amateur wie Malatesta schicken, der sich mit der Tatwaffe in der Tasche erwischen ließ, anstatt die Arbeit einem erstklassigen Profi anzuvertrauen? Vielleicht war es doch eine persönliche Angelegenheit. Und was hatte die ermordete italienische Studentin mit all dem zu tun? Immerhin war sie direkt vor Zachs Gemälde ermordet worden.

Das alles ergab im Augenblick keinen Sinn, darum beschloss Wolf, lieber etwas essen zu gehen und den Arbeitstag zu beschließen. Vielleicht brachten sie im Royal in der Elf-Uhr-Vorstellung einen erträglichen Film, am besten eine alte Komödie, in der alles so beruhigend vorhersehbar ist und sich sämtliche Einzelheiten zu einem sinnvollen Ganzen zusammenfügen.

Manchmal dachte Wolf, dass es sehr angenehm sein müsste, in einem Film oder Roman zu leben, denn während das Leben weder stimmig, noch logisch, noch wahrscheinlich sein musste, wurde von einem fiktiven Werk erwartet, dass es über eine gewisse innere Stimmigkeit verfügte: Alles musste miteinander zusammenhängen, alles musste am Ende auf eine Lösung zulaufen. Gelegentlich fiel ihm ein Satz aus einem vorsintflutlichen Song ein, der ihn als Jugendlichen hatte aufhorchen lassen: »*Wish I could find a good book to live in.*« Es wäre nicht schlecht, so ein Buch zu finden und einfach darin abzutauchen. Das Problem war nur, dass er mit über vierzig immer noch nicht wusste, für welches Buch er sich entscheiden würde.

Er sammelte die herumliegenden Unterlagen ein und legte sie in eine Schublade seines Schreibtischs, dann stand er auf und räkelte sich: Der ganze Körper tat ihm weh. Das war nicht die angenehme Erschöpfung wie nach einem Tag an der frischen Luft, sondern er fühlte sich vom zu langen Herumsitzen in stickigen Räumen bei künstlichem Licht einfach elend. Leider ging dieses Unwohlsein nicht über Nacht vorbei, sondern setzte sich so in einem fest, dass man es irgendwann gar nicht mehr wahrnahm.

Er beschloss, vor dem Nachhausegehen noch einmal die Nummer in Rom anzurufen. Zu seiner Überraschung meldete sich nach dem zweiten Signal eine Frauenstimme: *»Pronto?«*

In dem Moment fiel ihm ein, dass er besser einen Dolmetscher oder Italienisch sprechenden Kollegen hinzugerufen hätte.

»Do you speak english?«

»A little. Who is it?« Die Frau hatte einen fast schon komischen Akzent, aber sie konnten sich verständigen.

»Ich rufe aus Innsbruck an. Chefinspektor Altmann von der Mordkommission. Mit wem spreche ich?«

Ein paar Sekunden lang herrschte Schweigen. Jemand drehte die im Hintergrund laufende Musik ab, und Wolf hörte gedämpftes Gemurmel auf Italienisch.

»Marianna Grimaldi. Was gibt's?«

»Kennen Sie einen Herrn mit Namen Rocco Malatesta?«

»Rocco?« Entgegen Wolfs Erwartung hörte er Erleichterung aus der Stimme. »Ja. Na ja, mehr oder weniger; er ist seit Kurzem mit einer Freundin von mir zusammen.«

»Könnte ich Ihre Freundin sprechen, Frau Grimaldi?«

»Sie ist im Moment nicht da.«

»Wissen Sie, wo wir sie finden können?«

»Moment, einen Moment, Herr Inspektor. Ich lege jetzt auf und werde mich über die internationale Auskunft mit Ihrer Behörde verbinden lassen, und wenn ich Sie dort erreiche, sage ich Ihnen das wenige, was ich weiß, einverstanden?«

Wolf lächelte. Marianna Grimaldi war offenbar nicht auf den Kopf gefallen.

»Sehr vernünftig von Ihnen. Ich gebe Ihnen für alle Fälle meine Nummer, Sie überprüfen sie und rufen mich an. Wenn Sie möchten, rufe ich Sie dann gleich wieder zurück.«

»Danke Herr Inspektor. Bis gleich.«

Wolf öffnete das Fenster und lehnte sich hinaus, um die feuchte Abendluft zu genießen, während er auf den Rückruf der Italienerin wartete. Der noch unfertige gläserne Neubau der Wirtschafts- und Sozialwissenschaftlichen Fakultät glitzerte orangefarben im Schein der Straßenlaternen. Bald würden Büros und Unterrichtsräume dort belebt sein, bald könnte man zu dieser Abendstunde Licht in einzelnen Räumen sehen, wo noch jemand länger blieb, um eine Arbeit zu beenden, doch bis dahin war das Gebäude eine seelenlose Hülle aus Glas und Stahlbeton.

Beim ersten Klingeln ging er ans Telefon: »Altmann, Kriminalpolizei.«

»Guten Abend, Herr Inspektor.« Marianna Grimaldis tiefe, dominante Stimme.

»Alles klar?«

»So weit ja. Was wollen Sie wissen?«

»Alles, was Sie mir erzählen können. Den Namen und die Adresse Ihrer Freundin, ihren derzeitigen Aufenthaltsort. Alles, was Sie über Malatesta wissen. Was Ihnen einfällt.«

»Gut. Meine Freundin heißt Katia Steiner, ist aus Südtirol und lebte bis vor Kurzem in Wien. Sie hat gerade erst in Rom Arbeit gefunden und wohnt vorübergehend hier in meiner Wohnung, bis sie etwas Eigenes gefunden hat. Vor ein paar Tagen hat sie Rocco auf einem Fest kennengelernt und sich in ihn verguckt, seitdem sind sie ein paarmal zusammen ausgegangen, aber letztlich kennt sie ihn nicht näher.«

»Was wissen Sie über ihn?«

»Praktisch nichts. Er sagt, er sei Detektiv für eine Versicherungsgesellschaft, aber keiner weiß, für welche. Ich kannte bis jetzt nicht mal seinen Nachnamen.«

»Wissen Sie, wo er wohnt? Seine Telefonnummer?«

»Ich nicht. Katia müsste es allerdings wissen.«

»Wie kann ich Kontakt zu ihr aufnehmen?«

Marianna seufzte. »Es ist wirklich dumm. Katia ist vor zwei Tagen nach Österreich aufgebrochen, nach Innsbruck. Eigentlich hat sie versprochen, sich gleich nach ihrer Ankunft zu melden, aber wir haben bis jetzt nichts von ihr gehört.«

»Wir?«

»Pia und ich. Meine Freundin. Meine Mitbewohnerin.«

»Wissen Sie, was sie in Innsbruck wollte?«

»Sie wollte ein Gespräch mit einem Professor Fink an der Universität führen.«

Wolf bemerkte, dass er den Telefonhörer so fest umklammert hielt, dass seine Fingerknöchel weiß waren.

»Wissen Sie auch, mit welchem Anliegen?«

»Das ist nicht leicht zu erklären.«

»Können Sie es nicht zusammenfassen?«

Während Marianna erläuterte, worin Katias Arbeit bestand, machte Wolf sich Notizen in sein Heft.

»Frau Grimaldi, hat Ihre Freundin bei dieser Arbeit mit Bildern, mit Gemälden zu tun?«

Marianna überlegte kurz. »Eigentlich nicht. Wie gesagt, Professor Valcárcel war Philologe. Es handelt sich in erster Linie um Dokumente, Bücher, Notizen. Ich arbeite mit Bildern, in einem Antiquariat.«

»Und in den letzten Tagen ist nichts Ungewöhnliches vorgefallen? Irgendetwas, das mit geraubten Gemälden, mit Fälschungen zu tun haben könnte?«

»Nein.« Sie machte eine Pause, als wäre sie verunsichert.

»Frau Grimaldi, sind Sie noch da?«

»Ja. Nun, wahrscheinlich hat es keinerlei Bedeutung, aber …«

»Ich höre.«

»Meine Freundin Pia wurde vor ein paar Tagen zu Hause überfallen. Jemand hat sie von hinten niedergeschlagen, um in die Wohnung zu gelangen. Offenbar hat der Einbrecher etwas gesucht, aber nichts gefunden, denn es hat nichts gefehlt.«

»Haben Sie ihn angezeigt?«

»Nein. Wozu?«

Wolf musste lächeln. Die Italiener hatten wirklich kein großes Vertrauen in ihre Staatsmacht.

»Herr Inspektor, können Sie mir sagen, was es mit all dem auf sich hat? Katia ist doch nichts passiert, oder?«

Wolf schwieg einen Moment.

»Ehrlich gesagt, wir wissen es nicht. Wir müssen sie suchen, aber ich glaube nicht, dass es schwierig sein wird, sie zu finden. Innsbruck ist eine kleine Stadt.«

»Und was ist mit Rocco? Sagen Sie bloß nicht, er ist ermordet worden.«

»Nein. Er nicht.«

»Wie, er nicht?«

»Er wird verdächtigt, einen Mord begangen zu haben.«

»*Madonna!* Ich habe Katia gleich gesagt, dass diesem Typ nicht zu trauen ist. Wen hat er denn ermordet?«

»Eine italienische Studentin, Cinzia Pelloni, und einen hiesigen Künstler, Lothar Zach. Sagen Ihnen diese Namen etwas?«

»Tut mir leid. Ich habe sie noch nie gehört.«

»Haben Sie vielleicht Frau Steiners Telefonnummer in Wien? Wenn wir sie hier nicht finden, suchen wir dort.«

»Eine Sekunde.«

Marianna gab ihm Sigrids Nummer.

»Aber ich glaube nicht, dass sie dorthin gegangen ist, in der Wohnung hält sich gerade ein Ex-Freund von ihr auf. Katia dürfte keine große Lust haben, ihm zu begegnen.«

»Frau Steiner scheint ja ein bewegtes Liebesleben zu haben.«

»Überhaupt nicht«, sagte Marianna bestimmt. »Katia gehört zu den Frauen, die aus lauter Gutherzigkeit streunende Kater von der Straße auflesen und sich dann wundern, wenn sie ihnen die Augen auskratzen.«

»Haben Sie vielleicht ein Foto von Frau Steiner?«

»Müsste ich haben, ja.«

»Seien Sie doch so gut und schicken Sie es mir über die nächste Polizeidienststelle. Wenn man nicht weiß, wie jemand aussieht, findet man ihn nur schwer.«

»Haben Sie nicht Archive und Passfotos?«

Wieder lächelte Wolf. Marianna war wirklich sehr misstrauisch.

»Ein neueres Foto wäre besser.«

»Ist gut.«

»Bestimmt wird Ihre Freundin Sie in den nächsten Tagen anrufen.«

»Bitte, finden Sie Katia. Hoffentlich geht es ihr gut. Rufen Sie mich an, sobald Sie sie ausfindig gemacht haben?«

»Sie wird Sie anrufen. Ach! Noch eine letzte Frage: Warum denken Sie, dass Malatesta nicht zu trauen ist?«

»Das könnte ich noch nicht mal sagen. Weibliche Intuition wahrscheinlich.«

»Können Sie nicht ein bisschen präziser werden?«

Marianna seufzte: »Sagen wir so, er ist der absolut klischeehafte Typ, reine Fassade, ohne was dahinter. Als hätte er zu viele Filme gesehen und die Dialoge und Blicke eingeübt, verstehen Sie, was ich meine?«

Wolf konnte voll und ganz nachvollziehen, was Marianna sagte. Er hatte genau denselben Eindruck.

Sie verabschiedeten sich, und er gab seinen Plan, ins Kino zu gehen, auf; auch im wirklichen Leben schien langsam Ordnung in die Dinge zu kommen.

Da es jeden Tag länger hell blieb, musste Vincenzo Morelli mehrere Runden auf seinem *motorino* durch das Viertel drehen, bis die Stadtvilla des alten Professors im Dunkeln lag. Vom letzten Mal wusste er, dass es ein Leichtes war, dort hinaufzuklettern, und dass nach acht kaum noch Leute in der Gegend unterwegs waren. Trotzdem wäre er gern kurz vor dem Haus stehen geblieben, um herauszufinden, ob die Scheibe, die er beim letzten Mal eingeschlagen hatte, von der Versicherung ersetzt worden war, oder ob verdächtige Bewegungen im Innern des Gebäudes auszumachen waren. Doch diesmal konnte er nicht auf Cinzias Mithilfe zählen, um mit ihr vor der Tür das verliebte Paar zu spielen, und allein dort herumzustehen wäre zu auffällig gewesen. Sollte er noch mal herkommen müssen, würde er sich ein bisschen besser anziehen und einen Blumenstrauß kaufen; niemand wundert sich, wenn ein junger Mann mit einem Blumenstrauß eine Weile vor einem Hauseingang herumsteht. Natürlich könnte sich jemand daran erinnern, aber beschreiben könnte ihn niemand, denn die Leute scheinen sich nie mehr als ein Detail merken zu können.

Als er fand, dass es dunkel genug war, stellte er das *motorino* in einer Nebenstraße ab und schlenderte zu dem Haus. Er war etwas nervös, aber auch stolz, dass er diesmal allein arbeiten durfte. Offenbar hatte *Seine Exzellenz* Cinzia mit einer anderen Arbeit beauftragt und vertraute ihm so weit, dass er ihm diese kleine Mission überließ.

Er stieß das Gartentor auf, als wollte er jemanden in dem Haus besuchen, dann durchquerte er den Garten und war ein paar Sekunden später den Magnolienbaum hinaufgeklettert, dessen Äste bis zum Balkon reichten. Er blieb kurz an die Wand gepresst stehen und spähte zum Fenster hinein: Die zerbrochene Scheibe war nicht repariert worden, die Gardinen wehten wie in einem Horrorfilm, in der Wohnung war es totenstill. Im Kopf ging er noch einmal den Grundriss der Wohnung durch: Er musste durch zwei Zimmer, rechts in den Flur und von dort ins Eckzimmer, das auf zwei Straßen hinausging; dann musste er mit dem Rücken zum Fenster mit Blick auf die Villa Albani zu der gegenüberliegenden Wand, dort die Holzverkleidung mit dem Hammer nach einer hohlen Stelle abklopfen, die kleine Brechstange ansetzen, das darin Versteckte in seinen Rucksack stecken und über denselben Weg zurückgehen. Nichts weiter.

Hin und wieder fragte er sich, wie es möglich war, dass *Seine Exzellenz* so viel über Orte wusste, an denen er nie gewesen war, und obwohl Vincenzo nicht an Gespenster glaubte, wurde ihm manchmal ganz schaurig zumute, wenn *Seine Exzellenz* wieder einmal eine seiner Andeutungen über die Existenz irgendwelcher Dinge machte, für die Normalsterbliche wie er keinerlei Antennen hatten. Er war froh, dass er ein Normalsterblicher war und wie ein Blinder durch eine leere, von einem kürzlich Verstorbenen hinterlassene Wohnung tappen konnte, ohne von dem Gedanken beherrscht zu sein, in jeder Ecke auf irgendwen oder irgendetwas Körperloses zu treffen.

In ein paar Minuten würde er wohl die Taschenlampe einschalten müssen, doch im Moment fand er sich noch gut zurecht dank des letzten Tageslichts und dem orangefarbenen Schein der Straßenlaternen, der durch die Bäume im Garten bizarre Muster aufs Parkett zeichnete.

Er blieb kurz stehen und horchte. Ihm war, als hätte er Möbelrücken gehört, über Holz scharrendes Holz. Es musste in einer der Nachbarwohnungen gewesen sein, hier war niemand.

Dann blickte er über die Schulter in das Zimmer, durch das er gerade gegangen war: Die weißen Gardinen wehten noch immer wie Flügel eines übernatürlichen Wesens, dabei waren es bloß alte, verstaubte Stoffbahnen. Er hatte den Blick schon fast wieder nach vorn gewendet, als er aus dem Augenwinkel auf einmal sah, wie etwas vom Boden abhob und durch den Flur auf ihn zuflog. Etwas Weißes, das schwebte.

Schnell.

Ihm blieb der Atem weg. Schon hatte er ohne nachzudenken das Messer gezückt, entschlossen, sich gegen die durch den Flur auf ihn zukommende Gefahr zu verteidigen.

Das Messer traf auf etwas Knisterndes, das sogleich zuckend und raschelnd vor seinen Füßen zu Boden sank.

Er starrte es an, das Messer, zur Verteidigung bereit. Doch nach einer Schrecksekunde, die ihm ewig erschienen war, atmete er erleichtert auf.

Eine Plastiktüte. Es war eine dieser höllisch raschelnden Plastiktüten, die man in kleinen Geschäften bekommt. Wütend kickte er sie weg und war zugleich erleichtert, dass es keine Zeugen gab. Cinzias typische verächtliche Miene hätte ihm gerade noch gefehlt. Diese Frau hatte einfach vor nichts Angst. Sie war einzigartig, die Beste. Alles, was er wusste, hatte er von ihr gelernt, sie hatte ihm geholfen, sich in Rom über Wasser zu halten, und ihm auch die Arbeit bei *Seiner Exzellenz* verschafft. Dafür lachte sie hin und wieder ein bisschen über ihn. Jedenfalls beschloss er, ihr nichts davon zu erzählen.

Nicht mehr ganz so vorsichtig ging er den Flur entlang zum letzten Zimmer. Er würde hineingehen, die Taschenlampe anmachen, seine Sache erledigen und sofort wieder hinausgehen.

Ein Schlag auf den Kopf streckte ihn zu Boden und machte ihn benommen, doch er verlor nicht das Bewusstsein. Panisch robbte er durchs Zimmer, versuchte, sich von der Tür und seinem Angreifer zu entfernen und gleichzeitig das Messer zu zücken. Vor seinen Augen lag die ausgehöhlte Wand, ein schwarzes, leeres Loch. Wie eine Katze versuchte er, sich umzudrehen, bereit, zu kämpfen, doch da traf ihn wieder etwas am Kopf, so heftig, dass der Schmerz seinen ganzen Körper durchzuckte.

»An deiner Stelle würde ich mich ruhig verhalten«, hörte er von unglaublich weit weg eine Stimme. »Mit einer Gehirnerschütterung ist nicht zu spaßen.«

Er stützte sich mit beiden Hände an der Wand ab und setzte sich mühsam auf. Das Messer hatte er verloren, doch das war jetzt nicht so wichtig.

»Ich glaube, ich habe gefunden, was du hier gesucht hast, aber glaub mir, es ist nichts Besonderes. Wenn du jemanden kennst, den es interessiert, würde ich es für einen anständigen Preis sogar rausrücken. Oder arbeitest du etwa auf eigene Rechnung?«

Die zu Boden gefallene Taschenlampe warf einen riesenhaften Schatten hinter die Gestalt des Fremden und beleuchtete von unten dessen Gesicht und seine dicke, schwarz umrandete Brille.

Vincenzo nickte. Niemand durfte erfahren, dass er für *Seine Exzellenz* arbeitete. Auf seinem ersten Einsatz ohne Begleitung hatte Vincenzo mehr Angst vor *Il Divino* als vor diesem Brillengespenst, das mit seinem Fund offenbar nichts anzufangen wusste.

»Ich bin ein echter Glückspilz«, nuschelte der Unbekannte. »Du bleibst jetzt, wo du bist. Gib mir zehn Minuten Vorsprung, dann kannst du abhauen, hier gibt's nichts mehr zu holen.«

Als sich die Gestalt nun bückte, um etwas vom Boden aufzuheben, erkannte Vincenzo plötzlich, wen er vor sich hatte: den Typ, der vergangene Woche um das Haus herumgeschlichen war und mit den beiden Frauen geredet hatte, der Antiquarin und ihrer Freundin. Jetzt brauchte er wenigstens nicht mit leeren Händen zu *Seiner Exzellenz* zurückzukehren, denn jetzt wusste er, wer das Gesuchte hatte, und er wusste auch noch, wo, denn an einem der letzten Tage war er aus eigenen Stücken einmal diesem Kerl bis zu seiner Pension in der Via Cavour gefolgt.

»Zehn Minuten, klar?«

Wieder nickte Vincenzo, dann kickte der andere die Taschenlampe weg und haute ab. Zehn Minuten später führte Vincenzo, der Kopfschmerzen hatte und alles mit bunten Rändern sah, einen Telefonanruf und ging nach Hause.

Katia öffnete die Augen und dachte zunächst, alles wäre nur ein schlechter Traum gewesen; dass sie nur deshalb nicht wusste, wo sie war und ihr Fenster und ihr Nachttischchen nicht erblickte, weil sie in der Pension in Innsbruck eingeschlafen war.

Sie lag seitlich auf dem Boden, und das Schachbrettmuster lag wie ein unendliches zweidimensionales Labyrinth vor ihr, durchschnitten von einem blutroten, immer schwächer werdenden Lichtstreifen, der die herannahende Nacht ankündigte. Sie stand mühsam auf, ohne die Augen von dem Licht abzuwenden, das nun orangefarben war und bald, viel zu bald, einem milden pfirsichfarbenen und später rosaroten Glanz weichen würde, bevor es ganz verschwand und die Eingangshalle im bläulichen Schein der Dämmerung zurückließ.

Sie dachte an Vampirfilme, in denen mit der Abendstunde der Schrecken hereinbrach, doch im selben Augenblick, noch bevor sie es mit der Angst zu tun bekam, erklang auf einmal Lautenmusik und um sie herum, und in der Halle und den angrenzenden Zimmern leuchteten Hunderte von Kandelabern auf. Während sie mit dem Rücken an der Tür lehnend aufstand und nicht wusste, was sie tun oder wohin sie fliehen sollte, gesellte sich zu den Lautenklängen das Gemurmel immer lauter werdender Gespräche, melodisches Lachen, Gläser, die beim Anstoßen klirrten. Aus dem Augenwinkel sah sie durch die angelehnten Türen der Zimmer im Erdgeschoss Männer- und Frauengestalten in prächtigen Gewändern, wie aus Gemälden oder Tapeten herausgelöst, allesamt jung und schön, die nach und nach vor ihrem staunenden Blick in die Halle strömten, ohne ihre Anwesenheit in diesem wundersamen Palast überhaupt zu bemerken. Das blonde Mädchen, das sie hergeführt hatte, huschte am Arm eines in grünem diamantenverzierten Samt gekleideten Ritters an ihr vorbei, aber ehe Katia sie ansprechen konnte, verschwand sie lachend im angrenzenden Salon.

Da tauchten oben auf der Treppe sechs scharlachrot-goldene Pagen mit brennenden Fackeln auf und zwischen ihnen ein Edelmann mit langen Haaren und grauem Bart in einer nachtblauen, mit Perlen bestickten Tunika.

Feierlich schritten sie herab, von den anderen unbeachtet, und noch bevor sie auf der Mitte der Treppe ankamen, richtete der Alte seinen Blick auf Katia, die in diesem Moment am liebsten unsichtbar geblieben wäre.

Nachdem er die letzte Stufe hinter sich gelassen hatte, traten die Pagen zur Seite und der Mann durchschritt allein die Halle, bis er vor Katia stand, leicht den Kopf neigte und ihr die Hand hinstreckte. Katia hielt ihm ebenfalls die Hand entgegen, und der Edelmann küsste sie ergeben.

»Seid in meinem Haus willkommen, edle Frau.« Sein Lächeln milderte das ansonsten strenge Gesicht.

So lächerlich ihr der Gedanke schien, Katia kam dieser Mann wie ein schlechte Kopie von Sean Connery als Renaissance-Edelmann vor.

»Wie ich sehe, hat meine geliebte Alexandretta Euch allein gelassen. Das ist unverzeihlich, und doch hoffe ich, Ihr besitzt den Großmut, dies zu verzeihen.«

Katia bewegte leicht den Kopf, begleitet von einem schwachen Lächeln.

»Mein Name ist Atlas, schöne Besucherin.«

»Atlas, der Zauberer?«, fragte Katia überrascht. Als sie den Namen einer der Hauptfiguren aus dem *Orlando Furioso* hörte, wurde ihr zum ersten Mal bewusst, dass dieser geheimnisvolle Palast derselbe war, den Ariost in seinem Werk beschreibt, eine *finzion d'incanto*, eine Verhexung der Sinne, welche die Menschen in Bann schlägt und nicht mehr frei gibt.

»Ihr kennt mich?«

»Euer Ruf erstreckt sich über … alle Kontinente.« Fast hätte sie »die fünf Kontinente« gesagt, aber sie wusste nicht genau, wie viele Kontinente es in dieser Wirklichkeit überhaupt gab.

»Eure Worte ehren mich. Darf ich Euren Namen erfahren?«

»Meinen Namen?« Sie erinnerte sich gar nicht mehr, welchen Namen Fink ihr gegeben hatte.

»So Ihr nicht an irgendein Gelübde oder Versprechen gebunden seid«, half er ihr weiter.

»Nennt mich Filis.«

Der Ritter reichte ihr die Hand; Katia legte die ihre auf seinen Handrücken, wie sie es aus den Historienfilmen kannte, die an den Samstagnachmittagen ihrer Kindheit im Fernsehen gelaufen waren, und so wandelten sie gemeinsam durch den Salon und erwiderten hier und dort die Grüße der Geladenen, die ihre Anwesenheit auf einmal wahrzunehmen schienen.

»Vielleicht hat Euch noblem Wesen die Neugier schon die Frage eingeflüstert, warum man Euch hierhergebracht hat.«

Sie nickte würdevoll.

»Glaubt mir, ich bedaure, dass es ohne Beachtung Eures Willens geschah, edle Frau, aber es musste so sein. Darf ich Euch ein Glas Wein anbieten?«

Er nahm zwei Gläser von einem Tablett, das ein Diener in scharlachroter Livree vorbeitrug, und reichte ihr eins. Dann nahm er von seinem Glas einen Schluck, ohne mit ihr anzustoßen, und wurde auf einmal sehr ernst: »Madonna Filis, wenn mein Ruf bis in das ferne Königreich, dem Ihr die Ehre Eurer Geburt habt zuteilwerden lassen, gedrungen ist, dann wisst Ihr vielleicht, dass ich einen Sohn habe, einen schönen jungen Mann, strahlend wie die Sonne, im Christenreich berühmt für Mut, Ruhm und Ehre.«

»Ruggiero?« Wenn das wirklich die Welt des *Orlando Furioso* war, musste Ruggiero gemeint sein, obwohl der nicht sein Sohn und schon gar nicht christlich war.

»Astario ist der Name meines Sohnes, die Krone der Ritter dieses Landes. Das Schicksal hat für diese Nacht seinen Tod bestimmt. So sein Vater nicht alle Kräfte vereint, um dies zu verhindern.«

»Könnt Ihr es?«

»Ich kann es versuchen, mit der Hilfe unseres Herrn. Und mit Eurer.« Atlas machte eine tiefe Verbeugung.

»Was kann ich als Fremde gegen das Vorherbestimmte ausrichten?«

»Allein dass Ihr hier seid, zeigt, dass es möglich ist, edle Frau. Wollt Ihr Euch etwa nicht dafür verwenden, die junge Hoffnung des christlichen Rittertums, den einzigen Sohn von mir altem Mann zu retten?« Ehe Katia antworten konnte, fuhr er in vollendeter Höflichkeit fort. »Ich erwarte nicht, dass Ihr dies ohne Entschädigung tut. Diese Aufgabe wird Euch nicht mehr als einen Abend Eures jungen Lebens kosten. Dafür würde Atlas Euch etwas geben, was sich alle Sterblichen wünschen: In meinem Spiegel könnt Ihr sehen, wie es gerade um den Menschen bestellt ist, den Ihr am meisten liebt, das Gesicht des Euch versprochenen Mannes und sogar Eure Zukunft werden aufblitzen. Und dann, meine schöne Filis, werde ich Euch einen beliebigen Wunsch erfüllen, soweit es in meiner Macht steht.«

»Steht es in Eurer Macht, mir die Freiheit zu schenken und mich zu einem Menschen in diesem Königreich zurückzubringen, auch wenn ich nicht weiß, an welchem Ort genau er sich befindet?«

»Das tut es.«

»In dem Fall habt die Güte und sagt mir, was ich machen soll, um zur Rettung Eures Sohnes beizutragen.« Katia fühlte sich äußerst lächerlich dabei, wie in einem Historienfilm der Vierzigerjahre zu reden, doch ihr Gesprächspartner fand das offenbar ganz normal.

Atlas lächelte: »Eure Mildtätigkeit wird belohnt werden. Es könnte für eine schöne Fremde wie Euch nicht leichter sein. Ihr müsst Astario nur bis Sonnenaufgang zurückhalten.«

»Zurückhalten? Wie denn, edler Herr?« Ihre Stimme war unweigerlich schärfer geworden.

»Schöne Filis«, sagte Atlas beschwichtigend, »glaubt mir, niemals würde ich es wagen, von Euch etwas zu verlangen, was Eure Ehre verletzt. Allein der Blick Eurer schönen Augen vermag es, den ungestümsten Ritter zurückzuhalten, doch was Astario über die Maßen und mehr als alles andere liebt, sind Geschichten, fremde, wunderbare Geschichten aus fernen Ländern. Und wer könnte besser seine Fantasie bannen als eine junge, von weit her kommende Prinzessin?«

»Nun denn.«

Atlas führte sie über die Treppe in einen der oberen Räume. Dort gingen sie lächelnd an den fröhlich zusammenstehenden Damen und Herren vorbei, die sich in der warmen Luft des Palasts wie vom Licht angezogene Schmetterlinge bewegten. Katia war wie geblendet. Sie wusste, dass das alles nicht wirklich sein konnte, und gleichzeitig waren ihre Sinne noch nie so wach gewesen: Sie roch den süßen Honigduft der Kerzen, hörte die Seidenkleider der Damen rascheln, das Feuer knistern, die goldenen Becher und Gläser klirren; die Musik war so bewegend und schön, dass es ihr die Brust einschnürte, und die Hand ihres Gastgebers lag warm und trocken in der ihren. Sie wusste, dass das alles nicht wirklich war, zumindest nicht in dem Sinn, wie sie das Wort Wirklichkeit immer verstanden hatte, und trotzdem war alles intensiver und schärfer, als sie ihre eigene Welt je wahrgenommen hatte. Vielleicht lag es daran, dass alles neu war, oder sie nahm sich im Alltag einfach nie die Zeit zur bewussten Wahrnehmung, weil sie eben alles, was ihre Sinne ihr anboten, für selbstverständlich hielt.

Was sollte sie diesem jungen Mann erzählen, wenn sie doch nichts kannte, was schöner und wundersamer war als dieses Fest und dieses Haus? Wie konnte sie diesem jungen Mann ihre Wirklichkeit nahebringen? Wollte sie ihm etwa von einer Welt erzählen, in der sich die Wunder auf den technischen Fortschritt beschränken? Sollte sie Geschichten über Staubsauger, Flugzeuge und Gefrierschränke erfinden? Sollte sie ihm von den Wundern der Polyesterfaser, des elektrischen Lichts, des Internets erzählen? Wie würde jemand, der diese Umgebung als Vergleich hatte, die Wunder aus ihrer Welt finden?

Wenn sie seine Aufmerksamkeit gewinnen wollte, musste sie für ihre Erzählung als Erstes einen neutralen Schauplatz finden.

»Hochverehrter Herr«, flüsterte Katia Atlas ins Ohr, »ich muss mit einem Anliegen an Euch herantreten. Der Ort, an dem wir uns befinden, ist für fantastische Erzählungen nicht gut geeignet; hier umgibt einen so vieles, was die Sinne betört und die Aufmerksamkeit des Zuhörers ablenkt. Wäre es nicht möglich, einen etwas abgelegeneren Ort aufzusuchen, eine Waldlichtung, einen Gartenpavillon, eine Wiese neben einem Bächlein?«

Atlas sah sie mit kaltem, zweifelndem Blick an: »Außerhalb des Palasts?«

»Das wäre vorzuziehen.«

»Einen Ort wie diesen?«

Aus dem Nichts heraus waren Lichter, Musik und Gäste verschwunden. Am schwarzen Himmel leuchtete leicht irisierend der fast volle Mond, ein laues Lüftchen bewegte die Weiden am Ufer eines sanft dahinplätschernden, vom Mondsilber gesprenkelten Bächleins, Hunderte winziger Glühwürmchen tanzten in den Bäumen des Wäldchens, wie auf die Erde gefallene Sterne funkelnd, die Luft roch nach Wald, wilden Blumen und Freiheit.

Katia hielt sich überrascht die Hände vor den Mund.

»Kommt. Ich will Euch Euer erstes Geschenk übergeben.«

»Wäre es nicht besser, damit bis zum Ende zu warten? Fürchtet Ihr nicht, dass ich fliehe?«

»Ich will Euch meinen guten Willen zeigen, edle Frau. Um mich des Euren zu vergewissern«, fügte er nach einer kurzen Pause hinzu.

Sie spazierten ein paar Schritte durchs Gras auf den Bach zu. Katia spürte durch die dünnen Sohlen ihrer Schuhe die Feuchtigkeit. Am Ufer zog ein glitzernder Gegenstand ihren Blick auf sich: Es war eine recht große Silberschale. Atlas bückte sich, hob die Schüssel auf, ging mit ihr ans Ufer und füllte sie mit Wasser; dann kam er mit ihr zurück und ließ sie zwischen ihnen beiden in der Luft schweben, als hätte er sie auf einen Tisch gestellt. Der Mond spiegelte sich in der allmählich zur Ruhe kommenden Wasseroberfläche.

»Seht, edle Frau.«

Kaum merklich geriet das Wasser in der Schüssel in Bewegung, dann begann es sich gegen den Uhrzeigersinn zu drehen und bildete nach und nach einen so gleichmäßigen tiefen Strudel, dass es Katia erschien, als blickte sie durch ein Loch bis zum Ende des Universums, in einen unendlichen, ins Nichts führenden Tunnel. Nach ein paar Sekunden erstarrte die Oberfläche und war nun glatt wie ein Spiegel aus poliertem Silber, auf dem auf einmal die Gestalt Roccos zu sehen war, blass, unrasiert, und so verzweifelt blickend, dass sie entsetzt aufschrie, und dann eine rasche Bilderfolge, Innsbruck aus der Luft gesehen, das Goldene Dachl, der Fluss, ein hässlicher viereckiger Bau mit vergitterten Fenstern, hinter den Gittern Rocco. Dann verschwand das Bild.

Katia sah zu Atlas auf, doch der hatte die Augen geschlossen und konzentrierte sich offenbar mit aller Kraft, und so blickte sie wieder in die Schüssel.

Im Spiegel erschien nun das Gesicht eines Mannes. Er war jung, obwohl seine Haare fast weiß waren, und hatte einen intelligenten, leicht verschmitzten Blick. Das Bild war nur ein paar Sekunden zu sehen, und sosehr sie der Anblick von Rocco im Gefängnis schmerzte und verwirrte, dieses zweite Bild prägte sich ihr tief ins Gedächtnis ein: Wenn sie ihn sehen würde, würde sie ihn erkennen.

Es erschienen keine weiteren Formen mehr im Spiegel. Dafür

ging von der Schüssel nun ein flackerndes Leuchten aus, ein glänzendes tiefes Blau wie ein seidiger Nebel, in dem man baden und vergessen wollte. Dann explodierte etwas in der Schüssel, und Licht überströmte sie: Licht, so rein wie ein perfekter Regenbogen, der sich in einem Glasprisma bricht: rot wie frisches Blut, orange wie eine von Essenzen pralle Frucht, ein helles, amberweiches Gelb, das Grün frisch und zart wie junge Triebe, ein klares Meerblau, ein geheimnisvolles tiefes Dunkelblau, ihre Lieblingsfarbe, das samtene Violett von Alpenblumen. Alle diese Farben, Texturen und Düfte ergossen sich wie ein Kaskade über sie und erfüllten sie mit Kraft, Sehnsucht, dem Wunsch zu fliegen.

Und dann wieder die Nacht, die Stille, das Rufen eines Uhus, der Mondschein auf dem schlafenden Wald, Atlas' Blick in ihre noch immer staunenden Augen, die blasse Gestalt eines jungen Mannes, der zwischen den Bäumen hervorkam.

»Tritt näher, Astario.« Katias Hand in der des Jungen. »Ich wünsche Euch eine lange und glückliche Nacht.«

Eine Sekunde darauf war Atlas samt der Silberschale verschwunden.

»Ihr zittert, edle Dame, setzt Euch.«

Katia setzte sich auf ein paar Schaffelle und wäre am liebsten allein gewesen, um das, was sie gerade erlebt hatte, zu verarbeiten, sich zu erinnern und vielleicht zu begreifen, was Atlas ihr in seiner Zauberschale gezeigt hatte, aber jetzt musste sie ihren Teil der Abmachung erfüllen, sie musste diesen Jungen irgendwie aufhalten, bis das Licht des anbrechenden Tags die ihn bedrohende Gefahr verscheucht haben würde. Es war unwichtig, ob all das echt war oder nicht, ob es überhaupt sein konnte. Für den Moment war es da. Und das genügte.

»Herr Fernando Cabrera?«

Die Stimme am Telefon klang kultiviert, er kannte sie nicht.

»Am Apparat. Bitte?«

Keine drei Meter vom Telefon entfernt wischte die Pensionswirtin unnötigerweise den bereits blitzsauberen und nach Putzmittel riechenden Flur. Nachdem Cabrera ihr einen hasserfüllten Blick zugeworfen hatte, was sie nicht im Geringsten beeindruckte, drehte er sich zur Wand.

»Es kann sich natürlich auch um einen Irrtum handeln, aber mir ist zu Ohren gekommen, dass Sie etwas haben, das für mich von Interesse sein könnte.«

»Von großem Interesse?«, fragte er und bemühte sich um einen möglichst gelangweilten Ton, um seine Überraschung zu überspielen.

»Ich bin ein altmodischer Mensch, Herr Cabrera, über solche Dinge rede ich nicht gern am Telefon. Können wir uns treffen?«

Cabrera dachte an seinen fast fertig gepackten Koffer und das blöde Bündel alter Liebesbriefe, das er zwischen seine Kleider gesteckt hatte. Wenn dieser Mensch so dumm war, sie ihm wirklich abkaufen zu wollen, sollte er die Gelegenheit nutzen und dann so schnell wie möglich Rom verlassen. Der Teppich war vielleicht etwas wert, aber man müsste ihn erst restaurieren, die vielen Jahre in dem Versteck hatten der Seide nicht gutgetan.

»Ich reise morgen aus Rom ab.«

»Gut. Was halten Sie davon, wenn wir uns heute um drei in den Ruinen von Ostia Antica treffen?«

»Ich habe keine Ahnung, wo das ist.«

»Nehmen Sie ein Taxi und stellen Sie es mir in Rechnung.«

»Ich überleg's mir.«

Am anderen Ende der Leitung war ein leises Lachen zu vernehmen: »Haben Sie zu viele Angebote?«

Dieser Idiot mit der kultivierten Stimme schien zu wissen, wovon er redete.

»Sagen Sie, was genau wollen Sie mir eigentlich abkaufen?«

Das Schwanken in seiner Stimme war kaum wahrzunehmen: »Eine Holzkiste mit alten Dokumenten in erster Linie. Aber ich begutachte gern auch alles andere, was Sie bei der Kiste gefunden haben. Die Übergabe würde diskret vonstattengehen, samt Barbezahlung in der Währung Ihrer Wahl. In Anbetracht der Tatsache, dass Sie morgen abreisen, bin ich sogar zu einer Ausnahme von meinen üblichen Gepflogenheiten bereit. Nennen Sie mir den Preis und bringen Sie mir die Unterlagen heute Nachmittag.«

Cabrera wischte sich mit dem Handrücken den Schweiß von der Stirn. Das war die Chance, um aus diesen verdammten, wertlosen Zetteln etwas herauszuschlagen, zumal sich Katia Steiner offenbar auf Dienstreise im Ausland befand, wie man ihm eine Stunde zuvor in Azzaros Firma mitgeteilt hatte. Ob sie mehr als dieser Kerl am Telefon bieten würde? Er hatte keine Ahnung, wie viel er verlangen konnte, und war genervt, weil man ihn bestimmt übers Ohr hauen würde, doch alles war besser, als leer auszugehen.

»Ich biete Ihnen zehntausend Mark.«

Er rechnete fieberhaft. Fast eine Million Peseten.

»Für das ganze Paket, versteht sich«, fügte die Stimme an.

»Es ist ein alter Teppich dabei, aus Seide, glaube ich.«

»Fünfzehntausend Mark. Heute Nachmittag.«

»Ich … Moment … warten Sie …«

»Das ist mein letztes Angebot Herr Cabrera. Ja oder nein?«

Wenn der Mann jetzt auflegte, könnte er sich nicht einmal mit ihm in Verbindung setzen. Eineinhalb Millionen Peseten für ein paar Briefe und einen von Mäusen zerfressenen Teppich. Das oder nichts. Es sei denn, er würde es noch einmal bei dieser Hexe Steiner versuchen und riskieren, dass sie die Polizei rief und von ihm eine Erklärung über die Herkunft der Papiere forderte.

»Einverstanden.«

»Um drei in Ostia Antica. Im Amphitheater. Seien Sie pünktlich, Herr Cabrera, ich ertrage es nicht, wenn jemand in geschäftlichen Dingen unzuverlässig ist, und wie Sie sehen, sind Sie sehr leicht zu finden.«

Bevor Cabrera noch etwas sagen konnte, legte der Mann auf. Er hatte kalte, feuchte Hände und zitterte am ganzen Körper, als hinge er an einer Steckdose. Er würde nach Ostia fahren, das Geld nehmen, nach Palencia zurückkehren und nie wieder in seinem Leben an Valcárcel denken. Und wenn die Dinge allzu hässlich werden sollten, würde er seine akademischen Pläne aufgeben und doch noch das Examen für den staatlichen Schuldienst ablegen.

Wütend machte ihn nur, dass er so nah dran gewesen war. Wäre er ein paar Tage früher zur Stelle gewesen, könnte er jetzt Valcárcels Nachlassverwalter sein, könnte er mit den Ideen aus den unveröffentlichten Aufzeichnungen, die nie jemand zu Gesicht bekommen würde, für den Rest seines Lebens brillante Artikel veröffentlichen und hätte es in wenigen Jahren zum Universitätsprofessor gebracht. Doch so … so musste er sich mit eineinhalb Millionen Peseten zufriedengeben – oder mit Liebesbriefen aus den Dreißigerjahren, die bestimmt kein Geld brächten, falls er überhaupt einen Verleger für sie finden würde, abgesehen davon, dass er erklären müsste, woher er sie hatte. Nein, es war besser, zu verkaufen und die ganze Sache zu vergessen.

Er ging auf sein Zimmer, um seine Sachen zu holen. Die Wirtin wischte gerade mit einem klebrigen Lappen den leeren Nachttisch ab, das Bett war noch nicht gemacht, der Koffer stand offen auf dem niedrigen Möbel unter dem Fenster. Offen? Hatte er ihn offen gelassen, als er ans Telefon gegangen war?

Mit einem Satz stand er vor dem Koffer und tastete nach dem Briefbündel. Da war es. Der zusammengerollte Teppich war ebenfalls da. Aber er dachte nicht daran, auch nur eine Sekunde länger in der Pension zu bleiben. Er würde seine Sachen mit nach Ostia nehmen und sich dort eine Bleibe für seine letzte Nacht in Italien suchen.

»*Signora*, bringen Sie mir bitte die Rechnung. Ich reise jetzt schon ab.«

»Den Tag muss ich Ihnen aber berechnen. Es ist zwanzig nach zwölf. Und Sie haben mir gesagt, Sie reisen morgen ab.«

»Ich gehe aber jetzt gleich.«

Die Frau zeigte schulterzuckend auf das Hinweisschild hinter der Tür: »Wenn der Gast das Zimmer nicht bis zwölf räumt, wird der gesamte Tag in Rechnung gestellt.«

»Bringen Sie mir die Rechnung und lassen Sie mich in Frieden!« Er brüllte fast. »Und dass Ihnen bloß nicht einfällt, das Zimmer irgendwem für heute Nacht zu vermieten! Dann zeige ich Sie an!«

»Kommen Sie denn noch mal zurück?«

»Das geht Sie einen Dreck an. Wenn ich zahle, ist das Zimmer meins, klar?«

»Von mir aus … wenn Sie zahlen.«

Sie ging aus dem Zimmer, und er blieb schwitzend und mit rotem Kopf zurück.

»Hochverehrter Prinz«, setzte Katia an und hatte keine Ahnung, was sie weiter sagen sollte. »Mein Name ist Filis, und ich komme von einem Ort, der so weit weg ist, dass er in den Landkarten der bekannten Welt nicht verzeichnet ist. Die beharrlichen Worte eines weisen Alten auf seinem Sterbebett führen mich hierher, um nach dem Ritter des Hippogryphen, Leonardo, zu suchen ...«

»Wir waren Waffenbrüder«, unterbrach Astario sie. »Wir haben uns in der großen Schlacht von Regento kennengelernt, in der das Schicksal auf unserer Seite war und wir mit Gottes Hilfe einen großen Sieg über die Ungläubigen errungen haben. Atlas hat mir gesagt, Ihr wollet mich um etwas bitten, edle Dame. Wünscht Ihr, dass ich Euch auf Eurer Suche begleite?«

Typisch Atlas, den jungen Mann bei der Ehre zu packen.

»Euer Vater hat mich gebeten, Euch meine Geschichte zu erzählen.«

»Mein Vater? Ihr kennt ihn? Seid Ihr auf dem Weg hierher etwa durch mein Königreich gekommen? Bei der Liebe zu allen Himmlischen, erzählt mir, wie meine Eltern sich befinden, edle Dame. Ich bin vor so langer Zeit von ihnen weggegangen, dass jede Nachricht Musik in meinen Ohren ist. Wisst Ihr nicht zufällig von einer Dame mit Namen Aliena, mit tiefblauen Augen und honigblondem Haar?«

»Ihr seid nicht Atlas' Sohn?«

Astario sah sie ehrlich überrascht an: »Atlas ist ein großer Zauberer und mein Beschützer, seit er vor langer Zeit meine Wunden geheilt hat, aber mein Vater ist er nicht. Ich lebe seitdem in seinem Palast, und obwohl meine Sehnsucht über diese Mauern hinwegfliegt und ich mich jede Nacht danach verzehre, in mein Reich zurückzukehren und für die Meinen zu kämpfen, überkommt mich beim ersten Lichtschein ungeheure Müdigkeit, eine unüberwindbare Trägheit, die mir in aller Deutlichkeit zeigt, dass ich noch nicht wieder ganz bei Kräften bin. Atlas redet mir zu, tagsüber auszuruhen, doch mit Einbruch der Nacht kehren Sehnsucht und Unruhe zurück.«

»Fürchtet Ihr etwa um die Euren?«

»Mein Herz sagt mir, dass eine große Schlacht bevorsteht, und in meinen Träumen sehe ich manchmal eine greise Edelfrau, die mich ruft, meine Schläfrigkeit abzuschütteln und den christlichen Kriegern zu Hilfe zu eilen, doch sobald ich erwache … stelle ich fest, dass es nur ein Fiebertraum war, und ich zweifle an allem, sogar an mir selbst.«

»Und Ihr habt nicht Atlas über Eure Träume um Rat gefragt?«

Der junge Mann schüttelte langsam den Kopf: »Atlas will mich nicht von Schlachten und Kämpfen reden hören. Er liebt mich wie ein Vater seinen Sohn und bangt um mein Leben. Er ist kein Krieger, er weiß nicht, dass nur das Leben für den Ruhm diesen Namen verdient und alles andere, was wir Leben nennen, nichts ist als ein eitler Traum, aus dem wir erst erwachen müssen.«

Ein Schauder durchfuhr Katia.

»Wolltet Ihr mir nicht Eure Geschichte erzählen, noble Filis?«

Doch bevor Katia antworten konnte, umwehte sie ein aus dem Nichts aufgetauchter warmer Wind, und eine Sekunde darauf sahen sie sich der durchscheinenden Gestalt einer Alten gegenüber.

»Die Dame aus meinen Träumen«, rief Astario aus und sprang auf.

Das Bild glich einer hoch aufgelösten Holografie: ein altes Weiblein mit langen weißen Haaren, in einen nachtschwarzen, schimmernden Mantel gehüllt.

»Mein Sohn«, sagte die Greisin in herzlichem Ton, aus dem große Freude sprach, »endlich treffe ich dich an einem Ort, an dem wir reden können. Tagelang habe ich es versucht, aber die Barrieren, die Atlas um dich errichtet hat, haben mich nicht zu dir vorgelassen, außer in meinen Träumen.«

»Was wollt Ihr von mir, hohe Dame?«

»Ich komme von deinen Eltern, deiner Dame und allen christlichen Rittern, die nach deinem starken Arm rufen und dich auffordern, zu ihnen zurückzukehren, wenn das dein Wunsch ist.«

»Gelobt sei Gott, unser Herr, dass er solche Wunder geschehen lässt!«

»Ich bin Taliesa, die Unbekannte, und gekommen, dich aus diesem Gefängnis zu befreien, in dem der hinterhältige Atlas dich festhält, um den Christen ihren verdienten Sieg gegen die Ungläubigen zu versagen.«

»Ich weiß, es steht mir nicht zu«, unterbrach Katia, »doch Atlas hat mir erzählt, dass für heute Astarios Tod bestimmt war. Er hat ihn zu verhindern versucht.«

Die Greisin lächelte schwach und blickte wieder dem jungen Ritter in die Augen.

»Mein Sohn, Atlas hält dich hier zurück und verzärtelt dich, betört dich mit immer neuen Zaubern, die sich bei den ersten Sonnenstrahlen in Nichts auflösen. Ich biete dir an, in dein Land zurückzukehren, zu deinem bisherigen Leben, zu denjenigen, die dich lieben, damit du deinen starken Arm in den Dienst der wahrhaftigen Religion stellst. Uns bleiben nur noch wenige Augenblicke, bevor Atlas erwacht und mich wieder mit seinen Barrieren aussperrt. Willst du nicht mit mir kommen?«

»Und wenn wir die Hölle durchschreiten müssen!«, sagte der junge Mann entschlossen, noch bevor Katia das Wort ergreifen konnte. »Doch wir dürfen diese Dame nicht in seinen Händen lassen. Er könnte sie seine Wut spüren lassen, und kein Ritterherz dürfte dies zulassen, hohe Dame.«

Katia wünschte sich nichts sehnlicher, als sich aus Atlas' Zauber zu befreien, aber gleichzeitig konnte sie nicht leugnen, dass er ihr den Lohn für ihre Mithilfe bereits bezahlt hatte und sie keine Möglichkeit hatte, ihm dieses Geschenk zu vergelten. Ob sie bereits von dem adligen Pflichtdenken angesteckt war oder ob ihre bürgerliche Erziehung schuld war, wusste sie nicht, jedenfalls hatte sie Skrupel.

»Atlas rühmt sich gern für seine Fähigkeiten, meine Tochter«, sagte die Alte, als hätte sie Katias Gedanken gelesen. »Doch Ihr könnt keineswegs sicher sein, dass das, was er Euch in seinem Wasserspiegel gezeigt hat, auch tatsächlich die für Euch bestimmte Wirklichkeit ist. Und Euren persönlichen Wunsch hat er Euch noch gar nicht erfüllt, nicht wahr?«

Sie schüttelte den Kopf.

»Ich werde ihn Euch erfüllen. Ihr schuldet ihm nichts.«

»Ihr wisst, worum ich ihn bitten wollte?«

»Ich weiß fast alles, mein schönes Kind. Ich weiß, dass Ihr wieder mit dem Ritter des Hippogryphen zusammenkommen wollt, und ebenso, dass Ihr nicht aus dieser Welt seid und in die Eure zurückkehren möchtet.«

»Könnt Ihr mich in meine Welt zurückbringen?« Katia selbst fiel auf, wie sehnsüchtig, wie verzweifelt ihre Stimme klang.

Astario sah sie mit einem Gesichtsausdruck an, der Ehrfurcht oder Schrecken bedeuten konnte, als stünde er vor einem Engel.

Die Greisin lächelte mild und schüttelte langsam den Kopf: »Das kann ich nicht, mein Kind. Aber Ihr könnt es. Ihr schon. Kommt her.«

Katia war kurz von Panik ergriffen, als die Alte ihre Arme öffnete und ihren Mantel sich wie ein Vorhang um sie legte. Außerhalb des Umhangs funkelten weiter die Sterne, raschelten die Blätter der Birken und spielte das Bächlein sein ewiges Spiel mit den Kieselsteinen am Grund, doch innerhalb der Arme der Frau breitete sich das Nichts, absolute Schwärze aus.

»Kommt her, meine Kinder. Schlüpft unter meinen Mantel.«

Fragmente aus Kindermärchen hallten ihr durch den Kopf: »Macht auf, Kinder, ich bin eure liebe Mutter«, »knabbert nicht an den Wänden meines Hauses, drinnen habe ich mehr Schokolade, als ihr euch vorstellen könnt«, »Großmutter, Großmutter, was hast du so einen großen Mund«. Dann spürte sie, wie ihre Knie nachgaben.

Astario tat einen Schritt auf die Alte zu, der Mantel legte sich ihm über die Schultern, und der Jüngling war nur mehr ein schwebender Kopf.

»Komm, Katia.«

Der Mantel, ausgebreitet wie die Schwingen einer Riesenfledermaus, zog sie zu sich. Er hatte sie bei ihrem richtigen Namen gerufen. Wenn dich jemand bei deinem Namen ruft, musst du folgen. Aber sie wollte ihm nicht folgen. Oder doch? Wollte sie etwa in Atlas' Palast bleiben, jeden Abend in Samt und Brokat gekleidet bei Kerzenschein Gewürzwein trinken? Wollte sie den Rest ihres Lebens nicht existierenden Wesen fantastische Geschichten erzählen?

Sie wollte einfach nur nach Hause. Nach Hause.

Altas' wütendes Gebrüll löschte sofort alle ihre Zweifel. »Es ist zu spät«, dachte sie, während sie verzweifelt in den schwarzen Mantel floh, der eine Falle sein konnte oder ein Weg oder das absolute Nichts.

Katia Steiners Foto aus Rom war vervielfältigt und an sämtliche Polizeibeamten der Stadt verteilt worden, außerdem an sämtliche Dienststellen und die umliegenden Krankenhäuser, doch bislang waren keine Hinweise eingegangen. Gabi und Wolf hatten sich noch einmal auf den Weg zur Universität gemacht und diesmal mehr Glück gehabt: Eine Sekretärin des Romanistischen Instituts hatte Katia gesehen, und Frau Lechner, die Dekanatssekretärin, hatte sie sogar vor dem Senatssitzungssaal sitzen sehen, und zwar kurz bevor sie vor dem Gemälde von Rektor Gabrielli die Leiche der italienischen Studentin gefunden hatte.

»Das heißt, Kollege«, hielt Gabi fest, »das sich uns zwei Wege auftun: Entweder hat dieser Malatesta sich auch Katia Steiner vorgenommen und wir haben nur noch nicht ihre Leiche gefunden, oder die Steiner hat die Italienerin getötet und uns auf eine falsche Fährte gelenkt.«

»Ich will dich nur daran erinnern, dass die Kugel aus der Pistole stammte, die wir bei Malatesta sichergestellt haben. Und denk an das Gesicht, das er gemacht hat, als wir ihm das Foto gezeigt und ihm gesagt haben, dass das Mädchen verschwunden ist.«

»Was für ein Gesicht hat er denn deiner Meinung nach gemacht?«

Wolf schloss für einen Moment die Augen. Es fiel ihm schwer, es in Worte zu fassen. Marianna Grimaldi hatte ihnen gesagt, Katia Steiner sei mit Malatesta zusammen gewesen, und als dieser das Foto seiner Freundin gesehen hatte – es widerstrebte ihm, sich diese junge Frau als Freundin von diesem Kerl vorzustellen, aber erst mal war das die Hypothese –, hatte er es zärtlich, sehnsüchtig betrachtet, ohne Wut, ohne schlechtes Gewissen, ohne die Emotionen, die er hätte haben müssen, wenn er sie ermordet hätte. Und als sie ihm gesagt hatten, dass das Mädchen verschwunden sei, hatte er ein Gesicht gemacht, als ... als wisse er es bereits, als sei er gar nicht überrascht und fast erleichtert, dass sie für ihn im Moment unerreichbar war. Und traurig hatte er auch gewirkt. Weil er nicht bei ihr sein konnte? Weil die Polizei eingeschritten war?

»Er wusste, dass sie verschwunden war, er wusste, dass wir sie nicht finden würden«, sagte er schließlich.

»Weil sie tot ist?«

»Nein. Vielleicht, weil sie außer Gefahr ist.«

»Weil sie Komplizen sind, willst du sagen?«

Wolf schüttelte den Kopf.

»Nein. Das glaube ich nicht.«

»Man könnte fast meinen, du hast Sympathien für dieses Mädchen und wehrst dich gegen den Gedanken, dass ihr irgendetwas zugestoßen sein könnte.«

»Für welches Mädchen denn?«

»Rotkäppchen, wen sonst!«

»Wieso soll ich Sympathie für sie haben, wenn ich nur ihr Foto kenne?«

»Ja, das verstehe ich auch nicht so ganz.«

Wolf blätterte die schmale Akte des Falls durch, um Gabis spöttischem Blick auszuweichen. Er verstand es selbst nicht recht, aber als er dieses Foto gesehen hatte, hatte er das Gefühl, diese Frau zu kennen, oder zumindest den Wunsch, sie kennenzulernen, so wie es einem manchmal geht, wenn man am Telefon oder im Radio eine Stimme hört, die einem spontan gefällt, sodass man sich sofort vorstellen kann, mit dieser Person befreundet zu sein.

»Es wäre wirklich süß, wenn du dich wie ein Märchenprinz in ein Foto verliebt hättest. Aber klar, bei deinem Leben wüsste ich auch nicht, wie du dich anders verlieben solltest.«

»Meine Arbeit erlaubt mir kein anderes Leben«, erwiderte Wolf knapp.

»Ich arbeite auch und habe trotzdem ein Privatleben.«

»Ja, und das immer mehr.«

»Soll das ein Vorwurf sein?«

Er wollte ihr schon sagen, dass er es leid war, alles allein machen zu müssen, damit sie mit ihrem Freund zusammen sein konnte, dass er ihre frühere Kameradschaftlichkeit vermisste, ihre halb beruflichen, halb privaten Treffen beim Chinesen, die Pizzas bei ihm oder bei ihr zu Hause, wenn sie am Ende eines Arbeitstags noch in Ruhe ihre Fälle durchsprechen wollten, ihren Tratsch über die Kollegen, ihre nächtlichen Unterhaltungen, die zu vorgerückter Stunde immer vertraulicher wurden. Fast hätte er ihr das alles gesagt, doch dann hatte er Angst, dass sie ihn auslachen und zu ihm sagen würde, er sei nur eifersüchtig auf Thomas, und dass sie ihm vorwerfen würde, er hätte ihre Freundschaft missverstanden.

»Du lässt mich in Frieden und ich dich auch, einverstanden?«

»Wie du willst.«

3
Die Suche nach einem Mörder

Bis zu den Ruinen des alten Hafens von Rom war es viel weiter, als er gedacht hatte. Da er nun doch keine Zeit mehr hatte, wie geplant noch etwas essen zu gehen, bog er mit knurrendem Magen in die zu dem Ausgrabungsgelände führende Zypressenallee ein. Es war sieben Minuten vor drei, und er brauchte sich nur die weiche, kultivierte Stimme dieses Mannes in Erinnerung zu rufen, schon stand für ihn fest, dass er lieber auf das Mittagessen verzichtete, als unpünktlich zu sein. Er würde sich doch nicht für einen banalen Teller Pasta eineinhalb Millionen Peseten durch die Lappen gehen lassen.

Die Ruinen waren wie ausgestorben – offenbar waren die Reisegruppen besser organisiert und hatten ausreichend Zeit für die Mittagspause einkalkuliert. Wahrscheinlich hatte der Mann sich auch deshalb um diese Uhrzeit hier mit ihm verabredet, ein Gedanke, bei dem ihm flau im Magen wurde. Wahrscheinlich hatte er einfach zu viele Kinofilme gesehen. Trotzdem fühlte er sich, als hätte er eine Verabredung mit einem Mafiaboss, der gleich mit seinen beiden Bodyguards anrücken und ihn entweder mit seinem Revolver abknallen oder mit einem Betonklotz um die Fesseln ins Meer werfen würde.

Er fragte sich, warum er sich so sehr in diese Panik hineinsteigerte, hatte er doch nie eine rege Fantasie besessen. Dieser ganze Schwachsinn von Valcárcel, den er hatte lesen müssen und der in der akademischen Welt so gut angekommen war, hatte ihn offenbar um den Verstand gebracht. Jemand anderen hätte der Spaziergang zwischen den Ruinen wahrscheinlich zu Gedanken über die Vergänglichkeit des Ruhms angeregt, über den Zusammenbruch der großen

Reiche der Antike, über alles Schöne der Vergangenheit; ihm hingegen war es nur lästig, über die losen Steine zwischen diesen langsam verfallenden Mauern hindurchzugehen, denen er so rein gar nichts abgewinnen konnte. Für ihn war die Welt klar in zwei Klassen unterteilt: diejenigen, die oben sind und machen können, was sie wollen, und diejenigen, die unten sind und sich den Umständen fügen müssen. Derzeit gehörte er leider noch der zweiten Gruppe an, und ihm blieb nichts anderes übrig, als dieses verdammte Amphitheater zu suchen, in dem irgendein Großkotz auf ihn wartete, der so dumm war und eineinhalb Millionen Peseten für ein Bündel vergilbter Briefe und einen mottenzerfressenen Teppich zahlte.

Der alte Marktplatz von Ostia war menschenleer, am Kiosk neben dem Eingang des Amphitheaters las ein korpulenter Schwarzer in Chauffeurlivree Zeitung. Ihre Blicke trafen sich. Da faltete der Mann die Zeitung zusammen und signalisierte ihm, dass er ihm folgen solle.

Im Gegenlicht hatte der Herr des Chauffeurs die Gestalt einer Vogelscheuche, groß und dürr mit einem Umhang über den Schultern, einem Burberry's, wie er bei näherem Hinsehen erkannte. Cabrera streckte ihm die Hand hin, doch der Mann machte keine Anstalten, seine in Handschuhen steckenden Hände vom Knauf des Stocks zu nehmen, woraufhin Cabrera in seiner Verlegenheit die Hände in die Sakkotaschen gleiten ließ.

Aus der Nähe machte der Mann einen unheimlichen Eindruck wie ein schöner und gut ernährter, aber einem Fremden gegenüber gefährlicher Rassehund. Er trug einen tadellosen hellgrauen Anzug, dem man ansah, dass er von einem erstklassigen Maßschneider gefertigt war, ein weißes Hemd und eine Krawatte, die mehr gekostet haben dürfte als sämtliche Kleider in seinem Koffer neben ihm. Der Chauffeur war hinter ihm zurückgeblieben. Cabrera wusste nicht, ob er in die Bar zurückgekehrt war oder einen Meter hinter seinem Rücken stand.

»Haben Sie die Kiste dabei, Herr Cabrera?«

Cabrera räusperte sich: »Ich habe sie nicht für wichtig gehalten und weggeworfen. Aber ich habe die Briefe und den Teppich dabei.«

Der Mann in Grau streckte ihm die in einem Handschuh aus feinstem Leder steckende Hand hin, und Cabrera reichte ihm die Tüte, die er in der Außentasche seines Koffers verstaut hatte. Dann gab der Mann seinem Chauffeur ein Zeichen.

»Gehen Sie mit Herrn Cabrera etwas trinken, während ich die Dokumente durchsehe, ich bitte Sie darum.«

»Was heißt hier, die Dokumente durchsehen?«

Der Mann sandte Cabrera durch seine dunkle Brille einen eiskalten Blick zu.

»Sie werden doch nicht annehmen, dass ich die Katze im Sack kaufe, oder?«

Er drehte sich um, stieg ein paar Stufen hinauf und ließ sich dort mit der Tüte auf dem Schoß nieder.

»Zehn Minuten dürften reichen, Étienne.«

Bellochi sah den beiden nach, bis sie hinter der Mauer verschwunden waren, erst dann holte er die Papiere aus der Tüte, zog den Handschuh aus und legte die Hand darauf. Augenblicklich spürte er Valcárcels Aura, die auch dem Spiegel und allen anderen Gegenständen aus seinem Besitz innewohnte, doch waren die Schwingungen hier viel stärker, aggressiver. Er nahm die Hand kurz weg und atmete tief durch. Es war, wie ein seit Jahren nicht gelüftetes Zimmer zu betreten, das voll mit zugestaubtem Gerümpel war. Ihm wurde schwindlig. Er machte eine Pause und ließ den Blick über die rotgoldenen Ruinen schweifen, die sich unter ihm ausbreiteten, über die dunklen Silhouetten der Zypressen vor dem tiefblauen Himmel, über den Silberstreif des Meeres, den man in der Ferne erahnte.

Dann legte er wieder tastend die Hand auf die Papiere. Er spürte ganz deutlich Valcárcels Aura, und noch etwas. Die Aura eines anderen, sehr ähnlichen und dennoch verschiedenen Menschen, wie zwei Blautöne, von denen einer ins Gelbgrüne geht und der andere ins Rote, fast schon Violette. Und einen großen Schmerz.

Bellochi sah sich die Dokumente genauer an: alte Briefe, alle aus dem Winter und Frühling 1931, alle an Valcárcel adressiert, von einem anderen Valcárcel als Absender: Ein Bruder? Sein Vater? Oder ein Deckname, damit niemand dem Umschlag ansah, von wem diese Briefe wirklich stammten?

Er zog einen beliebigen heraus, und sein Blick flog über eine spitze, geneigte Schrift. Der Brief war auf Spanisch, er konnte nur wenige Wörter auf Anhieb entziffern. Er würde ihn übersetzen lassen und hoffen, dass ihm der Inhalt dieser Briefe irgendeinen Zugang zu dem verschaffte, was Valcárcel fast siebzig Jahre lang so strikt verborgen hatte. Doch er musste sich eingestehen, dass er enttäuscht war. Er hatte sich eine Anleitung erhofft, eine detaillierte Anweisung, irgendeine Losung für eine Passage, von deren naher Existenz er überzeugt war, das erkannte er an den ihn erreichenden Vibrationen. Hier jedoch war nichts davon zu spüren. Diese Briefe waren mit Emotionen aufgeladen, was ihm vielleicht einen Weg weisen konnte, aber das war es nicht, was er brauchte. Er würde alles aus ihnen herausholen, bevor sich die Passage verschließen und seine Chance verstreichen würde, aber dafür brauchte er konkrete Angaben und keine verstaubten, bedeutungslos gewordenen Worte.

»Ich werde Dich lieben bis zu meinem Tod«, lautete der Abschiedsgruß in dem Brief, den er in der Hand hielt. Was bedeutete das noch, jetzt, da Empfänger wie Absender tot waren? Nichts. Tinte auf Papier. Und trotzdem … trotzdem lag darin so viel Liebe und betörte seine Sinne wie ein altmodisches, schweres Parfüm. Die Liebe war nicht verloren gegangen, nur die Menschen, die sie einst gefühlt hatten.

In Momenten wie diesem bedauerte es Bellochi manchmal, dass er noch nie, außer als Medium, so intensive Gefühle gehabt hatte; er hatte nie eine Leidenschaft bezwingen, nie gegen Gefühlswirren ankämpfen müssen, die weniger Begabte als ihn um ihre Konzentration brachten. Er war wie ein vollkommenes Instrument, ein exzellenter Resonanzkörper, ein blitzsauberer Ton, strahlend und brillant, aber stumm ohne einen Interpreten, der ihn zum Klingen brachte. So fühlte er sich ab und zu: wie ein wunderschöner Konzertflügel im besten Konzertsaal der Welt, allein, stumm, in Erwartung.

Wenn er an Valcárcels Wissen herankäme, davon war er überzeugt, hätte er alles, was ihm bislang nur im Traum erschienen war. Und dabei brachten ihn die Briefe nicht weiter. Er brauchte die Dokumente, die Katia Steiner bei sich hatte.

Aber Cinzia war verschwunden, und er konnte an ihrer Stelle nicht Vincenzo schicken, weil dieser noch nicht genug Erfahrung besaß, wie sich bei seinem missglückten Versuch, die Papiere aus Valcárcels Wohnung zu stehlen, gezeigt hatte. Leider verfügte er nicht über so viele Gefolgsleute wie ein Mafiaboss im Film. Außerdem hatte ihm die wirklich außergewöhnliche Cinzia neben ein paar Bekannten für einfache Botengänge immer genügt. Étienne konnte er auch nicht losschicken, um aus einem mitteleuropäischen Land irgendwelche Dokumente zu holen. Er wäre durch seine Größe und seine Hautfarbe zu sehr aufgefallen. Es war nichts zu machen.

Es sei denn, er würde Cabrera für sich arbeiten lassen. Das war zwar ein schwacher Charakter und daher alles andere als vertrauenswürdig; aber er war habgierig und wusste mit Geld und Drohungen umzugehen. Er musste es versuchen, auch wenn es ihm nicht gefiel. Die Passage würde nicht ewig offen bleiben. Wenn er so nicht weiterkam, konnte er immer noch versuchen, sich mit Katia zu einigen. Im Lauf seines Lebens hatte er einen Grundsatz erkannt: Alles auf der Welt hat seinen Preis – wenn auch nicht immer einen materiellen.

Die zehn Minuten waren vorbei. Étienne und Cabrera kamen ins Amphitheater zurück.

»Haben Sie die Papiere gelesen?«, fragte Bellochi.

»Um ehrlich zu sein, nur sehr oberflächlich. Genug, um zu wissen, dass ich nichts mit ihnen anfangen kann.«

»War es nicht das, wonach Sie gesucht haben?«

»Ich suche nach etwas anderem, etwas, woraus sich eine wissenschaftliche Veröffentlichung machen lässt. Mit den Briefen kann ich nichts anfangen.«

»Briefwechsel herauszugeben ist Mode, aber wahrscheinlich müssten Sie nachweisen, woher Sie sie haben und dass Sie autorisiert sind, diese Briefe zu veröffentlichen.«

Cabrera brummte nur.

»In Eigentumsfragen scheinen Sie nicht besonders viele Skrupel zu haben, oder irre ich mich?«

»Wenn Sie damit meinen, dass ich ein Dieb bin …« – Bellochi

lächelte erwartungsvoll, und Cabrera schlug einen anderen Ton an –, »liegen Sie vielleicht nicht ganz falsch. Ich würde keine Juwelen oder so etwas stehlen, aber Papiere ... Was sind Papiere letztlich schon?«

»Sprechen Sie Deutsch?«

Die Frage verwirrte Cabrera: »Diese Briefe sind auf Spanisch geschrieben.«

»Ich weiß. Antworten Sie auf meine Frage.«

»Ein bisschen. Ich war ein paar Jahre Lektor in Graz.«

»Wollen Sie sich noch mal fünfzehntausend Mark verdienen?«

»Was muss ich dafür tun?«

»Mir Papiere beschaffen, die mich interessieren und die sich meinen Informationen nach derzeit in Österreich befinden.«

»Sie wollen, dass ich sie stehle?«

»Ich möchte, dass Sie sie mir bringen oder schicken; wie Sie sie beschaffen, überlasse ich Ihnen.«

»Wenn Sie mir fünfzehntausend für das hier bezahlen, müssten Sie für die anderen schon etwas mehr hinlegen. Aus einer leeren Wohnung irgendwelche Papiere rauszuholen, und das im Dunkeln, ist etwas anderes, als an einem unbekannten Ort an womöglich gut bewachte Unterlagen heranzukommen. Ich kann in allerlei Schwierigkeiten geraten.«

»Machen Sie es für zwanzigtausend?«

»Dreißig.«

»Einverstanden. Dreißig gegen die Aushändigung des Materials. Fürs Erste bekommen Sie von mir die verabredeten fünfzehntausend und weitere tausend für Spesen.« Er hielt Cabrera ein Foto hin. »Das ist Frau Dr. Katia Steiner, Verwalterin des Nachlasses von Professor Valcárcel. Die Papiere, die mich interessieren, befinden sich in einer Schachtel, vermutlich in ihrem Hotel in Innsbruck. An Ihrer Stelle würde ich mich an der Universität unter Valcárcels Fachkollegen umhören. Sollte ich noch etwas herausfinden, werde ich es Sie wissen lassen. Rufen Sie mich jeden Tag unter dieser Telefonnummer an, gleich, ob es etwas Neues gibt oder nicht. Lernen Sie die Telefonnummer auswendig. Selbstverständlich kennen Sie mich nicht, und diese Begegnung hat nie stattgefunden, damit das klar ist. Für den Fall der Fälle … man weiß nie, steht Aussage gegen Aussage, und mein Wort hat vielerorts Gewicht, Herr Cabrera. Verstehen wir uns?«

»Ja, *señor.*« Das *señor* war ihm rausgerutscht; der Mann lächelte.

»Sie reisen noch heute mit dem Nachtzug nach Innsbruck; morgen Abend um sieben erwarte ich Ihren Anruf.«

Damit stand der Mann auf, hängte sich den Mantel über die Schultern und stieg die Ränge hinunter.

»Könnten Sie mich am Bahnhof absetzen?«

Der Mann drehte sich nicht einmal zu ihm um: »Sie erledigen eine Arbeit für mich; das beinhaltet keinen Transportservice.«

Er winkte den Chauffeur herbei, der daraufhin zu Cabrera ging und ihm einen Umschlag gab.

»Legen Sie noch tausend Mark dazu, Étienne.«

Cabrera blieb mit dem Koffer neben sich vor dem Amphitheater stehen, bis die beiden Silhouetten – die elegante, gut gekleidete voran und die stämmige, dunkle hinterdrein – zwischen den Ruinen verschwanden.

Auf einmal trat sie aus dem Nichts heraus und befand sich allein auf einem Wiesenpfad, der im Schein des gelblich über den Baumkronen stehenden Mondes schwach zu sehen war. Astario und die Alte waren verschwunden, und Leonardo war nicht da. Für einen Moment hätte sie am liebsten in ihrer Ohnmacht geschrien, doch dann führte sie sich vor Augen, dass sie es zumindest geschafft hatte, sich von Atlas und seinem Wunderpalast zu befreien. Sie hatte leichte Gewissensbisse, weil sie ihr Wort nicht gehalten und Astario nicht wie versprochen bis zum Sonnenaufgang festgehalten hatte. Wenn die Alte die Wahrheit gesagt hatte, hatte sie damit nicht den Tod, sondern vielmehr die Befreiung des Jünglings herbeigeführt. Doch da fiel ihr ein, dass die Alte vielleicht gar nicht vorhatte, Astario zu retten; sie hatte nur davon gesprochen, dass sie ihn zu seinen Leuten und seinem Kampf zurückbringen würde. Hatte sie vielleicht auch gewusst, dass Astario in derselben Nacht sterben würde, und ihn nur in sein Königreich zurückbringen wollen?

Das war natürlich möglich. Diese Menschen hatten eine andere

Auffassung von Leben und Tod, vom Wert der eigenen Existenz. Hatte nicht Astario selbst zu ihr gesagt, das Leben bedeute nichts, solange man es nicht in den Dienst von etwas Höherem stellte?

Von Unruhe und Sorge erfüllt machte sie sich auf den Weg. Sie war allein in einer ihr fremden Welt, die vielleicht nicht einmal ein richtiger Ort war, sondern nur ein Geisteszustand, eine Vision, ein Traum. Sie wollte fort von hier und wusste zugleich, dass sie in ihrem Leben nie wieder eine so schöne Landschaft sehen würde und sie vielleicht schon in dem Augenblick, da sie sie verließ, vermissen würde. Wenn sie überhaupt hinausfand. Sie war verwirrt, müde und nervös, von der ganzen Anspannung tat ihr der ganze Körper weh, und langsam beschlich sie große Angst. Schuld waren die Nacht, die Einsamkeit, der Gedanke, für immer in diesem Paradies gefangen zu sein.

Plötzlich erregte ein schwacher Lichtschein ihre Aufmerksamkeit. Vorsichtig tastete sie sich voran, jedes Geräusch vermeidend, um sich erst zu zeigen, wenn sie gesehen haben würde, was es war; etwas abseits von dem Pfad, versteckt zwischen den Zweigen, schlich sie auf die Lichtquelle zu.

Auf einer Waldlichtung ragte ein riesenhafter Baum mit einem rauen, knorrigen Stamm in die Höhe, ein Baum wie aus einem Märchenbuch. Dort, im rötlichen Schein eines kleinen, fast erloschenen Feuers bot sich Katia ein friedlicher Anblick: ein mit dem Rücken gegen den Stamm gelehnter, schlafender Mann, der Ritter des Hippogryphen.

Katia stolperte aus dem Geäst hervor: »Professor, Professor, was für eine Freude, endlich finde ich Sie!«

Fink riss erschrocken die Augen auf und schloss sie wieder.

»Gute Nacht, Katia.«

Sie kniete sich neben ihn und hätte ihn am liebsten umarmt. Doch sie traute sich nicht.

»Wollen Sie mich nicht fragen, wo ich gesteckt habe?«

»Nein. Ich interessiere mich schon lange nicht mehr für die Geschichten der anderen. Seit ich in dieser Welt bin, habe ich mit mir genug.«

Katia war ratlos. Sie ließ den Blick über Finks wenige, neben dem

Feuer verstreute Habseligkeiten schweifen und blieb an ein paar Äpfeln hängen.

»Darf ich mir einen nehmen? Ich habe ewig nichts mehr gegessen.«

»Bedienen Sie sich.«

Das nun eintretende Schweigen hätte unter anderen Umständen angenehm sein können. Doch jeder von Katias Bissen in den Apfel klang wie das Herausreißen eines Fleischbrockens.

»Professor, ist etwas mit Ihnen?«, fragte Katia schließlich, um die Stille zu durchbrechen.

»Sie meinen, abgesehen davon, dass Sie mich in einer lebensgefährlichen Situation allein gelassen haben, nachdem ich Ihnen das Leben gerettet habe?«

»Ich …« Ihr fiel nichts ein, womit sie Finks Behauptung hätte widerlegen können. Es stimmte, sie hatte ihn seinem Schicksal überlassen. »Es tut mir leid.«

»Und das da« – er nahm die Hand weg, die er sich links an die Brust gehalten hatte, und zeigte ihr sein blutdurchtränktes Hemd – »macht mich auch nicht unbedingt zu einem glücklicheren Menschen.«

»Mein Gott! Was ist das?«

»Ein Lanzenstich natürlich. Strengen Sie Ihren Kopf ein wenig an, dann erinnern Sie sich vielleicht, dass ich mich, als Sie mich verließen, mit einem Ritter in einer goldenen Rüstung geschlagen habe.«

»Dieses Mädchen sagte mir, dass Sie nicht gewinnen könnten und dass es schrecklich wäre, wenn wir Ihrem Kontrahenten in die Hände fielen. Wir haben Hilfe in einer nahe gelegenen Burg gesucht, aber es war eine Falle.«

»Ich habe Ihnen doch gesagt, dass ich für Geschichten nichts übrig habe. Vorhin habe ich einen Kräutertee getrunken, und wenn ich Glück habe, kann ich nun ein wenig schlafen. Ich brauche Schlaf. Nur so kann ich den Schmerz vergessen.«

»Bitte, schlafen Sie noch nicht. Zuerst müssen wir einen Plan machen.«

»Einen Plan?«

»Um von hier wegzukommen. Um in die Wirklichkeit zurückzukehren.«

»Das hier ist die Wirklichkeit.«

»Aber diese Wirklichkeit ist nicht wirklich; es ist eine literarische Wirklichkeit.«

»Worin liegt da der Unterschied?«, bemerkte Fink müde, so als interessiere es ihn nicht.

»Sie wissen ganz genau, was ich sagen will.«

»Nein, ich habe keine Ahnung.« Er neigte sich ihr leicht zu, ein wenig bedrohlich, und riss plötzlich die Augen auf. »Denken Sie ein wenig nach, Katia. Was macht denn den Unterschied aus? Dass die literarische Wirklichkeit in einem Buch stattfindet und man keinen echten Zutritt zu ihr hat? Wir haben ihn jetzt. Dass wir nicht mit den Figuren interagieren können? Das ist uns jetzt möglich. Dass die literarische Wirklichkeit unveränderlich bleibt, dass die Figuren eines Werks immer die gleichen Gefühle mit den gleichen Worten ausdrücken? Aus unserer derzeitigen Perspektive ist das nicht mehr so.«

»Und genau das ist der Punkt: die Perspektive. Die literarische Wirklichkeit hat eine festgelegte Perspektive.«

»Die, wie Sie wissen, auch in mehrere Perspektiven aufgefächert sein kann.«

Fink war auf einmal wieder hellwach, als ob ihm eine Diskussion über literarische Konzepte wichtiger sei als die einfache Frage nach der Rückkehr nach Hause.

»Ja, aber es gibt einen Blick auf das Ganze, einen Erzähler …«

»Es können auch mehrere sein.«

»Schon, aber es gibt einen Autor, der das Werk in seinem Kopf hat, es dirigiert, beeinflusst.«

»Und wahrscheinlich wollen Sie jetzt sagen, dass genau darin der Unterschied zu der Wirklichkeit liegt, aus der wir kommen.«

»So ist es.«

»Bevor Sie das so fest behaupten, sollten Sie einen Beweis haben.«

Katia biss sich auf die Lippe und lenkte das Thema etwas um: »Sehen Sie doch: Ariost hat den Gesamtblick auf die Welt seines *Orlando* und erzählt aus einer ironischen Perspektive.«

»Und was hat die Perspektive eines Autors mit der Welt um uns herum zu tun? Ariost bedient sich der ironischen Distanz, Sie haben sich offenbar für eine skeptische oder sogar ablehnende Sicht entschieden, aber das berührt die Welt um uns herum in keiner Weise. Die Menschen leben hier ihr Leben so wie wir unseres, und Sie werden bemerkt haben, dass alle diese Wirklichkeit sehr ernst nehmen; vielleicht, weil sie nicht wissen, dass es noch andere gibt, denn zugegeben, seit ich weiß, dass es andere Wirklichkeiten gibt, hat sich meine persönliche Haltung gegenüber dem Leben ziemlich gewandelt.«

»Ich möchte vor allem wissen, ob diese ... Welt, in der wir uns hier aufhalten, dieselbe ist, die Ariost im *Orlando Furioso* sozusagen auf magische Weise beim Schreiben seines Werks geschaffen hat, und ob diese Welt und ihre Geschöpfe von Ariosts Willen und Leben unabhängig geworden sind und selbstständig weiterexistieren.«

»Das ist eine Möglichkeit. Wahrscheinlich die, die jedem Schöpfer am meisten schmeichelt. Die umgekehrte gibt es natürlich auch: dass das alles bereits vorher existiert hat und Ariost hierherkam. Später dann hat er, inspiriert von dem, was er gesehen und erlebt hat, seinen *Orlando* geschrieben.«

»Die Quellen, die ihn inspiriert haben, sind allgemein bekannt: Es sind literarische Quellen.«

»Und Sie halten die These nicht für bedenkenswert, dass diese literarischen Quellen wie etwa die Artussage oder das Werk Boiardos als Wirklichkeit existieren, genau wie die Welt um uns herum?«

»Das ist doch verrückt.«

»Und deshalb unmöglich, nicht wahr?« Fink machte eine verächtliche Handbewegung und lehnte sich voller Überdruss wieder an den Stamm. »Alles, was uns im Leben unbequem ist, was unsere Vorstellungskraft übersteigt, weil es uns nicht gefällt, wird einfach weggezaubert. Nicht anders macht es ein Baby, wenn es sein Gesicht an der Schulter seiner Mutter versteckt, um die sich ihm nähernde Frau mit dem Damenbart, die es küssen will, nicht sehen zu müssen. Was ich nicht sehe, gibt es nicht. Ich bitte Sie, Katia, das ist doch albern. Sind Sie nicht auch der Meinung, dass eine Welt, die

Ihre ganzen Sinne anspricht, die Ihnen Angst macht und so solide ist, dass sie Ihnen die Rückkehr in Ihre eigene Welt verwehrt, ziemlich wirklich ist?«

»Mit Träumen ist es das Gleiche; mit Albträumen, besser gesagt.«

»Träume verursachen keine Lanzenstiche wie diesen. In Träumen sterben die Menschen nicht und sind beim Aufwachen immer noch tot.«

»In der virtuellen Wirklichkeit ...«

»In der virtuellen Wirklichkeit genauso wenig, meine Liebe.«

Ein paar Minuten lang schwiegen sie. Schließlich fragte Fink: »Glauben Sie nicht an die Liebe, Katia?«

Sie hob den Kopf: »Doch, natürlich.«

»Warum? Was gibt Ihnen diese Gewissheit?«

Die Tatsache, dass es wehtut, wollte sie schon antworten, dass man sich lebendig und tot, überschwänglich und schüchtern fühlt, draufgängerisch und erschrocken, riesig und winzig, vergänglich und ewig, dass sie dein Leben verändert, bis du dich selbst und die anderen dich nicht mehr wieder erkennen. Ihr fiel auf, dass sie damit ihre eigene Argumentation untergraben und Fink in allen Punkten recht geben würde, und darum antwortete sie zaghaft, obwohl sie wusste, dass es eine Dummheit war: »Sie ist eines der am ausführlichsten dokumentierten Gefühle.«

Fink lachte auf, er hielt sich die Wunde, und sein Gesicht verzerrte sich vor Schmerz.

»Zum Ritterroman und dem Versepos gibt es auch nicht gerade wenig Sekundärliteratur, trotzdem weigern Sie sich anzuerkennen, dass diese Welt tatsächlich existiert.«

»Sie ist ein hormoneller Zustand, eine chemische Veränderung, die Liebe, meine ich.«

»Das heißt also, Sie würden das um uns herum eher akzeptieren, wenn es sich um einen kollektiven oder individuellen Trip handeln würde, einen chemischen Zustand, oder? Versetzen wir uns noch mal in die Situation, in der Sie dieses begnadete Gemälde in der Universität Innsbruck betrachteten, und nehmen wir an, der Schuss in Ihren Kopf hätte alles in ihrem Gehirn gelöscht, ohne es zerstört zu haben, und Sie lägen jetzt in einem Bett in der Intensivstation im

Koma, und niemand wüsste, ob und wann Sie daraus erwachen werden. Ich wette, das zu akzeptieren fällt Ihnen weniger schwer.«

»Stimmt. Das könnte ich akzeptieren.«

»Und warum? Weil Sie so was schon hundertmal in irgendwelchen zweitklassigen Filmen gesehen haben und nach all den Malen glauben, dass es möglich ist.«

»Ich weiß auch ohne Kino, dass Menschen über Monate oder Jahre im Koma liegen können.«

»Das schon, aber das Kino erzählt uns, dass jeder Komapatient in einer vollständigen, ihm entsprechenden Wirklichkeit lebt. Und da wir gerade darüber sprechen, glauben Sie, Sie würden sich genau diese Wirklichkeit erschaffen, um sich im Koma nicht allzu sehr zu langweilen? Hatten Sie in irgendeinem Moment den Eindruck, dass in dem, was uns umgibt, Ihre eigenen Erlebnisse, Ihre Psyche, also Sie selbst stecken? Meinen Sie wirklich, dass ich ein Produkt Ihres Geistes bin?«

Katia antwortete nicht. Sie wusste, dass Fink recht hatte, sie konnte zwar Geschichten erfinden, aber diese Welt war kein Produkt ihres Kopfes, sie dachte nicht so.

»Ich komme seit zwanzig Jahren hierher. Diese Welt war schon da, als ich kam, sie wird weiterbestehen, wenn ich gegangen sein werde, und ich bin mir sicher, dass sie auch noch existieren wird, wenn ich nicht mehr unter den Lebenden sein werde, ob hier oder anderswo. Genauso war es mit den anderen Welten, die ich sehen durfte, jeweils nur bei kurzen Besuchen. Ich versichere Ihnen, meine Liebe, keines der Mitglieder des Clubs der Dreizehn verfügt über ausreichend Vorstellungskraft, um sich eine komplette Wirklichkeit zu erfinden und sie dem kritischen Blick eines anderen Besuchers lückenlos vorzuführen. Auch ich nicht. Leider bin ich kein Schöpfer, der einzige schöpferische Versuch meines Lebens ist ein verunglücktes Sonett, das ich vor fast vierzig Jahren für meine Verlobte geschrieben habe; und wenn es ihr gefallen hat, dann nur, weil sie mich geliebt hat. Meine Fähigkeit liegt im Analysieren, und glauben Sie mir, das habe ich ausführlich betrieben, als ich diese Welt kennengelernt habe: Die Dinge hier sind ähnlich wie bei uns, aber nicht gleich, in dieser Wirklichkeit ist die innere Kohärenz stärker ausgeprägt als in unserer Welt, das rückt sie in die Nähe der Wirklichkeit, wie wir sie aus der Literatur kennen, aber diese Erkenntnis lässt noch lange nicht den Schluss zu, dass sie deshalb nicht real sei. Ach je, es tut mir leid, wahrscheinlich vermisse ich das Unterrichten und dieses Privileg, eineinhalb Stunden reden zu dürfen, ohne dass mich jemand unterbricht.«

»Aber Sie wollen doch auch hier raus, oder etwa nicht?«

»Als Erstes will ich, dass irgendwer, egal ob er existiert oder nicht, diese verdammte Wunde heilt, die mich sonst noch umbringt. Im Moment vermisse ich aus unserer Welt vor allem ein Schmerzmittel.«

Katia warf einen vorsichtigen Blick auf die schreckliche Wunde, die wieder zu bluten angefangen hatte.

»Ein Krankenhaus wäre das Beste.«

»Hier trifft man mit Glück eine Zauberin, und die Sache ist in einer Sekunde erledigt. Wenn ich zurückkönnte, hätte ich nicht viel gewonnen, weil man die Wunde von dieser Welt in die andere mitnimmt, darin habe ich Erfahrung.«

»Wir müssen versuchen zurückzukehren, Leonardo. Ich kann hier nicht bleiben. Ich weiß nicht einmal, wie viel Zeit in unserer Welt vergangen ist.«

»Wenig, keine Sorge. Alles wird so sein, wie Sie es hinterlassen haben.«

Sie hätte ihm gern von Rocco erzählt, dass ihr Roccos Gesicht in dem Wasserspiegel erschienen war und sie der Gedanke beklemmte, dass er aus einem ihr unbekannten Grund im Gefängnis saß und sie ihm nicht helfen konnte. Aber sie wollte ihn nicht mit ihren Sorgen belasten.

»Allerdings ist die Tür, wie gesagt, verschlossen. Gehen wir schlafen.«

»Professor«, sagte sie sanft, »ich glaube, ich habe den Schlüssel.«

»Welchen Schlüssel?« Finks Augen blitzten auf, ansonsten blieb er unverändert liegen.

»Das Heft, das Valcárcel dem Club der Dreizehn hinterlassen hat. Es ist versehentlich in meine Handtasche gerutscht. Ich habe es gestern gefunden.«

»Geben Sie es mir.«

Katia durchwühlte ihre Handtasche und reichte es ihm zögernd. Fink blätterte es langsam, Seite für Seite im schwachen Schein des Feuers durch.

»Ja«, flüsterte er schließlich, »das ist das berühmte Heft. Der Schlüssel zu allen Passagen.«

»Können wir jetzt gehen?«

Fink seufzte und schloss die Augen.

»Ich weiß nicht. Ich bin sehr müde. Und dann diese starken Schmerzen. Ich weiß nicht, Katia. Lassen Sie mir ein bisschen Zeit.«

»Ich habe keine Zeit, verdammt noch mal! Bringen Sie mich zu der Tür, Sie können ja bleiben, wenn Sie wollen! Oder nachkommen. Aber ich muss jetzt gehen.« Sie rüttelte ihn an den Schultern, doch als sie sah, wie blass er war, hielt sie inne. Als sie den schwer atmenden Fink wieder an den Baumstamm lehnte, verlor er das Bewusstsein.

In der Innsbrucker Strafvollzugsanstalt, von den Häftlingen Ziegelstadl genannt, lag Rocco auf einer Pritsche und starrte im gelblichen Licht einer die ganze Nacht hindurch brennenden Lampe an die Decke. Seine beiden Zellengenossen schliefen schon und untermalten Roccos Gedanken mit ihrem schweren und tiefen Atem. Er hatte den Verdacht, einer von ihnen könnte ein Polizist oder V-Mann sein, und zwar der langhaarige Dünne, der ihm in einem Italienisch mit starkem deutschen Akzent ständig Fragen stellte und übertriebene Bewunderung für seine improvisierten Lügen zeigte. Er kannte das aus Dutzenden Filmen: Sie isolieren einen, schlagen einen, sodass man um sein Leben oder seine geistige Gesundheit bangt, und dann setzen sie einem einen mitfühlenden sympathischen Kerl in die Zelle, damit man auspackt. Ihn hatten sie zumindest bislang nicht geschlagen; das Verhör war fürs Erste vorbei, und der Pflichtanwalt, mit dem er am Nachmittag gesprochen hatte, hatte nicht so gewirkt, als wollte er noch einmal wiederkommen. Er war noch nicht so weit, dass er jedem alles erzählen würde, aber hin und wieder spürte er schon die Versuchung, dem Dünnen mitzuteilen, woher er kam und wozu er gekommen war; eine lustige Vorstellung, wie sein Zellengenosse mit dieser Geschichte zu Chefinspektor Altmann gehen würde. Nur leider würden sie dann beide, der Dünne und er, in der Psychiatrie landen, und er hatte genug solcher Filme gesehen, um zu wissen, dass das Gefängnis vorzuziehen war. Ein europäisches Gefängnis war einigermaßen erträglich: Das Essen war zwar schlecht und man verging vor Langweile, aber es gab weder die von ihm befürchteten Misshandlungen, noch seltsame Verschwörungen. Sollte er je wieder hier herauskommen, war das eine wertvolle Erkenntnis: Diese Wirklichkeit ließ sich nicht aus dem amerikanischen Kino, dem Tatsachenroman oder Krimi erschließen, wie sie geglaubt hatten. Mitteleuropa und die USA waren nicht nur zwei vollkommen unterschiedliche Wirklichkeiten, womöglich stimmte nicht einmal das Bild, das sie von der amerikanischen Wirklichkeit hatten, mit selbiger überein.

Es ging ihm nicht in den Kopf, warum es ein paar Leute in eine andere Wirklichkeit trieb, was daran so verlockend sein sollte, die vertraute Welt zu verlassen und sich auf andere Systeme und unverständliche Codes einzulassen. Vielleicht hatte man ihn deshalb für diese Aufgabe ausgewählt: weil er kein anderes Interesse verfolgte, als die Zugänge verschlossen zu halten und dieses Hin und Her zwischen den Welten zu verhindern. Er wollte sicher sein, dass nicht jeder einfach Zutritt zu seiner Welt bekam, zumindest nicht jeder X-Beliebige, der nicht einmal die nötigen Voraussetzungen mitbrachte; die anderen waren so wenige, dass man sie vernachlässigen konnte.

Auf einmal musste er an Katia denken, die gegen ihren Willen in einer anderen als der ihr vertrauten Wirklichkeit festsaß und erst zurückkonnte, wenn er wieder frei war und in diesen Saal in der Universität zurückgehen und die Tür öffnen konnte. Im Augenblick konnte er jedenfalls nichts tun. Entkommen war unmöglich. Er musste warten, bis man ihn noch einmal für ein Verhör in die Polizeidirektion bringen oder dem Richter vorführen würde. Dann konnte er einen Fluchtversuch wagen.

Im Moment war ihm der Rückweg in seine Welt versperrt. Sie hatten ihm die Brieftasche abgenommen und mit ihr das Bild, das die Landschaft seiner Wirklichkeit zeigte. Sobald er sie zurückhatte, konnte er verschwinden. Er konnte später wiederkommen oder jemand anderen an seiner Stelle schicken, aber vor allem konnte er weg aus dieser idiotischen Wirklichkeit, in der Geldbesitz und Gewalt über andere so viel zählten.

Wie schon öfter probierte Rocco, sich seine Tür vorzustellen. Er hatte es zwar noch nie versucht, hielt es aber für denkbar, dass die konkrete Darstellung der Tür auf einem Gemälde nur eine Unterstützung für die Passage war und dass es nicht absolut unabdingbar war, das Bild vor sich zu haben, sondern dass man durch Konzentration die Elemente des Bildes aufrufen und die Öffnung der Passage erzwingen konnte.

Er entspannte sich, legte die Arme neben den Körper, schloss die Augen, und während er auf einen regelmäßigen, tiefen Atem achtete, lenkte er alle Kraft darauf, das Bild vor seinem inneren Auge erstehen zu lassen: Das Gemälde stellte ein Hotelzimmer in einem südlichen Land zur Mittagszeit dar; die geschlossenen Fensterläden – blau?, grün? – waren von voluminösen, schweren Vorhängen eingerahmt, die an die eines Theaters erinnerten; direkt vor dem Fenster saß eine Frau auf einem niedrigen Stuhl; rechts neben ihr erkannte man das Fußende eines großen weißen Bettes. Der Blick des Betrachters glitt über den Fußboden und das Eck des Betts, verweilte kurz auf der weiblichen Gestalt und heftete sich dann unwillkürlich auf das Fenster und die durch die Ritzen durchscheinende Welt draußen, gleißend im grellen Mittagslicht. Die andere Seite.

Er bräuchte sich nur mit aller Kraft das, was jenseits des Fensters war, herbeizuwünschen, die mit den Elementen des Bildes im Gleichklang schwingenden Worte auszusprechen, und schon könnte er die unberührbare Brücke beschreiten, die sich vor ihm öffnen würde.

Er konzentrierte sich auf das Bild in seiner Erinnerung: den Boden, das Bett, die Frau, die Vorhänge, das Fenster, die ockerfarbene, glühende Welt auf der anderen Seite, und versuchte, sie Wirklichkeit werden zu lassen, ihr in Gedanken Gestalt zu geben, um dann die Worte auszusprechen. Das Bild tänzelte in seinem Gedächtnis wie ein Lichtreflex auf dem Wasser. Sich die Grundelemente in Erinnerung zu rufen war einfach, ebenso die räumliche Dimension, die perspektivischen Linien, aber damit hatte er nicht mehr als eine grobe Skizze, und über diese Anhaltspunkte hinaus verweigerte ihm sein Gedächtnis jede Einzelheit. Er wusste, dass der Vorhang in der linken Ecke mit einem Band und einer großen Quaste zusammengerafft war, aber war auf der rechten Seite auch eine Quaste? Sah man direkt auf den Vorhang oder war er von irgendeinem Gegenstand verdeckt? Wohin blickten die Augen des Mädchens? Wie hielt sie die Hände?

Er öffnete die Augen und stand wutschnaubend auf. Es ging nicht. Er hatte dieses verdammte Bild Hunderte Male gesehen, und trotzdem war er jetzt, da er es brauchte, nicht in der Lage, sich exakt daran zu erinnern, sondern hatte nur eine grobe Vorstellung davon. Sein Gehirn schickte ihm die Botschaft, dass es das Bild abgespeichert hatte, dass er es kannte und wieder erkennen würde, aber das war es auch schon; zu mehr war sein Gehirn offenbar nicht fähig.

Als er durch das kleine Gitterfenster in die orangefarben beleuchtete Nacht sah, war er auf einmal bestürzt über diese Unschärfe. War das alles, woran er sich erinnern konnte? War seine Erinnerung an das, was er liebte und zu kennen glaubte, so ungenau? War seine Welt, so wie sie in seinem Gehirn gespeichert war, etwa auch so unpräzise wie das Bild in seinem Kopf, eine grobe Skizze, auf der Ereignisse, Gefühle und Worte nur hingekleckst waren, sodass es für eine ungefähre Vorstellung von der Welt und dem Leben gerade reichte? Das Gedächtnis dient dazu, die Welt wiederzuerkennen; es erschafft sie nicht neu und macht sie nicht neu erlebbar. Das Gedächtnis wiegt uns in der Illusion, wir wären die Besitzer unserer Vergangenheit, unserer Welt, unseres Lebens. Aber sobald wir darauf zugreifen wollen, liegen vor uns nichts als bunte Kleckse, bloße Ahnungen vergessener, unwiederbringlich versunkener Wahrnehmungen.

Im Senatssitzungssaal betrachtete Wolf Altmann, die Hände in den Hosentaschen, im Licht der grellen Lampen das Porträt von Rektor Gabrielli. Er wusste nicht mehr, wie oft er schon hier gestanden hatte; zu jeder Tages- und Nachtzeit hatte er dieses Gemälde betrachtet und ihm einen Schlüssel zu entlocken versucht, irgendeinen Hinweis auf das, was vor seinen Augen vor sich ging. Aber dieses Bild war stur, es sagte nichts. Ihm nicht und auch sonst keinem. Er hatte es schon von Experten der Polizei untersuchen lassen, sie hatten es abgemessen, gewogen, geröntgt und es nach *pentimenti* abgesucht, also Linien oder Kleinigkeiten, die der Künstler ganz am Ende doch wieder beseitigt hatte. Sie hatten nach tiefer liegenden Malereischichten gesucht, kurzum, sie hatten alles gemacht, außer es in Stücke zu schneiden, und trotzdem blieb das Bild stumm, fast als läge der Schlüssel zu ihm in dieser außerhalb des Rahmens liegenden Wirklichkeit, auf die der Rektor zu blicken schien und die ihm, Wolf, verschlossen war.

Es ergab keinen Sinn, dass jemand um dieses Bildes willen einen Mord begangen hatte: Den Kunstsachverständigen zufolge war das Werk höchstens zwanzig-, dreißigtausend Schilling wert. Eigentlich ergab überhaupt nichts einen Sinn. Das Gemälde, das Zach im Vatikan hatte kopieren wollen, war eine Kreuzabnahme aus dem sechzehnten Jahrhundert, hatte also rein gar nichts mit einem modernen Porträt zu tun; die ermordete Italienerin war in Rom für Jura eingeschrieben und nicht in Kunstgeschichte; Katia Steiner hatte sich komplett in Luft aufgelöst, genau wie Fink, ob in Rom, Innsbruck oder Wien, nirgendwo wusste man etwas von ihr; ihre Mitbewohnerin Sigrid Scholl hatte ausgesagt, dass sie sich seit einer Woche nicht mehr gemeldet hatte. Von einer Pension in der Stadt hatten sie einen Anruf erhalten, Katia Steiner habe dort ein Zimmer bezogen, sei aber nicht mehr zurückgekehrt und habe auch ihre Sachen nicht geholt. Die Sachverständigen hatten Tage damit zugebracht, den Wert der Unterlagen zu schätzen, die sie in einer für Professor Fink bestimmten Schachtel gefunden hatten, doch nach dem Stand der Dinge hatten die Papiere nur wissenschaftlichen Wert: Es handelte sich um Zitate aus klassischen und modernen Texten, Aufzählungen von in der ganzen Welt verstreuten Gemälden, von denen einige durchgestrichen und andere unterstrichen waren, als habe jemand eine große interdisziplinär angelegte Studie vorgehabt und sei nicht über die Sichtung des Materials hinausgekommen. Als Nächstes müssten sie einen Philologen um Hilfe bitten. Mehr konnten sie nicht tun, und vor allem wurde zunehmend klar, dass sie das alles bei der Lösung des eigentlichen Problems nicht weiterbrachte. Wahrscheinlich blieb ihnen nichts anderes übrig, als den Fall zu den Akten zu legen.

Aber dazu konnte er sich einfach nicht durchringen. Auch wenn er sich noch so sehr wie ein dummer, starrsinniger Polizist aus einem amerikanischen Film fühlte, es trieb ihn immer wieder nach Dienstschluss in die Universität, weil er endlich begreifen wollte, was zum Teufel hier geschah. Er hatte angeordnet, dass der Saal nicht abgesperrt werden sollte, in der Hoffnung, dass noch etwas vorfallen würde, dass irgendwer, von dem sie noch nichts wussten, hineingehen und irgendetwas suchen würde; ein paar Tage lang hatte er einen Polizisten in Zivil in den Gang gesetzt, aber nichts war passiert. Sitzungen und akademische Festakte fanden statt, das Gemälde hing weiter an seinem Platz, und niemandem fiel irgendetwas Außergewöhnliches auf. An diesem Abend um acht hatte er den Wachtposten weggeschickt, es gab einfach kein schlagendes Argument und zu viel andere Arbeit, sodass sein Besuch bei dem Gemälde mehr oder weniger einen Abschied und das Eingeständnis seiner vollkommenen Machtlosigkeit bedeutete. Nun konnte er höchstens noch Malatesta so lange verhören, bis er mit einem Geständnis herausrücken würde; er hatte schon genug Zeit abgesessen, um sich zu langweilen und allmählich Bereitschaft zu zeigen, mit jemandem zu reden, der ihm zuhörte. Mit Warten erreichte man oft mehr als mit Druck.

Bevor Altmann hinausging, löschte er die Lichter und überließ den Saal wieder der Dunkelheit der regnerischen Frühlingsnacht. Als er sich nach dem Beamten auf Posten umsah, erinnerte er sich, dass dieser schon vor einer Stunde gegangen war. Auch er machte sich auf den Weg nach Hause. Und so verpasste er um drei Stunden und fünfundzwanzig Minuten ein Geschehen, das eine der wundersamsten Erfahrungen seines Lebens hätte werden können.

Als sie im ersten Morgenlicht an die Tür kamen, dachte Katia, sie würde gleich vor Erschöpfung ohnmächtig werden. Sie konnte sich nicht einmal erinnern, wie sie hierhergelangt waren; alles purzelte in ihrem Gedächtnis durcheinander: der heulende Wind während ihres Nachtflugs auf dem Rücken des Hippogryphen, das Zittern ihrer Arme, mit denen sie den halb bewusstlosen und vor Schmerzen stöhnenden Fink an ihre Brust drückte, das warme Blut, das ihr in den Schoß rann, die Panik, nicht zu wissen, wohin dieses Tier, das sie nicht lenken konnte, mit ihnen flog, die Angst, bei der Aufgabe, die sie an der Tür erwartete, zu versagen. Anfangs hatte sie gedacht, wenn sie es nur bis dorthin schaffen würden, hätten sie ihr Ziel erreicht, dass die Tür beim Aussprechen des Losungsworts wie ein »Sesam öffne dich« vor ihnen aufgehen würde. Doch die Zweifel wuchsen, bis sie durch und durch davon überzeugt war, dass sie auf immer und ewig in dieser Welt der Wunder gefangen sein würden.

Irgendwann machte ihr das nichts mehr aus. Sie nahm nur noch die Nacht wahr, den schneidenden Wind, ihr Zähneklappern, das warme, über ihren Rock rinnende Blut, das immer schwächer werdende Stöhnen Finks, das sie durch das Heulen des Windes kaum noch hörte, den unbedingten Wunsch, irgendwie anzukommen, und dabei umschlang sie mit ihren Armen fest den immer schwerer werdenden Professor und umklammerte die Zügel des Hippogryphen.

Nun waren sie da. Verwundet, zerzaust, halb tot vor Kälte und Angst, Fink der Bewusstlosigkeit und sie der Erschöpfung nahe, so standen sie vor der kleinen Kapelle mit dem verblassten Fresko, der Passage zu der Wirklichkeit, in der sie zu Hause waren.

»Wir sind fast da«, flüsterte Katia Fink ins Ohr, der mit verdrehten Augen, kaum noch atmend, im Gras lag. »Eine letzte Anstrengung, dann haben wir es geschafft.«

Fink antwortete nicht, doch richtete er kurz einen ausdruckslosen Blick auf sie.

Katia rüttelte Fink, auch wenn sie ihm damit wehtat, aber sie wusste ja nicht, wie weit sie sich der Passage nähern mussten. Sie schleppte ihn zwei, drei Meter heran, kniete sich neben ihn und bettete seinen Kopf in ihren Schoß, dann holte sie das schwarze Büchlein heraus und suchte die zugehörige Textstelle.

Viermal musste sie das Büchlein durchblättern, da ihr die Hände so zitterten, dass sie die Stelle dreimal überlesen hatte. Endlich hatte sie sie gefunden. Ihr Mund war trocken und ihre Kehle wie zugeschnürt, und so musste sie sich erst sammeln, bevor sie für einen ersten Versuch bereit war; unbemerkt rannen ihr die Tränen über die Wangen:

Le lacrime e sospiri degli amanti
l'inutil tempo che si perde a giuoco
e l'ozio lungo d'uomini ignoranti,
vani disegni che non han mai loco;
i vani desideri sono tanti,
che la più parte ingombran di quel loco;
ciò che in somma qua giù perdesti mai,
la' sù salendo ritrovar potrai.

Zuerst dachte sie, es wäre alles umsonst gewesen. Sie war so enttäuscht, dass sie fast durchgedreht wäre, und warf den Kopf zurück, um wie eine verwundete Wölfin zu heulen, als plötzlich tiefrote Wolken vor ihren Augen über den Himmel zogen, in denen sie sich selbst sah, wie sie im Gras in einer Blutlache kniete, den blassen, ohnmächtigen Fink in ihren Armen, eine lebendige Pietà, die wie eine Fata Morgana in der Luft zitterte.

Dann lenkte sie ihren Blick auf das Fresko an der Kapelle, doch alles war verschwunden. Stattdessen lag vor ihnen ein Tunnel aus vibrierenden, lebendigen Teilchen, die zu singen und zu tanzen schienen. Ein spiralförmiger Tunnel, der sie voller Wucht einsog, sodass sie schwerelos auf das Unbekannte, auf das dunkle, pulsierende Tunnelinnere zurasten.

Sie schrie.

Sie schrie aus Leibeskräften, ein Tiergebrüll, das die Wände des Senatssitzungssaals erbeben ließ und schlagartig abbrach, als sie den Regen an die Fensterscheiben trommeln hörte und begriff, dass sie zurück in ihrer Welt war.

»Wir haben es geschafft, Leonardo, wir sind zu Hause!«

Was hätte sie nicht alles gegeben für einen von Finks humorigen Sätzen, für ein Lächeln, selbst für ein Stöhnen, doch Fink lag unverändert blass und reglos da. Von wegen sie hatten es geschafft, es lagen noch einige Hürden vor ihnen.

Vorsichtig bettete sie seinen Kopf auf den blauen Teppichboden, stand auf und überlegte, wie sie hier herauskommen und Hilfe finden sollte. In dem Saal war weit und breit kein Telefon, nachts waren die Büros abgeschlossen, der Senatssitzungssaal wahrscheinlich auch. Aber nachdem sie es geschafft hatten, aus einer anderen Wirklichkeit zurückzukehren, würde sie sich von einer zugesperrten Tür nicht abhalten lassen. In dieser Welt konnte man Fensterscheiben einschlagen und so lange schreien, bis jemand den Hilferuf hörte. Aber zuerst würde sie es an der Tür versuchen.

Mit zwei Sätzen stand sie vor der Klinke und drückte sie mit aller Kraft hinunter, schon einen Fluch auf den Lippen. Die Tür ging auf. Der Gang war dunkel und leer. Ohne sich einen Seufzer der Erleichterung zu gönnen, rannte sie ins Erdgeschoss hinab, um ein Telefon zu suchen; wie sie aus dem Gebäude rauskommen sollte, konnte sie später noch überlegen, zuerst musste sie Fink retten. Sie fand eine Telefonzelle, doch ihr fiel die Notrufnummer nicht gleich ein. 133?, 144? 144. Genau. Dann bemerkte sie, dass sie überhaupt keine Münzen bei sich hatte, und sie wäre beinah vor Verzweiflung in Tränen ausgebrochen; doch dann erinnerte sie sich blitzartig, dass der Notruf kostenlos war. Als sie die etwas heisere Stimme mit Tiroler Akzent hörte, wollte sie vor Erleichterung schon lachen: »Es ist dringend. Im Senatssitzungssaal der alten Universität liegt ein Schwerverletzter. Ich weiß nicht, ob die Eingangstür offen ist, aber es ist sehr dringend, der Mann liegt im Sterben, bitte kommen Sie. Meinen Namen, wozu? Bitte, bitte, kommen Sie sofort. Eine Verletzung durch eine …« – sie hielt sich gerade noch zurück, nicht »Lanze« zu sagen – »eine Stichwaffe, ich weiß nicht genau. Er blutet sehr stark und hat das Bewusstsein verloren.«

Sie legte auf, bevor man ihr noch weitere Fragen stellte, rannte wie eine Verrückte durch die Gänge und rüttelte an den Türen. Alle verschlossen.

Schließlich fand sie eine Herrentoilette, setzte sich auf ein Klo und weinte unaufhörlich. Sie musste hinausgelangen, bevor man sie finden würde, sie musste auf irgendeinem Weg von hier weg, aber wie? Im matten Licht der Straßenlaternen blickte sie auf ihre von Finks Blut schwarzen Hände, die in ihrem Schoß zitterten. Wie?

Das Licht. Der Innenhof. Sie sah zu dem geriffelten Fenster hoch, griff sich den metallenen Abfalleimer und schlug damit so lange gegen das Glas, bis es zersplitterte. Dann kletterte sie aufs Waschbecken und überlegte, welche Möglichkeiten sie hatte: Sollte es ihr gelingen, ohne größere Schnittverletzungen durch das Fenster hinauszugelangen, stünde ihr noch ein Sprung aus etwa zwei Meter Höhe auf die Pflastersteine des Hofs bevor. Etwas anderes blieb ihr nicht übrig. Sie stellte sich in den Fensterrahmen, sodass sie das Glas durch die Sohlen spürte, umklammerte ihre Handtasche und sprang hinaus. Eine Sekunde später, die Sirene des Rettungswagens war bereits zu hören, rannte sie durch den Regen in Richtung Tiefgarage und von dort zu dem einzigen Unterschlupf, den sie in dieser unbekannten Stadt kannte: der Pension in der Altstadt.

Vollkommen durchnässt, vom Rad fahren außer Atem und noch etwas verschlafen kam Wolf im Kommissariat an. Er wurde gleich von Gabi begrüßt, die nicht wie sonst ein rosiges, fröhliches Gesicht hatte, sondern dunkle Augenringe und die Blässe einer alten Madonna.

»Sie sitzt drinnen. Ich sage lieber nichts, denn du sollst dir selbst einen Eindruck verschaffen. Fink ist im Krankenhaus, schwer verletzt, keiner weiß, ob er durchkommen wird.«

Sie reichte ihm ein Tuch, mit dem sie normalerweise die Kaffeetassen abtrockneten. Zerstreut rubbelte Wolf sich auf dem Weg in sein Büro, wo Katia Steiner wartete, die Haare.

»Vor einer halben Stunde ist sie plötzlich in der Pension aufgetaucht. Von dort haben wir den Anruf bekommen. Sie ist vollkommen hysterisch.«

Als er die Tür öffnete, musste er ein paarmal zwinkern, um sich zu vergewissern, dass er wach war. Die junge Frau, die er nur vom Foto kannte, saß auf einem Holzstuhl und war wie für einen blutigen Karneval gekleidet. Das regennasse Haar klebte ihr am Kopf, die Wangenknochen traten unter der wächsernen Haut hervor, ihr zitterten die Hände und sie biss sich unbewusst auf die Lippen. Ihr leuchtend buntes Seidengewand unter dem Mantel, den man ihr über die Schultern gehängt hatte, war ein einziger blutiger Stofffetzen. Neben sie auf den Tisch hatte Gabi einen Plastikbecher Milchkaffee aus dem Automaten am Gang gestellt und ein Päckchen Taschentücher gelegt.

»Frau Dr. Steiner?«, fragte Wolf mit so erstickter Stimme, dass sie für ihn selbst fremd klang.

Die junge Frau riss die Augen auf und nickte erst nach einer Weile.

Wolf nahm sich einen Stuhl und setzte sich ihr gegenüber. Gabi blieb an der Tür stehen.

»Sie sehen aus, als hätten Sie etwas Schlimmes erlebt. Wollen Sie es uns nicht erzählen?«

Katia schüttelte heftig den Kopf.

»Wir möchten Ihnen helfen, verstehen Sie? Aber dafür müssen Sie uns erst mal einen Anhaltspunkt geben.«

Schweigend warteten sie, eine Ewigkeit verging.

»Wollen Sie uns nicht helfen, damit wir Ihnen helfen können?« Wolf bemühte sich, weiterhin sanft und freundlich zu bleiben, auch wenn er sie am liebsten bei den Schultern gepackt und geschüttelt hätte. »War schon ein Arzt bei ihr?«

Gabi antwortete von hinten: »Pfeiffer musste wegen einer Leiche weg. Er müsste jeden Moment zurück sein.«

»Fink?«, fragte Katia mit hysterisch bebender Stimme.

Wolf beugte sich zu ihr und nahm ihre Hand. Sie war eiskalt.

»Nein. Professor Fink ist im Krankenhaus. Er lebt noch.«

»Wird er durchkommen?«

»Das wissen wir noch nicht. Man wird uns benachrichtigen.«

Katia ließ den Kopf sinken, sie legte das Gesicht in die Hände und fing an zu weinen.

»Waren Sie es, die den Notarzt gerufen hat?«

Sie nickte.

»Das haben Sie gut gemacht. Er ist jetzt in guten Händen. Kommen Sie, trinken Sie den Kaffee, bevor er kalt wird. Schauen Sie, wir haben Ihre Sachen hier, wollen Sie sich nicht ein wenig waschen und umziehen?«

Gabi legte ihm die Hand auf die angespannte Schulter und suchte seinen Blick. Ihm war klar, was sie ihm sagen wollte: Bloß keine

Schonung, wenn sie schon jetzt zu keiner Aussage bereit war, durften sie ihr nicht auch noch Gelegenheit geben, zur Ruhe zu kommen und sich irgendeine Ausflucht zu überlegen, denn das würde die Sache noch schwerer machen. Leider hatte sie recht, doch es brach ihm das Herz, die junge Frau so verdreckt, durchnässt und verstört da sitzen zu sehen. Das war doch kein normales Verhör, das war Folter. Außerdem wussten sie nicht, ob sie Opfer oder Täterin war. Selbst wenn sie es gewesen war, die Fink …

»Kann ich?«, fragte Katia mit dünner Stimme.

»Wenn Sie uns vorher bitte das Wichtigste sagen würden«, schaltete Gabi sich ein. »Wo waren Sie in den letzten Tagen? Wo haben Sie Professor Fink gefunden? Was hatten Sie beide nachts im Senatssitzungssaal zu tun? Wie sind Sie dorthin gekommen? Wer hat Fink angegriffen? Warum? Was wissen Sie über eine Frau namens Cinzia Pelloni? Was wissen Sie über Lothar Zach?«

»Diese Namen habe ich noch nie im Leben gehört.«

»Und Rocco Malatesta? Sagt Ihnen dieser Name auch nichts?«

Katia sprang auf: »Was ist mit ihm? Ist Rocco etwas passiert? Wo ist er?«

»Machen Sie sich keine Sorgen.« Wolf bemühte sich nach dem Vorstoß seiner Kollegin um einen besonders ruhigen Ton. »Ihm ist nichts passiert, er ist ganz in der Nähe, in Untersuchungshaft, vielleicht können wir sogar ein Gespräch arrangieren.«

Katia ließ sich auf den Stuhl fallen. Rocco im Gefängnis. Atlas' Spiegel hatte die Wahrheit gesagt. Atlas' Spiegel. Das in dem ruhigen Wasser schimmernde Gesicht. Mit Schaudern sah sie Wolf an.

»Wir haben gute Gründe, davon auszugehen, dass Rocco Malatesta eine der beiden Personen, von denen Sie sagen, Sie kennen sie nicht, getötet hat«, sagte Gabi in die Stille hinein.

»Das kann nicht sein.«

»Und warum?«

Die Frage machte sie sprachlos.

Ja, warum? Weil sie ihn liebte? Weil er ihr Märchenprinz war? Weil sie sich, ohne Näheres über ihn zu wissen, von dem wunderbaren Gefühl hatte verleiten lassen, ein Unbekannter hätte sie und keine andere auserkoren?

Auf einmal fiel ihr dieses Geräusch ein, das sie kurz vor dem Übertritt in Finks Realität gehört hatte, dieses Pfeifen-Zischen-Knallen, das sie nicht hatte einordnen können, und dass sie sich Blut aus dem T-Shirt hatte waschen müssen.

»Wir glauben, dass Malatesta auf Pelloni einen tödlichen Schuss abgegeben hat, und zwar vor diesem verdammten Gemälde im Senatssitzungssaal, wo Fink heute aufgetaucht ist«, legte Gabi nach.

Rocco sollte also eine Frau erschossen haben, die sich unmittelbar hinter ihr aufgehalten hatte, während sie in die Betrachtung des Bildes versunken war. Hatte er auf die Frau oder auf sie geschossen? Hatte er die andere getötet, obwohl er eigentlich sie hatte töten wollen? Warum? Fink hatte ihr gesagt, er habe sie in seine Wirklichkeit hineingezogen, um sie zu retten, aber er hatte ihr nie erzählt, was er gesehen hatte, ob er überhaupt etwas gesehen hatte.

»Rocco ist Privatdetektiv. Vielleicht war es ein Auftrag, ich weiß es nicht. Eigentlich weiß ich fast gar nichts«, stammelte sie.

»Wo waren Sie, als die Frau umgebracht wurde, Frau Dr. Steiner?«

Im Senatssitzungssaal vor dem Bild, nur ein paar Zentimeter vor ihr, aber ich wusste nichts, ich kenne sie nicht, ich weiß nichts, wollte sie sagen.

»Ich weiß es nicht«, antwortete sie. »Ich weiß nicht, von wem sie reden und von wann, ich glaube, ich werde ohnmächtig.«

Gabi ging um den Tisch, nahm eine Mappe und hielt sie ihr aufgeschlagen vors Gesicht: »Das ist das Opfer: Cinzia Pelloni. Wir haben sie tot vor dem Bild gefunden, am siebzehnten um zwölf Uhr vierzig.«

Katia sah sich das Foto an und erstarrte. Gabi musste sich zu ihr hinabbeugen, um zu verstehen, was sie sagte: »Dieses Mädchen war auf meiner Herfahrt aus Rom mit mir im Zug. Wir sind im selben Abteil gefahren.«

Dann wurde es um sie herum dunkel.

4

Eine Drohung und ein Geständnis

In Katias Erinnerung waren die auf ihre Ohnmacht folgenden Stunden ein dichter graugrüner Nebel, in dem der Geruch von Desinfektionsmittel hing. Stimmen drangen in ihr Bewusstsein: die warme Stimme des freundlichen Polizeibeamten, eine tiefe und volle, die dem Arzt gehören musste, die aggressive und drängende der Beamtin, schließlich eine frische und helle, die sie nie zuvor gehört hatte. Sie bemühte sich, die Augen geschlossen zu halten, während man sie untersuchte, wusch und ihr kurze medizinische Fragen stellte, die sie gefahrlos beantworten konnte. Wie alt sind Sie? Sind Sie schwanger? Hat man Sie vergewaltigt? Sind Sie gegen irgendein Medikament allergisch? Nehmen Sie Psychopharmaka? … neununddreißig, nein, nein, nein, nein. Ein Verwandter, den wir benachrichtigen sollen?

Sie dachte einen Augenblick mit geschlossenen Augen nach. Ihren Bruder? Nein, wozu? Dann würde nur irgendein Journalist etwas mitbekommen, und am nächsten Tag wäre sie auf dem Titelblatt einer dieser schamlosen Lokalzeitungen, ausgerechnet jetzt, da ihr Bruder endlich ausreichend Rückhalt hatte, um einen guten Posten in seiner Partei zu erreichen; das würde ihre ohnehin schon distanzierte Beziehung nur weiter belasten. Bei dem Gedanken an Hans traten ihr Tränen in die Augen. Er war doch immer ihr Spielgefährte gewesen, ihr lieber, lustiger Bruder. Wie hatte er nur diese Verena heiraten und sich in wenigen Jahren in so einen arroganten Idioten in irgendeiner rechtslastigen Partei verwandeln können? Man gleicht sich demjenigen an, den man liebt, hatte ihre Großmutter immer gesagt, darum musste man aufpassen, dass man sein Herz nicht an irgendeinen Schuft verschenkte. Ob ihre Großmutter das auch Hans gesagt hatte? Sie war nämlich nicht Hans' Großmutter. Sie, Katia, und Hans hatten denselben Vater, aber unterschiedliche Mütter. Vielleicht hatte ihre spanische Großmutter mit ihm nie über solche Sachen gesprochen.

»Wollen Sie, dass wir jemanden benachrichtigen?«, fragte die tiefe Stimme neben ihrem Ohr noch einmal.

»Marianna Grimaldi, in Rom. Sagen Sie ihr, dass es mir gut geht, dass ich sie sobald wie möglich anrufe. Die Nummer ist …«

»Wir haben die Nummer«, sagte die Stimme der Polizeibeamtin.

Der Arzt war mit der Untersuchung fertig und deckte ihre Beine mit einem Laken zu.

»Sie ist tatsächlich nicht Opfer sexueller Gewalt geworden. Ein paar Prellungen, nervöse Erschöpfung und leichte Dehydrierung ist alles, was ihr fehlt. Nach ein paar Stunden Schlaf wird sie wie neugeboren sein.«

»Ernährung?«, fragte die helle Stimme.

»Bis morgen intravenös. Dann sehen wir weiter. Jetzt soll sie sich erst mal ausruhen.«

Jemand stach ihr eine Nadel in den Handrücken und befestigte mit einem Verband einen Zugang. Der Arzt mit der tiefen Stimme und den warmen Händen beugte sich an ihr Ohr: »Schlafen Sie sich aus. Morgen erwartet Sie ein anstrengender Tag.«

Sie hörte, wie mehrere Personen das Zimmer verließen, dann das Klicken eines Lichtschalters. Erst jetzt, da das Zimmer im Dunkeln lag, traute sie sich, vorsichtig die Augen aufzumachen. Sie war allein in einem Krankenzimmer, ähnlich dem Sprechzimmer eines Hausarztes. Das Bett war schmal, aber warm und gemütlich, und ihr Kopf lag bequem auf einem Kissen. Es schien ihr, als hätte sie Jahre nicht mehr in einem Bett geschlafen. Trotz ihrer Angst, trotz der Nadel in ihrer linken Hand, trotz Rocco und Fink und allem, was sie am nächsten Tag erwartete, kuschelte sie sich in die leichte Decke und schlief ein.

Auf dem Gang ließ sich Gabi neben Wolf auf das unbequeme Sofa fallen: »Sie hat kein Wort gesagt. Ja, gut, dass wir Marianna Grimaldi benachrichtigen sollen, aber das ist auch schon alles. Pfeiffer sagt, wir sollen sie ausschlafen lassen. Nervöse Erschöpfung. Lass uns also gehen, ein paar Stunden Schlaf tut auch uns gut.«

»Geh nur. Ich werde so gegen sieben in Rom anrufen. Für mich lohnt es nicht, nach Hause zu gehen.«

»Und ob, mein Lieber, es wird schon kein Drachen kommen und das Edelfräulein auffressen.«

Wolf sprang auf und schlug mit der flachen Hand gegen die Wand; Gabi sah ihm überrascht dabei zu. Dann kehrte er ihr den Rücken zu und drehte sich in Richtung des dunklen Fensters am Ende des Ganges.

»Entschuldigung«, stammelte Gabi. »Ich hatte dir versprochen, mich nicht in dein Leben einzumischen. Hatte ich ganz vergessen.«

Da drehte er sich langsam zu ihr um, zuckte mit den Schultern und setzte sich wieder: »Ich weiß auch nicht, was mit mir los ist, Gabi. Ich bin ein Nervenbündel. Entschuldige. Komm schon, geh nach Hause.«

Sie blieb schweigend sitzen.

»Willst du, dass ich dich begleite? Du siehst aus, als wärst du einen Marathon gelaufen, Augenringe bis zum Kinn.«

Gabi bemühte sich zu lächeln, das Ergebnis war jämmerlich.

»Mir geht es einfach hundsmiserabel mit der Schwangerschaft, Wolf«, sagte sie kaum hörbar.

Jetzt war Wolf wie erstarrt.

»Hast du dir das nicht schon gedacht?« Sie lächelte müde, war ansonsten aber wieder mehr die Gabi, die er kannte.

Er schüttelte den Kopf.

»Ich bin erst in der zehnten Woche. Thomas will es nicht.«

»Und du?«

Sie zuckte schwach mit den Schultern und strich sich mit der Hand über den Oberschenkel, als wollte sie einen Fussel beseitigen.

»Ja. Na ja, ich weiß nicht. Es ist schwierig.«

Wolf legte ihr den Arm um die Schultern: »Armer schwarzer Kater.«

Kichernd lehnte sie den Kopf an seine Schulter. Dann wurde sie wieder ernst.

»Siehst du? Wenn Thomas das zu mir gesagt hätte, wäre ich glücklich.«

»Du weißt, dass du mir das alles nicht zu erzählen brauchst?«

»Ja. Aber du bist nun mal mein Partner.«

»Das klingt jetzt wie aus einem amerikanischen Film.«

Sie schwiegen, er hatte den Kopf an die Wand gelehnt, sie spürte an der Wange sein Flanellhemd.

»Sobald die Konditoreien aufhaben, lade ich dich auf eine heiße Schokolade und ein Stück Kuchen ein. Dick wirst du so oder so.«

Wieder musste sie lachen.

»Ruf schon diese Grimaldi an. Mir fallen die Augen zu.«

Als Katia Steiner am nächsten Tag das Büro betrat, wo Wolf bereits mit seinem Fragenkatalog auf sie wartete, gab es ihm regelrecht einen Stich. Gewaschen und gekämmt war sie nicht wiederzuerkennen: Sie hatte Jeans an, eine blaue Bluse mit dunkelblauer Strickjacke darüber, ihre vollen, dunklen Haare fielen ihr glatt über die Schultern, und obwohl sie nicht geschminkt war, war doch Farbe auf ihre Wangen und Lippen zurückgekehrt, und sie hatte sogar leicht gelächelt, während sie sich auf den unbequemen Stuhl vor seinem Schreibtisch gesetzt hatte.

»Entschuldigen Sie, dass ich gestern so störrisch war, Herr Inspektor«, hatte sie gleich beim Hereinkommen gesagt.

Woraufhin er aufgestanden war und sich erst wieder gesetzt hatte, nachdem sie Platz genommen hatte: »Machen Sie sich keine Gedanken, das ist ganz normal; Sie waren erschöpft. Jetzt wird alles einfacher sein.«

Sie nickte und fragte als Erstes: »Gibt es etwas Neues von Professor Fink?«

»Er ist außer Lebensgefahr, aber noch sehr geschwächt.«

»Kann ich ihn besuchen?«

»Wenn alles gut geht, können wir heute Nachmittag kurz zu ihm; er ist noch nicht vernehmungsfähig, aber wenn es Sie beruhigt, ihn zu sehen, werden wir es einrichten.«

Sie lächelte. Zum ersten Mal sah Wolf sie aufrichtig lächeln.

»Ich stehe Ihnen zur Verfügung.«

»Sehr gut. Dann erzählen Sie mir alles, was Sie über die ganze Sache wissen, bitte.«

Sie runzelte die Stirn, als vollbringe sie eine ungeheure Konzentrationsleistung, dann schüttelte sie den Kopf: »Ich weiß nicht, was ich sagen soll. Ich weiß nicht, wo ich anfangen soll. Warum stellen Sie mir nicht einfach Fragen?«

Seit dem Aufwachen hatte sie darüber nachgedacht, was sie erzählen durfte, wie viel sie preisgeben konnte, ohne für geisteskrank gehalten zu werden. Mann sollte ihr nicht anmerken, dass sie etwas verbarg, das würde nur ihren Zugang zu anderen Realitäten gefährden. Sie hatte sich eine ziemlich aberwitzige Geschichte zurechtgelegt, die aber immer noch glaubwürdiger war als die Wahrheit. Doch um sie in Worte zu fassen, fehlte ihr auf einmal der Mut.

»Nun«, fing Wolf an, »von Frau Grimaldi wissen wir, dass Sie seit einer Woche für den Architekten Azzaro arbeiten und sich um den Nachlass des verstorbenen Professors Valcárcel kümmern, der eine Koryphäe der hispano-italienischen Philologie war. Bitte korrigieren Sie mich, wenn ich etwas Falsches sage, beziehungsweise etwas, das nicht hierher gehört. In derselben Zeit haben Sie die Bekanntschaft von Rocco Malatesta gemacht, von dem Ihre Freundin Marianna offenbar keine hohe Meinung hat.«

»Marianna redet zu viel.«

»Denken Sie, dass Sie unrecht hat?«

Katia zuckte mit den Schultern und sah zum Fenster hinaus. »Marianna misstraut grundsätzlich allen Männern. Sie würde mich lieber mit einer anderen Frau sehen.«

Wolf bemühte sich vergeblich, seine Überraschung zu verbergen.

»Sie ist lesbisch, wussten Sie das nicht?«

»Mir gegenüber hat sie lediglich von einer Mitbewohnerin gesprochen.«

»Ich jedenfalls bin heterosexuell. Trotz unserer unterschiedlichen Vorlieben ist Marianna meine beste Freundin; allerdings kehrt sie jedes Mal, wenn ich mich für einen Mann interessiere, die unerträgliche Schwiegermutter raus.«

»Erzählen Sie mir von Malatesta.«

»Nein, Herr Inspektor, zuerst Sie. Wenn er, wie Sie mir gestern Abend gesagt haben, wegen Mordes in Haft ist, möchte ich zuerst wissen, was passiert ist.«

»Ich bleibe jetzt hartnäckig, Frau Doktor.«

Sie tat einen tiefen Seufzer: »Na gut. Sie werden mich wahrscheinlich für etwas geistesschwach halten, aber ich weiß tatsächlich kaum etwas. Wir haben uns in Rom auf einem Fest eines Bekannten von Marianna und Pia kennengelernt; wir waren einen Abend essen und haben uns noch einmal am nächsten Tag gesehen, auf ein schnelles Mittagessen. Dann musste ich für die Arbeit nach Innsbruck fahren, und er konnte nicht einmal an den Zug kommen. Ich habe ihn also bei unserem Mittagessen am 16. zum letzten Mal gesehen. Seitdem weiß ich nichts von ihm.«

»Haben Sie ein … intimes Verhältnis?«, fragte Wolf und sah dabei auf die auf seinem Schreibtisch liegenden Papiere.

Sie blickte ihn überrascht an: »Ist das für Ihre Ermittlung von Bedeutung, Inspektor?«

Wolf räusperte sich: »Verzeihung, so wichtig ist es nicht. Was wissen Sie über seine Arbeit?«

»Nur das wenige, was er mir erzählt hat. Dass er als Ermittler für eine Versicherungsgesellschaft arbeitet, dass er allein lebt …«

»Wissen Sie wo?«, unterbrach er sie.

»Via del Pellegrino, 17, dritter Stock links.«

Er notierte.

»Erzählen Sie weiter.«

Kurz dachte sie an dieses Gefühl der Unwirklichkeit, das Rocco in ihr auslöste, und an das, was der Wahrsager auf der Piazza Navona zu ihr gesagt hatte; an ihre Panik, als sie Rocco mit dem schwarzen Gegenstand in der Hand, einem Telefon, wie sich dann herausgestellt hatte, in ihrem Büro überrascht hatte; dieses Gefühl in seiner leeren Wohnung ohne jegliche persönliche Gegenstände. Aber wie sollte sie dem Inspektor das alles sagen? Wozu?«

»Mehr ist dazu nicht zu sagen.«

Der Inspektor zog einen Ausschnitt aus einer Zeitschrift heraus und breitete ihn sorgsam auf dem Tisch aus, während er sie mit der anderen Hand näher heranwinkte. Es handelte sich um einen

Nachdruck eines ihr unbekannten Gemäldes, vielleicht eines Matisse aus einer Privatsammlung, der noch nie öffentlich ausgestellt worden war.

»Sagt Ihnen dieses Bild etwas?«

»Ich habe es noch nie gesehen.«

»Abgesehen von einer Telefonnummer in Rom war das das einzig Persönliche, was Malatesta bei seiner Festnahme in der Brieftasche hatte.«

Sie sah sich das Bild aus der Nähe an und las die winzige Schrift unter dem Foto: »H. Matisse. *The French Window at Nice*, 1919, Öl auf Leinwand, Barnes Collection.«

»Tut mir leid. Es sagt mir nichts.«

»Sie haben nicht mitbekommen, dass er an irgendeinem Kunstraub, einem Fälscherring oder irgendwas in der Richtung beteiligt war?«

»Tut mir leid«, wiederholte sie.

»Wissen Sie was? Sie kommen mir langsam vor wie Audrey Hepburn in *Charade*.«

Sie musste lachen. Witzig, dass der Inspektor ausgerechnet einen ihrer Lieblingsfilme anführte. Sie fühlte Sympathie zwischen ihnen aufblitzen, als sie ihm antwortete: »Sie haben recht. Aber wissen Sie, ich bin nicht mit ihm verheiratet; wir haben uns nur dreimal gesehen.«

Wolf wollte ihr schon sagen, dass es absolut unmöglich war, dass sie so wenig von einem Mann wusste, in den sie laut Marianna Grimaldi verliebt war. Doch da fiel ihm ein, dass er auch nicht das Wichtigste aus dem Leben Gabis der letzten drei Monate mitbekommen hatte, obwohl er täglich mit ihr zusammenarbeitete.

»Kommen wir zu etwas anderem. Was sind das für Papiere, die Sie im Hotelzimmer gelassen haben und die der Beschriftung auf der Schachtel zufolge für Professor Fink bestimmt sind? Auf der Suche nach einem Motiv für das zweifache Verbrechen und das Verschwinden des Professors haben wir uns schließlich gefragt, ob jemand ein so starkes Interesse an diesen Papieren haben könnte, dass er bereit ist, dafür jemanden umzubringen.«

Bei der Art, wie der Inspektor den Satz formulierte, kam ihr die elegante Gestalt des Elfenbeinmannes in den Sinn: Er hatte fast genau dasselbe gesagt, aber so etwas sagt man schnell so dahin, um Eindruck zu schinden oder etwas Bedeutung zu verleihen.

»Die Papiere stammen aus Professor Valcárcels Nachlass und sind für einen Philologenclub bestimmt, dem Professor Fink angehört. Ich nehme an, es handelt sich um Forschungsmaterial. Da in dem Brief steht, dass die Papiere vertraulich sind, habe ich sie mir nicht näher angesehen. Ich bin nach Innsbruck gekommen, um Fink die Papiere zu übergeben.«

»Und es hat sich niemand anderes dafür interessiert?«

Sie schwankte kurz. Nur ungern wollte sie den Elfenbeinmann in eine polizeiliche Ermittlung verwickeln. Bei seiner bedrohlichen Ausstrahlung wollte sie ihn erst mal aus dem Spiel lassen. Schließlich hatte er auch nur versucht, auf diskrete Art und Weise Information zu erkaufen. Sie beschloss, ihn zunächst einmal nicht zu erwähnen.

»Es gibt wirklich nichts mehr, was Sie mir mitteilen wollen? Frau Grimaldi hat uns gesagt, jemand sei in ihre Wohnung eingedrungen und dass ein paar Tage zuvor schon so eine Schachtel mit Dokumenten aus Professor Valcárcels Wohnung verschwunden sei, allerdings sei sie auch wieder aufgetaucht.«

Etwas widerwillig rückte Katia endlich heraus: »Gut … Ja. Da ist noch ein anderer Philologe, der an der Sache interessiert zu sein scheint. Ein gewisser Fernando Cabrera von der Universität Palencia.« In kurzen Sätzen erzählte sie dem Inspektor, was sie über Cabrera wusste.

»Gut. Dem werden wir nachgehen. Und jetzt sagen Sie mir, wie Sie Fink gefunden haben? Und vor allem, wo?«

In ihrer Naivität hatte Katia gehofft, dass der Inspektor ihr diese Frage nicht stellen würde.

»Ich weiß es nicht.«

»Verzeihung?«

»Ich weiß, es klingt wirklich dumm, aber ich weiß es nicht.« Dann gab sie sich einen Ruck und präsentierte ihm ihre zurechtgelegte Erklärung: »Gut, Herr Inspektor, dann erzähle ich Ihnen eben das wenige, was ich weiß, aber nur, wenn Sie mir versprechen, dass

Sie nicht über mich lachen, denn die ganze Sache klingt vollkommen verrückt. Und nachher lassen Sie mich bitte zu Fink.«

»Erzählen Sie. Ich verspreche, dass ich nicht lache.«

Katia nahm ein Plastiklöffelchen, das auf dem Schreibtisch herumlag und begann es zu verbiegen: »Ich habe den Nachtzug aus Rom genommen. In meinem Abteil war das Mädchen, das, wie Sie mir gesagt haben, am Tag darauf ermordet wurde; es war ein normales, nettes junges Mädchen. Die ganze Fahrt über stritt sie sich mit der dritten Frau im Abteil, einer, die alle herumkommandieren muss. In Innsbruck ging ich zuerst Frühstücken, ließ meine Sachen in der Pension, in der Sie mich gestern Abend gefunden haben, dann machte ich mich auf den Weg zur Universität, um Fink zu treffen. Dort sagte man mir, der Professor sei seit mehreren Wochen verschwunden und dass er zuletzt im Senatssitzungssaal gesehen worden sei. Da ich nichts Besseres zu tun hatte, ging ich dorthin, wahrscheinlich auf der Suche nach irgendeiner Spur, ich weiß selbst nicht genau. Ich betrachtete eine ganze Weile lang dieses sonderbare Porträt von dem Rektor, der irgendwohin sieht. Da plötzlich hörte ich ein seltsames Geräusch dicht an meinem rechten Ohr, doch bevor ich mich umdrehen und nachsehen konnte, was geschehen war, spürte ich einen Schlag am Hals. Als ich erwachte, war ich im Freien, genauer gesagt auf einer Wiese neben einem kleinen See, und neben mir war Fink und versuchte, mich wiederzubeleben.«

»Und dann?«

Katia schüttelte den Kopf: »Ich erinnere mich nur verschwommen. Ich weiß noch, dass ich starke Kopfschmerzen hatte, dass Fink in einer Art Faschingskostüm steckte und mir die Kleider gab, die ich gestern Abend anhatte. Dann weiß ich noch, dass wir eine Weile durch den Wald geritten sind, bis an eine Stelle, wo zwei, drei andere, ebenfalls kostümierte Männer ein Turnier vorbereiteten, jedenfalls so einen Wettkampf, bei dem zwei Gegner auf dem Pferd gegeneinander antreten, bis einer stürzt. Den ganzen Wettkampf über musste ich in einer Art mittelalterlichem Zelt sitzen; ich muss eingeschlafen sein. Als ich aufwachte, stand Fink neben mir an der mittleren Zeltstange und hielt sich die Brust, und dann erinnere ich mich noch, dass das Blut im Mondschein schwarz aussah und ich erst nicht begriff, dass er verletzt war. Man half uns auf ein Pferd, dann führte uns jemand an den Zügeln zurück in den Wald. Es war stockdunkel und sehr kalt. Ich war überzeugt, man würde uns irgendwohin führen, um uns zu töten, wie der Jäger bei Schneewittchen, aber Fink war in meinen Armen ohnmächtig geworden, und um irgendetwas unternehmen zu können, hätte ich ihn loslassen müssen. Danach kam mir alles wie eine Ewigkeit vor. Wir gelangten an eine Art Lichtung, man half uns vom Pferd, und dann knebelte mich jemand mit einem durchtränkten, nach Arznei riechenden Taschentuch. Als ich die Augen wieder aufschlug, waren wir im Senatssitzungssaal, und neben mir lag der arme Fink und blutete. Den Rest kennen Sie.«

Wolf stützte die Ellbogen auf den Schreibtisch und legte das Kinn in die verschränkten Hände. Das klang absolut lächerlich, und trotzdem passte es zu dem Vorbericht, den er anhand der Kleidung von Katia und Fink angefertigt hatte. Zweifellos hatten sie sich eine Zeit lang auf einer Art Alpenwiese aufgehalten, auch wenn die an der Kleidung hängenden Pflanzenfasern noch nicht genau bestimmt worden waren; geritten waren sie auch, auch wenn es sich um eine wenig verbreitete Pferdeart handelte, und Finks Wunde stammte tatsächlich von einem Lanzenstich, was ihn am meisten verwunderte.

»Hat Fink Ihnen nicht gesagt, wo Sie sich befinden und warum?«

»Nein. Ich habe ihn gefragt, aber er war nicht sehr gesprächig. Er sagte mir, später, nach dem Turnier, könnten wir alles bereden und dass ich gar nicht dort sein sollte und nur irgendwer einen Fehler begangen hatte. Ich hatte Kopfschmerzen und fühlte mich so miserabel, dass ich in dem Zelt einschlief und beschloss, mir meine Fragen aufzuheben. Später gab es dann keine Gelegenheit mehr.«

Das Telefon klingelte. Der Inspektor entschuldigte sich, und Katia nahm die Reste des zerbrochenen Plastiklöffels von den Hosenbeinen. Dann sah sie sich nach einem Papierkorb um, in den sie die Splitter werfen konnte, als Wolf auf einmal aufstand: »Fink ist zu Bewusstsein gekommen. Am besten gehen wir ihn gleich besuchen.«

Professor Fink lag im siebten Stock des Chirurgie-Turms in einem Einzelzimmer mit spektakulärem Blick nach Westen. Als sie zu ihm kamen, öffnete er kurz die Augen, schloss sie aber gleich wieder, als könnte er damit ihre Anwesenheit ungeschehen machen. Die Krankenschwester, die sie ins Zimmer geführt hatte, kümmerte sich um den Blumenstrauß, den Katia mitgebracht hatte, und bat sie darum, nicht allzu lange zu bleiben.

»Professor Fink, ich möchte Ihnen Chefinspektor Altmann vorstellen«, sagte Katia, und ihre Stimme klang ungewollt piepsig und nervös.

Fink öffnete die Augen und sah den Polizisten an.

»Guten Tag, Herr Chefinspektor. Ist das ein Höflichkeitsbesuch oder liegt etwas gegen mich vor?« Seine Stimme klang brüchig und schlaff, als habe man ihn mit starken Medikamenten ruhiggestellt.

Wolf lächelte. »Höflichkeit in dienstlichem Rahmen, könnte man sagen. Wir sind seit Wochen nach Ihnen auf der Suche, Herr Professor. Wir haben Sie schon fast für tot gehalten, wissen Sie.«

»Da liegen Sie gar nicht so falsch, Herr Chefinspektor. Aber anscheinend hat man mich wieder zusammengeflickt.«

Katia rückte sich einen Stuhl ans Bett: »Professor, ich habe dem Inspektor von unserem Turnier-Abenteuer erzählt, das wenige, woran ich mich erinnere.«

Fink hob die Augenbrauen: »Turnier?«

»Wenn es Ihnen nichts ausmacht, Frau Doktor«, unterbrach sie Wolf, »hätte ich gern zwei unabhängige Berichte von dem Geschehenen, natürlich erst, wenn der Professor so weit wieder bei Kräften ist, dass ich ihn befragen kann.«

»Das heißt also, es liegt doch etwas gegen mich vor.«

»Nichts Konkretes. Jedenfalls bis jetzt nicht. Ich würde gern alles erfahren, was mit Ihrem Verschwinden und auch mit Ihrer Verwundung zusammenhängt. Und natürlich alles, was Sie mir bezüglich der Morde an Cinzia Pelloni und Lothar Zach erzählen können.«

»Zach ist getötet worden?«

»Durch einen Schuss in den Nacken, in der Tiefgarage der Universität.«

»Aber warum?«

»Wir haben gehofft, das von Ihnen zu erfahren?«

»Von mir? Wie soll ich das wissen, wenn ich doch gar nicht da war?«

»Wo waren Sie, Herr Professor?«

»Das ist eine lange Geschichte, die ich Ihnen ein anderes Mal erzählen will, Herr Chefinspektor«, entgegnete er mit Blick auf die Krankenschwester, die den Blumenstrauß in eine Vase gestellt hatte.

Katia stand auf: »Brauchen Sie irgendetwas, Professor Fink?«

»Nein, danke, sehr nett von Ihnen. Mein Sohn wird heute Abend kommen. Geht es Ihnen gut? Haben Sie in Innsbruck denn einen Ort, an dem Sie wohnen können?«

»Ja, es geht mir gut. Erst mal wohne ich in der Pension Edelweiß, aber ich hoffe, dass ich bald zu meiner Arbeit nach Rom zurückkehren kann. Was soll ich eigentlich mit den Dokumenten von Professor Valcárcel machen, die ich Ihnen mitgebracht habe?«

»Wenn es Ihnen nichts ausmacht, schicke ich Ihnen meinen Sohn vorbei, er soll sie abholen.«

»Wenn ich Sie beide bitten darf, der Professor braucht jetzt seine Ruhe. Er ist noch sehr schwach«, sagte die Krankenschwester in dem berufstypischen schneidenden Tonfall.

»Wir sehen uns bald. Sie müssen uns viel erzählen«, verabschiedete sich Wolf.

Sobald sie draußen waren, schloss Fink wieder die Augen. Er fühlte sich sehr schwach, wie die Krankenschwester gesagt hatte, aber vor allem war er in Bedrängnis. Sie würden ihn nicht in Ruhe lassen, bis er etwas aussagen würde, was nachvollziehbar und überprüfbar war. Doch das war vollkommen unmöglich. Ihm blieb nur die Möglichkeit, sich eine überzeugende Lüge auszudenken, an der sie sich die Zähne ausbeißen konnten, aber diese Lüge musste mit der Geschichte, die Katia erzählt hatte, übereinstimmen. Und das alles musste in den nächsten vierundzwanzig Stunden erfolgen, obwohl er doch im Augenblick einfach nur das Bedürfnis nach Ruhe verspürte und sich nichts anderes wünschte, als dass man ihn in Frieden ließ und ihm keine Fragen über sein sonderbares Leben stellte. Ein eitler Wunsch. Bald würde Johann kommen; was sollte er ihm sagen? Wie sollte er ihm sein Verschwinden erklären und erst recht sein dramatisches Wiederauftauchen in der Nacht?

Er vermisste die andere Wirklichkeit, die er mit der Zeit als intensiver und echter empfunden hatte als diese aseptische Umgebung, diese Welt, in der jeder unter dem Vorwand, für die Allgemeinheit und Sicherheit der Bürger zu handeln, seine Nase in fremde Angelegenheiten stecken durfte.

Die Universität kümmerte ihn wenig. Sobald er wieder schreiben konnte, würde er schriftlich aus gesundheitlichen Gründen seine Emeritierung beantragen. Dann konnte er sich überlegen, ob er die restlichen Jahre seines Lebens als Leonardo, der Ritter des Hippogryphen, in *Terra incognita* oder als Professor im Ruhestand irgendwo in Süditalien verbringen wollte. Doch die erste Option bestand vielleicht gar nicht mehr und er hatte in der vergangenen Nacht zum letzten Mal die magische Brücke zwischen den Welten betreten, sodass ihm nichts anderes übrig blieb, als in Überdruss und Nostalgie dahinzusiechen, wenn er einmal im Jahr mit den anderen, die aus dem Garten der Wunder verstoßen worden waren, in Sirmione zusammenkommen würde, zu Gesprächen über die glorreiche Vergangenheit, die verlorene Schönheit, die Tür, die sich für immer geschlossen hatte.

»Wollen Sie mit mir einen Kaffee trinken?«

An der Ecke der Klinik gegenüber dem herrschaftlichen Gebäude der alten Universität stand Wolf mit erwartungsfroh glänzenden Augen. Er konnte es sich nicht erklären, doch obwohl diese Frau eher zierlich und auch nicht mehr so jung war, fühlte er sich so unsicher wie ein Schuljunge, der sich nicht entschließen kann, eine Klassenkameradin ins Kino einzuladen.

»Ich glaube langsam, ich habe einen Bodyguard.«

»Nein, um Himmels willen! Wenn Sie um fünf auf die Polizeiwache kommen und nicht ohne Bescheid zu sagen aus Innsbruck abreisen, reicht das vollkommen. Mein Anliegen ist außerdienstlich.«

Katia sah ihm in die Augen; sie waren graublau und von kleinen Fältchen umspielt. Er hatte ein hübsches Lächeln.

»Dann gerne. Danke.«

Sie setzten sich in den Nichtraucherraum des Caramelle, von den nahe gelegenen Cafés das einzige, das um die Mittagszeit nicht vollkommen von Studenten in Beschlag genommen war. Katia sah den Inspektor neugierig an. Sie war sich sicher, dass Atlas ihr dieses Gesicht in seinem Spiegel gezeigt hatte. Es war nur sehr schwach aufgeschienen, trotzdem hatte sie sich vorgenommen, es nicht zu vergessen, denn wenn der Zauberer schon bei Rocco richtiggelegen hatte, bedeutete das, dass Altmann ein sehr wichtiger Mann in ihrem Leben sein würde. Oder hatte er Mann ihres Lebens gesagt? Sie sah den Inspektor eingehend an, während er Kaffee und Himbeerkuchen bestellte. Er war attraktiv: gut aussehend, aber kein Schönling, liebevoll, aber kein Softie. Polizist. Sie hatte noch nie die Bekanntschaft eines Polizisten gemacht.

Er drehte sich lächelnd zu ihr hin: »Und? Haben Sie sich entschieden? Wollen Sie mich kaufen?«

Katia errötete: »Verzeihung. Ich habe versucht herauszufinden, was mir Ihr Gesicht sagt.«

»Dass ich ein stinknormaler Mann bin. Es gibt Dutzende wie mich. Darum bin ich ein guter Polizist: Weil mein Gesicht allen bekannt vorkommt und sich trotzdem hinterher niemand daran erinnert. Eine Freundin von mir findet, dass ich wie die Statue des sterbenden Galliers in Versailles aussehe, und eine andere meint, ich sei das Abbild von Karl dem Kühnen, des Herzogs von Burgund, in seinen besten Zeiten.«

Bevor Katia darauf etwas sagen konnte, klingelte das Telefon. Wolf sprang auf und ging hinunter zu den Toiletten, um ungestört reden zu können. Katia dachte, wie kräftig er aussah und wie flink er sich bewegen konnte. Und er war durch und durch real. Nach zwei Minuten war er wieder da: »Frau Dr. Steiner …«

»Sagen Sie doch bitte Katia zu mir, so viel Förmlichkeit macht mich ganz nervös.«

»Katia, dieser Philologe, von dem Sie mir erzählt haben, der sich auch für die Dokumente interessiert …«

»Cabrera.«

»Ja. Die Kollegen haben mir gerade mitgeteilt, dass er vor eineinhalb Jahren bei einem Verkehrsunfall ums Leben gekommen ist. Am siebten Juni letzen Jahres.«

5
Zwei Fluchten und ein Gemälde von Matisse

Katia stellte so erschrocken die Tasse ab, dass der Kaffee überschwappte: »Cabrera kann nicht tot sein. Ich habe letzte Woche in Rom mit ihm geredet. Er hat mir einen Brief von Professor Valcárcel gezeigt, in dem dieser ihn zu einem Gespräch einlädt.«

»Die spanischen Kollegen haben es überprüft. Fernando Cabrera starb am siebten Juni und wurde zwei Tage später beerdigt. Offenbar war er ein großer Forscher auf dem Gebiet ...« – er sah auf seinem Notizblock nach – »der vergleichenden Schäferlyrik und Fragen der Wahrscheinlichkeit ... – ich fürchte, ich habe nicht alles verstanden.«

»Ja. In seinem Brief hat Valcárcel ihn dafür sehr gelobt. Aber, wie geht das? Wenn dieser Mann nicht Cabrera ist ...«

»Wer ist er dann?«, fragten beide gleichzeitig.

Katia stand auf und nahm ihre Handtasche: »Keine Sorge, Herr Inspektor, ich verschwinde schon nicht. Ich will nur in die Uni, mehr über Cabrera herausfinden. Um fünf bin ich wieder in ihrem Büro, versprochen.«

Wolf sah ihr nach, und auf einmal stellte sich bei ihm ein Gefühl der Unwirklichkeit ein, wie wenn die Nachmittagssonne hinter einer Wolke verschwindet.

Katia ging direkt zur Universitätsbibliothek, schließlich hatte sie für das, was sie vorhatte, kaum mehr als drei Stunden. Sie fand einen freien Computer und machte sich sofort an das, was sie am besten konnte: recherchieren. Als sie fertig war, hatte sie zwei fotokopierte Aufsätze Cabreras in der Tasche und wusste, dass das Institut für

Kunstgeschichte eine CD-Rom der Barnes Collection besaß. Doch bevor sie sich dorthin auf den Weg machte, suchte sie ein Telefon und rief Fink im Krankenhaus an. Dann ging sie in den Turm der Geisteswissenschaftlichen Fakultät, wo das Institut untergebracht war, und als die Gemälde der Barnes Collection auf dem Monitor erschienen und eine tiefe amerikanische Stimme von Barnes' Sammelleidenschaft Mitte der Zwanzigerjahre erzählte, gönnte sie sich endlich eine Pause.

Zu der Sammlung gehörten mehr als zwanzig Bilder von Matisse. Katia ließ den Cursor rasch durch die Liste laufen, bis sie das richtige gefunden hatte: *The French Window at Nice*, ein wunderschönes Gemälde, beunruhigend und theatralisch, auf dem ein Hotelzimmer dargestellt war. Ein großes blaues Fenster nahm fast die gesamte Leinwand ein und brachte die lesende Frauengestalt im Vordergrund schön zur Geltung. Durch einen der leicht geöffneten Fensterläden sah der Betrachter einen Ausschnitt der mediterranen Landschaft: dunkle Zypressen vor einer ockerfarbenen Fläche.

Sie spürte wieder das vertraute Kribbeln. Dieses Bild war eine Passage wie die, die sie bereits kannte. Wie die beiden, die sie kannte, korrigierte sie sich: das Porträt des Rektors und der Kupferstich des *seicento*, die immer noch im Zimmer der Pension Edelweiß sein musste. Sie wusste, dass dieses Bild alle notwendigen Elemente für den Zugang zu einem anderen Ort besaß, das erkannte sie an der Führung der Linien, an der Anziehungskraft, die diese Öffnung ausübte, und daran, dass die durch die blauen Fensterläden zu erahnende Wirklichkeit nicht genau erkennbar war. Sie fühlte sich fast körperlich hingezogen zu der hinter dem Sichtbaren aufschimmernden Welt.

Plötzlich ging ihr ein Licht auf. Rocco hatte dieses Bild in der Brieftasche, weil das seine Passage war, auch er hatte also die Fähigkeit, zwischen den Welten hin und her zu wechseln. Allerdings gehörte er nicht dem Club der Dreizehn an. Zumindest nicht unter dem Namen, mit dem er sich ihr vorgestellt hatte.

Wenn sowohl Valcárcel als auch José solche Passagen finden konnten, warum sollte es dann nicht auch anderen möglich sein, zwischen den Welten zu reisen? Noch weiter gedacht: War es vielleicht umgekehrt auch möglich, dass Menschen, die aus anderen Wirklichkeiten stammten, in unsere reisten?

Sie ging diesem Gedanken weiter nach und überlegte, was das bedeutete.

Und wenn Rocco aus einer anderen Wirklichkeit kam und dieses Bild ihm den Rückweg sicherte? Das würde durchaus einen Sinn ergeben und auch Roccos seltsames, wie aus einem Kinofilm abgeschautes Verhalten erklären, sowie ihr eigenes unwirkliches Gefühl, wenn sie bei ihm war. Genauso musste es Astario mit ihr in *Terra incognita* gegangen sein: Irgendetwas sagt einem, dass dieser Mensch vor einem nicht an diesen Ort gehört. Wenn das der Fall war … armer Rocco! Gefangen in einer fremden Wirklichkeit, von der Polizei ins Visier genommen. Schon aus Angst musste er allen misstrauen.

Über Rocco kamen ihre Gedanken auf dieses Niemandsland, das sie kennengelernt hatte, diese unvergleichliche Mischung aus Faszination und Angst, den zwiespältigen Wunsch, dies noch einmal zu erleben und gleichzeitig für immer davon befreit zu sein. War es Zufall gewesen, dass sie ihn in Rom getroffen hatte? War Rocco einfach ein Reisender wie sie, der zufällig in diese Wirklichkeit geraten war, oder war er mit einer bestimmten Mission beauftragt? War es denkbar, dass er gekommen war, um sie zu töten? Warum? Warum sie, die doch bis vor einer Woche nichts von der Existenz irgendwelcher anderen Welten gewusst hatte? Wenn dem so war, wenn er tatsächlich gekommen war, um sie zu ermorden, warum hatte er es dann nicht gleich in Rom, an ihrem gemeinsamen Abend bei ihm zu Hause getan? Das konnte einfach nicht sein! Rocco wollte sie nicht töten. Er liebte sie, das hatte er ihr gesagt, und sie hatte es auf ihrer Haut, in ihrem Herzen gespürt. Sie hatte Mariannas Stimme noch im Ohr: »Wie leicht du zu täuschen bist, Kind! Wie naiv du bist! Dir braucht nur irgendein streunender Kater in einer lauen Sommernacht ein paar schmachtende Blicke zuzuwerfen. Wann wirst du endlich erwachsen?!«

Vielleicht hatte Marianna recht. Vielleicht war ihr Bedürfnis nach Liebe und Sicherheit an allem schuld, in diesem Leben, das ihr zwischen den Fingern zerrann und in dem sie nichts hatte, wofür sie kämpfen konnte. Vielleicht war ihre Naivität einfach Ausdruck ihrer Dummheit, ihrer Feigheit, ihrer Angst, vor sich selbst zuzugeben, dass das Leben einfach nicht mehr hergab. Doch nun hatte sie etwas gefunden, wofür es sich zu leben lohnte und das sogar wichtiger war als Roccos Liebe: die Zauberworte, die zu den Fabelwelten führten. Diese Macht musste sie beherrschen. Sie würde um jeden Preis Innsbruck verlassen und unter dem Vorwand, Valcárcels Asche an ihren Bestimmungsort bringen zu müssen, nach Spanien reisen, auf dieser Insel vor der kantabrischen Küste das Haus des alten Professors suchen und so lange forschen, bis es ihr seine Geheimnisse preisgegeben haben würde.

Doch zunächst lag noch eine andere Aufgabe vor ihr: Sie musste den Schlüssel für den Zugang zu Roccos Wirklichkeit herausfinden.

Sie nahm Valcárcels Heft aus der Tasche und blätterte es Seite für Seite durch, immer zaghafter, aus Furcht, das Gesuchte nicht zu finden. Und wenn diese Passage gar nicht in Valcárcels Verzeichnis stand? Wenn sie noch gar nicht entdeckt worden war? Wie sollte sie dann die erforderlichen Worte finden?

Sie blätterte schneller, überflog bereits entzifferte Textstellen und musste erkennen, dass sie hier das Gesuchte nicht finden würde.

»Kann ich Ihnen helfen?«

Als sie die Stimme hinter sich hörte, zuckte sie zusammen. Es war der Student, der ihr mit dem Bibliothekskatalog des Instituts für Kunstgeschichte weitergeholfen hatte.

»Ich kann mich für Matisse nicht erwärmen, obwohl man anerkennen muss, dass er viel geleistet hat, um die Malerei aus der Sackgasse des Kubismus herauszuführen«, bemerkte er schlau. »Brauchen Sie etwas?«

Katia antwortete ein wenig unüberlegt: »Kann man hier etwas ausdrucken? Ich hätte gern eine Abbildung von diesem Gemälde.«

»Nein, tut mir leid. Die CD-Rom hat keine Druckfunktion, aber wenn ich mich recht erinnere, haben wir den Katalog der letzten Ausstellung der Barnes Collection, die durch Europa gereist ist. Ich weiß nicht, ob er alle Bilder enthält, aber ich kann nachsehen. Wenn wir es finden, können wir eine Farbkopie machen, nutzt Ihnen das was?«

»Vielen besten Dank.«

Der junge Mann verschwand zwischen den Regalen, und Katia vertiefte sich wieder in das Heft. Ganz offensichtlich hatte Valcárcel dieses Bild nicht entdeckt, was auch nicht verwunderlich war. Die Barnes Collection war eine Privatsammlung in den USA, und Valcárcel hatte das Werk vermutlich nie zu Gesicht bekommen. So ertragreich seine Forschungen auch waren, es musste Hunderte nicht entdeckter Bilder geben, Hunderte Welten, die sie finden konnte. Wenn sie die dazugehörigen Worte fand.

Die Worte.

Fink wusste die Worte auswendig, die ihm den Weg in die von ihm gewählte Wirklichkeit öffneten. Rocco musste seine auch wissen, schließlich war das das Einzige, was ihm seine Rückkehr sicherstellte.

Sie stützte die Stirn in die Hände, weil sie einen Schwächeanfall herannahen spürte.

»Sie haben Glück! Hier, ich habe es fotokopiert.« Der junge Mann hielt ihr ein DIN-A4-Blatt mit dem Bild von Matisse hin.

Katia wäre am liebsten aufgestanden und ihm um den Hals gefallen, aber sie wusste, dass ihr die Beine versagen würden.

»Danke«, sagte sie mit zitternder Stimme.

»Fünfzig Schilling, und es gehört Ihnen.«

Fernando Cabrera lag in einem Hotelzimmer im fünften Stock des Holiday Inn in Innsbruck auf dem Bett – im Fernseher lief der Musiksender – und wartete nasebohrend darauf, dass es acht Uhr würde und er ins Restaurant Guggeryllis im ersten Stock zum Abendessen gehen könnte. Er musste diesen Abend ausnutzen, denn nachdem er wie verabredet um sieben Uhr mit diesem mysteriösen Menschen geredet hatte, stand fest, dass sein Chef das von ihm ausgesuchte Hotel nicht bezahlen würde. Er hatte gedacht, falls man ihn suchte, wäre er in einem guten Hotel sicherer als in einer lausigen Pension, wo die Polizei immer als Erstes suchte, aber der Italiener hatte es nicht eingesehen, ihm »ein Luxusleben zu finanzieren«. Also würde er sich am nächsten Tag etwas Neues suchen, vielleicht ein Gästezimmer bei einer Familie, bei der er sich als Wanderurlauber ausgeben könnte.

Das Gespräch hätte nicht schlechter verlaufen können: Der Italiener war fuchsteufelswild geworden, als er hörte, dass Katia Steiner nicht nur spurlos verschwunden war, sondern dass ihr Verschwinden offenbar auch bei der Polizei Verdacht erregt hatte. Er saß in der Klemme. Wenn er blieb, würde vermutlich das ganze Geld draufgehen, das er sich mühsam verdient hatte. Wenn er abreiste, musste er sich von dem hübschen Sümmchen verabschieden, das ihm winkte, wenn er für diesen Dandy die verdammten Unterlagen beschaffte.

Er wollte sich noch zwei Tage geben. Wenn er sie bis dahin nicht gefunden hatte, würde er ihn anrufen und ihm sagen, dass er sich einen anderen Dummen suchen sollte, würde nach Spanien zurückkehren und alles vergessen.

Vielleicht war es doch ein Fehler gewesen, dass er ihm erzählt hatte, was er beim Schnüffeln an der Universität erfahren hatte, von den Morden an der italienischen Studentin und dem Kunstprofessor. Besonders zart besaitet war sein Auftraggeber nicht, trotzdem hatte er den Eindruck gehabt, dass ihn diese Nachricht nervös gemacht hatte. Cabrera hätte gern gewusst, warum, doch er hatte sich nicht getraut zu fragen. Hieß das eventuell, dass auch er in Gefahr schwebte? Wenn das der Fall war, war es sinnlos, zu bleiben und für irgendwelche dummen, nur für die Philologie interessanten Papiere sein Leben aufs Spiel zu setzen.

Er stand auf, streckte sich und ging ans Fenster. Von dort hatte er einen Blick auf die Hauptstraße, auf der um diese Uhrzeit so viel los war wie auf dem städtischen Friedhof von Palencia. Das berühmte ruhige Leben in Mitteleuropa, wo die Menschen um zehn ins Bett gehen, um dann um fünf aufzustehen und sich krumm zu schuften.

Ein Polizeiwagen hielt vor dem Kiosk direkt gegenüber seinem Fenster. Er wollte schon alles stehen und liegen lassen und flüchten, doch dann atmete er ein paarmal tief durch und nahm sich zusammen. Es war unmöglich, dass sie ihn suchten, niemand wusste von seiner Existenz – oder seiner Nichtexistenz –, man konnte ihm nichts vorwerfen, zumindest nichts von Belang. Er hatte sich mit seinem richtigen Namen und seinem Pass im Hotel eingeschrieben, und dass in seiner Brieftasche mehrere Karten mit dem Namen seines Kollegen Fernando Cabrera steckten, war kein Verbrechen. Sie hatten mehr als zwei Jahre das Büro geteilt, so lange hatte Fernando für die Schlussredaktion seiner Doktorarbeit gebraucht, eines unverdaulichen Wälzers, an dem Valcárcel seine Freude gehabt hätte. Sie hatten sich gut genug gekannt, dass er sich als Fernando ausgeben konnte, obwohl sie mit den Jahren immer weiter auf Abstand gegangen waren. Dass der Musterknabe jetzt in seinem Dorf auf dem Friedhof lag, nur weil er einen über die Straße laufenden Köter nicht hatte anfahren wollen, war kein Grund, von dem Ansehen, das er in akademischen Kreisen auf unverständliche Weise erworben hatte, nicht noch ein wenig zu profitieren. Niemand brauchte zu wissen, dass er im Namen Cabreras an unveröffentlichtes Material herangekommen war; niemand würde jemals erfahren, dass seine Doktorarbeit auf diesen fremden Vorarbeiten basierte. Aber er brauchte noch die Unterlagen, die Katia Steiner aufbewahrte. Er würde sie nach Brauchbarem durchsehen und nur das Übrige abliefern. Der Dandy wusste nicht, was genau in der Schachtel lag, sodass er gar nicht merken würde, wenn er ihm nicht den vollständigen Inhalt übergeben würde.

Doch wie sollte er diese Frau finden? Als einzige nützliche Information hatte er herausgebracht, dass die Polizei nach ihr suchte. Und wenn er zur Polizei ging und sich als ein Freund von Katia ausgab, oder, was weniger verdächtig wäre, als ein besorgter Kollege? Würde man ihm etwas sagen? Sie mussten dort wissen, wo sie sich nach ihrer Ankunft eingemietet hatte, möglicherweise verwahrten sie sogar ihre Sachen. Da Fink ebenfalls seit Wochen verschwunden war, konnte sie ihm folglich auch nicht die Unterlagen gegeben haben, was nur heißen konnte, dass die Polizei im Besitz der Schachtel war. Und wenn er schon einmal da war, würden sie ihn vielleicht sogar bitten, einen Blick darauf zu werfen und nach einem Hinweis auf den Aufenthaltsort von Frau Dr. Steiner zu suchen.

Als er sich selbst in der Scheibe sah, wie er sich die Hände rieb wie ein alter Geizhals in einem billig gemachten Film, packte ihn das Grausen.

Zugegeben, es war ein gewagter Plan; er begab sich praktisch in die Höhle des Löwen. Aber wenn er sich mit seinem echten Namen auswies – schließlich war er Stipendiat der Universität Palencia und ebenfalls Philologe, wenn auch nicht so angesehen wie der verstorbene Cabrera –, konnte nichts schiefgehen. Er brauchte nur noch eine gute Entschuldigung, warum er in Innsbruck war und vom Verschwinden seiner geliebten Katia erfahren hatte. Doch zuerst ging er ins Restaurant und gönnte sich ein fürstliches Abendessen. Mit vollem Bauch denkt es sich viel besser, lautete eine seiner Maximen.

Obwohl es schon nach Mitternacht war, konnte Katia nicht einschlafen; sie hatte in der letzten Zeit zu viele Dinge erlebt, um sich einfach ins Bett legen, die Augen schließen und ins Land der Träume gleiten zu können. Ihr Verständnis von Wirklichkeit war erschüttert, und der kleinste Verlust des Bewusstseins machte ihr Angst. Seit ihrer Rückkehr aus *Terra incognita* hatte sie ständig das Gefühl, der Boden unter ihren Füßen wäre löchrig und sobald sie danebenträte, würde sie durch einc Röhre zu irgendeinem Ort hinabstürzen, von dem es vielleicht keine Rückkehr mehr gab. Und diese Vorstellung, die sie in anderen Momenten aufregend gefunden hätte, bereitete ihr jetzt, da es Nacht und sie allein in ihrem Zimmer war, einfach nur Angst.

Nachdem sie vom Polizeirevier zurückgekommen war, hatte sie lange mit Marianna telefoniert und sich während des Gesprächs mit ihrer klugen Freundin, die mit beiden Beinen auf dem Boden stand, etwas beruhigt. Sie hätte gern noch einmal mit ihr oder mit Wolf gesprochen, denn sie waren die einzigen Menschen, die sie von der Verlässlichkeit der Welt um sie herum noch überzeugen konnten. Aber nach Mitternacht anzurufen war unmöglich, es sei denn, sie wäre bereit gewesen, offen mit ihnen zu reden und ihnen die gesamte Wahrheit zu enthüllen. Das konnte sie vorerst nicht. Sie musste das Geheimnis der Passagen hüten. Sie wusste nicht, warum, aber sie wusste, dass es so war. In so etwas konnte man nicht jeden einweihen, allerdings konnte man es auch nicht sein Leben lang für sich behalten. Jetzt verstand sie, warum Valcárcel den Club der Dreizehn gegründet hatte. Es war für ihn die einzige Möglichkeit gewesen, die Last dieses Wissens mit anderen zu teilen.

Mehrmals an diesem Nachmittag war sie versucht gewesen, Wolf alles zu erzählen, damit er ihr half zu verstehen, diese Last anzunehmen, die einfach so über sie gekommen war, aber dazu kannte sie ihn noch nicht gut genug; sie wusste noch nicht, ob bei ihm der Polizist oder der Freund, zu dem er werden konnte, überwog. Vor ein paar Stunden, als sie beim Chinesen zu Abend gegessen hatten, war sie kurz davor gewesen, ihm die Wahrheit zu erzählen, aber dann war diese Polizistin mit ihrem Freund zu ihnen gestoßen und die Sache war erledigt. Wolf war Chefermittler bei der Kripo, er hatte zwei Morde und zwei Fälle von Vermissten aufzuklären, was sollte sie ihm von Märchenwelten und parallelen Wirklichkeiten erzählen? Sie müsste ihn mitnehmen, damit er es mit eigenen Augen sah, und dafür fehlte ihr im Moment die Kraft. Abgesehen davon wusste sie nicht, ob sie Wolf einen Gefallen tun würde, wenn sie ihm etwas zeigte, das seine Kollegen nicht wissen durften. So wie es aussah, musste sie die Bürde noch eine Weile allein tragen.

Es sei denn, sie würde den Elfenbeinmann anrufen. Aber war ihr Mitteilungsbedürfnis so groß, dass sie ihre Erfahrung mit diesem unheimlichen Menschen teilen wollte? Und wenn sie mit einem der Clubmitglieder sprechen würde? Die kannten die Wahrheit schon, sie müsste ihnen nicht alles von Anfang an erklären. Sonst gab es tatsächlich niemanden. Mit Fink konnte sie vorerst nicht reden, weil die Polizei sie beide überwachte. Cabrera wäre vielleicht eine Möglichkeit gewesen, doch seitdem sie wusste, dass er ein Falschspieler war, kam er nicht mehr in Frage. Und das wusste sie nicht erst seit der Nachricht von seinem Tod, denn nachdem sie zwei der kopierten Aufsätze gelesen hatte, war ihr sofort klar gewesen, dass derjenige, der diese Texte geschrieben hatte, nicht derselbe sein konnte, den sie in Rom kennengelernt hatte. Der echte Fernando Cabrera war ein feiner, sprühender Geist gewesen, voller funkelnder Ideen, Liebe zur Literatur, Begeisterung für die unendlichen Variationen des Spiels zwischen Wirklichem, Fantastischem, Wahrscheinlichem, Falschem und Wahrem, eine wahres Feuerwerk der Kreativität und Weltentwürfe. Es lag nahe, dass Valcárcel ihn als seinen möglichen Nachfolger ausgewählt hatte, wohingegen dieser Dummkopf, der sich für ihn ausgab, einfach nur ein elender Neider war, der nach einer Stellung gierte, die ihm nicht zustand. Sollte sie irgendwann einmal vor der Wahl stehen, das Heft mit den schwarzen Deckeln zu zerstören oder diesem Schwindler zu geben, stand ihre Entscheidung fest: Sie würde es verbrennen.

Sie ging wie ein Panther im Käfig in dem winzigen Zimmer hin und her. Sie konnte nicht schlafen, es war keine Nacht, die zum Spazierengehen einlud, und dazu, jemanden anzurufen, konnte sie sich auch nicht entschließen. Ihr Blick fiel auf Valcárcels Stich, den sie aus dem Versteck geholt hatte und der nun wie eine stumme Einladung auf ihrem Bett lag. Sie nahm das Heft aus der Handtasche und las still den Spruch, auf den hin sich die Passage öffnen würde. Einerseits hatte sie den Wunsch, es noch einmal zu versuchen, andererseits rief eine Stimme sie zur Vernunft, so als stünde sie oben auf einem Burgturm auf einem geländerlosen Balkon. In diesem Augenblick hätte sie alles gegeben, um die Zeit zurückdrehen und zu ihrer einzigen Liebesnacht mit Rocco zurückkehren zu können, in dieses kahle Zimmer, in dem die Zeit für sie stillgestanden und außer ihnen nichts existiert hatte. Aber Rocco war im Gefängnis, mindestens drei Kilometer von ihr entfernt, so unerreichbar, als wäre er in seine Welt zurückgekehrt, was er am nächsten Abend vielleicht auch tatsächlich tun würde.

Sie nahm Valcárcels Tagebuch und suchte zwischen den Zeilen nach Hinweisen auf diese Liebe, die so unerhört und unmöglich war wie die ihre. Warum sind wir Menschen so veranlagt?, fragte sie sich einmal mehr. Warum betört uns nur das Unmögliche, das Pathologische? Warum entbrennen wir für eine Liebe, die sich nach zwei Tagen Zeit und Raum vergessender Leidenschaft erschöpft hat, während wir uns eigentlich doch nach Wärme und Halt, nach einer stabilen, alltagstauglichen Beziehung sehnen? Warum hat Valcárcel nicht Giulia geheiratet, sondern sich sein Leben lang mit der Erinnerung an José gequält, wohingegen José anders als er die Kraft hatte – die vielleicht weniger literarisch, aber dafür lebensnaher war –, eine friedliche, stabile Beziehung einzugehen?

Sie schlug den hinteren Teil des Tagebuchs auf und suchte Trost in dem Monolog dieses unbekannten Toten, der nun ihr einziger Vertrauter war:

Erinnerungen aufzuschreiben ist ein süßer Schmerz, wie die Zunge, die immer und immer wieder über das gereizte Zahnfleisch fährt, wie die Hand, die so lange an der Wunde nestelt, bis sie von Neuem aufbricht, wie die Versuchung, das gebrochene Bein mit dem gesamten Körpergewicht zu belasten und bangend auf den Moment der Schwäche und den stechenden Schmerz zu warten.

Wie konnte es nur geschehen, dass ich so viel im Leben verloren habe, obwohl ich doch immer mit dem Rücken zur Welt leben wollte wie früher die Asketen, wie ein Büßer in der Wüste, der nichts verlieren kann, weil er nie etwas besessen hat. Und dennoch … konnte ich dem Verlangen nicht widerstehen, und so verwandelte sich mein Leben in eine Aufeinanderfolge von Brüchen, Verlusten, bitteren Abschieden. Ich habe die Welt meiner Kindheit verloren, José, Giulia an einem strahlenden Frühlingstag, als ich schon dachte, ich bräuchte gar keine Entscheidung mehr zu treffen, weil sie schon Teil meines Lebens geworden war wie mein Fuß oder meine Hand. Wenn sie auch nicht der leuchtende Stern in meinem Leben war, so war sie doch unverzichtbar, ein Teil von mir geworden. Zusammen mit meinem Namen Ramino habe ich auch meine Liebe in meiner verzauberten Welt verloren, die schöne Grisela mit den blonden Zöpfen, die am Fluss ihr Leid besang.

Alles habe ich verloren, außer meinem hageren Körper, der mein einziger Halt und meine tägliche Plage ist. Ich fühle mich wie eine ägyptische Wasseruhr: Das Wasser der Zeit fließt über mich und misst die wenigen mir verbleibenden Augenblicke, doch ich bin kein bisschen weiser. Dieses Wasser hat keine fruchtbare Erde angeschwemmt, auf der ein anderer, weniger Verzagter kräftige Bäume hätte pflanzen und fleischige Früchte hätte reifen sehen können. Selbst die andere Welt lockt mich nicht mehr: Ihre Quellen, Wiesen und Berge sind mit den Jahren nur ein weiterer Schauplatz meiner Unentschlossenheit geworden, meines leeren und sinnlosen, unfruchtbaren Lebens, das ich demnächst mit leeren

Händen zurückgeben werde. Was würde ich meinem Gott darbieten, wenn es eine höhere Welt geben sollte als die, die ich kennenlernen durfte? Welche Bilanz würde ich aus meinem Lebenswerk ziehen? »Vergebt ihr ihre Sünden, Herr, denn sie hat viel geliebt«, sagten die Menschen über Magdalena. Was werden sie über mich sagen? Wird meine Liebe, die Schande meines Lebens, die einzige, der ich mich hingegeben habe und die mich verzehrt hat, meine Seele erlösen? Bald werde ich es wissen, und vielleicht kann ich dort José ohne Groll in die Augen sehen und dabei entdecken, dass alles verziehen ist, dass die Liebe Wunde ist und Heilung. Könnte ich doch nur glauben … Hätte ich doch nur, jetzt, da ich allein bin und es Nacht ist und die Kälte meines sterilen Lebens an mir hochkriecht, einen Menschen von meinem Fleisch und Blut, um zu reden … Andererseits sind wir alle in der Nacht allein. Wer wird meine Bücher lesen, wenn ich nicht mehr bin? Wer wird sich in meinem Schrankspiegel anschauen? Wer wird für mich beten, wenn dieser welke Körper der Erde übergeben sein wird?

Die Weltuhr springt weiter, Sekunde um Sekunde, unerbittlich, unberührt von meiner Angst und meiner Einsamkeit.

Während der Stich, diese Pforte zu einer anderen Welt, neben ihr auf dem Bett der Pension Edelweiß lag, weinte Katia um einen Mann, den sie nicht gekannt hatte und dessen Asche noch immer darauf wartete, dass eine Freundeshand sie über dem Meer seiner Kindheit verstreute.

Rocco freute sich, als man ihm sagte, dass Post für ihn gekommen sei. Nach einer Woche zwischen diesen vier Wänden war jede Abwechslung willkommen, selbst wenn sie weitere Verhöre oder die Vernehmung durch einen Richter bedeuteten. Der Dünne neben ihm sprang aufgeregt hoch, als man ihm den Brief gab; offenbar hatte er niemanden, der ihm schrieb oder ihn besuchte, sodass er sich damit begnügen musste, an den Gefühlen seiner Zellengenossen teilzuhaben.

»He, aufmachen! Ich nervös. Von wem ist?« Wenn er schnell Italienisch redete, machte er laufend Fehler.

»Bestimmt etwas Amtliches. Ich mache ihn nach dem Essen auf.«

Rocco bemühte sich um einen möglichst gleichgültigen Ton, um seine Ungeduld zu verbergen. Er hatte auf den ersten Blick erkannt, dass es kein amtliches Schreiben war, an dem weißen, glatten Umschlag und daran, dass Name und Adresse mit Füller geschrieben waren.

»Und wenn von deiner Freundin ist?«

»Ich habe keine Freundin.«

»Ein Verwandter?«

»Kümmere dich um deinen eigenen Kram, Bohnenstange!«

Unter anderen Umständen hätte er sich ins Klo einschließen und ihn dort lesen können, aber hier gab es keinen Ort, an dem die Intimsphäre respektiert wurde. So trug er den Brief den ganzen Vormittag in seiner Hemdtasche mit sich herum, ohne sich entschließen zu können, ihn herauszunehmen. Hin und wieder ertappte er sich dabei, wie er mit der Hand darüber strich, als erführe er allein dadurch, dass er das Papier auf der Baumwolle knistern hörte, etwas über seinen Inhalt.

Von Katia konnte er nicht sein. Er wusste nicht, wo sie sich aufhielt, wahrscheinlich in einer Welt, die zu dieser Wirklichkeit keine Verbindung hatte. Sie konnte also nicht wissen, dass er in der Klemme steckte und sie nicht wie ein Kinoheld befreien konnte. Hier wusste niemand, wo er sich befand, und die Menschen aus seiner Welt schrieben sich keine Briefe, abgesehen davon, dass man ihm vor seiner ›Abreise‹ klargemacht hatte, dass sie nicht nach ihm suchen würden. In seiner Welt hatte man ganz zu recht große Angst vor den anderen Wirklichkeiten, sodass man den Austausch auf das Nötigste beschränkte. Der Brief musste also von jemandem aus dieser Wirklichkeit sein, der wusste, dass er unter Mordverdacht in einem Tiroler Gefängnis saß. Nur wer? Katias Freundin? Woher sollte sie Bescheid wissen? Und wieso sollte sie ihm schreiben?

Die acht Augenpaare um Rocco herum hinderten ihn daran, den Brief gleich aufzureißen, und so musste er bis zu dem einzigen geeigneten Moment im Tagesablauf warten: Um drei Uhr nachmittags wurde eine katholische Messe gelesen, eine halbe Stunde vorher setzte sich der Pfarrer in den Beichtstuhl und wartete, ob ein Häftling sich seiner Sünden entledigen wollte. In dieser halben Stunde saßen oder knieten die wenigen auf ihre Beichte wartenden Männer vereinzelt auf den harten Bänken der kleinen, dämmrigen Kapelle und starrten leer nach vorn auf den Altar. Das war der ideale Moment.

Um zwanzig nach zwei stand er vom Tisch in der Bibliothek auf, murmelte, dass er auf die Toilette gehen wolle, und bat den Wärter im Gang, ihn zur Kapelle zu bringen. Die erwartete überraschte Reaktion blieb aus; der Wärter, ein rundlicher Mann mittleren Alters mit rotem Gesicht, führte ihn kommentarlos durch die grau gestrichenen Gänge zu einer kleinen Tür mit der Aufschrift *»Kapelle«*.

In dem düsteren Raum warteten vier Männer. Rocco setzte sich auf die hinterste Bank neben den schmiedeeisernen Kerzenleuchter, auf dem vier rote Altarkerzen brannten. Als seine Augen sich an die Dunkelheit gewöhnt hatten, nahm er den Brief aus der Tasche und öffnete ihn möglichst geräuschlos. Es war nur ein kleines Blatt, auf einer Seite beschrieben, auf der anderen ein Bild. Als er es auseinanderfaltete, blieb ihm der Atem weg: Es war seine Passage. Das große blaue Fenster, die zarten Organzavorhänge, das auf dem niedrigen Sessel lesende Mädchen: sein Rückfahrschein nach Hause. Er spürte, wie ihm die Tränen in die Augen stiegen und kniff sie schnell zusammen. Dann drehte er das Blatt um, um die Unterschrift zu lesen: *Katia.*

Bevor er den Brief las, presste er ihn an sich und versuchte zu begreifen, was geschehen war. Katia war aus eigener Kraft zurückgekehrt, sie hatte erraten, wer er war und woher er kam, und hatte ihm die Rückkehr ermöglicht. Also war Katia eine der wenigen auserlesenen Personen, die zwischen den Welten hin und her reisen konnten. Vielleicht war es ihr selbst noch gar nicht bewusst, aber die Tatsache, dass sie aus der Wirklichkeit, in der Fink sich verloren hatte, zurückgekehrt war, bedeutete, dass auch sie eine Reisende war und früher oder später ihre eigene Welt finden würde. Und früher oder später könnten sie sich wiedersehen, falls sie es wollte.

Vom Geruch der Kerzen war ihm flau im Magen, und ihm pochten die Schläfen. Er hätte alles gegeben, um sie zu sehen, um aus ihrem Mund zu hören, was sie ihm geschrieben hatte in dem Wissen, dass er aus dieser Welt verschwinden würde, sobald er den Brief erhalten hatte. Aber er wusste, dass sie nicht kommen würde und dass es besser so war.

Er faltete den Brief auf: Es waren nicht mehr als zwanzig Zeilen in einer nervösen Schrift, die für jemanden wie ihn, der so wenig Erfahrung mit schriftlichen Mitteilungen hatte, schwer zu entziffern war. Er strengte sich an und hörte dabei das monotone Murmeln eines Häftlings, der nach der Beichte leise seine Gebete sprach.

Es hat mir wehgetan, zu begreifen, dass wir nichts voneinander wissen, dass wir aus sehr unterschiedlichen Welten kommen, dass unsere Liebe oder das, was wir für Liebe hielten, vielleicht nur die Faszination des Unbekannten war. Wir müssen uns Zeit geben, Rocco. Wir beide haben noch einige Aufgaben zu bestehen, bis wir an ein Wiedersehen denken können.

Leg ein Geständnis ab, damit Du Frieden hast, und schick mir ein paar Zeilen, damit ich weiß, ob wir uns vielleicht noch einmal sehen. Wenn du es nicht tust, verlierst du mich für immer. Ich kann Dir nichts versprechen, aber ich denke an Dich, und vielleicht kommen wir eines Tages wieder zusammen.

Du sollst wissen, dass ich Deine Gründe nicht kenne, Dir aber vertraue. Und Du sollst wissen, dass ich nichts bereue. Ich wünsche Dir alles Gute und hoffe, dass wir uns in einer Welt wiedersehen, in der alles einfacher und ehrlicher ist.

Bis dahin bin ich in meiner Liebe bei Dir,

Katia

Er schloss die Augen und legte den Kopf in den Nacken, um tief ein- und langsam wieder auszuatmen. Wenn Katia da gewesen wäre, hätte er sie mit aller Kraft seines Herzens umarmt und sie auf der

Stelle mit in seine Welt genommen. Er konnte sich kaum mehr vorstellen, ohne diese Frau zu leben, die ihre Sicherheit aufs Spiel gesetzt hatte, nur damit er wohlbehalten nach Hause zurückkehren konnte. Es war keine Einbildung. Was er in Rom geglaubt hatte, für sie zu empfinden, war echt. Er liebte sie. Zum ersten Mal in seinem Leben liebte er jemanden wirklich, und zwar ausgerechnet eine Frau, die er nicht haben konnte. Wie in den Filmen, die in dieser Welt gedreht wurden.

Ein Häftling machte ihm vom Beichtstuhl aus Zeichen und zeigte immer wieder auf seine Uhr. Er war an der Reihe; alle anderen waren fertig. Schwankend stand er auf und ging ohne zu überlegen zu dem Mann, der immer weiter auf seine Uhr zeigte und nun etwas auf Deutsch zu ihm sagte, was er nicht verstand. Aber seine Geste war eindeutig, es war nur noch wenig Zeit. Er ging zum Beichtstuhl und kniete sich nieder, wie er es bei den anderen gesehen hatte.

»Ich spreche nur Italienisch, Pater.«

Der Pfarrer antwortete ihm in perfektem Italienisch: »Ich bin aus Trento, die Sprache wird also nicht das Problem sein.«

»Es ist ... Ewigkeiten her, dass ich bei der Beichte war. Ich weiß nicht mehr, was man machen muss.«

»Ich helfe dir schon, sei unbesorgt. Hast du etwas zu beichten?«

Er dachte keine Sekunde nach, dann sagte er voller Wonne – schließlich konnte er sich vorstellen, was es für den Geistlichen für ein skandalöser und zugleich triumphaler Moment sein musste, dass ein Sünder vor ihm etwas beichtete, das er der Polizei nie gestanden hatte: »Ich möchte ein schweres Verbrechen beichten, Pater. Ich habe zwei Menschen umgebracht.«

An Wolfs freiem Tag unternahmen er und Katia eine kleine Wanderung durchs Mittelgebirge, das sich auf halber Höhe zwischen dem Inntal und den beiden hohen, das Tal abschließenden Gebirgszügen erstreckt. Vom Regen der vergangenen Nacht war es ganz dampfig, und die Frühlingslandschaft leuchtete in sämtlichen Grüntönen, dazwischen die knallgelben Tupfen der Forsythien, die in dieser Höhenlage noch blühten, und die ersten roten Geranien und violetten Petunien, die in den kleinen Ortschaften, durch die sie kamen, bereits Fenster und Balkone zierten. Am Abend zuvor hatte Wolf ihr in Aussicht gestellt, ihr etwas im Zusammenhang mit Fink zeigen zu wollen, allerdings nichts Näheres verraten. Erst jetzt, als sie den Bauernhof betraten, ging ihr ein Licht auf: Wolf wollte ihr Grifone zeigen, weil er hoffte, sie würde das Reittier ihres nächtlichen Ausflugs an diesen unbekannten Ort erkennen.

»Kommt dir das Pferd bekannt vor?« Seit dem Abendessen beim Chinesen duzten sie sich, zumindest wenn sie allein waren.

»Du denkst, ich würde das Pferd wiedererkennen? Ich kenne mich mit Pferden nicht aus, außerdem war es Nacht.«

»Stimmt, und du hast uns gesagt, dass der Mond geschienen hat.«

»Na und?«

»In dieser Woche ist Neumond. Ich habe im Kalender nachgesehen, kann aber gern auch noch im Institut für Astronomie anrufen.«

Katia sah ihn an: »Das heißt also, du glaubst mir nicht.«

»Ich schon. Aber der Mond ist anderer Meinung.«

»Dann war eben kein Mond«, sagte sie verärgert und ging von dem Stall fort, in dem Grifone stand.

Wolf lief ihr hinterher und legte ihr die Hand auf die Schulter. Katia spürte, dass sie das unter anderen Umständen genossen hätte, doch sie schüttelte seine Hand ab und kehrte ihm den Rücken zu.

»Und wenn du es mir erzählst, Katia? Dir passiert doch nichts. Ich weiß, dass du niemanden umgebracht hast, und ich schwöre dir, dass ich das schon irgendwie beweisen werde. Finks Verletzung hast auch nicht du ihm zugefügt, so viel Kraft hast du gar nicht. Vertrau mir, bitte ... ich werde noch verrückt. Sag mir, was es mit diesem verdammten Bild auf sich hat, sag mir, was ihr dort mitten in der Nacht gemacht habt, wie ihr hingekommen seid, wer euch hingebracht hat ... Sag mir etwas, damit ich in dem Fall weiterkomme und wir beide ...«

»Was?«

»Ich will dir helfen, Katia«, sagte Wolf und wich ihrer Frage aus.

»Ja«, flüsterte sie. »Alle wollen mir in letzter Zeit helfen.«

»Morgen wird Gabi dich verhören. Du kennst sie. Warum willst du es nicht lieber mir erzählen?«

Sie dachte: Weil es Irrsinn ist, weil ihr mir nicht glauben würdet, weil ich dich mitnehmen müsste, um dir zu beweisen, dass es wahr ist, und das würde dein Leben nur verkomplizieren.

»Weil es nichts zu erzählen gibt.«

Sie schwiegen eine Weile. Die Welt um sie herum war fast unverschämt schön. Durch die warme Sonne stieg ein zarter Nebel von dem alten, noch vom nächtlichen Regen feuchten Holz des Stalles auf, die Berggipfel waren mit Neuschnee bestäubt, der Himmel war so blau wie auf einer Fototapete.

»Wollen wir ein bisschen ausreiten?«

»Nein, danke. Ich habe für Pferde nichts übrig. Ich glaube, ich werde nie wieder auf ein Pferd steigen.«

Da klingelte Wolfs Telefon, und Katia ging in den Stall zurück, damit er in Ruhe reden konnte. Sie wollte einfach nur weg von hier; es gefiel ihr, mit ihm zusammen zu sein, etwas gemeinsam zu unternehmen, zu plaudern, aber es quälte sie, dass er immer wieder mit diesem leidigen Thema kam.

»Es war das Büro. Da ist ein Mann, der behauptet, er sei ein Wissenschaftler von der Universität in Palencia. Er bietet seine Mithilfe bei der Durchsicht von Valcárcels Nachlass an. Er hat eine etwas seltsame Geschichte erzählt, dass er mit dir zusammen über diese Dokumente forscht und dass ihr euch hier in Innsbruck verabredet hättet. Offenbar denkt er, du bist noch immer verschwunden.«

»Hat er sich mit Cabrera vorgestellt?«

»Nein. In seinem Reisepass steht Marino García. Großer Kopf, schwarze Haare, starke Brille, Glupschaugen. Ist er es?«

Katia nickte: »Wolf, dieser Mann darf die Papiere nicht in die Finger bekommen, bitte. Ihr dürft sie ihm auf keinen Fall geben. Deswegen ist er hier, er will diese Papiere.«

»Aber, was soll das, verdammt noch mal? Warum so viele Geheimnisse um ein paar Papiere, die nur Literaturwissenschaftler interessieren? Was zum Teufel will er?«

»Die letzten Studien Valcárcels als seine eigenen ausgeben, vermute ich.«

»Lass dir etwas Besseres einfallen.«

»Ich schwör's dir, das ist die Wahrheit. Er weiß nicht ...«

»Was? Was weiß er nicht?«

Oder doch? Wusste er, was diese Papiere in Wirklichkeit beinhalteten? War er vielleicht im Auftrag von jemand anderem unterwegs? Für den Elfenbeinmann? Sie fühlte, wie sich ihr der Magen umdrehte.

»Was?«

»Es gibt noch jemanden, der die Papiere möchte«, rückte sie zögernd heraus. »Ich habe ihn bislang nicht erwähnt, weil … ich weiß auch nicht. Wahrscheinlich aus Angst.«

»Wen, Katia?«, drängte Wolf.

»Ein merkwürdiger Typ. Ich weiß nicht, wie er heißt. Irgendein italienischer Aristokrat, sehr vermögend, sehr einflussreich. Er scheint in der Esoterikszene zu sein.«

»Und was will er mit den Papieren?«

Während sie redete, spürte sie, wie ihr die Situation Stückchen für Stückchen entglitt: »Er glaubt, dass sie irgendwelche … Kräfte haben. Genaues hat er mir nicht erklärt.«

»Du kennst ihn?«

»Er hat mich in Rom aufgesucht. Er hat mir für diese Papiere so viel Geld geboten wie ich möchte.«

»Hat er dich bedroht?«

Sie bemühte sich, wahrheitsgetreu zu antworten: »Nicht direkt. Trotzdem habe ich mich bedroht gefühlt. Darum wollte ich am Anfang einfach nur Fink diese Papiere geben und die ganze Sache loswerden.«

»Und später?«

»Später … ich weiß nicht, wie ich es sagen soll … Mittlerweile glaube ich auch, dass sie irgendwelche Kräfte besitzen.«

»Kräfte wozu?«

»Um … um … die Wirklichkeit umzuwandeln.«

Da Katia mit Gelächter rechnete, blickte sie zu Boden. Doch es blieb auf ihre Antwort hin still.

»Gibt es für diese Vermutung irgendeinen Anhaltspunkt?«

»Finks Verschwinden«, stammelte sie, »und meines. Ich glaube, ihr habt uns nicht gefunden, weil wir nicht hier waren … in einem gewissen Sinn.«

Wolfs Schweigen kam Katia wie eine Ewigkeit vor. Schließlich bot er ihr einen Pfefferminzkaugummi an, den er aus der Tasche gezogen hatte.

»Was, meinst du, sollen wir mit dem Spanier machen?«, fragte er, als hätten sie über nichts anderes geredet.

»Was ihr wollt, er darf nur nicht an die Papiere gelangen.«

»Wir können ihm sagen, dass du wieder aufgetaucht bist und dich jetzt um die Angelegenheit kümmerst. Wenn er sie zu stehlen versucht, nehmen wir ihn fest.«

»Und wenn er mich umbringt? Es kann doch sein, dass er auch die beiden anderen umgebracht hat.«

Wolf legte ihr die Hände auf die Schultern und sah sie fest an: »Dir wird nichts passieren, Katia. Ehrenwort.«

So dumm sie sich dabei auch fühlte, Katia glaubte ihm.

Wolf setzte Katia in der Nähe ihrer Pension ab und versprach ihr, sie um sieben zum Abendessen abzuholen. Weder beim Mittagessen noch auf der Rückfahrt hatten sie noch einmal über Valcárcels Papiere oder über Esoterik gesprochen, und Katia hatte den Eindruck, Wolf brauche ein wenig Zeit, um in Ruhe nachzudenken, bevor er diese Linie weiterverfolgte. Er hatte keine weiteren Fragen über den Elfenbeinmann gestellt, und sie hatte ihm nicht gesagt, dass sie eine Telefonnummer hatte, unter der man ihn erreichen konnte. Als sie wieder in der Pension war, zog sie das Kärtchen mit dem Goldrand heraus und sah sich noch einmal die auf der Mondsichel stehende gotische Jungfrau an, und plötzlich überkam sie das Bedürfnis, ihn anzurufen und seine weiche Stimme zu hören. Sie ging zum Telefon, rief jedoch stattdessen Marianna an, die nach dem zweiten Klingeln abhob: »Gott sei Dank rufst du an, Katia. Ich habe den ganzen Vormittag verzweifelt versucht, dich zu erreichen. Hast du meine Nachricht bekommen?«

»Nein. Mir hat keiner was gesagt.«

»*Stronzi di merda!*«

»Was ist los?«

Sie hörte ein ersticktes Schluchzen: »Pia. Sie ist im Krankenhaus. Sie ist angefahren worden.«

»Ein Unfall?«

Marianna sprach leiser: »Ich bin mir nicht sicher, Katia. Dieser Typ hat angerufen … du weißt schon … *Seine Exzellenz*, um sich nach ihr zu erkundigen. Es kann eigentlich gar nicht sein, dass er davon wusste, es sei denn …«

»Es sei denn, er steckt dahinter, willst du sagen.« Katia blieb ungerührt, als würde sie das alles nur von außen betrachten. »Wie geht's ihr?«

»Schlecht. Aber sie lebt. Die Ärzte sagen, dass sie durchkommen wird.«

»Was hat dieser Kerl sonst noch gesagt?«

»Dass ich meiner Freundin sagen soll, dass die Welt ein gefährlicher Ort ist und dass er deinen Anruf erwartet. Du rufst ihn an, ja?«

Katia begann zu zittern, als wäre die Temperatur um dreißig Grad gefallen.

»Katia, du musst ihn anrufen. Gib ihm, was er will. Was auch immer es ist, es wird nicht so viel wert sein wie Pias Leben. Und nicht wie deins und nicht wie meins. Gib es ihm.«

»Ich habe Angst, Marianna. Abgesehen davon habe ich das, was er sucht, gar nicht. Die Polizei hat es.«

»Dann stiehl es. Erfinde irgendwas, aber gib es ihm, bevor er uns alle umbringt. Ich muss jetzt auflegen, ein Arzt kommt. Ruf mich bitte später noch mal an, aber ruf zuerst ihn an. Mir zuliebe, Katia, uns zuliebe.«

Als knapp eine Stunde später das Telefon klingelte, stieß Katia einen Schrei aus. Seit sie aufgelegt hatte, hatte sie sich nicht von der Bettkante wegbewegt; sie hatte die ganze Zeit auf die zugezogenen Vorhänge gestarrt und mit der Hand über Valcárcels Stich gestrichen. In diesem Schockzustand hätte sie Stunden verharrt, hätte sie nicht das Klingeln des Telefons herausgerissen. Wolfs Stimme brachte sie wieder in die Welt der Tatsachen zurück.

»Katia, kannst du bei mir im Büro vorbeikommen? Es gibt ein paar wichtige Neuigkeiten, die ich dir lieber direkt sage. Kannst du dich gleich auf den Weg machen?«

Sie nickte mehrmals, bis ihr durch Wolfs drängende Stimme bewusst wurde, dass er ihr Nicken nicht hören konnte.

»Ja. Ich komme sofort. Ich zieh mich nur noch schnell an«, log sie.

»Ist irgendwas?«

Ihr war, als dränge tief aus ihrem Bauch ein hysterisches Lachen nach oben. Ein Lachen, das tagelang andauern würde. Was sollte schon sein, abgesehen davon, das jemand alle umbringt, die etwas mit diesen verdammten Papieren zu tun haben, und irgendwer gerade Pia angefahren hat, um mich zu erpressen?

»Ich bin nur ein bisschen nervös.«

»Komm, beeil dich.«

Sie legte auf und wusste, dass sie gleich darauf den Hörer wieder abnehmen und die Nummer auf der goldumrandeten Karte wählen musste. Sie musste es sofort tun, bevor die Angst wuchs, bevor noch mehr passierte. Sie durfte ihre Freundinnen nicht in noch größere Gefahr bringen. Sie würde dem Mann einfach die für den Club bestimmte Schachtel geben und das Heft behalten. Irgendwie würde sie das Fink schon erklären.

Mit zittrigen und vor Kälte steifen Fingern wählte sie die Nummer, ohne zu wissen, was sie sagen würde, wie sie anfangen und was sie mit ihm aushandeln sollte.

»*Pronto?*«

»Katia Steiner.«

»Ich bin erfreut, Sie zu hören, meine Liebe, ich dachte schon, Sie hätten mich vergessen. Gibt es etwas, was ich für Sie tun kann?«

Es war unglaublich, dass eine schöne männliche Stimme ihr eine derartige Gänsehaut verursachen konnte.

»Ich habe gerade erfahren, was mit Pia passiert ist.«

»Erschütternd! Nicht wahr? Eine hübsche, fröhliche Frau macht sich auf den Weg zur Arbeit, und am Ende des Tages liegt sie in einem Krankenhausbett. Aber Frau Grimaldi hat es Ihnen ja sicher gesagt, wir leben in einer gefährlichen Welt. Was heute Pia zugestoßen ist, kann morgen Marianna zustoßen oder mir oder Ihnen. So etwas stimmt einen nachdenklich, nicht wahr?«

»Ja. Mich hat es nachdenklich gemacht.«

»Sie sind eine sehr intelligente Frau, Dottoressa. Sagen Sie, wie läuft es eigentlich bei Ihnen? Ich habe gehört, Sie seien mehrere Tage … abwesend gewesen?«

»Jetzt bin ich wieder da.«

»Haben Sie über mein Angebot nachgedacht?«

»Ich kann mich nicht mehr genau erinnern.«

»Natürlich nicht. Sie sind sehr beschäftigt. Dann will ich Ihrem Gedächtnis auf die Sprünge helfen: Sie nehmen die Dokumente, die ich gern kaufen möchte, bringen sie mir, und ich zahle Ihnen dafür die Summe, die Sie mir nennen.«

»Und Pia schicken Sie Blumen, ja?«

»Das ist schon erledigt, meine Liebe. Ich weiß nicht, mit was für Leuten Sie normalerweise zu tun haben, aber ich bin ein Kavalier. Haben Sie die Dokumente?«

»Ja und nein. Im Augenblick hat die Polizei sie.«

»Das ist in der Tat ein Hindernis, aber ich habe nicht den geringsten Zweifel, dass Sie eine Lösung für dieses Problem finden werden.«

»Ich werde mein Bestes tun.«

»Natürlich möchte ich nur die richtigen Dokumente, das verstehen Sie, nicht wahr? Ich bin es ein wenig leid, dass man mir wertlosen Kram verkauft.«

»Was für Kram?« Katia hatte im Gefühl, dass das wichtig sein konnte.

»Einen Packen Liebesbriefe aus den Dreißigerjahren zum Beispiel und einen Teppich in ziemlich lausigem Zustand aus dem Besitz dieses Herrn, über dessen Erbe wir verhandeln. Haben Sie vielleicht Interesse an diesen Gegenständen?«

Katia schluckte, damit ihre Worte nicht zu gierig klangen. Die Briefe und Josés Hereke, die Valcárcel offenbar doch nicht verbrannt hatte, wie in seinem Tagebuch behauptet. Aber vielleicht hatte er sie auch nur an einem geheimen Ort versteckt und irgendwann vergessen.

»Unter Umständen.«

»Nichts leichter als das. Sie kommen nach Rom, rufen mich an, und wir tauschen die Schachteln aus.«

»Ich weiß nicht, wann die Polizei mich gehen lässt.«

»Ich kann warten, Katia, solange ich das Gefühl habe, dass die Reise weitergeht. Und solange die Passage auf mich wartet. Glauben Sie, dass sie auf mich wartet?«

Das war ein Schlag ins Gesicht. Er wusste davon. Sie hatte keine Ahnung, wie er dahintergekommen sein konnte, aber er wusste es und nutzte es geschickt aus.

»Wird sie auf mich warten?«, wiederholte er mit seiner sanften Stimme.

»Sie wird auf Sie warten. Das kann ich Ihnen versichern.«

»In dem Fall kann auch ich warten. Schönen Abend noch, Katia, es hat mich gefreut, mit Ihnen geredet zu haben.«

Als sie auf die Straße in den schwül-heißen, gewitterschweren Nachmittag hinaustrat, zitterten ihr noch immer die Beine. Sie fühlte sich ausgelaugt wie eine leere Hülle, die kaum den warmen Windstößen standhielt, mit denen Staub und kleine Steinchen durch die Gassen der Altstadt gefegt wurden. Es war ein Fehler gewesen, dass sie mit dem Elfenbeinmann geredet hatte, aber was hätte sie anderes tun sollen, wenn sie Pia und Marianna nicht gefährden wollte? Sie konnte nicht zulassen, dass er die Codes zum Öffnen der Passagen beherrschen würde, aber sie hatte keine Ahnung, wie sie es verhindern sollte. Noch nicht einmal die Polizei konnte etwas dagegen tun, und dieser Mann wusste, was er wollte. Nur der Tod könnte ihn aufhalten. War sie bereit zu töten? Sie durfte ihm dieses Wissen nicht in die Hand geben. Obwohl ihr niemand etwas gesagt hatte, wusste sie, dass das ein Sakrileg wäre. Menschen wie ihm stand es nicht zu, in andere Welten einzutreten, das hieße, einen Hai in ein Aquarium zu setzen.

In der Altstadt begegneten ihr Dutzende von Touristen, die trotz des unmittelbar bevorstehenden Gewitters überall an den malerischen Straßenecken Fotos schossen, die Zähne in die Kamera bleckten, ihren Urlaub genossen. Sie fühlte sich fremd, wie abgeschnitten von all dem, und diese ganze Fröhlichkeit wirkte auf sie grotesk: Die Souvenirläden mit den aus Eichenholz geschnitzten Masken, Kobolden und Waldmännchen sahen im grauen Nachmittagslicht wie Hexenhäuschen aus; die bei jedem Windstoß bimmelnden Glasglöckchen, Kränze aus Stroh und Trockenblumen erinnerten an verlassene, verwüstete Friedhöfe. Auf der Höhe der Hofburg klatschten die ersten schweren Tropfen aufs Pflaster, das nun mit dunklen Punkten gesprenkelt war. Bis zu ihrer Ankunft in der Polizeidirektion würde sie vollkommen durchnässt sein, aber das machte ihr nichts aus, unbeirrt kämpfte sie sich mit eingezogenem Kopf und zusammengekniffenen Augen durch Wind und Regen und dachte darüber nach, wie oft sie sich in ihrem Leben gewünscht hatte, in einen Roman oder einen Film hineinzuschlüpfen und ihrem langweiligen Alltag zu entfliehen, in dem eine Theaterpremiere, ein Geburtstagsfest oder hin und wieder ein Urlaub am Meer das Höchste der Gefühle waren.

Doch jetzt sah sie sich tatsächlich als mutige, attraktive Heldin eines Kriminalfilms auf dem Weg zu dem starken, selbstsicheren Mann, mit dessen Hilfe sie bis zu einem wie auch immer vom Drehbuchschreiber vorgesehenen Happy End sämtliche Gefahren überstehen würde, während ihr gleichzeitig vor Augen stand, dass sie dieselbe Katia Steiner wie immer war, eine ruhige, tüchtige Frau, die nie Glück in der Liebe gehabt hatte und sich langsam aber sicher in eine alte Jungfer verwandelte, unfähig, sich aus dieser nicht freiwillig gewählten Lebenslage zu befreien. Unglaublich, dass es tatsächlich Menschen wie den Elfenbeinmann gab, die für ein persönliches Ziel im Stande sind, einem x-beliebigen Menschen etwas anzutun. Andererseits musste sie sich fragen, wie es sein konnte, dass sie mit fast vierzig Jahren immer noch nicht begriffen hatte, dass es das Böse um sie herum wirklich gab. Und wenn schon nicht das Böse – das klang etwas sehr melodramatisch –, dann zumindest gnadenlosen Egoismus, mit dem einige ihre Ziele ohne Rücksicht auf Verluste durchzusetzen bereit waren.

Und sie? War sie nicht genauso? Zeigte sich in ihrem Bestreben, niemandem den geheimen Übergang zu ermöglichen, nicht ihr eigener Egoismus, den sie selbst als Rücksicht gegenüber den Bewohnern der anderen Wirklichkeiten ausgab? Wer sagte ihr, dass die Mitglieder des Clubs der Dreizehn, Fink und Valcárcel inklusive, sich immer wie zahme Lämmer in ihren jeweiligen Wunschwelten benommen hatten? Jeder von ihnen könnte in der anderen Welt ein Serienmörder sein, ein Nekrophiler, ein Kinderschänder. Wenn sich

Geschäftsmänner und Familienväter, kaum sind sie zwei Wochen allein in Thailand, in hungrige Raubtiere verwandeln, woher nahm sie dann die Gewissheit, dass in den anderen Welten bislang keine Schande getrieben wurde? Sie musste sie also doch schützen, die Passagen vorsorglich geschlossen halten, bis sie klarer sehen würde.

Der Regen war so stark geworden, dass er auf das Pflaster prasselte und den Leuten an die Knöchel spritzte. Im Eilschritt querte sie die Sillgasse und flüchtete sich unter das Vordach der Bundespolizeidirektion. Wolf erwartete sie in der Portiersloge neben dem Wachhabenden in Uniform, ihm war anzusehen, dass er nervös war.

»Malatesta hat die beiden Morde gestanden. Gabi kommt gleich mit dem unterschriebenen Geständnis«, entfuhr es ihm.

Katia bedeckte das Gesicht mit den Händen, damit Wolf auf keinen Fall ihre Erleichterung und Freude sah. Rocco hatte also ihren Brief bekommen und konnte sich in seine Welt retten. Sie wollte Wolf fragen, ob Rocco für sie eine Nachricht hinterlassen hatte, doch es war besser, vorerst zu schweigen. Wenn er ihr geschrieben hatte, würde der Brief schon kommen; Wolf durfte auf keinen Fall wissen, dass sie über Roccos bevorstehendes Verschwinden informiert war.

Wolf ging zu ihr und legte ihr den Arm um die Schultern: »Setz dich kurz; gleich wird Gabi kommen und uns alles erzählen. Danach gehen wir essen. Du kannst die Dokumente gern wieder mitnehmen, wir können hier damit nichts anfangen. Der Spanier weiß, dass du sie hast, aber mach dir keine Sorgen, wir lassen dich nicht aus den Augen. Da die Verbrechen jetzt aufgeklärt sind, steht nur noch Finks Aussage aus, dann kann alles wieder in seine gewohnten Bahnen zuruckkehren.«

Sie hätte beinahe aus reiner Hysterie losgelacht, und so behielt sie lieber die Hände vor dem Gesicht und ließ sich dann in ein Büro führen. Sie wusste, dass sie früher oder später losheulen würde.

Direkt gegenüber der Bundespolizeidirektion, auf der Baustelle der Fakultät für Wirtschafts- und Sozialwissenschaften, hinter einer Säule vor dem Regen geschützt, sah der Spanier Katia ankommen. Er hatte keine Ahnung, wann sie wieder herauskommen würde, doch für eine halbe Stunde hielt die Spannung seine Sinne wach und er ließ die Eingangstür nicht aus den Augen. Nach annähernd zwei Stunden begann er sein Dasein als Privatdetektiv zu verfluchen. Hätte er wenigstens ein Auto gehabt, dann würde er sich zwar genauso langweilen, aber er hätte das Radio anmachen oder die Schuhe ausziehen können, wohingegen ihm hier auf der Baustelle, wo er Wind und Wetter ausgesetzt war, die Kälte den Rücken hochkroch und seine Füße schon längst zu Eis erstarrt waren. Bald war es sieben, und wenn diese dumme Kuh nicht bald herauskam, sah er sich vor dem nächsten Problem: Eigentlich musste er hier auf sie warten, um herauszufinden, wohin sie ging und in welchem Hotel sie wohnte; doch gleichzeitig würde es seinem derzeitigen Chef ziemlich auf die Laune schlagen, wenn er nicht Schlag sieben in Rom anrief. Nachdem er ein paar Minuten hin und her überlegt hatte, entschied er, dass es besser war, zu spät anzurufen und Neuigkeiten zu haben als umgekehrt.

Seine Entscheidung wurde belohnt, als um zwanzig nach sieben die Steiner herauskam und mit ihr ein großer grau melierter Mann mit einer Schachtel unterm Arm. Die Schachtel sah genauso aus wie die, in denen Professor Valcárcel seine Besitztümer aufbewahrt hatte. Fast wäre ihm ein Pfiff entfahren, doch er hielt sich zurück und konzentrierte sich lieber auf die schwierige Aufgabe, unbemerkt einen Polizisten zu verfolgen. Zum Glück regnete es immer noch stark, sodass ihm der schwarze Schirm, unter dem die beiden gingen, einen guten Sichtschutz bot. Sicherheitshalber wartete er, bis die beiden Gestalten sich in der Universitätsstraße verloren hatten, erst dann kam er aus seinem Versteck auf der Baustelle hervor und schlenderte ihnen nach. Zunächst waren nicht viele Menschen auf der Straße, aber je näher er dem Theater kam, desto stärker war die Straße von gut gekleideten Paaren bevölkert, die auf dem Weg zu einer der um halb acht oder acht beginnenden Vorstellungen waren. Kurz darauf erschrak er, als der Mann sich ohne Vorwarnung umdrehte und zurück in die Straße blickte, aus der sie gekommen waren. Zum Glück stand zwischen ihnen eine Litfaßsäule, sodass der Polizist ihn nicht entdeckte.

Trotz des Regens war in den Gassen der Altstadt einiges los, und so konnte er sie mühelos bei ihrem Bummel an den bereits geschlossenen, hell erleuchteten Geschäften entlang verfolgen, bis er sie in der Nähe des Goldenen Dachls in ein Restaurant gehen sah. Nach ein paar Sekunden ging er ihnen nach und fand heraus, dass sich das eigentliche Restaurant im ersten Stock befand. Er beschloss, unten an der Treppe zu warten. Gegebenenfalls konnte er immer noch in das Café nebenan gehen. Dort würde er an der Bar etwas zu trinken bestellen und die Straße im Blick behalten. Irgendwann würde Katia schon in ihr Hotel zurückwollen. Soweit sein Plan. Falls sie allein zurück ins Hotel gehen würde, würde er sich ihr in den Weg stellen, ihr die Schachtel entreißen und in der Dunkelheit verschwinden. Falls der Mann sie begleiten sollte, würde er warten, bis sie auf ihrem Zimmer allein sein würde, und ihr dann einen Besuch abstatten. Wie auch immer, bald würde die Schachtel in seinem Besitz sein.

Er wartete so lange, bis er sicher war, dass sie das Restaurant nicht mehr wechseln würden, betrat das Café und ging, während sein Cappuccino zubereitet wurde, ans Ende der Theke zum Telefonieren.

»*Pronto?*«

»Ich habe die Schachtel.«

»Was Sie nicht sagen!« Die Stimme klang so ironisch, dass der Spanier dachte, der andere habe seine Gedanken gelesen.

»Na ja, ganz habe ich sie noch nicht, aber es ist nur noch eine Frage von wenigen Stunden.«

»Vergessen Sie es, Herr Cabrera. Sehen Sie unsere Geschäftsbeziehung als beendet an. Diese Ware interessiert mich nicht mehr.«

»Aber … aber.« Er fand keine Worte. »Sie haben mir die Hälfte doch schon bezahlt.«

»Behalten Sie sie. Ich bin mir sicher, Sie haben dafür eine gute Verwendung. Rufen Sie diese Nummer nicht mehr an.«

»Aber … Sie könnten sie morgen in Rom haben.«

»Ich habe Ihnen bereits gesagt, dass ich meine Meinung geändert habe. Guten Abend, Herr Cabrera.«

Dreißig Sekunden nach Ende des Gesprächs starrte der Spanier noch immer ungläubig den Telefonhörer an. Er legte ihn auf die Gabel und kehrte zurück auf seinen Barhocker, vor dem der Cappuccino langsam kalt wurde. Was nun? Alles vergessen und mit dem Geld in der Tasche nach Palencia zurückkehren? Oder sollte er sich die Schachtel holen, und sei es nur aus verletztem Stolz? Er tat Zucker in die Tasse und rührte langsam um, als wickelte er ein Seil um den aristokratischen Hals Seiner Exzellenz.

Währenddessen saß Katia im ersten Stock vor ihrem Glas Rotwein und hörte sich Wolfs Kindheitsgeschichte an, mit der er sie ein wenig ablenken wollte. Er hatte ihre Anspannung gespürt und bemerkt, dass sie ihm irgendetwas nicht erzählen wollte; etwas im Zusammenhang mit Roccos Mordgeständnis, nahm er an, und da er selbst auf dieses Thema keine Lust hatte, hatte er beschlossen, ihr Anekdoten aus seinem Studentenleben zu erzählen, womit er sie auch etwas hatte aufheitern können, vor allem, als sie entdeckten – wie es nicht anders hatte sein können –, dass sie in Wien gemeinsame Bekannte hatten oder zumindest Bekannte, die Bekannte des anderen kannten. Gerade war ihr Gespräch auf die Odyssee von Wolfs Großmutter gekommen, einer Baskin, die mitten im Krieg mit ihrem Kind auf dem Arm aus Frankreich geflohen war und die Familie ihres österreichischen Mannes gesucht hatte, eines Sozialisten, der wie viele in der Résistance gekämpft hatte und von dem sie seit Monaten nichts mehr gehört hatte.

»Die Geschichte nahm ein glückliches Ende«, kam Wolf zum Schluss, »meine Großmutter fand das Haus meiner Urgroßeltern, und die nahmen sie freundlich auf, weil mein Großvater ihnen in seinen Briefen von der Front geschrieben hatte, dass er eine nach Frankreich geflohene Baskin geheiratet hatte. Sie wussten also wenigstens von ihr, als sie vor der Tür stand. Von dem Baby, das mein Vater war, wussten sie nichts, aber da es ihr erster Enkel war, nahmen sie es mit offenen Armen auf, und nach Kriegsende kam mein Großvater zurück, und sie bekamen zwei weitere Kinder.«

»Meine spanischen Großeltern haben im Krieg auch Schlimmes durchgemacht: Mein Großvater saß zwei Jahre im Gefängnis, weil er für die Republik gekämpft hatte, und stand mehrmals vor seiner Hinrichtung, aber sie hatten das Glück, dass meine Großmutter im Haushalt einer reichen Dame arbeitete, und die setzte sich in der ersten, besonders schlimmen Zeit bei den Rechten für sie ein.«

»Dann stammst du also auch aus einer bescheidenen Familie spanischen Ursprungs.«

Sie lachte: »Stell dir vor! Mein Großvater war Dreher in einer Fabrik, meine Großmutter als junge Frau Dienstmädchen in einem reichen Haus. Meine Mutter hat bereits eine bessere Ausbildung bekommen, allerdings nicht auf der höheren Schule; sie hat einfach die Schule besucht, um dann zu heiraten, wie es früher war.«

»Und sie hat geheiratet.«

»Mit zweiundzwanzig, einen italienischen Ingenieur, der als Sachverständiger in die Minen von Rohino gekommen war. Er, mein Vater, war jung verwitwet und hatte einen kleinen Sohn, meinen Bruder Hans.«

»Mit dem du dich nicht sonderlich gut verstehst … vermute ich, weil du uns nicht gebeten hast, ihn von deiner Rückkehr zu benachrichtigen.«

Sie zuckte mit den Schultern: »Wir haben uns unsere ganze Kindheit hindurch gut verstanden. Dann ist er zum Studieren nach Linz gegangen, und wir haben uns auseinandergelebt; später hat er Verena geheiratet, eine Tochter aus reichem Haus, und dann ist er nach und nach ein Idiot geworden. Wir sehen uns kaum noch. Außerdem … so ist das eben, was soll man machen.«

»Ich wollte dich nicht traurig stimmen.«

»Du hast mich nicht traurig gestimmt. Ich bin einfach nur müde.«

»Ich begleite dich nach Hause.«

Sie schüttelte den Kopf: »Nein, Wolf. Es sind nur zwei Straßen, ich bin es gewohnt, Papiere mit mir herumzuschleppen, und ich möchte ein bisschen allein sein.«

»Du hast keine Angst mehr, umgebracht zu werden?«, fragte er mit einem vorsichtigen Lächeln.

Auch sie lächelte; nach dem Telefonat mit dem Elfenbeinmann hatte sie das Gefühl, dass ihr nichts passieren konnte: »Nein. Jetzt nicht mehr. Es geht mir viel besser, ich war einfach hysterisch. Ruf mich morgen an, wenn du willst.«

Wolf stand auf und sah ihr in einer seltsamen Mischung aus Bedrückung und Freude nach: Er war bedrückt, weil sie ging, und froh, weil sie ihn wiedersehen wollte. Die Sache mit Malatesta hatte sie gut aufgenommen, fast als hätte sie so etwas erwartet. Und seltsamerweise schien es sie nicht sonderlich bestürzt zu haben, dass er die nächsten zwanzig, dreißig Jahre in einem österreichischen Gefängnis sitzen würde, weil er zwei Menschen ermordet hatte, denen der Handel mit gefälschten Kunstwerken vorgeworfen wurde.

Er zog sich die Jacke an und überlegte, ob er sich nicht noch bei Gabi nach dem letzten Stand der Dinge erkundigen sollte, als Katia wieder hereinstürzte, kreideweiß, und die Schachtel umklammerte.

»Wolf! Da unten ist Cabrera. Er ist mir gefolgt und hat versucht, sie mir wegzunehmen.«

»Warte hier auf mich!« Wolf rannte die Treppe hinunter.

Als er nach zehn Minuten schweißgebadet und mit leeren Händen zurückkehrte, kauerte sie in einer Ecke, noch immer die Schachtel im Arm, und trank einen Zwetschgenschnaps, schon den dritten, wie aus der Anzahl der Gläser auf dem Tisch zu schließen war.

»Dieses Arschloch hat keine Spur hinterlassen. Aber ich werde alle Mann nach ihm suchen lassen.«

»Weshalb? Wegen versuchten Diebstahls?« So wie Katia klang, wusste man nicht, ob sie gleich lachen oder weinen würde. Er setzte sich zu ihr, nahm ihr das Glas aus der Hand und trank es in einem Zug aus.

»Bring mich nach Hause«, sagte sie leise.

Er nahm die Schachtel, nachdem sie sie widerstrebend losgelassen hatte, spannte auf der Straße den Regenschirm auf und legte ihr den Arm um die Schultern. Sie lehnte sich dankbar an ihn. Schweigend gingen sie bis zur Pension, holten den Schlüssel, dann ging Wolf mit ihr aufs Zimmer, machte Licht an und vergewisserte sich erst, dass ihr niemand auflauerte. Dann löschte er das Licht.

»Lass das Licht besser nicht an. Falls er auf der Straße ist.«

Sie standen einige Sekunden da, ohne etwas zu sagen. Ihre Augen mussten sich erst an die Dunkelheit gewöhnen, bis sie sich im schwachen Schein der Straßenlaternen sahen.

»Lass mich nicht allein, Wolf«, sagte Katia fast flehend.

Er hätte sie am liebsten gebeten, das noch einmal zu sagen, aber eine innere Stimme sagte ihm, dass man das Glück nicht herausfordern und nicht riskieren sollte, dass sie es doch nicht täte. Also ging er zu ihr und umarmte sie. Sie war nass vom Regen und zitterte, aber ihre Lippen waren warm. Sie küssten sich, aus Sekunden wurde Ewigkeit.

»Willst du, dass ich bleibe?«, fragte er mit aufgewühlt rauer Stimme.

»Bitte, bitte«, flüsterte sie so leise, dass Wolf nicht unterscheiden konnte, ob es eine Bitte oder eine Absage war.

Er zog ihr die nasse Jacke aus und trug Katia aufs Bett. Sie klammerte sich an seinen Hals, küsste sein Ohr und flüsterte irgendwelche Worte, die er nicht verstand, aber ihr Ton war süß, alles war gut, genauso wie er sich ihre erste Umarmung ersehnt hatte.

Sie liebten sich zuerst sanft und zärtlich, dann immer ungestümer. Dann auf einmal stürzten sie in einen freien Fall ohne Worte, ohne Farben, ohne Klänge, und langsam kamen sie zur Ruhe.

Als Katia wieder die Augen öffnete, schimmerte das ganze Zimmer im milchigen Licht der Straßenlaternen. Wolf hatte seinen Kopf auf ihre Schulter gebettet und hielt sie fest umarmt.

»Ich liebe dich, Katia«, murmelte er, ohne zu ihr aufzusehen.

Katia schloss die Augen und war glücklich, doch auf einmal wurde ihr angst und bang bei diesen unglaublichen Dingen, die einfach so geschahen, ohne dass sie es geplant hatte. Wolf musste ihre Verunsicherung spüren, denn er setzte sich auf, stützte sich auf den Ellbogen und sah sie an: »Bereust du es?«

Sie schüttelte den Kopf, in ihren Augen glitzerten Tränen, aber sie lächelte.

»Was hast du dann?«

»Ich bin verwirrt, Wolf. Ich dachte nicht, dass … wir so schnell«, fügte sie hinzu.

Er sank wieder in die Kissen und zog sie an sich. Sein Glück war nach außen so fühlbar, dass Katia es wie den Duft eines Parfüms einsog.

Als sie die Augen das nächste Mal öffnete, fiel durch die Vorhänge ein grauer Schimmer herein, es regnete immer noch, und eine Turmuhr in der Nähe schlug vier. Wolf neben ihr atmete tief. Sie sah ihm ein paar Minuten beim Schlafen zu wie vor ewigen Zeiten

Rocco, wie bestimmt irgendwann auch Alec, auch wenn sie sich nicht einmal mehr daran erinnerte. Und plötzlich fühlte sie sich schäbig, einfach das Letzte. Wie hatte sie glauben können, Rocco wäre der Mann ihres Lebens, wenn sie jetzt das Gleiche für Wolf fühlte? Wie weit konnte sie ihren Gefühlen überhaupt trauen? Beschränkten sie sich nicht auf das schlichte Bedürfnis nach Gesellschaft, Schutz, menschlicher Wärme?

Bald würde Wolf aufwachen, sie würden sich noch einmal lieben, und dann würde er sie inmitten der zerwühlten Laken nach diesen geheimnisvollen Verwandlungen und Übergängen fragen, sie würde es ihm erzählen, und dann wäre ihr Geheimnis nicht mehr ihres, sondern sie würde es mit ihm teilen. Und was würde sie ihm über den Elfenbeinmann sagen? Würde Wolf verstehen, dass sie bereit war, ihm Zugang zu den anderen Wirklichkeiten zu verschaffen, nur damit er ihren Freundinnen nichts antat? Und wenn der Elfenbeinmann sich auf den Handel einfach nicht einließ? Und wenn er sie dann erpresste, indem er Wolf bedrohte?

Sie musste gehen. Sie musste nach Rom und dieser Sache ein Ende setzen, sie musste irgendeine Welt finden, in der sie diesen Mann für immer loswerden konnte, um nicht den Rest ihres Lebens fürchten zu müssen, dass er ihr oder den ihr nahestehenden Menschen etwas antun würde.

Also stand sie auf und begann sich anzuziehen, noch bevor sie überhaupt einen klaren Entschluss gefasst hatte. Sie musste von Wolf Abstand nehmen, bevor ihm etwas zustoßen würde. Außerdem spürte sie, dass sie allein sein musste, um darüber nachzudenken, was sie wirklich wollte. Wenn sie bei Wolf bleiben würde, müsste sie ihm ihr Geheimnis zumindest teilweise eröffnen, doch dafür müsste sie sich absolut sicher sein, dass er wirklich der Richtige war. Und dafür müssten sie erst eine Weile den Alltag teilen, doch einen Alltag hatte sie im Moment nicht. Zunächst musste sie eine Reihe Dinge erledigen.

Sie hatte keine Ahnung, wann der nächste Zug nach Rom ging, aber wenn sie unten an der Rezeption fragen sollte, dann würde Wolf davon erfahren und sie suchen beziehungsweise die italienische Polizei nach ihr suchen lassen. Sie musste in Ruhe nachdenken und sich über ihre Ziele klar werden, also durfte sie nicht das Risiko eingehen, dass man sie am Bahnhof festnehmen und Gabi sie so lange löchern konnte, bis sie alles sagen würde, was sie wusste. Es gab nur einen möglichen Ausweg.

Sie steckte Valcárcels Heft und Tagebuch in die Handtasche, kritzelte etwas auf einen Zettel und klebte ihn auf den Stich, wo Wolf ihn gleich beim Aufwachen sehen würde. Dann hängte sie sich die Handtasche um, nahm die Schachtel mit den Dokumenten und sprach, den Blick fest auf Valcárcels Passage gerichtet, die Worte aus, bis sich die Passage vor ihr auftat, dunkel und schwindelerregend, wie sie es schon kannte. Bevor sie den Kontakt zu ihrer eigenen Welt verlor, sah sie noch einmal Wolf schlafend auf dem Bett, dann schloss sie die Augen und ließ diese Welt hinter sich.

Als Wolf aufwachte, merkte er sofort, dass Katia nicht da war. Wahrscheinlich war sie im Bad, vermutete er und drehte sich noch einmal um. Als nach einer Weile immer noch absolute Stille herrschte, stand er auf und blickte aus dem Fenster – die leere Straße, ein grauer Tag –, und als er dann schließlich im Zimmer herumging und seinen Mut sammelte, um an die Badezimmertür zu klopfen, sah er den Zettel auf dem Stich:

Ich muss gehen, Wolf. Nimm das mit nach Hause und warte auf mich. Ich werde zurückkommen.
Katia

Dreimal musste er das Geschriebene lesen, bis er begriff, was es wirklich bedeutete: dass sie weggegangen war, ohne ihm zu sagen, wohin. Sie wollte weder seine Begleitung noch seine Hilfe. Zu der Liebesnacht hatte sie sich nur aus Anspannung und Einsamkeit hinreißen lassen.

Er wollte mit den Fäusten gegen die Möbel in dem Zimmer schlagen, um seine Wut und seinen Schmerz loszuwerden, aber er hatte nicht die Kraft dazu. Im Moment schien ihm für alles die Kraft zu fehlen, darum zog er sich rasch an, um sich so schnell wie möglich in seine Alltagsroutine zu stürzen, was für ihn schon immer das beste Betäubungsmittel gewesen war.

Er war kurz davor, diesen Stich samt dem gelben Notizzettel in Schnipsel zu zerreißen, doch als seine Finger die raue Oberfläche berührten, hielt ihn irgendetwas davon ab; »ich glaube, sie sind dazu da, um die Realität zu verwandeln«, erinnerte er sich. Und wenn das stimmte? Wenn Katia doch hier war, nur auf einer anderen Ebene? Mit ihm im selben Raum, nur in einer anderen Zeit? Genauso wie wir uns daran gewöhnt haben, dass die Menschen an verschiedenen Orten zur gleichen Zeit sein können? Niemand findet es verwunderlich, wenn die Freundin in New York ist und man selbst in Bern, hingegen sträubt sich das logische Denken gegen die Vorstellung, jemand sei am selben Ort, nur eben in einer anderen Zeit. Wäre es einfacher, hinzunehmen, wenn man zu demjenigen Kontakt aufnehmen könnte? »Sie sind dazu da, um die Realität zu verwandeln.« Er drehte den Stich um. Auf der Rückseite konnte man in feiner, mit der Zeit verblasster Schrift lesen: *»Questa è la Prima Porta.«* War das wirklich eine Tür? Wohin? Er schüttelte den Kopf. Er war wohl nicht mehr ganz richtig im Kopf. Aller Wahrscheinlichkeit nach war Katia durch die Zimmertür gegangen und hatte einen Zug oder ein Flugzeug nach Rom genommen. Er musste das sofort nachprüfen und alles tun, um sie aufzuhalten. Und er musste diesen Cabrera auffinden, oder wie dieser Kerl hieß, und alles, was er wusste, aus ihm herausquetschen. Anschließend würde er in Rom anrufen und die italienischen Kollegen beauftragen, über Marianna Grimaldi Katia ausfindig zu machen. Außerdem würde er Fink verhören und ihm klarmachen, dass er bereits über diese anderen Wirklichkeiten informiert war, vielleicht könnte er ihn damit zum Reden bringen. Es gab zu viel zu tun, als sich mit Selbstmitleid aufzuhalten.

Sein Blick fiel auf Katias letzte Worte: »Ich werde zurückkommen«, und er spürte, wie die Hoffnung in ihm keimte. Dann rollte er den Stich ein, steckte ihn in seine Jacke und ging aus dem Zimmer.

6

Locus amoenus

»Wie jeden Morgen, sobald die Morgenröte die grünen, frischen Wiesen streift, wollte ich mich gerade, wie mein Herzeleid es einzig mir erlaubt, unter diesen Weidenbaum legen, um der Liebe nachzuweinen, die mich verlassen vor so vielen Jahren und die ich noch immer im Herzen halte, als ich an der alten Ruine, wo sonst immer ihre Augen mir wie Sterne den Weg gewiesen hatten, die Gestalt eines bitterlich weinenden Weibes bemerkte. Schluchzer wie Feuerpfeile waren es, die sich mir in mein armes Herz bohrten, das bereits so geplagt von Leid, dass ich nie gedacht hätte, Weiteres ertragen zu können; ihr Haar im tiefen Braun reifer Kastanien schimmerte in der ersten Morgensonne, und ihre wehleidende Brust hob und senkte sich, und mit ihren weißen Händen umklammerte sie ein Büchlein, das vielleicht die Briefe des für immer verlorenen Geliebten enthielt.

Behutsam näherte ich mich der Schönen, da ich sie trösten und ihr anbieten wollte, ihre Klagen meinem geduldigen Ohr anzuvertrauen. Doch als sie ihre sanften, von Liebestränen überschwemmten Augen zu mir hob, dachte ich, der Moment meines Todes wäre gekommen, denn in jenen Augen wollt' ich nichts anderes sehen als die Augen des göttlichen Bildes, das ich im Gedächtnis bewahre, um in meiner Einsamkeit und Verlassenheit Trost zu finden.

Sie sprach mit leidverzerrter Stimme und bat mich in höflichstem Benehmen, sie nach ihrem Willen weinen zu lassen, bis das Leid ihr etwas Atem gönne. Sie bat mich, zur Quelle hinabzugehen, an der wir uns so oft versammeln und trösten, soweit ein Unglücklicher eines anderen Leid zu lindern vermag.

So verstört war ich, lieber Silvano, dass ich meine zahmen Schafe zwischen der Myrte weidend zurückließ, um mich mit dir an diesem beschaulichen Ort zu vereinen, damit du mich begleitest, diese schmerzensreiche Schöne zu suchen, und dir mit eigenen Augen ansiehst, ob ihre Formen und ihr ganzer Leib nicht an das vollkommene Bild erinnern, das wir in unserer Seele tragen, das in glücklichen Zeiten, da wir es täglich betrachten durften, der Sinn unseres Lebens und das einzige Glück unserer Existenz war und auch jetzt, verloren und so fern, mitnichten aus den Tiefen unseres Herzen gelöscht, sondern vielmehr durch seine Abwesenheit bis in alle Ewigkeit von unseren verwundeten Seelen auf den Thron gehoben ist.«

»Mirtilo, armer Freund, wie macht deine schmerzliche Entrückung mich leiden! Wir wissen, dass er nicht zurückkehren wird, dass der Holde, an dem wir uns einst auf diesen Weiden ergötzt haben – die kühle Quelle plätscherte, die Herde trappelte, gemeinsam besangen wir die Blumen –, für immer verloren ist. Wenn Amor uns zur Linderung nicht mehr als unsere Gemeinschaft gibt, die allen verhasst ist, die von unserer Bürde nichts wissen, so lasst uns in ihr Halt suchen und nicht weiter in der schwärenden Wunde bohren. Zu schmerzvoll ist es, in den Augen anderer das Feuer lodern zu sehen, das wir verloren haben. Lass dich neben mir nieder und ruhe dich aus, spiele mit den schönen Locken die unser Ramino dir geschenkt hat und erfülle die Luft mit deinen Seufzern, während ich mit der Flöte dem Morgen eine süße Melodie schenken will. Der Schmerz stirbt nicht, Mirtilo, und ebenso wenig die Liebe in der noblen Brust; das ist die Verdammnis derer, die ehrlich lieben, der Herzen, die sich nicht der erstbesten Laune hingeben und nicht den ihnen am nächsten Stehenden den Rücken kehren.«

»Silvano, sieh! Die schöne Schäferin kommt vom Hügel auf uns zu. Hör nicht auf, deine Musik zu spielen, damit die Jungfrau weiß, dass wir an der Quelle sind! Vielleicht will sie uns ihre Geschichte erzählen, und wir finden darin Zerstreuung und Trost.«

Katia ging die sanft abfallende Wiese hinunter, erstaunt über diese neue Passage und mindestens ebenso verwundert darüber, wie anders Valcárcels Welt im Vergleich zu der Finks war. Sie hatte mit etwas Ähnlichem gerechnet und sich auf eine lackbildhafte Wirklichkeit eingestellt, ebenso makellos wie unnahbar.

Das war diese Wirklichkeit auch, und dennoch ging von ihr eine ganz andere Wirkung aus: Im ersten Tageslicht erschienen die Felder, Wälder und das unterhalb des Hügels zu sehende Bächlein wie verwischt, mit Pastellfarben gemalt. Die beiden an der Quelle liegenden Gestalten sahen aus wie aus einem Gemälde Claude Lorrains, klein vor der Landschaft, nahbar, idyllisch, genau wie die Menschengruppe, die dem Triumphbogen auf dem Stich beigestellt war, dem Tor zu dieser Welt. Die Flötenmusik wehte wie ein kaum in Erinnerung gebliebenes Parfüm zu ihr heran, der Morgen war von Vogelgezwitscher erfüllt, und eine sanfte, laue Brise, in der die zarten Blätter an den Bäumen zitterten, trug aus der Ferne Schafblöken herbei.

Als Katia sich der Quelle näherte, sah sie die Gestalten genauer und wurde sich bewusst, dass ihre eigene Kleidung überhaupt nicht an diesen Ort passte: Sie trug Hose, Pullover und Turnschuhe. Würden sie sie für einen Mann oder für eine Frau halten? Sie kannte ein paar Schäferromane und wusste daher, dass solche Uneindeutigkeiten und Verkleidungen häufig vorkamen und auch geduldet wurden, und da sie keine anderen Kleider hatte, blieb ihr auch nichts anderes übrig, als sich ihnen so zu präsentieren.

»Geselle dich zu uns, schöne Schäferin«, sagte einer von ihnen, während er aufstand und ihr die Hand reichte, »wenn ich recht habe und das Unglück der Grund für dein Kommen ist, so wisse, dass es dir an brüderlichen Ohren, die deinen Klagen zuzuhören verstehen, und Freundeshand, die die deine in der bitteren Stunde des Schmerzes halten wird, nicht fehlen soll.«

Der zerbrechliche Alte, der ihr die Hand hinstreckte, musste derselbe sein, der sie bei ihrer Ankunft hatte weinen sehen und ihr angeboten hatte, mit zu der Quelle zu kommen. Er redete eine altertümelnde Sprache, die zum Glück sehr gut verständlich war.

Katia nahm seine Hand und kniete sich in das noch taunasse Gras, um ihre Beine nicht so deutlich zu zeigen. Sie blickte die beiden Männer an und spürte, dass sie gleich wieder weinen würde. Valcárcel musste wirklich verdreht gewesen sein, wenn er sich freiwillig mit diesen Menschen umgeben hatte: Sie waren bestimmt über achtzig und kleideten sich, als wären sie achtzehn, sie trugen weiße Musselinhemden und eng sitzende Kniehosen, und ihre langen, gewellten Haare umspielten ihre abgemagerten Gesichter, aus denen ihre feuchten, fiebrigen Augen hervorstachen.

»Mein Name ist Silvano«, sagte der andere. »Mirtilo und ich wissen, was Liebesleid ist, schönes Kind. Wenn es dich tröstet, so erzähl uns deine Geschichte, wir hören sie mit dem ganzen Mitgefühl desjenigen, der weiß, was es heißt, einem verlorenen Menschen nachzutrauern.«

Die intensiven Blicke, mit denen die beiden Schäfer sie bedrängten, waren fast schon komisch. Sie zögerte, die beiden über den Grund ihrer Tränen aufzuklären, zum einen, weil sie gar keine Worte hatte für das, was sie selbst noch nicht ganz begriff, und zum anderen, weil sie sich nicht traute, ihre gewohnte Sprache zu sprechen.

»Wenn es dir eine Hilfe ist, die du, deinen Kleidern nach zu urteilen, aus einem anderen Tal kommst und die Gebräuche dieser Gegend vielleicht nicht kennst, so wisse, dass Silvano und Mirtilo bereit sind, dein Leid mit dir zu teilen. Dies sage ich, falls du fürchtest, als Einzige von den Pfeilen des gefürchtetsten aller Bogenschützen verwundet worden zu sein, durch seinen grausamsten Pfeil, die Untreue.«

»Leidet auch ihr der Liebe wegen?«, traute Katia sich zu fragen, dankbar für die Vorlage, die sie erst mal davon entband, Erklärungen zu etwas abzugeben, worüber sie sich selbst nicht im Klaren war.

Die beiden Männer bekamen sofort feuchte Augen: »Von allen Schäfern, die diese Täler und Felsen bewohnen, sind Mirtilo und ich die am tiefsten Verwundeten, die so ausdauernd wie niemand anderer ihre Seufzer dieser Quelle übergeben. Zahllose Jahre sind vergangen, seit wir zum letzten Mal das göttliche Bild gesehen, nach dem sich unser Herz verzehrt und das bitteren Honig über unsere Leben gießt.«

»Wisse, fremde Schöne«, unterbrach ihn Mirtilo, »vor vielen, vielen Jahren waren Silvano und ich junge Schäfer und haben, fern allen Liebesdingen, unsere Schafe zum Weiden zu dieser Quelle geführt, wo die Myrte wächst. Die Welt damals war schön, unsere Herde gedieh, unser Leben war erfüllt von Musik und Liedern, die Sonne schimmerte auf den langen Zöpfen der Schäferinnen, die diese Wiesen mit uns teilten, und das Feuer, das uns nun verzehrt, war damals erst aufflammende Hoffnung auf eine zukünftige Liebe. Bis er kam.« Mirtilo fasste sich an die Brust, als erstickte er. Da sprach Silvano weiter: »Er kam wie du von einem weit entfernten Ort, den wir uns nie vorstellen konnten, denn die Geschichten, die er ab und an in seiner Liebesglut erzählte, handelten von einem traurigen, kahlen Ort, an dem die Bäume nicht in den Himmel wachsen und ein eisiger Wind bläst. Wir haben nie glauben können, dass ein Ort, an dem er sich befindet, anders als schön sein kann, aber die fast kindliche Freude, die in diesem Tal von ihm Besitz ergriff, ließ vermuten, dass es so war, dass er noch nie in seinem ganzen Leben einen so schönen Ort gesehen hatte.« Die Erinnerung zauberte ein flüchtiges Leuchten auf sein Gesicht. »Mirtilo traf ihn eines Tages am selben Ort, an dem dich heute die Sonne überrascht hat, und seine Liebe war wie die Morgenröte, als würde der Himmel seine ersten Lichtstrahlen auf die Erde schicken, als würde er allein durch sein Dasein Blumen und Wiesen und Vögeln erst ihre Farben geben.«

Während Silvano sprach, hatte Mirtilo aus seinem Hemd ein altes, vergilbtes Stoffbündel geholt und fuhr mit der Hand immer wieder über einen Gegenstand, den Katia nicht sehen konnte.

»Von da an waren wir immer zusammen. Zusammen zogen wir über Berg und Tal, zusammen genossen wir Lieder, wilde Beeren, das frische, klare Quellwasser, Küsse und Seufzer unter Lorbeerbäumen, die goldene Zeit, in der der allmächtige Amor und Raminos Augen aus schwarzem Feuer in meinem Leben herrschten, bis eines Tages Silvano und seine Schwester Grisela kamen und Raminos Herz, das immer nur für mich geschlagen hatte, auf einmal verstummte, und seine Augen, die bis dahin mein Licht gewesen waren, sich ihnen zuwandten, den Unglücklichen vergessend, der sein Leben ganz ihm zugedacht hatte.«

»Nie vermochte ich zu unterscheiden, wen von uns beiden er vorzog, ob meine Schwester Grisela mit den weizenblonden Zöpfen oder mich, den Jüngling, der ich damals war, der keine anderen Sorgen als seine Herde hatte. Von Morgenstund bis Sonnenuntergang tollten wir über diese Wiesen, lasen unser Glück aus dem Lächeln der beiden anderen, den erhitzten Seufzern aus ihren Brüsten, dem Glanz ihrer Augen. Nie hätte ich geahnt, dass so viel Glück in einem Menschenherz, im irdischen Leben Platz hat. Zu meinem Leidwesen ahnte ich auch nicht, dass diese Liebe, wenn sie nicht erwidert wird, wenn die sie nährende Flamme erlischt, das sie beherbergende Herz in Asche verwandelt, und dass Tränen die einzige Frucht solch süßer Blumen sind.« Auf einmal verstummte Silvano, sein Blick schweifte zum Horizont.

»Ramino war schön wie der Morgen, süß und feurig«, fuhr Mirtilo fort, »doch zugleich wankelmütig und grausam, von Fortuna zur Bestrafung der armen Sterblichen geschaffen.« Silvano warf ihm einen fast wütenden Blick zu, doch als Mirtilo zu ihm sah, blickte er nach unten. »Ich spreche richtig, Silvano, du weißt, dass es so ist; auch wenn es mir das Herz bricht, es zuzugeben, denke ich mittlerweile, dass seine Liebe nie ehrlich war, dass er mit uns gespielt hat so wie Kinder mit den Kieselsteinen am Fluss.«

»Wenn seine Liebe nicht ehrlich war, was ich bei meinem Tod nicht glauben will, Mirtilo, so ist es zumindest unsere. ›Ramino‹ wird das letzte Wort sein, das über meine Lippen geht, und ich weiß, dass auch deine Kehle ›Ramino‹ als Letztes aussprechen wird.«

»Standhafte Liebe, über den Tod hinaus«, nuschelte Katia. Die beiden sahen sie dankbar an, sie lächelte.

»Siehst du, Silvano? Siehst du nun, dass ich nicht gelogen habe? Ist dies Lächeln nicht das gleiche, das sich deinem Herzen eingeprägt hat?«

Silvano schüttelte verwirrt den Kopf: »So lange Jahre ist es her, Mirtilo, so lange Jahre … dass wir jung waren. Die Erinnerungen trügen einen bisweilen.«

»Ich …«, begann Katia, »erinnere euch an Ramino?«

»Irgendetwas an deinem Benehmen … an deinem Lächeln …«

»Wir kommen aus derselben Gegend, ich habe ihn nicht gekannt. Was geschah mit Grisela?«, fragte sie, um abzulenken.

Silvano antwortete: »Sie heiratete einen Schäfer aus den Bergen. Sie ist ihrer Liebe immer treu geblieben.«

»Und hat Ramino verlassen?«

»Grisela war nicht wie wir. Sie war eine starke Frau, die alles für sich wollte. Als sie erfuhr, dass sie für Ramino nicht sein Ein und Alles war, zog sie es vor, aus diesen Tälern fortzuziehen und ihr Glück in einer anderen Liebe zu suchen. Wenn Ramino kam, sagte Grisela jedes Mal, seine Seele sei nicht bei uns, nur sein Körper, sein singender Mund, seine biegsame Taille, seine glühenden Augen, aber seine Seele sei weit weg, an einem fernen Ort, an dem ihm jemand anderer sein Herz herausgerissen hat.«

»Denkt man in dieser Gegend immer nur an die Liebe?«, fragte Katia fast ungehalten.

»Was gibt es außer ihr in der Welt? Die Liebe lenkt die Welt. Aus Liebe blühen die Blumen und fließen die Flüsse, aus Liebe funkeln die Sterne am Himmel und kehren die Vögel am Abend zurück, aus Liebe wird man geboren, lebt man und stirbt«, sagte Silvano.

Mirtilo nahm behutsam Katias Hand, die unbewegt in ihrem Schoß lag: »Aus Liebe weint man, schönes Kind.«

Sie ließ den Kopf auf die Brust sinken. Diese beiden alten Männer hatten ein halbes Leben auf die Erinnerung an jemanden verwendet, der nicht zurückkehren würde, der nur gelegentlich hierhergereist war und für den diese Welt wie ein Themenpark war, in dem man ein- und ausgehen und aus dem man mitnehmen konnte, was einem beliebte, zum Beispiel das Herz dieser Jammergestalten. Wie Rocco es mit ihr gemacht hatte. Wie sie es vielleicht irgendwann mit einem Mann machte, den sie in einer anderen Wirklichkeit kennenlernen würde? Ihr stiegen die Tränen in die Augen bei dem Gedanken, dass Wolf wahrscheinlich genau das von ihr dachte: dass sie mit ihm gespielt und ihn verlassen hatte.

»Ich gab meine Liebe einem Mann, der sie nicht verdiente«, sagte sie leise, »einem Mann, der mich hätte töten können, sicher weiß ich es nicht, einem Reisenden aus einer anderen Gegend, der mir das Gefühl gab, einzigartig und wunderbar zu sein, bevor er verschwand.« Sie glaubte, dass die beiden Alten einen Blick wechselten, wollte aber nicht zu ihnen aufsehen. »Dann lernte ich einen anderen kennen, er ist ein guter Mann und liebt mich, ihm will ich mein Herz geben, aber ich weiß nicht, ob ich … ich weiß nicht, ob ich kann, weil … weil der andere … noch in mir brennt und ich nicht weiß, ob ich ihm nicht unrecht tue, wenn ich glaube, dass er mich verlassen hat.«

»Hier wird deine Seele zur Ruhe kommen, und vielleicht erbarmt sich die Zauberin Dulcidia deines Leids und schenkt dir das Vergessen.«

Katia schüttelte energisch den Kopf: »Ich will nicht vergessen. Ich will eine Entscheidung treffen.«

»Das ist etwas, was nur dein Herz weiß.«

Die Seufzer der beiden Schäfer kamen wie aus einem Mund, so viele Stunden und so viel Leid hatten sie schon geteilt. Während die Sonne langsam den wolkenlosen Himmel hochstieg, spielte Silvano von Erinnerungen verklärt seine Flöte und Mirtilo machte ein leidendes Gesicht. Dass Katia den alten Schäfern gerade in groben Zügen ihre eigene Geschichte erzählt hatte, beschäftigte sie schon nicht mehr, sie dachte vor allem an den Elfenbeinmann und dass sie mit ihrer Flucht in diese Wirklichkeit kostbare Zeit verlor. Sie hatte noch nicht herausgefunden, ob der Verlauf der Zeit in den verschiedenen Wirklichkeiten übereinstimmte. Wie sollte sie auch in Erfahrung bringen, wie viel Zeit in ihrer Welt verging, während hier die Sonne aufging und sie den Klagen der Schäfer zuhörte? Und wenn Seine Exzellenz das Warten leid wurde? Und wenn ihren Freundinnen in der Zwischenzeit etwas zustieß? Doch am meisten Sorgen bereitete ihr, dass sie ihm, um ihn zu besänftigen, den Zugang zu einer der Welten zeigen musste. Und dann? Würde dieser weiße Hai sich mit einer zufriedengeben? Würde er sie nicht so lange unter Druck setzen, bis sie ihm freien Zugang zu sämtlichen Wirklichkeiten verschafft haben würde? Wenn sie jetzt nachgäbe, würde sie zu seiner Sklavin, in ständiger Angst müsste sie ihm wie ein Hotelportier die Türen öffnen, damit er nach Belieben einen Blick in die anderen Welten werfen konnte. Das durfte sie nicht zulassen. Aber die Polizei konnte sie auch nicht um Hilfe bitten, sie hatte nichts in der Hand, nichts, womit sie einem so einflussreichen Menschen wie dem Elfenbeinmann irgendetwas anhaben könnte. Sie musste ihn also unschädlich machen. Und zwar am besten in einer der anderen Wirklichkeiten, damit man sie wegen nichts beschuldigen könnte. War sie denn in der Lage, ihn zu töten? Wie überhaupt? Und warum wollte sie jemanden umbringen, nur weil er nach demselben strebte, was sie erreicht hatte? War das etwa ein Verbrechen?

»Ich wäre dir bis zu den Mondwiesen gefolgt, wenn du gewollt hättest«, schmachtete Mirtilo. »Warum hast du mich verlassen, Ramino? Warum hast du mich nicht in deine eisige, traurige Weltgegend gebracht, wo dir doch dank meiner Liebe sicher warm geworden wäre?«

Silvano spielte weiter mit verklärtem Blick seine Flöte. Katia stand da und blickte zu Mirtilo, der sich ins Gras gelegt und sich den Arm übers Gesicht gelegt hatte.

Das war's. Wieso war sie nicht früher auf die Idee gekommen? Das war die Lösung, vorausgesetzt, der Elfenbeinmann würde ihr ausreichend vertrauen. Aber für welche Wirklichkeit sollte sie sich entscheiden? Natürlich nicht für so eine. Es müsste eine düstere, feindliche, gefährliche Welt sein, die *Seiner Exzellenz* ebenbürtig war.

Die letzten Töne der Melodie wurden von der lauen Luft fortgetragen, und Silvano holte aus seinem Hirtenbeutel einen Laib Weißbrot und ein Stück Käse. Wortlos, mit einem zarten Lächeln, bot er ihr davon an.

»Danke, Silvano. Ich esse keinen Käse.«

Mirtilo nahm den Arm vom Gesicht, setzte sich auf und sah sie so wie Silvano an.

»Ramino verschmähte ebenfalls das Beste, was unsere Schafe geben.«

»Welch sonderbarer Zufall«, improvisierte Katia mit gedämpfter Stimme. Der Ausdruck, der nun auf ihre beiden Gesichter trat, gefiel ihr gar nicht: eine Mischung aus Verwunderung und Misstrauen.

»Hat er dich geschickt?«, fragte Mirtilo endlich mit erstickter Stimme. »Sei uns gnädig, liebes Kind, hab Erbarmen mit uns, die wir ein Leben lang gelitten haben, und verbirg uns nicht, was du von Ramino weißt.«

Die beiden streckten die sehnigen Hände nach ihr aus, wie Katia es nur vom klassischen Theater kannte, doch in dieser Umgebung und mit diesem aufrichtigen Blick erregte diese Geste ihr Mitleid.

»Ich schwöre euch hoch und heilig, dass ich ihn nicht gekannt habe« – die Enttäuschung in in ihren Blicken war so tief, dass sie es sich sofort anders überlegte –, »aber ... es trifft zu, dass ich euch etwas zu sagen habe.« Man hätte die Stille mit einem Messer schneiden können. »Der Mann, den ihr als Ramino kanntet, ist tot. Seine Krankheit war lang und schmerzvoll, und sie hat ihn auch daran gehindert, in diese Täler zurückzukehren. Eine mächtige Bergkette mit schneebedeckten Gipfeln erhebt sich zwischen seiner und eurer Heimat. Er ist in seinem Land ein großer Mann, ich bin ein Edelfräulein aus seinem Haus, aber ich bin zu jung, um ihn noch kennengelernt zu haben. Meine Mutter sagte mir, er habe sich noch in der Stunde seines Todes an euch erinnert und dass er in seinen Papieren niedergeschrieben habe, ein aus seiner Dienerschaft Auserwählter solle euch die Liebe und die letzte Erinnerung dieses Mannes bringen, der einzig zwischen diesen Bäumen und in euren Augen, Mirtilo und Silvano, Glück fand. Sein Wunsch ist nun erfüllt.«

Die beiden alten Schäfer umarmten sich und weinten vor Rührung.

»Endlich können wir in Frieden sterben, lieber Freund. Seine letzte Erinnerung galt uns. So hat unser Leben seinen Zweck erfüllt.«

»Dank sei Amor und Fortuna, dass der Schmerz der Treuen am Ende in Lachen sich wandelt! Dank sei dir, schönes Kind, dass du mit dieser wunderbaren Nachricht unsere letzten Tage mit Licht erfüllt hast!«

»Erlaub mir, dass ich dir zum Geschenk mache, was Ramino uns zurückgelassen hat. Ich habe es immer wie einen Schatz gehütet, auch wenn mein geringer Verstand mir nicht erlaubt hat, den Inhalt dieser Seiten zu verstehen. Da ich nun weiß, dass er das Bild meines Antlitzes in Gedanken bewahrt hat so wie ich das seine, brauche ich den Trost seiner Tintenschwünge nicht mehr. In meinem Herzen flackert nun erneut die Flamme der beständigen Liebe bis zum Tag meines Todes, der nicht mehr weit ist, und jenseits davon.« – Silvano reichte ihr genau so ein Heft, wie sie es in der Grundschule benutzt hatte.

»Ramino hat es hiergelassen?«

»Er hat es auf einem Felsen liegen gelassen. Er ist nicht mehr zurückgekehrt, um es abzuholen, und so habe ich es bis zum heutigen Tag aufgehoben. Es ist deins, wenn du es willst.«

Sie nahm es und bemühte sich, ihre Ungeduld zu verbergen: »Ich werde es in meiner Gegend in der Truhe mit den anderen Dokumenten aufbewahren, die Ramino hinterlassen hat.«

»Er war ein Dichter, nicht wahr?«, fragte Mirtilo, und ein Lächeln erhellte sein Gesicht und machte es edel und schön.

Katia schloss die Augen, um den Worten mehr Gewicht zu verleihen und damit sie nicht sahen, dass sie log: »Ein großer Dichter.«

Dann kramte Katia in ihrem Gedächtnis nach irgendeiner Strophe von Garcilaso, die sie für diese beiden armen, verliebten Schäfer aufsagen konnte, die sie so erwartungsvoll ansahen. Langsam tastete sie sich durch ein Sonett von Boscán:

Wer sagt, dass man den Abwesenden vergisst,
soll selbst in Vergessenheit fallen.
Wer von ganzem Herzen liebt,
dessen Schmerz kann nicht verhallen.

Das Gedächtnis belebt seine Sinne,
die Einsamkeit errichtet einen Zaun;
dass sein Liebster in der Ferne sich befindet,
schürt sein Verlangen ohne Zaum.

Die ihm zugefügten Wunden heilen nicht,
auch wenn er das, was ihn quält, nicht mehr sieht,
denn die Seele sucht immer wieder das Messer.

Wenn einer, der verwundet von einem Stich,
vor dem flieht, das auf ihn gezielt,
wird davon seine Wunde nicht besser.

Die Schäfer bebten vor Glück, Tränen rannen über ihre Wangen. Was machte es aus, dass diese Verse niemals von Valcárcel geschrieben worden waren! Was machte es aus, dass das eine tröstende Lüge war! Sie war sich sicher, dass Boscán und Garcilaso einverstanden gewesen wären.

Erschöpft und mit sich selbst unzufrieden legte Wolf sich ins Bett. Es war einer dieser Tage gewesen, die er am liebsten aus seinem Leben gestrichen hätte. Cabrera, beziehungsweise der, der sich als dieser ausgegeben hatte, war ihm auf unerklärliche Weise entwischt. Zwar würden seine italienischen Kollegen ihn wahrscheinlich festnehmen, wenn er nach Spanien zurückfliegen wollte, aber derzeit war er unauffindbar. Fink war in eine Art Dämmerzustand gefallen, was die Ärzte nicht weiter beunruhigte, ihn aber für jede Art von Befragung unempfänglich machte, und mit Gabi hatte er Streit angefangen, weil er wegen Katias Verhalten gereizt war und sie auch noch eine verstörende Meldung erhalten hatten: dass Malatesta verschwunden war.

Anders konnte man es nicht ausdrücken: Er war verschwunden. Den Berichten zufolge hatte er, nachdem er Gabi sein unterschriebenes Geständnis gegeben hatte, um Erlaubnis gebeten, noch einmal die Gefängniskapelle aufsuchen zu dürfen. Der Kaplan hatte darauf gedrängt, ihm dies zu gewähren – eine halbe Stunde Gebet ohne Aufsicht –, doch als der Wärter ihn dann in seine Zelle zurückführen wollte, war Malatesta nicht mehr da. Er hatte sich in Luft aufgelöst. Als einzige Spur hatte er einen Brief an Katia zurückgelassen. Und als traurige Krönung dieses verhunzten Tages hatte er, Wolf, auch noch die Abscheulichkeit begangen, den nicht für ihn bestimmten Brief zu öffnen, angeblich, weil das zu seiner Aufgabe gehörte, weil darin womöglich ein Hinweis über Rocco Malatestas Aufenthaltsort zu finden sei. Was nicht der Fall war. Möglicherweise würden diese paar Zeilen Katia etwas sagen, ihm jedenfalls nicht. Vielleicht hatte sie sich auf die Suche nach Malatesta gemacht und wusste, dass sie ihn an dem Ort finden würde, von dem in dem Brief die Rede war. Allerdings hatte sie den Brief noch gar nicht gelesen, sie konnte im Grunde also nicht wissen, dass Rocco ihr eine

Nachricht hinterlassen hatte und dass er verschwunden war. Oder wusste sie es doch? Hatte sie vielleicht im Voraus gewusst, dass er aus dem Gefängnis fliehen würde? Hatte ihre Liebesnacht etwa nur den Zweck gehabt, ihn außer Gefecht zu setzen, damit sie heimlich davonschleichen und Malatesta treffen konnte?

Das brachte ihn wieder auf die Frage, die er den ganzen Tag versucht hatte von sich fernzuhalten wie ein lästiges Insekt, das sich immer und immer wieder auf dieselbe Wunde setzt: Wo war Katia? Warum war sie weggegangen?

Wolf hatte mit ihrer Freundin Marianna telefoniert, aber nichts Erhellendes aus ihr herausgebracht. Anscheinend war sie sehr in Sorge um ihre Freundin Pia, die einen Verkehrsunfall erlitten hatte, und nicht zum Reden aufgelegt. Sie wusste auch nicht, wo Katia war, schien sich aber über ihr Verschwinden keine allzu großen Gedanken zu machen. Entweder beschäftigten sie gerade andere Dinge, oder sie hatte eine Vermutung, die sie mit ihm nicht teilen wollte.

Der Stich, den er gegen ein paar auf dem Nachttisch liegende Bücher gelehnt hatte, blickte ihn hämisch an. Daneben lag Katias Nachricht, gut sichtbar im Licht der Nachttischlampe. »Ich werde zurückkehren.« Wann? Wie?

Es war zwei Uhr morgens und vollkommen still. Die wenigen Nachtschwärmer Innsbrucks waren längst zu Hause, der Regen hatte gegen Mitternacht nachgelassen, und in dem Neubau knackte nicht einmal das Holz wie in seiner Altbauwohnung in Wien. Es war wie im Sarg zu liegen und auf den Tag des Jüngsten Gerichts zu warten.

Unvermittelt stand er auf, nahm ohne einen Blick aufs Verfallsdatum zwei Schlaftabletten aus einer Packung, die er vor Jahren gekauft hatte, und legte sich zurück ins Bett. Eine halbe Stunde später war er eingeschlafen.

Er wachte nicht auf, als Katias Schatten auf ihn fiel, er wachte auch nicht auf, als sie sich entkleidete und neben ihn ins Bett schlüpfte, auch vier Stunden später wachte er nicht auf, als sie in die ersten durch die Jalousie fallenden Sonnenstrahlen blinzelte und ihn, auf den Ellbogen gestützt, mehrere Minuten lang ansah, weder das Rauschen der Dusche weckte ihn, noch das Kratzen von Katias Füllfeder auf dem Zettel, den sie unter dem Schächtelchen Schlaftabletten gefunden hatte.

Lieber Wolf!

Dieser Brief ist ein wenig konfus, denn so fühle ich mich auch. Ich kann Dir jetzt nicht erklären, wo ich gewesen bin, aber ich habe in der Zwischenzeit eine Entscheidung getroffen, die ich mit Dir teilen möchte. Ich muss nach Rom, um dort eine Angelegenheit zu regeln, die mir sehr wichtig ist. Ich habe Angst davor und wollte dich um Hilfe bitten, aber vielleicht ist es besser so. Solange du schläfst, stellst Du keine Fragen, die ich noch nicht beantworten kann.

Ich habe Dir von einem Mann erzählt, der an Valcárcels Dokumenten interessiert ist; er darf sie nicht in die Hände bekommen. Ich weiß noch nicht, wie ich es anstellen werde, aber ich muss dies verhindern. Wenn alles gut geht, muss ich hinterher noch nach Spanien, um Valcárcels letzten Wunsch zu erfüllen; anschließend komme ich zu Dir, und wir können über alles reden.

Ich will das, was wir begonnen haben, nicht verlieren, aber im Augenblick ist mein Leben so kompliziert, dass ich es mit niemandem teilen kann. Wenn Du ein wenig Geduld hast, können wir es miteinander versuchen, wenn alles vorbei ist.

Gestern hast Du zu mir gesagt, Du liebst mich. Wenn es wahr ist, versuch zu verstehen und zu warten. Ich habe Dir nicht geantwortet, weil ich mir über nichts sicher war. Ich glaube, jetzt bin ich es.

Ich muss fort, Wolf, aber ich werde zurückkehren, das verspreche ich Dir. Und sollte ich nicht wiederkommen, dann nicht aus Absicht; das schwöre ich.

Katia

Sie legte den Brief neben ihn aufs Bett, in die Kuhle, in der sie bis vor einer halben Stunde gelegen hatte, dann nahm sie den Stich, legte ihn zu ihren restlichen Besitztümern in die Schachtel, und als sie bereits die Schuhe anhatte und gerade gehen wollte, entdeckte sie auf dem Tisch neben dem Eingang einen an sie adressierten, geöffneten Briefumschlag.

Sie zog mit kalten, zitternden Händen den Zettel heraus und las:

Wenn Dir die Welt einmal zur Last fällt und Du keine Angst davor hast, mit einem Mörder zusammenzuleben, dann komm und such mich im Garten der Mondorangen.

Rocco

Ein Schleier zog ihr vor die Augen, ihr Gesicht brannte. Rocco war fort und hatte ihr eine Nachricht hinterlassen. Aber was war das für eine Nachricht, die wie eine verschlüsselte Verabredung aussah und doch nichts war, weil sie gar nicht wusste, wovon er sprach? Garten der Mondorangen, was sollte das? Wolf musste jetzt denken, dass sie gegangen war, um sich mit Rocco zu treffen; er würde bestimmt nicht glauben, dass sie das Geheimnis auch nicht kannte, dass sie Rocco, selbst wenn sie wollte, nicht treffen könnte.

Das Licht auf der Straße war zitronengelb, überall eilten frühlingshaft gekleidete Menschen zur Arbeit, die Altstadt, die vom Regen gewaschenen Häuser, das noch glänzende Pflaster sahen aus wie aus einem Spielzeugladen; es roch nach frischem Brot, und als sie an dem Obststand gegenüber dem Goldenen Dachl vorbeiging, überfiel sie der Duft frischer, von der Morgensonne angewärmter Erdbeeren. Trotz aller Gefühlswirren war Katia auf einmal von überschwänglicher Freude über die Schönheit ihrer eigenen Wirklichkeit erfüllt, während sie auf der Sonnenseite der Museumsstraße zum Bahnhof von Innsbruck ging. Natürlich gab es stinkende Lastwagen, grantige Menschen und Elend und Krankheit, aber alles war … Sie hielt inne, bevor sie in Gedanken »wirklich« hinzufügte. Das war nicht der Punkt. Die anderen Welten waren auch alle wirklich. Diese Welt war die ihre, das machte den Unterschied aus.

Einen Direktzug nach Rom gab es nicht, nur eine Verbindung mit Umsteigen am Brenner und in Bologna, aber sie verbrachte die Zeit lieber unterwegs, als mehrere Stunden auf dem Bahnhof warten zu müssen und Gefahr zu laufen, dass jemand sie finden und ihr Fragen stellen würde. Außerdem musste sie über vieles nachdenken, und Zugfahren hatte sie schon immer gemocht: das Rattern, dieses Gefühl, an einem sicheren Ort zu sein, von dem sie nach einiger Zeit dachte, er stünde still wie ein Fixpunkt im Universum gegenüber der vorübergleitenden Landschaft und den ein- und aussteigenden Fahrgästen.

Obwohl sie nur vier Stunden geschlafen hatte, war sie nicht müde, abgesehen davon, dass die Alpenlandschaft sie immer heiter stimmte und in Kinderzeiten zurückversetzte: die Sommer in der Hütte im Wald, die mit leuchtendem Enzian übersäte Hexenalm, die Rehe, die zum Fluss herunterkamen, Opa Manuel, der ihr Geschichten aus dem alten Ultrea erzählte, während sie Hand in Hand, mit dem notwendigsten Proviant ausgerüstet, die Wanderwege zurück in den Ort gingen. Wie im Märchen stieg der Rauch aus dem Schornstein, das Zeichen, dass es Zeit für den Heimweg war, zu Hause dann das Abendessen aus gesammelten Pilzen und frisch gekochter Polenta; und während die Frauen hinterher abwuschen, setzten sich Vater, Opa, Hans und sie auf die sonnengewärmten Steinstufen, um zuzusehen, wie der Tag sich hinter den am Horizont stehenden Tannen verabschiedete. Die Erwachsenen redeten über Politik oder rauchten in der behaglichen Stille, während sie den violetten Himmel nach den ersten Sternen absuchte und ihnen einem nach dem anderen im Stillen Namen gab.

Wie viele Jahre war sie nicht mehr auf die Hexenalm gewandert? Wie viele Jahre schon fühlte sie sich allein, verloren, abgeschnitten von der Welt, zu der sie einmal gehört hatte?

Sie stellte sich vor, wie Wolf auf den Steinstufen saß, ein Glas Rotwein in der Hand, den grauen Schopf gegen die Holzwand gelehnt, die Augen geschlossen in der letzten Sonne. Eine schöne Idee, mit ihm hinzugehen. Wenn alles gut ging, könnte sie vielleicht noch diesen Sommer ihre Erinnerungen der Gegenwart gegenüberstellen. Es würde wie immer sein, sie würden am frühen Nachmittag nach einem langen Aufstieg durch den Wald zu den Almwiesen gelangen, die Kühe würden neugierig auf sie zukommen, und nach dem Überqueren der Wiese würde vor ihnen die Hütte auftauchen, die Fensterläden wären geschlossen, im Kamin läge noch die Asche ihres letzten Familienurlaubs. Sie würden die Fenster öffnen, um die noch warme und nach geschnittenem Heu duftende Nachmittagsluft hereinzulassen, und mit ihr würde das Bimmeln der Kuhglocken und Rauschen des Bachs hereinwehen. Dann …

»Brennero!« Die tiefe, klangvolle Stimme riss sie aus ihren Träumen.

Zehn Minuten bis zum Anschlusszug, Zeit genug für einen Kaffee.

Ihrer Arbeit widmete sie sich erst sehr viel später, als der Zug aus den engen Gebirgstälern hinausfuhr und in die riesige, weite Poebene gelangte. Erst dann holte sie das Heft heraus, das die Schäfer ihr geschenkt hatten, und begann zu lesen.

Obwohl die Schrift fester und kräftiger war als gewohnt, war es eindeutig die von Valcárcel, einem jüngeren Valcárcel als dem, der das Tagebuch geschrieben hatte; die ersten Seiten waren voller Notizen, wie sie sie schon kannte: Gemälde, Orte, Texte, Beschreibungen, viele davon durchgestrichen oder am Rand in Rot mit der Bemerkung versehen: »instabil«. Handelte es sich hier etwa um Passagen, die sich nicht immer öffneten, oder bezog sich das auf Wirklichkeiten, aus denen die Rückkehr nicht sicher war?

Dazwischen gab es längere Textpassagen ohne Datum, ähnlich den Einträgen, die sie aus dem Tagebuch kannte:

Manchmal tut José mir leid, und gleichzeitig ist mir diese Feigheit, diese Bequemlichkeit unverständlich; wie kann José nur so an dem alten Ultrea festhalten, letztlich ist es nur ein Landhaus auf einer Insel mit seinen alten, labyrinthischen Gängen, weiter nichts. Ich stelle mir die beiden dort vor, die Farce ihrer bürgerlichen Ehe, und meine Verachtung ist grenzenlos. Ob José weiterhin zum Karneval nach Venedig reist, in die einzige von Alma aus erreichbare

Welt? Ob auf José dort Liebhaber warten, wie ich sie in der köstlichen bukolischen Welt habe? Man kann es nur wünschen, aber ich glaube es nicht. José traf die Entscheidung ganz bewusst: die Augen zu verschließen vor dem kostbaren Geschenk der Lunas, vor der Suche nach Türen und deren Eroberung. Vielleicht beschließe ich eines Tages, zurück nach Spanien zu gehen, noch einmal die Insel unserer Kindheit zu besuchen, wenn sie noch dort ist, wenn sie nicht durch die Amerikanisierung nach dem Krieg untergegangen ist. Doch was kann mir Umbría überhaupt noch geben, nachdem ich so viele Welten bereist habe? Diese verschlafenen Orte, einer Vergangenheit verhaftet, von der ich nichts wissen will? Was kann ich auf dieser mit dem Rücken zur Zeit lebenden Insel noch finden? Es wäre, wie in eine Sonate Valle-Incláns einzutreten, in einen »düsteren Garten«, wie einer seiner Erzählungsbände heißt, in dem die in den Pfützen des letzten Sommerregens verfaulenden Magnolien ihren Duft verströmen. Und was würde ich tun, wenn ich José in die Augen sähe? Diese schwarzen Augen haben mich nie so bewundernd und hingebungsvoll angesehen wie die meiner Schäfer … immer haben diese wilden, provozierenden Augen mehr von mir verlangt, als ich geben konnte, als ich geben wollte. Würde ich es fertigbringen, José zu treffen und nicht die in der Luft liegende Frage zu stellen?

Ich habe hier gefunden, was ich brauche, was weder José noch Giulia mir jemals geben konnten: Frieden, das beruhigende Wissen, dass ich hier jederzeit willkommen bin, ohne Verpflichtungen zu haben, ohne mir Vorwürfe anhören, ohne Erklärungen abgeben zu müssen. Ich bin hier ein Halbgott, ich komme und gehe wie der Wind zwischen den Ästen, ohne mir Fragen über Schicklichkeit, Ehre oder bedingungslose Hingabe stellen zu müssen. Hier ist die Liebe ein leidenschaftliches und melancholisches Spiel, das wie ein warmes Bad die Nerven beruhigt, seinen Ausdruck findet in Liedern und Flötenmusik, in abgezupften Blüten, deren Blütenblät-

ter der Wind zu einem Meer forttrӓgt, das ich nie gesehen habe und auch nicht sehen will.

Sobald es mir gelingt, mich in meiner eigenen Welt auch so zu fühlen, werde ich triumphierend nach Umbría zurückkehren, um José vorzuführen, dass man die Liebe, das Begehren und dieses Gefühl, etwas Besseres als der Rest der Menschheit zu sein, bezwingen kann.

Katia sah von dem Heft auf, überrascht über den Ton, der so anders war als in dem Tagebuch, das sie kannte. Das war ein anderer Valcárcel, nicht der melancholische einsame Alte, als der er sich später gelegentlich gefühlt hatte. Ein Valcárcel, der schon entschieden hatte, dass er niemals auf die Insel zurückkehren, nie wieder in Josés Augen blicken und sich nie dieser angeblich von ihm erwarteten Frage stellen musste. Was für eine Frage eigentlich? Ihre Gedanken kamen auf dieses Haus auf der Insel Alma und Valcárcels testamentarische Verfügungen. Wem gehörte der Besitz nun? Vielleicht war Josés Witwe noch am Leben. Oder die Kinder. Dabei wusste sie nicht einmal, ob aus dieser Ehe überhaupt Kinder hervorgegangen waren. In Valcárcels Tagebuch stand jedenfalls nichts darüber und sein Neffe hatte nichts dergleichen erwähnt. Würde die Witwe sie überhaupt empfangen wollen, nachdem Valcárcel sich seit der Hochzeit vor siebzig Jahren nicht mehr hatte blicken lassen? Abgesehen davon, dass sie von ihrem Mann vielleicht erfahren hatte, was die Zwillinge für immer entzweit hatte. Doch so etwas erzählte man seiner Frau nicht, es sei denn, es war eine außergewöhnlich harmonische Ehe gewesen und die Frau sehr offen und verständnisvoll, wovon man bei einem Mädchen, das Anfang des Jahrhunderts in einem großbürgerlichen Haus in Umbría geboren worden war, eher nicht ausgehen konnte. Ob sie von den Passagen wusste? Konnte sie mit ihr darüber reden, oder sollte sie sie besser in Unwissenheit darüber lassen, dass in ihrem eigenen Haus ein Übergang versteckt war, für den viele bereit gewesen wären zu töten?

Sie nahm sich das Heft wieder vor. Der nächste Eintrag war kürzer und abgesehen von einigen altmodischen Wendungen und Deklinationsfehlern in korrektem Deutsch verfasst:

Ich habe einen meiner Schäfer dabei ertappt, wie er in diesem Heft gelesen hat. Hier erachtet man mich als einen Dichter, und der Arme zitterte und errötete, als er mir darlegte, er habe eines meiner Gedichte lernen wollen, um eine Musik dazu zu komponieren. Nachdem ich ihn gescholten habe, um ihn vor mir auf den Knien um Erbarmen winseln zu sehen, habe ich ihm verziehen, doch habe ich beschlossen, nicht mehr auf Spanisch oder Italienisch zu schreiben. Ich bin mir nicht einmal sicher, ob sie lesen können, aber man muss sichergehen. Zu viele Jahre habe ich alle möglichen Geheimnisse gehütet, um jetzt achtlos zu werden. Sie sind wie Kinder, aber auch vor Kindern hält man bestimmte Dinge fern, die sie nicht wissen sollen.

Es erheitert mich, zu wissen, dass ich das Heft von nun an überall liegen lassen kann. Selbst wenn sie sich hungrig darauf stürzen, werden sie nicht eine Zeile verstehen und mich für noch weiser halten als bisher. Ich habe noch nie begriffen, warum ich mich so gern von Unterlegenen bewundern lasse, doch mit den Jahren habe ich mich damit abgefunden, so wie man sich mit einer hässlichen Warze an einer versteckten, vor den Blicken der anderen verborgenen Stelle abfindet.

Wie süß, wie unverstellt ist die Bewunderung, die meine Schäfer mir entgegenbringen! In meiner eigenen Welt braucht man Publikationen, Vorträge, Preise und Auszeichnungen, Ehrungen und Titel, die man sich auf die eine oder andere Weise erkämpfen muss, während hier alles in natürlichem Fluss ist. Die Liebe umgibt mich wie eine Aura und übt fast ohne mein Zutun ihre Anziehungskraft aus.

Ich sehe sie den Pfad entlangkommen, die beiden blonden, grazilen Geschwister, Gestalten wie auf einem Wandteppich, und es erfüllt mich mit Stolz, zu wissen, dass sie mein sind, arglose, zarte Sklaven meines Begehrens. Vielleicht werde ich eines Tages dieser Welt überdrüssig sein und mir andere Vergnügungen, andere Reize suchen, doch zunächst einmal genügen mir ihre sanften Blicke, ihre melodiösen Stimmen, ihre jungen und zarten Körper, die sich unter meinen Händen wie Blumen öffnen.

Mit einem Kloß im Hals sah Katia nach draußen, wo die Sonne gerade aus dem Nebel der Poebene stieg. Ihr gingen die fiebrigen Blicke der beiden sich vor Liebe verzehrenden Schäfer nicht aus dem Kopf, wohingegen für Valcárcel diese Liebe einfach ein Spiel gewesen war, eine Entspannung für zwischendurch wie ein Saunabesuch oder ein Kurzurlaub. Der Mann, der ihr aus diesen Aufzeichnungen entgegentrat, war ein Unbekannter, ein großer, grausamer Junge, für den das eigene Vergnügen und die eigene Bequemlichkeit der einzige Maßstab waren, der Giulia fünfzehn Jahre mit Versprechungen und Tanzabenden hingehalten hatte, um sie dann zu verlassen, der beschlossen hatte, sein Geheimnis der Weltenwanderungen mit fremden Menschen zu teilen, nur um einen Hofstaat von Bewunderern um sich zu scharen, die von ihm abhängig waren, um ihr Exotikbedürfnis zu stillen. Valcárcel, der Verkäufer von Träumen, *»dealer in untruth«*, wie Platon die Dichter nannte, ein Zitat, das sie sich nie auf Griechisch, sondern immer nur auf Englisch hatte merken können. Aber auch das traf es nicht: Diese Welten waren nicht unwahr, und so selbstsüchtig war Valcárcel bestimmt nicht gewesen.

Sie überblätterte in dem Heft Arbeitsnotizen und suchte nach weiteren persönlichen Einträgen. Viel zu lesen gab es nicht, offenbar hatte Valcárcel in seinem letzten Tagebuch die Wahrheit gesagt, als er festgehalten hatte, dass er nicht gut über seine Gefühle schreiben könne.

Heute habe ich, ohne dass mich das sehr überrascht hätte, festgestellt, dass das Wandern zwischen den Welten dem Reisenden Unsterblichkeit verleiht. Vielleicht hängt das mit den unterschiedlichen Zeiten in den verschiedenen Wirklichkeiten zusammen und damit, dass man ständig in Bewegung bleibt, dass die Menschen in der eigenen Welt altern, während man sich selbst fast ewiger Jugend erfreut. Ich weiß, dass meine Kollegen der Sapienza mich um meine Beweg-

lichkeit und Kraft beneiden und dass dieser Idiot Simoni mir den Beinamen »Dorian« gegeben hat, aber ich dachte immer, das wäre der Lohn eines gesunden, arbeitsreichen Lebens. Heute jedoch, als ich, bereits mit weißem Hemd und grünen Hosen gekleidet, um die Passage anzutreten, in meinem Arbeitszimmer vor dem Spiegel stand, ist mir aufgefallen, dass ich mit meinen fünfundvierzig Jahren gerade mal wie dreißig aussehe. Auch Alberto beneidet mich, aber aus anderem Grund; obwohl er Clara sehr liebt, beneidet er mich in letzter Zeit um meine Freiheit, meinen Lebensstil als Junggeselle, als der ich gelte. Ich habe schon überlegt, ob ich ihn nicht in die geheimen Welten einführen oder ihm wenigstens eine davon zeigen soll, die ich mit ihm teilen will, aber Alberto ist schwach, vom langjährigen Umgang mit Frauen unterjocht. Er wäre unfähig zu schweigen, sein Glück würde ihm aus allen Poren quellen, sodass es auch meiner Schwester nicht entgehen würde, und so wäre er am Ende genötigt, sie in das Geheimnis einzuweihen. Und Clara darf davon nichts wissen, sie sollte überhaupt nichts wissen, was ihr gutmütiger, einfacher Geist nicht verkraften könnte.

Ich habe gut daran getan, nicht zu heiraten und mich an niemanden zu binden, mich nicht zu dem vorgezeichneten öden Leben verleiten zu lassen: Verlobung, Hochzeit, Schwangerschaft, mehrere Kinder, die unbeeinflussbar wie die Jahreszeiten eines nach dem anderen kommen. Ich bin zu Höherem berufen. Das Glück der einfachen Leute ist nichts für mich. Ich sehe Clara mit Marco, der mittlerweile ein hübscher Zwanzigjähriger ist, und stelle mir mich selbst mit einem solchen Jungen vor, Fleisch aus meinem Fleisch, wie man so sagt, und manchmal denke ich, dass es schön wäre, einen Erben, einen Nachkommen zu haben, jemanden aus meinem Blut, dem ich die Passagen anvertrauen könnte, aber dann sehe ich die Kindheitsjahre vor mir, das Heranwachsen, die Machtspiele, den zum Mann werdenden Jungen, diesen anderen Mann, der in deiner Wohnung wohnt und dein Leben teilt und glaubt, das Recht zu haben, dir zu widersprechen, dich zu überrunden, sich all dessen zu bemächtigen, was du dir erobert hast. Und dann weiß ich wieder, dass die unschuldigen Freuden, mit denen einige diese Verluste und Kämpfe auszugleichen suchen, nichts für mich sind. Ich allein genüge mir. Ich und die Welten, ich und die geheime Passage, die meine Mutter mir vermacht hat. An meinen Vater habe ich keine andere Erinnerung als seine steinerne Härte, seine konservative Starrheit, die ich vielleicht mit seinem Geld und seinem Ordnungssinn von ihm geerbt habe.

Nun weiß ich, dass ich keine Erben brauche, dass ich meine eigene Nachwelt bin.

Einige Seiten danach stand eine Liste von Namen, einige durchgestrichen, andere unterstrichen, einige mit einem oder mehreren Fragezeichen versehen. Katia kannte keinen davon, sodass sie vermutete, dass es sich um einen ersten Entwurf für die Zusammensetzung des Clubs der Dreizehn handelte, eine erste Auswahl an Kandidaten, mit denen Valcárcel sein Geheimnis teilen wollte. Wenn sie wieder Zeit haben würde, müsste sie rein aus persönlicher Neugierde Informationen über sie einholen. Als sie noch einmal die Namen las, fiel ihr auf, dass einer von ihnen in dem Text, den sie gerade gelesen hatte, erwähnt war: Simoni. Das war der, der Valcárcel den Spitznamen »Dorian« gegeben hatte, der ihn um seine Beweglichkeit und sein gutes Aussehen beneidet hatte. Sprach es nicht für Valcárcels Geistesgröße, dass er einen Kollegen in die Liste aufnahm, der ihn aufzog? Jetzt fing sie schon an, Beweise für Valcárcels Integrität zu suchen, und das ärgerte sie, weil das ein typisches Syndrom von Biografen war: dieses übermächtige Bedürfnis, die dargestellte Person zu rechtfertigen und ihr Verhalten notfalls nachträglich den eigenen moralischen Grundsätzen anzupassen. Als sie die wenigen restlichen Seiten durchblätterte, erregte eine der Randbemerkungen ihre Aufmerksamkeit: *Das wünsche ich meinem ärgsten Feind nicht. Ich werde es mein Leben lang nicht vergessen, aber falls der Eindruck verblassen sollte: Diese Welt ist ein Albtraum.* Sie sah sich die dazugehörigen Angaben an: Die Tür war ein Gemälde von Magritte, das in Belgien hing.

»Verdammt auch«, fluchte sie leise. Für das Vorhaben, das in ihrem Kopf Gestalt annahm, brauchte sie ein Bild in Rom.

Horror, las sie in einem anderen Absatz, *zum Glück ist es in einer Privatsammlung und schwer zugänglich. Besser so.* Gemeint war ein Gemälde von Pino Dallago, einem Maler, den sie nicht kannte. Darunter stand ein Name, wahrscheinlich des Eigentümers der Sammlung: *Conte di Santa Croce (Rom).* Sie musste Marianna fragen; vielleicht war es genau das, was sie suchte.

Als Katia das Heft gerade zuklappen wollte, fiel ihr auf, dass die letzte Seite herausgerissen und später wieder ans Ende hineingelegt worden war. Es standen nur zwei Sätze drauf:

Landschaft mit Schatten, Pino Dallago, 1924, Privatsammlung.

Und darunter in leicht zittriger Schrift:

Arrivederci, Paolo

Vorsichtig suchte sie das Blatt auf beiden Seiten nach irgendeinem Hinweis ab, der ihr entgangen sein könnte. Sie fand nichts.

Sie wollte das Heft schon einstecken, als ihr auffiel, dass unter dem Umschlag ein Zettel zu stecken schien. Sie fuhr mit dem Fingernagel darunter und zog vorsichtig heraus, was Valcárel dort versteckt hatte. Es war ein Zeitungsausschnitt vom 24. Januar 1950.

> Der berühmte Professor Paolo Simoni auf mysteriöse Weise verschwunden
>
> *Paolo Simoni, Professor für italienische Sprache und Literatur an der Universität La Sapienza, der in akademischen Kreisen als neuer Rektor der römischen Universität gehandelt wurde, ist unter mysteriösen Umständen verschwunden. Er wurde zum letzten Mal am Donnerstag, den 14., beim Verlassen seines Unterrichts gesehen, seitdem ist sein Aufenthaltsort unbekannt. Professor Simoni war bei Studenten und Kollegen sehr beliebt, dass er Feinde hatte, ist nicht bekannt, allerdings gibt*

es Gerüchte, dass die im Untergrund weiter bestehenden Faschisten wegen seiner aktiven Teilnahme am Widerstand für die Kommunistische Partei Italiens, deren herausragendes Mitglied Simoni war, eine alte Rechnung begleichen wollten.

Neuer Rektor der Universität La Sapienza soll nun der aus Spanien stammende Professor José María Valcárcel de Luna werden, der unserem Redakteur gegenüber erklärt hat: »Ich fühle mich nicht würdig, ein Amt zu übernehmen, das der berühmte Professor Simoni bekleiden sollte, aber ich werde die mir von der Universität anvertraute Verantwortung auf mich nehmen, bis die Polizei meinen herausragenden Kollegen wohlbehalten zurückgebracht hat.«

Wir sprechen dem neuen Rektor unsere Glückwünsche aus.

7
Showdown

Katia hatte es nie für möglich gehalten, dass an der Piazza Madama jemand wohnte. Hin und wieder hatte sie wie alle Touristen und die meisten Römer von einer kleinen, idyllischen Wohnung in einer Mansarde direkt an der Piazza Navona geträumt, hingegen hatte sie sich nie vorgestellt, dass in den einst prachtvollen, jetzt aber heruntergekommenen Palazzi an diesem Platz, der an Werktagen den Parlamentariern und zu jeder Tages- und Nachtzeit den Touristen gehörte, irgendwer wohnte. Doch Marianna hatte ihr diese Adresse genannt, und hier stand sie nun fünfzehn Minuten zu früh, denn obwohl sie sich vorgenommen hatte, langsam zu gehen und den in jedem Winkel zu spürenden Frühlingsanfang zu genießen, hatten ihre Schritte sie schnurstracks hierhergeführt und es ihr nicht gegönnt, die Trajanssäule zu bewundern oder den einen oder anderen Blick auf die Antiquitäten in den Schaufenstern zu werfen. Sie war gekommen, um etwas zum Abschluss zu bringen, und jede Minute, die sie davon trennte, war eine Qual.

Sie hatte Marianna nur das Nötigste gesagt, und sie hatte in ihrer unerschrockenen Art nicht weiter nachgefragt. Seit feststand, dass Pia durchkam, schien alles andere nicht so wichtig zu sein. Bellochi wollte etwas, und Katia war bereit, es ihm zu geben, um Schlimmeres zu verhindern. Marianna sollte dafür ein Treffen mit dem Conte di Santa Croce arrangieren. Zufälligerweise hatte sich der Ritter des Malteser-Ordens nämlich als derselbe ältere Herr herausgestellt, der vor Kurzem einen Großteil seiner Objekte Mariannas Antiquariat zum Kauf angeboten hatte. Leider schien der Graf sich nicht entschließen zu können, ausgerechnet Dallagos Gemälde zu veräußern, denn es war das erste Werk, das sein im Zweiten Weltkrieg gefallener ältester Sohn gekauft hatte. Immerhin hatte Marianna erreicht, dass sie dem Grafen den potenziellen Käufer vorstellen und sie das Gemälde bei ihm zu Hause ansehen durften. Mehr wollte Katia auch nicht, schließlich hatte sie selbst noch keinen genauen Plan, wie es weitergehen sollte, wenn sie, Marianna, Bellochi und der alte Graf sich vor dem Bild versammelt haben würden.

Sie spürte den weißen Rolls-Royce des Elfenbeinmannes bereits heranrollen, als die den Platz bevölkernden Touristen wie aufgescheuchte Tauben auseinanderstoben, und der Magen krampfte sich ihr zusammen. Der schwarze Chauffeur öffnete die Tür, woraufhin der Elfenbeinmann, diesmal in einen perlgrauen Anzug aus Schantungseide gekleidet, geradewegs auf sie zu kam. Im selben Augenblick stieß aus einer Seitengasse Marianna zu ihnen, ihr Gesicht war angespannt und perfekt geschminkt wie ein frisch restauriertes Kunstwerk.

»Wie schön, dass wir endlich versammelt sind!« Bellochi lächelte fast unmerklich, während er mit eleganter Kühle Mariannas Hand küsste.

»Halten wir uns nicht mit Förmlichkeiten auf. Der Graf hasst Unpünktlichkeit«, sagte Marianna mit kaum zurückgenommener Barschheit.

»Der Graf ist sicher ein Gentleman«, kommentierte Bellochi.

Sie stiegen eine prächtige Marmortreppe hinauf. Die altmodischen gelblichen Lampen betonten eher die Düsternis des Treppenaufgangs, als ihn aufzuhellen. An der Tür empfing sie eine Haushälterin, die so alt wie das Haus zu sein schien: »Haben Sie die Güte und folgen Sie mir, meine Herrschaften. Der Herr Graf wird Sie in der Bibliothek empfangen.«

Die Wohnung war riesig und altmodisch, der düstere Gang mit Möbeln vollgestellt, und die Dekorationsstücke an den Wänden entsprachen einem Einrichtungskonzept aus anderen Zeiten.

Die Haushälterin öffnete ihnen die Tür zu einem riesigen, mit Edelhölzern getäfelten Zimmer, in dem es muffig und nach Staub und Leder roch. Der Lichtkegel einer Lampe mit grünem Schirm beleuchtete einen Kreis neben einem riesigen erloschenen Kamin, und dort wartete ein gelblicher, glatzköpfiger Greis in einem granatroten, nicht mehr neuen Morgenmantel.

Nachdem sie sich einander vorgestellt hatten, fragte der Graf: »Erweisen Sie mir die Ehre, mit mir einen Likör zu trinken, meine Damen, mein Herr?«

Marianna wollte schon ablehnen, doch Bellochi kam ihr zuvor: »Die Ehre wäre unsere, Exzellenz.«

Der Graf lächelte schwach: »Anna! Bring den Commandaria für meine Gäste. Wie Sie bestimmt wissen, handelt es sich um den berühmten zyprischen Wein, den die Johanniter von ihren Kreuzzügen mitgebracht haben.«

Katia tat dieser arme Mann leid, der sich nach und nach von seinen Schätzen hatte trennen müssen und sie als Eindringlinge in die Welt des alten Glanzes betrachten musste, während er sich gleichzeitig vormachte, sie würden seinen Kreisen angehören, um sich sein Scheitern nicht eingestehen zu müssen.

Sie brauchten fast zwanzig Minuten, bis sie endlich zur Sache kamen. Immer wieder ließ Bellochi Namen fallen, die dem alten Mann ein Lächeln entlockten. Er nippte dann an seinem Glas, drehte versonnen den Kopf hin und her und steuerte kleine Anekdoten zu dem einen oder anderen der Genannten bei. Als er sich davon überzeugt hatte, dass Bellochi in römischen Gesellschaftskreisen jemand war, wenn auch nicht mit seinem Rang, entschloss er sich, zum Thema zu kommen: »Frau Grimaldi wird Ihnen mitgeteilt haben, dass ich mich nicht recht entschließen kann, mich von diesem Werk zu trennen. Nicht etwa, weil es mir besonders gefiele, um ehrlich zu sein, finde ich es grauenhaft, aber wie Sie wissen, hat es für mich großen persönlichen Wert.«

»Wir sind uns dessen bewusst, dass dieser persönliche Wert nicht mit Geld aufzuwiegen ist, werter Graf«, antwortete Bellochi sanft, »aber ein Preis, der den ideellen Wert berücksichtigt, erleichtert einem die Trennung enorm. Sollte das Werk meine Erwartungen erfüllen« – er warf Katia einen Blick zu –, »bin ich bereit, jeden Preis zu bezahlen. Den Preis, den Sie mir nennen, Exzellenz.«

Katia meinte einen Glanz in den Augen des Greises zu sehen.

»Schon vor Jahren wollte der Rektor der Universität La Sapienza es kaufen, Herr Bellochi. Aber damals lagen die Dinge anders. Abgesehen davon, dass ich einen gewissen Vorbehalt habe, an Ausländer zu verkaufen. Die Kunst sollte in dem Land bleiben, das sie inspiriert hat.«

»Nichts anderes habe ich vor, Exzellenz.«

»Möchten Sie es sehen?«

Bellochi stand auf, ein wenig zu rasch für den Geschmack des Grafen, was man an dem kurzen Verziehen seiner Lippe erkannte.

»Diese Jugend«, merkte er an, »immer so stürmisch.«

Er hängte sich bei Bellochi ein und schlurfte sicher wie ein Blinder, der sich in einem bekannten Raum bewegt, den Flur entlang. Sie mussten durch mehrere Salons, in denen trotz der Düsternis unübersehbar war, welche Plünderung der Palazzo im Lauf der Jahre erlitten hatte, bis sie in einen Raum kamen, der bescheidenere, eher dem zwanzigsten Jahrhundert entsprechende Maße hatte und mit seinem spärlichen und wahllos zusammengestellten Mobiliar offenbar nicht wirklich genutzt wurde.

Der Graf machte an einem altmodischen Drehschalter Licht. Das Gemälde hing allein an der gegenüberliegenden Wand: eine in schwarzen und blauen Tönen gehaltene öde Landschaft mit gerade aufragenden, entsetzlich unheimlichen Bäumen, die lange Schatten auf einen unheilvollen Weg warfen.

»Wie gesagt, ich persönlich finde es schauderhaft. Aber Gigi mochte es, er sagte, das sei moderne Kunst und man müsse nur ein paar Jahre warten, bis es gefragt sein würde. Er scheint recht behalten zu haben.«

»Frau Grimaldi«, unterbrach ihn Bellochi, »wären Sie so freundlich und würden Sie das Gemälde begutachten?«

Marianna zog eine große Lupe aus der Tasche und trat an das Bild heran, obwohl sie nicht so recht wusste, was dieser Clown von ihr wollte. Sie wusste nur, dass irgendetwas passieren würde. Rat suchend sah sie zu Katia, doch die stand mit dem Rücken zu ihnen.

»Es ist kalt in diesen noblen Räumen, Exzellenz. Wäre es nicht besser, Sie würden zurück in die Bibliothek gehen, solange die Damen mit der Expertise beschäftigt sind? Ich biete mich gerne an, Sie zu begleiten, anschließend gehe ich zurück.«

Der Alte zögerte. Er sah zu Marianna, die darin vertieft war, das Gemälde Millimeter für Millimeter zu untersuchen, dann beschloss er, seine Bedenken beiseitezuschieben.

»Sie haben recht, Herr Bellochi. Dieser Flügel der Wohnung ist besonders kalt, weil er seit Jahren unbewohnt ist. Ich glaube, ich warte in der Bibliothek. Sollten Sie nicht wissen, wie Sie zurückfinden, hier haben Sie eine Glocke, Anna wird Sie zurückführen. Sie entschuldigen mich ... in meinem Alter ...«

Der Graf ließ sie allein. Bellochi näherte sich Katia wie eine Kobra, faszinierend und böse.

»Jetzt sind Sie dran, Katia. Zeigen Sie mir die Passage.«

Unbewusst schüttelte Katia den Kopf und wich leicht zurück, um ein wenig Abstand zu dem eisigen Mann zu gewinnen.

»Ich habe lange gewartet, meine Liebe. Zu lange. Ich will jetzt hinein.«

Katia stammelte: »Es ist gefährlich. Ich war selbst nie dort. Ich weiß nicht, was auf der anderen Seite ist. Es kann schrecklich sein. Man kann es unmöglich wissen.«

Marianna drehte sich zu ihnen um, sie war leichenblass, und auf ihren Wangen waren rote Flecken: »Ich habe keine Ahnung, was das alles soll, es ist mir auch egal. Jedenfalls gehe ich jetzt.«

»Warten Sie auf uns in der Bibliothek und führen Sie solange Konversation mit Seiner Exzellenz. Sie sind fertig. Jetzt ist die Dottoressa an der Reihe. Nicht war, meine Liebe?«

»Wagen Sie es nicht, Katia etwas anzutun«, zischte Marianna.

Bellochi bleckte die Zähne zu einem Grinsen: »Sonst? Wollen Sie mich vielleicht mit ihrem *cinquecento* anfahren?« Dann sagte er mit Blick auf Katia noch zu Marianna: »Gehen Sie. Das kann ich Ihnen nur raten.«

Das Klappern von Mariannas Absätzen verhallte in der Dunkelheit.

»Jetzt, Katia.«

Jedes Mal wenn er ihren Namen aussprach, wollte Katia am liebsten losschreien. Dieser Mann war widerlich, sie hatte Angst vor ihm, aber genauso ekelte es sie, dass sie gleich das Gleiche tun würde, was Valcárcel vor langer Zeit mit Simoni gemacht hatte. Abgesehen davon wusste sie nicht, wie sie selbst aus jener Welt wieder fliehen sollte, nachdem sie Bellochi dorthin gebracht haben würde. Bellochi war nicht dumm und würde sich nicht von ihr lösen, bevor er nicht sicher war, dass er die Passage unter Kontrolle hatte.

»Sie haben mir noch nicht den Einlieferungsschein des Päckchens gegeben«, sagte sie, um Zeit zu gewinnen.

Die Selbstbeherrschung dieses Mannes war bewundernswert. Ohne sie aus den Augen zu lassen, zog er aus der Innentasche seines Jacketts eine Brieftasche und gab ihr einen gefalteten Zettel.

»Das Paket mit Valcárcels Besitztümern, von denen ich ihnen erzählt habe, habe ich heute Morgen an das Hauptpostamt in Oneira geschickt, postlagernd, adressiert an den Namen Katia Steiner. Sobald sie dort ankommen, wird man es Ihnen aushändigen. Ich habe meine Arbeit getan. Und jetzt erklären Sie mir, was ich tun muss.«

Ihr blieb nichts anderes übrig. Einen Ausweg gab es nicht. Sie musste ihm die Passage öffnen und hoffen, dass ein Wunder geschähe und sie sich rechtzeitig von ihm lösen könnte, damit er allein auf der anderen Seite blieb.

»Man muss sich vor die Tür stellen, höchstens zwei Meter entfernt …«

»Woher weiß ich, wo eine Tür ist?«, unterbrach er sie.

»Es ist immer ein Gemälde, eine Zeichnung, so zumindest meine Erfahrung. Ich glaube, mit der Zeit lernt man, sie zu erkennen, aber das weiß ich auch nicht genau.«

»Und woher wissen Sie, dass das eine Tür ist?«

»Aus Valcárcels Aufzeichnungen. Es ist die einzige, die in Rom ist«, log sie. »Sie haben doch gehört, dass er versucht hat, das Bild zu kaufen.«

Das schien Bellochi zu überzeugen.

»Und dann?«

»Dann spricht man die Worte aus, die die Passage öffnen.«

»Ein ›Sesam, öffne dich‹ also«, brummte er zufrieden.

»Genau.«

»Und wie kehrt man zurück?«

»Genauso. Die Tür auf der anderen Seite ist anders, darum müssen Sie bei Ihrer Ankunft gut aufpassen, wie sie in der anderen Welt aussieht. Der Rest ist gleich. Die Worte sind dieselben. Hier, auf diesem Papier stehen sie.«

Sie wusste, dass sie eine schlechte Lügnerin war. Sie hatte noch nie etwas überzeugend vermitteln können, woran sie selbst nicht glaubte. Aber Bellochi schien an ihren Worten nicht zu zweifeln, nahm den Zettel und schob ihn in die Innentasche seines Jacketts.

»Los, Katia. Öffnen Sie die Passage. Wir werden ja sehen, was dort drüben ist. Sie werden mich doch jetzt nicht allein lassen.«

»Sie möchten, dass ich mitkomme?« Katia schlug einen Ton der Empörung an, obwohl sie nicht überrascht war. Sie war nie davon ausgegangen, dass Bellochi ihr so weit vertrauen würde, dass er allein hineingehen würde.

»Was wäre aus Dante geworden, wenn er Vergil nicht gehabt hätte, meine Liebe? Und dieses Bild lässt auch nicht darauf schließen, dass diese Welt ein Garten der Freuden ist. Sie sind meine Rückkehrgarantie, das müssen Sie verstehen.«

Sie hätte ihm am liebsten eine Ohrfeige gegeben, ihm das blasse, glatte Gesicht zerkratzt und sich die Kehle heiser geschrien. Wenn sie eine Pistole gehabt hätte, hätte sie ihn auf der Stelle erschossen.

Aber die Pistole hatte Bellochi, und er zielte damit auf sie. Eine kleine Damenwaffe, die in seiner Hand fast verschwand: »Los, meine Liebe! Zwingen Sie mich nicht, grob zu werden.«

Während Katia sich vor das Bild stellte, spürte sie die linke Hand des Mannes fest auf ihrer Schulter. Kurz musste sie ein hysterisches Lachen niederkämpfen, als ihr auffiel, dass sie wirklich die klassische Illustration aus einem Schulbuch abgaben: Dante, von Vergil bei seinem Abstieg in die Höllenkreise geführt.

Sie beherrschte sich, dann sprach sie langsam die einer Beschwörungsformel gleichenden Zeilen, die sie auswendig wusste. Schwarzer Nebel, eine Art geruchloser Rauch stieg aus der Mitte des Bildes und breitete sich zu ihnen hin aus. Sie spürte Bellochis angespannte Hand auf ihrer Schulter wie eine Klaue, die sie unmöglich abschütteln konnte. Verwischte, düstere Gestalten huschten vor ihnen durch den Nebel, begleitet von einem metallischen, dem Wind in einer Schlucht gleichenden Zischen. Katia bekam weiche Knie, Valcárcels

Anmerkungen, »Horror«, »schwieriger Zugang«, »besser so« wollten ihr nicht aus dem Kopf. Fast wäre sie vor Panik ohnmächtig geworden. Gleich würde die Passage sich schließen und dann? Sie war mit Bellochi in einem Albtraum gefangen.

Ein Schuss, auf einmal stank es wie an einer Schießbude.

Ein Ruck, der ihr beinahe den linken Arm ausgerissen hätte.

Als sie von dem zerschlissenen Teppich, auf dem sie lag, aufsehen konnte, erblickte sie hinter dem schwarzen Nebel und dem Blut, das ihm aus der rechten Schulter auf den grauen Seidenanzug troff, Bellochis zur Grimasse verzerrtes Gesicht.

Dann hörte sie ihn schreien.

Eine Sekunde später war er von der anderen Wirklichkeit verschluckt. Übrig blieb nur das Bild: zweidimensional, dunkel, still.

Marianna stand barfuß, die Pistole noch immer auf das Bild gerichtet, mit zitternden Händen und aufgerissenen Augen im Zimmer. Katia kroch zu ihr, Marianna bückte sich und fing an zu weinen. Lange umarmten sie sich und sprachen kein Wort. Dann stand Marianna auf, strich sich den Rock glatt – eine ihrer katzenhaften Gesten, die sie verinnerlicht hatte – und half Katia auf.

»Ich hoffe, dass es von dort, wo dieses Arschloch jetzt ist, keine Rückkehr gibt.«

»Gibt es nicht«, sagte Katia, die am ganzen Leib zitterte, als käme sie gerade aus dem Eismeer.

»Gut.«

Marianna ging zu dem Bild und bückte sich nach der perlmutternen Pistole, die Bellochi fallen gelassen hatte. »Die ist für Pia. Oder für dich, wenn du sie willst. Zur Erinnerung.« Sie steckte sie Katia in die Tasche, holte die Bürste heraus und machte sich daran, sich die blonde Mähne zu kämmen. Mit einem Lippenstift und einem kleinen Spiegel frischte sie ihr Make-up auf.

»Marianna …«, begann Katia, »ich … wenn ich mich ein wenig beruhigt habe …, werde ich dir alles erklären, ich kann dir von anderen Wirklichkeiten erzählen … ich … Danke.«

Marianna sah sie fest an, angriffslustig und schön, nicht mehr wie eine Venus von Botticelli, sondern wie eine Furie nach dem Racheakt.

»Ich habe Pia, meine Arbeit und Rom. Das genügt mir an Wirklichkeit.«

»Aber …«

»Kein Aber. Lass uns dem armen Grafen irgendwas erzählen, und dann nichts wie weg von hier. Ich lade dich auf einen Kaffee ein. Das haben wir uns verdient.«

DRITTER TEIL

UMBRÍA

Der Dichter setzt an, wo der Mensch aufhört. Dessen Schicksal ist es, seinen Weg zu gehen; er hingegen hat die Aufgabe, zu erfinden, was nicht existiert. Das ist die Daseinsberechtigung der Dichtung. Der Dichter vergrößert die Welt, indem er dem von sich aus existierenden Realen einen Kontinent des Irrealen hinzufügt. Autor leitet sich ab von »auctor«, Erweiterer. So nannten die Römer einen General, der ein neues Gebiet für das Vaterland erobert hatte.

J. ORTEGA Y GASSET
Die Vertreibung des Menschen aus der Kunst

1
Das alte Ultrea

Katia hatte fast den ganzen Flug über geschlafen. Als die Stewardess von Sicherheitsgurten und hochzuklappenden Tischen redete, konnte sie gerade noch einen Blick auf das verschwommene Grün unter sich werfen, auf die schräg durch ihr Fenster laufende Küste des tiefblauen Meeres, ein paar in den Tälern versprengte weiße Häuschen, bevor die gegen den Wind kämpfende, Geschwindigkeit verlierende Maschine den Sinkflug begann und rüttelnd und quietschend landete. Bei der Erinnerung an Hippogryphs Landung musste sie lächeln, und sie spürte einen Kloß im Hals.

In Rom hatte sie sich einen Rucksack für die Unterlagen gekauft, um sie nicht weiter in der unpraktischen Schachtel mit sich herumtragen zu müssen. Der Rucksack stand nun zwischen ihren Beinen, während das Taxi sie nach Oneira und damit in gewisser Weise zu ihren Wurzeln fuhr. Sie war nicht in einen Glückstaumel des Wiedersehens gefallen, wie sie teils gehofft, teils gefürchtet hatte. Der Flughafen war unpersönlich und kalt wie alle Flughäfen. Mit dem Morgenflug kamen fast nur Geschäftsreisende nach Umbría, die hier ihre Angelegenheiten erledigten und den Fünf-Uhr-Flieger zurück nach Madrid nehmen würden.

Seit die Grenzkontrollen innerhalb der Europäischen Union abgeschafft worden waren, brauchte man nirgendwo mehr anzustehen. Bei ihrer Ankunft in Madrid hatte sie weder ihren Pass vorzeigen noch mit irgendeinem Grenzbeamten ein Wort Spanisch sprechen müssen. Sie war also bereits vier Stunden in Spanien und hatte überhaupt nicht bewusst wahrgenommen, dass sie in einem anderen Land war, außer bei der kurzen Anweisung an den Taxifahrer: »Nach Oneira zur Hauptpost, *por favor*«, heiser nach dem langen Schweigen und sorgfältig ausgesprochen, da sie sich noch etwas unsicher fühlte in dieser Sprache, die sie – abgesehen von ihrer Unterhaltung mit den Schäfern – seit dem Tod ihrer Eltern fünf Jahre zuvor nicht mehr benutzt hatte. Es war eigentlich ihre Muttersprache, die Sprache, die ihre Mutter gesprochen hatte, und doch für sie fast fremd. Nun musste sie ihre unter den vielen Bozner Kindheitserlebnissen verschütteten Erinnerungen an diese andere Welt, diese andere Mentalität wieder hervorholen.

Der wortkarge Taxifahrer wollte von ihr nicht wissen, woher sie kam und was sie nach Umbría führte, und so schürte das Schweigen noch ihre Ungeduld. Die Landschaft war ihr irgendwie vertraut wie jede grüne Landschaft, aber sie weckte keine Erinnerungen an ihre einzige Reise hierher, mit sieben, als die Tunnel und der Hof mit den Hühnern und Rosen sie so beeindruckt hatten. Sie wunderte sich, warum sie ihre Mutter oder Großmutter nie gefragt hatte, warum sie nicht öfter nach Umbría gereist waren. Es war eben immer so gewesen, und sie hatte es immer hingenommen, dass ihre Großeltern gleich nach ihrer Pensionierung nach Südtirol gezogen waren und dass nie irgendwer den Wunsch geäußert hatte, auch nur die Ferien in Spanien zu verbringen, fast als wollten sie leugnen, dass sie mütterlicherseits Spanierin war und das Recht hatte, dieses Land kennen und vielleicht lieben zu lernen. Jetzt war es zu spät; es gab niemanden mehr, den sie fragen konnte, alle waren gestorben, und Hans würde ihr keine Antwort geben können.

Die Nationalstraße war ein graues Band inmitten grüner Weiden, auf denen trotz der Sonne ein feiner Nebelschleier lag. Die Häuser waren aus grauem Stein gemauert, hatten blau und grün gestrichene Fensterläden und verglaste Balkone.

Sie fragte sich einmal mehr, was sie hier eigentlich wollte. Zwei Tage zuvor war sie in Rom in eine Art Fieber verfallen, hatte in unerklärlicher Zwanghaftigkeit sämtliche Reisevorbereitungen beschleunigt und sogar in Azzaros Abwesenheit mithilfe von dessen Sekretärin Valcárcels Asche gefunden. Sie hatte aus Rom weggewollt, weil sie das, was sie in dem Palazzo des Grafen erlebt hatten, vergessen wollte. Außerdem fürchtete sie, Wolf könnte sie ausfindig machen und unbedingt mitkommen wollen, und außerdem … es fiel ihr schwer, sich das einzugestehen … war ihr, als riefe eine Stimme nach ihr, eine ebenso unbekannte wie insistierende Stimme, die ihr sagte, dass sie zurückkehren müsse, dass in Umbría etwas auf sie warte. In den letzten Wochen waren mehrere unerklärliche Dinge geschehen, und trotzdem sträubte sie sich immer noch, das zu glauben, was für *Il Divino* alltäglich zu sein schien.

Bei dem Gedanken an den Elfenbeinmann überfiel sie ein Schauder. Wo er jetzt nur war? Was geschah mit ihm in dieser Wirklichkeit, die Valcárcel als albtraumhaft bezeichnet hatte und aus der er nie wieder zurückkehren konnte? Oder doch? War es denkbar, dass ein Mann mit Bellochis Fähigkeiten, der im Umgang mit dem Übernatürlichen geübt war, von dort herausgelangen und sich rächen könnte? Sie erinnerte sich an ihre Angst in *Terra incognita* bei dem Gedanken, nie wieder von dort wegzukommen, und verglichen mit dem Ort, an dem Bellochi sich jetzt befand, war das noch ein Paradies gewesen. Es wäre alles viel einfacher, wenn *Il Divino* wie der Böse im Film gewesen wäre: ein zwanghafter, abscheulicher Widerling. Aber im Leben waren die Dinge nicht so schwarz-weiß, und Bellochi war ein kultivierter Mensch, den sie unter anderen Umständen vielleicht bezaubernd gefunden hätte. Sie hatte ihn zum Tod oder zu ewigen Qualen verurteilt, nur weil er ihr in die Quere gekommen war. Weil er das Gleiche haben wollte wie sie, hatte sie zu derart drastischen Mitteln gegriffen. Sie war also keinen Deut besser als Bellochi. Hätte sie ebenso gehandelt, wenn der Übergriff auf Pia nicht gewesen wäre? In jedem Fall hätte dieser Mann ihr früher oder später das Wissen über die Passagen entreißen wollen, und etwas in ihrem Innern sagte ihr, dass sie das nicht zugelassen hätte.

Sie wollte diesen Gedanken nicht weiterführen und richtete ihre Aufmerksamkeit auf die ersten Häuser von Oneira, typische Reihenhäuser, die nach und nach ganz Europa überzogen, alle identisch, weiß, neu, mit Gartenfleckchen, Hund und Grillstelle. In so ein Viertel sollte man nicht betrunken nach Hause kommen, man würde sich garantiert in der Tür irren.

Dann fuhr das Taxi durch ein deprimierendes Nachkriegsviertel aus grauem Beton, wo überall Wäsche zum Trocknen hing, und kurz darauf hielt es an einer Ampel vor einem wunderschönen Tor, wahrscheinlich dem Überrest einer alten, inzwischen verschwundenen Stadtmauer.

»Das Rosentor«, klärte der Taxifahrer sie mit sachlicher Stimme auf, als er ihr Interesse bemerkte.

»Gotisch, oder?«

»Keine Ahnung.«

Die Ampel schaltete auf Grün, und sie umfuhren, das Tor links hinter sich lassend, die Altstadt in Richtung Uferstraße. Hier war Oneira nicht mehr jenes alte Gassengewirr, das man hinter den engen Straßeneinbiegungen erahnte, sondern eine weiße Stadt, die mit ihren Veranden und kleinen Balkonen, deren geschnitzte oder geschmiedete Geländer Rosen- und Lorbeermotive enthielten, zum kantabrischen Meer hin abfiel. Über allem lag ein Flair vergangenen Glanzes, eines Seebads aus dem neunzehnten Jahrhundert, in dem das Leben einem gemächlichen, zivilisierten, den menschlichen Bedürfnissen angemessenen Rhythmus folgte. Das Taxi hielt an der erst kurz zuvor umbenannten Plaza de la Constitución mit dem Brunnen in der Mitte, den schön renovierten Fassaden der umliegenden Bankgebäude und der Hauptpost im Stil der Jahrhundertwende, einem riesigen Gebäude mit Freitreppe und zwei steinernen Löwen – ein Pomp, der gemessen an der derzeitigen Bedeutung der Post reichlich übertrieben war.

Drinnen war es düster und trist, auf dem Marmorboden hallten Katias Schritte, und die zahlreichen Schalter mit den geriffelten Scheiben sahen aus, als wären sie schon lange nicht mehr geöffnet worden. Es gab weder einen Informationsschalter noch irgendwen, der einem Auskunft erteilen könnte, also zerrte sie ihre wie immer schwere Reisetasche unter den riesigen Kronleuchter in die Mitte der Halle und las die verschiedenen Schilder: »Briefmarken«, »Überweisungen«, »Telefondienste«, »Postlagernde Sendungen«.

Neben dem letzten Schild hing ein kräftiger schwarzer Pfeil, der so direkt nach unten zeigte, als würde sich vor ihren Füßen gleich eine Falltür öffnen. Zögernd und von der schweren Tasche behindert, sah sie sich nach einer ins Untergeschoss führenden Treppe um. Endlich fand sie diese, versteckt hinter ein paar bombastischen

Säulen mit pseudokorinthischen Kapitellen. Offensichtlich war Oneira einmal eine reiche Stadt gewesen, reich aufgrund jener Männer, die als arme Emigranten nach Amerika ausgewandert und als vermögende Herren zurückgekehrt waren und die der Welt unbedingt ihre Eleganz und Macht hatten zeigen wollen.

Der Schalter war nicht besetzt, doch in der Stille glaubte sie aus dem Raum dahinter ein helles Geräusch zu vernehmen: das Klingeln eines Löffelchens, mit dem jemand seinen Vormittagskaffee umrührte. Sie musste sich also bemerkbar machen, ihren Namen nennen, sich ausweisen, dann könnte sie das geheimnisvolle Paket entgegennehmen, mit dem Bellochi ohne es zu wissen seinen Eintritt in die Hölle bezahlt hatte.

Sie brachte nur ein heiseres Krächzen heraus. Dann räusperte sie sich und versuchte es noch einmal: *»Buenos días!«*

Plötzlich eine alte Erinnerung: Ihre Großmutter, die vor dem Eintreten in ein fremdes Haus mit »Ave Maria Purísima« grüßte, was einer Bitte um Einlass gleichkam, woraufhin eine andere Stimme aus dem Innern des Hauses antwortete: »unbefleckt empfangen«. Das musste Jahrhunderte her sein.

»Buenos días!«, wiederholte sie, nun schon selbstsicherer.

Es vergingen ein paar weitere Sekunden, bis in der Tür hinter dem Tresen eine Frau erschien, die kurz vor der Pensionierung zu stehen schien und säuerlich aus ihrem faltigen Gesicht blickte. Sie war ganz in Dunkelgrün gekleidet, ihre lange Strickjacke hatte ausgebeulte Taschen.

»Ja, bitte«, erwiderte sie trocken, ohne irgendwelche Anstalten zu machen, sich auf sie zuzubewegen.

»Ich möchte eine postlagernde Sendung abholen.«

»Der zuständige Angestellte ist kurz weggegangen. Kommen Sie später wieder.«

Schon wollte die Frau wieder verschwinden.

»Warten Sie! Verzeihung, aber ich komme gerade aus Rom und muss weiter nach Almamarina, ich habe es ziemlich eilig.«

»Ach ja, wie alle.«

Auf diese Bemerkung fiel ihr nichts ein.

»Bitte …«, sagte sie nur demutsvoll.

Das schien Frau Essig etwas zu erweichen.

»Lassen Sie sehen.« Die Frau tat einen Schritt auf sie zu und streckte die Hand aus.

»Was?«

»Den Abholschein, meine Gute. Sie denken doch nicht, dass ich Ihnen ohne den dazugehörigen Abholschein eine Sendung aushändige? Wir haben hier unsere Regeln. Das würde gerade noch fehlen.«

Fieberhaft durchsuchte Katia ihre Taschen. Die Handtasche hatte sie als Erstes durchgesehen, nun wühlte sie in den Tiefen ihres Rucksacks.

»Sagten Sie nicht, Sie hätten es eilig?« Die Frau stand mit verschränkten Armen da und musterte sie mit verächtlichem Blick, der in einem Film vielleicht komisch gewesen wäre.

Endlich fiel Katia ein, dass sie den Schein in ihren Pass gelegt hatte, und der steckte in der Innentasche ihres Blazers. Mit zitternden Fingern zog sie den Zettel heraus und reichte ihn ihr. Die Frau setzte sich die an einer Kette hängende Brille auf und kräuselte die Lippen, wodurch ihr Gesicht ziemlich aus den Fugen geriet. Dann gab sie ihn ihr zurück.

»Das ist nicht da.«

»Wie, das ist nicht da?« Katia wusste, wie lächerlich diese Nachfrage war, hatte sie aber nicht zurückhalten können. »Woher wissen Sie, dass es nicht da ist«, präzisierte sie, »wenn Sie noch gar nicht nachgesehen haben?«

»Weil es vor nicht mal einer Woche losgeschickt worden ist. Da brauche ich gar nicht erst nachsehen. Es ist nicht da. Wissen Sie nicht, wie weit weg Rom ist?«

Katia wollte schon sagen, dass sie gerade von dort komme und nur sechs Stunden gebraucht habe, hielt aber diesmal den Mund.

»Kommen Sie übermorgen wieder oder zur Sicherheit noch einen Tag später.«

»Könnten Sie nicht für alle Fälle nachsehen, bitte?« Katia hasste sich jedes Mal, wenn sie sich so demütig bettelnd reden hörte, aber einem griesgrämigen Beamten etwas entgegenzusetzen hatte sie noch nie geschafft.

»Das ist nur Zeitverschwendung, ich habe anderes zu tun.«

Ja, im Hinterraum Kaffee zu trinken, dachte Katia.

»Verstehe«, sagte sie dann.

Da wedelte die Frau mit der Hand: »Geben Sie schon her, ich habe sowieso schon den halben Vormittag vergeudet.«

Sie zog unter dem Tresen ein Buch hervor und begann, es Seite für Seite durchzublättern, wofür sie jedes Mal den Zeigefinger anleckte und systematisch alle Einträge von oben nach unten abfuhr und dazu leise vor sich hin sagte: Katia Steiner, Katia Steiner, Katia Steiner …

»Habe ich es Ihnen nicht gesagt? Es ist noch nicht da. Sie müssen wiederkommen.«

Sie legte den Abholschein auf den Tresen, räumte das Buch weg und ließ sie stehen. Katia hätte sie am liebsten am Hals gepackt und sie geschüttelt, bis sie schwarz würde. Du wirst *Il Divino* noch Gesellschaft leisten! Doch allein dieser Gedanke versetzte ihr augenblicklich einen Schlag. Sie musste sich auf die Holzbank setzen, weil sie sich plötzlich schwach und ausgelaugt fühlte – und vor allem schäbig.

Den restlichen Vormittag verbrachte Katia auf der Terrasse eines Cafés mit Blick aufs Meer und wälzte Gedanken über die Ereignisse der letzten Wochen und ihre verschwommenen Zukunftspläne. Dabei fiel sie zurück in ihre gewohnte Stimmung zwischen leiser Verzagtheit und wütender Verzweiflung. Anfang Mai hatte sie noch keine Arbeit gehabt, und nun hatte sie eine, die sie fast um ihr Leben und ihr inneres Gleichgewicht gebracht hätte, Anfang Mai war sie noch jeden Morgen mit dem Gedanken an den treulosen Alec aufgewacht, und nun hatte sie entweder überhaupt keine Zeit mehr an irgendwen zu denken, oder es standen ihr gleichzeitig die beiden außergewöhnlichsten Männer vor Augen, die sie je kennengelernt hatte. Diese beiden hatte sie auch verloren, genauso wie ihren in ruhigen Bahnen verlaufenden Alltag, und das, weil eine dunkle Seite der Existenz, an die sie nie geglaubt hatte, sie ins Trudeln gebracht hatte. Anfangs hatte sie leblose Papiere studiert, nun fühlte sie sich von dem, was diese Papiere versprachen, magisch angezogen. Der Preis dafür war, dass sie ihre innere Ruhe verloren hatte; sie war zu einer Lügnerin geworden, einer Mörderin, und war von genau dem Machthunger getrieben, den sie stets so verabscheut hatte.

Ging es ihr überhaupt um Macht? Oder zog sie vielmehr das Unbegreifliche an, die Faszination des Fremden, das, was sie nie für möglich gehalten hatte und das nun für sie erreichbar war? Sie wunderte sich, dass sie darüber nicht mehr verstört war. Ihr Weltverständnis war von einem Tag auf den anderen auf den Kopf gestellt worden, und sie hatte es einfach so hingenommen. So wie eine siebzigjährige Oma vom Land, die ein Handy geschenkt bekommt, mit dem sie ihre Enkel in den USA oder ihren Mann vom Markt aus anrufen kann, um ihn zu fragen, ob er lieber Seehecht oder Meerbarbe zum Abendessen will. Ist der Mensch unendlich anpassungsfähig? Auch die Mitglieder des Clubs der Dreizehn hatten nicht viele Fragen gestellt. Valcárcel hatte ihnen die Tür zum Tanzsaal geöffnet, und sie waren einfach eingetreten.

Erneut fragte sie sich, warum sie hierhergekommen war. Ihr lag gar nicht mehr so viel daran, den Letzten Willen dieses Mannes zu erfüllen, den das Schicksal ihr zugespielt hatte. Schließlich hatte er alles verraten, ein selbstsüchtiger Mensch, der auch beruflich keine eigenen Ideen hervorgebracht hatte, da alles, was er als seine Entdeckungen ausgab, tatsächlich existierte und nicht, wie er behauptete, seinem Geist entsprungen war. Außerdem hatte dieser Mann José sitzen gelassen, die verliebten Schäfer, die Frau, mit der er fünfzehn Jahre verlobt gewesen war, und wer weiß, wen noch alles in irgendwelchen anderen Welten. Er hatte sich von seiner Heimat und ihren Menschen abgewendet, also geschah es ihm nur recht, dass er einsam war. Dennoch zog dieser Valcárcel sie in seinen Bann. Nur deshalb hatte sie diese aberwitzige Reise in das Land ihrer Großeltern unternommen, um etwas zu suchen, das vielleicht nirgendwo war.

Irgendwann in den nächsten Tagen würde sie diese Insel erreichen, sie würde vor dem alten Landhaus stehen, und was dann? Ob irgendwer von den Lunas oder Valcárcels noch lebte? Würde man ihr erlauben, das Haus zu betreten und das Gemälde zum Karneval in Venedig zu suchen, oder würde sie vor einem verschlossenen

Haus mit einem verwilderten Garten stehen, verloren die Erinnerungen an eine Sippe, die fast hundert Jahre im Zentrum des gesellschaftlichen Lebens von Almamarina gestanden hatte?

Sie holte den bläulichen Umschlag mit Valcárcels Letztem Willen aus ihrem Rucksack, den sie und Azzaros Sekretärin bei der Urne gefunden hatten; sie öffnete ihn und las noch einmal, was er geschrieben hatte:

An meine Erben,

wie ich in meinem Testament verfügt habe, habe ich den Wunsch, dass meine sterblichen Überreste verbrannt und meine Asche auf die Insel Alma vor der Küste Umbrías gebracht wird. Dort soll sie in der Abenddämmerung vom Fenster des Schlafzimmers im zweiten Stock aus (siehe beiliegender Plan) verstreut werden, begleitet von den folgenden Worte: »Ein katholischer Edelmann Umbrías ist gestorben. Betet für ihn.«

Anschließend soll derjenige, der mir meinen Letzten Willen erfüllt, in den Garten gehen, eine Handvoll Geißblatt von der Mauer südlich des Teichs pflücken, sie vom Pavillon aus ins Meer streuen und ein Glaubensbekenntnis, ein Ave Maria und ein Vaterunser für den Frieden meiner Seele beten. Die Bestattung soll abgeschlossen werden mit den Worten: »Verzeih mir, José. Verzeih mir, Herr, denn meine Liebe war groß.«

Möge Gott Erbarmen mit meiner Seele haben und in seiner unendlichen Güte den Boten belohnen, der meine letzten Anweisungen auf Erden erfüllt.

José María Valcárcel de Luna
Emeritierter Professor der Universität La Sapienza, Rom

Bei dem Brief lag ein mit zittriger Hand gezeichneter kleiner Plan vom oberen Stockwerk des Hauses, auf dem mit einem großen Kreuz die exakte Stelle markiert war.

Bewegt faltete Katia das Blatt wieder zusammen. Ihr war nicht ganz wohl. Wer war sie, dass sie sich ein Urteil über diesen Unbekannten erlaubte, von dessen langem Leben sie nichts außer ein paar Ausschnitte aus Briefen und Tagebucheintragungen kannte? Woher nahm sie die Gewissheit, dass nicht auch José Schuld trug, jene Verletzungen, die ihnen ihre Erziehung zugefügt hatte, jener Wunsch, gegen den der Vater der beiden immer angekämpft hatte, ein einziges Wesen zu sein – wie José sich wünschte – und nicht ein auf zwei Körper aufgeteiltes Doppelwesen?

Wenn sie die Briefe hätte, die *Il Divino* ihr aus Rom geschickt hatte, wüsste sie mehr, dann würde sie auch die andere Seite kennen und sich eine Vorstellung von José machen können, davon, wie diese Beziehung wirklich gewesen war, die sie nur aus Valcárcels Sicht kannte. Aber sie musste sich noch ein paar Tage gedulden. In der Zwischenzeit könnte sie nach Almamarina fahren und sich nach einer Überfahrt auf die Insel erkundigen. Vor ihrer Abreise aus Rom hatte sie im Internet gesucht, aber beim Fremdenverkehrsamt von Umbría war die Insel noch nicht einmal erwähnt.

Plötzlich fühlte sie sich so erschöpft, dass es ihr wie eine unglaubliche Anstrengung erschien, von der Terrasse aufzustehen, ein Taxi zu nehmen und sich in Almamarina ein Hotel zu suchen. Der Kaffee war gut, um sie herum herrschte Leben, das Gran Casino am Ende der Promenade erstrahlte in reinstem Weiß und sah mit seiner Kuppel und den Türmchen wie eine Luftspiegelung aus. Vielleicht sollte sie etwas essen, bevor sie sich auf den Weg machte.

Sie hätte Wolf doch bitten sollen, mitzukommen. Wäre er nur bei ihr und würde ihr mit seiner selbstsicheren und zupackenden Art Beistand leisten! Genau das Gegenteil von Rocco, der so etwas Irres, Unwirkliches ausstrahlte, als wäre er einem Kinofilm entsprungen, und sie in einen Sinnestaumel hineinzog, in dem sie sich gar nicht mehr wiedererkannte, sondern sich wie eine bedrohte Frau aus einem Abenteuerroman vorkam. Wie war es möglich, dass sie sich gleichzeitig nach zwei Männern sehnte? Dabei waren diese beiden Männer so unterschiedlich, dass sich die Gedanken an sie eigentlich ausschließen müssten. Sie waren wie süß und salzig, rot und blau, Traum und Wachsein.

Sie stand auf, da ein kalter Wind aufgekommen war, der Wolken vor die schwächer werdende Sonne trieb. Im Taxi fuhr sie nach Villagalana, knapp zwanzig Kilometer von Oneira entfernt, wo man nach Aussage des Taxifahrers den besten Seehecht der gesamten Küste Umbrías aß. Er schmeckte tatsächlich vorzüglich, und der Gastraum der Casa Milagros war gemütlich und hübsch eingerichtet, mit karierten Tischdecken auf den Nusstischen und Bildern vom Meer und Prominentenfotos an den Wänden: Politiker, Fußballer, Schriftsteller, Toreros, alle standen lächelnd neben dem Wirt in der Mitte des Bildes, der seinen Teller mit Seehecht herzeigte. Trotzdem war sie unruhig. Sie wollte nach Alma, schob die Überfahrt aber vor sich her. Den Nachmittag brachte sie mit der Besichtigung der Kirchen an der Küste zu, drei kleinen, romanisch aussehenden Sakralbauten, die den touristischen Höhepunkt der Region ausmachten, aber auch das entspannte sie nicht wie erhofft.

Als sie nach Almamarina kam, lag alles unter grauem Nieselregen, durch den hin und wieder noch ein Strahl Sonne brach. Der Taxifahrer setzte sie vor einem alten Hotel ab, dem Ultrea, das beste am Ort, wie er ihr versicherte. Es war ein ruhiges, gediegenes Haus. Das Zimmer war groß und altmodisch eingerichtet, wie ein Museum der Jahrhundertwende mit einem verblendeten Kamin, einem blinden, in einem großen Rahmen hängenden Spiegel und einigen zerschlissenen Brokatsesseln. Genau so stellte sie sich ein Stundenhotel der Zwanzigerjahre vor, nur dass sie keinen Liebhaber hatte, der sie den gelben Fleck an der Zulaufstelle der Badewanne und die Kuhle in dem riesigen, weichen Bett hätte vergessen lassen. Daher nahm sie, nachdem sie ihre Sachen in dem riesigen Schrank verstaut hatte, ihre Handtasche und ihren Taschenregenschirm und ging auf die Straße, um sich nicht in diesen grünlichen Tiefen des Spiegels ihr blasses Gesicht ansehen zu müssen.

Falls der Portier erstaunt gewesen sein sollte, dass sie eine halbe Stunde nach ihrer Ankunft schon wieder ging, ließ er es sich nicht anmerken; er nickte ihr grüßend zu und verschwand wieder hinter seiner Zeitung.

Es war dunkel geworden, und das Licht der alten Straßenlaternen überzog die feuchten Pflastersteine mit Perlenglanz. Es regnete nicht mehr, aber ein zarter Nebel verwischte die Umrisse in der Ferne und verlieh den Straßenlaternen einen schillernden Lichtkranz. Die Straße mit den beiden Reihen geparkter Autos am Rand war wie ausgestorben. Kurz war ihr zumute, als wäre sie versehentlich in eine Landschaft von Magritte geraten.

Sie zögerte einen Augenblick unter dem Vordach des Ultrea, doch zurück auf ihr Zimmer wollte sie nicht. Am besten würde sie einen langen Spaziergang unternehmen, irgendwo eine Suppe essen und zurückkehren, wenn sie müde genug war, um sich schlafen zu legen, und so machte sie sich ohne ein bestimmtes Ziel im Kopf auf den Weg.

Schritte in ihrem Rücken schreckten sie auf. Gerade eben noch war die Straße in beide Richtungen wie ausgestorben gewesen. Es musste jemand aus einer Tür getreten sein, der nun hinter ihr ging. Dieser Jemand hinkte leicht und trug offenbar Schuhe mit Absätzen oder beschlagenen Sohlen. Vorsichtig drehte sie sich unter dem Regenschirm um und erstarrte: Sie erblickte eine große, bucklige Gestalt in einem schwarzen Umhang, die Kapuze über die Augen gezogen, ein knorriger Stock diente trotz des schnellen Schrittes als Gehhilfe.

Augenblicklich presste sie sich an die Wand und ließ die rasch herannahende Gestalt nicht aus den Augen. Der Mann ging mit gesenktem Kopf an ihr vorbei, als würde er sie überhaupt nicht bemerken, und verlor sich dann im Nebel. Er stank entsetzlich nach etwas Fauligem, allerdings war es nicht der typische Pennergeruch nach altem Schweiß, Müll und billigem Fusel. Es war heftiger, penetranter; mehr wie die Stinkbomben, mit denen die frecheren Schüler früher irgendwelche Feierlichkeiten verpestet hatten. Wie man nur so stinken konnte! Vielleicht war er ein Kranker, doch welcher Kranke spaziert durch nächtliche Straßen? Oder der Dorfdepp, den es in jedem Ort gibt.

Als seine Schritte verhallt waren, blickte sie zurück zum Hotel mit seinem blauen Leuchtschild, das durch den dichter werdenden Nebel gerade noch zu erkennen war. Wie dumm von ihr, sich von einem armen Irren beeindrucken zu lassen, der abends um Viertel nach acht in einer kleinen Provinzstadt unterwegs war!

Sie ging weiter, nur begleitet vom Geräusch ihrer Absätze auf dem Pflaster, und fragte sich, warum sämtliche Geschäfte in der Straße geschlossen, warum nicht einmal die Schaufenster bis zehn oder zwölf Uhr abends erleuchtet waren. An einem kleinen Platz mit Brunnen und Kiosk, der genauso verlassen und dunkel dalag wie die Ultrea-Straße, glaubte sie in einiger Entfernung eine Gruppe Kapuzen tragender Gestalten zu erkennen, ähnlich jener, die kurz zuvor an ihr vorübergeeilt war. Sie blieb stehen und sah sich nervös um; dabei bemerkte sie, dass sie mit ihrem geblümten Regenschirm rein gar nicht hierher passte. Sie schloss ihn, um irgendetwas zu tun, während die Gestalten sich stumm zu ihr umdrehten. Erst da fiel ihr auf, dass es in der gesamten Stadt totenstill war. Es war kein Autolärm zu hören, kein Hupen, keine Stimmen, kein Glockengeläut. Es ist nicht normal, dass in einer Stadt mit fünfzehn- oder zwanzigtausend Einwohnern vor Mitternacht eine solche Stille herrscht, sagte sie sich.

In die Stille hinein ertönten um so deutlicher metallische Schritte, die aus der links abzweigenden Straße auf dem gegenüberliegenden Bürgersteig auf sie zu kamen: noch so eine Kapuzengestalt, die an ihr vorbei zu der am Kiosk wartenden Gruppe eilte. Der Vorbeieilende drehte ihr das Gesicht zu und lächelte unter seiner Kapuze hervor: Er hatte schwarze, verfaulte Zähne, und sein Gesicht war eine einzige Masse aus geronnenem Blut und Hautfetzen.

Sie musste sich an die Wand lehnen, weil ihr die Knie weich wurden und ihr der Mageninhalt, ein Geschmack nach halb verdautem Seehecht, hochkam. Das war unmöglich, einfach unmöglich! Sie befand sich in der Normalität, in der sie immer gelebt hatte, sie hatte doch keine Passage in irgendeine andere Wirklichkeit durchschritten, sie befand sich in der Welt, in der sie heimisch war, und in ihrer heimischen Welt spazierten keine Toten durch die Straßen und lächelten Passanten an. Aber ihr Magen und ihre Knie waren anderer Meinung.

Das Monster gesellte sich zu der Gruppe, und kaum hatte Katia sich umgedreht, um zurück zu ihrem Hotel zu gehen, musste sie feststellen, dass ein Rückzug unmöglich war: Dutzende solcher Gestalten bevölkerten auf einmal den vor ihr liegenden Platz, einige waren in Lumpen gekleidet, anderen hingen die Kleider in Fetzen herunter, genau wie ihre Gesichter, wie alle sichtbaren Körperteile; einige gingen normal, andere stolperten voran, wieder andere humpelten. Es war, als wäre sie in einen Zombiefilm geraten, in den Videoclip, mit dem Michael Jackson berühmt geworden war. Alle wendeten sich ihr zu, während sie verzweifelt an der Wand Halt suchte und mit horrorgeweiteten Augen auf das makabre Schauspiel starrte.

2

Legenden aus Umbría

Die schweigenden Monster, mit denen sich der Platz in wenigen Sekunden gefüllt hatte, schienen auf irgendetwas zu warten; worauf, wollte Katia sich gar nicht vorstellen.

Da erklang aus der Stille ein feierlicher Trommelschlag, dann noch einer und noch einer, und langsam begannen die Gestalten, wie besessen zu dem Rhythmus hin und her zu schwanken. Sie stellten sich jede auf ein Bein und schwenkten das andere zu dem von der Trommel vorgegebenen Takt vor und zurück, während aus ihren Kehlen lang gedehnte Klagelaute drangen und sich zu einem gruseligen Raunen vereinigten. Das Quäken einer Schalmei ertönte, und Katia lief ein eiskalter Schauder über den Rücken. Auf einen Peitschenknall hin tauchte neben dem Brunnen eine Fackel auf, gehalten von einem weiß gekleideten, mit Blumen bekränzten Mädchen, und beleuchtete die umstehenden Toten.

Alle brachen in Jubelgeschrei aus, das weiße Mädchen lächelte, umrundete dreimal den Brunnen und strich dabei mit den Fingern der rechten Hand denen, die sich vor ihr hinknieten, über die Köpfe. Als das Ritual beendet war, schritt sie feierlich durch die Menge hindurch zu der gegenüber abzweigenden Gasse, ihr hinterher die Horde der zu den Trommel- und Schalmeiklängen sich wiegenden Monster.

Nachdem die letzten Zombies den Platz verlassen hatten, ging Katia, die noch immer zitterte, ihnen nach. Offenbar war sie in ein traditionelles Fest geraten, und diese abstoßenden Gestalten waren Einwohner Almamarinas, die sich aus einem ihr unbekannten Grund verkleidet hatten.

Sie blieb in großem Abstand zur Prozession der Monster, der sich immer mehr aus Gassen oder Hauseingängen herbeiströmende Gestalten anschlossen, und schließlich sah sie, wie der makabre Aufmarsch vor einer Kirche anhielt, die genauso dunkel und still war wie der restliche Ort. Da vernahm sie eine helle, singende Stimme, die dem hinter Hunderten dunkler Kapuzen versteckten weißen Mädchen gehören musste.

»Hört, Don Diego, Prinz von Almamarina, ich bringe unsere Toten aus dem Land der Ungläubigen!«

»Willkommen heiße ich unser weißes Kind, Gott segne dich. Nach Hause bringst du uns die, die fern der Heimat ihre Seele ausgehaucht haben«, entgegnete eine männliche Stimme.

Im selben Augenblick ging in der Kirche das Licht an, die Glasfenster funkelten von dem dunklen Platz aus wie Juwelen und warfen farbige Lichtflecken auf die schweigende Menge.

»Tretet ein, meine Brüder, um ewige Ruhe zu finden«, sagte nun wieder das Mädchen.

»In alle Ewigkeit«, ergänzte der Mann.

»Amen«, raunte die Leichenversammlung.

Katia war noch immer schwindlig, als wäre sie gerade aus der höchsten Achterbahn der Welt gestiegen, doch nach und nach fand sie ihr inneres Gleichgewicht wieder. Sie war in ein Volksfest geraten; gruseliger als alle, die sie kannte, aber zumindest beruhigte es sie, dass es für das Schauspiel eine rationale Erklärung gab. Diese Toten waren maskierte Lebende und das alles war ein überliefertes Ritual, über das sie bald irgendwo etwas lesen würde. Sie beschloss, in die Kirche zu gehen und sich die Zeremonie anzusehen.

In dem Gotteshaus drängten sich die schauderhaftesten Gestalten, die im Schein Hunderter Kerzen noch immer zum Fürchten aussahen, obwohl man nun leichter erkennen konnte, dass sie geschminkt waren, so kunstvoll, dass sie sogar in Hollywood Eindruck gemacht hätten. Das Mädchen kniete mit einer Lilie in der Hand vor dem Altar, und ein alter Priester – der Mann mit der dunklen Stimme, der den Rufen des Mädchens geantwortet hatte – war auf die Kanzel gestiegen und wartete nun, dass die beiden Ministranten in ihren violetten Gewändern die Flügel des großen Hauptportals schließen würden.

»Brüder und Schwestern«, hob der Pfarrer an, »wie jedes Jahr versammeln wir uns heute, am vierten Juni, dem Tag unserer hochwohlgeborenen Schutzheiligen Santa Elia de las Ánimas, um die Heldentat eines noblen Mädchens zu ehren, das die Angst bezwang und der Gefahr trotzte, um – nur auf seinen Glauben gestützt – seine Mission zu erfüllen und unsere Männer aus dem für Christen schlimmsten Schicksal zu befreien: in einem Land der Ungläubigen begraben zu liegen. Und für uns aus Umbría: nicht in unserer Heimat begraben zu liegen.

Die kleine Elia war das jüngste von dreizehn Kindern der edlen Familie der Lunas, Vasallen des Prinzen von Almamarina, Verteidiger der Rechte der Armen, Witwen und Waisen, die von furchtlosen Rittern und tugendhaften Edelfrauen abstammten. So lebte das Edelfräulein im fernen elften Jahrhundert wohlbehütet in der Mitte der Ihren – nicht umsonst war sie das einzige Mädchen unter den dreizehn Nachkommen –, und wuchs heran, so schön und rein wie eine Blume. Sie vertrieb sich die Zeit damit, den Notleidenden Trost zu spenden, zu beten und zu sticken und hin und wieder eine Stunde der unschuldigen Zerstreuung im Garten ihres Elternhauses zu verbringen, und sie kannte kein anderes Sinnen und Verlangen, als ihren Eltern zu gehorchen und eines Tages selbst Dame eines Adelshauses zu werden, an der Seite eines Ritters, dem ihr Vater und Gebieter sie zur Frau geben würde, denn schon in ihrem zarten Alter von zwölf Jahren hielten zahlreiche mutige Jünglinge edler Herkunft um ihre Hand an, ohne dass sie ihren Verehrern je auch nur einen Blick geschenkt hätte.

Da geschah es, dass ein Teil des Gebietes, das unsere Männer der christlichen Reiche im zähen Kampf den muselmanischen Invasoren abgerungen hatten, wodurch sich die Grenze Umbrías nach Süden bis zum heutigen Los Valles verschob, dass also dieses Gebiet in der unglücklichen Schlacht von Valdespino, bei der die Blüte des christlichen Rittertums das Leben ließ, an den Feind zurückfiel. Unsere Männer sahen sich zum Rückzug gezwungen, um den zu Hause wartenden Kindern und Frauen Schutz zu gewähren, und auf ihrer Flucht, bei der sie besiegt und gedemütigt ihre Banner durch den Staub schleiften, mussten sie nicht nur ihre gefallenen und von den Horden der Ungläubigen geschändeten Kameraden zurücklassen, sondern auch die Dörfer, die mit so viel Willenskraft errichtet, die Felder, die mit so viel Zuversicht gepflügt, und die Kirchen, die mit so überzeugtem Glauben erbaut worden waren. Alles war verloren, die Saat auf den Ländereien vom Feuer vernichtet, die Häuser geplündert, die Gotteshäuser entweiht. Es war ein schwarzer Tag für die Christenheit, Brüder und Schwestern, die ihr mir zuhört.

Die edlen Ritter flüchteten sich in ihre Burgen und Festungen und schmiedeten Pläne für die nächste Schlacht, die Frauen rissen sich die Haare aus und streuten sich händeweise Asche aufs Haupt; sie beteten zu Gott, unserem Herrn, er möge nicht zulassen, dass die Ungläubigen die Ländereien behielten, die sie ihnen mühsam mithilfe des Allmächtigen entrissen hatten.

Während dies alles geschah, half die kleine Elia ihrer Mutter und den Frauen im Haus, den armen Witwen beizustehen, den Kindern, die die Niederlage zu Waisen gemacht hatte, den Alten, die nun niemanden mehr hatten, der ihnen im Alltag half. Doch obwohl sie eine reine Seele hatte und den ganzen Tag betete und den Nächsten zu Hilfe eilte, konnte sie nicht ruhig schlafen. Nacht für Nacht wachte sie tränenüberströmt auf, und weder die Liebkosungen ihrer Mutter noch das gute Zureden ihrer Verwandten vermochten sie zu beruhigen. Sie wurde immer magerer, und das einstige Rosenrot ihrer Wangen verblich. Das Edelfräulein verblühte unter den Blicken aller, und niemand konnte ihr ihre Gesundheit zurückgeben.

An einem schönen Frühlingstag, als die Zofe zu ihrer jungen Herrin eilte, um ihr beim Ankleiden zu helfen, fand sie ihre Schlafstätte leer vor. Die kleine Elia war verschwunden.

Sie suchten sie auf den Wiesen und in den Bergen, in den Wäldern und am Strand, in allen Häusern und Burgen des Reiches, doch nirgends war das Kind. Weder lebend, noch tot, noch irgendein Hinweis, der die Vermutung erlaubt hätte, sie sei einem Wolf oder Bären, von denen es früher viele in dieser Gegend gab, zum

Opfer gefallen. Der Schmerz der Lunas war grenzenlos. Drei der älteren Söhne hatten in der Schlacht ihr Leben gelassen, und nun war ihre kleine Tochter, ihr größter Schatz, in ihrem eigenen Schloss aus ihrem Bett geraubt worden.

Indessen war das Mädchen, nachdem es so viele Nächte wach gelegen und gebetet hatte, dass Gott ihr ein Licht senden und sie aus ihrer Bedrückung holen möge, erhört worden. Elia wusste nun, was sie zu tun hatte, und hatte sich auf den Weg gemacht. Während jener schrecklichen Wochen voller Schmerz und Verzweiflung hatte sie begriffen, was ihr so auf der Seele lastete, dass sie nicht mehr essen und schlafen konnte: Es war die Vorstellung, dass ihre Lieben im Land der Ungläubigen begraben lagen. Vor ihre kindlichen Augen trat das entsetzliche Bild all dieser Toten, die einen auf Friedhöfen begraben, die einmal christlich und geweihte Erde gewesen und nun von den Ungläubigen geschändet worden waren, andere einfach auf dem Schlachtfeld zurückgelassen, ohne dass jemand ihnen ein Grab gegeben hätte, ohne Trost, in Dunkelheit, weit weg von Gott.

Und so kam es, dass ein gerade erblühendes Mädchen, noch nicht dreizehn Jahre alt, sich allein und schutzlos auf den Weg nach Süden aufmachte, in Gebiete, in denen überall maurische Truppen unterwegs waren, Menschen ohne Gott und Gesetz, um den Toten ihres Blutes, den Toten ihrer Heimat Trost und Frieden zu bringen.

Martern ohne Zahl durchlitt die Jungfrau, doch Gott hielt seine schützende Hand über sie und machte sie für die Wilden, die ihren Weg kreuzten, unsichtbar. An einem Tag Mitte Mai gelangte Elia endlich zu der Ebene, in der die Schlacht geschlagen worden war, und unbeirrt vom Anblick des Grauens schritt sie mit Hoffnung und Glauben in den Augen durch die zerstückelten, nach Verwesung stinkenden Leichen zu den letzten christlichen Dörfern, bis sie vor dem Gottesacker von Villar stand, der nach der Niederlage nun mitten in maurischem Gebiet lag. Dort kniete sie zwischen den armseligen Gräbern nieder, wandte den Blick zum Himmel und sprach: ›Vater Unser im Himmel, lass nicht zu, dass Deine Diener verlassen im Land der Ungläubigen begraben liegen, so fern von Deiner Liebe und Deinem Trost. Hilf mir, sie in ihr Land zurückzubringen, an den Ort, wo sie in alle Ewigkeit in Deinem Frieden ruhen werden. Eile diesem armen Mädchen zu Hilfe, das ohne Dich nichts tun kann, und gib ihm die Kraft, die einmal begonnene Unternehmung zu Ende zu führen.‹

In dem Augenblick dröhnte am heiteren blauen Maihimmel ein mächtiger Donner, der die Erde bis ins Innerste erschütterte, und aus dem Grab, an dem die Jungfrau kniete, wuchs eine Lilie, so rein und weiß wie ihre Seele, und dann ließ Unser gütiger Herr sämtliche Toten aus ihren Gräbern auferstehen, jedoch nicht sauber und schön, wie sie es am Tag des Jüngsten Gerichts sein werden, sondern in ihrem jeweiligen Verwesungszustand. Dennoch begrüßte das Mädchen sie jubelnd wie schöne Damen und stolze Ritter, die zu einem Turnier kommen, ihre weiße Hand griff voll Liebe und Freude nach den verfaulten Händen und kahlen Schädeln, und sie gemahnte sie, aufzustehen und gemeinsam mit ihr den Weg nach Hause anzutreten.

Sobald sie durch einen Ort kamen, öffneten sich die Gräber, und auf den Schlachtfeldern standen sämtliche Krieger auf und folgten der kleinen Elia de Luna, die sie nach Hause führte.

Und so geschah es, dass am vierten Juni, nach sechs Wochen Abwesenheit, die Wachleute auf den Türmen in der Ebene eine schwankende, hinkende, sich gegenseitig stützende Menschenmenge herannahen sahen, angeführt von Elia, dem weißen Mädchen der Lunas, der verlorenen und wieder gefundenen Jungfrau, die zurückgekehrt war, damit die Toten Almamarinas Frieden fanden.

Noch am selben Tag bekamen sämtliche Leichen, die sich ins Innere der Stadtmauern bis zu dieser Kirche geschleppt hatten, ein christliches Grab, in dem sie in Gottes Frieden auf ihre Stunde warten können, wenn Gott Vater die Gerechten zu seiner Rechten emporhebt.

Seit damals feiert unsere Stadt diesen Tag, damit dies niemals vergessen wird, um Fremden wie Bürgern dieser Stadt zu zeigen, dass Umbría der Ort ist, an dem die Legenden lebendig sind, dass Umbría seine Toten zu sich nimmt.

So steht es geschrieben und so soll es alljährlich beim Fest der heiligen Elia von den Seelen gelesen werden, in alle Ewigkeit. Amen.«

In diesem Augenblick setzte mächtig und triumphierend die Orgel ein, gefolgt von Glockengeläut, das an einen sonnigen Morgen und Tage des Sieges denken ließ.

Katia blieb nicht bis zum Ende der Zeremonie. Fünf Minuten später, als die ersten, in dem immer dichter werdenden Nebel kaum zu sehenden Raketen knallten, durchquerte sie die Eingangshalle des still und verlassen wie ein Schiffswrack daliegenden Hotels und schloss erleichtert hinter sich die Zimmertür ab. Nachdem sie alle Lichter angemacht hatte, setzte sie sich auf die Bettkante neben das alte schwarze Telefon. Sie zitterte vor Kälte und noch von etwas anderem, das sie nicht benennen konnte, einer tiefen Verstörtheit, als hätte sie soeben über einen morschen Balken einen tiefen Abgrund überquert und würde sich erst jetzt klarmachen, was alles hätte passieren können. Ihr zitterten die Knie, ihre Zähne klapperten, und ihr Magen flatterte unter den Rippen wie ein zweites Herz.

Sie griff spontan zum Hörer und wählte eine lange Nummer. Die Stimme, die sie nach dreimaligem Klingeln hörte, ließ sie zusammenzucken: »Wolf Altmann. Hinterlassen Sie bitte Ihre Nachricht, ich rufe zurück. Danke.«

Sie presste die Lider zusammen, legte auf und rief noch einmal an, nur um seine Stimme zu hören. Natürlich war er nicht zu Hause. Wahrscheinlich würde sie ihn im Büro erreichen. Aber dort ging vielleicht Gabi ans Telefon und sie müsste erst alles Mögliche erklären, und wenn sie ihn dann endlich zu sprechen bekäme, was würde sie ihm sagen? Dass ein religiöses Fest ihr einen gehörigen Schrecken eingejagt hatte? Dass sie ihn vermisste? Ja. Warum nicht? Ihr Bedürfnis nach menschlicher Wärme war in diesem Moment so groß, dass es ihr nicht einmal etwas ausmachte, sich lächerlich zu machen. Oder machte es ihr doch etwas aus?

Sie ging ins Bad, um sich ein wenig Wasser ins Gesicht zu spritzen. Eigentlich müsste sie noch einmal rausgehen und ein Lokal zum Abendessen suchen, aber ihr schauderte davor, schon wieder auf diese lebenden Toten zu treffen, die sich jetzt bestimmt in Feierlaune betranken und auf den Plätzen tanzten. So setzte sie sich wieder aufs Bett und aß die halbe Tafel Schokolade, die sie für den Notfall immer in ihrem Rucksack hatte und die sie als gute Tirolerin als

Mittel gegen alle Arten körperlicher und seelischer Wehwehchen einsetzte. Wie gern hätte sie jetzt mit Pia und Marianna in der kleinen Wohnung in der Via Giulia Fettuccine gegessen und über die Männer gelästert. Oder in ihrer Wohnung in Wien bei der Langweilerin Sigrid mit ihren ewigen Depressionen. In diesem Moment hätte es ihr nicht einmal etwas ausgemacht, Alec und seiner Argentinierin zu begegnen; selbst ihre Schwägerin hätte sie dem, was sie hier hatte, vorgezogen: ein ranziges Zimmer, das in lange vergangenen Zeiten einmal luxuriös gewesen sein musste, in einer Stadt, in der man eine Nekrophile als Heilige verehrte.

Sie betrachtete ihre auf dem dunkelvioletten Bettüberwurf ausgebreiteten Sachen und spürte, wie allmählich Wut die Oberhand über ihre Verzagtheit gewann. Ging es ihr nicht genauso wie dieser Heiligen? Umbría hatte sie aus ihrem Leben gerissen, nur damit sie einen verstorbenen Umbrianer an den hiesigen Strand zurückbrachte und ihm ermöglichte, in Frieden zu ruhen. Sie war von irgendeiner Macht besessen, die sie manipulierte und ihre unschuldige Seele schon so weit verdorben hatte, dass sie imstande war, zwei Männer auf einmal zu begehren, zu lügen und sogar zu morden, nur um die Kontrolle über diese Passagen zu gewinnen.

Sie betrachtete die beiden auf dem Bett liegenden Bilder, Valcárcels Stich und das *Zimmer in Nizza*: zwei Passagen, zwei Passagen in ihrer Reichweite, wobei nur die eine wirklich für sie gangbar war. Die andere war die Tür zu Roccos Welt und die war ihr verwehrt, da sie die dazugehörenden Worte nicht kannte. Rocco war einfach verschwunden, ohne sie noch einmal gesehen zu haben. Er hatte sie in dem ganzen Chaos, das plötzlich in ihr Leben eingebrochen war, sitzen gelassen. Und sie dumme Gans hatte ihm auch noch dabei geholfen, sie zu verlassen, Opfer der eigenen Dummheit.

Sie nahm nacheinander ihre Sachen vom Bett und legte sie auf den wuchtigen Schminktisch mit dem ovalen Spiegel, der sie – wieder eine aufblitzende Erinnerung – an das Möbelstück erinnerte, das ihre Großmutter im Schlafzimmer stehen gehabt und das sie »Psyche« genannt hatte.

In ihrem Schlafzimmer? In was für einem Schlafzimmer? In der Wohnung in Bozen waren alle Möbel neu, aus den frühen Siebzigerjahren. Wo hatte also diese Frisierkommode gestanden, an die sie sich gerade erinnert hatte?

Sie blieb vor dem Spiegel stehen, drückte einen Stapel Bücher an die Brust und strengte sich an, sich zu erinnern. Sie sah sich selbst mit Ponyfrisur auf einem Bänkchen sitzen, die Augen auf Höhe einer Reihe gläserner Flakons und Flaschen: Eine von ihnen enthielt getrocknete, dunkle Veilchen, die man vor dem Gebrauch aufschüttelte, in einer anderen, kleineren, mit einem schwarzen Bakelitdeckel war eine zähe Flüssigkeit, die ihre Mutter Brillantine nannte und mit der ihre Zöpfe leichter kämmbar wurden. Da wurde ihr bewusst, dass sie gerade ein verlorenes Stückchen Kindheit wiedergefunden hatte, es war der Frisiertisch ihrer Großmutter in ihrem Haus in Umbría, der Duft der Veilchenessenz … und noch etwas, das ungewohnte Zittern der Hände, die sie kämmten, sie präsentabel machten – Großmutter hatte nie hübsch, sondern immer präsentabel gesagt. Wofür? Für welchen Anlass? Einen Besuch, eine Beerdigung, ein Fest? Mehr war nicht da. Nur das Bild ihres eigenen Kindergesichts im Spiegel des Frisiertischs, die zitternden Hände, das Aufkeimen einer unbestimmten Angst.

Sie fragte sich, ob so das Alter sein würde: aufblitzende, aus den Tiefen des Gedächtnisses hochkommende Erinnerungen wie herumtreibende Planken eines Schiffs nach einem Unwetter.

In dem Moment wurde ihr bewusst, dass diese ungreifbare Angst, die sie erfasst hatte, nicht erst mit dem Anblick des Kapuzenmannes in ihr aufgestiegen war, sondern viel älter war, etwas, das sie schon immer begleitet hatte und mit der Vorstellung zusammenhing, nach Umbría zurückzukehren.

Sie erwachte mit einem bitteren Geschmack im Mund. Zunächst war sie verwirrt, fühlte sich aber insgesamt ruhiger. Nachdem sie sich ihres Aufenthaltsortes vergewissert hatte, hatte sie sich zuerst noch einmal in die Decken gekuschelt, um ihren Traum weiterzuträumen, bevor er ihr entglitt: Darin lief sie durch ein riesiges Haus mit Zimmern über Zimmern, die sich immer wieder hin zu noch größeren Zimmern öffneten, und war ganz verzückt, in ein verloren geglaubtes Zuhause zurückgekehrt zu sein.

Als sie kurze Zeit später im noch dämmrigen Morgenlicht in dem im ersten Stock gelegenen Salon frühstückte, drängten sich einzelne Szenen aus ihrem Traum in ihre Gedanken, während ein Kellner, der fünfzig Jahre zuvor sicher schon im Rentenalter gewesen war, ihr einen wässrigen, mit einem Schuss Milch versetzten Kaffee servierte. Außer ihr waren nur noch zwei Gäste in dem trostlosen Speisesaal mit der hohen, mit Lorbeerkränzen verzierten Stuckdecke: An beiden Enden des Saals saßen zwei Herren, die wie Handelsreisende aussahen und missmutig vor sich hin blickten wie jeder, der früh aufstehen muss und weiß, dass er einen mit Terminen gespickten Arbeitstag vor sich hat. Sollte sie noch einen Tag in Almamarina bleiben müssen, würde sie das Hotel wechseln, beschloss sie. Aber wenn alles glattging, würde sie am Abend schon in Alma sein und Valcárcels Anleitung ausführen, und dann? Würde sie dort in dem Haus übernachten, vorausgesetzt, es wohnte überhaupt noch jemand darin, der sie als Gast aufnehmen würde? Oder würde sie mit dem letzten Schiff zurückkommen und sich auf die Suche nach einem anderen Hotel machen?

Kurz entschlossen winkte sie dem Kellner, der mit der gefalteten Serviette über dem Arm hinten neben dem Wandspiegel stand. Mitleidig sah sie ihm zu, wie er gefährlich vornüber gebeugt auf sie zu schlurfte.

»Die Dame?«

»Ich habe eine Frage.«

»Bitte.«

»Sind Sie von hier?«

»Hier gebürtig, ganz zu Ihren Diensten.«

»Können Sie mir sagen, wann die Schiffe nach Alma abfahren?«

Der Alte sah sie ausdruckslos an.

»Zur Insel Alma, vor der Küste.«

»Das vermag ich Ihnen nicht zu sagen«, antwortete er, nachdem er ein paar Sekunden geschwiegen hatte.

»Aber es fahren Schiffe dorthin?«

»Früher, ja. Aber das ist lange her. Jetzt nicht mehr, glaube ich.«

»Wieso denn das? Und die Leute, die dort leben?«

»Es lebt niemand mehr dort, Señora. Im Krieg sind alle aufs Festland gekommen. Dort wären sie verhungert.«

Der Mann sprach vom Krieg, als wäre er gestern gewesen.

»Ich muss unbedingt nach Alma, wissen Sie?«

»Ja, wie gesagt … da kann ich Ihnen nicht helfen. Möchten Sie noch Kaffee?«

»Matías! Bitte noch einen Kaffee mit Schuss!« Die Bestellung des Geschäftsreisenden am anderen Ende des Raums kam dem Alten gerade recht, der nun eilig davonschlurfte.

Als Katia aus dem Speisesaal ging, war der Kellner verschwunden und die Rezeption unbesetzt. Sie ging auf ihr Zimmer, packte neben anderen Dingen Schlafanzug und Toilettenbeutel in ihren Rucksack und trat auf die Straße hinaus, ohne dass ihr in den Gängen irgendwer begegnet war.

Sie war von Almamarina angenehm überrascht. Im Licht des heiteren Morgens nahm alles, was am Abend zuvor verschwommen im Nebel gelegen hatte, eine klare Gestalt an. Anerkennend stellte sie fest, dass die Stadt sehr sauber und wie von der Hand eines stolzen Antiquars herausgeputzt war: die schmiedeeisernen Laternen und die mit Kastanienbäumen bestandenen Plätze, die zahlreichen Bäckereien und Konditoreien mit ihrer Spezialität »Knochen der Santa Elia«, die offenbar aus Marzipan geformt und mit einer Eimasse gefüllt waren. Aus einigen Schaufenstern grinste einen zwischen Makronen und Plunder ein mit Blumen bekränzter Totenschädel aus Zucker oder Marzipan an.

Auf dem Weg zum Hafen traf sie auf Mütter, die ihre Kinder in den Kindergarten brachten und ihr im Vorübergehen zulächelten, Leute auf dem Weg zur Arbeit, Straßenfeger in grünen Overalls, die Plastikbecher, Luftschlangen und Essensreste vom Vorabend aufsammelten. Wäre sie nur an einem normalen Morgen angekommen. Durch ihre nächtliche Ankunft würde sich ihr Almamarina für immer als die Stadt mit zwei Gesichtern ins Gedächtnis eingraben: tagsüber heiter und fröhlich, düster und unheimlich in der Nacht. Nie wieder, so dachte sie, könnte sie nachts allein durch die Straßen dieses Städtchens spazieren, weder an einem vierten Juni noch sonst wann. Es war ein Fehler gewesen, abends anzureisen und sich dann auch noch im Ultrea einzuquartieren, aber zumindest Letzteres konnte sie noch ändern. Direkt neben dem Hafen war eine kleine

Pension mit zwei großen Töpfen weißer Hortensien am Eingang; sollte dort ein Zimmer frei sein, wollte sie noch vor ihrer Abfahrt nach Alma ihre Sachen dorthin bringen. Aber zuerst musste sie etwas über den Fahrplan in Erfahrung bringen.

Sie schlenderte über den Hafen, genoss die leichte Brise und den Geruch des Meeres, und aus den vielen freien Anlegeplätzen schloss sie, dass im Morgengrauen etliche Fischerboote aufs Meer hinausgefahren sein mussten. In Almamarina gab es keinen Sporthafen, zumindest sah sie nicht den Wald aus Masten und auch nicht das bunte Durcheinander fremder Fahnen wie in den Mittelmeerhäfen; und die wenigen komfortablen Liegeplätze mit ihren durchweg spanischen Flaggen gehörten offensichtlich Anwohnern. Auch vermisste sie Fähren oder irgendwelche Touristenschiffe, wie sie zwischen den Inseln in der Ägäis oder von Neapel nach Ischia und Capri fuhren.

Sie ging zu einem Kiosk, an dem eine sympathische rundliche Frau mit walkürenblond gefärbten Haaren Zeitungen und Eis verkaufte, um sich bei ihr zu erkundigen. Sie wartete, bis die Frau einem Rentner mit Kappe und Krawatte irgendwelche Zeitungen verkauft hatte und fragte dann nach den Schiffen nach Alma. Mit einem Mal war das Lächeln, mit dem die Frau sie begrüßt hatte, aus deren Gesicht verschwunden. Sie stutzte und sagte nach einer Weile: »Ehrlich gesagt, weiß ich es nicht. Schiffe fahren keine, das weiß ich ganz sicher. Vielleicht kann man Ihnen auf der Gemeinde etwas sagen …«

»Und was, wenn jemand nach Alma fahren will?«

»Also ich bin hier geboren, und ich bin nie dorthin gefahren, wozu?«

Katia überlegte kurz, ob sie der Kioskverkäuferin die Gründe ihrer Reise erzählen sollte, ließ es dann aber bleiben. Zuerst wollte sie es auf der Gemeinde versuchen, schlimmstenfalls konnte sie immer noch zurückkommen und ihr ihre Nöte schildern. So bedankte sie sich, kaufte als kleine Entschädigung eine Zeitung und ging in die Richtung, die die Frau ihr gewiesen hatte.

Allmählich wurde die Sache ein wenig lachhaft. Den Landkarten nach lag Alma weniger als fünfzehn Kilometer vor der Küste.

Eigentlich müsste die Insel am Horizont zu sehen sein, erst recht an einem klaren Morgen wie diesem. Aber es war nichts zu entdecken. Eine Verkehrsverbindung schien nicht zu existieren, überhaupt schien niemand etwas von der vorgelagerten Insel wissen zu wollen.

Auf der Gemeinde zögerte Katia eine ganze Weile, an welche Abteilung sie sich mit ihrer Anfrage wenden sollte, und entschied sich schließlich für das Fremdenverkehrsamt. Sollte sie dort kein Glück haben, konnte sie es immer noch auf dem Standesamt versuchen: Todesfälle; für die Toten tat man in Umbría doch alles.

Die Frau im Fremdenverkehrsamt war etwa in ihrem Alter und sprach sie gleich auf Englisch an, so sehr schien sie sich zu freuen, ihre in Abendkursen erworbenen Sprachkenntnisse endlich einmal anbringen zu können. Offensichtlich war sie ein wenig enttäuscht, als sie bemerkte, dass Katia Spanisch sprach, und ihre Frage ernüchterte sie erst recht: »Aber auf Alma gibt es doch gar nichts zu sehen! Ein paar verfallene Häuser im Kolonialstil.«

»Kann sein, aber ich muss hin.« Sie war sich unschlüssig, ob sie erklären sollte, dass sie jemandem seinen letzten Wunsch erfüllen musste, oder ob sie eine fixe Idee ihres angeblichen Chefs vorschützen sollte.

»Wollen sie nicht lieber eine Rundfahrt zu den Sehenswürdigkeiten Umbrías machen? Mit einem Mietauto können Sie beliebig herumfahren und anhalten, wo Sie wollen. Es gibt hier wunderschöne Orte.«

»Nein, vielen Dank, ich muss tatsächlich nach Alma. Kann ich nicht ein Boot mieten?«

»Finden Sie sich denn im kantabrischen Meer zurecht?«

Beinahe hätte Katia gesagt, dass sie schon mit einer Pfütze überfordert wäre.

»Zusammen mit jemandem, der fährt, so wie in einem Taxi.«

»Tut mir leid. So etwas gibt es hier nicht.«

»Und ein Fischerboot?«

»Die Fischer bleiben wochenlang auf See«, merkte die Frau fast freudig an.

Katia beschloss, ihr die Wahrheit zu sagen. Ihr Gegenüber hörte aufmerksam, aber ohne besondere Anteilnahme zu.

»Würde es nicht reichen, wenn Sie die Asche dieses Herrn hier auf der Mole ausstreuen?«

Katia schüttelte den Kopf. Es ging nicht nur darum, Valcárcels letzten Wunsch zu erfüllen; sie wollte auf diese Insel, sie musste allen Widrigkeiten zum Trotz dorthin.

»Möglicherweise lebt jemand aus der Familie noch dort. Ich glaube, seine Schwägerin. Ich würde ihr gern die Urne überreichen und sichergehen, dass alles seinen richtigen Gang geht, verstehen Sie?«

»Wie heißt denn die Dame? Vielleicht kann man Ihnen im Standesamt weiterhelfen.«

»Ich weiß nur ihren Nachnamen. Sie müsste Martínez Peña heißen, Valcárcel Luna war der Name ihres Mannes.«

»Das reicht doch. Kommen Sie, wir sehen nach, ob Manolita kurz für uns Zeit hat.«

Sie gingen eine schmuddelige Treppe hinunter und traten in einen Gang, an dessen Tür »Nur für Personal« stand. In der Amtsstube saß eine Frau, die wie für eine Beerdigung fein gemacht war.

»Manolita ist kurz weg. Sie kommt gleich wieder. Aber das bist ja du, Carmen! Wie geht's, mein Kind?«

Die junge Frau eilte zu ihr, damit die alte Dame nicht aufstehen musste, küsste sie auf beide Wangen und trat dann einen Schritt zurück, so als wollte sie den Blick auf Katia freigeben.

»Das Glück ist auf unserer Seite, Doña Piedad kennt jeden hier.«

Die Frau lächelte stolz.

»Hören Sie, Doña Piedad, diese Frau sucht eine alte Dame, die auf Alma leben soll.«

Die Alte hob die Augenbrauen. »Angeblich ist sie mit einem Valcárcel de Luna verheiratet.«

»Baujahr?«

Katia sah Carmen verständnislos an.

»Wie alt sie ist«, übersetzte die.

»Puh! Neunzig, mindestens.«

»Die Familie sagt mir natürlich etwas. Es war eine der angesehensten Familien hier, aber soweit ich weiß, lebt keiner mehr von ihnen. Sie wohnten auch gar nicht auf Alma, vielleicht vor hundert

Jahren. Im Krieg haben sie jedenfalls hier gelebt, und zwar in der Graf-Eladio-Straße, wenn ich mich recht erinnere. Eine stattliche Villa mit Garten und Kutschenhaus. Warum versuchen Sie es nicht dort und hören sich bei den Nachbarn um? Aber wie gesagt, höchstwahrscheinlich lebt niemand mehr, der Auskunft geben kann. Diese großen Familien sind ausgestorben, mein Kind.«

Katia wusste auch nicht, warum, aber ihr war zum Heulen zumute. Carmen bemerkte es, drückte ihr einen Bleistift und ein Heft in die Hand und duzte sie vertrauensvoll: »Na los, schreib alles auf, ich werde Manolita bitten, in den Archiven nachzusehen. Wenn du heute Nachmittag oder morgen kommst, können wir dir vielleicht die letzte bekannte Adresse geben oder irgendeinen noch lebenden Verwandten nennen, in Ordnung? Am besten gebe ich dir meine Telefonnummer, dann kannst du anrufen.«

Katia bedankte sich und ging bedrückt hinaus. So absurd der Gedanke war, ihr kam es so vor, als hätte sich alles gegen sie verschworen, als ob irgendeine Macht verhindern wollte, dass sie nach Alma gelangte und dort Valcárcels Schwägerin traf. Dabei waren wahrscheinlich wirklich alle tot. Selbst wenn sie blutjung geheiratet hatte, wäre die Witwe jetzt mindestens Mitte achtzig, und falls es keine Kinder gab, würde niemand mehr in dem Haus wohnen. Trotzdem sagte ihr etwas, dass sie es weiter versuchen musste und dass sie, wenn sie nur hartnäckig genug wäre, ihren Lohn bekommen würde.

Als Wolf im Aufzug des Krankenhauses allein war, lehnte er die Stirn gegen die metallene Wand und atmete tief durch. Er kam gerade von Gabi, die blass und zerstreut auf der gynäkologischen Abteilung lag, und wollte bei der Gelegenheit Fink einen Besuch abstatten. Gar nicht so sehr als Polizist, sondern als Katias Freund musste er endlich aus ihm herausbekommen, was er wusste. Als er drei Tage zuvor beim Aufwachen bemerkt hatte, dass sie in seiner Wohnung gewesen war, waren ihm die aberwitzigsten Ideen durch den Kopf geschossen, die ein rational denkender Mensch nicht zueinander in Bezug setzen konnte; er brauchte Antworten, irgendwer musste ihm das Unerklärliche erklären, und der Einzige, der sich dafür anbot, war Fink. Er hatte versucht, mit Gabi darüber zu sprechen, aber nach der Fehlgeburt war sie natürlich mit ihren Gedanken woanders und hatte für den Fall Fink und die mit ihm in Zusammenhang stehenden Fälle im Moment nicht den Kopf frei. Sie hatte mit ihrem Privatleben erst einmal genug Sorgen. Wie er im Grunde auch.

Fink war wach, und ein verdrießlicher Zug um seine Lippen in dem ansonsten ausdruckslosen, einer römischen Statue gleichenden Gesicht verriet, dass er über diesen Besuch nicht unbedingt erfreut war. Wolf entschied sich darum, ganz direkt zu sein: »Ich komme, um Ihnen ein Geschäft vorzuschlagen, Professor.«

Fink sah ihn weiterhin ausdruckslos an.

»Viel weiß ich zugegebenermaßen nicht, aber immerhin genug, um Ihre Rolle zu begreifen, bezüglich dieser Schriftstücke und Bilder, die … die Realität verändern können.«

Fink blinzelte, er machte den Mund auf, vielleicht um zu widersprechen, und schloss ihn dann wieder.

»Ich verstehe, dass Sie nicht jedem von Ihrer Reise an einen Ort erzählen, der nach praktischem Verständnis gar nicht existiert, aber ich muss ein paar Dinge wissen.« Wolf blockte mit einer Handbewegung die abwehrende Reaktion des Professors ab. »Lassen Sie mich bitte ausreden. Ich bin bereit, Ihnen bei der Konstruktion einer mehr oder weniger überzeugenden Lüge zu helfen und Sie zu unterstützen, bis über die ganze Angelegenheit Gras gewachsen ist, aber dafür müssen Sie mir alles sagen, was Sie wissen.«

»So groß ist Ihre Neugier, Chefinspektor?« In Finks feinem Lächeln lag etwas Vorwurfsvolles, das Wolf zu ignorieren beschloss.

»Mindestens so groß wie Ihre, der Sie Ihre Karriere aufs Spiel gesetzt und es in Kauf genommen haben, des Mordes angeklagt zu werden.«

»Ich war nicht hier, als die beiden Menschen umgebracht wurden.«

»Und wer stützt Ihr Alibi, Professor? Die anderen Turnierritter?«

Fink presste die Lippen zusammen und blickte aus dem Fenster.

»Schon gut. Wir haben ein Geständnis. Das genügt uns. Dass der Mörder verschwunden ist, ändert daran nichts.«

»Verschwunden?«

»Ja. Genau wie Sie.«

»Katia?«, fragte Fink mit zitternden Lippen.

Wolf schüttelte langsam den Kopf.

»Ein Freund von ihr. Ein anderer ... Reisender, nennen Sie sie so?«

Wieder wandte Fink den Blick ab.

»Wie sind Sie auf Katia gekommen? Halten Sie sie zu so etwas fähig?«

Die Stille zog sich wie Gummi.

»Los, sagen Sie es mir schon. Nur so kommen Sie hier raus, ohne Ihr Gesicht vollständig zu verlieren.«

»Katia hat den Schlüssel zu den Türen«, rückte Fink endlich widerwillig heraus. »Ich dachte, sie als Einzige könnte sie dank des Notizbüchleins von Valcárcel durchschreiten. Aber wenn jemand anderes es ebenfalls geschafft hat, heißt das, dass wir nichts wissen, dass wir uns alle geirrt haben.«

»Wen meinen Sie mit ›uns‹?«

Fink richtete sich in den Kissen auf, und während er auf einen Punkt an der gegenüberliegenden Wand starrte, entspannten sich allmählich seine Züge.

»Setzen Sie sich. Ich glaube, ich habe es Ihnen schon gesagt: Es ist eine lange Geschichte.«

Die Graf-Eladio-Straße lag in einem Nobelviertel aus den Zwanzigerjahren, damals errichtet für die Familien, die wie die Valcárcels mit Industrie, Bergbau oder Schiffswerften reich geworden waren. Diese Familien wollten in der Stadt bleiben, aber außerhalb der Altstadt wohnen, in deren enge Gassen nie Sonne fiel; sie wollten weiterhin sonntags zu Fuß in die Kirche gehen können und gleichzeitig in den Genuss eines Gartens und der frischen Meerluft kommen, ohne gleich auf einen Landsitz zu ziehen. Die Architekten, die man mit dem Bau solch herrschaftlicher Häuser, wie sie in dieser Straße standen, beauftragte, mochten Spanier gewesen sein, hatten aber bei britischen oder mitteleuropäischen Meistern gelernt; und auch die Gärten mit ihren Alleen, Brunnen und Eisenpergolen, die in ihrem jetzigen etwas verwilderten Zustand in Katias Augen noch schöner waren, mussten von Fachleuten angelegt worden sein.

Einige der Häuser waren unbewohnt, wenn auch nicht verwahrlost: Die vornehmlich weißen und grauen Fassaden waren gut gepflegt, sodass man ihr Leerstehen nur an den geschlossenen Fensterläden, an dem die Auffahrtsalleen überwuchernden Unkraut und dem sich auf den Markisen ansammelnden Laub erkannte.

Die in der Straße parkenden Autos waren gediegen, aber nicht protzig. Hier wohnten eben keine Neureichen aus unserer Epoche, es gab keine Ferraris oder Porsches; nur einen schwarzen, blitzsauberen BMW und einen etwas älteren Mercedes. Ansonsten war weit und breit keine Menschenseele zu sehen, und aus den Häusern drang kein Laut. Es würde schwierig sein, jemanden zu finden, den sie fragen konnte.

Der Himmel war wieder bedeckt, und ein kräftiger Wind wehte den Geruch des Meeres herbei und zerrte an den Ästen der blühenden Kastanienbäume und an der auf den Dachterrassen zum Trocknen aufgehängten Wäsche.

Katia hatte keine Ahnung, welches Haus das der Valcárcels gewesen war, darum ging sie einfach langsam durch die Straße und sah sich wie eine Touristin alles an. Dabei stellte sie sich vor, wie es sein mochte, in solch einem herrschaftlichen Haus mit Erkern, Balkonen mit Steinbrüstungen und Treppen aus Edelholz zu wohnen, wie es sein mochte, sich am späten Nachmittag unter diesen prächtigen Kastanien zum Tee mit der Familie zu treffen, die weiß gekleideten Damen mit ihren großen, mit Blumen geschmückten Hüten, die Herren in Leinenanzügen und extravaganten Fliegen. Sie wusste, dass man die alten Zeiten nicht verherrlichen durfte, dass damals die halbe Bevölkerung Umbrías in den Bergwerken von Rohino, auf der Ebene in Los Valles oder in den Fischerdörfern an der Küste verhungert war, dass es in kaum dreißig Jahren drei Kriege von entsetzlichem Ausmaß gegeben hatte. Trotzdem erfüllte es sie mit Behagen, durch diese verlassene Vorstadt zu spazieren und sich in eine Epoche zurückzuversetzen, in der alles leichter, eleganter angemutet haben musste: Sonnenschirme aus Spitze, Kaleschen, Mitternachtsbälle und Tafelfreuden auf dem Land.

Eine ins Schloss fallende Tür brachte sie in die Realität zurück. Sie blickte sich um und entdeckte schließlich drei Häuser weiter einen älteren Herrn, unglaublich groß und ganz in Schwarz gekleidet, der etwas gebückt die Treppe dieses besonders stattlichen Hauses herunterkam und auf ein ebenfalls schwarzes Auto zuging, an dem ihn ein Chauffeur mit geöffneter Tür erwartete.

Sie eilte auf den Mann zu, bevor er ins Auto stieg. Ein Glück für sie, dass er so alt war, er musste an die achtzig sein.

»Entschuldigen Sie!« Sie schrie beinahe. »Entschuldigen Sie, bitte! Darf ich Sie etwas fragen?«

Der Mann drehte sich zu ihr um und wartete, auf einen Stock gestützt.

Außer Atem kam sie bei ihm an und musste erst kurz Luft holen, bevor sie zu sprechen ansetzen konnte.

»Immer mit der Ruhe, mein Fräulein. Was ich vorhabe, eilt nicht so sehr, als dass ich mir nicht die der Höflichkeit gebührende Zeit nehmen könnte.«

»Danke. Ich heiße Katia Steiner und suche das Haus der Valcárcels de Luna. Auf der Gemeinde hat man mir gesagt, sie hätten in dieser Straße gewohnt.«

Der Mann musterte sie und lächelte: »Es ist sehr angenehm, dass es immer noch junge Leute gibt, die sich auszudrücken verstehen. Es ist tatsächlich so, wie Sie sagen, mein Fräulein, sie haben gewohnt. Wir waren über siebzig Jahre Nachbarn.«

»Sie wohnen nicht mehr hier?« Man hörte die Enttäuschung so sehr heraus, dass der alte Herr erneut lächelte.

»Die Zeit vergeht, die Familien sterben aus. Es tut mir leid, Sie enttäuschen zu müssen. Das Haus ist seit vielen Jahren verschlossen, ein Verwalter schaut nach dem Rechten.«

»Aha, aber lebt denn die Señora noch?«

»Señora Valcárcel? Sind Sie eine Angehörige?«, fragte er und musterte sie wie auf der Suche nach irgendeiner entfernten Ähnlichkeit.

Sie hatte das Gefühl, dass es von ihrer Antwort abhing, ob der Herr ihr noch weitere Auskünfte geben würde, sodass sie sich um eine möglichst vorsichtige Formulierung bemühte.

»Das nicht, aber ihr Großneffe aus Rom hat mich hergeschickt. Ich muss unbedingt zu ihr Kontakt aufnehmen, wenn sie noch lebt.«

»Ihr Großneffe, sagen Sie?« Der alte Herr schien zu rechnen. »Claritas Enkel also.«

»Ja, von der Tochter von Antonio Valcárcel und Doña Laura de Luna, die Alberto Azzaro geheiratet hat.«

»Sagen Sie, mein Fräulein, wie geht es Clara denn?«

»Sie ist schon vor einiger Zeit gestorben, Herr ...«

»Verzeihen Sie. Ich weiß nicht, wo ich in letzter Zeit meinen Kopf habe: Jaime de Luna, angenehm.«

»Sie sind aus der Familie?« Katia war so sichtlich überrascht, dass der Herr lachen musste.

»Wir sind Cousins fünften oder sechsten Grades. Hier in Almamarina sind die Lunas seit dem Mittelalter eine Art Seuche.«

Katia erinnerte sich, dass es in der berühmten Heiligenlegende ebenfalls geheißen hatte, Elia sei aus der Familie der Lunas, Vasallen des Prinzen von Almamarina.

»Arme Clarita! Was für ein Jammer! Obwohl es natürlich zu erwarten war. Sie war so ein hübsches Kind«, sprach er weiter, fast wie zu sich selbst.

»Ich bin gekommen, um Don José María Valcárcels Asche zu bringen, wie es sein Wille war. Darum suche ich die Señora.«

»Umbría nimmt seine Toten zurück, wie es in der Legende heißt. Chémari hat uns im Leben verlassen, nun möchte er zurückkommen, das ist normal.«

»Aber er wünscht, dass seine Asche auf Alma verstreut wird, von einem bestimmten Fenster seines Geburtshauses aus. Und ich finde niemanden, der mir sagen kann, wie ich nach Alma komme. Können Sie mir vielleicht helfen?«

Wieder musterte der Herr sie, als hoffte er, etwas zu entdecken, was es natürlich nicht gab.

»Ich weiß nicht. Alma ist nicht viel mehr als ein Felsen im Meer. Dort wohnen nur ein paar alte Leute, die so tun, als hätte sich die Welt nicht verändert.«

»Wohnen Sie auf Alma?«

»Ich komme und gehe«, sagte der Herr, und etwas an der Art, wie er redete, verriet Katia, dass das eine verschlüsselte Botschaft war, dass er ihr etwas sagte, ohne es auszusprechen, und auf eine Antwort wartete.

»Ich auch«, sagte sie endlich, ohne sich sicher zu sein, ob das seiner Erwartung entsprach.

»Wo wohnen Sie, Fräulein Steiner?«

»Im Ultrea«, antwortete sie prompt und verfluchte sich sogleich, weil sie jetzt das Hotel nicht mehr wechseln konnte.

»Ich werde mich erkundigen und mich sobald als möglich mit Ihnen in Verbindung setzen. Aber Sie müssen Geduld haben. Wir Alten haben ein anderes Zeitverständnis. Es ist mir eine Ehre, Sie kennengelernt zu haben.«

Katia reichte ihm die Hand; der Herr küsste sie, ohne sie zu berühren, dann ging er, etwas kokett auf seinen Stock gestützt, zum Auto.

Sie blieb noch eine Weile stehen und blickte dem Auto hinterher, und eine Minute später dachte sie, wie seltsam, dass ein so vornehmer Herr ihr nicht angeboten hatte, sie mit in die Stadt zu nehmen. Und ihr fiel ein, dass er ihr auf ihre Frage, ob die Señora Valcárcel noch lebte, nicht geantwortet hatte.

Die beiden folgenden Tage wurden für Katia zermürbend. Sie wusste, dass sie von dem achtzigjährigen Don Jaime keine Eile erwarten konnte, konnte sich aber dennoch nicht durchringen, das Hotel länger als eine Stunde zu verlassen, aus Angst, er könnte anrufen und es sich vielleicht anders überlegen, wenn er sie nicht gleich erreichte. Das Ultrea schlug ihr auf die Seele, sie hatte Byatts Roman beiseite gelegt, der sie in einem anderen Moment begeistert hätte, ihr jetzt aber einfach nur unglaubwürdig erschien. Überhaupt hatte sie auf keines der Bücher, die sie dabei hatte, Lust, sie hatte schon viermal in der Hauptpost in Oncira angerufen und jedes Mal die gleiche Nachricht erhalten, »es ist nichts auf Ihren Namen da; rufen Sie später noch mal an«, ihr verging der Appetit, und sie fühlte sich wie ein Tiger im Käfig. Sie war so verzweifelt, dass sie sogar Sigrid angerufen hatte, um sich bei ihr zu erkundigen, wie es in Wien so lief: Alec und die Argentinierin waren abgezogen, ohne eine Adresse zu hinterlassen, und auf ihre Stipendienbewerbung, die sie über acht Monate zuvor mit wenig Hoffnung eingereicht hatte, war nun die Absage eingetroffen. Der Verlag, dem sie ihre Erzählungen geschickt hatte, hatte immer noch nichts von sich hören lassen, Sigrid war so deprimiert wie immer und hatte ihr am Telefon ihr ganzes Leid geklagt, angefangen bei den Problemen mit ihrer Mutter bis zu den Bordeauxgläsern, die ihr kaputtgegangen waren.

Wie sie, sich die Haare raufend, vor der Frisierkommode saß, wäre sie fast vor Selbstmitleid vergangen. Wie konnte es sein, dass eine fast vierzigjährige, intelligente und gut aussehende Frau sich freiwillig in so ein Hotelzimmer sperrte und niemanden hatte, den sie anrufen konnte? Was hatte sie mit ihrem Leben angefangen, dass ihr in diesem Augenblick der Not nicht ein Mensch einfiel? Im Grunde wusste sie natürlich, dass sie ihren wenigen Freunden unrecht tat: Es gab Marianna, Wolf, Rocco. Aber mit Marianna wollte sie nicht reden, weil sie sich ihr gegenüber nur kindisch und lächerlich fühlen würde, bei Wolf hatte sie Angst, sie würde beim Klang seiner Stimme gleich in Tränen ausbrechen und ins Telefon schluchzen, dass er doch bitte herkommen und ihr helfen solle, und Rocco konnte sie nicht erreichen, und selbst wenn, war sein Bild mittlerweile verschwommen wie ein schöner Traum. Niemand sonst wusste von den anderen Wirklichkeiten, sie konnte mit niemand anderem über ihre Erlebnisse reden. Ihre Mutter und ihre Großmutter, die auf so viele auf einmal wichtig gewordene Fragen eine Antwort gewusst hätten, waren nicht mehr da. Außerdem hinderte die Angst sie, zu denken. Diese diffuse Angst, allein hier in Umbría zu sein, bei sich die Asche eines Mannes, von dem sie einmal gemeint hatte, er sei ein bewunderswerter Mann, und gegen den sie nur noch Ablehnung verspürte.

Fink war da noch!, fiel ihr auf einmal ein. Mit Fink konnte sie über alles reden, sogar über ihre Angst und ihre Zweifel.

Sie brauchte eine Weile, bis sie die Nummer des Krankenhauses herausgefunden hatte und man sie in sein Zimmer verbunden hatte.

»Siller«, meldete sich eine unbekannte Stimme.

»Guten Tag, könnte ich bitte mit Professor Fink sprechen?«

»Tut mir leid. Er ist heute Morgen entlassen worden. Rufen Sie bei ihm zu Hause an.«

Ohne sich zu bedanken, legte sie auf, und wieder dachte sie, die Welt hätte sich gegen sie verschworen. Jetzt musste sie noch einmal die internationale Auskunft anrufen und Finks Nummer herausbekommen, wenn er überhaupt nach Hause zurückgekehrt war. Er konnte genauso gut in ein Hotel gegangen sein oder sich entschlossen haben, ein paar Wochen mit seinem Sohn zu verbringen, oder er war auf der Flucht vor den Polizeiverhören nach *Terra incognita* zurückgegangen; sie wusste gut, wie stark die Versuchung sein konnte, zu verschwinden, erst recht in Finks Lage. Wenn sie im Besitz der Worte wäre, die ihr Roccos Welt öffnen würden, wäre sie vielleicht auch fortgegangen, und sei es nur, um das Warten zu erleichtern oder um sich zu verabschieden oder um ..., aber das waren absurde Gedanken. Wenn Rocco gewollt hätte, hätte er ihr den Schlüssel zu seiner Welt dagelassen, anstatt ihr einen Zettel mit diesem kindischen Rätsel hinzulegen. Das war das Ende eines Spielfilms, entsprechend seinem Verhalten, ein romantisches, geradezu lyrisches Ende – »wenn es dir nichts ausmacht, dein Leben an der Seite eines Mörders zu verbringen«, das hätte aus einem *film noir* der alten Schule stammen können, aus einem abgedroschenen Drehbuch, eleganter als ein »Lebe wohl, Zuckerpüppchen; die Zeit mit dir war schön«, auch wenn es genau das bedeutete.

Ohne dass sie es bemerkt hätte, weinte sie auf einmal vor dem Spiegel, geschüttelt von einem dummen Schluckauf, den sie nicht unterdrücken konnte, drauf und dran, sich selbst auf die Schulter zu klopfen, wenn es schon kein anderer für sie tun konnte. Wütend durchwühlte sie den Rucksack nach den unverzichtbaren Papiertaschentüchern, und als sie das Päckchen hervorzerrte, zog sie einen Zettel mit heraus, der an dem selbstklebenden Verschluss hing: die Telefonnummer, die ihr die Frau auf der Gemeinde gegeben hatte. Aber es war sinnlos, anzurufen. Sie setzte jetzt alles darauf, dass Don Jaime der Señora ihre Mitteilung ausrichten und sie einverstanden sein würde, sie zu empfangen. Dann brauchte sie nur noch irgendwen zu finden, der sie auf die Insel fuhr.

Es lohnte wirklich nicht, anzurufen. Aber sie hatte ein derartiges

Bedürfnis, irgendeine Stimme zu hören, dass sie beschloss, es zu versuchen, schließlich hatte die Frau ganz nett gewirkt, und vielleicht könnten sie sich zum Abendessen oder auf ein Gläschen in einer Bar verabreden. Alles, nur nicht noch einen Abend im Ultrea im Speisesaal herumsitzen, alles, nur nicht allein ausgehen müssen.

»Carmen? Ich bin Katia, ich weiß nicht, ob …«

»Na klar, ich habe nur deine Stimme nicht gleich erkannt. Bist du erkältet?«

»Ein bisschen; nicht schlimm.«

»Gerade eben habe ich an dich gedacht. Hättest du Lust, heute Abend auszugehen? Almamarina ist nicht Madrid, aber ich dachte, dass du dich vielleicht langweilst, und ein paar nette Lokale gibt es schon.«

Ein Gefühl der Dankbarkeit durchströmte sie.

»Danke, Carmen. Ich freue mich sehr. Das Hotel hier ist ein Grab.«

»Dann bist du also im Ultrea.«

Ihr war gar nicht klar gewesen, dass Carmen gar nicht wusste, in welchem Hotel sie war.

»Ich hole dich um sieben ab, ja?«

»Hervorragend. Sag mal«, sagte sie noch, bevor sie auflegten, »habt ihr eigentlich irgendwas herausgefunden?«

»Ja, warte, ich schau nach. Manolita hat eine Beerdigung eines Martínez Peña gefunden, 1977, aber es war ein Mann.«

»Bis du dir sicher?«

»Aber ja. Geschwister hatte er auch keine. Manolita hat überall nachgesehen. Er ist mit sechsundsiebzig Jahren gestorben und hat keine Nachkommen hinterlassen.«

3
Alma

Im Café Central ließ sich Professor Duroselle mit einem tiefen Seufzer der Erleichterung auf den Stuhl am Fenster fallen und bestellte gleich einen doppelten Rémy Martin und einen Tee mit Zitrone für Fink. Ein paar Minuten lang sagten sie gar nichts, obwohl sie einiges zu besprechen hatten; vielleicht wäre es doch besser gewesen, wenn nach dem Besuch auf der Polizeiwache erst mal jeder seines Weges gegangen wäre.

»Ich habe mich in meinem ganzen Leben noch nicht so lächerlich gefühlt wie heute, Helmut, das schwör ich dir«, entfuhr es Duroselle endlich. Er sah die Reaktion in Finks Augen und schob rasch nach: »Ich werfe dir nichts vor, das weißt du, uns blieb ja nichts anderes übrig, aber ich glaube, ich bin einfach nicht mehr im Alter für solche Spielchen.«

»Du denkst wohl, mir hat das Vergnügen bereitet …«, entgegnete Fink beleidigt.

»Natürlich nicht, das weiß ich doch, aber wäre es nicht auch anders gegangen, als zur Polizei zu gehen und zu erklären, dass wir, gesetzte Herren, uns einmal im Jahr zu Hampelmännern machen und Turnier spielen …?«

»Gesetzte Herren wie wir treiben noch ganz andere Dinge, die noch viel schwerer einzugestehen sind, Émile.«

Duroselle sah weg.

»Es gibt Unternehmer, die Guerillakrieg spielen«, redete Fink weiter, »leitende Direktoren, die als Sextouristen nach Thailand fliegen, es gibt Zoophile und Päderasten und andere, die sich tagelang nackt in einer Höhle fesseln und hin und wieder von einer Domina auspeitschen lassen … was wir ihnen heute erzählt haben, ist lächerlich, da hast du vollkommen recht. Aber so peinlich ist es auch wieder nicht. Hauptsache, ihr Verdacht hat sich nicht bestätigt, auch wenn es sich absurd angehört hat.«

Die Bedienung stellte die Getränke auf den Tisch und unterbrach damit ihre Unterhaltung. Duroselle nahm einen langen Schluck Cognac, und anstatt das Glas abzustellen, schmiegte er die Hand darum und deckte es mit der anderen zu, damit sich das Aroma intensivierte.

Er ging noch einmal die abstruse Geschichte durch, die er gerade der Polizei gegenüber bestätigt hatte: Angeblich hätten sie sich in den Osterferien zu einem der Renaissanceturniere getroffen, die der Club der Dreizehn organisierte, Fink sei verletzt worden, wenn auch nicht schwer, und Zambiasi hätte den Auftrag erhalten, ihn in Innsbruck krank zu melden, doch kurz nachdem sie auseinandergegangen seien, sei auch er mit einer schweren Grippe, die zur Lungenentzündung ausgewachsen war, ins Krankenhaus eingeliefert worden – was absolut stimmte und nachprüfbar war –, weshalb das Institut für Romanistik nicht darüber in Kenntnis gesetzt worden war, dass Finks Rückkehr sich noch einige Wochen verzögern würde. Unterdessen habe sich Fink im Haus seines Kollegen, des emeritierten Professors Alfredo Donni, in Sirmione erholt und überhaupt nicht geahnt, dass niemand seinen Aufenthaltsort kannte. Dass auch sein Sohn nichts wusste, sei der Tatsache zuzuschreiben, dass Fink sich nicht in der Lage gefühlt habe zu lügen und ihm auch die Wahrheit nicht habe sagen können. Es war eine dermaßen idiotische und an den Haaren herbeigezogene Geschichte, dass es unfassbar war, dass man sie ihnen geglaubt hatte.

»Ja. Sie haben sie geglaubt«, murmelte Duroselle. »Wer hat sie sich ausgedacht?«

»Altmann selbst. Da keine offizielle Anklage vorliegt, gibt es keine rechtlichen Probleme.«

»Aber akademische Probleme, vermute ich.«

Fink fuhr sich über die Stirn: »Ja, vermutlich, aber das ist mir egal. Ich werde den Pensionsantrag einreichen.«

»Du hast doch nicht mehr lange bis zur Emeritierung, willst du wegen dieser Geschichte auf dein volles Gehalt und deinen Ruf verzichten?«

»Ich mag einfach nicht mehr.«

»Und was willst du machen, wenn du in Rente bist?«

»Reiten, Lesen, ins Theater gehen … ich weiß nicht. Man sagt, es gibt ein Leben nach der Universität«, schloss er mit einem traurigen Lächeln.

»Und *Terra incognita*?«

Beide wussten, dass das die Frage war, die ihnen unter den Nägeln brannte und auch das Einzige, was sie verband: die Passagen, die Welten, die Möglichkeit, zwischen ihnen hin und her zu wechseln.

»Abwarten. Jetzt liegt alles in Katias Händen.«

Duroselle trank in einem Zug seinen Cognac aus.

»Es ist wie immer: Am Ende hängt alles von einer Frau ab. Wo ist sie?«

»Ich weiß es nicht, Émile. Laut Altmann ist sie derzeit unauffindbar, angeblich regelt sie in Umbría irgendetwas im Zusammenhang mit José Marías Erbe.«

»Leben von ihm noch Verwandte in Spanien? Er hat uns doch immer gesagt, wir seien seine Erben.«

»So war es vorgesehen, aber du siehst ja, ohne ihn funktioniert es nicht.«

»Und mit dieser Katia schon?«

»Dränge mich nicht zu irgendwelchen Aussagen, Émile, ich weiß genauso wenig wie du. Ich weiß nicht, ob man außer diesem verdammten Buch noch etwas anderes braucht, das José María hatte und wir nicht haben. Ich weiß auch nicht, ob Katia es hat. Vielleicht hat irgendwer bemerkt, dass wir uns durch den Hintereingang auf das Fest geschlichen haben und uns vor die Tür gesetzt. Am besten stellen wir uns darauf ein, dass es vorbei ist.«

»Damit würde mein ganzes Leben seinen Sinn verlieren«, sagte Duroselle langsam und leise. »Alfredo ist am Boden zerstört. Manche sind fassungslos, andere wütend. Wenn wir nicht mehr hinüberkönnen, dann …«

»Jetzt hör endlich mit dem Gejammer auf; du machst mich ganz krank!«

Duroselle nahm sich zusammen: »Kommst du Ende des Monats nach Sirmione zur Jahresversammlung?«

»Das weiß ich noch nicht. Sobald ich von Katia etwas höre, werde ich es euch mitteilen, keine Sorge.«

»Und wenn nicht?«

»Wenn nicht, dann ist es, wie du es selbst gesagt hast.« Er stand auf und zückte das Portemonnaie. »Dann hat es im Grunde keinen Sinn mehr.«

»Na? Wie hat dir das Schwein, die Spezialität Umbrías, geschmeckt?«

Sie hatten zwei riesige Portionen Schwein nach Lotars Art verzehrt, wie man sie im La Nana servierte, und Katia musste mit dem Sessel etwas nach hinten rücken, um noch an den Tisch zu passen.

»So etwas Gutes habe ich noch nie im Leben gegessen, aber jetzt muss ich ein paar Tage fasten, wenn ich weiter in meine Hosen passen will.«

Carmen lächelte, wie jeder in Umbría war sie auf den kulinarischen Reichtum der Region stolz, als hätte sie das Schwein eigenhändig zubereitet.

»Wie ich es dir gesagt habe: Es ist nicht Madrid, aber es gibt ein paar gute Dinge.«

»Erzähl.«

»Das hier«, sie deutete mit ausholender Geste auf das nostalgisch dekorierte und mit Petroleumlampen beleuchtete Lokal, »und dann gibt's noch einen guten Schuppen mit Livemusik, Jazz, Blues, irische Musik, alles mögliche, und noch ein sehr angenehmes Pub …«

»Und abgesehen von den Bars und Restaurants?«

Carmen lachte, dann wurde sie wieder ernst: »Du meinst, was ich so treibe in diesem Nest?«

Katia nickte. Auch sie lächelte.

»Schwer zu erklären. Ich habe fast drei Jahre in London gelebt, zuerst als Au-pair, dann als Kellnerin, und zum Schluss war ich Rezeptionistin in einem bescheidenen Hotel. Mir ist es ziemlich gut gegangen … aber … ich weiß nicht, wie ich es erklären soll. Umbría entlässt einen nicht. Umbría prägt allen Menschen, die hier geboren sind, den Stempel auf, hält sie fest. Du kannst zwar weggehen, aber du fühlst dich wie an einem Gummiband; sobald du nachlässt, zack!, bist du wieder hier. Und glaub mir, es ist angenehm. Wenn du in Almamarina auf der Gemeinde arbeitest, kennst du nach ein paar Jahren jeden. Auf der Straße wirst du gegrüßt, man kennt dich in den Geschäften, man vertraut dir, wenn du nicht genug Geld dabei hast … das klingt dumm, ich weiß. Du musst es dir so vorstellen: Du lebst mit dem Gefühl, irgendwohin zu gehören, ich weiß auch nicht, wie ich es ausdrücken soll, zu der Gemeinschaft zu gehören, der Lebensart, der Landschaft. Das klingt jetzt irgendwie spießig, aber auf Spanisch fällt mir kein passender Ausdruck dafür ein.«

»Sag's auf Englisch«, ermunterte Katia sie.

»It feels right to be here. Du weißt, dass es gut ist, dass es so sein soll, nichts anderes.«

»Aber im neunzehnten Jahrhundert und auch in der Nachkriegszeit sind viele von hier ausgewandert.«

»Gezwungenermaßen. Das ist keine reiche Gegend, die Menschen hatten keine Wahl. Aber alle kehren zurück. Tot oder lebendig. Du siehst es selbst.«

»Ja, das sehe ich.« Katia dachte an die Urne, die sie in den schrecklichen Kleiderschrank des Ultrea gestellt und mit einem Tuch zugedeckt hatte, um sie nicht jedes Mal sehen zu müssen, wenn sie etwas zum Anziehen rausholte. Carmen hatte recht; dazuzugehören war ein gutes Gefühl, die Gewissheit zu haben, an dem Ort zu sein, an den man hingehörte, so wie in den Sommern ihrer Kindheit auf der Hexenalm.

»Meine Großeltern sind nicht nach Umbría zurückgekehrt. Sie sind weggezogen, als mein Großvater in Rente gegangen ist, um näher bei uns zu sein«, sagte Katia.

»Das ist wirklich selten. Meine Eltern würden sich nicht mal gefesselt von hier wegtransportieren lassen. In meinen drei Jahren London war meine Mutter einmal für eine Woche zu Besuch, mein Vater überhaupt nicht. Wenn ich dort geheiratet hätte, hätten wir in den Ferien hierherkommen müssen. Wahrscheinlich waren deine Großeltern gar nicht wirklich hier verwurzelt.«

»Laut meinem Großvater geht unsere Familie auf den Grafen Eladio zurück, und das will schon was heißen.«

»Komm, wir bestellen einen Orujo und gehen dann woanders hin. Was hast du morgen vor? Willst du weiter auf den Anruf von Graf Dracula warten?«

Katia hatte ihr von ihrer Begegnung mit Jaime de Luna erzählt.

»Was bleibt mir anderes übrig! Aber zuerst werde ich nach Oneira fahren und mich mit dem Drachen auf dem Hauptpostamt herumschlagen. Die Alte soll verdammt noch mal endlich die Dokumente rausrücken, die man mir aus Rom geschickt hat.«

»Lolita Méndez? Eine alte Meckerziege, die die ganze Zeit nur darüber jammert, wie viel Arbeit sie hat und dass die Kunden ihr den ganzen Vormittag stehlen?«

»Die muss es sein.«

»Sag ihr, dass Doña Piedad dich schickt, das klappt bestimmt.«

»Meinst du?«

»Ja, natürlich. In Oneira gibt es drei historische Denkmäler: das Rosentor, das Casino und Lolita Méndez. In Almamarina nur zwei: Santa Elia de las Ánimas und Doña Piedad.«

Als sie den Orujo ausgetrunken hatten und bezahlten, lachten sie noch immer.

Im Taxi zurück nach Almamarina, das Päckchen wie ein wenige Monate altes Baby an die Brust gedrückt, wunderte Katia sich noch immer, dass alles so einfach gewesen war. Natürlich war es möglich, dass das Päckchen in der Zwischenzeit einfach aus Rom eingetroffen war, aber es war nicht von der Hand zu weisen, dass der Name Doña Piedad die säuerliche Miene, mit der sie der Drache beim letzten Mal empfangen hatte, in ein leuchtendes Lächeln verwandelt hatte. Danach war alles ganz einfach gewesen: das Päckchen auf dem Tresen, die Unterschrift in dem Buch, der Versuch der alten Frau, mit der einsilbigen Katia ins Gespräch zu kommen, die so schnell wie möglich aus diesem unterirdischen Amt wegwollte. Sie wollte sich endlich in ihr Hotelzimmer einschließen und Valcárcels Papiere lesen, die dieser vor so langer Zeit versteckt hatte und die, wenn sie sich nicht täuschte, die Briefe sein mussten, die José ihm bis zum endgültigen Bruch zwischen ihnen geschrieben hatte.

Sie hatte sich nicht getraut, das Päckchen gleich im Taxi zu öffnen, damit nur ja nichts verloren ging oder beschädigt wurde. Sie konnte es kaum erwarten, sich in ihr Zimmer einzuschließen und die Frisierkommode frei zu räumen, um darauf in aller Ruhe die alten Liebesbriefe zu lesen.

Nachdem sie an der Rezeption ihren Schlüssel verlangt hatte, fluchte sie innerlich über die Langsamkeit des Angestellten, und als sie endlich auf der Treppe war, rief man sie zurück: »Fast hätte ich es vergessen! Don Jaime de Luna erwartet Sie um Punkt zwölf an der Mole. Er hat mir eingeschärft, Ihnen zu sagen, dass Sie pünktlich sein sollen.«

Katia fühlte sich der Ohnmacht nahe, sie sah auf die Uhr: Es war zwanzig vor zwölf.

Der Rektor der Universität Innsbruck bekam vom Dekan der Geisteswissenschaftlichen Fakultät eine Mappe, der eine handschriftliche Notiz beigelegt war:

Lieber Philip:

Ich schicke Dir die Unterlagen im Zusammenhang mit dem Verschwinden und plötzlichen Wiederauftauchen von Kollege Fink, dazu auch den Brief des Vorstands des Instituts für Romanistik, Kollege Mötz, in dem er mich, wie Du sehen kannst, auffordert, Fink wegen der sechswöchigen Abwesenheit aus dem Dienst zu entlassen. Das hieße für ihn Rente statt Emeritierung, verbunden mit den entsprechenden finanziellen Einbußen, ganz zu schweigen von der Beschädigung seines Ansehens. Ich gebe offen zu, dass ich nicht weiß, wie ich die Sache handhaben soll, darum habe ich mich entschlossen, sie an Dich zu übergeben.

Deinem Urteil vertrauend, mein herzlicher Gruß.

Der Rektor überflog die Unterlagen in der Mappe, nahm sich noch einmal Mötz' Brief vor, um einzuschätzen, wie aufrichtig er gemeint war. Nach ein paar Minuten hob er den Telefonhörer ab: »Seien Sie so gut und verbinden Sie mich mit dem Herrn Dekan.«

Als er aus den gewählten Worten des Dekans herausgehört hatte, dass zwischen den beiden Romanisten offenbar deutliche Spannungen bestanden, brach er das Gespräch ab und sah sich noch einmal den Brief an, der nun noch abstoßender auf ihn wirkte als bei der ersten Lektüre. Ganz offensichtlich wollte hier jemand Revanche: Mötz wollte Fink schaden und fuhr dazu schweres Geschütz auf, und das war dem Rektor zutiefst zuwider. Fink hatte noch zwei Jahre bis zu seiner Emeritierung; wenn er nicht selbst Antrag auf vorzeitigen Ruhestand eingereicht hatte, hieß das, dass man ihn wegen einer Lappalie aus der Institution hinauswerfen müsste, der er ein Leben lang gedient hatte.

Um Mötz einen Strich durch die Rechnung zu machen, schrieb er die beiden Buchstaben »z.W.« auf die Mappe, »zur Wiedervorlage«, und setzte als Termin den Februar des nächsten Jahres daneben.

Dann legte er die Mappe auf den Erledigt-Stapel und schlug seufzend die nächste Mappe auf.

Katia schlug das Herz bis zum Hals, als sie am Hafen ankam. Im Arm hatte sie eine Tüte mit den Dokumenten, darunter auch das Päckchen, das sie gerade erhalten hatte, und der Rucksack auf ihrem Rücken wog so schwer, als hätte sie Steine hineingetan statt ihrer Sachen und der Urne. Sie sah sich nach Don Jaimes groß gewachsener Gestalt um, sah ihn aber nicht. Auf ihrer Uhr war es eine Minute nach zwölf. War es möglich, dass er schon abgefahren war? Abgesehen von einem über die Mole spazierenden Rentner sorgten nur die städtischen Gärtner für Leben, die an die Straßenlaternen weiße und lila Petunien anbrachten.

Das Meer war ruhig, auf dem silbernen, schweren Wasser tänzelten Lichtreflexe; die Luft war klar, nur die höheren, weiter entfernten Gebäude lagen verschleiert im Dunst.

Während sie verschnaufte, sah sie sich die im Hafen liegenden Boote an: Vielleicht wartete Don Jaime auch in einem der Boote auf sie, nur in welchem? Sie stellte sich vor, dass eines der Boote ablegen und auf den Hafenausgang zusteuern würde – und sich dort die tintenschwarze Gestalt des Alten wie ein Tadel für ihre Verspätung auf dem Deck abzeichnen würde. Am liebsten hätte sie schreiend auf sich aufmerksam gemacht.

Plötzlich sprach ein Mann neben ihr sie an: »Fräulein Steiner? Ich heiße Tomás. Don Jaime schickt mich.«

Neben ihr stand ein etwa fünfzigjähriger, gegerbter und stämmiger Mann, kleiner als sie, mit einer Wollmütze und einer blauen Regenjacke. Katia versuchte, eine Hand frei zu machen, um sie ihm zu reichen, aber der Mann schien ihre Geste misszuverstehen und griff die Tüte, anstatt ihre ausgestreckte Hand zu drücken.

»Hier geht's lang.«

Mit einem Satz sprang Tomás auf ein Motorboot und half ihr hinauf.

»Das Meer ist gut heute«, sagte er, während er die Taue löste. »Keine Sorge. Die Fahrt ist ganz kurz.«

Katia fragte sich, ob der Mann immer so fürsorglich war oder ob er ihr ansah, dass sie leicht seekrank wurde.

»Wie lange braucht man?«

»Unterschiedlich.«

Ohne sie anzusehen, setzte er sich neben sie ans Steuer und ließ den Motor an, woraufhin das Boot sanft übers Wasser glitt.

»Don Jaime kommt nicht mit?«, fragte Katia über das Motorengeräusch hinweg.

»Nein, mein Fräulein. Ich bringe Sie dorthin, wo Sie hinmüssen. Lehnen Sie sich zurück und genießen Sie die Überfahrt.«

Katia sah mit hochgezogenen Augenbrauen zu dem Mann; er hatte ihr praktisch gesagt, dass sie am besten den Mund halten sollte. Sie wartete noch ein paar Sekunden, ob er so gnädig sein und ihr noch etwas sagen würde, und als sie sich davon überzeugt hatte, dass Tomás nicht gerade der Prototyp des gesprächigen Dienstboten war, setzte sie den Rucksack ab, stellte die Tüte zwischen ihre Beine und holte ihre Regenjacke heraus, denn kaum hatten sie das Hafenbecken verlassen, spritzte die Gischt. Dann beschloss sie, auf den Mann zu hören und die Fahrt, so gut wie es ging, zu genießen.

Zum ersten Mal in ihrem Leben fuhr sie an einen Ort, über den sie rein gar nichts wusste. Sie war immer die typische Bildungsreisende gewesen, die sich vor einer Reise mehrere Bücher kauft, um sich über die Geschichte, die Sprache und die Landessitten zu informieren, die schon vorab die interessantesten Baudenkmäler und Öffnungszeiten der Museen im Kopf hat und sogar Listen erstellt, was man in welcher Reihenfolge besichtigen sollte. An diesem Sinn fürs Praktische, der einem Zeit und Mühen ersparte und den ihr Vater seinen beiden Kindern vererbt hatte, war Alec auf ihren gemeinsamen Reisen schier verzweifelt. »Verdammt noch mal, kannst du nicht einfach mal den Augenblick genießen? Willst du dich denn gar nicht überraschen lassen, in eine Stadt fahren und selbst sehen, was sie dir bietet, anstatt dir von irgendwem vorschreiben zu lassen, was du dir aus welchem Blickwinkel anschauen sollst?« Auf ihrer letzten Reise, drei Jahre zuvor, nach Malta, hatten sie deshalb richtig Streit bekommen. Sie waren bei Nacht angekommen, und sie hatte darauf bestanden, dass sie, bevor sie nach Valletta hineingehen würden, von Sliema aus mit dem Schiff fahren und zuerst Maltas großen Hafen sehen sollten, damit sie den gleichen ersten Eindruck von der Stadt und der Insel bekämen wie die Reisenden vor vielen hundert Jahren: das Meer, die Befestigungsanlagen, die Festung an der Hafeneinfahrt, die Hafenbecken, die Wachposten, die Kirchen und Paläste, die sich hundert Meter über ihnen erheben würden; und erst dann, wenn sie ein Gefühl für die Uneinnehmbarkeit dieses Orts bekommen hätten, würden sie über die Steinbrücke nach Valletta hineingehen und von oben, vom Aussichtspunkt Baracca, auf die Schiffe im Grand Harbour blicken. Alec war wütend geworden: »Wir hätten uns das Geld für die Reise sparen können. Ich schlage vor, du liest alles, erzählst es mir, und ich stelle mir vor, wir wären hier gewesen.« Es war unmöglich gewesen, ihn davon zu überzeugen, dass Wissen die Vorfreude erhöht, dass man, wenn man bestimmte Dinge weiß, offen sein kann für alles, was nicht in den Büchern steht: Gerüche, Farben, die im Februar blühenden Rosenstöcke, die Mimosen, deren Knospen kurz vorm Aufplatzen waren. Sie war dann allein durch den Hafen von Malta gefahren, und sie hatten sich zum Abendessen im Hotel verabredet. »Du hast eine

Buchhalterseele, Katia«, hatte er ihr an dem Abend gesagt, »du bist wie eine alte Jungfer auf Reisen.« Aber da er bei seinen Worten gelächelt und ihr gleich darauf von seiner Unterhaltung mit einem Messdiener in der Kathedrale St. John erzählt hatte, der ihn durch das Kirchenschiff geführt und ihm Dinge eröffnet hatte, die kein Japaner mitbekommt, wollte sie glauben, dass es eben vorkommt, dass zwei Menschen sich lieben und dennoch sehr unterschiedlich sind. Sie hätte sich damals klarmachen müssen, dass es mit ihnen nicht gut gehen konnte, dass sie, so spontan und abenteuerlustig sie sich im Vergleich zu ihrem Vater immer gefühlt haben mochte, für Alecs Lebensstil streng und engstirnig war. Wenn sie in Malta den Mut gehabt hätte, mit ihm Schluss zu machen, wären ihr zwei quälende Jahre der Trennung erspart geblieben.

Was würde Alec jetzt denken, wenn er sie zu einem Unbekannten in ein Boot steigen sähe, um zu einem Ort zu fahren, der in keiner Landkarte eingezeichnet war? Was würde ihr Vater denken, wenn er wüsste, dass sie niemandem von ihren Plänen erzählt hatte und niemand sie im Notfall auffinden könnte? Die Vorstellung beunruhigte sie, und sie spürte entlang ihrer Wirbelsäule einen kalten Schauder. Aber das konnte auch an dem kalten Wind vom Meer liegen, an den eisigen Spritzern der Wellen, die das Boot auf seiner Fahrt auf den grauen, leeren Horizont zu durchschnitt. Welche Garantie hatte sie, dass irgendwer sie aufs Festland zurückbringen würde? An wen konnte sie sich wenden, wenn sie erst mal auf der Insel war? Wer würde sie suchen, wenn sie nicht zurückkehren würde?

»Setzen sie sich herein, Fräulein. Wir haben nun stärkeren Seegang.«

Tatsächlich hüpfte das Boot immer heftiger, und der Wind, der bislang eher eine Brise gewesen war, peitschte ihr ins Gesicht, dass ihre Nase und ihre Ohren eiskalt wurden. Nachdem sie ihre Sachen gepackt hatte, kroch sie in die verglaste Kabine und setzte sich neben den Kapitän. Der Wind zerzauste ihr nun nicht mehr die Haare, und es war einigermaßen warm. Der Horizont war immer noch leer, und Tomás schwieg.

»Ist es noch weit?«

Der Mann schüttelte den Kopf.

Katia sah ihn perplex an. Wie konnte es nicht mehr weit sein, wenn man noch nicht einmal am entferntesten Rand des Horizonts die Insel erahnte, nicht mal als feinen Strich, doch zu mehr Worten war Tomás offenbar nicht bereit, und so richtete sie den Blick gebannt auf die Stelle, wo das Meer sich grau in grau ohne erkennbaren Übergang im Himmel aufzulösen schien.

Plötzlich tauchte direkt vor dem Bug, so schwach, dass sie sich nicht einmal sicher sein konnte, die Ahnung einer Färbung auf, eine Art schillernder Fleck, wie die Benzinaugen in den Hafenbecken, allerdings nicht im Wasser, sondern zwischen dem Boot und dem Horizont in der Luft, ein unregelmäßiger Strudel, der langsam die Farbe wechselte, so verwischt, dass sie sich ein paarmal die Augen reiben musste, weil sie dachte, es wäre nur eine Sehstörung. Sie erinnerte sich, dass es ihr schon einmal so ergangen war: Wenn sie aus dem Augenwinkel geblickt hatte, waren am Rand ihres Sichtfelds glitzernde, gesprenkelte Flecken aufgetaucht, was sie damals so in Panik versetzt hatte, dass sie sofort zum Augenarzt gerannt war; es hatte sich als ein harmloses, von Blutzuckermangel ausgelöstes Stresssymptom herausgestellt, das verschwand, sobald man etwas aß.

Der Effekt jetzt war ganz ähnlich und noch beunruhigender, weil dieser Fleck wirklich da draußen war, zur anderen Seite hin sah sie nämlich alles normal. Tomás schien nicht beunruhigt zu sein. Entweder sah er es nicht, oder er kannte es. Sie fuhren weiter in direktem Kurs auf die Farbspirale zu, die sich wie ein Bildschirmschoner träge in sich drehte und immer gleich blass blieb.

Auf einmal packte Tomás mit aller Kraft das Steuerrad, und der Bug stach in den schillernden Nebelstrudel.

»Jetzt«, hörte sie ihn murmeln.

Wie aus dem Nichts zeichneten sich am Horizont die Umrisse eines Eilands ab, und Tomás lächelte.

»Was heißt hier, er verlässt dich?«

Gabi hatte das Gesicht gegen die Wand gekehrt und weinte still. Ihre Tränen rannen auf den Bettbezug und bildeten feuchte Flecken neben ihrem Kinn. Wolf, der auf der anderen Seite stand, versuchte noch immer zu verstehen, was mit seiner Kollegin los war. Er hätte diesem Thomas in sein widerliches Milchbubengesicht schlagen können.

»Er sagt, dass er es schon seit einer Weile denkt und dass er sich nicht getraut hat, es mir zu sagen«, sagte Gabi mit gebrochener Stimme. »Er sieht sich nicht in der Lage, die Verantwortung für ein Kind zu tragen, und er sagt, dass ich zu viel von ihm will, dass ich alles zu ernst nehme, dass er zu jung ist und noch nicht so weit, was weiß ich ...«

»Wie alt ist er?«

»Zweiunddreißig.«

»Klar, praktisch noch ein Teenie«, sagte Wolf grimmig. »Man darf von dem armen Jungen nicht zu viel verlangen.«

»Es ist besser so, Wolf«, sagte Gabi und brach wieder in Tränen aus.

»Warum zum Teufel weinst du dann, wenn es besser so ist?«

Gabi brauchte eine Weile, bis sie eine Antwort herausbrachte: »Wegen mir, wegen des Babys, weil ich siebenunddreißig bin und mir so sehr gewünscht habe, etwas Eigenes zu haben. Obwohl natürlich ...«

»Was?«

»Thomas hat auf mich eingeredet.«

»Dass du abtreibst?«

Sie schüttelte den Kopf, schon wieder traten ihr die Tränen in die Augen.

»Nein. Er ist gegen Abtreibung. Wenn es nach ihm gegangen wäre, hätte ich es bekommen und zur Adoption freigeben sollen, verstehst du? Das alles erleben und danach mein Kind irgendeinem Fremden geben, der es aufzieht, als wäre es seins. Und ich würde mein ganzes Leben den Gedanken nicht los, was wohl aus meinem Kind geworden ist, wie es ihm geht, ob es glücklich ist. Am Anfang dachte ich auch, in meinem Leben sei kein Platz für ein Kind, aber dann ... Es wäre ein heftiger Einschnitt für mich gewesen, aber das wäre es wert gewesen. Und jetzt ...« Ihr brach erneut die Stimme, und sie brauchte ein paar Sekunden, um sich wieder zu fassen. »Ich hätte es einfach niemals weggeben können.«

Wolf streichelte ihr über die feuchte Stirn und das honigblonde Haar mit den helleren Strähnen.

»Du wirst schon noch eins bekommen, bestimmt.«

»Ja. Wie die Jungfrau Maria. Ich werde nämlich mein Leben lang keinen Mann mehr an mich ranlassen. Alles Arschlöcher.«

»He. Ich bin doch halbwegs nett.«

»Du bist kein Mann.«

»Ach, danke, es ist immer wieder erleichternd, zu hören, dass die anderen gut über einen denken.« Mit ein wenig Humor war doch alles gleich leichter zu tragen.

Gabi lächelte ihn zwischen den Tränen hindurch an.

»Du weißt, was ich sagen will. Wir passen als Paar nicht zusammen, und du bist mein einziger Freund. Ein Freund ist kein Mann, verstehst du. Außerdem hast du deine Frau Doktor.«

»Schön wär's.«

Eigentlich hatte er Gabi sagen wollen, dass er nun die Absicht hatte, seinen angesammelten Urlaub zu nehmen, um nach Spanien zu fahren und dort nach Katia zu suchen, aber wie konnte er ihr das gerade jetzt mitteilen?

»Warum gehst du sie nicht suchen, Wolf?«

Es war, als hätte sie seine Gedanken gelesen, darum versuchte er, das Thema zu beenden.

»Ich weiß nicht, wo sie ist.«

»Du bist Polizist, Kollege.«

»Und du?«

»Ich?«

»Was wirst du jetzt machen?«

»Ich werde mich krankschreiben lassen und mit Brigitte irgendwohin fahren, wo es warm ist, um über die Männer zu lästern.«

»Ich ruf dich an, Liebes.« Er gab ihr einen Kuss, und Gabi schlang ihm die Arme um den Hals. Eine Weile verharrten sie so stumm.

»Es geht mir schon besser. Mach dir keine Sorgen. Der Urlaub wird mir guttun. Und heute Nachmittag kommt meine Schwester.«

Als er schon an der Tür war, drehte er sich noch einmal um. Auch mit Tränen und diesem schrecklichen Klinikhemd war sie ein hübsches Mädchen.

Es war zwei Uhr nachmittags, und der Platz von Alma war still und verlassen. Tomás hatte sich an der Strandpromenade von ihr verabschiedet und ihr vorher genau den Weg beschrieben: rechts an der Rote-Kreuz-Station vorbei und dann bergauf bis zum Platz, dort an der Stiftskirche vorbei die Calle del Salvador vor bis zum Ende, das nicht zu verfehlen war, weil dort eine Mauer war, rechts davon ein großes Haus mit zwei Säulen am Eingang.

Kurz vor dem Platz hatte sie ihm noch einmal nachgesehen, wie er unten in sein Boot stieg, um zurück nach Almamarina zu fahren. Sie wollte ihm schon nachrufen, dass er auf sie warten, sie nicht dalassen sollte, aber die Chance war vergangen und Tomás' Boot bereits wieder auf dem offenen Meer. Jetzt gab es kein Zurück mehr.

Der Brunnen war trocken, die Turmuhr stehen geblieben, die Tür der Stiftskirche verschlossen. Nur das Negresco hatte geöffnet, eine Art Casino aus dem neunzehnten Jahrhundert mit zwei Eisentischchen unter dem Vordach, während der düstere Innenraum mit den blinden Spiegeln und den am Ende der dunklen Holztheke lehnenden silbernen Tabletts Ähnlichkeiten mit dem Ultrea erkennen ließ. Im Hintergrund schimmerte grünlich ein Billardtisch.

Sie hätte hineingehen können, einen Kaffee bestellen und versuchen, etwas über das Haus mit den Säulen zu erfahren, aber sie wollte an diesem grauen Tag nicht auch noch in diese Aquariumsdunkelheit eintauchen und eine schwarze Flüssigkeit zu sich nehmen, und so setzte sie gemächlich ihren Weg fort.

Die Calle del Salvador war eine steil ansteigende, gepflasterte Gasse mit einfachen Häusern, deren Erdgeschossfenster mit Spitzen- oder Häkelgardinen verhängt und bei denen die Türen angelehnt waren, wie es auch ihre Oma aus dem Dorf ihrer Kindheit erzählt hatte. Hätte dort jemand die Tür verschlossen gehalten, hätte er damit den anderen gezeigt, dass er ihnen misstraute.

Sie kam an einem Geschäft vorbei, Comercio La Naviera, in dessen Auslage die als Hochzeitsgeschenke beliebten Kaffeeservices blinkten, Babykleidchen, Bohrmaschinen, leuchtende Madonnenstatuen aus Lourdes, Badezimmerutensilien, Tischdecken aus China, künstliche Blumen, Töpfe und Bräter aus Edelstahl, Kinderpuppen und Porzellanfiguren. Ein Stück weiter, nachdem sie an mehreren offen stehenden Eingangstüren vorbeigegangen war, hinter denen man in dunklen, blank gefegten Fluren Stühle wie Wachsoldaten an der Wand aufgereiht sah, kam ein kleiner Laden mit dem Schild »Kolonialwaren«, bis unter dic Decke voll mit Konservendosen; in einem kleinen Schaufenster waren in drei großen Weidenkörben frische Bohnen verschiedener Farben und Größen ausgestellt.

Aus einigen der Türen hörte sie das undeutliche Geräusch eines Radios oder Fernsehers, Geschirrklappern, eine Waschmaschine. Siestazeit. Eine eindeutig unangemessene Uhrzeit, um eine fast neunzigjährige Dame zu besuchen, aber was sollte sie in dem verschlafenen Nest so lange machen, zumal es jetzt auch noch zu regnen anfing?

Die Mauer am Ende der Straße stammte offenbar aus dem Mittelalter; an ihren Steinquadern waren hier und dort Kerben des Steinmetzen zu sehen. Dahinter erahnte man einen Garten, von dem aus eine riesige Schlingpflanze die Fassade mit den Säulen überwucherte und mit ihren äußersten Trieben bis zum Spitzbogen über dem Eingang reichte, zu dem Kopf der das Tympanon beherrschenden Heiligen Jungfrau, die mit dem Kind auf dem Schoß auf einer Art Thron saß.

Sie ließ dieses Bild eine Weile auf sich wirken und spürte ein Kribbeln; irgendeine diffuse Erinnerung schien sie zu necken. Die ersten kalten Tropfen klatschten aufs Pflaster, sodass sie sich unter die Überdachung am Eingang flüchten musste. Bevor sie es sich recht überlegt hatte, lag in ihrer Hand schon der dicke Ring aus dem Maul eines der beiden Bronze-Löwen, die so abgewetzt waren, dass es ihre ehemals wilden Züge weich gemacht hatte, als wollten sie in den Urzustand des ungeschmiedeten Materials zurückkehren. Mit einem tiefen Atemzug hob sie den Ring an und ließ ihn zweimal fallen. Das im Haus ertönende Echo der beiden Schläge klang wie von einer riesigen Trommel. Sie konnte den Schall geradezu sehen, der sich durch das Labyrinth unbewohnter Zimmer fortpflanzte, an Möbeln und in Ecken verstärkt wurde; sie konnte die Figuren auf den Wandteppichen aus ihrem Schlaf aufschrecken sehen, ihr aufgeregtes Murmeln angesichts des Eindringens einer Unbekannten hören; den Uhren im Haus zitterten vor Erregung die Sekundenzeiger, »an die Arbeit, schnell, schnell, wir bekommen Besuch«, diese Uhren, die der ganze Stolz des ersten Valcárcels gewesen waren; die Bücher der Bibliothek lockerten ihre Blätter und wedelten sich gegenseitig den Staub weg, der sich in Jahren der Einsamkeit auf ihnen abgesetzt hatte; Schritte, die sich langsam und bestimmt der Tür näherten. Bitte nicht aufmachen, dachte Katia, mein Gott, bitte nicht aufmachen, ich will da nicht reingehen, ich will diese Schwelle nicht überschreiten.

»Guten Tag.«

Die Frau war alt, allerdings nicht so alt, wie sie es sich vorgestellt hatte, und auch nicht so vornehm. Sie war genau der Typ ihrer Großmutter: klein, ergraute Haare, insgesamt ziemlich rundlich, eine altmodische Brille mit Metallgestell auf der Nase, die ihre Augen noch größer und wässriger machte.

»Kommen Sie herein, bitte. Es regnet.«

»Danke. Ich bin Katia Steiner und ...«

»Das wissen wir bereits. Wir haben Sie erwartet.«

Katia wunderte sich über dieses »wir«, sagte aber nichts. Dann zog sie sich den Regenmantel aus, und die Frau hängte ihn an eine riesige, mit Geweihen verzierte Garderobe aus Nussholz.

»Herr Valcárcel senior war ein großer Jäger«, erläuterte sie, als sie ihrem Blick folgte.

Klar, dachte Katia, sie hatte ihren Schwiegervater gar nicht mehr gekannt. Als sie geheiratet hatten, waren die Eltern von Chémari und José schon tot.

»Kommen Sie hier lang. Wir dachten, Sie möchten vielleicht erst einmal in Ruhe ankommen, bevor wir über die Angelegenheit reden, die Sie zu uns führt. Bestimmt möchten Sie sich ein wenig erfrischen.«

Schon witzig, dachte sie, dass man von erfrischen redete, auch wenn jemand durchgefroren von einer Bootsfahrt und aus eiskaltem Regen kam.

Eine prunkvolle Treppe mit zwei Aufgängen führte über eine in der Mitte liegende Galerie nach oben, allein das schmiedeeiserne Geländer musste im letzten Jahrhundert ein Vermögen und mehrere Jahre Arbeit gekostet haben. Die Frau ging leichtfüßig nach oben und musste immer wieder auf Katia warten, die sich von den Gemälden an der Wand ablenken ließ: einer Ahnengalerie, durchsetzt mit Landschaftsansichten von Umbría. Von der Galerie führte eine doppelflügelige Tür in einen riesigen Saal, in den sie nur im Vorbeigehen einen Blick werfen konnte, als sie links durch einen Torbogen in einen langen, dunklen Gang mit Kommoden und Vitrinen auf der rechten und Eichenholztüren auf der gegenüberliegenden Seite traten. Am Ende des Gangs gelangte man über drei Stufen in einen weiteren Gang, der gebogen verlief und vielleicht den großen Saal, den sie hinter sich gelassen hatten, umrundete.

»Wir haben Ihnen ein Zimmer im ersten Stock hergerichtet, weil es dort wärmer ist. Mögen Sie Meerblick?«

»Ja. Sehr.«

»Das dachten wir.«

Sie öffnete eine Tür, das Zimmer lag in grauem, trübem Licht. Ein großer quadratischer Raum mit zwei Fenstern über Eck, vor denen alte Klöppelspitzen hingen.

»Von hier aus hat man einen herrlichen Blick«, pries ihre Führerin an. »Hinter dieser Stellwand ist das Bad, nicht sehr modern, aber Sie haben warmes Wasser, wenn Sie ein wenig sparsam damit umgehen. Wir haben den Schreibtisch frei geräumt, damit Sie ihn benutzen können. Die Bibliothek steht Ihnen natürlich auch zur Verfügung.«

»Aber«, stammelte sie, »aber ... ich habe gar nicht vor, lange zu bleiben.«

Die Frau lächelte, und mit diesem warmen, verständnisvollen Lächeln sah sie ihrer Oma so ähnlich, dass sie plötzlich ein Gefühl der Nostalgie erfüllte.

»Man kann nie wissen.«

Katia befreite sich von ihrem Rucksack, legte die Tüte auf den Schreibtisch und trat an die Fenster. Durch eines sah man das Meer, das fast direkt unter dem Haus lag, sodass die Gischt spritzenden Wellen unaufhörlich gegen das Fundament schlugen; das andere Fenster zeigte auf den Garten hinaus, wo man hinter den vom Regen gepeitschten Baumkronen ein filigranes weißes Gerüst erahnte, vermutlich war es der Essplatz, von dem Valcárcel in seinem Tagebuch sprach.

Als sie sich umdrehte, hatte die Frau gerade die Bettlaken zurückgeschlagen.

»Falls Sie ein wenig ausruhen möchten …«

»Nein, danke. Ich … würde lieber …«

»Ja, ich sehe schon, Sie sind ungeduldig. Das ist normal. Wir warten unten auf Sie, im Salon. Hier haben Sie ein Glöckchen; falls Sie sich verlaufen, brauchen Sie nur zu bimmeln, dann finde ich Sie.«

Die Frau zog sich eilig zurück, während Katia mit dem undeutlichen Gefühl zurückblieb, in eine Falle getappt zu sein.

Im Salon im Erdgeschoss stand die Dame des Hauses an der Terrassentür und sah zu, wie die Blumen vergeblich darum kämpften, dem sturzbachartigen Regen, der mittlerweile vom Himmel kam, standzuhalten. Die wenigen Narzissen, die noch in den Terrassenbeeten übrig waren, ließen eine nach der anderen unter den dicken, auf sie niederprasselnden Tropfen die Köpfe hängen, während andere sich bereits ergeben hatten und im Schlamm lagen, das über die Mauer rankende Geißblatt den Weg mit Blütenblättern übersäte und der Rasen allmählich von rosafarbenen Kastanienblüten bedeckt war. Der Essplatz war nur noch ein weißliches Etwas hinter dem Regenvorhang.

Sie fühlte, wie hinter ihr die Tür aufging, und drehte sich um, hielt aber mit ihren langen, knochigen Fingern noch immer die Spitzengardine.

»Sie kommt gleich runter.«

Die Señora legte die zusammengefalteten Hände an den Mund und atmete tief durch.

»Ist dir bang, nach dem langen Warten?«

»Nein, Ílida. Bang nicht. Ich habe keine Worte dafür.«

»Nun, komm schon. Und wenn wir das Feuer anmachen?«

Die Señora lachte sanft: »Im Juni? Damit sie endgültig davon überzeugt ist, dass wir zwei senile Alte sind?«

Ílida fing an, aus Verlegenheit weiße Fädchen von ihrem dunkelbraunen Pullover zu zupfen.

»Ich meine nur, um es ein bisschen gemütlicher zu machen. Was hast du vor, ihr zu sagen?«

»Das weiß ich noch nicht. Vorerst nichts, glaube ich. Sehe ich gut aus?«

Die Señora war von großem, kantigem Wuchs; ihr schlanker Körper war im Alter knochig geworden und hatte alles verloren, was für die Natur bei einer Frau nach den Jahren der Fruchtbarkeit funktionslos wird. Keine Hüften rundeten ihre schwarze Hose, keine üppige, weiche Brust wölbte sich unter dem ebenfalls schwarzen Rollkragenpulli. Die Brillenkette hing glatt auf ihren flachen Bauch hinunter, nur die lange Weste aus beigefarbenem Kaschmir verlieh ihrer Gestalt ein wenig Fülle. Als einzigen Schmuck trug sie eine alte russische Holzbrosche mit einem fein gemalten Bild, das eine verschneite Landschaft mit Schlitten und einer Kirche im Hintergrund darstellte, die die Basilius-Kathedrale hätte sein können.

»Schöner als mit zwanzig.«

Sie brummte, nahm das silberne Zigarettenetui und zündete sich eine Zigarette an.

»Du solltest nicht rauchen.«

»Warum nicht? Fürchtest du, ich könnte jung sterben?«

Das war einer der Witze, mit denen sie sie jedes Mal zum Lachen brachte.

Aus dem Flur waren unsichere Schritte zu hören, und sie verharrten. Dann steckte Ílida den Kopf hinaus und winkte Katia herbei, die sich gekämmt und die Lippen geschminkt hatte.

»Hier. Kommen Sie rein.«

Der Salon war ein kleines, sehr gemütliches Zimmer mit dunkelrosa bezogenen Möbeln aus hellem Holz und einem marmornen Kamin mit einem großen, gold gerahmten Spiegel. Auf dem Tischchen bei den beiden Lesesesseln stand ein großer Strauß Rosen, dahinter ein kleines Regal aus Mahagoni voller alter Bücher. Auf dem Parkettboden lagen dicke Teppiche mit Blumenmotiven, und auf einem von ihnen stand, so als würden ihre Füße direkt aus dem Gewirr an Blättern und Blüten herauswachsen, eine große, schlanke Frau mit klugem Gesicht und tiefschwarzen Augen, die aus ihrem kurzen silbergrauen Haar hervorstachen.

»Das ist Fräulein Steiner. Señora Valcárcel. Ich bin Ílida.«

Bei dem Namen horchte Katia auf. Es war ein seltener, altmodischer Name, den sie irgendwo schon einmal gehört hatte. Dummerweise konnte sie sich nicht daran erinnern, wo und in welchem Zusammenhang.

Die Señora drückte ihr die Hand. Ihr Händedruck war trocken, frisch, in gewisser Weise männlich.

»Don Jaime hat uns angekündigt, dass Sie kommen würden. Setzen Sie sich bitte.« Ihre Stimme war melodiös, weich und tief, wie von einer Jazzsängerin.

»Ihr Cousin, nicht wahr?«

Die Frau gab ein kurzes, nervöses Lachen von sich: »Ich bin nie darauf gekommen, in Jaime meinen Cousin zu sehen, aber es stimmt natürlich, dass wir verwandt sind, wie alle alten Familien Umbrías. Möchten Sie eine Tasse Tee?«

Ehe Katia antworten konnte, stand Ílida auf und ging aus dem Zimmer.

»Ílida ist das, was man früher Gesellschaftsdame nannte, obwohl sie eigentlich auch die Hauswirtschafterin ist, und vor allem ist sie meine älteste Freundin.«

»Wohnt Sie hier bei Ihnen?«

»Ja. Hier wohnen wir beide und die Gespenster aller, die von uns gegangen sind. Ich könnte mir denken, dass es von nun an eines mehr geben wird. Darum sind Sie doch gekommen, nicht wahr?«

»Ja. Auch.«

Die Señora hob eine Augenbraue, die rechte, so lange, bis Katia merkte, dass sie noch eine Erläuterung schuldig war.

»Na ja, natürlich bin ich gekommen, um Don José Marías letzten Wunsch zu erfüllen, aber ich wollte auch kommen, um … ich weiß nicht … die Insel, das Haus zu sehen und Sie kennenzulernen. Und einige Gemälde zu sehen, die hier noch hängen.«

Bei den letzten Worten erstickte ihr fast die Stimme. Wenn die Señora Bescheid wusste, wusste sie jetzt auch, dass sie in das Geheimnis eingeweiht war.

»Wer hat Ihnen von uns erzählt, dass Sie sich so für uns beide interessieren?«

»Oh! Der Professor hat viele Aufzeichnungen hinterlassen, Notizen, Erinnerungen, alles Mögliche. Ich habe schon seit einiger Zeit den Wunsch, herzukommen.«

»Chémari hat seine Erinnerungen aufgeschrieben und sie nicht vor seinem Tod verbrannt?« Aus den Worten der Frau klang Empörung und Ungläubigkeit heraus.

»Ich habe noch gar nicht alles durchgesehen. In Rom stehen noch Dutzende Schachteln, in die ich überhaupt noch nicht hineinsehen konnte.«

»Dann verwalten Sie seinen Nachlass. Ich dachte, Sie wären nur gekommen, um uns seine Asche zu überreichen.«

Katia zog aus ihrer Brieftasche den Umschlag mit Valcárcels Anweisungen und reichte ihn ihr.

»Hier steht, was der Professor sich gewünscht hat.«

Die Señora setzte sich die Brille auf, und als Katia sah, wie ihr beim Lesen die Finger zitterten, wusste sie nicht, ob das Alter oder die Erregung schuld daran war. Dann blickte sie mit dem Blatt Papier in der Hand aus dem Fenster und presste die Lippen so fest aufeinander, dass sie wie ein ihr Gesicht durchschneidender Strich aussahen.

»Wir machen es, wie er es sich gewünscht hat«, sagte sie endlich. »Wenn das Wetter besser wird, noch heute.«

In diesem Augenblick kam Ílida mit einem Tablett mit Tee und einem Teller Plumcake herein.

»Haben Sie Don José María gekannt?«, fragte Katia.

Die Tassen klapperten gefährlich. Katia half Ílida, das Tablett auf dem Tischchen abzustellen.

»Ja«, sagte die Señora zögerlich. »Ich habe ihn gekannt.«

Ílida schenkte Tee ein, bot Milch, Zitrone, Zucker und Kuchen dazu an, und ließ sich dabei über die Verwüstungen aus, die der starke Regen im Garten anrichtete.

»Ílida«, sagte die Señora nach ein paar Minuten belangloser Unterhaltung, »sieh bitte nach, ob das Hochzeitszimmer in präsentablem Zustand ist. Chémari wünschte sich, dass seine Asche von dort aus dem Fenster gestreut wird.«

Ílida, die gerade die Tasse zum Mund führte, sah sie an: »Vom

Hochzeitszimmer aus? Ausgerechnet! Dabei ist er doch als Junggeselle gestorben.«

»Vielleicht gerade deshalb. Bitte, sei so gut.«

Kaum war Ílida aus dem Zimmer, beugte sich die Señora zu Katia und fragte sie leise und vertraulich: »Ich muss diese Aufzeichnungen lesen, Katia.«

Katia fühlte, wie sie rot wurde, und verdammte sich dafür, dass sie wie ein kleines Kind stammelte:

»Ich ... sehen Sie ... ich weiß nicht, ob ich das darf ... es ist sehr persönlich ...«

»Ich bin die einzige Verwandte seiner Generation, die noch lebt.«

»Ja, ich weiß, aber ... er wollte, dass sein Tagebuch mit ihm verbrannt wird. Offenbar wurde das übersehen und ...«

»Sein Tagebuch? Sie haben sein Tagebuch? Welches Datum trägt es?«

Die Frau war nun noch blasser, und auf ihre Wangen waren fiebrige Flecken getreten.

»Es trägt kein Datum, aber er hat es in den letzten Jahren geschrieben. Wie gesagt, es sind Jugenderinnerungen. Nicht viele Seiten.«

»Aus welcher Zeit seiner Jugend?« Die Señora hatte sie fest am Handgelenk gepackt.

Katia wusste nicht, wie viel sie sagen durfte, sie wusste auch nicht, wie sie das, was sie zu sagen hatte, formulieren sollte. Wenn die Señora von der Geschichte wusste, würde es sie nur quälen, sich noch einmal den Erinnerungen an ihren Mann stellen zu müssen. Wenn sie nur eine schwache Ahnung hatte, würde es ihr schrecklich wehtun, Gewissheit zu erlangen. Wenn sie nichts wusste, würde es sie zerstören. Sie würde erfahren, dass José sie aus Verzweiflung geheiratet hatte, aus Einsamkeit, um eine verbotene, sündige Liebe zu vergessen.

»Aus ... der Zeit vor Ihrer Hochzeit«, stammelte sie.

»Ich muss es lesen, Katia. Ich bin über neunzig, ich kann nicht länger warten. Ich muss es wissen. Jetzt.«

Sie hörten, wie Ílida trällernd die Treppe herunterkam.

»Sie haben vorhin gesagt, Sie würden sich für ein paar Bilder interessieren. Wenn Sie mir das Tagebuch geben, schenke ich Ihnen das wertvollste, das in diesem Haus hängt, einen Canaletto.«

»Karneval in Venedig?«, fragte Katia atemlos.

Die Tür ging auf und herein kam Ílida, die sich über das Reinigungspersonal beklagte.

4
Fotos aus alten Zeiten

Der Regen wurde zum Unwetter, und so mussten sie das Verstreuen der Asche verschieben. Um fünf Uhr nachmittags war es so dunkel, dass sie Licht anschalten mussten, und Ílida wollte schon die Petroleumlampen anmachen, weil sie meinte, dass bestimmt gleich der Strom ausfallen würde. Die Señora hatte sich zurückgezogen, sodass Katia auf einmal allein in einem kleinen Fernsehzimmer im Erdgeschoss saß und sich lustlos irgendeine idiotische Quizshow anschaute, in der es um Klatschgeschichten ging und die ihr wie von einem anderen Planeten vorkam; die Spielassistentinnen sahen aus wie mit Hormonen aufgepumpt und die männlichen Showmaster wie mutierte Plastikpuppen.

Sie hatten keine Gelegenheit mehr gehabt, weiter über das Tagebuch zu sprechen. Ílida hatte sich zu ihnen in den Salon gesetzt und immer mehr das Gespräch bestimmt, während die Señora zunehmend in Schweigen versunken war.

Katia versuchte, sich in sie hineinzuversetzen und ihr jahrelanges Zweifeln nachzufühlen, die Fragen, die mit der Zeit bei ihren Gesprächen mit José aufgekommen sein mussten, die Vermutungen, die Blicke, die abrupten Themenwechsel, wenn sie sich nach seinem Bruder in Rom erkundigte, warum er nie zu Besuch kam und nie etwas von sich hören ließ. Mit der Zeit muss die Gestalt ihres Schwagers in ihrem Kopf zu einem Monstrum ausgewachsen sein: einem Unbekannten, bei dessen bloßer Erwähnung José aus dem Gleichgewicht geriet und Zuflucht in seine Bibliothek nahm, wo er tagelang schwieg. Natürlich wollte diese Frau, nachdem alle Beteiligten des Dramas gestorben waren, unbedingt dieses Tagebuch lesen, um zu erfahren, was wirklich im Leben ihres Ehemannes geschehen war, was die beiden Brüder entzweit hatte. Aber war das rechtens? Durfte sie einer Frau, die letztlich gar keine Valcárcel war, überhaupt Einblick in dieses Leben, dieses letzte Geständnis gewähren?

War es denn rechtens, dass sie es gelesen hatte? Sie gehörte noch viel weniger zur Familie, wie konnte sie es rechtfertigen, selbst den Inhalt zu kennen und ihn dieser am Ende ihres Lebens angekommenen Frau zu verweigern?

Sie wäre gern eine Runde durch den Garten gegangen, um frische Luft zu schnappen und sich über die Gegebenheiten klar zu werden, die sie nur aus dem Tagebuch kannte, aber es schüttete wie aus Kannen, und der Wind peitschte so heftig, dass die Scheiben wackelten. Sie hätte sich auch gern zurückgezogen und die Briefe gelesen, die sie am Morgen bekommen hatte, aber das traute sie sich nicht, weil sie Angst hatte, dabei überrascht zu werden und Erklärungen geben zu müssen; das müsste sie außerhalb dieses Hauses tun, vielleicht in dem heruntergekommenen Casino am Platz.

Als der Strom wegblieb und der Fernsehbildschirm sich in eine milchige Fläche eintrübte, die sie an eine Passage erinnerte, flüchtete sie auf ihr Zimmer. Der Flur lag im Dunkeln, nur eine Petroleumlampe mit einem blauen Schirm mit weißen Blümchen warf einen Lichtschein auf die unteren Stufen der Treppe.

Sie blieb neben der Petroleumlampe stehen und fuhr, in Erinnerungen versunken, mit dem Finger über die Glasfläche. Die leuchtenden Augen ihrer Mutter, die hinter der blauen Tulpe zum Vorschein kamen, das daraufhin angehende Licht, das die Tulpe zum Schimmern brachte, als wäre sie aufgeblüht. Hatten sie auch so eine Petroleumlampe gehabt, als sie klein war, oder war das wieder eine Erinnerung aus dem Haus ihrer Großmutter?

Langsam ging sie hinauf und ließ den Lichtkreis hinter sich. Das große Zimmer in der Mitte der Galerie stand noch immer offen. Sie steckte den Kopf hinein: in der Mitte ein riesiger Tisch, fast wie in einem klösterlichen Refektorium, eine einzelne Petroleumlampe, die gegen den Schatten ankämpfte. An den beiden Enden des Zimmers hingen je zwei riesengroße Spiegel, die sich das diffuse Licht der Flamme gegenseitig zuwarfen. Sie kannte diesen Raum. Sie war hier schon einmal gewesen. Sie wusste, dass der Tisch gewundene, mit geschnitzten Blumen verzierte Beine hatte. Vorsichtig wagte sie sich ein paar Schritte vor, als fürchtete sie, die Ruhe eines Schlafenden zu stören; dann beugte sie sich über die Petroleumlampe und blickte auf beide Seiten. Blass und verschwommen schien ihr Gesicht am Ende eines sonderbaren Gangs voller verwischter, huschender Schatten auf. Erschrocken wich sie zurück.

Gleich geht die Tür zu, dachte sie, und ich bin mit allen Gespenstern des Hauses im Dunkeln gefangen.

Aber die Tür blieb offen, und ein paar Sekunden darauf hatte sie die zu ihrem Schlafzimmer führenden Treppenstufen erreicht. Sie war noch immer nicht zur Ruhe gekommen, als es an der Tür klopfte, und noch ehe sie den Besucher hereinbitten konnte, trat Ílida mit einem Glas auf einem Silbertablett ein: »Die Señora schickt mich, Ihnen einen Gute-Nacht-Trunk zu bringen.«

»Was ist da drin?«

»Sie trinkt ihn jeden Abend: warme Milch, zwei Löffelchen Kleehonig, ein Stück Zitronenschale, eine Prise Zimt und ein paar Tropfen Rum. Sie sagt, er verfehlt seine Wirkung nie: Er bringt süße Träume, entspannt Körper und Seele und erfrischt die Haut. Ich habe für alle Fälle noch ein paar Kekse gebracht. Wir essen nicht zu Abend, aber eine junge Frau wie Sie kann nicht mit leerem Magen zu Bett gehen.« Sie stellte das Tablett auf dem Nachttischchen ab, zog die Samtvorhänge vor die Gardinen und ging einmal um das Bett, um den Kopfkissenbezug glatt zu streichen.

»Woher wussten Sie, dass ich heraufgegangen bin?«

»Ich habe Ihre Schritte gehört. Die Geräusche in diesem Haus sind uns so vertraut, dass wir alles Ungewohnte heraushören. Gefällt Ihnen der Saal?«

Katia fühlte sich auf einmal wie Blaubarts Frau: »Ich konnte kaum etwas sehen. Es war fast dunkel.«

»Es gibt nicht viel zu sehen. Vor allem ist er groß. In diesem Saal fanden früher die Bälle und Bankette statt. Entscheidend war, dass dort Platz für viele Leute war.«

Das war's, dachte Katia, das war die Erklärung. In diesem Saal mussten sich, so stand es in Valcárcels Tagebuch, die Brüder an Weihnachten 1930 begegnet sein. Darum hatte sie dieses *déjà vu* gehabt.

»Nutzen Sie ihn nicht mehr?« Katia hatte sich an den Schreibtisch gesetzt und tunkte die Kekse in die Milch. »Köstlich!«

Ílida lächelte: »Das freut mich. Nein, mein Kind, wen sollten wir beide schon einladen? Bälle sind nichts mehr für uns, außerdem könnten wir mit den paar Menschen, die wir noch kennen, gerade mal ein Ende des Tischs besetzen. Das ist das Hässliche am Alter: dass die meisten Freunde und Verwandten bereits tot sind. Früher, vor meiner Zeit, wurden in diesem Saal die Silvesterbälle gefeiert. Der alte Valcárcel stellte sämtliche Uhren, damit sie anders als heutzutage – sie sind vor Jahren stehen geblieben – alle zur gleichen Zeit schlugen, und um Punkt zwölf kündigte er feierlich an: ›Mesdames et Messieurs, quadrille!‹ Woraufhin der alte Señor Montecorvo den Tanz dirigierte, den die jungen Männer und Mädchen aus gutem Hause damals noch lernten. Kann man sich das heute noch vorstellen? Diese ganzen jungen Leute, die Männer im Frack, die Frauen in Seidenkleidern mit ausladenden Röcken und weiten Ausschnitten in allen Farben des Regenbogens, den Familienschmuck, der im Licht des gläsernen, mit Kerzen bestückten Kronleuchters funkelte? Und als die Quadrille zu Ende war, die Walzer, Polkas, Rigoudon … was für eine Pracht, mein Kind!« Sie machte eine Pause. »Und jetzt sind sie alle tot, alle Schönheit ist dahin … nun ja, so ist das Leben. Es ist niemand mehr übrig außer uns beiden, und bald nicht einmal mehr wir. Haben Sie Kinder?«

Katia, die sich von den alten Zeiten hatte verzaubern lassen, fuhr hoch.

»Nein. Ich bin nicht verheiratet.«

Ílida zwinkerte ihr hexenhaft zu: »Heute ist das doch keine Voraussetzung mehr.«

Katia wurde beinahe rot und schob sich noch einen Keks in den Mund.

»Nein«, sagte sie endlich. »Ich habe den Mann meines Lebens noch nicht gefunden. Zumindest nicht dafür.«

»Lassen Sie das nicht an sich vorüberziehen, mein Kind«, sagte

Ílida und stand auf. »Wenn Ihr Leben zu Ende geht, ist es das Einzige, was bleibt.«

Katia dachte an den einsam vor sich hin leidenden Valcárcel.

»Ich werde mich bemühen.«

»Nun aber Schluss damit, ich lasse Sie ausruhen. Es ist noch früh, aber hier steht man sehr zeitig auf.«

»Ílida«, sagte Katia, als diese bereits an der Tür war. »Dürfte ich mir Fotos von der Familie anschauen?«

»Ich denke nicht, dass die Señora etwas dagegen hat. Morgen sage ich es ihr.«

Katia schaffte es gerade noch, sich den Schlafanzug anzuziehen und sich die Zähne zu putzen. Der Schlaftrunk hatte sie wohlig müde gemacht, sodass sie ins Bett fiel und nur noch den goldenen Schlüssel der Petroleumlampe zudrehte und in die kühle, von Rauschen erfüllte Dunkelheit sank.

Irgendwann in der Nacht hatte sie einen Traum. Sie war an einem warmen, geschützten Ort, den sie nicht kannte. Sie hörte weiche Schritte, als würde jemand in Pantoffeln heranschlurfen, und eine kühle Hand strich ihr über die Stirn. Sie versuchte zu erkennen, wer der nächtliche Besucher war, aber es gelang ihr nicht, die Augen zu öffnen, weil ihre Lider so schwer waren, und so fühlte sie nur, wie eine trockene Hand ihr übers Haar und die Wangen strich, begleitet von einer raunenden Stimme: »Schlaf, mein Kind, schlaf.«

Der Morgen war grau und feucht, aber es regnete nicht. Irgendwann in der Nacht musste der Regen aufgehört haben, denn die Bäume, die Katia von ihrem Fenster aus sah, hatten sich vom Unwetter des Vortags schon wieder erholt, nur der Garten stand noch voller Pfützen und war mit abgerissenen Blumen übersät. Ílida hatte auf den Schreibtisch eine Thermoskanne Kaffee und ein Stück Apfelkuchen gestellt.

Als Katia hinunterging, war es still im Haus, und sie musste mehrere Türen öffnen, bis sie endlich die Küche fand. Sie war ebenfalls wie ausgestorben, nur ein Topf köchelte auf dem Herd. Auf dem großen Marmortisch lag ein Notizzettel: »Bin zum Markt gegangen. Die Señora ist unpässlich. Im Salon liegt ein Allbum für Sie.«

Sie musste über die Orthographie von »Album« und Ílidas runde, bemühte Schrift lächeln. Sie wollte gern einen Blick auf diese alten Fotos werfen, aber zunächst trieb es sie in den Garten, sodass sie direkt aus der Küche durch einen von Wäscheleinen überspannten Hof hinausging. Der Blick aufs Meer war atemberaubend. Eine Steinbrüstung schloss den Garten direkt über der Steilküste ab, wo tief unten die Wellen gegen die Felsen schlugen. Während sie mit der Hand die nasse Brüstung entlangfuhr, ging sie weiter bis zu dem Essplatz, einer Insel auf der Insel, einem zeitlosen Rückzugsort. Die Marmorbank war nass und Magnolienblätter bedeckten den Mosaikboden, auf dem nackte mythologische und maritime Figuren zu erkennen waren. Weiter hinten lag die zitternde Wasserfläche des Teichs, in der sich die in der salzigen Brise schaukelnden Blätter spiegelten; und ganz hinten überwucherten Efeu und Geißblatt die Gartenmauer. Es war atemberaubend schön. Wie hatte Valcárcel so etwas Schönes für immer verlassen können? Wie hatte er darauf verzichten können? Aber selbst wenn er erst nach Josés Tod zurückgekehrt wäre, hätte er mit seiner Schwägerin reden, eine Erklärung abgeben, irgendeine Geschichte erfinden müssen, und Válcarcel hatte eben immer gern die einfachste Lösung gewählt: die Augen zumachen, nicht nachdenken.

Zu ihrem eigenen Amüsement kam sie auf einmal darauf, dass sie nie ein Foto von Valcárcel als jungem Mann gesehen hatte. Sie kannte nur das, welches die Zeitungen nach seinem Tod veröffentlicht hatten – Marianna hat es ihr vor ewigen Zeiten gezeigt – und auf dem er über siebzig gewesen sein musste.

Der Gedanke an das Foto veranlasste sie, zurück ins Haus zu gehen; dort war es zum Glück warm, und sie machte es sich mit dem Album auf dem Schoß im Salon gemütlich. Mit den meisten Fotos würde sie ohne Erklärungen nicht viel anfangen können, trotzdem war es ihr angenehm, sie zuerst allein ansehen zu können und anschließend Ílida oder die Señora zu bitten, ihr etwas zu ihnen zu erzählen.

Aus der Kleidung und dem Sepiabraun der ersten Fotografien

schloss sie, dass die abgebildeten Personen die Großeltern oder Eltern Valcárcels sein mussten, sie waren allesamt ernst und sehr würdevoll: die Herren mit Monokel und großen Schnauzbärten, Weste und Gehrock, die Damen mit Sonnenschirm und Hut, ausladenden Röcken und geschnürten Taillen. Altmodische Gesichter, leicht vulgär trotz der eleganten Kleidung und den exotischen Landschaften, die auf die Tapete im Hintergrund gemalt waren: die ägyptischen Pyramiden, das römische Kolosseum, eine Kletterrose an einem vollkommen unpassenden orientalischen Gefäß.

Ein Hochzeitsfoto: er sitzend, sie stehend, eine Hand dem Bräutigam auf die Schulter gelegt. Drunter standen keine Namen, auch sonst keine Angaben, aber es konnte sich um Don Antonio Valcárcel handeln, den stolzen Industriellen, wie sie aus dem Löwenkopf mit dem entschlossenen, harten und stolzen Blick schloss. Dann war das hübsche Mädchen hinter ihm Laura de Luna, Chémaris und Josés Mutter.

Sie betrachtete sie lange: Irgendetwas an ihr erinnerte sie an jemanden, vielleicht war es die Haltung, der sichere und gerade Blick, mit dem sie den Betrachter fixierte, der Schwung der Lippen, die zu lächeln schienen, oder die leuchtenden Augen. Sie hätte sie gern kennengelernt, sie wünschte sich, es wäre diese Person gewesen, die sie in das Geheimnis der Passagen eingeweiht hätte. Wie sie es nur entdeckt hatte? Und wann? Vor ihrer Hochzeit mit Valcárcel? Oder erst danach, als sie allein in dem großen Haus saß, bevor die Kinder kamen? Wenn die Señora das Geheimnis der Passagen kannte, könnte sie ihr vielleicht Näheres sagen. Am Vorabend, als sie ihr den Canaletto für das Tagebuch ihres Schwagers angeboten hatte, hatten ihre Augen ihr etwas gesagt, was sie vor Ilda nicht aussprechen konnte. Sie wusste es. Ob sie bereit sein würde, das Geheimnis zu teilen, jetzt, da sie bald ohne Nachkommen in diesem Haus sterben würde?

Katia blätterte die Seite um: Dasselbe Paar, diesmal war sie die Sitzende, sie trug ein stolzes Lächeln auf den Lippen, die Haare zu beiden Seiten hochgesteckt, in den Armen zwei Babys in gestärkten Hemdchen und langen weißen Kleidern: Chémari und José, winzig und einander ungeheuer ähnlich. Damals konnten sie noch nicht ahnen, was sie als Erwachsene würden durchmachen müssen, und lagen noch glücklich unter dem Blick des gar zu strengen Vaters in den Armen ihrer Mutter.

Die folgenden Fotos zeigten immer wieder ähnliche Szenen, nur waren darauf immer mehr Kinder zu sehen: Clara in Windeln, die Zwillinge, als Mädchen angezogen und mit Korkenzieherlocken neben ihrer Mutter; dann Mauricio auf Lauras Schoß und Clarita auf Vaters Armen, neben ihm die Zwillinge, sehr ernst und noch immer als Mädchen gekleidet. Sie sahen sich unerhört ähnlich. Da Katia nie ein Foto des erwachsenen Valcárcel gesehen hatte, war sie nicht in der Lage zu entscheiden, wer von den beiden er war: vielleicht der mit dem scheuen Blick, der den Kopf neigte, als wollte er sich vor der Kamera verstecken; vielleicht aber auch der andere, dessen schwarze, unter dem Matrosenkäppchen lebhaft vorblitzende Augen fast provozierend geradeaus blickten. In einer Tagebucheintragung stand etwas über Josés schwarze Augen; doch beide hatten schwarze Augen auf diesen Fotos vom Anfang des Jahrhunderts.

Katia hörte die Eingangstür aufgehen und blätterte rasch ein paar Seiten weiter bis zu einem Hochzeitsfoto: eine große Gruppe vor dem Portal der Stiftskirche und in der Mitte des Bilds, umringt von ihrer jeweiligen Familie, das Hochzeitspaar, er im Jackett, sie mit einem Schleier, hinter dem die Augen fast versteckt waren. Der Bräutigam war groß, hatte helles Haar und einen zurechtgestutzten Schnauz- und Kinnbart; an der Braut fiel vor allem der harte Ausdruck auf, die zu einer waagrechten Linie zusammengepressten Lippen.

»Ich bin schon wieder da.« Ílidas Stimme drang aus dem Flur herüber.

Katia schlug das Album zu und ging zu ihr.

Nachdem sie und Ílida in der Küche zu Mittag gegessen hatten, war sie auf ihr Zimmer gegangen, damit die Frau sich um ihre Señora kümmern konnte, die anscheinend mit starker Migräne und Atemnot aufgewacht war, worunter sie in letzter Zeit immer häufiger litt. Am nächsten Tag hatten sie einen Termin zur Blutabnahme, da der Verlauf ihrer Anämie kontrolliert werden musste, aber Ílida war sich nicht sicher, ob sie sich bei Kräften fühlen würde, um aufzustehen und zur Rote-Kreuz-Station hinunterzugehen. Doch auch das wäre nicht so schlimm, wenn sie nicht gehen könnte, würde der Arzt ins Haus kommen, die Señora Valcárcel sei nämlich eine angesehene Persönlichkeit auf der Insel, erzählte sie Katia. Jetzt müssten sie vor allem dafür sorgen, dass sie sich schone und möglichst viel Schlaf bekomme; die Señora habe ein schwaches Herz, Katias Besuch habe sie aus ihrem gewohnten Rhythmus gerissen, und die vielen Erinnerungen, die plötzlich in ihr erwacht seien, hätten sie überwältigt.

»Im Alter erfindet man sich sein Leben, wissen Sie? Und da fast niemand mehr übrig ist, der einem widersprechen könnte, glaubt man am Ende Dinge, von denen man irgendwann einmal wusste, dass sie nicht wahr sind. Irgendwann unterscheidet man nicht mehr, und wenn dann etwas auftaucht, womit man nicht gerechnet hat, dann … ist man verwirrt, und man braucht eine ganze Weile, bis man sich mit dem Gedanken angefreundet hat. Haben Sie noch diese Flaschen mit Fröschen gekannt, mit deren Hilfe man früher eine Schwangerschaft festgestellt hat? Die Flaschen waren etwa so groß, aus durchsichtigem Glas, darin war Wasser und unzählige Frösche, die die Kinder fingen und den Ärzten verkauften. Wenn man ins Sprechzimmer kam, lagen sie manchmal ganz ruhig wie Wachstierchen übereinander und glotzten einen mit diesen blöden, gläsernen Augen an, doch es brauchte nur einer sich zu bewegen, da gerieten sie plötzlich alle in Aufruhr und zappelten, bis sie nach einer Weile wieder zur Ruhe kamen und in ihre Totenstarre verfielen. So ergeht es uns Alten. Solange uns die Erinnerungen nicht in Aufruhr versetzen, bleibt alles an seinem Platz, doch kaum stochert jemand ein bisschen, fangen die Frösche an zu zappeln, so lange, bis sie müde werden und alles wieder still ist.«

Als Katia auf dem Bett lag, dachte sie, dass das vielleicht auch bei Valcárcel so gewesen war: Teile seines Leben hatte er erfunden, um es für sich erträglicher zu machen; andere hatte er verdrängt, etwa die Art, wie er den Posten des Rektors an der Universität La Sapienza ergattert hatte; wieder andere hatte er beschönigt. Doch wenn seine Geschichte mit José Einbildung gewesen sein sollte, warum hatte er ausgerechnet etwas so Schreckliches gewählt, etwas für einen Mann seiner Zeit so Unsagbares? Ein Leben lang seinen Bruder abzulehnen, wozu? Es musste die Wahrheit sein. Mehr oder weniger ausgeschmückt, aber die Wahrheit.

Katia sprang auf, um zur Auffrischung ihrer Erinnerung noch einmal ein paar Seiten aus dem Tagebuch zu lesen und zu überlegen, ob sie es der Señora geben wollte.

Sie fasste in den Rucksack, doch sie fühlte das Buch nicht; nervös schüttete sie den Inhalt auf dem Bett aus. Sie sah alles einzeln durch, um sich zu vergewissern, dass es nicht da war. Dann sah sie in den Schreibtischschubladen nach, unter dem Bett, im Schrank. Das Päckchen aus Rom lag an seinem Platz, das Notizbüchlein des Clubs der Dreizehn ebenfalls, doch Valcárcels Tagebuch war verschwunden.

Am nächsten Morgen, nachdem sie mit trockenem Mund und verschreckt von den Traumfetzen dieser unruhigen Nacht erwacht war, stand sie auf und ging in die Küche hinunter. Ílida hatte nicht mit ihr zu Abend gegessen, weil die Señora den ganzen Abend jemanden bei sich gebraucht hatte, und in der lastenden Stille des Hauses, die das Grollen des Meeres noch bedrückender machte, freute sie sich über die Mitteilung auf dem Marmortisch: »Der Señora geht es besser. Wir sind zum Arzt gegangen. Mittags sind wir zurück. Fühlen Sie sich wie zu Hause.«

Sie kochte sich einen Kaffee, trank ihn im Stehen an der Brüstung vor dem Meer und fragte sich, was sie nun tun sollte. Ganz offensichtlich hatte sie in der ersten Nacht deshalb so tief geschlafen, weil die Frauen ihr etwas in die Milch gegeben hatten. Folglich war der Traum, beziehungsweise das, was sie für einen Traum gehalten hatte, nämlich dass jemand durch ihr Zimmer ging, wirklich passiert: Die Señora hatte sich in ihr Schlafzimmer geschlichen, um ihr das Tagebuch zu entwenden. Das war nicht ganz korrekt, aber sie konnte es ihr nicht vorwerfen, und zu ändern war es jetzt auch nicht mehr. Wahrscheinlich hing ihre Indisposition mit der Lektüre von Valcárcels Seiten zusammen. Was sollte sie machen? Es ihr offen vorwerfen oder so tun, als ob nichts gewesen wäre, und warten, dass die Señora es ihr so unauffällig, wie sie es genommen hatte, wieder zurückgeben würde? Warten wäre die feinere Art. Wenn sie es ihr vorwerfen würde, würde sie sich damit die Möglichkeit verbauen, dass sie ihr die in dem Haus verborgene Passage zeigen oder die Früchte ihrer jahrelangen Suche an sie weitergeben würde, denn eines war klar, die Señora wusste von der Existenz der Welten.

Solange sie allein war, konnte sie das Haus erkunden, sie konnte sich auch das Album zu Ende ansehen oder auf ihr Zimmer gehen und sich der Lektüre von Josés Briefen widmen.

Oder sie konnte sich vergewissern, ob ihr Verdacht stimmte, und sich im Schlafzimmer der Señora umsehen.

Ein Schauder überkam sie. Sie hatte kein Recht, in die Privatsphäre der Señora einzudringen. Sie durfte nicht einfach in das intimste Zimmer des Hauses gehen, nur weil seine Bewohnerin nicht da war. Außerdem wusste sie nicht einmal, wo es war.

Sie ging ins Haus und warf einen Blick in den Salon, um sich vielleicht weiter die Fotos anzuschauen, aber das Album lag nicht mehr dort. Wie nachmittags zuvor in die Bibliothek zu gehen, hatte sie keine Lust. Die Versuchung war einfach zu groß, und so begann sie, huschend wie ein Gespenst, auf gut Glück Türen zu öffnen. Das Schlafzimmer musste im Erdgeschoss sein, eine Frau in ihrem Alter würde nicht jedes Mal Stufen steigen wollen, wenn sie sich kurz hinlegen wollte. Aber sie irrte sich. Das Schlafzimmer der Señora lag im ersten Stock im rechten Flur.

Vorsichtig schlich sie sich hinein und schloss hinter sich die Tür. Fast ohne zu atmen stand sie da und ließ das, was vor ihr lag, auf sich wirken. Sie wusste nicht, warum, aber sie hatte ein Krankenzimmer erwartet, ein Schlafzimmer einer alten Dame, vollgestopft mit Nippes, Medikamenten, Souvenirs, sogar eine Gipsmadonna oder ein Nähkästchen mit einer unfertigen Arbeit. Señora Valcárcel war anders. Das Zimmer hätte auch ihres sein können: von den in warmem Gelb gestrichenen Wänden bis zu den fast englisch anmutenden gestreiften Vorhängen, und auch der Schreibtisch – ein schlichtes, zierliches Museumsstück mit Messinggriffen und einer mit braunem Leder bezogenen Platte –, alles in diesem Raum war nostalgisch und elegant. Das französische Bett war von einem Alkoven mit Vorhängen aus demselben Stoff wie am Fenster umgeben, der Nachttisch war rund und groß, darauf viele Bücher, Hefte, eine kleine Vase aus geschliffenem Glas mit zwei frischen Rosen und mehrere Fotos in Silberrahmen. Während sie sich langsam näherte, kroch ein Kribbeln ihren Körper hoch, wie sie es noch nie gespürt hatte. Die Fotografien standen mit dem Rücken zu ihr, dem Bett zugekehrt; mit zitternden Händen drehte sie sie eine nach der anderen um.

Eines der Fotos war eine alte Aufnahme in Sepiabraun. Doña Laura de Luna mit offenem Haar und Blumen in der Hand lächelte sie an wie eine Schauspielerin aus einem Stummfilm: »Meinem geliebten Ehemann, mit meiner ganzen Liebe«, stand darauf, und die spitze, geneigte Schrift erinnerte an die von Valcárcel. Auf einem anderen Foto steuerte ein etwa vierzigjähriger, schlanker, lächelnder Mann mit blondem Kinnbart ein Segelboot. Bei dem nächsten stockte ihr der Atem: Es war das Foto, das Valcárcel in seinem Tagebuch erwähnte, die Geschwister hatten es in Rom aufnehmen lassen an dem Tag, als sie beschlossen hatten, sich über den Befehl des Vaters hinwegzusetzen und wieder Zwillinge zu sein: zwei hübsche, bartlose junge Männer, fast noch Jungen, in weißen Piratenhemden vor ägyptischer Landschaft. Der eine, José, hatte ein koboldhaftes Grinsen, der andere, Chémari, war ernster, er blickte fast erschrocken und gleichzeitig herausfordernd. Valcárcels Witwe hatte über die ganzen Jahre auf ihrem Nachttisch das Foto ihres Mannes und ihres Schwagers, den sie praktisch nicht kennengelernt hatte. Womöglich hieß das, dass sie es immer schon gewusst und sich nie daran gestört hatte.

Sie wollte die letzte Fotografie gar nicht mehr ansehen, doch als sie die mit den Zwillingen zurückstellte, streckte sie ganz automatisch die Hand nach dem letzten Foto aus und drehte es um. Es war das einzige Farbfoto und darauf eine junge Mutter und ihre fünfjährige Tochter: ihre Mutter und sie auf der blühenden Almwiese vor der Hexenalm im Sommer sechsundsechzig. Sie wusste, dass es das Jahr sechsundsechzig war, denn in dem Jahr war sie im September, kurz nach ihrem Geburtstag, in die Schule gekommen, und ihre Mutter hatte ihr die Bluse mit Edelweiß und das Dirndl gekauft, die sie auf der Fotografie trug. Sie hatten das Foto »als Erinnerung für die Nachwelt« gemacht, diese Worte hatte ihr Vater gesagt, während er die Kamera auf sie gerichtet und sie angewiesen hatte, den Kopf auf die eine Seite und wieder auf die andere zu drehen. »Jetzt umarmt euch«, hatte er zu ihnen gesagt, »wie auf einem Gemälde von früher«, und so standen sie dann da, lächelnd, braun gebrannt und im Ferienglück, und stellten ihre neuen Kleider zur Schau. Dieses Foto hatte sie seit Jahren nicht mehr gesehen. Sie hatte es immer vergrößern und rahmen lassen und mit in ihre Wohnung nach Wien nehmen wollen, aber bei ihrer Abreise hatte sie es jedes Mal vergessen, und so war das Foto in der Wohnung in Bozen geblieben, irgendwo in einer Schublade zwischen anderen Fotos, die alle ihre Geschichte zu erzählen hatten. Warum war dieses Foto hier? Wer hatte es der Señora nur geschickt? Warum?

Sie fuhr mit dem Finger über das Gesicht ihrer Mutter hinter dem Glas, und ihr traten vor Sehnsucht Tränen in die Augen. Ihre Mutter mit siebenunddreißig, fast genauso alt wie sie jetzt, so jung, so hübsch in ihrem roten, gestärkten Rock, der bei jeder Bewegung knisterte, in ihrer weißen Bluse, die wie alles an ihr nach Lavendel duftete, mit ihren goldenen Ohrringen, dem ebenfalls roten Band in den dunklen Haaren, den feinen Brauen und schwarzen Augen mit dem glänzenden, weichen Blick. Ihr Lachen. In der Stille des Zimmers hörte sie nun ihr Lachen, ihre helle, fröhliche Stimme, »wie ein Silberglöckchen«, hatte Großvater immer gesagt. Mama, wo bist du? Wo seid ihr alle?

Sie strich mit der Hand über das Kissen, hob es vorsichtig an und erblickte Valcárcels Tagebuch. Wie ein junges Mädchen hatte die Señora es hier versteckt. Ohne es anzurühren verließ sie, noch immer zitternd, das Zimmer.

Sie ging gerade die Galerie entlang in Richtung ihres Zimmers, als Ílida und die Señora nach Hause kamen. Sie war im Augenblick nicht darauf gefasst, den beiden Frauen zu begegnen, und beeilte sich, um den Treppenabsatz zu erreichen, bevor man sie sehen würde, doch da hörte sie schon die Stimme: »Señorita Steiner, ich glaube, wir müssen reden.«

Langsam ging sie zu ihnen hinunter, den Blick auf die beiden Frauen gerichtet, die sich gegenseitig ansahen: Ílida lächelte, wie um sie und die Señora aufzumuntern; die Witwe blickte ernst, angespannt, als wollte sie eine unangenehme Angelegenheit bereinigen. Während sie zu ihnen hinunterging, fragte sie sich, welchen Gesichtsausdruck sie wohl hatte.

Die Señora stützte sich leicht auf Ílidas Arm: »Komm, gehen wir in den Salon. Ich muss mich setzen. Ílida, lass uns einen Moment allein. Wenn es dir nichts ausmacht.«

»Was soll es mir schon ausmachen! Es wird Zeit, dass die Dinge geklärt werden. Ich bin in der Küche.«

Mit einem Seufzer der Erleichterung setzte sich die Señora. In den beiden Tagen, die Katia im Haus war, hatte sich an ihr ein leichter Wandel vollzogen. Sie sah jetzt ein wenig älter aus, und zugleich wirkte sie glücklicher, was sie wiederum jünger machte.

Sie streckte die Hand nach dem silbernen Zigarettenetui aus und bot Katia eine Zigarette an.

»Danke. Ich habe aufgehört.«

»Eine weise Entscheidung.« Sie steckte sich selbst eine an und legte mit halb geschlossenen Augen den Kopf in den Nacken.

»Ich habe es, das wussten Sie, nicht wahr?«

Katia nickte.

»Sie sagen gar nichts?«

»Was soll ich schon sagen?«

»Ich meinte verstanden zu haben, dass Sie es mir nicht geben würden. Aber ich musste es nach so vielen Jahren Hoffen und Zweifeln unbedingt haben.«

Dass sie gezweifelt haben musste, verstand Katia, aber was meinte sie mit Hoffnung? Hatte sie gehofft, dass es nicht so war, dass sie sich in dem, was sie zwischen den beiden Männern vermutet hatte, täuschte?

»Ich nehme an, Sie haben alles gelesen«, sagte die Señora sachlich.

Katia musste die Hände fest ineinanderklammern, um nicht aus Verlegenheit nach einer Zigarette zu greifen.

»Ich dachte, dass niemand mehr am Leben sei und es dadurch keine Rolle mehr spiele. Ich wollte ihn besser kennenlernen … na ja, und als ich einmal angefangen hatte, konnte ich nicht mehr aufhören, so sehr war ich von seinem Stil gebannt.«

»Ja.« Die Señora hatte die Augen halb geschlossen und schien jeden Atemzug zu genießen. »Chémari hat immer sehr gut geschrieben. Sobald er ein Blatt Papier zwischen den Fingern hatte, war er einzigartig.« In ihrer Stimme lag tiefe Verbitterung, ein unausgesprochener Vorwurf, und offenbar ging sie davon aus, dass Katia sie verstand. »Aber er war immer ein Feigling, und bekanntlich ist das Wort die Waffe des Feiglings.«

»Weil er nie wieder zurückgekommen ist?«

»Aus tausend Gründen. Haben Sie das nicht auch schon erkannt?«

»Doch«, sagte Katia endlich leise.

»Was noch? Sagen Sie es mir ehrlich. Wie lange konnte ich schon nicht mehr mit jemandem über Chémari sprechen!«

Katia war verwirrt. Valcárcel hatte doch nicht etwa mit seiner Schwägerin den Briefwechsel geführt, den er seinem Bruder verweigert hatte? Die wenigen Hinweise in dem Tagebuch deuteten eher auf seine Verachtung für ihre bürgerliche Mentalität, aber es wäre nicht das erste Mal gewesen, dass er gelogen hatte. Sollte sie der Señora vielleicht erzählen, wie sie wirklich dachte, wie sich ihre Meinung über Valcárcel vom ersten Tagebucheintrag bis zu dem Zeitungsausschnitt über Simonis Verschwinden gewandelt hatte? Sie war sich unsicher, was die Witwe von ihr erwartete, aber das war im Grunde auch nicht wichtig. Ílida hatte recht, es war Zeit, die Dinge zu klären.

»Sie bitten mich um Aufrichtigkeit.« Die Frau öffnete die Augen und sah sie zustimmend an. »Gut. Am Anfang war ich einfach neugierig; ich war mein Leben lang immer nur in Archiven, habe immer nur alte, vergessene Texte gelesen und interpretiert, Neugier ist für so ein Leben die Grundvoraussetzung, um mit begrenzten, fast immer unvollständigen Daten zu versuchen, einen Lebenslauf, eine Epoche, die Entstehung eines Werks zu verstehen. Das Tagebuch des Professors war eine berufliche Herausforderung, darum habe ich es zu lesen begonnen. Doch schon bald wurde es für mich das, was es in Wirklichkeit ist: die Lebensbeichte eines einsamen, alten

Mannes, der den Tod näher kommen sieht und fürchtet, im Leben gescheitert zu sein. Ich habe mit ihm geweint und mit ihm gelitten, ich habe mich mit ihm in José verliebt und seinen Verlust beklagt. Ich habe mir tausendmal gewünscht, ich hätte ihn kennengelernt, wäre seine Studentin gewesen, hätte ihn bis zu seinem Ende begleitet.«

»Verurteilen Sie nicht, was er getan hat?«

Katia schüttelte den Kopf: »Nein. Wie könnte ich? Es war Liebe; stärker und brennender als jede, die ich je gefühlt habe, eine Liebe, die sie beide zerstört hat, ist das nicht Strafe genug?«

»Glauben Sie, dass sie das verdient haben?«

»Nein.« Ihre Stimme klang klar und fest. »Niemand verdient es, bestraft zu werden, nur weil er liebt.«

»Auch wenn es eine inzestuöse Liebe ist?«

»Mit der Liebe ist es wie mit dem Regen, der schaut auch nicht, wo er hinfällt«, sagte Katia, ihren Großvater zitierend, von dem sie immer so beeindruckt gewesen war.

Die Señora legte ihre Hand auf die von Katia.

»Danke, mein Kind.«

Danke? Wofür? Um sie in ihrem Glauben zu bestärken, dass ihr Ehemann kein Perverser war?

»Manche Dinge liegen im Blut, man ist dagegen machtlos«, sagte die Señora in leidenschaftlichem Ton. »Aber reden Sie weiter, ich habe Sie unterbrochen.«

»Viel mehr gibt es nicht zu sagen. Ich habe ihn einfach sehr ins Herz geschlossen, trotz allem, darum bin ich auch gekommen, um ihm seinen Letzten Willen zu erfüllen.«

»Wieso trotz allem? Gerade eben haben Sie mir doch gesagt, Sie würden sein Handeln nicht verurteilen.«

»Nun, da ist noch mehr.«

Die Señora beugte sich zu ihr, während sie mit den Händen die Sessellehnen umklammerte.

»Als ich das andere Tagebuch fand, entdeckte ich ein anderes Gesicht von Professor Valcárcel.«

»Wie viele Tagebücher gibt es noch?«

»Wie gesagt, ich weiß es nicht. In Rom stehen Dutzende Schachteln voller Papiere. Ich habe von dem, was ich überhaupt gesichtet habe, nur das Persönlichste mitgebracht. Es handelt sich auch nicht um ein richtiges Tagebuch, eher um Notizen mit irgendwelchen Texten dazwischen. Warten Sie kurz, ich hole es.«

Kurz darauf reichte Katia, die noch ganz außer Atem war, der Señora das Büchlein, das die Schäfer ihr gegeben hatten.

»Überblättern Sie die Notizen und suchen Sie die Textpassagen. Und wenn Sie fertig sind, sehen Sie sich den Zeitungsartikel an, der unter dem Umschlag steckt.«

Sie ließ die alte Dame lesen und blickte dabei in den Garten. Ein gelbliches Licht umhüllte alles und verwandelte den Nebel in leuchtenden Äther, in dem Bäume und Blumen wie in einer Traumlandschaft schwebten.

»Ich habe immer so etwas vermutet«, drang die Stimme aus dem Sessel zu ihr. »Zwischen den Welten geht das Gerücht um, jemand würde die Passagen missbrauchen. Man hat sogar schon darüber nachgedacht, jemanden zu schicken, damit er sie schließt. Wissen Sie, wovon ich rede?«

Katia drehte sich zu ihr um: »Ja. Ich habe Ihnen viel zu erzählen.«

Auf das Gesicht der Frau trat ein strahlendes Lächeln, als wäre sie stolz auf sie.

»Das stimmt. Wir haben viel zu besprechen, aber zuerst möchte ich, dass Sie mir alles geben, was Sie von Chémari haben.«

»Das ist alles.«

»Sie sind eine schlechte Lügnerin.«

Katia drehte ihren Silberring, den sie an der linken Hand trug: »Na gut. Da ist noch etwas. Aber das kann ich Ihnen wirklich nicht geben. Es ist zu intim. Auch ich habe sie nicht gelesen.«

»Sie?«

»Josés Briefe.«

»Es gibt sie noch?« Von einem Moment auf den anderen hatte sie Tränen in den Augen.

»Sie lagen in einem Geheimversteck. Ich habe sie eben erst aus Rom geschickt bekommen. Eigentlich wollte ich sie verbrennen und zusammen mit seiner Asche verstreuen und sie gar nicht lesen.«

»Ich muss sie lesen, Katia.«

Hatte diese Frau keine Scham? Wie konnte sie sie bitten, ihr die Liebesbriefe ihres Ehemannes an einen anderen Mann zu übergeben?

»Das geht nicht«, sagte sie noch einmal, nervös und fast aggressiv. »Das ist unmöglich. Niemand hat ein Recht, diese Briefe an José María zu lesen, sie tragen alle denselben Absender. Ausnahmslos. Diese Briefe waren alle von José.«

»Aber verstehen Sie denn nicht, mein Kind?«, sagte die Señora verblüfft. »Ich bin José.«

5
Unterhaltung im Familienkreis

Fast eine Minute lang herrschte absolute Stille. Katia blickte entgeistert. Ihr war, als würde sie gleich in Lachen oder Weinen ausbrechen. Vor der Geräuschkulisse der sich durch das Blattwerk des nassen Gartens jagenden Vögel und den rhythmisch gegen die Klippe schlagenden Wellen wirkten die beiden reglosen Figuren in dem stillen Salon wie auf einem Spielbrett übrig gebliebene Figuren, wie Porzellanpüppchen in einer Bonbonniere oder einem gläsernen Briefbeschwerer.

»José starb 1979, das steht im Tagebuch.«

Die Frau lachte: »Ich gebe zu, es war ein schlechter Witz. Mein Mann war zwei Jahre zuvor gestorben; ich hatte Chémari die Ankündigung der Totenfeier geschickt und wie erwartet nicht einmal eine Antwort bekommen. Später dann, als ich den Verlust Leonardos zu überwinden begann und nicht mehr so litt, kam ich auf die Idee, ihn ein letztes Mal auf die Probe zu stellen: Ich schickte ihm meine eigene Todesanzeige. Ich wollte wissen, ob er zur Beerdigung seiner Schwester kommen würde, die, wie er immer gesagt hatte, die große Liebe seines Lebens gewesen war.«

Sie hielt inne und zündete sich gemächlich eine Zigarette an, als wollte sie sich Zeit nehmen, bevor sie weiter erzählte: »Er kam nicht. Clara kam auch nicht, aber sie war krank, das wusste ich bereits von Alberto. Niemand kam, Katia.« Sie wischte sich über die Augen und die Stirn. »Ich habe gespielt und verloren, wie so oft. Wollen Sie die Todesanzeige sehen?«

Sie holte aus einer der Schubladen aus der Mahagoni-Kommode einen schwarz gesäumten Umschlag:

María José Valcárcel de Luna,
Witwe von Leonardo Martínez Peña
1906–1979
starb in vollkommener Einsamkeit
nach langer und schwerer Krankheit,
ohne Kinder zu hinterlassen,
die für sie weinen würden.
Gott möge so gütig sein,
ihr ihre vielen Sünden zu vergeben.

»Bizarr, nicht wahr?«

»María José«, murmelte Katia. »Logisch. Es kam mir immer schon seltsam vor, dass die Zwillinge dieselben Namen trugen.«

»Mama hat nicht viel Originalität bewiesen: José María und María José. Papa muss einen schwachen Moment gehabt haben, dass er das zugelassen hat. Aber zu Hause war ich immer José. Warum wundert Sie das so?«

Katia war über die Verständnislosigkeit der alten Dame verdutzt: »Haben Sie das Tagebuch nicht gelesen?«

»Mehrmals. Ich habe in den letzten beiden Tagen nichts anderes gemacht.«

»Und Ihnen ist nicht aufgefallen, dass ihr Bruder alles darangesetzt hat, um es wie eine homosexuelle Beziehung aussehen zu lassen?«

Die Señora erbleichte; aus ihren Lippen wich die Farbe, und Katia fürchtete schon, sie würde ohnmächtig werden.

»Was … sagen Sie?«, stammelte sie endlich.

»In dem ganzen Text taucht kein einziges Mal ein weibliches Pronomen auf, irgendein Anhaltspunkt, der einen auf den Gedanken bringen könnte, dass José seine Schwester und nicht sein Bruder sein könnte. Entweder hat er offen gelogen, was nicht sehr plausibel ist, oder José war in seinen Erinnerungen zu seinem Zwillingsbruder geworden.«

Ein langes Schweigen folgte, in dem die Señora leer blickte und um Fassung rang: »Mieses Schwein«, brachte sie schließlich aufgewühlt hervor. »Dieses miese Schwein, diese Missgeburt.«

»Vielleicht wollte er damit Ihren Ruf retten.«

Die Señora machte eine abwehrende Handbewegung: »Chémari dachte, ich wäre gestorben; er hatte nicht die Absicht, irgendwen zu retten.«

»Dann verstehe ich das Ganze nicht.«

»Ich schon, glaube ich.« Ihr Gesicht war zu einer Maske des Schmerzes und Hasses erstarrt. »Lassen Sie mich allein, Katia. Ich muss über vieles nachdenken. Wir reden später weiter.«

Katia ging auf ihr Zimmer, der Kopf drehte sich ihr wie ein Karussell. Die Señora war José; darum war der Martínez Peña, der im Standesamt von Almamarina verzeichnet war, ein Mann, es war ihr Mann, Leonardo, der Junge auf dem Foto mit dem Segelschiff, der Bräutigam auf dem Gruppenfoto vor der Kirche, der mit dem Spitzbart und dem blonden Schnauzbart. Doch warum hatte Valcárcel gelogen? Wozu eine homosexuell-inzestuöse Beichte verfassen, wenn der Inzest mit seiner Zwillingsschwester genauso monströs war? Stimmte es vielleicht, was sie José zu ihrer Beruhigung gesagt hatte: Dass Valcárcel am Ende seines Lebens so viele Erinnerungen abhanden gekommen waren, dass er dieses Jugendfoto aus Rom als Beweis akzeptiert hatte, dass sie immer zwei Jungen gewesen waren? Das war lächerlich. Wie konnte jemand vergessen, welches Geschlecht die große Liebe seines Lebens hatte? Wie sich im Gedanken an diesen Körper nicht erinnern, ob es ein Mann oder eine Frau war, den man umarmt hatte? Oder war es vielleicht so, dass Valcárcels Obsession von einem idealen Körper, einer idealen Liebe ausging?

Wenn sogar für sie selbst Valcárcel so viele Gesichter hatte, gleichzeitig der verlassene alte Mann war, der große Philologe, der Mörder Simonis, der grausame Liebhaber der Schäfer, der arrogante und egozentrische Professor, wieso sollte dann nicht für Valcárcel José zugleich Mann und Frau gewesen sein, wenn sie doch eh schon Geschwister und Geliebte waren? Oder hatte Chémari immer nur sich selbst geliebt, sein Spiegelbild in einer als Mann gekleideten Frau?

Auf einmal fühlte sie in den Schläfen einen stechenden Schmerz. Nichts ergab einen Sinn. Alle diese Geschichten aus der Vergangenheit, die ihr ein paar Tage zuvor noch so aufregend erschienen waren, führten, sobald man sich auf sie einließ, nur zu zerstörerischen Obsessionen. In diesem Augenblick wollte sie nichts anderes, als endlich die Asche verstreuen und von hier wegkommen, wieder mit normalen jungen Leuten ohne derartige Erinnerungen zusammen sein, mit Wolf an einem Strand spazieren gehen, ihm alles erzählen und vergessen.

Doch sie wusste, dass das im Grunde ihres Herzens nicht stimmte, dass sie noch nicht vergessen wollte, dass sie nicht eher gehen konnte, bevor sie nicht alles erfahren hatte, was sie noch nicht wusste, dass sie José jetzt nicht verlassen konnte, weil sie damit riskieren würde, dass sie bei ihrer Rückkehr nicht mehr da sein würde. Sie musste bleiben und mehr erfahren.

Wolf Altmann kam zehn Tage nach Katia in Almamarina an, an einem sonnigen, lauen Morgen, an dem er sich trotz der Anspannung wie im Urlaub fühlte. Er hatte Angst davor, sie nicht zu finden; doch genauso hatte er Angst, sie zu finden und ihr anzusehen, dass er unerwünscht war. Sie hatten so wenig Zeit gehabt, einander kennenzulernen, ihre Beziehung war so kurz gewesen, dass er sich nicht sicher war, ob sie dasselbe für ihn fühlte wie er für sie. Vielleicht hatte sie in dem Moment einfach Trost gesucht, Schutz, einen sicheren Hafen, wohingegen er wusste – wusste er es wirklich? –, dass Katia die Frau war, die er sein Leben lang gesucht hatte. Oder machte er sich etwas vor und ging es ihm in Wirklichkeit vor allem darum, seine Einsamkeit zu überwinden, die Leere seines Lebens zu füllen? Ihre Geschichte war beinahe zu schön, um wahr zu sein, sie hatte alles, was ein Kinofilm brauchte: eine hübsche, rätselhafte junge Frau in Gefahr, ein kaum angedeutetes Geheimnis, eine Flucht. War es das, was sie so attraktiv machte? Oder war es einfach die Art, wie sie sich bewegte, ihr Lächeln, seine Erinnerung an ihren nackten Körper? Wie auch immer.

Jetzt war er jedenfalls erst einmal hier und musste sie finden, und was dann geschehen würde, würde sich weisen.

Bei Marianna und Azzaros Büro hatte er sich über Katias Mission erkundigt und angenommen, dass er die Insel Alma am besten von Almamarina aus erreichen würde. Da in Oneira niemand Auskunft geben zu können schien, wollte er sich vor Ort eine Verkehrsverbindung suchen. Vielleicht musste er auch die Kollegen in Umbría bei der Suche nach Katia um Hilfe bitten, denn seine vier Worte Spanisch aus Gymnasiumszeiten reichten gerade einmal, um einen Kaffee oder ein Bier zu bestellen und Danke zu sagen. Jetzt bereute er es, dass er die Sprache seiner Großmutter nie hatte lernen wollen, aber wie sollte in einem Kind Interesse erwachen, wenn die Großmutter selbst diese Sprache fast vollständig vergessen hatte. Ihre Muttersprache war eigentlich Baskisch gewesen; Spanisch war nur die offizielle Sprache, die sie in ihren zwei kurzen Jahren Grundschule gelernt hatte. Mit neun hatte sie bereits bei einer reichen Familie als Hausmädchen angefangen, um ihre Eltern zu entlasten, arme Landarbeiter, die mehr Kinder gehabt hatten, als sie ernähren konnten.

Wolf kamen nach all den Jahren diese Erinnerungen, weil er tatsächlich zum ersten Mal in Spanien war und ihm der Gedanke gefiel, dass dieses Land streng genommen auch sein Land war, wenigstens das Land seiner Vorfahren, und dass er ein Achtel seiner genetischen Veranlagung von Menschen hatte, die in diesem Land gelebt hatten und dort als Erben der Kelten, Iberer, Römer, Araber und Juden gestorben waren. Und wirklich, wenn er sich in der Cafetería, in der er saß, schräg in der Glastür betrachtete, sah er seinem Gesicht die Völkermischung an: der eher große Kopf mit dem kräftigen blonden, früh ergrauenden Haar war vielleicht sein germanischer Anteil. Seine Klassenkameraden hatten immer Witze gemacht über seine Ähnlichkeit mit Karl dem Kühnen, dem Fürsten von Burgund, dem Großvater Karls V., dem mit der Löwenmiene und dem wilden Blick. Rein aus Neugier hatte er in einem Lexikon nachgesehen und an der Abbildung Karls des Kühnen tatsächlich eine leichte Ähnlichkeit festgestellt, zumindest, was den Schnauzbart betraf. Also eine germanisch-burgundische Mischung. Die blauen Augen waren ein Erbe der Familie seines Vaters, die hohen Wangenknochen slawisch. War in ihm auch etwas Baskisches, vielleicht seine Liebe zu ordentlicher Arbeit, seine Hartnäckigkeit? Auch etwas Arabisches? Nein, die Araber sind nie so weit in den

Norden gekommen. Eher schon war etwas Keltisches in ihm: dass er so schnell melancholisch wurde, seine Vorliebe für Dudelsackmusik, dass er für handfeste Schlägereien etwas übrighatte, seine Faszination für das Geheimnisvolle und Unbegreifliche. Eine Mischung, die es in sich hatte.

Er bezahlte seinen Kaffee, streckte sich zu einer in Umbría aufsehenerregenden Größe und ging in seinem federnden Schritt zu der Anlegestelle, um sich nach den Fähren nach Alma zu erkundigen. Um zu erfahren, ob Katia ihn liebte, musste er zu ihr fahren und sie fragen. Das war die einzige Möglichkeit.

Katia lag mit geschlossenen Augen bei zugezogenen Vorhängen im Bett und hoffte, dass die Tabletten wirken und es in ihrem Kopf aufhören würde zu hämmern. Aber sie schaffte es nicht, sich zu entspannen und das Nachdenken sein zu lassen, was nicht gerade zur Linderung des stechenden Schmerzes beitrug, den sie in den Schläfen und hinter den Augen spürte.

Ihre Gedanken kreisten immer wieder um die entsetzlichsten Fragen: Welche Motive Valcárcel gehabt haben mochte, um in seinem Tagebuch so zu lügen? Was es noch mit diesen Passagen und dem geheimen Wissen auf sich haben mochte? Dinge, die nur die Señora ihr vermitteln konnte, wenn sie es wollte; und noch viel persönlichere Fragen: Warum gab es in diesem Haus Gegenstände, die in ihr Erinnerungen wachriefen? Warum hatte José auf dem Nachttisch ein Foto von ihr und ihrer Mutter? Und dann die noch viel beklemmendere Frage: Was fühlte sie für Wolf, was für Rocco? Für wen von den beiden würde sie sich, wenn sie frei wählen könnte, entscheiden? Und zuletzt trieb sie noch um: Was mochte Bellochi widerfahren? War es von ihr gerechtfertigt gewesen, dass sie ihn in diesem Albtraum ohne Wiederkehr eingesperrt hatte?

Immerhin darüber könnte sie mit der Señora reden, sobald sie sich besser fühlte. So außergewöhnlich war es wahrscheinlich auch gar nicht, sich auf diese Weise einer Person zu entledigen, jedenfalls hatte sie der Zeitungsartikel über Simonis Verschwinden nicht aus der Fassung gebracht. Aufgebracht hatten sie nur die homosexuellen Andeutungen in Valcárcels Tagebuch, nicht aber die Tatsache, dass dieser seinen Kollegen ermordet hatte. Stimmte das vielleicht gar nicht? Oder war sie einfach nur verwirrt gewesen und hatte erst nach einer Weile begriffen, was die Zeitungsmeldung in Wahrheit bedeutete?

Ihre Gedanken kamen einfach nicht zur Ruhe.

Trotz der nicht nachlassenden Kopfschmerzen stand sie auf und beschloss, in den Garten zu gehen. Vielleicht würde ihr ja die Meeresluft den Kopf freipusten; sobald sie sich besser fühlen würde, musste sie mit Ílida reden, damit sie ihr half, alles besser zu verstehen. Leider wusste sie nicht, wie weit Ílida über bestimmte Dinge Bescheid wusste und inwiefern José es als Verrat empfinden würde, wenn sie ihrer besten Freundin Fragen stellte.

Von dem zur Treppe führenden Flur aus hörte sie Ílida, die hinter einer angelehnten Tür mit einer anderen Frau sprach. Ohne ihr Gespräch unterbrechen zu wollen, klopfte sie an, um zu fragen, wann sie mit ihr reden könnte.

»Kommen Sie nur herein.«

In einem kleinen Musikzimmer mit Blick auf den Garten polierte eine der Frauen, die zweimal in der Wochen zum Putzen kamen, gerade das Klavier, während Ílida Anweisungen erteilte. Der starke Geruch des mit Duftstoffen versetzten Alkohols stieg ihr in die Nase und erinnerte sie an irgendetwas, was sie nicht näher präzisieren konnte. In einer Ecke stand eine Harfe in einer Samthülle und auf einem Beistelltischchen eine alpenländische Zither, wie sie auch ihre Mutter gespielt hatte; links an der Wand weckte ein Wandteppich mit Schäfern in einem Rosengarten erneut Erinnerungen in ihr. Der Wandteppich war eine Passage. Wie viele es in dem Haus wohl noch gab?

Auf dem Kamin stand eine aus Golddraht gewirkte venezianische Gondel. Sie wusste, dass man an einer Schnur ziehen musste, dann kam aus der Gondel Musik, der Gondoliere bewegte das Ruder, und dazu drehten sich seine Elfenbeinaugen von links nach rechts.

»Ílida, die Gondel da ist eine Spieluhr, nicht wahr?«

Die Frau ließ eine Weile den Blick auf ihr ruhen, bevor sie antwortete: »Ja. Sie ist sehr alt, eines der ersten mechanischen Spielzeuge. Früher stand sie im Stadthaus in Almamarina im Musikzimmer. Kommen Sie, wir lassen Mercedes arbeiten, ich bereite Ihnen etwas zu essen. In der letzten Zeit geht in diesem Haus alles drunter und drüber.«

»Daran bin ich schuld.«

Ílida machte eine Handbewegung, die von José hätte sein können: »Machen Sie sich keinen Kopf. So kommt Leben ins Haus.«

Während sie die Treppe hinuntergingen, spürte Katia, dass sie nicht länger warten konnte, darum fasste sie Ílida am Arm und hielt sie an: »Ílida, ich war früher schon mal in diesem Haus, nicht wahr?«

Die Frau sah sie an, zunächst ohne besonderen Ausdruck; doch dann trat nach und nach ein zartes Lächeln auf ihr Gesicht.

»Nein, mein Kind. Du warst in dem anderen Haus, in Almamarina. Aber das ist viele Jahre her; seltsam, dass du dich daran erinnerst. Wie alt warst du, vielleicht ...«

»Sieben«, sagte sie. »Die Reise nach Umbría war mein Kommunionsgeschenk, Ende Juni.«

»Du bist mit einem guten Gedächtnis gesegnet.«

»Aber was hat mich hergeführt? Warum sind wir gekommen?«

»Ana, deine Großmutter, war meine beste Freundin. Als sie nach so vielen Jahren in Italien zu Besuch nach Umbría kam, hat sie bei mir vorbeigeschaut. Ich hatte den Wunsch, dich kennenzulernen und auch deine Mutter noch einmal zu sehen. Ich war ihr seit ihrer Hochzeit nicht mehr begegnet. Hat deine Oma dir nie von mir erzählt?«

Darum kam ihr der Name so bekannt vor, aus Unterhaltungen, denen sie als Kind mit halbem Ohr zugehört hatte. Ihre alte Freundin Ílida, mit der sie in ihrer Jugend zusammengearbeitet hatte.

»Stört es dich, dass ich dich duze? Du bist so jung, mein Kind!«

»Ganz und gar nicht, mich beschäftigt etwas ganz anderes. Ich dachte gerade ...«

»Komm, wir gehen in die Küche.«

»Was hast du gerade gedacht?«, fragte sie schließlich, während sie ihr einen Teller Gemüsesuppe hinstellte. »Der Reis ist mir ein bisschen verkocht bei dem ganzen Trubel, aber es gibt genügend Suppe.«

»Essen Sie nichts?«

»Ich habe vorhin schon gegessen, während du mit José geredet hast. Aber von dem Nachtisch esse ich gern noch etwas mit. Ich habe Pudding gemacht.«

»Also, ich habe gerade gedacht ... ach, schmeckt das gut, Ílida! Genau wie bei meiner Oma.«

»Nun, das ist die grüne Suppe, die es hier immer gibt. Was hast du gedacht?«

»Dass Sie die Freundin sein müssen, die im selben Haushalt gearbeitet hat wie meine Oma, als sie jung war.«

»So ist es, meine Liebe. Als ich bei den Valcárcels im Stadthaus in Almamarina angefangen habe, war ich ... ich war dreizehn, Ana muss zweiundzwanzig oder so gewesen sein, sie war drei Jahre älter als José und hat mindestens zehn Jahre in dem Haus gearbeitet. Ich glaube, sie hat als Kindermädchen des kleinen Mauricio angefangen. Als sie geheiratet hat, hat sie weiter als Hausmädchen gearbeitet, weil das, was dein Großvater als Dreher verdient hat, zum Leben nicht gereicht hat, obwohl Manuel immer sehr fleißig war und sich nach der Arbeit in der Fabrik immer noch Gelegenheitsarbeiten gesucht hat. Irgendwann ist Mauricio ins Priesterseminar gegangen, und sie ist im Haus geblieben, bis ...« Sie brach ab, so als müsste sie überlegen. »Ich weiß nicht mehr genau.«

Es war klar, dass sie sich an etwas erinnerte, was sie lieber nicht erzählen wollte.

»Bis meine Mutter zur Welt kam?«, ermunterte Katia sie.

»Vermutlich, ja, und etwa zur selben Zeit sind Ana und Manuel nach Montecaín gezogen, wo er in einer Schuhleistenwerkstatt, die ein paar Männer aus Navarra aufgemacht hatten, eine besser bezahlte Arbeit gefunden hatte. Dort ließ er sich dann mit den Sozialisten ein, typisch für damals, wofür er später im Krieg ins Gefängnis kam.«

»Und Señora Valcárcel hat ihn gerettet.«

Ílida wurde nun sichtlich unbehaglich zumute; sie zog ihr den Teller weg und spülte ihn ab, anschließend räumte sie demonstrativ klappernd irgendwelche Töpfe auf.

»Die Valcárcels waren eine der großen Familien hier. Eines Tages kam deine Großmutter heulend mit Anita auf dem Arm an und sagte uns, sie hätten Manuel mitgenommen. Nach einiger Zeit und vielen Bemühungen erreichte José, dass sie ihn freiließen, allerdings musste sie versprechen, dass er sich nicht aus dem Haus wegbewegen würde. Und so stellte sie ihn als Gärtner an, als Hausmeister, und bis nach dem Krieg waren wir alle zusammen im Stadthaus in Almamarina. Ich blieb, während sie in ein Häuschen zogen, das José für sie gefunden hatte. Deine Mutter heiratete diesen Italiener, und von dem Moment an, da du auf der Welt warst, verbrachten sie die meiste Zeit in Italien mit deiner Mutter, und als Manuel nach ein paar Jahren in Pension gehen konnte, zogen sie endgültig weg. Seit eurer Reise damals, als ihr nach Almamarina kamt, habe ich Ana nicht mehr gesehen. Wir haben uns hin und wieder geschrieben, aber wir Frauen meiner Generation haben praktisch keine Schulbildung, das Schreiben fällt uns sehr schwer, weißt du? Nun, unser Kontakt wurde immer sporadischer: eine Weihnachtskarte, dann und wann ein Brief … und jetzt du.«

Katia spielte an den Puddingschälchen herum, die Ílida ihr hingestellt hatte. Was sie ihr erzählt hatte, beantwortete viele Fragen, aber nicht alle.

Als ihre Großmutter sie gekämmt hatte – für ihren Besuch des Stadthauses in Almamarina? –, hatten ihr die Hände gezittert, warum? Weil es sie so bewegt hatte, ihre Freundin und Wohltäterin wiederzusehen? Weil sie Angst hatte? Wovor?

Dann das Foto von ihrer Mutter und ihr auf der Hexenalm. An jedem anderen Ort hätte man es für einen Dankesgruß ihrer Großmutter an José halten können, damit sie sah, was für eine hübsche junge Frau aus dem Mädchen geworden war, das sie vor dem Krieg gerettet hatte, und damit sie die kleine Katia wenigstens vom Foto her kennenlernen würde, aber da es auf dem Nachttischchen neben den Fotos von Josés eigener Mutter, ihres Bruders und ihres Mannes und ihrer Hochzeit stand, musste es eine tiefere Bedeutung haben … doch welche?

Diese Fotos waren Josés kostbarster Besitz, ihre teuersten Erinnerungen, die Menschen, die sie am meisten liebte. Was hatten ihre Mutter und sie in dieser Ahnengalerie zu suchen?

Schlagartig begriff sie: In Valcárcels Tagebuch war die Rede von einem Kind Mauricios, das er nie anerkannt und dessen sich José aus Liebe zu ihrem Bruder angenommen hatte. Der Umstand, dass Valcárcel weder wusste, welches Geschlecht das Kind hatte, noch, was aus ihm geworden war, hieß nicht, dass José es ebenfalls nicht wusste. Bislang hatte sie angenommen, dass José ihrer Mutter und deren Eltern nur finanziell unter die Arme gegriffen hatte, aber es konnte natürlich noch etwas anderes dahinterstecken. Darum hatte sie sich so eifrig bemüht, Großvater Manuel zu retten und sie alle bei sich im Haus unterzubringen: damit sie ihre Nichte aufwachsen sehen und sichergehen konnte, dass sie glücklich war.

Ihr schnürte es die Kehle zu. Ihre Großmutter war als Kindermädchen Mauricios bei den Valcárcels in Dienst getreten und hatte am Ende von ihm ein Kind bekommen. Ob der Großvater das wusste? Ob er sein ganzes Leben lang gewusst hatte, dass Anita nicht seine Tochter war? Es gab auf der Welt keinen liebevolleren Vater und Großvater, undenkbar, dass er an seiner Vaterschaft zweifelte. Wenn es so war, hatte ihre Großmutter das Geheimnis mit ins Grab genommen, das jetzt nur Ílida und José hüteten und das bald zusammen mit ihnen verschwinden würde.

Ihr kamen die Tränen bei dem Gedanken, dass ihr Großvater, falls sich ihre Erkenntnisse bestätigen sollten, gar nicht wirklich ihr Großvater war. Wenn das, was sie dachte, stimmte, war Mauricio ihr Großvater. Sie war also vom Blut der Lunas, darum erkannte sie auch die Passagen.

Ihr kam der Mageninhalt hoch, und ihr Mund füllte sich mit einer sauren, nach Gemüse schmeckenden Flüssigkeit, die sie wieder hinunterwürgte. Sie musste diese Frage stellen, aber Ílida sprach gerade von alten Erinnerungen an die Stadtvilla in Almamarina und dass sie einmal mit ihr dort hinfahren wolle, um sie ihr zu zeigen. Außerdem musste sie gut überlegen, wie sie die brennende Frage formulieren sollte. Sie bemühte sich zu lächeln, damit Ílida nichts merkte, um noch ein paar Sekunden zu gewinnen.

»Manuel war nicht mein Großvater, nicht wahr, Ílida?«, brachte sie endlich heraus, und ihre Stimme klang für sie selbst schrill und fremd. »Ich bin Mauricios Enkelin.«

Ílida ließ das Handtuch auf den Tisch fallen und setzte sich ihr gegenüber. Sie hatte gerade den Mund aufgemacht, um etwas zu sagen, als sie José reden hörten, die mit dem Ellbogen am Türrahmen lehnte: »Sie haben eine rege Fantasie, mein Kind!«

»Aber …«

»Denken Sie nicht, ich würde Sie nicht verstehen, bei all dem, was Sie in der letzten Zeit gesehen und gehört haben. Das ist ganz normal.«

Die Señora war wieder so wie immer, ruhig und ein wenig streng.

»Mauricios Enkel ist ein zweiundvierzigjähriger Mann. Ich habe ihn nie gesehen, aber von einer Agentur für Ahnenforschung kenne ich seinen Namen und fast sein ganzes Leben. Ich habe diese Nachforschungen angestellt, um meine Rechte auf den Teil von Chémaris Erbe zu sichern, der mir als einzig lebender Schwester zusteht, und meine Anwälte haben bereits alles Notwendige in die Wege geleitet, damit dieser Junge die Summe, die Chémari für ihn in der Schweiz angelegt hat, überschrieben bekommt. Gerade habe ich von ihm ein Telegramm erhalten, in dem er mir seinen Besuch ankündigt.«

Zufrieden mit ihrer soeben erfundenen Lüge, lächelte José in sich hinein. Sie hatte überhaupt kein Telegramm erhalten, obwohl das noch nicht hieß, dass sich ihr Neffe nicht tatsächlich auf dem Weg zu ihr befand. Sie hatte einen ihrer in die Zukunft weisenden Träume gehabt, die sich bislang immer erfüllt hatten, und darin blickte Mauricios Enkel mit dem Rücken zu ihr, sein Begehren zur Insel sendend, aufs Meer. Bald würde er kommen, und damit wäre ein Kapitel ihres Lebens abgeschlossen.

Katia blickte entgeistert und brachte kein Wort heraus. Bei genauerem Nachdenken erschien alles so logisch, trotzdem war ihre Vermutung durch Josés wenige Worte wie ein Kartenhaus in sich zusammengefallen.

José löste sich aus ihrem die nahe Zukunft betreffenden Traum und fuhr in ihrer Erklärung fort: »Mauricio hatte tatsächlich mit einem baskischen Mädchen, das eine Weile bei uns im Haus arbeitete, ein Kind. Ein Ausrutscher, wie man das damals nannte. Nur ich wusste davon.« Ílida hörte José reden und war genauso perplex wie Katia. »Ich habe dafür Sorge getragen, dass es ihnen an nichts fehlte.

Als der Krieg ausbrach, habe ich ihnen mithilfe von Anwälten geholfen, zu ihrer Familie zurückzugehen. Doch das Dorf existierte nicht mehr, alle Häuser waren niedergebrannt, und die Leute waren an verschiedene Orte geflohen. Es waren schlimme Zeiten für ein Mädchen allein mit Kind, und so habe ich meine Kontakte spielen lassen« – ein angedeutetes Lächeln –, »damit sie nach Frankreich gehen konnte, nicht ahnend, dass es dort kurz darauf auch Krieg geben würde. In der ersten Zeit des Franquismus habe ich den Kontakt zu ihr verloren. Später bekam ich einen Brief von ihr, Azucena, in dem sie mir schrieb, dass sie geheiratet und dass ihr Mann das Kind anerkannt habe, das nun seinen Namen trage, und dass es ihr an nichts fehle und sie sich bedanke. Ich schrieb ihr noch einmal, um ihr Mauricios Tod mitzuteilen, damit sie nicht in der Angst leben musste, er würde eines Tages auftauchen und sein Kind für sich beanspruchen. Danach haben wir uns nicht mehr geschrieben. Ich weiß nicht, ob sie noch lebt. Seit Jahren habe ich nicht mehr so lange am Stück geredet«, schloss sie und machte dabei ein ebenso kokettes Gesicht wie auf dem Foto aus Rom. »Machst du mir einen Tee, Ílida?«

Ílida stand prompt auf, nahm das Handtuch und füllte die Teekanne.

»Du hast mir nichts davon gesagt«, brummte sie verletzt.

»Wozu? Du weißt, dass ich keine Klatschbase bin. Es war das Geheimnis meines Bruders. Und er war Priester, in Gottes Namen. Warum hätte ich sein Andenken besudeln sollen?«

Eine Weile sagten sie nichts. Dann löste sich José von der Tür: »Katia, wenn Sie ein paar Minuten Zeit haben sollten, ich will Ihnen ein paar Dinge zeigen. Sie interessieren sich doch für Bilder.«

Katia hob den Kopf. »Wann immer Sie wollen.«

»Später. Es ist nicht eilig.« José ging aus der Küche und warf dabei Ílida einen Seitenblick zu, die still schluchzend vor dem Spülbecken stand.

Katia ging zu ihr und legte ihr die Hand auf die Schulter, um sie zu umarmen.

»Lass nur, mein Kind. Es geht schon vorbei. Sie macht so was nicht zum ersten Mal mit mir.«

Katia fühlte sich machtlos und verwirrt und ging in den Garten.

Katia traf José in ihrem Zimmer, wo sie in einem Sessel am Fenster saß und ein Buch von Bustamante Azzate in Händen hielt, dem bedeutendsten Schriftsteller Umbrías, noch dazu ein Nobelpreisträger, von dem sie zu ihrer Schande noch nie etwas gelesen hatte.

»Ich habe mir schon oft vorgenommen, sein ganzes Werk zu lesen«, sagte José, als hätte sie ihre Gedanken erraten, »aber ich habe es nie geschafft. Und ich fürchte, jetzt ist es zu spät. Setzen Sie sich, bitte, wir müssen reden.«

Katia schob sich einen Sessel heran, dann legte sie die Hände in den Schoß und wartete, dass die alte Dame das Wort ergriff. Sie fühlte sich unbehaglich in diesem Zimmer, das sie von ihrem heimlichen Besuch kannte, was José aber eigentlich nicht wissen konnte.

»Sie wissen über die Passagen Bescheid.« Das war keine Frage, und Katia fühlte sich nicht verpflichtet, mit mehr als einem Nicken zu antworten. »Gut. Dann sind wir schon zwei auf der Welt.«

»Wir sind viel mehr, wenn Sie den berühmten Club der Dreizehn mitrechnen, von dem ich allerdings nicht weiß, wie viele Mitglieder er tatsächlich hat.«

José machte eine ihrer typischen, Katia bereits vertrauten Handbewegungen, als wollte sie ein Insekt verscheuchen.

»Diese Leute zählen nicht. Sie erkennen die Passagen nicht, sie wissen nicht, wie man hineinkommt. Für die ist die Reise zu Ende. Es zählen nur Sie und ich.«

»Warum ich, José?«

Die alte Dame zuckte mit den Schultern und sah weg: »Ich habe eine Theorie, aber es ist womöglich noch nicht der rechte Moment gekommen, Sie Ihnen zu eröffnen. Sie werden rechtzeitig davon erfahren.«

Katia biss sich auf die Lippen. Hätte José nicht ihre eigene Theorie über Mauricio zunichtegemacht, wäre ihr nun alles klar. Sie fragte sich, ob sie ihr glauben konnte. Es war sehr gut möglich, dass sie sie angelogen hatte, dennoch … wäre es nicht besser, wenn sie ihre Fähigkeit, Passagen zu entdecken und zu durchqueren, anders erklären könnte, als sich mit dem Gedanken anfreunden zu müssen, ihre Mutter sei die Tochter dieses Priesters?

»Ich muss mich damit abfinden«, fuhr José fort, »dass mein Leben nicht mehr allzu lange dauert. Ich habe mehr Jahre bei bester Gesundheit gelebt, als man erwarten kann. Darum habe ich mich entschlossen, mit Ihnen zu reden. Das Wichtigste kennen Sie noch nicht.«

»Den Canaletto?«, unterbrach Katia sie.

»Ich habe gesagt, Sie kennen es nicht. Es handelt sich um ein Flachrelief im Turm.« Die alte Dame zeigte zur Decke. »Hier oben, genau über uns; es ist eine Darstellung des Labyrinths der Kathedrale von Chartres und die mächtigste Passage, die ich je entdeckt habe.«

»Wohin führt sie?«

»Da liegt das Problem: Seit siebzig Jahren bemühe ich mich vergeblich, sie zu öffnen. Ich bin immer davon ausgegangen, dass dieses Relief nicht zufällig in den nackten Stein eines Zimmers voller Bücher gehauen worden ist. Einer dieser Texte muss die Passage öffnen, aber bis jetzt habe ich noch keinen Erfolg gehabt. Womöglich werde ich es nie schaffen. Aber vielleicht meine Nachfolgerin.«

»Haben Sie überhaupt keinen Hinweis?«

»Die lateinische Inschrift lautet: ›Ianua caeli. Orbis tuus‹, begleitet von einem Alpha und einem Omega; das ist alles.«

»Vielleicht stammt die Formel, die die Passage öffnet, aus einem lateinischen Text.«

José lächelte mild: »Ich habe alles versucht: von Vergil bis Seneca, nicht zu vergessen Ovid, Cicero, die Kirchenväter ... sogar den *Gallischen Krieg*, aus reiner Verzweiflung.«

»Wenn wir wüssten, auf wen sich die Inschrift bezieht ... An wen richtet sich dieses ›deine‹ ... Könnte es nicht ein Geschenk sein, das irgendwer jemandem gemacht hat?

Was ich sagen will: Stellen Sie sich vor, ich finde zufällig eine Passage zu einer Wirklichkeit, von der ich annehme, dass sie Ihnen gefallen würde, ich schenke Ihnen das Bild oder zeige es Ihnen einfach und widme Ihnen diese Worte, so wie Professor Valcárcel es mit seinen Kollegen gemacht hat. In diesem Fall könnte ich auf das Geschenkkärtchen etwas in dieser Art schreiben: ›Das ist deine Welt‹, oder nicht? Dieses ›Himmelstor‹ jedenfalls ist vielversprechend ... wer weiß.«

Die alte Dame war nachdenklich geworden: »Sehen Sie …«, gab sie zu. »Darauf bin ich nie gekommen. Ich hätte eher in der Genealogie des Hauses gesucht, nachgesehen, wer den Turm in Auftrag gegeben hat und ob er zu einem bestimmten Anlass oder für eine bestimmte Person erbaut worden ist. Mir scheint, wir sind auf dem richtigen Weg. Meine Liebe, lassen Sie uns gemeinsam suchen, zusammen finden wir vielleicht heraus, was mir allein nie geglückt ist. Ich bin immer so allein gewesen!«

»Ihr Mann wusste davon nichts?«

José schüttelte den Kopf: »Für Leonardo wäre das zu viel gewesen. Für ihn gab es nur eine Wirklichkeit, wie für fast alle. Was auch seine unleugbaren Vorteile hat«, endete sie mit einem gewitzten Lächeln.

Ohne es zu wollen, glitten ihre Gedanken ab in ihre Lieblingswelt, nach Venedig, wo sie die ganze Zeit, die Leonardo in Almamarina bei der Arbeit gewesen war, verbracht hatte. Wie hätte sie ihn in diese Welt der Feste und Sinnesfreuden einführen sollen, in der sie Madonna Viola war und Arnau de Montferrat sie bei jedem ihrer Aufenthalte besuchen kam? Ihr wagemutiger Kapitän, der unerschrockene Entdecker ferner Kontinente, der göttliche Dichter, der ihr Liebessonette schrieb, bis sein Schiff auf der Rückreise aus Indien verschollen blieb.

Katia musste ihre Frage wiederholen, weil José mit ihren Gedanken ganz bei ihrem privaten Traum war.

»Was haben Sie gesagt?«

Die junge Frau hatte sich zu ihr gebeugt und die Hände auf die Armlehne ihres Sessels gestützt: »Was sind diese Welten eigentlich, José? Wo sind sie? Wozu sind diese Passagen gemacht worden?«

Die alte Dame merkte, dass sie lachen musste, und da sie wusste, dass es Katia kränken würde, bemühte sie sich um Fassung. Doch sie konnte das Lachen nicht zurückhalten.

»Mein Kind, entschuldigen Sie, ich lache nicht über Sie, ganz bestimmt nicht, aber verstehen Sie mich doch; es ist, als würde ein kleines Kind in seinem guten Glauben, Mutti wüsste alles, eines Tages fragen: Wozu ist die Welt gemacht worden? Wer hat uns hierhergesetzt? Wozu ist unser Leben gut? So etwas in der Art.«

»Sie wissen es nicht?« Katias Worte klangen empört.

»Es tut mir leid, Sie in Ihrem guten Glauben enttäuschen zu müssen. Ich fürchte, ich war nie wirklich wissbegierig; solche Fragen, wie Sie sie stellen, haben mir nie den Schlaf geraubt. Wenn ich einen Apfelbaum finde, der Früchte trägt, esse ich sie und genieße. So bin ich.«

»Aber ich will das Warum wissen.«

»Dann gehen Sie dem nach. Ihr Leben liegt vor Ihnen; statt so viel zu reisen, könnten Sie mehr forschen.«

Langes Schweigen trat ein, so lang, dass Katia schon dachte, José wäre eingeschlafen. Doch als sie gerade gehen wollte, bemerkte sie, dass sie wach war, und so bohrte sie noch einmal nach: »Vorhin haben Sie gesagt, in den Welten sei die Rede von jemandem, der Gift für die Passagen darstelle, erinnern Sie sich?«

»Ich bin noch nicht senil.«

»Heißt das, dass es eine Art Kodex gibt? Leute, die entscheiden, wer hineinkommt und wer nicht? Gibt es ... wie soll ich sagen ... eine Hierarchie, Gesetze, etwas in der Art?«

José wirkte müde. »Auf jeden Fall scheinen auch in den anderen Welten nur sehr wenige Menschen die Fähigkeit zum Reisen zu besitzen, und fast alle sind dagegen, dass das Hin und Her überhandnimmt. Ich weiß nicht, ob es ihnen darum geht, ein Gleichgewicht zu bewahren, das ich nicht kenne, oder ob sie ihre Wirklichkeit einfach vor zu vielen Eindringlingen bewahren wollen. Der einzige Vergleich, den ich habe, ist Alma.«

Katia ermunterte sie stumm, fortzufahren.

»Alma existiert, fast immer jedenfalls, bestimmt haben Sie von diesen Legenden seines zeitweisen Verschwindens gehört. Fast niemand möchte herkommen, und von den wenigen, die es wirklich wollen, schaffen es auch die meisten. Generell sind das auch Menschen, die wir gern in Alma empfangen, die ein Anliegen mitbringen oder etwas, was gleichermaßen in ihrem wie in unserem Interesse liegt. Andere Leute kommen nicht hierher. Wir machen uns auch nicht viel aus Besuch; wir genügen uns selbst, immer mehr. Es gibt Zeiten, da sind wir eine beinah normale Gemeinde, fast wie in meiner Jugend, als mein Vater noch Feste gegeben hat und die Gäste mit dem Schiff abgeholt wurden; in anderen Zeiten schließen wir uns ein, dann herrscht eine Stimmung der Zurückgezogenheit, der Schwerelosigkeit … es heißt, dann verschwindet Alma vom Horizont.«

»Aber das haben Sie nie gesehen.«

»Ich bin fast immer hier gewesen. Von hier aus kann man Alma nicht am Horizont sehen, mein Kind.«

José schlug zweimal mit der Hand auf die Armlehne: »Genug geredet! Kommen Sie, wir sehen uns den Canaletto an.«

Das Gästezimmer im zweiten Stock war genau so, wie sie es sich vorgestellt hatte, nur dass es jetzt anders als in Valcárcels Beschreibung Tag war; es klapperten auch keine Fensterläden und es lag keine Elektrizität in der Luft wie in jener Silvesternacht, die Katia vor sich sah.

José öffnete das Fenster, um zu lüften, und Katia betrachtete derweil das Bild, das wie alle Passagen einen Sog auf sie ausübte: Sie hätte es an jedem Ort erkannt.

»Spürst du, wie es dich ruft, Katia?«

Sie nickte.

»Das freut mich. Und ich dachte schon, ich bin die Einzige, die eine Passage auf den ersten Blick erkennt.«

»Gibt es mehr Menschen wie uns?«

»Davon gehe ich aus, die Welt ist groß, aber das kümmert mich nicht. Ich kenne Reisende aus anderen Wirklichkeiten, aber abgesehen von Chémari habe ich in unserer Wirklichkeit nie jemanden kennengelernt, der noch diese Fähigkeit hat. Und bei ihm war sie nur schwach ausgeprägt, vielleicht weil er ein Mann war, keine Ahnung.«

Katia verstand selbst nicht, warum sie bei der Erwähnung Valcárcels so unangenehm berührt war, wenn doch eigentlich eher José hätte befangen sein müssen.

»Zeigen Sie mir, was Sie wissen, José?«, fragte Katia schüchtern.

Die Señora lächelte und fuhr ihr mit dem Handrücken über die Wange: »Eine andere Erbin habe ich nicht. Aber erwarten Sie sich nicht zu viel. Ein Leben reicht nicht, um alles zu erfahren. Für alle

Fälle« – sie ging wieder auf Distanz und zog ihre Hand zurück – »habe ich im Schreibtisch in meinem Zimmer alles aufbewahrt, was ich über die Jahre herausgefunden habe. Falls ich plötzlich sterbe ... Bemühen Sie sich nicht, mir zu widersprechen, mein Kind, es kann jeden Tag passieren. Es gibt sogar ein Dokument, das Sie als rechtmäßige Erbin einsetzt.«

Katia erstarrte. Auf einmal sah sie wieder das Foto von ihrer Mutter und ihr selbst auf der Hexenalm vor sich: »Ich, die rechtmäßige Erbin? Wir haben uns doch gerade erst kennengelernt ...«

José seufzte, sie fuhr sich mit fast jugendlichem Elan über die Haare und setzte sich auf die Bettkante: »Ich hätte es dir lieber in einem anderen Moment gesagt, aber was soll's?« Sie blickte Katia an. »Du weißt doch, wer du bist, nicht wahr? Hast du es nicht erraten, als du das Foto in meinem Zimmer gesehen hast?«

Katia schüttelte den Kopf, nun war sie vollends verwirrt.

»Du bist nicht Mauricios Enkelin. Du bist meine Enkelin.«

Katia setzte sich auf den Boden, und von dem alten Teppich wirbelte eine Staubwolke auf. Sie war sprachlos. Einige Sekunden vergingen; dann begann José zu stammeln, als würde das Sprechen sie große Anstrengung kosten: »Ich war sehr jung, nicht verheiratet, meine Eltern waren gerade gestorben, was vielleicht sogar ein Glück war, ich wusste nicht, was ich tun sollte, ich konnte das Kind, deine Mutter, nicht behalten. Ich war verzweifelt, und so bot mir deine Großmutter an, das Baby aufzunehmen. Sie und Manuel waren schon ein paar Jahre verheiratet und konnten keine Kinder bekommen. Für sie war es ein Geschenk des Himmels und für mich zu dem Zeitpunkt auch. So hatte ich noch ein paar unbeschwerte Jahre, bis wir im Krieg nach Almamarina zogen; dort bekam Ana auf einmal Angst, ich könnte ihr das Mädchen wegnehmen wollen, und sie gingen auf Abstand zu mir. Leonardo wusste von all dem nichts. Ich hoffte, dass ich mit ihm Kinder haben, eine Familie gründen würde und so die Vergangenheit zurücklassen könnte, aber es sollte nicht sein.« Ihr versagte die Stimme, sie sprach nur noch in unvollständigen Sätzen. »Darum konnte ich es ihm nicht sagen ... Das wäre ... das Ende unserer Ehe gewesen. Ich konnte ihm doch nicht sagen, dass ich Kinder empfangen konnte und es folglich an ihm lag ... Heutzutage hätte er sich behandeln lassen können, aber damals ... Wenn ein Paar keine Kinder bekommen konnte, war immer die Frau die Unfruchtbare. Und Leonardo war ein so guter Mann, so liebevoll ... Er hat mich in allem unterstützt, er hat mir meine Freiräume gelassen, hat mir Mut gemacht ... Er hat mir sogar angeboten, dass wir ein Kind adoptieren ... Das wollte ich nicht. Ich wollte mein Kind haben, aber das war nun das Kind anderer Leute, ich hatte es so gewollt. Deine Mutter war damals schon ein junges Mädchen ... Ana war erst beruhigt, als Anita heiratete und nach Italien ging. Ich habe immer vermutet, sie haben sie nur deshalb so jung heirateten lassen – noch dazu einen Witwer und im Ausland –, damit sie möglichst weit weg von mir war ... Ich weiß nicht; es mag grausam sein, das jetzt zu sagen. Ana und Manuel waren gute Eltern für mein Kind. Und auch gute Großeltern, stimmt's?«

»Ja«, sagte Katia mit dünner Stimme.

»Jetzt weißt du alles. Du bist von meinem Blut, du bist meine Erbin. Alles, was ich habe, wird nach meinem Tod dir gehören. Du sollst über die Passagen wachen, wenn ich einmal nicht mehr bin. Darum will ich sehen, wie du hineinkommst. Ich habe immer gewusst, dass du es kannst, aber ich will sichergehen, dass du die Fähigkeit mit den Jahren nicht verloren hast.«

»Ich verstehe nicht recht, José.«

»Vor langer Zeit habe ich Ana gebeten, mich zusammen mit dir besuchen zu kommen. Ich wollte dich kennenlernen, Katia. Deine Mutter hatte die Gabe der Passagen nicht geerbt, und ich musste herausfinden, ob du sie besitzt. Als ich dich dann tatsächlich kennenlernte, wusste ich sofort, dass du wie ich bist. Ich habe dir den Wandteppich im Musikzimmer gezeigt, du warst sieben Jahre alt, und du hast ihn dir angesehen und gefragt: ›Wie kommt man da rein?‹ Das war der glücklichste Tag meines Lebens. Da wusste ich, dass nichts verloren gehen würde, dass ich eine Nachfahrin hatte, die wie ich zwischen den Welten umherreisen würde. Mein Leben war also nicht umsonst gewesen. Aber es war zu früh, ich konnte dich nicht bei mir behalten, sondern musste warten, bis du erwachsen werden und aus eigenem Willen kommen würdest.«

»Warum ist so viel Zeit vergangen? Warum haben Sie mich nicht früher gerufen?«

»Es war noch nicht so weit. Das Leben verläuft zyklisch. Irgendwann schließen sich die Kreise. Kennst du dich im klassischen Theater aus? ›Es gibt keine Frist, die nicht verstreicht; keine Schuld, die nicht bezahlt wird.‹ Ich wusste, dass der Moment kommen würde. Jetzt ist er da: Ich will sehen, wie du hineingehst.«

»Jetzt?« Katia begann am ganzen Körper zu zittern.

»Hast du etwas Besseres zu tun?«

Katia lachte. José hatte, wenn auch versteckt, den gleichen Humor wie sie.

»Ich habe Angst.«

»Das ist nicht weiter schlimm. Nur die Mutigen machen Probleme. Und die Feigen«, fügte sie leise hinzu. »Warte, ich gebe dir den Text.«

»José, wenn man die Worte nicht kennt, aber weiß, dass ein Bild eine Passage ist, wie findet man dann das dazugehörige Werk?«

Die Señora zog eine Augenbraue hoch: »Na, was glaubst du? Indem man es tausendmal probiert. Indem du versuchst, dich auf die Assoziationen zu konzentrieren, die das Bild in dir weckt, und Texte suchst, die dieses Gefühl ausdrücken. Manchmal durch ihre Ähnlichkeit, manchmal durch Kontrast. Manchmal, leider, gibt es überhaupt keine Verbindung, wie zum Beispiel bei dem Labyrinth im Turm.«

»Würden Sie mir helfen, den passenden Text zu einer Passage zu finden?«

»Wenn ich es kann …«

»Ich habe eine Art Fährte, aber sie sagt mir nichts: ›Der Garten der Mondorangen‹.«

Auf Josés Gesicht trat wieder dieses verschmitzte, beunruhigende Lächeln, mit dem sie so viel jünger aussah.

»Wenn du reisen willst, musst du als Erstes viel lesen und dein Gedächtnis trainieren. Hast du Lorca gelesen?«

»Klar, das hat doch jeder.«

»Dann hast du ihn offenbar nicht gut gelesen. Es gibt ein Gedicht von ihm, ich gebe zu, es ist wenig bekannt, in dem heißt es … Moment … Ich weiß es nicht auswendig. Komm, jetzt geh erst mal rein, ich lege es dir auf deinen Schreibtisch. Wenn du zurückkommst, kannst du es nachlesen. Interessiert es dich aus einem besonderen Grund?«

Katia fühlte ein Kribbeln im Bauch, am liebsten hätte sie José alles erzählt, aber es war nicht der geeignete Moment.

»Ich erzähle es Ihnen, wenn ich zurück bin.«

»Einverstanden. Hier.« José reichte ihr ein Säckchen aus schwarzem Samt. »Ein bisschen Kleingeld. Für zwei der kleinen Münzen fährt jeder Gondoliere dich zu dieser Adresse.« Katia sah sie verblüfft an. »Das ist mein Haus. Zeig Guido dieses Schreiben, er ist der Hausdiener; es berechtigt dich, für die Zeit deines Aufenthalts über alles zu verfügen.«

»Sie haben in der anderen Welt ein Haus?«

»Ich reise seit über sechzig Jahren dorthin. Andere Rentner haben ein Haus auf Mallorca.«

Sie lächelten, und Katia verspürte auf einmal den Drang, die alte Dame zu umarmen, doch die Strenge in ihrer Haltung hielt sie zurück. José ging nach hinten ins Zimmer und signalisierte ihr, noch zu warten.

»José …«

Die Frau drehte sich vom Kleiderschrank aus zur ihr um.

»Erinnern Sie sich an die Briefe, über die wir geredet haben? Sie gehören Ihnen. Sie hatten recht. Sie finden sie in meinem Schreibtisch in einem ziemlich großen Päckchen aus Packpapier. Ich habe sie nicht gelesen, Ehrenwort.«

Die Frau kam mit zusammengelegten Kleidern über dem Arm auf Katia zu und küsste sie auf die Wange: »Danke, mein Kind. Los, zieh dir das an, bevor du gehst.«

Der Moment war nicht weiter aufzuschieben. Katia legte sich den Mantel um, den José ihr hinhielt, schob sich die Maske zurecht, las die Worte aus dem Buch, dann ließ sie sich, gleichermaßen erschrocken und glücklich, von der Passage verschlingen.

Ein Gedanke schoss ihr durch den Kopf: Wenn José das Bild nun zerstören würde, bliebe ihr die Rückkehr für immer verschlossen.

Wolf kam nicht mit dem Schnellboot der Küstenwache nach Alma, wie er gedacht hatte, sondern mit einem großen, klapprigen Kahn, der frisches Obst und Gemüse auf die Insel brachte. Er war früh morgens aufgestanden und am Hafen mit einem alten Fischer ins Gespräch gekommen, der vor seiner Pensionierung lange Jahre im französischen Teil des Baskenlands gearbeitet hatte und daher einigermaßen gut Französisch sprach. Er musste an die neunzig sein, und obwohl er ansonsten ganz hell im Kopf gewirkt hatte, hatte er sich darauf versteift, Wolf sei ein Verwandter von jemandem, den er »mon capitain« nannte und der Anfang des Jahrhunderts eine große Reederei besessen hatte.

Wolfs alte Gewohnheit, Zeugen nicht zu widersprechen, damit sie mit gelöster Zunge redeten, zahlte sich aus, denn sobald er ihm von seinem Vorhaben erzählte, nach Alma zu fahren, hatte der Alte ihm spontan angeboten, ihn mit dem Schiff seines Neffen dorthin zu bringen.

Als sie anlegten, schüttete es wie aus Kannen, sodass sie als Erstes in einer Kneipe ein paar Kaffee mit Schuss tranken, in der Hoffnung, dass der Regen nachlassen würde. Dann gingen die Männer auf den Markt, und Wolf wartete noch bis neun, bevor er sich auf die Suche nach dem Haus der Valcárcels machte. Gleich am ersten Ort, an dem er fragte, einer kleinen Rote-Kreuz-Station, die mit einer Krankenschwester besetzt war, erklärte man ihm den Weg, und nachdem er durch den Nieselregen gegangen war – leider hatte er keinen Schirm dabei –, stand er um Viertel nach neun vor dem Eingang des Hauses mit den Säulen und wartete, nervös von einem Bein auf das andere tretend, dass man ihn einließ. Er war so an dieses »Guten Tag, Chefinspektor Altmann. Kriminalpolizei« gewöhnt, dass ihm nicht einfiel, wie er sich vorstellen sollte, und als die Tür schließlich aufging und die Frau ihn ansah, stammelte er irgendetwas wie: »Wolf Altmann. *Madame, parlez-vous français?*«

Die Frau sah in verwundert an, dann winkte sie ihn herein und schloss hinter ihm die Tür. Anschließend deutete sie ihm an, er möge ihr durch den Flur folgen, nach links zu einer Tür, und dort warten. Er hörte tuschelnde Frauenstimmen, und auf einmal sah er sich einer anderen alten Dame gegenüber, einer groß gewachsenen, aristokratischen Erscheinung:

»Mon Dieu!«, sagte sie leise. *»Je ne vous attendais pas si tôt. C'est incroyable! Comme je suis heureuse! Entrez, s'il vous plaît, entrez.«*

»Wolf Altmann, *Madame*«, stellt er sich verwirrt vor. Was sollte das heißen, sie habe ihn noch nicht so bald erwartet? Wieso zum Teufel hatte sie ihn überhaupt erwartet?

»Je sais, je sais.«

Es war ein eleganter, kleiner Salon, ein weibliches Refugium, das Männern das Gefühl gibt, überflüssig zu sein.

Die alte Dame blickte ihn immer noch seltsam durchdringend an. Dann ging sie zu ihm und nahm seine Hände: *»Vous avez les mêmes yeux. Il y a si longtemps …«*

Die Glückstrunkenheit dieser Frau wurde Wolf allmählich unbehaglich. Wahrscheinlich war sie debil oder litt unter Alzheimer.

»La tête de papa. Les yeux de maman. Mon cher enfant, comme je suis heureuse! Ílida, Ílida, komm, ich will dir diesen jungen Mann vorstellen.«

Die Frau, die ihm die Tür geöffnet hatte, kam schüchtern herein und gab ihm die Hand. Er war nur noch mehr verwundert.

»Madame …« Wolf wollte irgendwie dieses Missverständnis aufklären, aber er wusste nicht wie. *»… vous savez bien qui je suis?«*

»Mais, oui, mon cher, mais oui, on n'a qu'à te voir. Je peux te tutoyer, n'est-ce pas? Après tout, je suis ta tante, la sœur de ton grand-père.«

Seine Tante? Die Schwester seines Großvaters? Welches Großvaters?

»De mon grand-père? Alois ou Georg?«

»Mais Maurice, mon cher, Mauricio. Tu as bien reçu ma lettre?«

Ílida erblasste: »Er ist Mauricios Enkel?«

»Aber sicher. Sieh dir die Form seines Kopfes an, Ílida, ist er nicht ganz der Papa? Und die Augen, er hat die Augen meiner Mutter; sie hatte als Einzige blaue Augen, dieses Blaugrau des Meeres im Winter. Er ist mein Großneffe, Ílida, nach so langer Zeit, der Enkel meines kleinen Bruders.«

Er wollte gegenüber der Frau, die kein Französisch sprach, nicht unhöflich sein, aber er musste alles unternehmen, um die Dinge zu klären: »Señora, seien Sie bitte nicht verärgert. Ich habe keinen Brief erhalten. Ich bin nicht der, von dem Sie reden, ich bin Österreicher, Polizeibeamter im Urlaub, und ich bin hier, weil ich eine Freundin suche, die für die Erben von Professor Valcárcel arbeitet, Katia Steiner.«

»Sie sind mit Katia befreundet?« Der Señora war das Lächeln vergangen. »Wie eng sind Sie befreundet?«

Nun war er es, der lächelte: »Das liegt in ihren Händen. Wenn es nach mir geht, soll sie meine Frau werden.«

»Das geht nicht. Das solltest du dir möglichst sofort aus dem Kopf schlagen. Katia ist meine Enkelin. Deine Cousine.« Die Señora war auf einmal stocksteif. »Ílida, bring uns einen Tee, sei so gut. Und du, setz dich. Offenbar hast du den Brief, den ich dir über meine Anwälte habe schicken lassen, nicht bekommen und kennst die Wahrheit noch nicht. Ich werde dir jetzt die wahre Geschichte deiner Familie erzählen.« Sie hielt inne, als stutze sie über ihre eigenen Worte. »Oder besser gesagt, die Geschichte deiner wahren Familie.«

»Dürfte ich nicht zuerst Katia sehen?«

»Katia hat eine lange Reise unternommen. Setz dich und hör zu.«

6
Stimmen der Vergangenheit

José hatte Ílida gebeten, im Schlafzimmer den Kamin anzumachen, und war dabei nicht auf ihre Freundin eingegangen, die sie daran erinnerte, dass sie selbst noch vor wenigen Tagen Ílida wegen dieses Vorschlags als senil bezeichnet hatte. Es war Mitternacht, das Abendessen war zu Ende, für das sie im Esszimmer die Brokatdecke und das alte Silberbesteck gedeckt hatten, das nur zu festlichen Anlässen herausgeholt wurde, und Wolf hatte sich in sein Schlafzimmer zurückgezogen. José war nun allein und betrachtete den Canaletto auf ihrem Schreibtisch. Daneben lag das noch immer ungeöffnete Päckchen.

In der anderen Welt durften gerade einmal zwei Stunden vergangen sein, die junge Frau würde noch eine Weile damit beschäftigt sein, den Zauber des Orts für sich zu erkunden, sodass sie es nicht eilig hatte, ihren Plan, den sie bei der Ankunft ihres Großneffen spontan gefasst hatte, auszuführen.

Während sie mit der Hand über die Leinwand fuhr, verlor sich ihr Blick im Kaminfeuer. Es wäre so leicht und sauber. Niemand würde je etwas erfahren. Es wäre einfach ein weiteres in der langen Folge von Geheimnissen in ihrem Leben. Und es wäre die einzige Art der Rache, die sie, wenn auch widerstrebend, an Chémari nehmen konnte. Es durfte einfach nicht sein, dass Wolf und Katia …

Sie zitterte so sehr, dass sie ihre Teetasse mit beiden Händen nahm, und trank einen langen Schluck. Aber … warum nicht Wolf, der für sie ein Unbekannter war, der die Gabe nicht besaß, der von nichts etwas wusste? Warum Katia und nicht Wolf?

Vielleicht, weil sie die Macht über die Passagen nicht abgeben wollte? Weil sie sich eher damit abfand, dass all das Wissen verloren ging, als es in andere Hände zu geben? Einfach aus altersstarrem Egoismus?

Mühsam stand sie auf und ging zu ihrem Nachttisch. Die Porträts lächelten sie weise, wie entrückt an: Katia umarmte ihre Mutter und blickte dabei vertrauensvoll in die Kamera und zu ihrem Vater, dem stolzen Fotografen, der den Moment für die Nachwelt festgehalten hatte, wie Ana in einem ihrer letzten Briefe schrieb.

Die venezianische Welt war schön, betörend, ein magischer Ort für eine hübsche junge Frau. Es wäre nicht so grausam.

Sie betrachtete Chémaris Augen, das Misstrauen in seinem Blick schien selbst im Ausdruck der Fröhlichkeit aus ihnen hervor. Sie sah Leonardo an, er war so jung, so hübsch, so unschuldig. Sie hätte gern mit ihm Kinder gehabt, die sie zu Großeltern gemacht, das Haus mit Lachen und Kindergeschrei erfüllt hätten. Es hatte nicht sein sollen. Was blieb ihr noch? Wolf und Katia. Ihr Großneffe. Ihre Enkelin. Es durfte nicht sein. Der unselige Kreis würde sich erneut schließen, Schmerz und Geheimnisse würden von Generation zu Generation weitergetragen werden. Es war besser, wenn mit ihr alles vorbei sein würde.

Sie ging wieder zu dem Bild und fühlte im Nacken die Blicke all der Toten. Hatte sie nicht das Recht, weiteres Unglück zu verhindern? Hatte sie nicht das Recht, die Passagen für immer zu schließen und in Frieden zu sterben? Hatte sie nicht das Recht, sich an ihrem Bruder zu rächen?

Wieder setzte sie sich vors Feuer. Nein. Sie hatte nicht das Recht dazu. Nicht auf Kosten von Katia.

Trotzdem musste sie es abwenden, dass der Kreis sich erneut schließen würde, sie musste verhindern, dass der Schmerz sich wiederholen würde, dass die Kinder und Enkel die Sünden der Alten fortführen würden. Bis jetzt hatte sie in das Schicksal nicht eingegriffen, weil sie immer geglaubt hatte, irgendeine unbenennbare Kraft würde mit weiser Hand die Geschicke der Menschen lenken. Trotzdem … sie musste etwas tun, damit das Rad sich nicht immer weiter drehen würde. Wie hätte sie vorhersehen können, dass Katia sie finden würde, dass sie die mysteriösen Passagen erkennen würde? Wie hätte sie wissen sollen, dass der Zufall Wolf und Katia zusammengeführt hatte? Oder war es nicht Zufall gewesen, sondern verdammte das Schicksal ihre Familie zu ewiger Wiederholung?

Tränen rannen ihr über die Wangen. Wäre sie doch nur damals im Frühling des Jahres 1931 gestorben; dann hätte sie sich den ganzen Schmerz und die Scham und die Geheimnisse erspart, vor allem diese schreckliche Last der Geheimnisse.

Unaufhaltsam stürmten die Erinnerungen auf sie ein: Sie an Silvester 1930, ihre im Spiegel des Salons verdoppelten, im Kerzenschein flackernden Gesichter, der Karneval in Venedig; Chémaris Liebestollheit, die Panik in seinem Gesicht, als sie ihm, nachdem die Tür wieder ins Schloss gefallen war und Brígida sie in Schande zurückgelassen hatte, gestand, dass sie ein Kind bekommen würden; wie er durch die Gänge des großen Hauses geflohen war, sie hinterher, wie eine Furie ohne Schuhe und halb nackt, und ihn anflehte, sie nicht zu verlassen. Vergeblich. Die Briefe, die sie, vom Fieber geschüttelt, im selben Zimmer geschrieben hatte, in dem sie sich jetzt befand; alle waren sie unbeantwortet geblieben.

Ihr Leben zog vor ihren Augen wie eine rasche Folge brillanter, schmerzlicher Bilder vorüber: die Geburt, bei der Ílida und Ana ihr beistanden, die nie erfahren würden, wer der wirkliche Vater des Mädchens war, die Übergabe ihrer Tochter, ihre schmerzenden, prallen Brüste, die vergeudete Milch, die ihr übers Nachthemd lief, die Scham, die Einsamkeit, das Warten auf Briefe, die nie kamen, diese Briefe, die nun, sechzig Jahre später, auf ihrem Schreibtisch lagen und darauf warteten, dass sie sie las.

Niemals könnte sie das Katia sagen. Vielleicht dachte Katia sich das, doch sie hätte niemals die Kraft, es ihr zu gestehen. Oder doch. Vielleicht würde sie es gefasst aufnehmen. Allerdings müsste sie sich bald entschließen. Viel Zeit blieb ihr nicht mehr.

Sie nahm den Canaletto und ging damit zum Kamin, ihre Tränen funkelten im Flammenschein. Wenn sie das Bild jetzt vernichtete, müsste sie nichts sagen. Sie müsste weder ihr Geheimnis noch die Passagen preisgeben.

Plötzlich hörte sie von irgendwoher Leonardos Stimme, voller Liebe und Besonnenheit tröstete er sie in ihrer Wut, kein Kind empfangen zu können: »Wir sind nicht Gott, José. Gib dich mit dem zufrieden, was er uns schenkt, und sei dankbar für seine Liebe und für unsere, in der sich die seine spiegelt.«

Leonardo, wie gut, wie liebevoll er gewesen war. Leonardo, der sie aus ihrer Wut und Verzweiflung gerettet hatte. Leonardo mit neunundzwanzig, wie er mit ihr in seinem weißen Leinenanzug im Kurort Avellaneda zwischen den Blumenbeeten spaziert war, sein blondes, pomadiertes Haar, das beim Abendessen im Speisesaal mit den großen Lüstern geglänzt hatte, ihr erster Kuss am Xanasee, das Kitzeln seines Schnauzbarts auf ihren Lippen. Leonardo, der ihr in seinem ersten Brief die Sonatina von Rubén Darío geschickt hatte – »die Prinzessin ist traurig, was mag die Prinzessin nur haben?«

»Wir sind nicht Gott.« Selbst wenn sie noch so viele Jahre so getan hatte, als wäre sie es.

Sie erblickte sich im Kaminspiegel, eine fast hundertjährige Frau, deren Herz vom vielen Schmerz hart geworden war. Würde sie es akzeptieren können, dass sie alt geworden war, würde sie die Zügel locker lassen können?

Sie stellte das Bild zurück auf den Schreibtisch. Dann atmete sie tief durch. Und trank von ihrem Tee.

Sie würde es können. José Valcárcel de Luna konnte tun, was getan werden musste. Sie hatte es immer gekonnt.

Als sie in der anderen Wirklichkeit angekommen war, versteckte sich Katia als Erstes in einem Hauseingang – es war Nacht, die Dunkelheit wurde nur von einem Öllämpchen schwach erhellt, das vor einem Jesusbildnis an der Kreuzung zweier Gassen brannte – und setzte sich unten auf eine Treppe, um zu überlegen, was sie nun tun wollte. Irgendetwas beunruhigte sie. Etwas in Josés Blick, als sie sich verabschiedet hatte, dieser letzte Gedanke, der ihr plötzlich gekommen war, bevor sie ihre Wirklichkeit aus den Augen verloren hatte, eine innere Unruhe, als wollte ihr Unterbewusstsein sie davor warnen, jemand könnte ihr die Rückkehr in ihre Wirklichkeit verschließen. Sie wusste vieles, was José ihr Leben lang sogar vor ihrer besten Freundin geheim gehalten hatte; vielleicht wollte die alte Dame ja keine Zeugin ihrer Jugendsünden zurücklassen. Und welche bessere Lösung gab es, als sie auf die andere Seite zu verbannen? Niemand würde ernsthaft nach ihr suchen, höchstens Wolf, doch der war in das Geheimnis der Passagen nicht eingeweiht; selbst wenn er eine vage Vorstellung davon gewänne, was passiert war, würde er sie nicht finden können. War der Zugang einmal zerstört, würde die Passage nie wieder aufgehen, zumal bestimmt keine Kopie von diesem zweifelhaften, die beiden Welten verbindenden Canaletto existierte. Dann müsste sie in dieser Wirklichkeit bleiben. Sie hätte zwar ein Haus, Geld, Bedienstete, aber zurück könnte sie nicht.

Ein Schauder durchfuhr sie. Sie musste auf der Stelle zurückkehren, so lange es noch ging; falls es noch ging, verbesserte sie sich.

Am besten kehrte sie rasch zurück, schlüpfte in die Bibliothek des großen Hauses und suchte die Worte, die sie in Roccos Welt bringen würden. Dort würde sie eine Zeit bleiben und die Señora im guten Glauben lassen, sie wäre in der venezianischen Wirklichkeit. Wenn José dahinterkäme, wäre das Vertrauen zwischen ihnen gebrochen, aber zu guter Letzt ging es um ihr Leben, und das wollte sie nicht einfach so aus Taktgefühl aufgeben.

Sie trat wieder auf die Gasse und stellte sich vor das verschwommene Fresko, das sie in ihre eigene Welt zurückbringen würde, dann sprach sie beklommen und mit zitternden Lippen die Worte aus.

Zum ersten Mal in ihrer kurzen Erfahrung öffnete sich die Passage nicht.

An einem anderen Ort der unendlich vielen Welten leuchtete mitten in der Nacht auf einmal eine Passage milchig auf. Eine hohe, schlanke Gestalt zeigte sich kurz im bläulichen Schein und verschwand dann wieder in der Dunkelheit. Die Passage verwandelte sich zurück in einen Wandteppich, auf dem ein paar Schäfer in einem Rosengarten um ihre Liebe seufzten.

Der Reisende ließ sich ermattet in einen Sessel sinken, und für ein paar Minuten herrschte fast vollkommene Stille, nur sein kurzer Atem war zu hören, der nach und nach zur Ruhe kam, bis er sich kräftig genug fühlte, aufzustehen und zu erkunden, wo er war. Zum vierten Mal war er durch eine Passage gegangen, in seiner Verzweiflung hatte er ohne Pause eine nach der anderen in Angriff genommen, sein fester Wunsch hatte ihm die Kraft gegeben, immer weiter zu suchen.

Im Perlglanz des Mondlichts zeichneten sich die Möbel in dem Raum nur schemenhaft ab, doch dieses Mal schöpfte er tatsächlich Hoffnung. Es konnte tatsächlich sein, dass er zurückgekehrt war, auch wenn alles in diesem kleinen Salon für eine andere Epoche sprach, die nicht die seine war; aber es schien seine Welt zu sein, und darüber war er erst einmal sehr froh. Nach allem, was er durchgemacht hatte, war das das geringste Übel.

Er stand auf und streckte alle Glieder, nachdem er sich versichert hatte, dass keine unmittelbare Gefahr drohte; dann suchte er die Tür, öffnete sie vorsichtig und stand nun in einem breiten Gang mit Türen auf einer Seite und schweren Vitrinenmöbeln auf der anderen. Es konnte ein Hotel sein, ein Herrenhaus, ein Seebad … doch die Türen waren nicht nummeriert und unter seinen Füßen war kein Teppich, nur ein Parkettboden, der an manchen Stellen knarzte.

Unendlich vorsichtig ging er weiter, um den Bewohnern des Hauses ja nicht seine Anwesenheit zu verraten. Als er auf eine Galerie mit Blick auf eine imposante Eingangshalle gelangte, fiel sein Blick auf ein paar Briefe, die auf einem Beistelltischchen weiß schimmerten. Er holte die Taschenlampe heraus und beleuchtete einen Umschlag, wobei er mit der hohlen Hand den Lichtkegel abschirmte: ein Brief der Sparkasse von Umbría, adressiert an Doña María Josefa Valcárcel de Luna.

Er lächelte. Sein Schicksal begann sich zu wenden.

Vorsichtig schlich er den Gang weiter bis zu einer Wendeltreppe, die sich nach oben in der Dunkelheit verlor. Vielleicht der Zugang zu einem Dachboden oder Turm. Beides hervorragende Orte, um zu warten und über seine nächsten Schritte nachzudenken. Nach den ganzen Strapazen kämen ihm ein paar Stunden Ruhe außerordentlich gelegen.

Leise Schritte im Gang hatten Wolf aus seinem unruhigen Schlaf geweckt, in dem immer wieder albtraumhafte Bilder aufgeflackert waren, und nun wälzte er sich in diesem riesigen Ehebett und versuchte die splitterhaften Informationen, die die Señora ihm gegeben hatte, zu einem plausiblen Ganzen zusammenzufügen.

Das Geräusch der Schritte war verstummt; im Haus herrschte wieder Stille, nur vereinzelt knackte das von den Temperaturschwankungen unter Spannung stehende Holz.

Zuerst hatte er gedacht, diese Frau müsse senil sein; das alles wirkte wie aus dem neunzehnten Jahrhundert. Doch im Lauf des Abendessens war ihm klar geworden, dass die rüstige alte Dame bei klarem Verstand war, sie litt also eher unter einer bestimmten Obsession.

Er wusste nicht so viel über seine Familie, wie er es vor ein paar Tagen noch beschworen hätte. Für seinen Stammbaum hatte er sich nie besonders interessiert. Wie bei fast jedem bestand sein Wissen aus Geschichten und Anekdoten, die bei Familientreffen – an Weihnachten oder Geburtstagen oder sonstigen Jubiläen – mit den Jahren zusammenkommen. Bei diesen Gelegenheiten hatte er die Namen von Verstorbenen aufgeschnappt, Geschichten aus dem Krieg, Missverständnisse zwischen Nachbarn, Erinnerungen an Menschen, zu denen sogar seine Großeltern den Kontakt verloren hatten. Wenn die Alten nach dem Essen noch beim Kaffee zusammensaßen und über alte Zeiten plauderten, war er mit seinen Cousins und Brüdern immer in ein anderes Zimmer oder hinausgegangen, um zu spielen oder ins Kino oder Tanzen zu gehen. Nie wäre er darauf gekommen, dass eine dieser alten Geschichten ein Geheimnis beinhalten könnte.

Es stimmte, dass seine Großmutter aus Spanien geflohen war, und soweit er es zusammenbekam, musste sie damals blutjung gewesen sein; später hatte sie seinen Großvater kennengelernt, der als junger Sozialist 1938 nach Frankreich geflohen war und dort schließlich in der Résistance gekämpft hatte. In Frankreich hatten sie dann auch geheiratet und sie hatte während eines Bombenangriffs seinen Vater in einer Kirche zur Welt gebracht. Hundertmal hatte er die Geschichte gehört.

Doch wenn er alles sorgfältig durchdachte, passte etwas nicht zusammen. Wenn sein Vater wirklich im Zweiten Weltkrieg geboren worden war, also wohl 1940, dann wäre er bei Wolfs Geburt erst fünfzehn gewesen.

Verstört setzte er sich im Dunkeln auf. Seine Eltern hatten jung geheiratet, ungefähr mit zwanzig, das wusste er sicher; seine Mutter war vor der Zeit schwanger geworden, wie es damals hieß, und sie hatten überstürzt heiraten müssen, aber fünfzehn konnte sein Vater unmöglich gewesen sein.

Wenn die Señora recht hatte, war sein Vater 1935 oder 1936 geboren und zweiundzwanzig gewesen, als seine Mutter schwanger geworden war. Doch warum hatte das nie jemand ihm und seinen Brüdern gesagt? Er hätte nie gedacht, dass in seiner Familie um so etwas ein Geheimnis gemacht wurde, aber … möglich war es schon. Es war natürlich denkbar, dass sein Vater Hans der Sohn des nach Frankreich geflohenen baskischen Mädchens Azucena und dem im Bürgerkrieg ermordeten Priester Mauricio Valcárcel de Luna war, der nie den Mut besessen hatte, das Kind anzuerkennen. Dann wäre er selbst also ein Valcárcel de Luna.

Er machte die Nachttischlampe an und stand auf. Spielte es eine Rolle, dass sein Großvater, den er immer für seinen eigenen gehalten hatte, seinen Vater Hans gar nicht gezeugt hatte? Er war Österreicher, in Österreich geboren und aufgewachsen, Deutsch war seine Muttersprache. Alles andere war unwichtig.

Trotzdem spürte er, wie ihm langsam etwas entglitt, als würden die Erinnerungen und Gewissheiten, die Fundamente seines Lebens, die seiner Identität Halt gaben, erosionsartig abrutschen und den nackten Fels bloßlegen.

Du bist Wolf Altmann, sagte er sich. Was macht es aus, wie dein Großvater hieß?

Es machte eben doch etwas aus. Er fühlte einen dumpfen Schmerz, der seine Aufmerksamkeit auf sich zog wie eine kleine Wunde im Zahnfleisch, zu der die Zunge immer wieder unwillkürlich hinfährt.

Wenn die Alte recht hatte, dann waren Katia und er Cousins zweiten Grades. Ihm machte das nichts aus, aber wie wäre es für sie? Würde sie ihm glauben, dass er nichts davon geahnt hatte, oder würde sie denken, er hätte sie bewusst im Unklaren gelassen? José hatte ja bereits klargestellt, dass sie dagegen war. Nur war sie auch über neunzig, was sollte man von ihr schon anderes erwarten. Doch mussten sie sich von der Meinung einer alten Frau beeindrucken lassen, wenn sie sich füreinander entschieden hatten?

Er musste so bald wie möglich mit Katia sprechen. Wo steckte sie nur? Die Señora hatte ihm zu verstehen gegeben, dass sie irgendwo weit weg war, aber er hatte allen Grund zu der Annahme, dass sie sich in einer dieser sagenhaften anderen Welten aufhielt, von denen Fink ihm erzählt hatte, und dass der Eingang sich irgendwo hier im Haus befinden musste. Er musste erreichen, dass José sie zurückholte.

Bei diesem Gedanken drehte er sich unwillkürlich zur Tür, so als hätte jemand nach ihm gerufen. Und wenn es Katia genauso ging wie Fink und sie nicht zurückkehren konnte? ›Katia hat eine lange Reise unternommen‹, hatte José zu ihm gesagt. Und wenn die Alte sie bewusst an einen Ort geschickt hatte, von dem sie aus eigener Kraft nicht zurückkehren konnte?

Er sah auf die Uhr: zwei Uhr siebzehn. So spät konnte er José schlecht aufwecken und ihr befehlen, Katia zurückzubringen. Er musste bis zum nächsten Tag warten, dann würde er alles Notwendige unternehmen. Was auch immer.

In der Gondel, die sie zu Josés Haus in Venedig brachte, zitterte Katia vor Kälte und Angst. Sie saß in dieser Wirklichkeit fest, doch anders als Fink, der sich in *Terra incognita* immerhin auskannte, war ihr diese Welt nicht im Geringsten vertraut; sie würde sich nach und nach darin zurechtfinden müssen, belastet von dem Wissen, nie wieder von hier wegzukönnen, es sei denn, in dem Haus gäbe es irgendeine Passage, die sie zu einer anderen Wirklichkeit führen könnte – die vielleicht noch bedrohlicher war als diese. Außerdem müsste sie erst die passenden Worte finden, um von einer Welt, die nicht die ihre war, in eine weitere, ihr genauso fremde Welt hinüberzugelangen.

Der Gondoliere trällerte leise vor sich hin, während das Boot einen dunklen Kanal entlangglitt. In der Stille und Dunkelheit klang das Schlagen des Ruders unheimlich wie ein Platschen in einem Sumpf. Sie befand sich in einer Stadt ohne Straßenbeleuchtung, ohne Motorenlärm, ohne irgendeinen Bezug zu ihrer Zeit.

Alsbald erreichten sie einen kleinen Palast, von dem glitschige Treppen in das schwarze Wasser führten. Der Mann half ihr an Land, und Katia stand vor einem Seiteneingang. Alle Fenster waren dunkel. Es war totenstill.

»*Buona notte, signora*«, sagte der Mann, bevor er mit einem Ruderschlag verschwand.

Katia kramte in dem Beutel, den José ihr gegeben hatte, und fand einen wuchtigen Schlüssel. Sie steckte ihn ins Schloss, woraufhin die Tür sich geräuschlos öffnete.

Im Haus roch es nach kaltem Essen und ranzigem Fett. Als sie die Tür hinter sich geschlossen hatte, war es stockfinster. Sie presste sich an die Wand und wäre am liebsten gestorben. Ihre Welt lag hinter ihr. Sie würde nie wieder dorthin zurückkehren. Sie würde Wolf nicht mehr wiedersehen. Und sie würde von José nicht die Geheimnisse der Passagen und anderen Welten erfahren. José hatte sie für immer eingesperrt, so wie ihr Bruder es mit Simoni gemacht hatte und sie mit Bellochi. Der Zugang war zerstört, nun musste sie sich auf Gedeih und Verderb in dieser fremden Karnevalswelt zurechtfinden.

Sie merkte, wie ihr die Tränen über die Wangen liefen, und hätte in ihrer Ohnmacht am liebsten geschrien, wie damals in Finks Welt, als sie gedacht hatte, die magischen Worte hätten keine Wirkung. Sie bekam vor Wut kaum Luft. Diese Alte, die selbst schon mit einem Bein im Grab stand, hatte sie in ein ewig währendes Exil verdammt, nur um die Ehre einer aussterbenden Familie zu retten. Sie hätte José den Hals umdrehen können, aber José war in ihrem Haus auf ihrer Insel, in ihrer Welt, in die sie nie wieder zurückkehren konnte.

»*Madonna Viola? Signora?*« Aus dem Flur, der nun schwach beleuchtet war, drang eine vorsichtig fragende Stimme zu ihr.

»*Si*«, hörte sie sich mit erstickter Stimme sagen. »*Sono io.*«

Der Schein der Kerze kam näher, bis Katia einen Bediensteten im Nachthemd sah, dessen graue Zotteln unter einem speckigen Samtbarett verborgen waren.

»*Sono Letizia, la nipote di Madonna Viola*«, improvisierte sie rasch. »*Sono venuta da lontano e sono molto stanca. Lei é Guido?*«

»Per servirla, Madonna Letizia.«

Katia holte den Brief, den José ihr gegeben hatte, und gab ihn dem Bediensteten, und dabei hoffte sie, dass die Alte in etwa das geschrieben hatte, was sie gerade erklärt hatte: dass sie ihre Nichte sei und von weit her komme.

Der Mann verbeugte sich und führte sie durch den Flur.

»Ich werde Fiametta sogleich anweisen, Ihnen das Schlafzimmer herzurichten, Signora. Wären Sie so freundlich und würden bis dahin in Madonna Violas Kabinett warten?«

»Ich möchte mir möglichst sofort das Haus ansehen. Die Bilder«, präzisierte sie. »Ich habe nicht viel Zeit.«

»Ich werde die Dienerschaft wecken. Wünscht die Dame ein Glas warmen Weins?«

»Ja, Guido, danke.«

Sie hatten die Haupteingangshalle des Palazzo erreicht, von wo aus Guido sie in einen kleinen Salon führte. Dort zündete er eine Lampe an und hieß sie zu warten, bis er die Dienerin geholt haben würde. Kaum war Katia allein, nahm sie die Lampe in die Hand und untersuchte die düsteren Bilder an den Wänden. Keines von ihnen war eine Passage.

Zitternd ließ sie sich in einen Brokatsessel fallen. Was suchte sie überhaupt? Was glaubte sie, in diesem Haus zu finden? Wenn die Passage in der Gasse schon nicht funktioniert hatte, was erwartete sie sich dann von einer Passage hier im Haus? War es nicht besser, erst mal hierzubleiben, sich ins Bett zu legen und abzuwarten, ob sie bei Tag nicht klarer sehen würde?

Nein!, rief eine Stimme in ihr. Wenn du eine Passage finden willst, die dich zurückbringt, musst du jetzt anfangen zu suchen, solange du dich noch nicht endgültig geschlagen gegeben hast, solange du dir sagst, dass es noch nicht zu spät ist.

Und wenn sie es noch einmal versuchte? Wenn sie noch einmal zu dem verwitterten Fresco in der Gasse zurückkehrte? Dann hätte sie zumindest Gewissheit über ihre Situation. Sie musste es tun, sie konnte sich nicht einfach in dieses unbekannte Bett legen, das ihr Grab war.

Ein verschlafenes Mädchen kam mit einem Glas Wein herein.

Katia riss es ihr fast aus der Hand, nahm unter dem ausdruckslosen Blick der Dienerin einen großen Schluck und trug ihr auf: »Sag Guido, er soll sofort kommen. Ich brauche einen Gondoliere.«

Ein paar Minuten später saß sie zur Verwunderung der Dienerschaft, die ohne zu murren ihren Befehl ausgeführt hatte, in einer Gondel und flehte zu Gott, ihr Gedächtnis möge sie nicht im Stich lassen und sie möge den Ort wiederfinden, an dem die Passage war.

»Wohin, meine Dame?«, fragte der Gondoliere.

Katia sah Guido hilfesuchend an. Dieser blickte gleichmütig von der zweiten Treppe auf sie hinab.

»Die Gasse liegt nah von hier. An einer Wand ist ein Fresko, und es gibt eine Christusfigur in einer Nische. Ich weiß nicht, wie sie heißt«, sagte Katia beinahe flehend.

Guido schien zu wissen, was sie meinte: »Die Signora meint wohl den *vicolo* von San Paolo. Einer der Lieblingsorte von Madonna Viola.«

»Ich habe Ihre Herrin dort schon oft von ihren Reisen abgeholt«, ergänzte der Gondoliere.

Während die Gondel dahinglitt, schloss Katia die Augen und wiederholte für sich die Worte, die die Passage öffnen müssten, obwohl sie eine Stunde zuvor nichts bewegt hatten.

»Wir sind da, Signora«, hörte sie den Gondoliere sagen. »Soll ich Ihnen beim Aussteigen helfen?«

Katia betrachtete das Fresko im Schein der Laterne, die der Mann in seinem Boot dabeihatte, und wollte ihren Augen nicht trauen: Dieses Bild war gar keine Passage. Sie war sich sicher. Das Fresko war vollkommen flach; es hatte keine Linien, die in die Tiefe führten und diesen Sog auslösten, den sie vor jeder Passage spürte. Entweder hatte sie sich vorhin geirrt, oder die Passage war tatsächlich zerstört, sodass das Gemälde seine Eigenschaften verloren hatte. Ohne die Frage des Gondoliere zu beantworten, betrachtete sie still das Fresko, während ihr alle möglichen Gedanken durch den Kopf schossen.

War es vielleicht möglich, dass die Rückreise nicht von dem Ort ausging, an dem sie in der venezianischen Wirklichkeit angekommen war? Befand sich die Passage vielleicht doch in dem Palazzo, und das alles war ein Missverständnis?

Sie wagte kaum, dies zu glauben, doch als sie einen leisen Hoffnungsschimmer in sich aufleuchten spürte, befahl sie:

»Zurück nach Hause. Ich habe gesehen, was ich sehen wollte.«

Das Mondlicht schien hell durchs Fenster und tauchte Josés Schreibtisch in ein silbernes Licht, glitt über den rissigen Lack des Canaletto, funkelte auf den geschliffenen Kanten der Rosenvase, versank in dem Packpapier mit den Briefen, die eine vierundzwanzigjährige junge Frau vor mehr als einem halben Jahrhundert ihrem Geliebten und Bruder geschickt hatte.

Die trockene Hand der alten Frau lag auf dem Paket wie ein Vogel, der sich rein zufällig kurz hier niedergelassen hatte und gleich wieder auffliegen würde. Das Feuer war fast erloschen, und durch den rötlichen Schimmer erschien die reglose Gestalt in einem seltsamen Kontrast: Von links war ihr Profil golden, von rechts silbern vom Mondschein. Der Tee in der Porzellankanne war kalt geworden. Seit Stunden rang sie mit sich, ob sie die Briefe auspacken und lesen oder das ganze Paket ungeöffnet den Flammen übergeben sollte. Das Haus lag in tiefer Stille versunken wie im Meer, ein steinernes Schiff, das sich von seinen Fundamenten lösen und in die blaue Unendlichkeit abtreiben könnte.

Sie dachte an die Erinnerungen ihres Bruders, dass er immer Angst gehabt hatte, im Zimmer am Ende des Gangs zu schlafen; sie hatte nichts davon gewusst. Clara und sie waren ihre gesamte Kindheit über in einem Zimmer gewesen, bis man sie, um sie von Chémari zu trennen, ins Schwesterninternat geschickt hatte, wo sie zusammen mit zwanzig anderen Mädchen, die die ganze Nacht vor Angst geweint und nach ihren Müttern gerufen hatten, in einem riesigen Saal geschlafen hatte. Sie trug damals ein Medaillon um den Hals, in dem neben einer Haarsträhne ihrer Mutter ein paar helle Strähnchen von Chémari versteckt gewesen waren.

Immer er. Ihr ganzes Leben lang er und nur er, trotz Leonardo, trotz Arnau, trotz all der Wut und all der Scham. Obwohl sie wusste, dass er ein Feigling war, ein Lügner, ein verächtlicher Mensch, war sie von ihm nicht losgekommen. Zwei Hälften einer Amphore, Kette und Schuss eines Teppichs, gegengleich und auf einander angewiesen. Was wohl aus dem anatolischen Seidenteppich geworden war?, fragte sie sich. Unser geheimer Garten, unser Rückzugsort, das Heiligtum, das wir nie betreten haben.

Vor ihr zeichnete der Mond einen zitternden Traumpfad aufs Meer.

Langsam löste sie unter dem perlweißen Licht, das die Erinnerungen wie Strandgut heranschwemmte, den Knoten aus der Schnur und leerte den Inhalt des Päckchens auf den Tisch. Neben den Briefen, die mit einer ehemals weißen Schnur gebündelt waren, gab es noch ein zweites Päckchen: Das in ihren Fingern knisternde Seidenpapier brachte ein zartes Viereck aus blauer Seide mit Blumenmotiven in den prächtigsten Farben zum Vorschein.

Das Mondlicht kaschierte die Zerstörungen der Zeit; in diesem silbrigen Schimmer, ähnlich dem, der vor vielen Jahren die Terrassen des Pamukkale-Brunnens beschienen hatte – war der Teppich noch immer der Zaubergarten, in dem die Bäume Edelsteinfrüchte trugen.

Als sie mit der Hand darüberfuhr, spürte sie ein Stechen in der Schläfe. Du bist zu alt für solche Gefühle, sagte sie zu sich und lächelte unter ihren Tränen. Chémari hat dich verlassen, dich verraten, aber vergessen konnte er dich nicht, und jetzt, da alles fast vorbei ist, schickt er dir seinen Garten, den Garten unserer Träume und unserer Jugend.

Sie öffnete einen der Briefe und betrachtete ihre jugendliche, ungestüme Schrift, in der ihr ganzer Wagemut und ihr Drängen lagen. Es war zu dunkel zum Lesen, aber sie wollte kein Licht machen. »Ich habe das Recht, von Dir zu verlangen«, konnte sie entziffern. »Recht«, »Verlangen«. Kein Wunder, dass Chémari Angst gehabt hatte. Er hatte immer Angst vor ihrer Intensität gehabt, davor, sich an ihrem Feuer zu verbrennen. Armer Bruder. Mein armer Geliebter.

Sie breitete die Briefe auf dem Schreibtisch aus wie Tarotkarten und betrachtete die römische Adresse, an der sie nie gewesen war. Im Winter und im Frühling 1931 hatte sie ihm in jedem dieser Umschläge etwas von sich geschickt, von ihrer Liebe, ihrer Hoffnung, ihrer Einsamkeit. Das Papier war nun trocken und brüchig wie sie, vom Staub, der sich mit der Zeit auf Gegenstände und Gefühle legte, konserviert. Diese Briefe waren nicht mehr ihre. Sie gehörten dem Mädchen, das sie einmal gewesen war, stammten aus den mal liebkosenden, mal fordernden, mal besitzergreifenden Händen einer Zwanzigjährigen, die gleichermaßen betören und beruhigen konnten, die die Zügel der türkischen Pferde gehalten und ihre Augen mit Kajalstift umrandet hatten, ihre wie Obsidian funkelnden Augen, in denen sich die von demselben Funken auflodernden Augen des Zwillings spiegelten. Die Frau, die alle diese Worte geschrieben hatte, gab es nicht mehr, und der Mann, an den sie gerichtet gewesen waren, war nur noch ein Gespenst wie auch damals schon, ein Gespenst ihres Verlangens, das ihre Fantasie mit allen Gaben des perfekten Liebhabers geschmückt hatte.

Es war unsinnig, diese Briefe jetzt zu lesen. Sie hätte genauso gut die Liebesbriefe von irgendwem anderes lesen können. Fast schämte sie sich, als würde sie ein fremdes Geheimnis ausspionieren und in ein fremdes Herz hineinblicken. Wenn die Briefe damals schon ihr Ziel verfehlt hatten, würden sie sie jetzt nicht erst recht ihre Ohnmacht spüren lassen und ihr ins Gesicht sagen, dass die Sanduhr fast abgelaufen und die schönen Zeiten vorbei waren?

Wenn sie diese Blätter nicht jetzt vernichtete, würden diese Worte sie überleben. Sie würden in irgendeiner Schublade darauf warten, früher oder später von irgendwem geöffnet zu werden, und dann träte ihr ganzes Unglück ungeschminkt zutage. Am besten brachte sie es hinter sich, bevor es zu spät sein würde.

Sie stand auf, der Rücken war ihr vom langen Wachsein steif geworden, und nahm die Schale aus Murano, in der sie immer alle Papiere verbrannt hatte. Sie stellte sie vor den Kamin, schichtete die Briefe hinein und zündete an den letzten Flämmchen des erlöschenden Feuers ein Streichholz an. Dann setzte sie sich auf den türkischen Hocker und sah zu, wie die Briefe loderten, wie das Feuer sie lebendig werden ließ, wie sie sich wie verliebte Körper nach den Flammen ausstreckten und sich anschließend zufrieden und geschwärzt, in Vorbereitung auf die ewige Ruhe einrollten.

Nach ein paar Minuten war alles vorbei. Als die schönsten Flammen ihres Lebens erloschen waren, ließ José die Asche in einen Briefumschlag rieseln. Sie wollte sie zusammen mit Chémaris Asche ins Meer schütten. Das war das Einzige, was ihr nach neunzig Lebensjahren auf Erden geblieben war.

Im Turm des Hauses auf Alma lungerte Pierluigi Bellochi in einem Sessel und hatte wie wahrscheinlich Dutzende von Gelehrten vor ihm die Beine auf einen Hocker gelegt. An den gemauerten Wanden standen Regale voller alter Bücher, und sein Blick fiel auf ein mysteriöses, in Stein gehauenes kreisrundes Labyrinth.

Er war am Ursprung angelangt. Der zarte Faden, den er beim Tod von Professor Valcárcel aufnehmen konnte, hatte ihn endlich in die Mitte des Spinnennetzes geführt, an den Ort, wo jemand wie er Antworten finden würde.

Denn er war ihrer würdig. Er hatte sich Passage für Passage, Wirklichkeit für Wirklichkeit vorgekämpft. Wenn er sich geschickt anstellte, hätte er bald alle Antworten und damit alles unter seiner Kontrolle.

Aber zuerst musste er Katia loswerden. Diese Frau, die sich überall einmischen musste, schlief vielleicht sogar im selben Haus und hielt sich wahrscheinlich für die einzige Hüterin der Geheimnisse, nachdem sie ihren Rivalen in eine Welt ohne Wiederkehr eingeschlossen hatte.

Sein Mund verzog sich zu einer grausamen Fratze. Das würde er ihr heimzahlen. Sie sollte am eigenen Leib zu spüren bekommen, wie schrecklich es war, wenn man sich ein für allemal aus seiner Welt verbannt sah. Sie würde es niemals schaffen, zurückzukehren. Ihm war es nur dank seiner besonderen Fähigkeiten gelungen, Bilder aus der Vergangenheit hervorzuholen, indem er einen Gegenstand anfasste, den ein anderer in einem Moment größter psychischer Anspannung berührt hatte.

Und alle Passagen waren von der Aufgeregtheit der Reisenden gleichsam imprägniert worden, von ihrer Angst, ihren Zweifeln, der schrecklichen Ungewissheit, ob sich die Tür beim Murmeln der Worte öffnen würde, jener Worte, die in den Schwellen hängen blieben und für jemanden wie ihn zu rekonstruieren waren.

Bis er diese Möglichkeit aufgespürt hatte, war viel Zeit verstrichen. Zunächst hatte ihn auch die nackte Angst gepackt, wie er zugeben musste, und solange hatte er keinen klaren Gedanken fassen können. Er war verwundet gewesen und hatte viel Blut verloren, sodass er hätte sterben können. Doch zum Glück lebten in dieser Horrorwelt, in die man vom Palazzo des Fürsten aus gelangte, viele abergläubische Geschöpfe, die ihn als Lohn für seine Weissagungen geheilt hatten. Und dank seiner besonderen Gabe hatte er später dann auch die geheimen Losungsworte gefunden.

Jetzt war er am Ziel: am Ursprungsort des Geheimnisses, hier konnte er sich, geschützt von einer stabilen, von innen verriegelten Tür, ein paar Stunden Erholung gönnen.

Er zwang sich, die Schokolade zu essen, die er in einer Schreibtischschublade gefunden hatte, dann legte er sich auf den Diwan und begann sich auf seinen Atem zu konzentrieren, und als keine Gedanken und Wünsche ihn mehr bedrängten, schloss er die Augen und schlief ein.

Bei der Rückkehr in ihre Welt war Katias Kehle vor Panik wie zugeschnürt, als hätte sie eine giftige Pflanze gegessen. Die wenigen Stunden, die sie in der venezianischen Welt verbracht hatte, waren in ihrem Gedächtnis bereits zu einem Albtraum verschwommen, aus dem nur das Flackern der Kerzen aufblitzte, die granatroten Kleckse irgendwelcher Wandteppiche, der penetrante Geruch nach Feuchtigkeit und Müll, die seltsamen Gewänder der Bediensteten, die sie auf ihren Irrwegen durch den Palazzo mit Kerzen und Öllampen begleitet hatten, um ihr die Gemälde zu erleuchten. Und die Angst, nicht zurückzukönnen, für immer in einem Traum gefangen zu sein, der nicht ihrer war.

Am Ende hatte sie die Passage im Kabinett gefunden, einem Raum mit hoher Kasettendecke und Blick auf den zu dieser Tageszeit stillen und tiefschwarzen Canale Grande. Herrisch wie eine tyrannische Königin hatte sie alle weggeschickt und war allein vor dem Bild zurückgeblieben, das sie – mit den passenden Worten – entweder nach Hause oder in eine andere Wirklichkeit bringen sollte, von der aus sie wie in einem ins Absurde gesteigerten Kinderspiel von Häuschen zu Häuschen hüpfen müsste und sich dabei immer weiter von ihrem Ausgangspunkt entfernen würde.

Aber sie hatte Glück gehabt und war mit denselben Worten zurückgekehrt. Sie zitterte am ganzen Leib, als stünde sie unter Strom, doch sie roch durch den strengen Brandgeruch hindurch, dass sie wieder auf Alma war. Als ihre Augen sich an die Dunkelheit gewöhnt hatten, entdeckte sie, dass sie nicht im Gästezimmer, sondern in Josés Schlafzimmer gelandet war. Im grauen Morgenlicht schlief die alte Dame mit dem Rücken zu ihr, der Canaletto schaute sie vom Schreibtisch aus an, und die Kaminglut glomm.

Sie schlich sich hinaus und ging in die Bibliothek hinauf. Durch die hohen Fenster drang die matte Helligkeit des sich ankündigenden Morgens; am Horizont färbte sich eine lange, dünne Wolke rosa. Sie schaltete eine Leselampe mit grünem Schirm an und suchte rasch eine Gedichtsammlung Lorcas. Nach dem, was sie erlebt hatte, musste sie sich sicherheitshalber den Zugang zu irgendeiner anderen Welt sichern.

Ohne sich zu setzen, durchsuchte sie das Inhaltsverzeichnis nach dem *Garten der Mondorangen*. Gleich nach dem Prolog wurde sie fündig:

PORTAL

Kind: *Ich schwinge mich auf das Gefieder des Vogels Greif.*
Zwerg: *Mein Kind, bei dieser Unternehmung kann ich dir nicht helfen.*

Aus einem Volksmärchen

Tan-tan

Die Luft war tot,
unbeweglich und verrunzelt.

Die lebendigen Pinien niedergestreckt
Ihre Schatten aufrecht, und zitternd!

Ich-Du-Er
(auf einer Ebene)

Tan-tan
… … … … … …

DU
Komm mit auf den langen Weg
und auf den runden Mond.

ICH
Spürst du nicht die Hacke
die jungfräuliche Erde umgraben?

DU
Das Meer ist aufgestanden,
damit die Sterne herunterkommen.

ICH
Ich finde zu mir, um mich
mit der Erde zu vermählen.

Sie bekam einen trockenen Mund, ihr wurde übel. Das waren die Worte, die sie suchte, die Eingangslosung zu der Welt, in der Rocco vielleicht auf sie wartete, und sie enthielten einen Hinweis, der aus dem Gedicht deutlich hervorging: Es war die Welt hinter dem Spiegel, in der die Gegensätze regieren, in der die Schatten sich erheben, zitternd in der unbewegten Luft, in der es nur Mondlicht gibt und die Sterne zum Greifen nah sind, keine Erde, keine Sonne, keinen Alltag mit Landbau und Tagwerk.

Ich-Du-Er (auf einer Ebene).

Katia-Rocco-Wolf (auf einer Ebene?).

Das Buch zitterte ihr in den Händen. Sie bibberte vor Kälte und Anspannung. Wollte sie das wirklich? Ihre eigene Wirklichkeit, die sie gerade wiedergewonnen hatte, gleich wieder verlassen? Die Welt hinter dem Spiegel? Sich erneut von der Verrücktheit, Roccos Lockduft, betören lassen? Rocco, den Mondjäger, oder Wolf, den Bauern mit der Hacke? Nomade oder sesshaft sein? Nachdem sie gerade erst in ihre eigene Welt zurückgekehrt war und ihr die Panik noch immer wie ein Gift im Körper saß, war das nicht der Moment, um zu entscheiden. Sie wusste jetzt, wie sie Rocco finden konnte. Das genügte.

Der Tag brach an, Hunderte von Vögeln hatten unter den Balkonen der Bibliothek zu singen angefangen, das Mondreich verschwand.

Sie löschte das Licht, und die Welt verwandelte sich in ein blasses Aquarell. Als sie von dem Buch aufsah, sah sie auf einmal eine Gestalt in der Tür, eine breitschultrige Männergestalt mit grauen Haaren. Wie im Traum ging der Mann auf sie zu, während er sich ein Handtuch um die Hüften hielt. Zwischen ihnen stand der lange Eichenholztisch. Sie sahen sich einige Sekunden lang stumm an. Dann ließ Wolf das Handtuch los, stützte sich mit der Hand auf dem Tisch ab und schwang sich in einem Satz zu ihr hinüber. Er roch nach Aftershave, herben Kräutern und Alkohol, doch eine Sekunde später umhüllte sie der Geruch roter Geranien in der prallen Sonne, der Duft von Leidenschaft und Ekstase.

Als sie sich endlich auf dem Tisch vereinigten, bemerkte keiner von ihnen, dass das Buch zugeklappt und auf den Boden gefallen war.

Keuchend erwachte sie und kämpfte gegen den Albtraum an, der sie nach so vielen Jahren wieder heimgesucht hatte. Vor den schwachen Umrissen ihres Zimmers die bedrohliche Figur des Vaters mit dem Kerzenleuchter in der Hand, der ihre nackten, schwitzenden Zwillingskörper beleuchtete. Seine Augen funkelten zornig, aus seinem Mund drangen die Urteilsworte, die das Ende, die Vertreibung aus dem Paradies ankündigten, während seine Rechte die Peitsche schwang.

»Geh, Vater«, murmelte sie.

Im Kaminspiegel zeichnete sich das ruhige, lächelnde Gesicht ihrer Mutter ab. Ein schneeweißes Köpfchen lag an ihrer Schulter. Die Mutter hob den Zeigefinger an die Lippen: Das Baby schlief.

José blickte erneut zu dem zornigen Vater, dessen Umrisse sich bereits fast aufgelöst hatten. Als sie wieder in den Spiegel blickte, hatte Doña Laura ihr bereits den Rücken zugekehrt und ging mit dem in weiße Tücher gehüllten Baby weg.

»Danke, Mama«, seufzte sie und ließ sich noch einmal ins Kissen sinken.

Sie war schon fast wieder eingeschlafen, als sie auf einmal einen Stock über sich Schritte im Gang hörte. Das Haus übertrug das Knarzen der Dielen getreu; es waren vorsichtige, aber feste Schritte, Männerschritte.

Sie schlüpfte in den Morgenmantel und ging dem Geräusch nach, die verräterischen Stufen vermied sie. Der Gang war leer, es war vollkommen ruhig. Die Tür zur Bibliothek stand offen, sodass ein schwacher Lichtschein den üppig mit Meeresgewächsen verzierten Barockkrug und das mit Muscheln und Korallen besetzte Gehäuse einer kleinen französischen Uhr streifte, die um Punkt zwölf stehen geblieben war.

Unentschlossen blieb sie stehen.

Sie hörte nichts, doch sie spürte das Keuchen, als wären die alten Zeiten auf einmal wieder ganz nah, und obwohl das gar nicht ihre Rolle war, sah sie sich in die Bibliothek gehen – ohne Kerzenleuchter, ohne grauen Zopf –, eine neue, alte Nemesis, die gegen ihren Willen den Kreis schloss, entsetzt über das, was sie gleich ungewollt zu sehen bekommen würde.

Sie bemerkten sie erst nach einer Weile. Gleich würde er sich zu den Füßen der jungen Frau niederwerfen, überstürzt seine Kleider einsammeln, aus der Bibliothek laufen, und vor Scham für immer aus ihrem Leben verschwinden. Sein schlechtes Gewissen würde ihm den Zugang zur heiteren Seite der Existenz für immer verschließen. Gleich würde es so weit sein: Die beiden würden sich zu ihr umdrehen und eine alte Frau erblicken, die zum Würgeengel geworden war. Fände sie nur Worte, um ihnen zu sagen, dass es nicht ihr Entschluss gewesen war, sondern dass es so hatte kommen müssen, weil jeder Kreis sich irgendwann schließt.

Wolf erblickte sie als Erster. Er sank gerade entspannt auf Katias Körper, als er strahlend lächelnd seine Augen öffnete und auf den starrenden Blick der Alten traf.

Sein Lächeln schloss nun alles ein, die alte Dame, die stummen

Bücher in den Regalen, das Rauschen des Meeres und das erste rosige Licht, das einen Streifen Goldstaub in die Luft zeichnete.

»*Bonjour, tante. Tu vois? Elle est revenue.*« Seine Stimme klang tief und warm, jedenfalls nicht überrascht.

José schüttelte den Kopf, als hätte sie sich in einem Spinngewebe verheddert. Warum warf er sich nicht auf den Boden? Warum flehte er nicht? Warum war er noch nicht geflohen?

Katia hatte sich rasch aus seiner Umarmung befreit und hob irgendein Kleidungsstück vom Boden auf, um sich zu bedecken. Wolf folgte ihr mit mildem Blick, er fühlte sich prächtig in seiner von der Morgensonne vergoldeten Nackheit. Katia gab ihm das Handtuch, das er sich dann auch um die Hüften wickelte.

»Kaffee?«, fragte er. »Ich sehe, hier in der Familie sind alle Frühaufsteher.«

Die beiden Frauen sahen sich verdutzt an. Wolf legte Katia einen Arm um die Schultern, und so gingen sie zu José, die mit tränenglitzernden Augen zitternd in ihrem blauen Morgenrock dastand. Behutsam nahm Wolf sie in den anderen Arm: »Kommt, wir gehen in die Küche, ich mache uns Frühstück.«

José riss sich fast wütend los und stürzte in den Gang hinaus. Von Schluchzern geschüttelt ging sie weg, bis sie auf der Treppe verschwand.

»Sie wird schon wieder zu uns kommen«, sagte Wolf. »Wir haben uns doch so viel zu erzählen.«

Der Garten war feucht und frisch, das milde Sonnenlicht färbte das alte Gemäuer honiggelb, legte einen seidenen Schimmer auf die Magnolienblätter und zeichnete ein feines Spitzenmuster aus Geißblatt auf die Mauer und die violetten Blütentrauben der Glyzinien, die die Fassade des Hauses hinaufkletterten. Das Meer war eine samtige malvenrote Fläche mit einem leuchtend orangefarbenen Streifen am Horizont; die sanften Wellen brachen an den Felsen der Insel zu weißen Schaumgebilden.

Mit einer Tasse Kaffee in der Hand lehnten sie beide an der Verandabrüstung und fühlten sich, als hätten sie jeweils den passenden Puzzlestein gefunden.

Über ihnen jagten sich kreischend die Möwen, und die im Laub versteckten Spatzen flogen von Ast zu Ast, wie verrückt vor Freude, dass es endlich hell war.

»Dann bist du also das verlorene Schaf«, sagte Katia endlich. »Mauricios Enkel.«

Wolf hatte ihr beim Kaffeekochen alles in knappen Worten erzählt.

»Und du bist Josés Enkelin. Empfindest du das als abstoßend?«

Sie schüttelte langsam den Kopf: »Nein. Abstoßend nicht. Ich finde es seltsam. Ich muss mich daran erst gewöhnen. Hat sie es dir gesagt?«

»Und gleichzeitig hat sie gesagt, dass es nicht sein darf.«

Katia verstand seine Worte nicht oder wollte sie nicht verstehen: »José sagt, dass ich die Erbin der Passagen bin.«

»Sind diese Passagen so wichtig, Katia?«

Sie blickte ihm in die Augen, dann strich sie ihm mit der Hand über die Wange: »Das kannst du noch nicht verstehen, Wolf, aber sobald ich es dir zeige, wirst du es begreifen. Sie sind wichtig, glaub mir.«

Wolf wich ihrem Blick aus und sah aufs Meer. Katia hatte recht: Er musste sich an eine Menge gewöhnen, er verstand vieles nicht. Er fühlte sich unruhig, als steckte er mitten in einer Ermittlung, er hatte das Bedürfnis, in irgendeine Richtung vorzustoßen, wusste aber nicht, in welche.

»Weißt du, warum José so heftig reagiert hat?«, fragte Wolf, nachdem sie ein paar Sekunden geschwiegen hatten.

»Du nicht?«

Er schüttelte den Kopf.

Klar. Sie wird es ihm nicht erzählt haben; solche Dinge erzählt man nicht gern einem soeben aufgetauchten Großneffen.

»Sie hat gerade den schlimmsten Augenblick ihres Lebens noch einmal durchlebt. Nur dass sie jetzt alt ist und auf der anderen Seite steht.«

Während sie ihren Kaffee tranken, erzählte sie ihm, was sie aus Valcárcels Tagebuch wusste. Als sie fertig war, hatte das Meer die Farbe gewechselt und die Sonne wärmte bereits. Wolf blieb noch eine Weile still, als versuchte er, sich an Momente zu erinnern, die er gar nicht erlebt hatte.

»Das ist krank«, sagte er endlich.

»Die Liebe zwischen Geschwistern?«

»Nein. Ich weiß nicht. Da mische ich mich nicht ein. Woher soll man wissen, was man darf und was nicht! Ich habe keine Schwester, ich kann es mir nicht vorstellen. Nein, pathologisch finde ich dieses zwanghafte Festhalten an der Vergangenheit, sich ein ganzes Leben lang an fruchtlosem Hass oder einer Liebe, die nicht sein durfte, festzuklammern. Carmen, deine Freundin in Almamarina, hat mich vor ein paar Tagen gefragt, was ich machen würde, wenn ich entdecken würde, dass du mich nicht liebst. Ich habe ihr geantwortet, dass ich dich vergessen würde.«

Katia schreckte hoch, als hätte er ihr einen Schlag versetzt.

»Du findest das nicht sehr romantisch, stimmt's? Du hättest am liebsten, wenn ich innerlich zugrunde gehen, dem Alkohol verfallen und jede Frau, die mir über den Weg liefe, verschmähen würde, weil sie der einzigen, die ich geliebt und verloren habe, nicht das Wasser reichen kann, oder? Verbittern ist viel ästhetischer; daraus kann man Romane und Theaterstücke und Filme machen, aber das ist nicht gesund, das ist nicht normal und auch nicht aufrichtig. Es ist ein Zeichen von Feigheit, von Egoismus, von … was weiß ich! Wer sich so verhält, leugnet die Realität!«

Er verfiel in Schweigen, als ob ihm auf einmal bewusst geworden wäre, dass er zu weit gegangen war und sie ihm nicht folgte. Katia sagte erst nach einer Weile etwas: »Meinst du damit ihn oder sie?«

»Vor allem ihn, glaube ich; aber sie haben beide das Gleiche getan. Sie haben siebzig Jahre lang eine Wunde gepflegt, anstatt sie zu heilen. Man ist nicht an seinen Narben schuld, Katia, aber an seinen nicht heilenden Wunden schon.«

Plötzlich dachte Katia an Alec, wie lange sie gebraucht hatte zu verwinden, dass er mit ihr Schluss gemacht hatte. Wie lange, um über die kleinen Verstimmungen in ihrem gemeinsamen Leben hinwegzukommen, wie sie sich voller Selbstmitleid aufs Sofa geworfen hatte, unfähig, sich auf das Buch zu konzentrieren, das sie lesen wollte. Das brachte sie auf Rocco, auf die drei beschwingten Tage, die sie aus ihrem Gedächtnis löschen musste, wenn sie ein normales Leben führen wollte. Oder wollte sie wie José die Wunden lecken?

»Komm, wir machen einen Spaziergang«, sagte Wolf und nahm ihre Hand.

Nach der Rückkehr von ihrem Spaziergang zur Stiftskirche, zum Meer und anschließend zurück nach Hause zog sich Katia kurz auf ihr Zimmer zurück. Sie hatte sich nicht durchringen können, Wolf das zu erzählen, was sie am meisten belastete, die Sache mit dem Elfenbeinmann. Lachend und einander umarmend hatten sie Pläne geschmiedet und für eine Weile alles von sich geschoben, was nichts mit ihrer Zukunft und ihrem Glück zu tun hatte, und sie hatte sich nicht getraut, den Zauber zu zerstören. Aber sie musste die Karten auf den Tisch legen; sie wollte nicht wie eine zweite José werden und sich von den Geheimnissen, die sie mit niemandem teilen konnte, erdrücken lassen. Wenn Wolf der Mann ihres Lebens war, dann musste zwischen ihnen Klarheit bestehen; auch und vor allem, was die dreckigen Ecken anging. Er sollte Bescheid wissen, um sich dann frei entscheiden zu können.

Vom Treppenhausfenster sah sie Wolf mit dem Rücken zu ihr im Garten am Essplatz sitzen und telefonieren. Sie überlegte, ob sie zu ihm gehen und ihm kurz entschlossen die Geschichte von Valcárcel und Simoni erzählen sollte, woran sie dann ihre – ähnliche – Geschichte mit Bellochi anknüpfen könnte, doch als sie sah, dass er beschäftigt war, beschloss sie zu warten und in die Küche hinunterzugehen, wo sie vielleicht Ílida helfen konnte. Offenbar hatte sie viel zu tun, denn sie hatte sie den ganzen Morgen nicht gesehen.

Unterwegs grüßte sie zwei der Putzfrauen, dann traf sie Ílida, die, wie sie an dem Bündel erdiger Karotten erkannte, gerade aus dem Garten kam.

»Habt ihr endlich geredet?«, empfing sie sie.

Katia nickte stumm.

»Und wie fühlst du dich, da du jetzt weißt, dass du zur Familie gehörst und Ana nicht deine Großmutter war?«

»Ana wird immer meine Großmutter sein, Ílida.«

Ílida wollte sie umarmen, doch mit einem Blick auf ihre schmutzigen Hände ließ sie es bleiben.

»Du bist ein gutes Mädchen. Hat sie dir auch gesagt, wer dein Großvater war?«

Ílida brannte wahrscheinlich seit sechzig Jahren darauf, es zu erfahren, und Katia wusste nicht, was sie darauf antworten sollte, weil sie noch nicht einmal selbst auf die Idee gekommen war, das zu fragen. Sie zögerte.

»Vor mir brauchst du nichts zu verbergen, mein Kind. Ich habe es immer gewusst, auch wenn José wahrscheinlich glaubt, es sei ihr bestgehütetes Geheimnis. Obwohl Ana und ich ihr bei der Geburt beigestanden haben, hat sie es uns nie verraten. Aber ich habe es gewusst.«

»Wie das?«, entfuhr es Katia.

»Nun ja, als junges Hausmädchen in einem reichen Haus, damals in den Zwanzigerjahren …« Das Wasser, mit dem sie die Karotten abspülte, rauschte so laut, dass Katia ihren Worten nur schwer folgen konnte; Ílida schrubbte fast wütend an ihnen herum. »Der junge Chémari war so frei, sich für mich zu interessieren.« Auch nach vielen Jahren lag noch immer Zorn in Ílidas Stimme. »Er versprach mir sogar, dass wir heiraten würden, auch gegen den Willen des Hausherrn, stell dir vor! Und ich war so dumm und habe ihm geglaubt. Dann sind die Herrschaften gestorben, und er hatte natürlich Wichtigeres zu tun, zum Beispiel mit seiner Schwester herumzumachen.«

»Sie waren so viele Jahre von einander getrennt gewesen …«

»Warum wohl?« Ihre großen, runden Augen funkelten herausfordernd hinter der Brille. »Du siehst ja, es hat nichts genutzt.«

»Willst du mir damit sagen, dass José ein Kind von ihrem Bruder bekommen hat, von … Chémari?« Katia hatte einen bitteren Geschmack im Mund, als hätte sie in etwas Giftiges gebissen. In Valcárcels Tagebuch stand darüber kein Wort.

»Eine Tochter: deine Mutter Anita. Soweit ich weiß, hat er sie nie anerkannt.«

Katia ließ sich auf einen Stuhl fallen, stützte die Ellbogen auf den Tisch und vergrub den Kopf zwischen den Händen.

»Ich kann nicht mehr, Ílida. Diese ganzen alten Geschichten machen mich noch ganz krank.«

»Ja, für dich sind sie wahrscheinlich sehr alt. Doch für José und mich sind sie immer noch da, verstehst du? Alles, worüber wir uns nie ausgesprochen haben, Geheimnisse, Lügen, Vertuschungen ... Wir haben uns in dieses Haus eingesperrt und uns unser Leben lang vorgemacht, dass wir die Dinge durch unser Schweigen ungeschehen machen könnten.«

»Dann war Valcárcel ein Monster.«

Ílida sah ihr klar in die Augen: »Ein Monster? Nein. Er war ein Reichensöhnchen. Mit Don Antonios Herz aus Stein und Doña Lauras Empfindlichkeit und Geheimnistuerei. Er musste nie arbeiten, um sich seinen Lebensunterhalt zu verdienen, und so las er Gedichte, um die Mädchen zu beeindrucken, die er sich frei aussuchen konnte. Wie ihn gab es viele in Umbría.«

Katia trat von hinten zu ihr und legte ihr die Hände auf die Schultern.

»Das tut mir leid, Ílida. Sehr leid.«

Ílida schüttelte sie ungeduldig ab: »Ach, was soll's. Wie du gesagt hast, es sind alte Geschichten. Willst du diesen Wolf heiraten?«

Katia zuckte unsicher mit den Schultern.

»José sagt, dass wir Cousin und Cousine sind.«

»Zweiten Grades. Wenn ihr den Papst um Dispens bittet ... Heutzutage ist das wahrscheinlich nicht einmal nötig.«

Katia lachte: »Ich glaube, weder ich noch Wolf sind sehr papsttreu ... Sag mal! Woher weißt du das von Wolf und mir?«

Sie zwinkerte: »Ich habe dir doch gesagt, dass man in diesem Haus alles mithört.«

Katia hob den Zeigefinger an die Lippen; Wolf kam pfeifend den Gang entlang.

»Es ist nicht leicht, einen Mann von Format zu finden, mein Kind. Ich würde an deiner Stelle nicht lange nachdenken.«

»Und woher weißt du, dass er ein Mann von Format ist?«

»Er ist der einzige Mann, den ich kenne, der José zum Schweigen gebracht hat, ohne das Lächeln zu verlieren.«

Der Himmel hatte sich violett gefärbt, und ein Lüftchen bewegte die Zweige. Vom Essplatz aus leuchteten die Magnolien aus dem bereits schattigen Garten hervor, das Geißblatt war nur mehr als helle Pünktchen auf der Gartenmauer zu erkennen. Die über den stillen Teich gebeugte Weide wiegte sich wie in einem Tanz, die Flamme in dem gläsernen Windlicht auf dem Tisch flackerte und warf ein Schattentheater an die Decke.

José hatte sich gewünscht, nach dem Verstreuen der Asche im Garten etwas Leichtes zu Abend zu essen, und da Katia wie immer im Nu mit ihrer Toilette fertig gewesen war, war sie als Erste heruntergekommen.

Jetzt sah sie die ersten Sterne am Abendhimmel strahlen und dachte an die vielen Geheimnisse, die dieses Haus hütete, an den Schmerz seiner Bewohner, an das Aufeinandertreffen der Welten, das niemand hinter den steinernen Mauern vermuten würde.

Sie hatten Valcárcels letzten Wunsch erfüllt. Sie waren in widersprüchlicher Stimmung gewesen, hin und her gerissen zwischen kalter Trauer und warmer Ungeduld. Als Katia von dem Aussichtsplatz, wo sie nun saß, das Geißblatt verstreut und danach die Worte ausgesprochen hatte, die Valcárcel sich gewünscht hatte: »Verzeih mir, José. Verzeih ihm, oh Herr, denn er hat sehr geliebt«, hatte Ílida auf einmal geschnaubt und sich damit einen zornigen Blick Josés eingehandelt. Und als sie mitten im Vaterunser waren, hatte auf einmal Wolfs Handy geklingelt, woraufhin er ein Stück weggegangen war, um die Zeremonie nicht zu stören. Zu dritt hatten die Frauen dann das Ave-Maria gebetet, drei Frauenstimmen über dem Meereswind, die José Marías Seele Gott anempfahlen. Und die beiden Frauen, deren eigene Beerdigung am nächsten lag, hatten mit besonders kräftiger Stimme gebetet.

»Wenn ich an der Reihe bin, möchte ich, dass ihr es auch so macht«, hatte José am Ende gesagt. »Keine Sorge«, hatte Ílida geantwortet, als wäre es ausgemachte Sache, dass José als Erste gehen würde, damit Ílida ihr auch in dieser letzten Stunde zu Diensten stünde.

Katia sah sich um und machte sich zaghaft mit dem Gedanken vertraut, dass all das eines Tages ihr gehören würde: der Teich, der

Salon, die Uhren, die große Bibliothek, die Last der Passagen. Auch die Einsamkeit?

José kam nun, in einen großen perlgrauen Kaschmirschal gehüllt, in kleinen Schritten auf sie zu. Sie bedeutete ihr, sitzen zu bleiben, und sagte leise, in verschwörerischem Ton zu ihr: »Katia, hör mir zu. Letztens, als wir über diese besondere Passage gesprochen haben, oben in der Bibliothek in dem Turm, weißt du noch? Ich habe vergessen, dir zu sagen, dass im Sekretär in der ersten Schublade ein Buch mit Unterschriften liegt. Einige davon ergänzen kurze, ziemlich rätselhafte Botschaften. Ich habe immer vermutet, dass sich dort jene eingetragen haben, die es geschafft haben, hinüberzukommen, aber Näheres habe ich nie herausgefunden. Das wollte ich dir nur sagen, bevor ich es noch vergesse.«

Ílida und Wolf kamen die Balustrade entlangspaziert, er mit einem großen Tablett und sie mit einem Weidenkorb. Obwohl sie keine gemeinsame Sprache sprachen, lachten sie.

»Du musst diesem Kerl beibringen, Spanisch zu sprechen, Katia«, sagte Ílida und setzte sich auf die Bank. »Ich werde in meinem Alter jedenfalls nicht mehr Deutsch lernen.«

Wolf machte den Cava auf. Sie füllten die Gläser und stießen auf die Zukunft an. Das flackernde Kerzenlicht machte die Gesichter der alten Frauen jünger und die von Katia und Wolf älter.

José war zerstreut. Wie sie alle so zufrieden dasitzen sah, verlor alles, was sie in ihrem langen Leben gelernt zu haben glaubte, seinen Wert: Es gab keine vorherbestimmte Ordnung, die Kreise schlossen sich nicht, der Zugang zu den Welten war nicht an Gebotsübertritte und Schmerzen geknüpft. Wenn das so war, konnte Katia alles haben, was sie selbst nie gehabt hatte: den Mann, den sie liebte, frei und vor aller Augen, und den Zugang zu den Passagen. Welchen Preis müsste Katia dafür bezahlen? Worauf müsste sie verzichten, so wie sie selbst ihr Leben lang? Auf nichts. Katia könnte alles haben und müsste nichts dafür hergeben.

Das war nicht gerecht.

Sie hätte Katia von der geheimen Passage im Turm nichts erzählen sollen. Wenn ihr dieser Zugang gelänge, hätte sie alles, was ihr selbst nie beschieden war. Eine Fremde, die ihr Leben mit einem

Fremden teilte – obwohl beide von ihrem Blut waren, blieben sie ihr fremd –, wäre die Besitzerin von allem, was sie über neunzig Jahre hinweg erworben hatte, und des über Generationen angehäuften Erbes noch dazu. Wenn sie nicht mehr sein würde, würden Katia und Wolf und ihre Kinder, wenn sie welche bekämen, die Zimmer dieses Hauses bewohnen, sie würden entscheiden, welche Möbel sie verkaufen und welche sie behalten wollten, und die Räume neu aufteilen; sie würden Rutschen und Schaukeln im Garten aufstellen und Bäume fällen, die zu viel Licht nahmen. Katia und Wolf würden ein Vermögen bekommen, das Generationen von Lunas immer respektiert hatten, indem sie nie etwas verkauft und den Besitz immer gemehrt hatten, indem sie nichts von seinem Platz gerückt und immer dafür gesorgt hatten, dass alle Möbel, Bilder, Lampen, Uhren geputzt und poliert wurden. Katia würde den wenigen Schmuck tragen, den sie in der Sandelholzschachtel in ihrem Zimmer aufbewahrte, sie würden sich Gäste ins Haus einladen und mit ihnen vor der Vase mit den Meerespflanzen lachen, mit Blick auf das Porträt von Doña Ramírez, ihrer schielenden Ahnin mit dem aparten Schatten unterhalb der Nase. Die Traditionen würden verloren gehen: Niemand würde mehr im großen Kamin den Weihnachtsscheit anzünden; es gäbe keine Osterkerze am Eingang mehr, und man würde auch keine Knochen der heiligen Elia mehr essen. Wer würde die Rosen schneiden? Wer würde die Magnolienblüten in Silberschalen legen, in denen sie wie Seerosen schwammen und den großen Esstisch schmückten? Wer würde am Ende des Sommers Geißblatt pflücken, um es an Allerheiligen an Türen und Fenster zu hängen? Wer würde mit den Gespenstern reden, die im Haus der Säulen hausten, wenn sie nicht mehr da wäre?

Die jungen Leute scherzten mit Ílida, die bei ihren Erzählungen wie ein junges Mädchen den Kopf schüttelte und mit den Händen fuchtelte.

Ihre Welt würde mit ihr sterben. Andererseits wusste sie auch, dass das so nicht stimmte, weil viele der Traditionen bereits im Lauf ihres Lebens verloren gegangen waren. Ílida und sie zündeten seit Jahren an Weihnachten keinen Holzscheit mehr an und das Geißblatt hängten sie nur noch über die Eingangstür, weil es ihnen zu beschwerlich war, die über fünfzig Fenster des Landhauses damit zu bestücken. Die Welt, an die sie sich gerade erinnert hatte, existierte in Wirklichkeit nur noch in ihrem Gedächtnis und im Reich ihrer Wünsche.

Sie blickte zu Katia, die gerade Wolf zuhörte, und die Sehnsucht nach alten Zeiten überkam sie, nach Gefühlen, die so weit zurücklagen und so fern waren, dass sie sich nicht sicher war, ob sie sie in ihrem Bedürfnis nach Trost nicht erfunden hatte.

So war ich früher auch, dachte José, genauso leuchteten meine Augen, als ich hier im Garten Chémari ansah, der nun nur noch Asche im Meer und Glut in meinen Erinnerungen ist. Wo ist mein Leben, meine Freude, wo sind alle meine Träume geblieben?

Hier, dachte sie, in dieser jungen Frau, die in gewisser Weise meine Reinkarnation ist, ich als junge Frau. Sie ist meine Zukunft, in ihr bestehe ich fort. Es spielt keine Rolle, was sie im Haus verändert, dass die Kreise sich nicht schließen. In ihrem jungen Fleisch und ihren aufrichtigen Augen lebe ich fort. Chémari lebt in ihr und wird in den Kindern ihrer Kinder weiterleben, in ihnen sind wir beide für immer vereint.

»Woran denkst du?«, fragte Katia.

»An deinen Großvater«, antwortete José mit fester Stimme und kuschelte sich lächelnd in ihren Schal. »Er würde sich bestimmt sehr freuen, wenn er dich hier in deinem Haus im Kreis deiner Familie sehen könnte. Möchtest du, dass ich dir mehr von ihm erzähle?«

»Manuel ist mein Großvater.« Katias Stimme war weich, aber fest, doch auf José musste sie grausam und rechthaberisch wirken, dachte Ílida. »Er hat mir Schwimmen beigebracht und wie die Sterne heißen und im größten Buch der Welt zu lesen. Durch sein Leben, durch sein Beispiel hat er mich gelehrt, was Liebe und Familie ist, was ein Leben lebenswert macht. Er wurde nie reich, er bekam weder Titel noch Ehrungen, aber ich würde ihn gegen niemanden tauschen, José. Gegen niemanden.«

»Du bist eine Valcárcel, Katia«, sagte José, während sie aufstand. »Starrsinnig, egoistisch, grausam; du nimmst große Worte in den Mund, um von dir abzulenken und dich zu rächen, um zu schaden.

Ob du willst oder nicht, du bist eine Valcárcel de Luna. Das Fest ist zu Ende. Ich wünsche allen eine gute Nacht.«

Vom Turmfenster aus, im Dunkeln vor neugierigen Blicken geschützt, betrachtete *Il Divino* die am Essplatz versammelte Gruppe: zwei alte Frauen, ein junger Mann und Katia Steiner. Die beiden alten Frauen konnte er leicht unschädlich machen; der Mann sah kräftig aus, und Katia … Katia war nicht zu unterschätzen. Sie hatte ihn bereits einmal besiegt, doch jetzt war die Überraschung auf seiner Seite, nun war seine Stunde gekommen. Er brauchte nur auszuharren, bis die andere alte Frau sich wie die erste ebenfalls zurückziehen würde; dann würde er noch eine Weile warten, bis die jungen Leute auch ins Haus gehen würden, und dann … dann würde er sich von seinem Instinkt leiten lassen.

Er umklammerte den Griff der kleinen Pistole, die noch immer in der Innentasche seines Sakkos steckte – es war genauso eine wie die, die er in dem Palazzo verloren hatte –, und verkniff es sich, noch einmal zu kontrollieren, ob sie geladen war. Sie war es. Und diesmal würde er sich von nichts und niemandem ablenken lassen.

Vom Essplatz drang das Lachen der drei Leute herauf. Er konnte warten. Früher oder später würde sein Moment gekommen sein.

José hatte das weiße Nachthemd angezogen, ihre Tabletten genommen und sich ins Bett gelegt. Sie hatte Schmerzen in der Brust; in ihrer Kehle fühlte sie einen Druck, als würden kräftige Hände langsam zudrücken. Der linke Arm war ihr eingeschlafen, und alle Muskeln waren bleischwer und zuckten noch immer von dem Schlag, den Katias Worte am Essplatz ihr versetzt hatten.

Sie schloss die Augen.

Das Fenster hatte sie offen gelassen. Die Gardinen wehten wie Gespenster im Wind, wie vom Mondlicht übers Meer getriebene Nebelgestalten. Vom Garten drangen hin und wieder Lachen und schwer verständliche Worte herauf, untrügliche Zeichen, dass das Leben weiterging und auch ohne sie weitergehen würde, wenn sie sie nicht mehr hören könnte.

Sie streckte die Finger nach dem anatolischen Teppich aus, und das Berühren der Seide entführte sie aus ihrer Wirklichkeit einer alten Frau. Sie fühlte noch einmal das frische Wasser des nächtlichen Mittelmeers, die nervöse Zärtlichkeit seiner Beine, die sich mit ihren verschlangen; noch einmal war sie betört vom leuchtenden Blutrot der Mohnfelder, vom strahlenden Weiß der Kalksteinterrassen. Der Rauch der Lagerfeuer zog ihr in die Nase; der geheimnisvolle Duft des Farbstoffs, der auf wundersame Weise die Wolle zuerst gelb, dann blau färbte; der Gestank des Hafens von Heraklion in der Augustsonne. Sie hörte seine von Begehren raue Stimme ihr ins Ohr flüstern und ihre eigene brüchige Stimme ihm antworten, versprechend, akzeptierend.

Die Dinge hatten ihre Umrisse verloren. Das Haus hatte sich in ein Piratenschiff verwandelt, das mit vollen Segeln in das unermessliche Blau stieß. Die Gegenwart hatte aufgehört zu existieren.

Der Kaminspiegel wurde blind, in ihm gerannen die Profile der Zwillinge, ihr doppeltes Lächeln. Auf dem Schreibtisch raschelte das vom Mondlicht erweckte Tagebuch mit seinen Blättern und flog davon. Die Rosen in der Vase ließen, aus ihrem Schlaf aufgeschreckt, ihren Duft fallen, dann sanken ihre Köpfe, und sie schliefen ein. Das Lachen im Garten war hellgrün geworden. Irgendwo weit weg ertönte ein gläsernes Glöckchen.

José erstickte zwischen so viel Schönheit. Langsam öffnete sich die Geheimtür zwischen dem seidenen Laub, dahinter glitzerten Trauben aus Edelsteinen, klingelten im Lufthauch, dufteten nach Zimt und Kampfer. Lebende Schatten reckten sich in den reinen Himmel, ragten leuchtend in die Dunkelheit; aus ihnen formten sich Träume in blassen Farben, die wie Samt klangen, nach Violinen dufteten. Die Schatten wichen ihr aus, Seidenduft und Glöckchenaroma schlängelten sich hinter ihrem strahlenden Schattenkörper, der zu dem Alabasteressplatz schwebte, wo er auf sie wartete. Chémari, Arnau, Leonardo? Es war unwichtig. Sie würde ihre Liebe wiederfinden, ihre Jugend und ihre Fröhlichkeit.

Sie sah sich nicht um zu dem perlmuttenen Punkt, ihrem alten Körper, der mit der Blässe des Betts verschmolz. Es war nicht mehr notwendig, Abschied zu nehmen.

Nach all den Jahren war sie nach Hause zurückgekehrt.

7
Passagen

Nachdem die drei ins Haus gegangen waren, verabschiedeten Katia und Wolf sich von Ílida im Flur. Sie blickten im Dunkeln einander an und waren sich einige Sekunden lang unschlüssig, wie es weitergehen sollte. Irgendwo in der Stille des Hauses schlug eine tiefe, klangvolle Uhr Mitternacht, als wollte sie daran erinnern, dass die Zeit nur scheinbar um sie herum stehen geblieben war.

»Gehen wir hinauf in den Turm? Ich will dir etwas zeigen«, flüsterte Katia, die bereits auf die Wendeltreppe am Ende des Gangs zuging und noch einmal über die Schulter blickte, um sich zu vergewissern, dass Wolf ihr folgte.

Für eine Sekunde verlor Wolf sie aus den Augen, und im nächsten Augenblick war Katia stocksteif, hatte einen Arm um die Kehle und starrte ihn panisch an.

»Endlich vereint, Dottoressa«, hörte er eine weiche, kultivierte Stimme in der Dunkelheit sagen. »Wollen Sie mir den Herrn nicht vorstellen?«

Katia versuchte zu reden, aber sie war so perplex und ihre Kehle so eng, dass sie die Worte, die sich in ihrem Gehirn formten, nicht herausbrachte. Da ergriff Wolf das Wort: »Meine Name ist Wolf Altmann. Ich bin der Großneffe von Señora Valcárcel.«

»Ich bin Pierluigi Bellochi. Hat Ihnen Frau Doktor Steiner nicht von mir erzählt?«

Wolf schüttelte den Kopf. Das musste der Italiener sein, der Katia bedroht hatte, den sie bei ihrer Abreise nach Rom in ihrem Brief erwähnt hatte und über den Marianna sich nur in kryptischen Andeutungen geäußert hatte. Der Mann wirkte gefährlich, aber er war schon mit anderen Kalibern fertig geworden.

Bellochi schnalzte mit der Zunge, als wollte er Katia für ihre Sorglosigkeit ermahnen.

»Unsere Leben waren in der letzten Zeit sehr eng miteinander verknüpft, obwohl Sie sich große Mühe gegeben haben, mich loszuwerden, nicht wahr, meine Liebe? Und der Ort, den Sie für meine Verbannung ausgesucht haben, ist nicht gerade ein blühender Garten.«

»Wie ... wie haben Sie es geschafft, dort herauszukommen?«, fragte Katia zornig.

»Ich fühle mich nicht verpflichtet, Ihnen alle meine Geheimnisse zu verraten. Jedenfalls bin ich jetzt hier, und dieses Mal werde ich nicht so gutgläubig sein. Los! Kommen Sie! Ich werde Ihnen etwas zeigen. Und nehmen Sie sich in Acht, die Pistole an Katias Schläfe ist geladen und nicht gesichert. Normalerweise bin ich die Ruhe selbst, aber die Ereignisse der letzten Wochen haben meine Nerven strapaziert. Es wäre bedauerlich, wenn ein Unglück geschehen würde.«

Für jeden Schritt, den Bellochi, Katias Hals umschlingend, nach vorne machte, wich Wolf einen Schritt zurück.

»Hier. Machen Sie bitte diese Tür auf. Aber lautlos. Und jetzt machen Sie sie wieder zu und schalten das Licht an.«

Kaum hatten sie das Musikzimmer betreten, zog der Wandteppich mit den Schäfern Katias Blick an.

»Sie werden nun eine lange Reise unternehmen, aber soweit ich es beurteilen kann, wird Ihnen zumindest Ihre Begleitung nicht unangenehm sein. So, Herr Altmann, jetzt stellen Sie sich neben den Teppich.«

Wolf folgte der Anweisung und schätzte währenddessen ab, ob er eine Chance hatte, die Waffe zu ziehen, bevor Bellochi auf Katia schießen würde. Die Chance war gleich null. Schneller als der, der den gekrümmten Finger am Abzug hatte, konnte man nicht sein. Und Bellochi würde schießen, wenn er es für notwenig hielt, dessen war er sich sicher. Was Katia dem Italiener angetan hatte, wusste er nicht, jedenfalls waren sie Feinde, und dieser Mann würde nicht zögern, sie zu töten.

»Gut, das genügt. Katia wird sich gleich zu Ihnen gesellen, und dann können Sie gemeinsam ein neues Leben beginnen. Wissen Sie die Worte, Dottoressa, oder muss ich sie für Sie aussprechen?«

»Bitte … bitte … Herr Bellochi, überlegen Sie es sich noch einmal«, sagte Katia beinahe flehend. »Wir konnen zusammenarbeiten, wir können uns gegenseitig helfen, ich weiß viele Dinge, von denen Sie nichts ahnen.«

»Ich glaube, das gilt genauso für mich, Katia, unterschätzen Sie mich nicht. Und seien Sie mir dankbar, dass ich Sie nur in diese Wirklichkeit schicke. Wie Sie wissen, gibt es schlimmere. Viel schlimmere«, fügte er an, und der Ton in seiner Stimme verursachte Katia Gänschaut. »In dieser Welt können Sie vielleicht sogar glücklich sein.«

Bellochi begann zu kichern, als amüsiere er sich über seine eigenen Worte und wüsste etwas, von dem sie nichts ahnten. Wolf sah Katia fragend an, doch in ihrem Blick stand nur Panik. Dann brach Bellochis Lachen ab, und seine Stimme wurde rau: »Nehmen Sie die Vorhangkordel, Altmann, und fesseln Sie Ihrer Freundin die Hände. Und Sie, meine Liebe, drehen sich zu mir um, so, schön langsam. Machen Sie den Mund auf und beißen Sie mit den Zähnen auf den Pistolenlauf, während Altmann Ihnen die Hände auf den Rücken fesselt. Sie sehen, ich könnte Sie töten, aber das ist eigentlich nicht mein Stil. Jetzt knien Sie sich langsam hin. Sie auch, Altmann, hinter sie. Und vergessen Sie nicht, dass ich auf Sie ziele und dass ich ein guter Schütze bin.«

Langsam entfernte sich Bellochi von ihnen und dem Wandteppich, ohne die Waffe von ihnen zu nehmen.

Im selben Augenblick ging die Tür auf und Ílida kam in einem blau geblümten Nachthemd herein. Sie bemerkte Bellochi nicht. Als sie Katia und Wolf erblickte, stürzte sie erschrocken auf sie zu. Mit wenigen Schritten stand sie mitten im Zimmer.

»Auf den Boden, Ílida!«, schrie Katia.

Die alte Frau drehte sich mit offenem Mund zu Bellochi um, doch bevor sie einen Schrei ausstoßen konnte, schoss er. Tonlos stürzte Ílida zu Boden, und die blauen Blümchen färbten sich rot. Da zog Wolf seine Waffe und gab über Katias Schulter hinweg zwei Schüsse ab. Die Kugeln trafen ihr Ziel, und Bellochi sank zusammen.

In dem Zimmer roch es nach Schießpulver. Wolf sprang auf und ging, ohne die Waffe loszulassen, zu dem Italiener, während Katia sich neben Ílida kniete, die auf dem Rücken lag und stark blutete. Sie horchte nach ihrem Herz: »Ich glaube, sie lebt noch, Wolf. Binde mich los.«

»Bellochi lebt auch, aber er braucht einen Notarzt. Ich gehe zur Rote-Kreuz-Station. Sie ist bestimmt besetzt. Und du rufst die Polizei.«

Katia packte Wolf am Ärmel, ihre Augen blitzten: »Nein! Hilf mir, ihn vor den Teppich zu schleppen! Er muss verschwinden!«

Wolf schüttelte den Kopf, als hörte er nicht recht.

»Wir dürfen ihn nicht am Leben lassen. Er kommt sonst wieder. Wir müssen uns jetzt von ihm befreien. Du bist Polizist. Du kannst schießen. Wir müssen ihn töten.«

Wolf nahm sie bei den Schultern und schüttelte sie sanft, um sie zu Verstand zu bringen. Der Schrecken stand Katia noch immer im Gesicht.

»Ruf die Polizei, Katia. Etwas anderes können wir nicht tun.«

»Wir müssen ihn töten, Wolf. Bevor es zu spät ist. Bitte! Ich weiß, was ich sage, ich bin nicht verrückt geworden. Wenn die Polizei kommt, müssen wir so viel erklären ... und er wird entkommen ... und ... du verstehst das nicht ... wir dürfen ihn nicht am Leben lassen!«

Doch Wolf behielt einen klaren Kopf. Sie war hysterisch. Sie wusste nicht, was sie sagte. Er konnte sie jetzt nicht beruhigen, denn er durfte keine Zeit verlieren, sondern musste sofort einen Arzt holen.

Wütend stand sie auf. Ihre Augen funkelten, als hätte sie den Verstand verloren, und die verschwitzten Haare klebten ihr im Gesicht: »Das mit Ílida war ein Unfall. Wir können der Polizei sagen, dass Du ihr die Waffe gezeigt hast und sich ein Schuss gelöst hat. Oder dass mir der Schuss losging. Aber er muss verschwinden. Er ist gefährlich. Du hast es gesehen. Wenn wir ihn am Leben lassen, wird er zurückkehren und uns alle töten. Und dann wird er die Kontrolle über die Passagen haben!«

»Diese verdammten Passagen rauben dir noch den Verstand, Katia! Verstehst du nicht, dass das jetzt zweitrangig ist? Ich hole jetzt einen Arzt. Lass alles so, wie es ist. Fass nichts an und kummere dich um Ílida. Ich bin gleich wieder da. Fass nichts an!«

Sobald Wolf mit einem letzten warnenden Blick das Zimmer verlassen hatte, machte Katia sich daran, Bellochis Körper zu dem Teppich zu schleppen. Sie musste fertig sein, bevor Wolf zurückkommen würde; er hatte keine Ahnung, was zwischen ihr und Bellochi geschehen war, und konnte nicht wissen, dass er sich irrte, dass man all dem ein Ende setzen musste. Bei Gelegenheit würde sie ihm alles erzählen, aber jetzt musste sie handeln. Und zwar schnell.

Bellochis Gesicht war wächsern, sein Atem unregelmäßig geworden. Vielleicht würde es gar nicht nötig sein, noch einmal auf ihn zu schießen, vielleicht würde er an seinen Verletzungen sterben, aber sie musste sichergehen, und vor allem durfte er nicht hier sein, wenn Wolf mit der Polizei kommen würde. Ohne Leiche keine Ermittlung. José galt auf der Insel etwas, Ílida hatte einen Unfall gehabt und würde geheilt werden, alles würde wieder gut werden, wenn sie sich Bellochi nur vom Hals schaffen könnte.

Sie stellte sich vor den Teppich und wollte die Worte aussprechen, welche die Passage öffneten, als sie erschrocken feststellte, dass sie sie gar nicht kannte. Und die Zeit lief ihr davon. Sie musste José fragen. Dazu musste sie in ihr Schlafzimmer gehen, sie wecken und ihr die Worte entlocken, um Bellochi noch vor Wolfs Rückkehr loszuwerden. Und wenn die Zeit nicht reichte?

Besser tötete sie ihn sofort. Im Film begingen die Heldinnen immer den Fehler, ihren Feind am Leben zu lassen, nur weil eine Protagonistin nicht kaltblütig tötet. Diesen Fehler würde sie nicht machen.

Sie hob die Pistole vom Boden auf und ging zu Bellochi, der mit offenen, verdrehten Augen schwer atmend dalag. Sie setzte ihm den Lauf an die Schläfe und legte den Finger an den Abzug. Ihr zitterte die Hand, sodass sie die Waffe nicht still halten konnte.

Ílida stöhnte.

Katia krabbelte zu ihr, ohne die Pistole loszulassen: »Halte durch, Ílida, bitte. Wolf kommt gleich mit einem Arzt. Ich … bin gleich wieder da. Halte durch.«

Schwankend stand sie auf, ohne so recht zu wissen, was sie nun tun sollte.

Und wenn sie den Canaletto holte …

Das war die Lösung. Sie würde den Canaletto nehmen und Bellochi in den *vicolo* de San Paolo bringen. Dort würde sie ihn in den Kanal werfen und sofort zurückkehren, noch bevor die Passage sich wieder schloss. Niemand brauchte zu wissen, was geschehen war. Wolf würde sie erzählen, dass Bellochi, während sie sich um Ílida gekümmert hatte, die Passage des Wandteppichs geöffnet hatte und durch sie verschwunden war.

Sie rannte durch den Gang und umklammerte die Pistole, als könnte hinter jeder Ecke ein Feind lauern. Die Schatten schienen lebendig. Auf ihrem Weg flüsterten sie ihr Geschichten zu, für die sie jetzt keine Zeit hatte; sie wickelten sich ihr in Haare und Wimpern, als wollten sie sie aufhalten und ihr Zweifel einreden.

»Willst du Bellochi wirklich nach Venedig verbannen?«

»Das ist die einzige Welt, die ich kenne, die einen anderen Rückweg als Hinweg hat. Selbst wenn er durch ein Wunder überleben würde, würde er die Stelle niemals finden. Etwas anderes kann ich nicht tun.«

»Aber du wirst nie wieder in diese Welt reisen können, weil du Angst haben müsstest, ihn dort zu treffen. Du hast dort ein Haus und Diener. Venedig könnte dein Rückzugsort sein. Willst du deine eigene Zufluchtsstätte vergiften?«

Die Stimmen in ihrem Kopf wechselten einander ab, als bedrängten alle möglichen Leute sie mit ihren Meinungen.

Sie klopfte an Josés Zimmertür, wartete jedoch ihre Antwort nicht ab, sondern ging, ohne Licht zu machen, hinein. Vielleicht konnte sie das Bild entwenden, ohne dass sie aufwachte.

»Ich bin's, Großmutter«, flüsterte sie. »Keine Sorge, es passiert nichts. Ich bin gleich wieder weg.«

Der Schreibtisch glänzte im Mondschein; der Canaletto war nicht da. Er musste oben im Gästezimmer sein. Wahrscheinlich hatte José ihn zurück an seinen Platz gehängt. Aber sie hatte keine Zeit, lange zu suchen. Sie musste sie wecken und sie fragen.

Fast auf Zehenspitzen ging sie ans Bett und streichelte Josés Wange: »Großmutter, wach auf. Ich bin's, Katia.«

Erst nach einer Weile fiel ihr auf, wie kalt Josés Haut war. Sie fasste sie an den Schultern und erschrak über ihre Steifheit.

Mein Gott! José ist im Schlaf gestorben. Ich bin allein. Niemand kann mir jetzt noch helfen. Gleich kommt Wolf mit dem Arzt. Sie werden Bellochi heilen. Er wird wiederkommen. Er wird mich töten und die Passagen an sich reißen. Du musst etwas unternehmen, du Schaf! Denk nach!

Sie rannte aus dem Zimmer. Der Canaletto. Er war ihr einziger Ausweg. Eine andere Welt kannte sie nicht.

Mitten auf der Treppe, die zum Gästezimmer führte, blieb sie plötzlich stehen.

Es gab noch eine Lösung.

»In den Welten ist von Leuten die Rede, die die Passagen vergiften.« »Willst du deinen eigenen Pilgerort vergiften?« »Wenn du nicht davor zurückschreckst, dein Leben mit einem Mörder zu verbringen ...«

Roccos Welt. Eine Welt voller Mörder, seine Worte waren unmissverständlich.

Den Eingang zu Roccos Welt trug sie noch immer in der Tasche. Und jetzt kannte sie die dazugehörigen Worte.

Wie der Blitz rannte sie in ihr Zimmer, leerte den Inhalt ihrer Tasche aufs Bett, dann wühlte sie, ohne die Pistole loszulassen, so lange in ihren Sachen, bis sie die Kopie des Matisse-Bildes fand. Es übte einen geradezu unwiderstehlichen Sog auf sie aus, als wäre diese Passage gierig nach Besuchern.

Rocco und seine Leute würden schon wissen, was sie mit *Il Divino* anzufangen hatten. Rocco hatte zwei Menschen getötet, um diese am Übergang zwischen den Welten zu hindern. Wolf hatte keine Ahnung, in welch enormer Gefahr sie sich befanden, doch Rocco würde es begreifen. Und sie müsste nicht schießen.

Als sie zu Bellochi zurückkam, war sie fast ruhig. Sie stellte das Foto neben seinen Kopf, ging ein paar Schritte von ihm weg und kniete sich neben Ílida, die Pistole fest umklammernd, um sich Mut zu machen. Dann begann sie die Worte aufzusagen.

Mitten in der Formel, als die Passage gerade ein violettes Licht auszusenden begann, das Bellochis Gesicht in eine makabre Wachsmaske verwandelte, hörte sie die Eingangstür. Aber sie konnte jetzt nicht mehr innehalten. Es fehlten nur noch wenige Verse.

Ihre Stimme klang sonderbar klar, wie in einem hallenden Raum, und zugleich hohl und emotionslos. Das violette Licht umhüllte nun Bellochis Körper. Die Holzdielen im Flur knarzten unter den schnellen Schritten der beiden herbeieilenden Männer.

Als sie die Zimmertür aufstießen, hatte die Passage den Elfenbeinmann verschluckt.

Wolf schritt mit ungläubigem Blick das Zimmer ab, dann sah er Katia in die Augen: »Was hast du da gerade gemurmelt?«, fragte er keuchend.

»Ich habe gebetet«, log sie und machte einen Schritt zurück, um den Arzt vorbeizulassen.

»Fassen Sie mit an, damit wir sie auf den Diwan legen können«, bat der Arzt Wolf.

Während die beiden Männer Ílida trugen, hob Katia das Foto auf und steckte es in die Hosentasche. Dabei fiel ihr auf, dass sie noch immer die Pistole in der Hand hatte, und ließ sie auf den kleinen Tisch mit der alpenländischen Zither fallen, die einen beinahe heiteren Ton von sich gab.

»Wir müssen den Hubschrauber bestellen«, sagte der Arzt. »Sobald ihr Zustand sich stabilisiert hat, fliegen wir sie nach Oneira.«

»Wird sie durchkommen?«, fragte Katia, während er eine erste Versorgung vornahm.

»Das ist sehr gut möglich. Gibt es weitere Verletzte?«

»Señora Valcárcel ist gestorben.«

Wolf sah sie mit einem seltsamen Ausdruck an, als wäre gerade ein schrecklicher Verdacht in ihm aufgekeimt.

»Ich bin kurz zu ihr gegangen, um nach ihr zu sehen. Ich hatte Angst, dass der Schuss sie erschreckt haben könnte; sie hatte ein schwaches Herz.« Der Arzt nickte ernst. »Als ich sie berührt habe, fühlte sie sich eiskalt an. Sie muss im Schlaf gestorben sein.«

Ihre Worte klangen für sie selbst seltsam, nicht recht stimmig, als wollte sie sich für etwas rechtfertigen, an dem sie keine Schuld trug.

»Als Erstes rufe ich den Hubschrauber, dann werde ich nach der Señora sehen. Führen Sie mich zu ihrem Zimmer«, sagte der Arzt. »Sie, Wolf, tun mir bitte den Gefallen und bleiben kurz bei Doña Ílida.«

Katia und Wolf sahen sich an, und da wusste sie, dass sie ihn verloren hatte. Dass sie die Passagen gerettet, aber sein Vertrauen und vielleicht auch seine Liebe verloren hatte, denn eines würde immer zwischen ihnen stehen: die Geheimnisse. Geheimnisse hatten Josés Leben und auch das von Chémari bestimmt, überhaupt das Leben aller, die in die Existenz der Passagen und Welten eingeweiht waren.

Sie unterdrückte ein Schluchzen und ging dem Arzt voraus.

Epilog

Sehr geehrter Professor Fink, lieber Leonardo,

in Anbetracht der inzwischen vergangenen Zeit werden Sie sich schon gefragt haben, ob ich endgültig aus dieser Welt verschwunden bin, doch zumindest in diesem Punkt kann ich Sie beruhigen. Ich bin noch immer hier, obwohl mein Aufenthaltsort in der Tat sehr abgelegen ist und man sich hier manchmal fühlt, als wäre man gar nicht da.

Falls Sie einen Sinn für alte Legenden haben, will ich Ihnen erzählen, dass die Insel Alma angeblich kein Ort im eigentlichen Sinn, sondern eine Art Wegkreuzung ist, an der unterschiedliche Wirklichkeitsebenen zusammentreffen. Das bringt es mit sich – wie gesagt, so der Volksmund –, dass sie manchmal ganz normal vorhanden und andere Male einfach verschwunden ist. Ich bin noch nicht lange genug hier, um das bestätigen zu können, aber ich versichere Ihnen, wundern würde es mich nicht.

Ihre letzten Informationen über meinen Aufenthaltsort haben Sie von Wolf Altmann bekommen, von ihm wissen Sie, dass ich nach Umbría gereist bin, um die Asche Ihres verstorbenen Freundes Professor Valcárcel hierherzubringen. Seitdem bin ich auf Alma, wo eine Kette von sehr unwahrscheinlichen Ereignissen eingesetzt hat und ich nun in einer vollkommen anderen Rolle hier bin als zu Beginn meiner Reise.

Es hat sich herausgestellt, lieber Leonardo, dass ich, Katia Steiner, nicht nur die bin, die ich immer geglaubt habe zu sein, sondern dass meine Mutter – welch seltsame Laune des Schicksals! – die uneheliche Tochter von José María Valcárcels Zwillingsschwester ist, die er aufgrund einer alten Geschichte aus seinem Gedächtnis verbannt hat. Ich bin also deren Enkelin und Chémaris Großnichte. Zu seiner – und meiner – Entlastung muss ich sagen, dass wir beide nicht gewusst haben, dass solch eine Verbindung besteht.

Da stehe ich nun und bin auf einmal die Besitzerin und Señora des Hauses meiner Vorfahren, von denen ich bis vor Kurzem nichts gewusst habe. Ich denke, ich bleibe noch eine Weile hier, da ich noch viele Dinge verstehen möchte, die mir durch den plötzlichen Tod meiner eben erst zurückgewonnenen Großmutter Doña María Josefa Valcárcel de Luna verschlossen geblieben sind.

Vermutlich werden Sie sich fragen, und vielleicht nicht nur Sie, inwieweit die Privilegien des von meinem Großonkel gegründeten Philologenclubs davon betroffen sind. Sie werden verstehen, dass ich unter den gegebenen Umständen kaum eine Antwort geben kann, jedoch werde ich die Frage im Blick behalten. Es gibt Dinge, die ich ungern schriftlich festhalte; lieber wäre mir ein ruhiges persönliches Gespräch am Meer. Was hielten Sie davon, im nächsten August ein paar Ferientage in Spanien zu verbringen? Das Haus ist groß – sehr groß –, es hat eine großartige – und kuriose – Bibliothek, und ich darf mich die stolze Besitzerin einiger Gemälde nennen, die zwar unbekannt, aber von großem Wert sind.

Ich weiß schon, dass ich langsam wie Onkel Chémari klinge, der Sie immer wieder zu überreden versucht hat, aus Ihren Bergen ans Meer zu kommen, aber ich bin davon überzeugt, dass Ihr Besuch für uns beide von Vorteil wäre.

Falls Sie einen guten Vorwand für Ihre Reise nach Alma suchen, was halten Sie davon: Am 15. August feiere ich ein Fest, zu dem ich Sie einlade. Doch freuen Sie sich nicht zu früh. Es wird keine Hochzeitsfeier sein. Wie schön wäre das! Die Ereignisse, in die ich mich in letzter Zeit verstrickt gese-

hen habe, dürften jedoch den möglichen Kandidaten aus meinen Plänen verdrängt haben, jedenfalls vorübergehend. Doch ich würde gern ein paar Freunde wiedersehen und über viele Dinge in Ruhe reden.

Kommen Sie?

Und zuletzt noch zwei Bitten:

Würde es Ihnen große Umstände bereiten, falls Sie sich entscheiden sollten mir die Ehre zu erweisen, eine Abbildung – ein Foto reicht – des Porträts von Rektor Gabrielli aus dem Senatssaal der Universität mitzubringen?
Ich würde gern ein paar Charakteristika dieses Gemäldes mit einem ähnlichen Porträt, das hier im Haus hängt, vergleichen.

Könnten Sie mir zur Erinnerung auch noch eine Kopie eines der Hippogryphen mitbringen, die in Ihrem Büro hängen?

Ich wäre Ihnen dafür sehr dankbar.

Auch bitte ich Sie, den übrigen Mitgliedern des Philologenclubs meinen derzeitigen Aufenthaltsort nicht mitzuteilen, bis ich in dieser Sache nicht entschieden habe, was erst nach unserem Gespräch der Fall sein wird.

In Erwartung Ihrer Antwort sende ich Ihnen einen herzlichen Gruß aus der Ferne und freue mich auf ein Wiedersehen.

Katia Steiner Valcárcel de Luna

Sehr geehrter Herr Azzaro,

wie Sie bereits vom Anwalt meiner verstorbenen Großmutter María Josefa Valcárcel de Luna, verwitwete Martínez Peña, wissen, hat sich die rechtliche Lage, was Sie und Ihren Bruder, wie auch Herrn Wolf Altmann in Innsbruck und mich selbst angeht, beträchtlich geändert.

Mit diesen Zeilen möchte ich Ihnen lediglich meinen bevorstehenden Besuch in Rom ankündigen, um mit Ihnen die vielen offenen Fragen bezüglich des Erbes von Don José María Valcárcel zu besprechen, der also nicht nur der Großonkel von Ihnen und Ihrem Bruder, sondern auch von mir und Chefinspektor Altmann war, was uns alle zu Cousins zweiten Grades macht. Ich hoffe, Ihre vielen Verpflichtungen erlauben es Ihnen, sich ein paar Stunden für mich Zeit zu nehmen.

Bei dieser Gelegenheit möchte ich Ihnen für Ihr Vertrauen danken, mich als Verwalterin des Nachlasses unseres Großonkels eingesetzt zu haben.

Ich werde Ihnen telefonisch Nachricht geben, wann ich in Rom ankommen werde, voraussichtlich in der letzten Juliwoche.

Mit freundlichen Grüßen
Dr. Katia Steiner Valcárcel de Luna
Haus der Säulen
Alma
Almamarina (Umbría) Spanien

Ílida kam in den Salon, gefolgt von einem Mädchen, das ein Tablett mit Kakao, Toast und zwei geblümten Tassen trug. Seit dem Unfall hatte sie sehr abgenommen, aber dank ihres kräftigen Naturells hatte sie überlebt. Als sie allein waren, fragte sie Katia, ohne sie anzusehen: »Gibt es Nachrichten von Wolf?«

Ein paar Sekunden verstrichen.

»Er hat mir noch nicht geantwortet, aber ich habe mich fast schon damit abgefunden, dass er nicht kommen wird.«

»Könnt ihr das nicht wieder hinbekommen? Er liebt dich, ich bin mir ganz sicher.«

»Ich war mir auch sicher, dass er mich liebt, Ílida. Aber dann sind ein paar Dinge passiert, die … ach, ich will jetzt nicht darüber reden. Die Vorbereitungen für das Fest stehen an. Pia und Marianna kommen, und Professor Fink vielleicht auch.«

»Kind«, sagte Ílida und fasste ihre Hand, »bitte werde keine zweite José. Gib deine Zukunft nicht für diese Chimären auf.«

Katia erwiderte darauf nichts; sie entzog Ílida ihre Hand und blickte abwesend auf das Rosenbeet hinter der Terrassentür, das nun in allen Farben blühte. Eine Weile lang herrschte angespannte Stille, die nur von dem Klingeln der Löffel in den Tassen durchbrochen wurde. Ílida fürchtete, zu weit gegangen zu sein; Katia dachte wie so oft darüber nach, ob ihre Entscheidung richtig gewesen war; ob das Geheimnis der Passagen sie mit der Zeit nicht vollkommen vereinnahmen und alles andere in den Hintergrund drängen würde; ob Ílida mit dem, was sie gerade gesagt hatte, nicht recht hatte; ob ihre Vermutung, zu der sie nach der Lektüre von Chémaris Aufzeichnungen gelangt war, zutraf: dass die Kontrolle über die Passagen einen so sehr verdarb, dass man jede Scham verlor. Aber das war Unsinn, lächerliche Schuldkomplexe, sonst nichts. Es musste nicht so sein. Man konnte zwischen den Welten reisen und ein erfülltes, glückliches Leben führen, anders als Wolf offenbar dachte.

Ihr Abschied war schnell und kühl gewesen, als ob ihre Liebe, die sie füreinander zu empfinden geglaubt hatten, sich zusammen mit Bellochis Körper in Nichts aufgelöst hätte. Sie hatte es ihm erklären wollen, aber Wolf hatte sich geweigert zu reden. Er war mit dem Hubschrauber mitgeflogen, der Ílida abgeholt hatte, und als sie am nächsten Tag eine Überfahrt nach Almamarina bekam und von dort weiter nach Oneira gefahren war, war er bereits abgereist. »Ich brauche Zeit zum Nachdenken«, hatte er ihr gesagt, als er in den Hubschrauber gestiegen war. »Ich werde zurückkommen, wenn ich weiß, was ich wissen will, und wenn du bereit bist, es mir zu sagen. Aber ich kann dir nichts versprechen. Ich weiß nicht mehr, was ich denken soll. Ich muss allein sein.«

Seit Wochen hatte sie nichts mehr von ihm gehört. Er hatte nicht einmal auf ihre Einladung geantwortet, schon ein paar Tage eher auf die Insel zu kommen und bis zum Fest zu bleiben, zu dem sie alle Freunde, die an den Geschehnissen beteiligt gewesen waren, eingeladen hatte. Obwohl sie ihm in ihrem Brief so viel wie möglich zu erklären versucht hatte – wenn auch nicht alles –, hatte Wolf nicht reagiert. Sie wiederum begann schon zu verdrängen, was wirklich geschehen war, und dachte an zukünftige Reisen und Entdeckungen, überlegte, einen eigenen Club der Reisenden in ihrem Stil zu gründen, und nahm die damit wahrscheinlich verbundene Einsamkeit in Kauf.

Sie seufzte bei dem Gedanken, dass sie einige Wochen zuvor noch mit dem Gedanken gespielt hatte, Wolf in der Stiftskirche in Alma zu heiraten, am 15. August, wie José und Leonardo, siebzig Jahre später am selben Tag, am selben Ort. Sie hatte Josés Brautkleid tragen, hatte ihren Bruder und ihre Schwägerin einladen wollen, Pia und Marianna, Fink, Wolfs gesamte Verwandtschaft, auch Sigrid … das Haus wäre wieder voller ausgelassener Leute gewesen wie in den Glanzzeiten des großen Reeders Valcárcel. Es gäbe wieder Bälle im Salon, auf dem Kronleuchter aus Bergkristall würden wieder Kerzen brennen, der Prinz und die Prinzessin würden den Fluch ihrer Ahnen besiegen, und sie würden einer glänzenden Zukunft entgegensehen.

Flausen, Jugendträume; Schaum, der sich in der Berührung mit der Wirklichkeit auflöste.

Denn so würde die Wirklichkeit aussehen, wenn Wolf nicht antwortete: Ílida und sie in dem weltvergessenen Haus an der kantabrischen Küste, um sie herum die Passagen, das Labyrinth, die Geheimnisse, die Einsamkeit. Auf sie wartete die Zukunft einer attraktiven, gefährlichen, tödlichen Spinne, die ihr Netz im Mittelpunkt der Welten webt.

»Wie weit bist du mit dem Rätsel?«, fragte Ílida unvermittelt, um sie aus ihren Gedanken zu reißen.

Katia war überrumpelt.

»Was weißt du darüber?«

»Nichts. Nur, dass José ihr Leben lang versucht hat, es zu lösen, und es nie geschafft hat. Darum frage ich dich, wie weit du bist.«

»Dazu werde ich wohl mein ganzes Leben brauchen.«

»Zum Glück.«

Sie tranken ihren Kakao und schwiegen.

Da klopfte es an der Tür, und das Mädchen kam mit einer Visitenkarte in der Hand herein: »Draußen steht ein fremder Herr, der Sie sehen möchte, Señora.«

Ihr pochte das Herz, während sie unter Ílidas Blick mit zitternder Hand die Karte entgegennahm. Fink? Es musste Fink sein. Niemand sonst wusste, wo er sie finden konnte. Oder vielleicht …? Nein. Sie wollte sich keine falschen Hoffnungen machen. Wenn er nicht anrief und nicht einmal ihre Briefe beantwortete …

Unendlich vorsichtig drehte sie die Karte um, so als würde sie kaputtgehen, sobald der Name auf ihr enthüllt würde:

Wolf Altmann

Oberstleutnant
Kriminalpolizei

Im oberen Flur begann eine Uhr mit dem Fünf-Uhr-Läuten. Dann fingen nacheinander alle Uhren im Haus an zu schlagen.

PIPER

Elia Barceló
Das Geheimnis des Goldschmieds

Roman. Aus dem Spanischen von Stefanie Gerhold. 92 Seiten. Gebunden

Einmal noch möchte der erfolgreiche Goldschmied das Dorf seiner Kindheit wiedersehen. Dort hatte er sich als 19jähriger einer wesentlich älteren Frau »mit Vergangenheit« hingegeben – eine Beziehung, die kurz und leidenschaftlich war und schmerzvoll endete, als Celia ihn fortschickte. Denn Celia hat ihr Leben lang nur den einen Mann lieben können, der sie vor Jahren unmittelbar vor der Hochzeit verließ. In dem verschlafenen Nest, in das der Goldschmied zurückkehrt, scheint die Zeit stehengeblieben zu sein. Plötzlich findet er sich in den 50ern wieder. Er begegnet einem atemberaubenden, seltsam vertrauten jungen Mädchen – der blutjungen Celia, die ihn nicht erkennt, sich aber ebenso in ihn verliebt wie er in sie. Nichts steht ihrem Glück im Weg, als die beiden Brautleute ihre Vermählung vorbereiten. Bis zu jener verhängnisvollen Nacht vor der Trauung.

01/1415/01/R

PIPER

Mariolina Venezia

Tausend Jahre, die ich hier bin

Roman. Aus dem Italienischen von Susanne Van Volxem.
304 Seiten. Gebunden

Am selben Tag, als das noch nicht eroberte Rom zur Hauptstadt des endlich vereinigten Italien erklärt wurde, kam es in einem kleinen Ort im Süden des Landes zu einem Ereignis, das zur Legende werden sollte: Das ganze Dorf war überschwemmt von Olivenöl, das aus dem Haus von Don Francesco Falcone floss. Dort war Concetta gerade dabei zu gebären, und ihre Schreie waren so gellend, dass sämtliche im Lager befindlichen Ölkrüge zersprangen. Trotz dieses Verlusts war die Freude groß, als nach sechs Mädchen ein Junge geboren wurde – für Don Francesco ein Grund, die Mutter seiner Kinder endlich zu heiraten. Doch hatte er nicht mit der Eigenwilligkeit seiner ältesten Tochter gerechnet, die für eine Überraschung sorgte. Und damit nahm eine Geschichte ihren Anfang, die so sinnlich und abenteuerlich ist wie der mediterrane Süden. Eine mehr als ein Jahrhundert umspannende Familiensaga zwischen Olivenhainen und den staubigen Straßen Grottoles in der Basilikata, geschrieben in einer gleichzeitig frischen, poetischen und prägnanten Sprache.

01/1694/01/R

PIPER

Andrea Camilleri

Der Märtyrer im schwarzen Hemd

Roman. Aus dem Italienischen von Moshe Kahn. 272 Seiten. Gebunden

Es ist eine typisch sizilianische Nacht: Die würzige Aprilluft streicht mild durch die Straßen, und die Stimmung in den Tavernen ist gut. Der perfekte Moment für eine zünftige Rauferei mit einem Kommunisten. In erwartungsvoller Vorfreude lauern die drei Mussolini-treuen Studenten Lillino, Nino und Tazio in einer Gasse auf das Objekt ihrer Begierde. Nur nimmt die Prügelei in der Dunkelheit einen unerwarteten Verlauf. Dummerweise verirrt sich eine Revolverkugel in Lillinos Schädel und bläst ihm das Licht des Lebens aus. Keine Frage, wer der Täter ist, ist doch ein Kommunist beteiligt. Seltsam nur, dass die Kugel im Kopf des Opfers nicht aus der Waffe des Täters stammt. Doch während einzelne Gesetzeshüter noch rätseln, nimmt ein abgekartetes politisches Spiel bereits seinen Lauf.

01/1695/01/L